冷箭

LENG JIAN

电视文学剧本

郝岩　王传珍　著

大连出版社
DALIAN PUBLISHING HOUSE

图书在版编目 (CIP) 数据

冷箭：电视文学剧本 / 郝岩，王传珍著 . —大连：大连出版社，2009.11（2024.8 重印）
ISBN 978-7-80684-748-0

Ⅰ . ①冷… Ⅱ . ①郝… ②王… Ⅲ . 电视文学剧本—中国—当代
Ⅳ . I235.2

中国版本图书馆 CIP 数据核字（2009）第 198238 号

责任编辑：卢 锋 乔 丽
封面设计：张 金
版式设计：金东秀
责任校对：刘春艳 杨 琳 金 琦
责任印制：刘正兴

出版发行者：大连出版社
地址：大连市西岗区东北路 161 号
邮编：116016
电话：0411-83620573 / 83620245
传真：0411-83610391
网址：http: //www.dlmpm.com
邮箱：dlcbs@dlmpm.com
印 刷 者：天津旭丰源印刷有限公司

幅面尺寸：185mm × 260mm
印 张：29
字 数：727 千字
出版时间：2009 年 11 月第 1 版
印刷时间：2024 年 8 月第 2 次印刷
书 号：ISBN 978-7-80684-748-0
定 价：78.00 元

目录

1 /第一集
16 /第二集
31 /第三集
46 /第四集
59 /第五集
70 /第六集
82 /第七集
98 /第八集
115 /第九集
130 /第十集
145 /第十一集
161 /第十二集
177 /第十三集
194 /第十四集
209 /第十五集
225 /第十六集
241 /第十七集

第十八集 / **255**
第十九集 / **273**
第二十集/ **289**
第二十一集/ **302**
第二十二集/ **315**
第二十三集/ **328**
第二十四集/ **343**
第二十五集/ **356**
第二十六集/ **373**
第二十七集/ **388**
第二十八集/ **401**
第二十九集/ **418**
第三十集 / **432**

《冷箭》拍摄花絮/ **453**
《冷箭》部分主创人员评论/ **454**
且算后记/ **455**

彭 浩
（房子斌 饰）

凌若冰
（杨阳 饰）

关晓渝
（高放 饰）

侯仲文
（刘家良 饰）

小痞子
（马浴柯 饰）

苟敬堂
（孙鹏 饰）

柳春燕
（王雯婷 饰）

鲁震山
（陈楚翰 饰）

刘前进
（黄志忠 饰）

文 捷
（苏丽 饰）

周 圆
（王力可 饰）

宁嘉禾
（侯岩松 饰）

甄世成
（朱羿坤 饰）

唐静茵(左)
（刘琳 饰）
阿 慧(右)
（曹艳 饰）

大 菊
（吕晶 饰）

傅明德
（鞠新华 饰）

剧情简介

《冷箭》讲述了一段鲜为人知的共和国往事：1952年，全国开展镇压反革命运动，西南地区监狱人满为患。为保卫胜利果实，捍卫新中国，为缓解当地政府压力，一支堪称中国第一支中国人民解放军公安部队，在没有高墙电网，警力和装备都极有限的条件下，押解上千服刑人员西进新锦屏，在荒无人烟的新锦屏建起监狱农场。在艰苦卓绝的押解途中和建设新锦屏监狱的过程中，我方既要保护和教育改造这些服刑人员，又要时刻防范国民党残余和土匪武装的偷袭、劫狱。内鬼与外敌频频勾结、密谋策划，随时随地准备越狱、暴狱。

剧中，既有我中有敌、敌中有我的扑朔迷离，又有暴狱和反暴狱斗争的残酷和惨烈，贯穿始终、充满诡谲色彩的无间道人物和特殊背景下奇异的剿匪情节，紧密地围绕在暴狱和反暴狱的主干链条上，充分体现了“明枪易躲，暗（冷）箭难防”之含义，使这个同样是讲述服刑人员、监狱和匪事的故事显得新鲜而又与众不同。

多元思维助《冷箭》突围(代序)

俞胜利

这几年荧屏悬疑谍战剧异军突起，据统计，这类剧在2009年上半年已是央视和地方卫视播出比重最大的类型剧，大有铺天盖地之势，但精品仍是凤毛麟角。两年前的《暗算》，今年初的《潜伏》，应属两朵奇葩！眼下，又有一部《冷箭》带着它独有的气息追上来了，与前两部站在一起毫不逊色，称它们“荧屏三枝梅”毫不为过！

多年的经验告诉我，一部读者、观众喜闻乐见的好作品的出现，一定是这部作品有许多突破之处，否则，一定是平庸之作。

《冷箭》除了在选题、故事的铺陈悬念迭起、扑朔迷离等艺术层面超过许多同类题材作品外，我以为该剧观念的突破和几个人物的突破更有思想意义和认识价值。

先说人物一：男主人公刘前进。这是个不老成、不稳重、喜怒形于色、缺点满身、桀骜不驯的非高大全式的人物。这类个性鲜明的人物，在国外的电影中有《巴顿将军》中的巴顿将军，我国近年来有《大宅门》中的白景琦，《激情燃烧的岁月》中的石光荣和《亮剑》中的李云龙，这几个人物深受广大观众的喜爱，更是人民对“文化大革命”中“三突出”“高大全”僵化模式的厌恶和抛弃。领袖尚且需要从神坛中走下来，他才可信、可爱，何况我们一个基层指挥员？作者在努力把他向一个普通人拉近。于是我们看到了刘前进喜欢上了漂亮活泼的报务员周圆，当他有一次不由自主地闻了身边周圆的头发时，我们一开始有些不习惯。心想：是不是把我们的干部写得过于轻浮了？但是换个角度一想我就理解了。刘前进作为一个战斗英雄已把他最好的年华献给了新中国的解放事业，枪林弹雨中生死难卜，他无暇顾及个人情感，可他毕竟也是个有血有肉有情感需求的年轻指挥员哪！战争的硝烟终于过去了，我们为他适当地释放一下情感的律动，是那般入情入理，为人物增添了一种触得到、摸得着的亲近感，无损我党形象吧。共产党员不要人情、不要人性、不食人间烟火，那是一些人的偏见！

人物二：政委彭浩。以往我国文学影视作品中描写我军的各级政委，通常只是个温文尔雅、擅做思想工作的脸谱化、符号性人物，戏份和注意力从不放在他身上。《冷箭》却让这个政委彭浩在故事中起到穿针引线及使故事跌宕起伏、疑窦丛生、向纵深发展的重要作用。他是男主人公刘前进的生死战友，在一次突发事件中，大家发现彭浩身上的疑点较大，尽管如此，刘前进和战友们毫不怀疑彭浩。事情似乎过去了，但这件事似乎又启发了狡猾的敌人，他们接二连三地嫁祸于彭浩来转移我们追查的视线，最后连生死战友刘前进都难辨真伪了。彭浩有口难辩，被迫出逃自我救赎。

政委彭浩这个人物在艺术层面的重要作用显而易见，在精神层面，他对信仰的坚定更是可歌可泣！他不光面对敌人的反复陷害，还要面对上级的隔离审查、误解甚至生死战友的怀疑。在身与心几乎崩溃之时，他选择了出逃，选择了自我救赎，以此来证明、洗刷自己，这一切，全都是信仰的力量在支撑着！有人说，故事里高参谋对彭浩冷酷无情，容易让人想起共产国际曾经有过的残酷内斗，而我看到更多的是：如果没有炼狱，没有生与死，没有血与火的考验，信仰是肤浅、苍白、不坚实的，更是毫无力量的！

人物三：蜕化变质分子甄世成。这是个我方的后勤科长，后被敌特分子用美人计拖下水。作者在描写这个人物时力避脸谱化。甄世成变节后，经过反复权衡利弊，向组织自首了自己的行为并配合组织使用“反奸计”，最后被自己爱上的特务阿慧开枪打死。像甄世成这样的蜕化变质分子，在以往的影视作品里常有出现，但大多是“非此即彼”、“不是好就是坏”的单一概念、脸谱化的创作模式，忽略了真实人的复杂性和多种可能的丰富性。无视人性中的“中间地带”，也不是马克思主义科学提倡的。

人物四：军区高参谋。戏剧是离不开冲突和对立面的。这个高参谋的设置是随着内鬼的出现和彭浩有内鬼嫌疑而出现的。这样的人物在以往的影视作品中偶有出现，以往他们似乎只有一个简单功能——整人！对我们自己的同志无情打击！高参谋也不例外。但这位高参谋作用不再单一，作者借高参谋的手把故事搅得更加起伏跌宕！而这个高参谋最独特、最有新意的一笔是故事即将结束时，高参谋一起来参加国庆活动，因为彭浩的事，大家都不搭理他，谁也没想到刘前进却跟战友们说，高参谋是个按原则办事的一根筋的好人，假如说彭浩真是内鬼，把毒药撒在碗里，我们喝下去时才知道彭浩是何许人，那我们可就晚了！我们队伍里还真少不了高参谋这样在关键时客观、冷静的干部。

我认为刘前进这段话是对高参谋这个人物最有突破性、最有认识价值的一段评说，它启发我们养成多角度看问题的习惯，使我们能够从更理性的角度看待和理解高参谋，高参谋对彭浩的看法看似不近情理，却有可能避免一场更大的灾难。更使我们反思刘前进和他的战友们反倒因为与彭浩的战友情而丧失革命的警惕。毕竟斗争太残酷，毕竟敌人太狡猾！毕竟前进的路上已经牺牲了不少战友！

而刘前进这个当初最恨高参谋的人一旦换个角度看待人与事，就有了理性的高度了，使人觉得他更加不一般。在大量的教训和磨难中，刘前进在飞跃成长。好的戏剧是需要这种落差极大、极陡的点子和神来之笔，它常常是超出常人习惯思维的。

以上几个人物的突围，使我想到鲁迅在评价《红楼梦》时，认为《红楼梦》的可贵之处在于它突破了我国小说人物塑造中“叙好人完全是好，坏人完全是坏”的传统格局，也正是在这个意义上，《红楼梦》比《三国演义》的形象具有更高的审美价值。

很多人喜欢《潜伏》，其中很重要一点是，《潜伏》并没像以往我们的作品中总是把正面人物写得那么好，把反面人物写得那么坏。《潜伏》相对客观、公正的描写反倒让观众更容易接受它。我由此想到，当观众在质疑我们作品的真实性时，我们作品的教育和教化作用也被大大降低，甚至起反面作用，这不值得我们反思吗？

文学即人学，影视作品也是以描写人生、揭示人性为主旨，但应在是与非的大原则下探索和突破，这一点《冷箭》做了较好的尝试。

（作者系电视剧《冷箭》制片人，中国传媒大学硕士生导师、北京电影学院客座教授。全国“十佳制片人”，代表作品有电视剧《大宅门》《天下粮仓》《大宋提刑官》《卧薪尝胆》《李小龙传奇》等。）

第一集

1-1 江滨市北校场监狱 外 夜(雨)

雷声滚滚,大雨滂沱。架着铁丝网的狱墙和低矮破败的监室轮廓,在闪电光中时暗时明。一间间监室,人满为患。一个个狠目冷面的服刑人员都拥挤在栅栏前幸灾乐祸地看着雨天,他们的目光里流露着某种躁动。

一服刑人员(莽汉)一脸唯恐天下不乱的兴奋劲:"下吧下吧下吧,下它个墙倒屋塌,就算是老天爷大赦天下了!"

1-2 军分区办公楼前 外 夜(雨)

一辆军用吉普车和一辆大卡车在雨中相向急驶而来,在办公楼前猛一刹车,险些相撞。吉普车的司机伸出头来:"找死啊!"

卡车上先是跳下一个战士,冲着吉普车的司机大喊:"怎么开车的!"

紧接着卡车上跳下彭浩,他显然认出吉普车司机,拉了把战士,低声:"小麦!"又冲着吉普车司机:"说谁找死? 你才找死呢!"

刘前进跳下车,给了彭浩当胸一拳头:"彭浩!"

彭浩笑:"走吧,程部长可要等急啦!"

刘前进朝车里喊:"文大队长,快下车吧。"

文捷从吉普车上下来。三个人冒雨跑进办公楼。

1-3 狱墙外 外 夜(雨)

狱墙一角,强劲的雨水冲击着泥墙,闪电光映照下,可见墙面正被雨水冲得一块块剥落。几个穿着雨衣的黑影,打着昏暗的手电,在雨中奔来。手电光照在一处眼看着就要倒塌的狱墙上,王友明上前往墙泥上抓了一把,浸透雨水的墙泥便哗地塌去一大块。

王友明焦虑地:"这狱墙要是塌了,上千名犯人一哄而出集体越狱,靠我们这百十个管教可控制不住啊。马大虎,赶快到军分区,让支队长赶紧回来!"

"是!"马大虎在泥泞中一跌一滑地跑去……

1-4 监狱监室 内 夜(雨)

宁嘉禾等服刑人员像一道人墙似的挡在监室门前,看着监外小操场上来来回回忙着查看险情的管教,在他们人墙的身后有一黑影趴在角落里气急呼啦地捣鼓着什么。突然一道强闪电划过,把监狱照得如同白昼,紧接着哐的一个炸雷,把正趴在墙角刨着什么的裘双喜吓得个大仰八叉——墙角上显露出一个快要挖通的墙洞。

裘双喜轻声诅咒:"妈的,这天雷是照着老子头顶劈的呀。喂,老苟,我手指都刨出血了,该你了。"

苟敬堂离开栅栏门,卷着衣袖走向墙洞,而裘双喜马上补了苟敬堂的缺,站在了宁嘉禾的身边做了人墙。

裘双喜兴奋地:"总指挥,我都听到墙倒房塌的声音了,这是老天爷在照应我们,不可错过今晚这个大好时机啊!”

宁嘉禾声音低沉地:“今晚在想这事的还不光是我们牢房的几个。”

裘双喜:“人越多越好,人一多,像潮水一样铺天盖地往外涌,让他们顾此失彼忙不过来,我们正好趁乱……”

宁嘉禾轻声而坚决地:“不!我们今晚只看热闹,按兵不动!”

裘双喜和另几个服刑人员惊异的目光看着宁嘉禾。苟敬堂也停止了挖墙洞,回过头来不解地看着。裘双喜:“你什么意思?”

宁嘉禾不作理会。

裘双喜:“这可是大伙精心策划了很长时间的计划……”

宁嘉禾:“正因为如此,更不能急于求成功亏一篑!”

裘双喜:“宁总指挥,我怎么就听不懂你说的话,什么叫急于求成功亏一篑?我是个粗人,我就知道,今天晚上我们一定要趁着老天爷的掩护,离开这该死的鬼地方!”

宁嘉禾紧咬着腮帮子,望着窗外一声不吭。雨,越下越大……

1–5 野外 外 夜(雨)

泥石流哗哗地流着,电线杆根基的泥土正在快速流失,电线杆倒下,随泥流而去……

1–6 军分区会议室 内 夜(雨)

会议室里正在召开紧急会议,但参会的除军分区程部长和高参谋之外,只有刘前进、彭浩和文捷三个人,所以会议室里显得有些空旷。

程部长正在讲话:“开展镇压反革命运动以来,我们集中打击了一大批压在人民头上的土匪、恶霸、特务、反动党团骨干分子和反动会道门头子,有效地巩固了人民民主政权。现在,全国各地羁押的反革命犯和普通犯,已超过百万,各地监狱拥挤不堪,安全隐患很大,给我们百废待兴的新中国造成了极大的压力。毛主席和党中央指示:为了改造这些犯人,为了解决监狱的困难,为了不让判处徒刑的犯人坐吃闲饭,必须实行惩办与改造相结合的原则。根据全国公安会议精神,中共中央西南局决定在滇东开办新锦屏劳改农场,将西南各地几个大城市,包括我们云南的几个市地、专区关押的数万名犯人押解到新锦屏进行劳动改造。你们一支队是整个大西迁行动的开路先锋,要先行一步。”

刘前进:“这个行动什么时候开始?”

程部长:“根据西南局首长指示,你们只有三天的准备时间,三天后必须上路!”

刘前进惊呼:“三天?!这也太……”突然一个炸雷打断了刘前进的话。

刘前进情不自禁起身走到窗子边向外看着。

刘前进:“这鬼天!再这么下几个时辰,我们那个破监室非泡塌了不可。”

文捷:“是啊,只能容纳三五百个犯人的监室里塞着上千犯人,那可没几个是安分的,要是监狱一倒,狱墙一塌,会出大乱子啊!”

刘前进:“程部长,这会议能不能明天再开,我担心……”

高参谋:“正因为我们现在的监狱里有着许多的隐患,才更显出党中央毛主席作出这个监狱大西迁决策的英明。大家还是安下心来,把这个会开完。”

程部长:“高参谋说得对,正因为监狱方面存在诸多的安全隐患,才更显得这次大西迁行动的紧迫性。这会议要是延期,你们的准备时间就更紧了。咱们长会短开,抓紧时间。”

刘前进和文捷回到座位上。

程部长："我先说说中央和西南局决定这次监狱大西迁行动的路线图吧。"说完他站起身，"刷"地拉开墙上的一道布幔，现出一张硕大的地图……

1-7 野外 外 夜(雨)

报信的马大虎在泥泞中跌倒爬起，艰难行进……

1-8 军分区会议室 内 夜(雨)

程部长拿着讲解棒："你们要去的新锦屏，这里是个地质极为特殊的高原湿地。国民党统治时期，这里曾经关押过革命志士。从地势上看，这个地区也非常独特，形成了一个天然屏障，是个天造地设的大监狱。"

刘前进边听边摇头。

程部长发现刘前进在摇头："刘前进，有什么想法直接提出来，别在那摇头晃脑。"

刘前进不假思索地："对党中央西南局做出的这个大西迁决策我没有二话，坚决拥护！但我有个请求。"

程部长："什么请求？"

刘前进："我那监狱里关押着一千零九名男女囚犯，我可以带走一千零八名，唯独那个国民党云南游击总指挥宁嘉禾必须得留下转到别的监狱去。"

彭浩："为什么？"

刘前进："因为他是唐静茵的丈夫！"

彭浩低声问文捷："唐静茵是什么人？"

文捷："是盘踞在这一带活动非常猖獗的土匪司令！"

刘前进起身走到地图前，指着地图，"这新锦屏的确是个建劳改农场的好地方，可从我们这里到新锦屏好几千里，沿途地形十分复杂和险峻，没有现成的道路，更没有高墙电网，那一千多犯人显然不会老老实实跟着我们游山逛水。如此长的路途，如此长的时间，又如此松散的看管条件，随时都可能发生犯人逃跑滋事的情况……"

高参谋接过话头："你不想带着宁嘉禾这个累赘，是怕路上受到他老婆的武装骚扰？"

刘前进："我想排除一切可以排除的不利因素，把困难降到最低程度。"

彭浩："不就一个土匪婆吗？你当年在东北战场上出生入死，可从来没听说你怕过谁。"

刘前进："可这不是战场上真刀真枪地干，我们的行军包里装的也不光是子弹、手榴弹，还有一千多名长胳膊长腿又满肚子坏水并时刻都想着逃跑的大活人！稍有风吹草动，他们就一定会给你闹上一出！要是其中再有个会吸引土匪武装来骚扰的累赘，麻烦就更大了！"

大家的目光聚焦到能拍板定案的程部长身上。程部长重重地吸了几口卷烟，对高参谋说："给我接通西南局首长电话，我向上级反映一下前进同志的意见。"

高参谋："是！"起身离去。程部长也起身跟着走出了会议室……

1-9 监狱 外 夜(雨)

"赦！赦！赦……"犯人们有节奏地越喊越来劲，声浪一浪高过一浪。

王友明、马大虎和持枪相对的战士们一个个神经紧张，甚至有人打起哆嗦……

1-10 监室 内 夜(雨)

犯人们的喊叫一阵阵传来，宁嘉禾突然离开栅栏门："苟敬堂，别挖了，盖上！"

苟敬堂以为来人了，麻利地用床板盖住墙洞，但无意中把一撮墙泥撒在了大通铺床下。

裘双喜："总指挥，你究竟啥意思？"

宁嘉禾："今夜我们绝对不能行动！"说完他往铺板上坐下，他身边侧身躺着位一直置身事外的大汉。

裘双喜："宁总指挥，你听听，你竖起耳朵来听听，上千难友们都知道今天是天赐良机，血都烧起来了，可你怎么说放弃就放弃呢？"

宁嘉禾："裘监狱长，以前你是党国的监狱长，你看管共党犯人的时候遇到过像今天这样的情况吗？"

裘双喜："遇到这种恶劣天气情况，我一定会请求上司增派兵力，就算是狱墙全塌了，犯人们也休想逃出一个去。"

宁嘉禾："连你都能想到未雨绸缪防患于未然，难道共党就想不到？要是共党有了防备，越狱的人越多，躺下的尸体也越多！"

那个一直侧身睡觉的大汉突然开口："到底是当过游击总指挥的党国少将，见识高啊！"

裘双喜不禁怒斥："鲁震山，你愿意拿自己的骨头来填这牢底我不管，可你别对我们的行动说风凉话！"

鲁震山坐了起来："我是不愿跟着你们去撞枪口，我还想多活几年呢！再说，出去也不见得就有什么好日子过，在这里好歹管个一日三顿。"说完他又躺了回去。

裘双喜也懒得搭理他，就转对宁嘉禾，问："那你说我们什么时候行动？"

宁嘉禾紧咬着腮帮子，没作回答。此时，画外犯人们的呼喊成了乱喊："牢房要倒啦！""要出人命啦！""打开牢门，放我们出去！"……

1-11 山上匪窝洞口外 外 夜(雨)

雨中，二三十个土匪已经全副武装，准备出发。电报的"嘀咕"声回响在大山间。一个干练、漂亮的年轻女人跑向洞中。

1-12 山上匪窝 内 夜(雨)

一个女人背着身看着窗外的大雨夜天，角落里有报务员在收发电信。年轻女人快步跑入："阿姐，一切准备妥当。弟兄们听说去营救姐夫，一个个都摩拳擦掌……"

"行动取消！"背着身的女人坚决地说。她就是唐静茵，国民党滇东第一游击军司令。

"什么？阿姐，今天的大雨可是营救的大好时机，我们千万不能错过啊！"

唐静茵："阿慧，我们能想到的，共产党也一定会想到，今天这样的天气，他们也一定会加强兵力，严加防范，今天行动，只能是自投罗网。"

阿慧："可是你天天都在想营救姐夫……"

唐静茵："我是想救他，我做梦都想救他，可我比你更了解他，像今天这样的情况，他不会轻举妄动的。"

阿慧："你怎么知道他不会动？万一他动了，没有接应……"

唐静茵坚决地："他是我的丈夫！没有人比我更了解他心里会怎么想！再说了，为了党国的利益，我也不能因私情而毁大局！"

阿慧："大局，什么大局？"

唐静茵示意手上的电文："这是刚刚收到的电报，共党要把北校场监狱的犯人全部押解到新锦屏去，这可是共党破天荒的壮举啊，可我就不信他们还能带着一套流动的铜墙铁壁！只要他们一上路，我们就有的是下手的机会！”

1-13 军分区会议室 内 夜(雨)

刘前进和文捷坐立不安，大家焦急等待着程部长。

彭浩：“前进，刚才听程部长和你这么一说，这一路上可是艰难险阻啊。来的路上我还不知道接受的是什么任务……”

刘前进：“好事我能拉上你？”

彭浩：“是你点的将？”

刘前进：“废话！不找你这个主心骨来给我当政委，程部长也不放心哪。”

彭浩：“这个艰巨的任务，在干部配备上我有个想法……”

一声炸雷打断了彭浩的话，刘前进奔到窗前，文捷、彭浩也跟过去。

刘前进：“这雨越下越大，电话线也断了，我真担心家里出乱子啊！”

会议室的门开了，程部长一脸肃容进来。

刘前进：“程部长，上级首长同意我的意见了？”

程部长摇头：“上级不同意你们留下那位国民党少将是出于政治上的考虑，你懂吗？”

刘前进满腹牢骚地：“我不懂！但我懂得这次行动不是游山逛水，而是危机四伏、一步一个坎！”

彭浩：“前进，我们先听程部长说说上级的意图吧。”

程部长：“上级的意图就是要不折不扣地执行党中央毛主席的决定！开办劳改农场的根本目的是什么？是为了使一大批犯罪分子，尤其是其中的一些前国民党的中高级将领，通过劳动改造重新做人。在你们支队监管的犯人中，宁嘉禾的级别最高，把宁嘉禾这样的战犯安排在第一批进入劳改农场进行劳动改造，具有一定的政治影响和象征意义。”

彭浩：“请程部长放心，我们完全拥护上级的决定。”

程部长玩笑地：“到底是政治委员，看问题就有个政治高度，可某些同志，嗯……”

刘前进：“好吧好吧。既然政委表了态，我还有什么话可说。最后一个问题，别忘了我的队伍是一千多名犯人，至少……”

程部长：“就给你一个连！”

刘前进：“开玩笑，至少得一个营！”

高参谋：“现在军区的剿匪任务很重，不可能调那么多的兵力给你。这个你别想了。”

程部长：“就一个连，没得讨价还价！”

门突然被推开，冯小麦扶着满身是泥的马大虎闯进来。马大虎带着哭音：“支队长……”

1-14 北校场监狱一角 外 夜(雨)

暴雨雷电中夹杂着一片囚犯们的鬼叫狼嚎声。王友明端着冲锋枪和战士们大声喊话：“不许喊，不许喊……”可他们的声音被更大的声浪淹没。

1-15 监室 内 夜(雨)

这里却显得波澜不惊：宁嘉禾和狱友们趴在栅栏门前，静静地看着听着外面的热闹。

1-16 监狱 外 夜(雨)

突然“轰隆”一声响，一间监室的墙倒了。本来趴在门前又喊又叫的犯人突然掉过头来，从豁口往外挤。王友明、小江和几名战士持枪冲了过来，阻止犯人出监室。

王友明："不许出来！回去，回去！"

犯人还一个劲地要往外挤："墙都塌了，就让老子出来洗个澡吧。哈……"

王友明朝天鸣枪，犯人们一惊吓，都站着不敢擅动了。短暂的平静后，另一角落又传来轰隆一声墙倒的声音，随后便是一片乱声。这里被战士们用枪逼着不敢出来的犯人们，开始"呵、呵、呵"地向战士们挑衅。战士的神经高度紧张……

1–17 北校场监狱 外 夜(雨)

又一处监室墙倒，犯人一涌而出，许多犯人都涌到小操场上又喊又跳。王友明只能带战士们退守到监狱大门口，严阵以待。

一莽汉突然叫了一声，"弟兄们，狱墙已经被水泡透了，一推就倒啊！"

犯人们涌向狱墙，欲推倒狱墙。王友明、小江和战士们见形势危急，几十支枪同时朝天鸣放。犯人中胆小的一听枪声就抱头蹲下不敢擅动了。黑暗中不知谁喊了一声："共产党不会随便杀人的。弟兄们推呀!"犯人们又一哄而起，冲向狱墙……

1–18 监室 内 夜(雨)

宁嘉禾还那么站在栅栏门前，此时从外面传来犯人们推墙的口号声。

裘双喜："听，他们就要推倒狱墙了，墙外就是自由啊！"

宁嘉禾："不，墙外是死亡！"

1–19 狱墙内 外 夜(雨)

狱墙内，十几个挑头的犯人喊着口号在推墙："一二三、一二三……"战士们欲冲进去阻止，却被更多犯人挡在外面。王友明焦急万分……

1–20 狱墙外面 外 夜(雨)

狱墙在众人推搡之下，摇摇欲倒，终于轰隆一声倒下一大片。犯人们似乎集体愣了愣神，继而欢呼着爬上断墙欲往外涌。突然，一支车灯强光哗地照亮，整个爬上断墙豁口处的犯人们都暴露在车灯之下。紧接着传来一片震耳欲聋的密集枪声，子弹在断墙前的地面上溅起无数水花。

正在这时，一道闪电把大地照得如同白昼，犯人们这才看清，堵在他们面前的是一支像是从天而降的解放军正规部队，无数支黑洞洞的枪口正对着他们的胸口。

刘前进爬上吉普车的发动机盖板，大声喊话："我数三下，谁要不退回去，格杀勿论！一、二……"

彭浩低声："前进，冷静点！"

莽汉喊道："别怕，共党不会随便杀人的。弟兄们，出去就是自由，冲啊！"

刘前进举枪瞄准那位莽汉就是"砰"的一枪，莽汉应声倒地，血水雨水淌了一地。犯人们被震慑，一个个抱头往回退缩……

1–21 监室 内 夜

大雨不知什么时候已经停了。宁嘉禾一副未卜先知的神色离开栅栏门，回到铺位上。

裘双喜："果然如总指挥所料，共党的主力部队都开来了，幸好我们没凑这份热闹。"

宁嘉禾："呵呵。"

荀敬堂："奇怪，越狱被镇压了，这下了几天几夜的大雨也忽然停了。唉，天数啊。"

1–22 北校场监狱办公室 内 夜

刘前进在擦拭着手枪。

彭浩："前进，他们是犯人，不是战场上的敌人，你不能再轻易动枪了！"

刘前进："在我眼里，他们都是敌人。对敌人客气，那是假慈悲。"

彭浩："他们已经手无寸铁了，你这么做……是要犯错误的。"

刘前进："犯什么错误？我不杀一儆百，他们能老实吗？老彭，对付这帮杂碎，你就得狠点，要不，他们得寸进尺！"

彭浩还要说什么，门被推开，王友明带着严爱华、马大虎端来几碗热腾腾的姜汤水。

严爱华："快喝点姜汤水，驱驱寒。"

彭浩还在琢磨着什么，刘前进从严爱华手里接过一碗姜汤水递给彭浩："得了，快喝了，你要病个好歹的，那革命工作可就受影响了！"佯装认真。

彭浩接过："前进，我跟你说正经的。"

刘前进："我不正经吗？啊？你们说我不正经吗？"刘前进扫视着众人。

1–23 北校场监狱大院 外 晨

那个狱墙倒塌的豁口布满了部队警卫。每一座监室门口，也都有部队荷枪警戒。管教干部们扛着箱子进进出出，呈现着一种要搬家的气氛……

1–24 监室 内 晨

宁嘉禾等趴在栅栏门里看着院子里的情况。

苟敬堂："共党在干吗？"

裘双喜："怎么有点像我们最后那几天哪？当时我奉命烧毁一批重要的监狱文件，可还没等点火，共军就从天而降，我管的地方就成了关我的地方了。哎，不会是国军又把天变回来了，他们也和我当时一样，在赶着毁灭文件准备逃跑吧？"

宁嘉禾："他们一定有什么行动啊！"

裘双喜："什么行动？"

宁嘉禾："看来我们要加快进度！"

裘双喜："我就爱听你这句话。好，你们放风，我先干。"

几个囚犯默契地组成人墙。裘双喜扳开床板，露出挖到一半的墙洞……

1–25 北校场监室走廊 外 日

王友明、马大虎、小江等押着傅明德等六七个男犯走来。一路上，王友明一间间地查看着，不时地往里塞进一两名囚犯。最终押着的只剩下傅明德了，他继续一间间往前走着。

1–26 监室 内、外 日

宁嘉禾他们的人墙堵在门口，裘双喜在气急呼啦地挖着墙洞。

苟敬堂突然报警："来人了！"

裘双喜神经质地起身，匆匆地盖上床板，脸色煞白地坐在床上喘着大气。王友明走到他们监室前，想往里看，却被人墙挡着。

马大虎："让开！"

苟敬堂等都看着宁嘉禾；宁嘉禾慢慢往旁边退，其余囚犯也都跟着退了开去。

王友明："嗬，老虎死了不倒威啊，你们还唯宁总指挥马首是瞻啊。"

犯人们都不吭声。

王友明发现裘双喜的异常神色,问:“你怎么啦? 紧张成这样?”

裘双喜:“我……”他更是紧张得心都快蹦出来了。

宁嘉禾平静地说:“他刚才犯病了。”

王友明:“什么病?”

宁嘉禾:“气短身颤,心跳得厉害,可能是心脏病。”

王友明:“一会让狱医来看看。就这间了。”转对傅明德,“进去吧。”

监室内的囚犯们一听,心里都暗暗一紧,都看着宁嘉禾。

宁嘉禾:“报告政府,我们这里已经是超额满员了。”

裘双喜:“就是,我当监狱长的时候,也不会往牢里塞这么多犯人。”

王友明:“昨晚有几间监室倒了,合并一下。”

宁嘉禾:“监室倒了应该修好,怎么能往本来就超员的监室下饺子呢?”

王友明:“再挤也就三两天的事了。特殊情况,将就点吧。”

宁嘉禾:“什么特殊情况?”

王友明:“……这是你该问的吗?”

1-27 监狱办公室 内 日

刘前进带着王友明、马大虎、小李、小江等几名战士在整理着东西。

刘前进整出一摞文件。刘前进:“把这些无关紧要的过时文件都拿出去烧了。哎,大家听着,没什么保留价值的统统烧掉,要尽量减轻长途行军的负担。”

众人:“是!”

刘前进边整理边发着牢骚:“三天,三天! 哼哼,真是站着说话不腰疼啊。”

彭浩带着一名戴眼镜的干部走了进来。彭浩:“前进,你看,这位就是我向你引荐的侯仲文同志,抗大毕业,在部队、地方都担任过领导职务,是延安来的老革命了。”

侯仲文稳重地:“报告支队长,侯仲文前来报到。”

刘前进:“好,一看就像根定海神针,一支队需要你这样沉着冷静的干部。仲文同志,组织上任命你为支队一大队的大队长。”

侯仲文:“感谢支队领导信任,我一定努力工作。”

文捷又带着一个男人进来。文捷:“支队长,政委,这位是军区首长专门给我们配备的后勤干部,他原先是江滨市物资局的供应科长,人称江滨第一铁算盘甄世成。”

刘前进:“哦,世成同声,欢迎欢迎。你可是咱们一支队的后勤司令官,我们这千里西征一路上的吃喝拉撒可全得靠你了。”

甄世成:“非常荣幸,都是革命工作,我一定尽力而为。”

突然一声清脆的女声:“报告!”众人回头,见门口站着位浑身利索的女同志。

文捷:“啊,晓渝,是你呀! 太好了太好了!”

关晓渝:“文大姐,哎呀,前天我一接到调到你这儿来的调令,都快激动死了。大姐,这么多年了,我们又能在一起战斗了。”

文捷:“是啊是啊。来来,我给你介绍一下……”

刘前进:“关晓渝,二十三岁,机要干事,曾在军管会当过分管组织、人事的军代表!”

文捷："哟，我已经向支队长介绍过好几回了。不过还有一点我可没向你透露过，当年晓渝和我还在一条战壕里蹲过呢。晓渝，他就是我们的支队长刘前进同志。"

关晓渝："报告支队长，关晓渝前来报到！"

刘前进："欢迎欢迎！哦，这位是我们的彭政委。"

关晓渝敬礼。

彭浩："好啊好啊，我们这支西征队伍和各路英雄都到齐了吧。"

刘前进看着名单："还有一位上级分配的没到。"

彭浩："哦，对了，还有位年轻同志。"

一把精美的腰刀不知从哪个袋子里掉出，小李："这把刀……"他看着眼前的袋子。

王友明："这属于凶器，得没收。"

刘前进拿过腰刀看了看："这玩意不错，我留着了啊。"刘前进揣起腰刀。

小李打开一个箱子。小李："支队长，这些物品怎么处理？"

刘前进上前随便翻弄了一下，有金表、金条、戒指、女人的照片等物。

小李："除了这些金银宝石，其余不值钱的都烧了吧。"

刘前进："不行，这是犯人们的私人物品，等他们劳动改造好了，得还给他们，这是我们共产党的政策。原封不动，全部带走。"

1-28 北校场监狱大院 外 晨

一辆吉普车开到办公楼前停下，车上跳下一位年轻姑娘，一下车就拿着相机拍照。刘前进、彭浩、文捷、侯仲文、甄世成、关晓渝从楼内出来，姑娘就咔嚓一声把刘前进等拍了下来。

刘前进恼火地："你是谁？谁允许你在这儿拍照的？"

姑娘："没人允许我也能拍，这是军区首长给我的特权！"

刘前进："警卫，没收她的相机！"

彭浩："等等。你是周圆吧？"

姑娘："是，首长，周圆奉命前来报到！"

彭浩："就差你了。来，我介绍一下，这位是支队长刘前进同志。"

周圆："哦，支队长，周圆向您报到！"行礼。

刘前进不作理会，只顾自己走了。

周圆小嘴一撅："哟，好凶的支队长！"

刘前进和彭浩边往监室走，边轻声交谈着。刘前进："这次行动都是把脑袋掖在裤裆里的活儿，程部长为什么给我们配备这么个丫头片子来，真当我们一路游山玩水呀？"

彭浩："程部长这是在执行西南局的命令！"

刘前进："难道是西南局首长让他找这么个……学生兵来添乱？"

彭浩："这次监狱大西迁可是一次前所未有的壮举，党中央希望把这个过程作为史料如实记录下来，周圆同志就是负责做这件事的。"

刘前进："明白了，看来这次西征行动，不是千古流芳，就是遗臭万年！"

1-29 北校场监狱男监室 内 日

裘双喜逼向新来的犯人："这位新人，报报名号吧。"

傅明德："楼山乡一贯道坛主，姓傅，名政，字明德。"

1-30 北校场监狱女监　内、外　日

刘前进领着彭浩等巡视监室，突然听到前面女监传来一声尖叫："滚开！你给我滚开！"文捷一听，率先奔了过去。

凌若冰把手里的药放下。柳春燕抓过药扔到凌若冰脸上。

管教兼狱医严爱华训斥："柳春燕，你干什么！"

柳春燕："我不要她给我看病！"

严爱华："你烧得这么厉害，不吃药能好吗？"

柳春燕："她和我一样，都是犯人，我怕她害死我！"

凌若冰面无表情。

刘前进、彭浩等走到女监门口。刘前进："怎么回事？"

文捷："这位叫凌若冰的犯人是个留过洋的医学博士，狱医人手不够，我们就让她帮助给犯人们看看病，可这几个女犯还就是不领这个情。"

彭浩："这一路上的防病治病还真是大问题啊，伤病员一多，就会拖了整支队伍的后腿。所以，犯人中有可利用的应该充分利用起来。"

刘前进："政委说得对啊。一路上的医疗保障关系重大啊。"说完继续往前走去。

彭浩欲走又站住："哦，文大队长，刚才你说她是位留美的医学博士？"

文捷："是啊。"

彭浩："那就更要好好利用她的一技之长。"说完追刘前进而去。

文捷忽然想起，叫过严爱华。文捷："爱华，上路前要给所有犯人打预防针，一会儿你跟我一起到军区去把针药领回来吧。"

1-31 男监　内、外　日

鲁震山在呼呼大睡。苟敬堂在放风。其余服刑人员都紧紧围着宁嘉禾。

宁嘉禾在分析："这么多倒塌的狱墙，他们为什么不修补？从一早开始，他们就忙着在处理财物，这究竟是一种什么迹象？"

裘双喜："他们要跑？"

宁嘉禾："党国在大陆的大势已去，短时内不可能反攻，你想那好事不可能……"

放风的苟敬堂突然轻轻咳了一声，服刑人员立刻分散，装得若无其事。刘前进、彭浩、文捷、侯仲文、甄世成、关晓渝等巡监过，一行人走到男监前，刘前进止步，往牢里察看。

刘前进向彭浩轻轻咬了个耳朵："老彭，你不是想见识见识那位宁总指挥吗？他就是！"

彭浩往里看着。刘前进的目光在监内逡巡，突然目光一敛。看到了地上的几许墙泥。宁嘉禾顺着刘前进的视线，也发现了地上的墙泥，心里怦然一紧。裘双喜、苟敬堂又从宁嘉禾的神态中发现了地上的墙泥，顿时额头上渗出汗来。

刘前进挨个地看犯人们的脸色："诸位，大家脸色不好啊！"

宁嘉禾竭力镇定，不卑不亢地："只能容纳六人的陋室，硬挤着九人，空气不好，脸色自然不会太好！"

苟敬堂："是，是，闷得很，闷得很！"

刘前进："哦，这么说，委屈各位了。"离去。

服刑人员刚松了口气，不想刘前进突然又踅了回来。刘前进："打开牢门！"

服刑人员一个个顿时脸色煞白。牢门打开，刘前进进来，轮番打量着服刑人员。服刑人员的心都快要蹦出来了，裘双喜神色紧张地看了一眼墙角。刘前进跟着裘双喜的视线看到墙角的一块床板有扳动过的痕迹，他一步步向那角落走过去。宁嘉禾以为刘前进发现了床板下的秘密，不禁也突突地心跳加速。刘前进走到那块显然被翻动过的床板前，却突然把目光对准了躺着的那位。刘前进问裘双喜："他怎么啦？"

裘双喜紧张得答不上话来。宁嘉禾接过话头："到底是经过台儿庄血战的好汉，从来处乱不惊，整天呼呼大睡。"

刘前进突然问："昨晚你们参与闹事了吗？"

裘双喜连忙接口："没有没有，我们都听从宁总……哦，我们都听从老宁的，知道不会成功的，灯蛾扑火的事我们不干。"

刘前进和颜悦色地："那很好！嗯，这监室里的空气是不太好，不过，很快就能让大家呼吸到新鲜空气了。"他又弯腰撮起一小撮墙泥，"昨晚不仅雨大，风也挺大，看看，房顶上的泥都掉了一地了。"说完他拍拍手走出了监室，领着众人继续往前走去。

服刑人员一个个像虚脱了似的缓过大气……

1-32 北校场监狱支队长办公室　内　日

刘前进快步走进办公室，彭浩、文捷紧跟着进来。

彭浩："前进，什么情况？"

刘前进："宁嘉禾他们在准备越狱！"

文捷："你怎么知道？"

刘前进："那墙泥不是风刮下来，而是人为从墙上刨出来的。"

彭浩："可监室里没有被挖的迹象啊！"

刘前进："可床板有被移动的痕迹！"

文捷："他们在床板下挖洞？那你为什么……"

刘前进一笑。

1-33 男监　内、外　日

犯人们又围着宁嘉禾。宁嘉禾："我今天已经两次听他们说过同一句话了。"

裘双喜："什么话？"

宁嘉禾："他们说'挤不了三两天了'。"

裘双喜："什么意思？"

宁嘉禾："这说明三两天内他们肯定有什么大的行动！"

裘双喜："会是什么行动呢？"

宁嘉禾："十之八九是搬迁。"

裘双喜："不可能。上千的犯人，都是活的，谁敢搬迁啊。"

宁嘉禾："我跟共产党打了多年的游击，深知他们往往会在你认为根本不可能的事上做成功任何事。"

苟敬堂："那我们怎么办？"

宁嘉禾站起，走到窗边朝那个倒塌的狱墙豁口看着。那个豁口本来有七八个人守着，又被调走了一半，只剩下三四个了。宁嘉禾："我们的行动必须提前，因为等他们的行动一开始,也许就没有机会了。你们看,那么大个断墙缺口,只有四个兵把守,我们墙洞里出去,沿墙根过去,还没等他们反应,就先把四个警卫了结了。只要我们越过断墙,就能得到外面的火力掩护,我们就能在几分钟内消失在小树林里。"

宁嘉禾和裘双喜走在一起。宁嘉禾轻声地:"还要多少工夫能挖通墙洞?"

裘双喜:"很快,用不了半个时辰。"

宁嘉禾:"好,就定在今天午夜行动。"

裘双喜激动地:"终于等到这一天了!"

外面的放风哨吹响了。苟敬堂:"放风了。先出去透透气吧,都快闷死了。"

宁嘉禾从枕头下取出一截铅笔,用香烟纸写了几个字,卷成团,捏在手里,插进衣袖内。

1-34 北校场监狱小操场 外 日

服刑人员在严密监视下在户外散步。宁嘉禾走到篮球架前时,突然步履踉跄起来。裘双喜连忙扶住:'怎么了宁总指挥,你怎么啦?"

宁嘉禾:"我,我……"

裘双喜:"政府,政府……有人病了!"

马大虎和小李、小江跑过来。小李:"怎么啦?"

宁嘉禾:"我……我……"

小李:"快让他坐下。"

裘双喜扶着宁嘉禾在大樟树下的石块上坐下。

小李:"我去叫狱医!"马大虎看着小李离去,宁嘉禾趁隙偷偷把纸条塞在石块底下。

马大虎一回身,见宁嘉禾正躬着身,便警觉地逼过来。宁嘉禾顺势坐到地上,捂住肚子,痛得呻吟起来。

裘双喜:"这都痛死人了,还有没有人管?啊?要出人命啦!"大喊。

马大虎:"不准闹事!"

裘双喜喊得更起劲:"要出人命啦!"

马大虎用枪对着裘双喜:"再叫关你禁闭!"

裘双喜挑衅地抓住枪头,按在自己胸膛上:"毛崽子,有种干死你爷爷!来啊!朝这儿来!"

马大虎被逼得连连后退,放风的囚犯也凑过来,起哄地喊着:"管教杀人啦!杀人啦!"

马大虎正不知所措,小李带着王友明、狱医严爱华匆匆跑来。

1-35 北校场监狱支队长办公室 内 日

刘前进在擦枪,彭浩进来。

彭浩:"你肯定唐静茵会下山接应宁嘉禾吗?"

刘前进:"八九不离十吧。"

彭浩:"要说宁嘉禾越狱他老婆一定会来接应,这是合乎逻辑的,但有一个问题。"

刘前进:"什么问题?"

彭浩:"他们一个在监狱牢房里,一个在监外的不知哪个山洞里,要想互相配合行动,就得有个双方的约定,他们怎么约定在某个时间同时行动呢?"

刘前进:"他们得相互传递情报哇!这一点我倒真是疏忽了……"

1-36 北校场监狱墙外 外 日

狱墙外，有一卖小吃的摊车，摊主吆喝："抄手，热乎的抄手！"

一个披着蓑衣、看不见面孔的解放军背影从摊主前走过时，放缓了脚步。

摊主："解放军同志，来碗抄手？"

"啪"，一个纸团扔在摊上。解放军脚步匆匆离去……

摊主拿起纸条，推起车子，吆喝着快步离去："抄手，热乎的抄手！"

1-37 山上匪窝 内 日

纸团被一双女人的手打开：午夜越狱，断墙外接应！那个伪装成卖抄手的花子坐在一旁的椅子上，抽了口烟，吐出去。

唐静茵："啊！他们今夜要行动？"

阿慧："太好了，我这就去集合人马，天一黑就下山接应他们！"

唐静茵："等等！我们必须要让他们改变计划！"

阿慧："为什么？"

唐静茵："总指挥还有重要使命！"

阿慧："什么使命？"

唐静茵："你自己看看吧。"

阿慧："这是什么？"

唐静茵："这是刚收到的台湾电令。"

阿慧接过看："……国防部少将参谋次长？"

唐静茵没有回答阿慧的问题，却饱含深情地："嘉禾，为了党国的利益，只能先委屈你了，但是你放心，我一定会在他们西迁的路上救你出狱！"

阿慧："阿姐，山高皇帝远的，别理他们，今天一定下山把姐夫接回来再说。"

唐静茵："住口！别忘了我还是蒋委员长亲口任命的上校总指挥！我生是党国的人，死是党国的鬼，有违党国利益的事，我唐某誓死不为！"

1-38 军分区程部长办公室 内 日

程部长在打电话："请首长放心，刘前进和彭浩已经在我这里拍了胸脯了，他们一定会按西南局首长的指示，按原计划上路的……没问题。好的……我们会和他们保持联络，随时掌握他们一路上的动向……是！"

程部长刚放下电话，高参谋手上拿着一张纸走进来。

高参谋："程部长，十分钟前，情报处截获了一个发自台湾的电讯。"

程部长："什么内容？"

高参谋："他们好像使用了一种新的电码发的，我们一时还没法破译。"

程部长："新的电码？说明这个情报非常重要。命令情报处想尽一切办法，一定要尽快破译电文。"

高参谋："是！"

1-39 北校场监狱支队长办公室 内 日

刘前进和彭浩在给三个排长下达战斗任务，张连长站在旁边。

刘前进："一排还是监守监狱犯人动向。二排和三排天黑后开始行动，二排在左，三排在右，形成一个网口，埋伏在监狱两边的小树林里。现在虽然还有许多疑团没有解开，但我肯定宁嘉禾今晚必有行动。而只要宁嘉禾一动，他老婆唐静茵就必定会下山来接应。所以，你们就守株待兔，等着唐静茵的出现一网打尽。今晚的行动代号就叫'守株待兔'！"

张连长："放心吧支队长，我们不会让兔子跑掉的。"离去。

刘前进苦思良久后自语："他娘的，我还真想不明白他们究竟是怎么传递情报的。"

1-40 北校场监狱外在公路上 外 日

一辆军用卡车驶来，车上装着药品。驾驶室里除司机外，还坐着文捷和严爱华，文捷坐在靠窗的位置，严爱华坐在司机和文捷的中间。

"抄手，抄手……"花子又在监狱门口叫卖。

司机："本来就肚子饿，听到小商贩的吆喝声更饿了。"

文捷："饿啦？那你停下车，咱们吃一碗。"

司机："真的呀。那太好了。"停车。

文捷没有下车，趴在车窗喊着："喂，老乡，把车推过来，我们一人一碗。"

花子推着小车走近："我的抄手远近闻名，你们监狱首长们可没少吃。"

严爱华掏出钱从文捷的胸口前递了出去："给你钱！"

文捷："我这有钱啊。"

严爱华："上次就是你付的，轮到我掏一次啦。"

买卖在进行着。周圆拿着相机正在拍监狱大门，看见文捷她们在买卖，就喊叫道："喂，文大姐，你们在买什么好吃的？"

文捷："你也过来吃一碗吧。"

周圆向他们跑去，没跑几步，突然停下，拿起相机，"咔嚓"给她们拍了一张。

文捷："哎，小丫头，你干什么呢？"

周圆："这也是我的工作哦。哎，你们给我留一碗。"向她们跑去……

1-41 北校场监狱医务室 内 夜

文捷、凌若冰、严爱华在给服刑人员扎预防针，周圆也在帮忙，王友明率几个警卫在警戒。刘前进和彭浩进来察看。文捷站了起来："支队长，政委……"

刘前进忙说："别起来别起来，我们只是来随便看看。"

刘前进正面对着周圆的时候，周圆以为支队长要对她说什么，就绽着笑脸迎着，不想刘前进却像是根本没看见她似的又转向文捷："文大队长，九点钟之前能打完吗？"

文捷："应该能。"

彭浩看了凌若冰一眼。凌若冰明明感觉到有人打量她，却无任何反应。

刘前进捅了捅彭浩，轻声说："走吧。"彭浩回过神来，跟着刘前进往外走。

凌若冰轻轻地："下一个。"

正在想着什么的周圆突然回过神来，大声地："哦，下一个！"她的大声使刘前进吓了一跳，回过头去看她。周圆脸一红，向支队长伸伸舌头，表示抱歉。

刘前进爱答不理地回头唠叨着离去："一惊一乍的，哪像个兵！"

两位领导走出医务室后，周圆走向文捷，问："文大姐，你们的……哦，不，我们的支队长平时都这么凶吗？"

文捷玩笑地："那可不是，他只对漂亮的姑娘才那么凶！哈哈……"

周圆娇嗔地："文大队长，你在取笑我！"

1-42 北校场监狱医务室外 外 夜

屋外服刑人员队伍排到走廊外，宁嘉禾、鲁震山等也排在队伍中。宁嘉禾看到一个箱子外画了个醒目的"十"字。画外突然传来严爱华的叫声："下一个！"宁嘉禾突然回过神来，撸着衣袖向严爱华走了过去……

1-43 北校场监狱外小树林 外 夜

部队正悄无声息地往小树林两侧行动……

1-44 北校场监狱医务室 内 夜

严爱华从宁嘉禾胳膊上抽出针头，宁嘉禾一直在看放在窗台上那个画着"十"字的箱子。严爱华的针头用完了，她起身到隔壁去取针头。宁嘉禾借此空隙，很快走到那个箱子前，伸手在箱子底下摸索，摸到一张纸条。

文捷突然走了进来："宁嘉禾，你干什么呢？"

宁嘉禾指指刚扎针的胳膊："我这儿出血了，找张废纸擦一下。"

严爱华捧着放针头的盘子回来，顺手拿起一块纱布："用这个，摁三分钟。"

宁嘉禾接过："哦，谢谢！"

严爱华不理他，对外喊："下一个！"

另一囚犯撸着胳膊进来，宁嘉禾走出医务室……

1-45 北校场监狱走廊上 外 夜

刘前进在狱区巡视，突然远远地看见宁嘉禾在王友明和小江监视下从走廊上走来。宁嘉禾手摁着纱布走来，他身后跟随着两名管教，由于他心里有事，低着头，脚步却不知不觉中越走越快，他身后的王友明和小江也不得不加快脚步跟上。宁嘉禾走着走着，突然被人挡住了，抬头一看，猛地吓了一大跳，摁着纱布的手不由得紧了一紧。刘前进笑眯眯地站在他的面前。

刘前进："宁总指挥今天的脸色不错呀，红扑扑的。"

宁嘉禾竭力保持镇定："呵呵，不怕见笑，鄙人从来怕打针的。"

刘前进："呵呵，战场上连刀枪子弹都不怕的少将军人，倒怕了那一枚小小的药针？"

宁嘉禾："鄙人知道，说出来是件让人笑话的事。"

刘前进把目光停在他按着纱布的地方。刘前进："这是怎么啦？"

宁嘉禾："哦，出了点血。"

刘前进："是吗？"说着他就把手伸了过去，像是要揭开那块纱布。宁嘉禾心跳突地加速。刘前进手指几乎碰到纱布时却突然停住了，继而收回了手。

刘前进："按三分钟，血就止住了。"

宁嘉禾连忙说："是是是，狱医也这么说的。"

刘前进指着宁嘉禾身上的一处伤疤："哦，没事，比起总指挥曾经受过的那次重伤，针扎出点血简直不算什么。"说完他朝宁嘉禾笑了笑，走开了。

宁嘉禾暗暗松口大气的时候，额头上已经渗出了汗珠子……

定格。

第一集完。

第二集

2-1 北校场监狱男监 内 夜

宁嘉禾手按着纱布回到监室后,先靠在墙上重重做了几个深呼吸,缓解刚才的紧张,然后向他的狱友们使了个眼色。众服刑人员一接他的眼色,都一骨碌地起身,默契地站到门口挡起了一道人墙。宁嘉禾把纱布往地上一扔,迫不及待地打开那张纸条。宁嘉禾看完纸条,脸上的表情复杂。

裘双喜:“什么情报?我看看。”说着伸手想拿宁嘉禾手上的纸条。

宁嘉禾一把将纸条塞进了嘴里,嚼巴两下,咽了下去。

裘双喜:“哎……有何指令?”

宁嘉禾脸色阴沉,一声不吭……

2-2 北校场监狱空镜 夜 外

巡逻队在监狱操场内走过……

2-3 北校场监狱支队长办公室 内 夜

刘前进看着墙上的挂钟,指针指向23时45分。

2-4 监狱外小树林 外 夜

道路两旁的树丛中,埋伏着严阵以待的解放军战士。张连长拿着望远镜往道路的尽头看去,道路上毫无动静,张连长抬腕看手表……

2-5 监狱男监 内、外 夜

宁嘉禾像雕塑似的坐着。裘双喜急切地:“总指挥,约好的时辰到啦,开始行动吧!”

宁嘉禾一声不吭。

荀敬堂:“总指挥,究竟走还是不走,您说句话呀。”

傅明德:“总指挥,时间不等人哪!”

裘双喜:“看看,成大哑巴了!我的宁总指挥,求求您说句话行不行?”

宁嘉禾终于开口:“行动取消!”

众人大惊:“啊,什么,行动取消?”

傅明德:“嘘……轻点轻点!”

裘双喜压着声音,却掩饰不住急切地:“宁嘉禾!你什么意思?你不是说过了今晚就再也没有机会了吗?”

宁嘉禾:“即便这样,也必须取消今晚的行动!”

傅明德:“树有根,水有源,你总得说出个理由吧?”

宁嘉禾:“当然有理由,但我不能和你们说。”

裘双喜:“不行,老子为挖那狗洞把指甲都挖翻了,今天说什么也要离开这里。”

宁嘉禾:“指甲坏了还能重新长,可是……”

裘双喜:“宁嘉禾,我看你根本就没想走,也没敢走,你他妈比他(他指鲁震山)还㞞,真想不明白你是怎么当上党国的少将总指挥的。”

宁嘉禾:“你要还是个党国的人,就必须服从大局!”

裘双喜:“狗屁!什么党国,党国在哪儿?党国他妈的扔下我跑了,跑台湾去了,我还想着为他尽忠?那才是天下第一大傻瓜呢!好,你不走是你的事,弟兄们,不想死在这里的按原计划跟着我走!”

裘双喜:“我要走!”

苟敬堂:“我也走!”

傅明德:“那就什么废话也别说了,说走就走!”

宁嘉禾连忙站到那块床板上:“不能莽撞行事!”

裘双喜:“去你的吧,你以为你还是党国的总指挥呀?呸,现在你和我们都是同一个级别:共产党的阶下囚!滚开!”

宁嘉禾:“不能走!”

裘双喜:“你给我滚开!”推开宁嘉禾,一把掀去床板,就要往里钻。

宁嘉禾突然大声喊叫起来:“来人哪,有人要逃狱,快来人哪!”

顿时,警报四起,探照灯交错。

2–5A 监狱走廊 夜 内

一队警卫迅速赶到,用枪对准牢内,齐喊:“不许动!”

2–5B 监狱男监 内、外 夜

宁嘉禾站在墙角落里,其余囚犯一个个从他眼前被押出监室。裘双喜走过宁嘉禾身边时,重重地啐了一口。宁嘉禾最后被带出监室。宁嘉禾刚走出监室,就看见刘前进、彭浩、文捷和侯仲文都黑着脸站在门口,宁嘉禾向他们鞠了鞠躬。

刘前进:“宁总指挥,你说我今天是该给你记功呢,还是……”

宁嘉禾:“我只是明知他们不可能成功才……记不记功的,鄙人无此奢望。”

刘前进:“哦,不过我还是很感谢你的,否则,真要跑了犯人,我刘前进可免不了要受到上司处分的。”

宁嘉禾:“呵呵。其实我知道,你对这件事也早有察觉了。”

刘前进:“哦,你怎么知道?”

宁嘉禾:“你前天明明是看见那些墙泥的。可你故作未见。”

刘前进:“哦,呵呵,到底是少将总指挥。噢,王友明,给总指挥另外腾个小间,今天就别和他们住一起了,他们怨气大着呢。”

王友明:“明白了。走吧。”

宁嘉禾被带走。刘前进和彭浩走进牢房,刘前进的目光逡巡着已被腾空的牢房。

文捷:“他们准备怎么逃狱呢?”

刘前进:“那儿有个狗洞。”说完他跳上大通铺,一把拉起那块活动的床板,下面是一个可容一个人进出的墙洞。

文捷:“好险啊。看起来他们已经准备了很长时间,要不是宁嘉禾临时反水,今天几乎要出大事了。”

彭浩:“不会,其实前进早就知道他们的计划了,正张着大网等着呢。”

侯仲文:“是吗? 支队长是怎么知道的?”

刘前进却反问:“你刚才说宁嘉禾是临时反水?”

文捷:“呃……哦,我只是随便这么一说。”

刘前进咀嚼着:“‘临时反水’……这句话说到点子上了。”

刘前进发现了宁嘉禾丢在地上的那块小纱布,他弯腰拾起入神地看着。彭浩自顾离开,刘前进还在反复地看着那块小纱布。

(闪回)刘前进指着宁嘉禾按着纱布的地方问:“这是怎么啦?”

宁嘉禾:“哦,出了点血。”

(现实)刘前进仔细地看了看纱布的两面,若有所思……

2-6 军分区程政委办公室 内 日

程政委拿着电话:“给我接北校场监狱……”

办公室的门突然被推开,高参谋匆匆走了进来。

高参谋:“程部长,那份台湾电文破译了!”

程部长听了下意识地把正在接通的话筒放下了,急切地问:“什么内容?”

高参谋把破译后的电文递了过去。程部长看完电文,不禁长叹一声:“哦,如此重要的绝密情报,难怪他们要启用全新的密码发报了。”

高参谋:“是啊。想不到,我们的池子里还养着这么一条大鱼啊。准备车,马上去北校场监狱。”**2-7 支队长办公室 内 日**

关晓渝和周圆在整理着各种文件。周圆:“晓渝,这些文件都怎么处理啊?”

关晓渝:“哦,先放一边,一会儿我请示支队长后再处理吧。哦,这些都是比较重要的人事档案,不能和其他的一般性文件混在一起。”

周圆:“知道了。哎,关姐,你和文大队长是老战友吗?”

关晓渝:“是啊,怎么啦?”

周圆:“没什么,我只是觉得文大姐人挺好的。像个大姐姐。”

关晓渝:“她不但像个大姐姐,还是个忠诚的革命战士,她还是我的入党介绍人呢。哦,周圆,你先把这些整理一下,我把这些机要文件先拿去装箱。”

周圆:“好的。”

关晓渝搬着文件走出办公室,周圆继续埋在文书堆里整理着文件。刘前进和彭浩进来。刘前进把门关上。刘前进:“老彭,这件事现在一定要高度保密,除了你我,不能让任何人知道。”彭浩:“什么事?”

刘前进:“自从昨晚上发生那个越狱未遂事件之后,我一直在想一个问题。宁嘉禾为什么要揭发同伙逃狱?”

彭浩:“最简单的解释,是他想立功。”

刘前进:“肯定不是如此简单!”

彭浩用疑问的目光看着刘前进。

刘前进:“你还记得昨天文捷无意中说的那句话吗?”

彭浩:“什么话?”

刘前进:“文捷说宁嘉禾是临时反水! 正是这‘临时反水’四个字给了我一个启发:很显

然，你我昨天看到的那个准备越狱的墙洞，并不是在短时间内完成的，牢房里的囚犯们在没有任何铁器工具的情况下，要徒手完成那么一个工程，至少需要个十天半月吧。换言之，在这么长的时间里，犯人们天天要躲避我们的监视，掀起那块铺板，挖通那个墙洞，作为同室的宁嘉禾会不知情吗？他如果仅仅想立功的话，早在他们开始挖墙洞的时候就应该向我们举报了，可他为什么非要等到最后那一刻才突然'临时反水'呢？只有一个解释：那就是宁嘉禾本来也打算越狱的，可就在开始行动的前一刻，突然决定放弃了。为什么？"

彭浩："他说了，他是明知不可能成功，所以才放弃的。"

刘前进："撒谎！这纯粹是他在掩盖什么真正目的！如果事实正如他所说的明知不可能成功，那么从一开始他就应该做出这样的判断，可他为什么会到逃狱行动真正开始的那一刻才知道不可能成功呢？"

彭浩："你是说宁嘉禾此举是另有目的？"

刘前进："我们不是一直怀疑有人在给宁嘉禾和唐静茵之间传递情报吗？我敢说，宁嘉禾临时改变计划，一定是他又接到了传自于监狱外的敌特指令！"

刘前进话音一落，不妨背后突然发出声音。刘前进一惊："谁？"

周圆一副惊恐的样子从堆得乱七八糟的箱子后站了起来。

刘前进本能地掏枪对着周圆："你！你躲在这里干什么？"

周圆："哦，不不，支队长，我不是躲在这里，是关姐怕来不及整理文件，才叫我来帮忙的，我一直就在这里工作呢。"

彭浩："你都听见我们说的话了！"

周圆："我……我都听见了，可你们放心，来这里报到之前，我也经过严格的保密培训的，不该说的事，我永远不会对任何人说的。"

刘前进半信半疑……

2-8 军分区通往监狱的路上 外 日

军用吉普车在尘土飞扬的泥路上风驰电掣，车内坐着程部长和高参谋。

程部长："西南局首长对我们破译的这份情报非常重视，指示我们一定要赶在敌人之前，找到这条大鱼。"

高参谋："这可是给刘前进和彭浩他们又增加了一项新的压力啊。"

程部长："我之所以把彭浩调入一支队担任政委，是出于他们二人的特殊关系考虑的，我相信他们会有足够的勇气和智慧战胜一切困难，圆满完成这项史无前例的西征任务。"

高参谋："听说他们当年在东北战场并肩作战的时候，彭浩还救过刘前进的命？"

程部长："是啊，当年他们同在一个班，在一次阻击战中，战斗打到最后只剩下他们两个了，刘前进身负重伤，是彭浩背着他徒步走了几十里山路，把他送进了野战医院，硬是从死神手里夺回了刘前进的一条命……"

吉普车驶入监狱大门……

2-9 监狱会议室 内 日

刘前进、彭浩领着程部长和高参谋走进办公室。

刘前进："对不起了程部长，我这里简直和当年国民党逃跑前的情景差不多。"

程部长："只有三天的准备时间，还真有点难为你们啊。"他把一只破箱子倒扣过来，当凳子坐下。大家也都仿效着拿箱子当凳子围着程部长坐了下来。

程部长:"文捷和侯仲文两位也是你们的班子成员,把他们也叫来一起开个会吧。"

彭浩:"好的,我去……"

刘前进不动声色地伸手把彭浩按住:"哦,他们都在忙着准备行装呢,时间挺紧的,别去叫他们了。有什么指示,我们俩负责传达。"

程部长:"那好吧。情况是这样的。我们截获并破译了敌人的一份重要情报。就在你们的监狱里,有一个连在台湾的蒋介石都被惊动的重要人物!这个人是国民党国防部参谋次长,此人手上握有一份川、滇、黔三省的潜伏敌特名单!从情报内容上看,台湾方面也正在急于找到这个人。西南司首长指示我们,必须在敌人找到这个人之前挖出这个大鬼……"

刘前进突然地:"等等……"

高参谋:"怎么啦?"

刘前进:"程部长,你们的情报是在什么时候截获的?"

程部长:"是……"

高参谋:"截获电讯是昨天上午十点左右,但电文内容却是今天上午才破译的。"

刘前进看着彭浩:"对上了!"

高参谋:"什么对上啦?"

刘前进:"这就是宁嘉禾为什么临时反水的原因。"

2-10 小监房 内 日

宁嘉禾站在小窗口,望着窗外。唐静茵的画外音:"国防部少将参谋次长被捕已三个月,至今尚未暴露身份。风闻近日将转至共党北校场监狱,上峰密令我部务必设法营救,为了党国利益,只能暂缓越狱,你等暂留狱中寻找这位党国要员,事若有成,其功匪浅……"

2-11 监狱会议室 内 日

程部长、高参谋和彭浩倾听刘前进的分析。刘前进:"……综上所述,宁嘉禾是在他们行动的最后一刻才放弃越狱计划的,他为什么会在最后关头突然改变计划?只有一个解释,那就是他突然决定留下了,或者说他不得不留下来。留下来干什么?现在这份情报说明,他留下来的目的就是为了要完成和我们一样的使命——寻找那位参谋次长!"

高参谋:"你的分析合乎逻辑,并且,也完全符合这份情报的内容。"

刘前进:"但是,他在行动之前,是怎么得到要他继续留在狱中找人的指令呢?答案也只有一个:那就是有人在给他传递情报!"

程部长:"听上去问题非常复杂,而且十分严重。前进,你往下说。"

刘前进:"显而易见,作为重罪犯,宁嘉禾本人根本没有任何机会直接和外界的敌特人员接触,那么,我们就可以肯定地推说,给宁嘉禾传递情报的人只能是有条件和外界接触,同时又能接近宁嘉禾的人!什么人有这样的条件呢?只能是看管犯人的人……"

彭浩:"前进,这么说未免有点草木皆兵了,这不是在怀疑我们自己队伍中的人了吗?"

刘前进:"一点不错,我敢肯定,我们队伍中深藏着一个内鬼!"

众人脸色骤然一变……

2-12 女宿舍 内 日

文捷、关晓渝、严爱华都在房间里整理东西。周圆把上半身埋在一块黑布里面,撅着屁股在捣鼓着什么。关晓渝上去拍着姑娘的屁股,问:“嗨,小美人撅着个腚,在干吗呢?”

周圆从黑布里面发着声音:“别碰我,我在冲洗胶卷呢。漏了光可就全报废了。”

文捷:“本来应该在没有光的什么房里做的活……”

周圆:“暗房。”

文捷:“对,暗房。可这里条件差,没有暗房,只能用这办法,小姑娘挺有办法的。”边说边帮周圆捂紧黑布。

2-13 监狱会议室 内 日

程部长:“我同意前进的分析。我们的民主政权刚刚建立,国民党蒋介石不会善罢甘休,他们在逃往台湾之前,留下了数以万计的特务,他们以各种身份潜伏在我们身边,有的甚至混进了我们的革命队伍,他们就像一颗颗定时炸弹,随时都会爆炸。我们不得不加倍地提高警惕啊!”

刘前进:“定时炸弹?这个比喻太好了!程部长,这次西征行动本来就如履薄冰困难重重,我不能带着颗定时炸弹上路啊!”

程部长咬着腮帮想了想:“那你打算怎么办?”

刘前进思想后,语气坚决地:“挖!挖!挖出这颗定时炸弹!”

程部长:“怎么挖?”

刘前进:“根据我的推算,宁嘉禾最后一份情报最早是在昨天天黑后收到的。”

彭浩:“你为什么那以肯定,难道就不可能是昨天白天或更早的时间吗?”

刘前进:“他要是白天或更早的时候就收到这份情报,就不会等到午夜越狱行动前才决定放弃越狱。”

彭浩:“这倒也有道理。”

刘前进:“所以,我们的怀疑范围就相对缩小了。凡是昨天下午离开过监狱和天黑后接近过宁嘉禾的,我都要逐一排查!我们要做的第一件事,全支队所有人员,都必须向组织说清楚自昨天下午到晚上九点以前的活动情况。”

彭浩:“这样做会不会动静太大了点,出发前闹得人人自危也不好吧?”

高参谋:“你这有点像是要搞一场运动啊。”

刘前进:“我就是要搞一场运动,否则,我们带着定时炸弹怎么上路,怎么完成西征任务?”

2-14 监狱办公室 内 日

刘前进坐在桌前,盯着桌上一份厚厚的名册。

(闪回)会议室里,刘前进:“他为什么会在越狱行动的最后关头突然改变计划?只有一个解释,那就是他突然决定留下了,或者说他不得不留下来。留下来干什么?现在这份情报说明,他留下来的目的就是为了要完成和我们一样的使命——寻找那位参谋次长!”

2-15 监狱全景 外 黄昏

平静的监狱大院内,突然如狂风骤起。全副武装的解放军战士分几路踏着整齐的步伐,跑步开进监狱大门,而后大门就被隆隆关上,留下几名战士把守。解放军分散到监狱的各个方向,原先由管教值勤站岗的地方都换上了解放军战士。管教们一个个神色惶惶,却不知发生了什么。整个监狱戒备森严风云诡谲……

2-16 监狱会议室 内 夜

刘前进坐在中间提问;彭浩坐在一旁,桌上放着记录本。

刘前进:“友明,昨天下午到晚上九点,你离开过监狱吗?”

王友明:“我忙得昏天暗地,这谁都看见了,怎么……”

刘前进不耐烦地:“你就说你离没离开过监狱!不会听话啊!”

王友明不解地:“那没有……”

换一个询问对象——

刘前进:“老黄,请你说说昨天午后都在干些什么?”

老黄:“从中饭后我上岗楼换班,到六点天快黑了才下来……”

又换一个女管教——

刘前进:“晚饭后呢?”

女管教:“吃了晚饭,我一直在宿舍准备行装,不是明天就要出发了吗?”

管教干部们一个个神色紧张地进来接受询问,又一脸茫然地出去。气氛紧张而郁闷,所有管教们都神色既紧张又茫然。

2-17 监狱大院里 外 日

刘前进和彭浩从办公楼走出来。

彭浩:“总算全部筛了一遍……哎,你发现什么疑点没有?”

刘前进:“至少范围大大缩小了。”

彭浩:“你认定医疗队……?”

刘前进:“我觉得只有医疗队的几个最符合作案条件。”

彭浩:“下一步怎么做?”

刘前进又掏出那块小纱布看着。刘前进:“我要先向他去请教一件事。”

2-18 监狱小号(宁嘉禾的临时监室) 内 日

宁嘉禾躺在光板上。监门开启,刘前进走了进来。宁嘉禾从床板上缓缓起身。

刘前进:“宁总指挥,血止住了吗?”

宁嘉禾本能地捂了捂打针的那个部位:“呃……呵呵,早止住了。”

刘前进:“真流血了吗?”

宁嘉禾:“呵呵,这么点小事何敢劳政府垂问。”

刘前进:“我问你真流血了吗?”

宁嘉禾:“呃……我说了,只流了一点点血。”

刘前进突然亮出那块小纱布:“一点点血那也是血啊,可这上面却没有一丝的血迹。”

宁嘉禾脸色微变:“呃……那上面……”

刘前进:“这上面之所以没有留下一丝的血迹,只有两种解释:第一,你根本没有流血,那么纱布就有了问题;第二,纱布没有问题,而是纱布下面也许还隔着一张纸!”

宁嘉禾:“哦,开始时,我……我是在医务室随便找了张废纸擦了一下,后来是那位好心的狱医给了我一块纱布……”

刘前进:“那绝不是一张废纸,而是一份情报!”

宁嘉禾:“呵呵,政府真会想象。”

刘前进:“那是一份让你继续留在监狱里的指令,正是这项指令,迫使你改了主意,放弃了苦心准备了半个多月的越狱计划,否则,你这会儿也许早已经夫妻团聚了。”

宁嘉禾:“呵呵。我诚心改造,没想过那好事。”

刘前进:“我只想问你一件事。”

宁嘉禾:“我没收到什么指令,所以你也别问我是什么人给我传递情报。”

刘前进:“堂堂少将总指挥,当然不会这么轻易供出你的联络人。我还不至于幼稚到把你当成一个孩子而妄存奢望。”

宁嘉禾:“那你想问我什么?”

刘前进:“我想问的只是一个小问题:是谁给了你这块小纱布?”

宁嘉禾:“呵呵,这容易,就是给我打针的那个女政府。”

刘前进:“你是说我们文大队长?”

宁嘉禾:“不,还有一位,我只听你们自己人叫她什么华的。”

刘前进显然有点意外地:“严爱华?”

2-19 北校场监狱大院 外 日

铁栅栏门打开,鱼贯走来七八个穿着囚服的男犯,后面跟着持枪荷弹的战士。王友明打量着犯人,对着手里的花名册叫着名字:“杨玉林! 陈兴满!”两个囚犯一前一后走过去。

王友明:“林仁甫、小痦子!”

年长些的男囚犯走过去,年轻的男犯人讨好地对王友明笑笑。

王友明:“怎么叫这么个名? 你没名啊?”

小痦子笑笑,谦恭地:“报告政府,我没大名。”

小痦子走到王友明跟前,突然身子软了下,王友明扶住小痦子:“怎么啦?”

小痦子:“车坐久了,有点头晕……”

王友明指着年长些的犯人甲:“把他扶进去。”

囚犯甲不耐烦地扶着小痦子,小痦子讨好地悄然将手里的烟塞给犯人甲。

2-20 北校场监狱男监室 日 内

犯人甲和小痦子站在打开的牢门口。裘双喜打量着小痦子:“小痦子?”

小痦子点点头,指指腋下。腋下,果然长一颗豆粒大的红痣。傅明德也探头看了看。鲁震山冷眼看着小痦子。

裘双喜:“小痦子……名副其实啊。什么罪名?”

小痦子:“我……偷了点儿东西……”

犯人甲摸出那包烟,双手递给裘双喜:“长官,往后多多照顾小弟。”

小痦子一把抢过烟:“要孝敬长官还轮不到你。”

男犯甲:“妈的,老子告你去!”

小痦子一拳打向男犯甲,男犯甲趔趄了下,一屁股坐到地上。小痦子上前要打,被裘双喜拉开:“少给我撒泼!”

小痦子看看裘双喜,瞪着男犯甲:“你要想好好活着,就给我闭嘴!”男犯甲耷拉下头。

傅明德拉起男犯甲:“这烟,是他偷的吧?”男犯甲点头。

小痦子向众人:“小弟初来乍到,这烟,就算小弟孝敬各位的吧。”

众男犯伸手抢烟，小痞子向裘双喜递烟。裘双喜接过，点上。

裘双喜："偷什么了，还得蹲监坐狱？"

小痞子："解放军的胶皮鞋……我偷出二十来箱，卖了……"

裘双喜："敢偷解放军的军用物资，还二十多箱，好身手好胆魄啊小子！"

小痞子："在家靠父母，出外靠朋友，求各位多多照应。"

鲁震山鄙视地看着小痞子，又瞥了一眼傅明德。小痞子坐到裘双喜身旁，递上一支烟。

2-21 北校场监狱大院 日 外

王友明在铁栅栏附近找什么，马大虎过来："队长，找什么？"

王友明挠挠头，嘴里念叨："见鬼，我的烟掉哪儿去了……"

2-22 女宿舍 内 日

严爱华和文捷情绪低落地倒在床上，周圆在捣鼓她的胶卷。关晓渝进来，关晓渝："文姐，你是大队长，你真的不知道出什么事了，把我们一个个叫去审问？"

文捷："支队长和政委这么做肯定有他们的道理的，不该我们打听的，就别打听。"

关晓渝："好像我们都成了犯人似的，一个个……"

文捷："好了晓渝，不过是随便问问情况，没什么的。"

突然门外脚步声响起，她们往外一看，见一队解放军战士跑来，把持住了她们的房门。

严爱华一惊："出什么事啦？"

文捷："啊？哦，我去看看。"说着就要走出房间。

解放军伸手拦住："请你们在原地待命！"

文捷："怎么啦？"

解放军战士："这是命令！"

文捷："命令？谁的命令？"解放军战士不再回答……

2-23女宿舍 内 日

文捷、关晓渝和严爱华站在宿舍门里看着。彭浩经过女宿舍门口时，朝女宿舍里的文捷她们看了一眼。文捷想叫住政委："政委……"彭浩装作没听见，加快脚步离去……

关晓渝："怪怪的，究竟发生什么事啦？"

文捷摇了摇头。周圆手里拿着刚冲洗好的胶卷，站在她们三人背后想着什么。

刘前进的画外音："我们不是一直怀疑有人在给宁嘉禾和唐静茵之间传递情报吗？我敢说，宁嘉禾临时改变计划，一定是他又接到了传自于监狱外的指令！"

周圆拿起手上的胶卷对着阳光照着，她的目光一张张扫过，最后在文捷向装扮成小商贩的花子买小吃的那张底片上停住了……

门外突然传来一声喊："严爱华！跟我们走。"

周圆回头看着。严爱华走出房间，脸上现出紧张和不安的表情……

2-24 监狱支队办公室 内 日

严爱华进来，抬头见支队长和政委神容严肃地坐在上面，他们的对面孤零零地放着一张椅子。严爱华："支队长，政委，你们……"

彭浩："严爱华，坐吧。"

严爱华小声："是。"

彭浩:“你不用这么紧张,我们只是向你了解点情况,你如实回答就是。”

严爱华:“你们要问我什么?”

刘前进拿出那块小纱布:“你认识这东西吗?”

严爱华:“我是狱医,怎么会不认识医用纱布呢?”

刘前进:“我问的是你给过什么人这么一块小纱布?”

严爱华:“这……没有啊,我……”

刘前进:“你要是心怀坦荡,就用不着隐瞒。”

严爱华:“支队长,我一点也听不懂你说什么。”

刘前进突然严厉:“你应该听得懂!”

严爱华脸色刷地一白,委屈的眼泪就流了下来:“支队长,政委,我真的不知道自己做错了什么……我……”

彭浩:“你再想想,你是不是给过什么人一块这样的纱布?”

严爱华想了想:“哦,我想起来了,我给过宁嘉禾这样一块小纱布。”

彭浩正想说什么,刘前进抢先开口:“你为什么给他这块小纱布?”

严爱华:“我……他……”

刘前进步步紧逼:“究竟是你还是他!”

严爱华一急,也大声地辩白起来:“是我看他手臂上出血了,就顺手拿了块纱布给他压一压,要是这也算犯错误,我以后注意就是了,可我又不是犯人,你们怎么能像审犯人一样的审问我?”

刘前进“砰”地拍了下桌,怒道:“你发什么牢骚! 我们明天就要踏上千里西征的征程,可队伍里出了问题,组织上决定进行调查,你要是自信自己是清白的,又有什么好感到委屈的?发什么牢骚你!”

严爱华还据理力争:“可我真的不知道一块小纱布能说明什么!”

刘前进:“那我来帮你说明什么行吗? 你说是因为看见宁嘉禾手臂上出血了,才给他这块纱布对吗?”严爱华点头。

刘前进继续说:“可你仔细看看,这块纱布上根本没有一丝的血迹,你看到他出的血到哪里去啦? 他既然并没有流血,你又为什么要给他一块小纱布? 难道你不是想用一块纱布掩盖什么吗?”

严爱华被震慑:“呃……对不起支队长,我……我从来没经历过这样的事……所以我……我说得有点乱。事实上我并没有看到他手臂上出血,而是他自己说出血了……”

(严爱华讲述情景)

2-25 医务室 内 日

文捷和严爱华一前一后走进来,发现宁嘉禾在找什么。

文捷厉声问:“宁嘉禾,你干什么呢?”

宁嘉禾指指刚扎针的胳膊:“我这儿出血了,找张废纸擦一下。”

严爱华捧着放针头的盘子回来,顺手拿起一块纱布:“用这个,摁三分钟。”

宁嘉禾接过:“哦,谢谢!”

严爱华不理他,对外喊:“下一个!”

（现实）

2–26 监狱支队办公室 内 日

严爱华："事情就是这样的。不信您可以问文大姐，当时她也在场。"

刘前进若有所思……

2–27 女宿舍 内 日

严爱华神色黯然地回到宿舍。关晓渝："爱华姐，怎么样？出什么事啦？"

严爱华只是苦笑了笑，没有说什么。关晓渝："哎，你倒是说话呀！"

周圆："她不说自然有不便说的道理，我们还是别难为她了。"话音刚落，就听门外又一声叫。画外："周圆！你出来吧。"

周圆吓一跳："是叫我吗？"

文捷："是叫你。去吧，没事的。"

周圆临出门前一想，又回头从枕头下拿了什么东西，揣进衣袋里，然后走出房间……

2–28 监狱支队办公室 内 日

周圆进来。周圆："政委，支队长……"

刘前进自顾卷着纸烟，连眼皮也没有抬起来看周圆一眼。

周圆略有不悦地白了刘前进一眼之后，就不再看他。

彭浩："坐吧小周同志。"周圆在受审人的椅子上坐了下来。

刘前进问话的时候，仍然没有抬眼看被问者。刘前进："学过医吗？"

周圆没有回答。刘前进双手仍然在卷着纸烟，但嗓门却提高了一倍："问你话，怎么不回答？"

周圆："哦，支队长是问我吗？"

刘前进："不问你问谁？"

周圆："哦，我……我的专业是……"

刘前进："我只问你学过医吗？"

周圆不无情绪地："没有！"

刘前进一直没抬起眼皮，卷了又拆了拆了又卷的把玩着卷烟："既然没有学过医，昨天给犯人们打预防针的时候，你在医务室干什么？"

周圆："我……我去帮忙的呀。"

刘前进："谁让你去帮忙的？"

周圆没有马上回答；

彭浩："周圆同志，请回答支队长的问题！"

周圆还是没有回答；

彭浩："周圆同志，你为什么不说话呀？"

周圆支支吾吾地："我……我……我不知道该不该说……哦，我没什么说的。"

刘前进这才抬起头来，以一种显露凶光的眼神看着，刘前进："你要是心中无鬼，为什么这么吞吞吐吐？"

周圆："'鬼'？哦，对了，我心里是有个'鬼，'这个'鬼'就是上午无意中不幸听到了支队长和政委的秘密谈话！"

刘前进:“你什么意思?”

周圆:“支队长,我虽然年轻,在你的法眼里我不过是个非常招人讨厌的丫头片子罢了。但我来这里,也是组织经过考察挑选的,所以我知道自己虽然年轻,不懂得怎样才能博得领导高兴,但走进一支队,我就是革命队伍中的一名战士。”

刘前进不耐烦地:“我没工夫听你说这些没用的大道理,我只问你昨天是什么人让你去医务室的。”

周圆仍然没有正面回答,还顺着自己的思路说着:“昨天我无意中听到了你们说的话,心里就怎么也不能平静,我想了很多,我想作为这个队伍中的一名革命战士,我也有责任帮助组织解开这个迷,我也有责任向支队报告可疑情况,可是……我,我没有把握,我又怕说错话会冤枉了好人。毕竟我只有22岁,我没什么阅历,更没什么斗争经验,我……我真的不敢乱说。”彭浩:“东拉西扯的,让人听得累死。你究竟想说什么呀?”

刘前进一撒手,烟丝撒了一桌,他一把将烟丝撸到地上,一看桌面上还有残留,就呼地一吹,把桌面上吹得干干净净——就在看似做一些与主题无关的小动作的过程中,脑子里却在疾速地掂量着周圆这番话的真实含义,最后他一改开始时的严厉:“小周同志……”

周圆听到支队长明显变了态度,也改了称呼,不禁抬眼看着他。

刘前进继续和颜悦色地说:“既然你昨天听到了我和政委的谈话,就应该知道我们在干什么。对,我们的队伍里,我们的同志中,隐藏着一个十分阴险而奸诈的内鬼! 这个内鬼就像一颗定时炸弹,随时都可能爆炸。我们的西征行动明天就要开始了,你能被选中参加这次史无前例的行动,应该感到庆幸,但是我们要是带着这么一颗定时炸弹上路,你想想,多不安全啊?”

一直凝目看着支队长的周圆突然扑哧笑了一声。

刘前进:“……你笑什么?”

周圆:“原来你好好说话的时候,还是蛮和蔼可亲的。”

彭浩:“别东拉西扯,严肃点你!”周圆连忙忍着笑正了正色。

刘前进:“好,我一定好好说话,但你也应该大胆把你心里想的事向组织报告。你不是说到责任吗? 作为革命队伍里的一名战士,你是有责任向组织报告一切你认为应该报告的情况呀,对不对? 你说你怕冤枉了好人,这你放心,会不会冤枉好人,还有我和政委把着关呢。你说吧。”

周圆:“你刚才问我什么?”

彭浩:“问你是谁让你到医务室帮忙的。”

周圆:“哦,是这样……”

(周圆讲述情景)

2-29 监狱大门口 外 日

周圆的画外音在继续:“昨天下午我在监狱门口拍照,远远地看见监狱的卡车停在大门外边,她们在向一位小商贩买小吃……”

同步画面:周圆拿着相机拍监狱大门的照片,忽然发现远处正做着买卖。

周圆:“喂,文大姐,你们在买什么好吃的呀?”

文捷:“你也过来吃一碗吧。”

周圆就向他们跑去，没跑几步，突然停下，拿起相机，“咔嚓”给她们拍了一张。

文捷：“哎.小丫头，你干什么呢？”

周圆：“这也是我的工作哦。哎，你们给我留一碗。”向她们跑去……

周圆的画外音继续：“我们四个人一起吃了小吃后，我也挤进了驾驶室，一起回监狱……”

画面：三个女人都挤在只有两个座位的驾驶室里。司机发动汽车，车往监狱大门开去。

周圆：“文大姐，你们拉的什么呀？”

文捷：“给犯人们打防疫针的药品。”

周圆：“犯人还给打防疫针哪？”

文捷：“哎，小美人，你下午没什么事吧？”

周圆：“是啊，我看大家都在忙，就我成一大闲人了。”

文捷：“那就到医务室去帮个忙吧。一千多犯人呢，今天恐怕要忙到半夜了。”

（现实）

2-30 监狱支队办公室 内 日

周圆：“我看她们医务室的确人手不够，文大姐叫我帮忙，我就去了。”

彭浩：“不就是文大队长叫你帮忙的吗，这一句话，绕这么大一个圈。”

周圆：“支队长，我知道我很幼稚，昨天上午听了你们说的事，我心里就不知何故，突然产生一个直觉……”

刘前进：“什么，什么，这个词你怎么说的？”

周圆：“什么词？”

刘前进：“你最后那句话。”

周圆：“我说我突然产生一个直觉……”

刘前进：“哦，直觉，对，直觉。你往下说。”

周圆：“……我突然产生一个直觉。哦，其实我也很想早点向组织报告这件事的，但我怕说错了……”

刘前进：“没关系，你说吧。”

周圆：“支队长，以前是不是经常有一个卖小吃的在狱墙外叫卖？”

刘前进：“哦，有点印象，经常听见的，‘抄手、抄手，热乎的抄手’对吧？”

周圆：“对，上午我听到你们谈话中说到有人往监狱里传递情报的事后，忽然就想起那个人来，直觉告诉我那个人有点奇怪……”

（周圆讲述情景）

2-31 监狱大门口 外 日

周圆的画外音在继续：“……我就赶紧跑到大门口去，想看看那个小商贩是否还在……”

同步画面：周圆快步跑出大门，左顾右看，没有看到她熟悉的身影……

周圆的画外音在继续：“可那人已经走了，正当我在想是不是自己太神经过敏的时候，却突然发现那个小商贩的手推车被丢弃在水沟里……”

同步画面：周圆没看见商贩的身影，正要往回走，余光下突然发现了什么，就跑过去一看，那个卖“抄手”的小推车倒在水沟里，商贩却不知去向……

（现实）

2-32 监狱支队办公室 内 日

刘前进和彭浩腾地站起身来，两人不约而同地奔了出去，周圆也马上追了出去……

2-33 监狱大门内 外 日

刘前进和彭浩步履匆匆地奔向大门，门口站岗的战士向他们敬礼。

周圆也追了出来，却被战士拦住。她只得在门内踮着脚往外看着……

2-34 狱墙外 外 日

刘前进和彭浩终于找到那辆倒在水沟里的小推车，仔细察看着。

彭浩："很明显，这车是被人故意丢弃的。"

刘前进："直觉！直觉有时候还真是很准的。看来，许多情报都是通过此人传递的。"

彭浩："马上组织人，追捕那个小商贩！"

刘前进："来不及啦。直觉告诉我，狗特务既然把货车都扔了，就不会再回来，也不会继续留在这里了，早走远啦。"

彭浩："你倒是现学现卖。也会'直觉'了……"

刘前进突然想到，"那丫头片……哦，小周同志话还没说完呢。"说完就往回走。

2-35 监狱支队办公室 内 日

刘前进、彭浩进来，后面跟着周圆。刘前进刚想坐下，一想，又站起把那把受审者的椅子换了个地方，这样，三把椅子就成了围坐了。

刘前进："小周啊，直觉告诉我，你报告的情况非常重要。"

周圆忍俊不禁地笑了，刘前进敲敲桌子，周圆不笑了，从口袋里掏出胶卷："我想让你们看看那个小商贩，不，那个小特务的模样。"说着把胶卷拉开，在灯前给他们看。刘前进和彭浩连忙凑上前看。

周圆："你们看，就是这张，不过镜头稍远了点。"

刘前进仔细看着，忽然问："还有几个是谁？"

周圆："哦，右边驾驶室的是卡车司机，另两位，中间一位是严大姐，窗边这位是……"

刘前进："是谁？"

周圆："是文大姐！"

刘前进、彭浩："文捷？"

2-36 监狱支队办公室 内 夜

办公室里已亮起灯，只剩下刘前进和彭浩两人。刘前进还在仔细看着那张底片，虽然只是张底片，但画面却很清晰。刘前进的目光聚焦到正把手伸向那个商贩接过"抄手"的文捷身上，黑白照底片上的画面渐渐现实起来——

2-36A 刘前进的想象画面

文捷伸手去接商贩递过来的抄手。商贩在把碗递给文捷的同时，暗暗塞给文捷一张纸条。文捷用一只手把碗传递给坐在另一边的司机，另一只手暗暗将纸条揣进衣袋。

2-36B 医务室里

严爱华给宁嘉禾打针，发现盘子里消过毒的针头没有了，就捧起盘子到隔壁去取针头。

2-36C 医务室隔壁

文捷看到严爱华离开，那边只剩下宁嘉禾一个人了，就抓住空隙走了过去，没想严爱华捧着针盘也跟了回来。文捷就故意说:“宁嘉禾,你在干什么?”边说边上前推了宁嘉禾一把的同时,将纸条塞给了宁嘉禾。

宁嘉禾:“哦,我……我这儿出血了,想找张纸……”

严爱华就从盘子里拿了块纱布:“拿这个,摁三分钟。”

宁嘉禾:“谢谢。”快速把纱布和小纸条叠在一起,压在了手臂上……

2-36D 现实

刘前进突然对外面喊:“带文捷……”马上又改口,“哦,去请文大队长来一下。”

外面战士应声:“是!”

彭浩:“前进,对待文大队长,我们要特别慎重!”

刘前进陷在自己的思绪里,自语:“这个文捷文大队长……”

(闪回)男监。文捷:“好险啊。看起来他们已经准备了很长时间了,要不是宁嘉禾临时反水,今天几乎要出大事了。”

彭浩:“不会,其实前进早就知道他们的计划了,正张着大网等着呢。”

侯仲文:“是吗? 支队长是怎么知道的?”

刘前进却反问:“你刚才说宁嘉禾是临时反水?”

文捷:“呃……哦,我只是随便这么一说。”

(现实)刘前进:“是随便那么一说吗? 她怎么知道宁嘉禾是临时反水呢?”

彭浩:“前进你什么意思,难道你真的把文捷当特务了吗?”

刘前进:“我没有对任何人下任何结论,但你也不能否认,经过这么一大圈的筛滤调查,文捷最符合作案条件,她的嫌疑太大了。”

彭浩:“我不能接受这个事实,毕竟文捷也不过是看上去有作案条件而已,并没有更确凿的证据证明她就是那个内鬼。”

刘前进:“文捷和我已经共事多年了,你以为我就能接受这个事实? 但现在距我们出发已经只有七八个小时了……最后的事实要是证明文捷是清白的,我相信她是会理解我们,并能正确对待这件事的。”

这时门外传来文捷的声音:“报告!”刘前进和彭浩对了一下眼色后,刘前进似乎不忍心面对文捷,就背身走到了窗边。

彭浩:“进来吧文大队长。”

文捷进来,看到屋里一个表情有点怪怪的,另一个背身站着,不禁也有些不自然。文捷:“政委……”

刘前进突然转过身来,把那把椅子重新置于被审的位置。刘前进:“坐吧。”说完走到审问者位置上坐下。彭浩一看这架势,也只能跟着到上座坐下。

文捷感觉到压力,缓慢在那个被审问者的座位上坐了下来……

定格。

第二集完。

第三集

3-1 男监室 内 夜

裘双喜、荀敬堂、小痞子、傅明德等被同囚于另一个临时监室，鲁震山仍然是独自侧卧呼呼大睡。

裘双喜恨恨地："他娘的，要不是宁嘉禾这个叛徒，我们现在都能搂着老婆睡觉了。"

小痞子："出卖弟兄的人最他妈可恶！要是见到这小子，我替大伙收拾他！"

裘双喜听着刺耳："他再有不是，还轮不到你！一个小蟊贼，算什么东西！"

小痞子："你……你怎么不知好歹？"

裘双喜站起来，逼向小痞子。小痞子惧怕地不由后退："你——你干什么？我不怕你啊……"小痞子摆出动作，像是随时准备发起进攻。

鲁震山突然威慑力十足地："这儿不是充当英雄的地方！"

荀敬堂拉了一把裘双喜："算了算了，你和多一只手的人有什么好计较的。"

裘双喜指着小痞子："你再跟着瞎掺和，小心我把你那多余的一只手卸喽！"

小痞子见裘双喜收手，嘀咕了一句："少说大话，我又不是被谁吓大的！"

裘双喜瞪了一眼小痞子，坐下。

荀敬堂坐到旁边："这宁嘉禾好歹也是个少将总指挥，怎么就……"

小痞子："什么？姓宁的是少将总指挥？这得多大的官啊……这事……"

裘双喜："这事关你屁事！少他妈废话！"

小痞子："是是，总指挥……那这事我还真管不了，管不了……"

裘双喜："娘的，有机会我们一定要给那屄包一点教训，要不然我实在咽不下这口气！"

荀敬堂："明天不是要上路了吗？我们路上找机会捅了他。"

鲁震山突然坐了起来："我鲁某有话在先，你们想捅谁与我无关，可你们放火的时候可别不顾及旁边的鱼池，鲁某人不想受你们的暴力牵连多加几年刑，你们可别想在我身边干什么蠢事！"他说话时双目逼着荀敬堂。

荀敬堂怯了，说："我不过是过个嘴瘾。说说而已，说说而已。"

鲁震山倒头又躺了下去……

3-2 监狱支队办公室 内 夜

文捷忍不住腾地从座椅上站了起来："什么，你们怀疑是我给宁嘉禾传递了情报？"

彭浩："不不，文大队长你别急，我们正在核实一些情况。"

文捷："可我……我受不了你们这种眼光。"

刘前进："文大队长，你是个老党员老公安了，你应该理解我们……"

文捷："我是个老党员老公安，我也曾经在敌人的监狱里被关押被审问过，但面对敌人的拷打和囚禁，我心里非常坚定和坦荡，可面对自己的同志的审问，我感到的是屈辱！"

刘前进"砰"地拍了下桌，吼了起来："我看你的觉悟还不如人家严爱华和周圆高，还有全支队的上百名管教干部，他们都面对我们的调查，可他们相信组织，没有一点怨言。而你呢？你要是清白无辜，就应该襟怀坦白地接受组织调查嘛，何来这么大的抵触情绪？”

文捷：“哦，对不起支队长，是我太激动了。可我……哦，我……我会正确地对待这件事。好，我接受组织调查……”

3-3 监狱小号　内　夜

宁嘉禾躺在木板上，目光却透过小窗看着黑洞洞的夜空。宁嘉禾的心声：“国防部参谋次长，少将军衔……三个月前被捕，押在共党的北校场监狱……谁是那个党国要员呢？”

宁嘉禾起身，在斗室里慢慢踱步，他脑子里的形象一个个呈现。

出现裘双喜。心声：“不，这草包不可能是他。何况，此人半年前就被关押在这里了。”

出现苟敬堂。心声：“不，他也不可能……”

出现一男囚。心声：“不，不不……”

出现鲁震山。心声：“那不过是个慵懒的莽汉！还有谁呢？”

出现傅明德。宁嘉禾突然凝住神色……

3-4 支队办公室　内　夜

文捷：“支队长，你肯定宁嘉禾的情报是从医务室得到的吗？”

刘前进：“八九不离十！”

文捷凝眉想着——

（闪回）医务室。文捷从左室走进右室，发现宁嘉禾正在药箱底下摸着什么。

文捷：“宁嘉禾，你在干什么？”

宁嘉禾紧张地回过头来。宁嘉禾：“我……哦，我这儿出血了，想找张纸擦一下。”

正好严爱华进来，就随手拿起一块小纱布递给宁嘉禾：“拿这个，摁三分钟。”

宁嘉禾：“哦，谢谢！”

严爱华不理他，对外喊：“下一个。”

宁嘉禾用纱布按着手臂走了出去。文捷看着……

（现实）文捷站起就往外走，走到门边又忽然站住回头：“支队长，我们能到医务室去看看吗？”刘前进从座椅上站起：“走吧。”三人快步走了出去。

3-5 医务室门口　外　夜

三人脚步很快地向医务室走来。推门——

3-6 医务室内　外　夜

医务室分左右两室。三人走进医务室，开了灯。文捷：“当时我从这边过去，正好看到宁嘉禾在那个角落里的箱堆里摸着什么，我当时没想太多，就喊了一声——”

（闪回）文捷：“宁嘉禾，你在干什么？”

（现实）文捷一想，很快地奔向角落里那堆装药品的纸板箱。刘前进一直在后边观察着文捷。文捷一只只地检查着纸板箱，忽然发现其中一只纸箱里像是被什么人有意用炭灰画上的一个“十”字。文捷：“你们看。”刘前进上前拿过这个箱子，一面面地检查，终于在其中一面看到了一块沾过什么东西的痕迹……

文捷：“都怪我当时思想太麻痹了。”随后又自恨地，“当时我要是仔细检查一下，也许就能发现，可我……”

刘前进反而安慰起了文捷："这不能怪你，要怪只能怪敌人太狡猾了。哦，文捷，我的直觉告诉我，你是清白的。我是个急性子的人，刚才……哦，希望你能理解。"

文捷眼泪当时就串流而下。文捷哽咽："我理解，我完全能理解，支队长，我们都是一起共事多年和老同志啊……"越来越忍不住地终于哭出声来……

3-7 监狱大院 外 夜

刘前进、彭浩和文捷夜色中走来，三人站在月光下，久久地谁也没有说话。

刘前进突然掏出枪对着黑暗处："什么人?"彭浩和文捷都吓一大跳。

黑暗中传来男子声音："我……是我……"随声，侯仲文走了出来。

侯仲文一直走到三人面前："你们都一宿没睡吧?"

刘前进："这个内鬼闹得是人心惶惶，快让人神经质了。"

侯仲文："我就知道我们内部出了问题。但……我不便问。"

彭浩："明知有内鬼，却找不到线索，怎么办?"

刘前进："天将拂晓，马上就要上路了，还能怎么办? 只能是带着定时炸弹上路了。"

彭浩："哎，前进，既然我们已经确定宁嘉禾收到情报，为什么不直接提审宁嘉禾呢?"

刘前进："第一，宁嘉禾不是一般的犯人，不是那么容易让他开口的。第二，宁嘉禾还负有和我们一样的使命，我还想利用他帮助我们寻找那条大鱼呢。所以，我们尽量不要去惊动他为好。至于那个内鬼，我也想明白了，暂时没有把他挖出来兴许不见得就是坏事，他一定会配合宁嘉禾寻找他们的参谋次长，所以，暂时留着他，也许还有点好处。只要他们别待着不动就行。一动，总会露出马脚的。"

侯仲文："我有两句话，不知当不当说?"

刘前进："我还真想听听你的见解，快说吧。"

侯仲文："见解说不上，大家也都清楚。我就是觉得……既然我们内部出了内鬼，暂时还没找到鬼影，那这西征的一路上，大家都得睁大眼睛，加倍提高警惕。"

彭浩："是啊，我们都要多长一双眼睛。"

刘前进："我都恨不得长四双眼睛，前后左右都能看到，免得中敌人的冷箭!"

侯仲文："我想说的第二句话是……在提高警惕的同时，也别把敌人看得过于高明，更不能弄得草木皆兵，人心惶惶，这样一方面给大家造成太大的精神压力，不利于西征；另一个会让敌人有机可乘，毕竟，把犯人安全押解到新锦屏才是我们重中之重的任务。"

刘前进："我说老侯像根定海神针吧，怎么样? 关键时候就高屋建瓴了。我接受老侯的观点! 内紧而外松，别让敌人搅乱了我们的脚步，更不能给敌人留下空子钻!"

文捷："支队长，天快亮啦。"

刘前进重重地呼了一口大气："呵，史无前例的西征行动就要拉开序幕了，内忧外患，如履薄冰，这一路上，一定会有几出好戏呵!"

3-8 空镜头

寂静的黑暗中，东天渐渐破晓。清脆而单调的军号声吹响……

3-9 卧房 内 晨

一个个房间里的管教和战士们稀里哗啦地起床，打行李，做准备……

3-10 监狱大院 内 晨

院子里也顿时像烧开的水壶似的沸腾起来：打箱、装车、人喊马嘶，忙作一团……

3-11 某江边 外 日

粮船拉起风帆。甄世成在忙上忙下……

3-12 监狱大院 外 日

全体监管和部队都在大院里集中。刘前进和彭浩站在台阶上,各大队和各连队指挥长跑来报告。

侯仲文:"报告支队长,一大队准备完毕!"

二大队长:"报告支队长,二大队准备完毕!"

文捷:"报告支队长,女犯大队做好准备!"

一连长:"报告支队长,一连准备完毕!"

甄世成匆匆跑来:"支队长,后勤物资走水路已经先行一步了……"

刘前进:"好,下面请政委同志作战前动员。"

彭浩走到队伍前面。彭浩:"同志们……"

3-13 男监 内 日

犯人们都趴在栅栏门里看着外面。

裘双喜:"要上路啦。弟兄们,路上都看我的眼色行事。"犯人们呼应……

3-14 监狱大院 外 日

彭浩:"我要说的就是这些啦,下面请支队长下命令吧。"

刘前进:"一连负责警戒,其他管教按犯人编队管理。十分钟后,让所有犯人都带好自己的被褥行李,在小操场集合!"

大院里的队伍立即分散,往各个监室奔去……

王有明打开牢门,对监内犯人:"带上铺盖卷,排队出来!"犯人们听命而行。

另一管教打开另一牢门:"各人自带行李,出来排队!"

严爱华打开女监牢门:"带着行李,都到操场集合!"

顿时,监狱大院走廊上,一溜溜地到处都是灰色的人流。监室通往操场的出口处梗阻似

的挤满了灰色的囚犯。

裘双喜和苟敬堂几位一边人挨人地往前移，一边东张西望地在找人。突然，他们看见了人流中的宁嘉禾。

3-15 监狱操场 外 日

镜头从一排寒森森的枪管移向警戒线内。犯人在操场上集中。头戴钢盔的解放军战士表情严肃，让人感到一种威慑的气势。

侯仲文走来，目光威严地巡视男犯队列。文捷威严地站在女犯队伍的对面。

周圆身挎军用背包，关晓渝的背包带上系着一支红穗短笛。她俩的身旁是一匹驮着帆布箱和收发报机的白马。站在马旁的，是小江。

刘前进一遍遍地看表，又望向监狱大门。刘前进："程部长怎么还不来？"

彭浩："再等等吧……"

小李匆匆跑来："报告支队长，程部长来电话……"刘前进和彭浩快步跑向办公区。

3-16 监狱支队长办公室 内 日

刘前进在接电话，彭浩站在一旁抽烟。程部长电话里的声音："……我们谁都不想错过这场好戏的开场啊，今天分区有急事，走不开了。"

刘前进："老首长放心好了，西征先遣队已经做好了出发准备，就等你下令啦！"

程部长的声音："该说的我都说了，要补充的只有一句，你们今后碰到的问题，远比夺阵地、炸碉堡、打攻坚复杂得多——"

3-17 监狱操场 外 日

队伍已经整装待发，随着画面的移动，程部长的画外音在响着："你们不仅要对付国民党残余的骚扰，还要对付身边的内鬼！不但要把这一千多犯人解押到千里之外的目的地，还要找那位隐姓埋名的国民党要员。所以呢，遇事要多动脑子，可不能出马一条枪，光图个痛快呵！另外，你们要随时和分区保持联系，报告你们的情况。"

程部长说完之后，镜头摇至刘前进和彭浩。刘前进一挥手："出发！"

3-18 金沙江边 外 日

山腰路上，尘土飞扬，大队人马在逶迤西行。

3-19 山道 外 日

一白一黑两匹马在山路上扬蹄飞驰，奔上临江的悬崖峭壁。唐静茵勒住缰绳，山风扬起唐静茵身上的披风，她举目远眺。

阿慧勒住黑马，抬手指对面山梁上西进的队伍："看，押解队伍来了！"

唐静茵看着，不禁也感叹："共产党真是敢想敢做，他们不但有值得炫耀的两万五千里，现在又开始了解押那么多囚犯的千里西征！不过，这次我唐静茵不会让他们顺顺利利的！"

阿慧："阿姐，咱们什么时候下手营救姐夫？"

唐静茵："该下手的时候就下手。关键是你姐夫能否顺利找到那位党国要员。"

阿慧："阿姐，咱们下一步……"

唐静茵："替他们上香求佛，保佑他们一路平安。"二人勒转马头离去……

3-20 土路 外 日

长长的队伍在山道上行进；无数双穿着胶鞋、草鞋的脚零乱地在土路上踩踏，借着风势，吹得一路尘土飞扬。解放军挎枪警戒，管教们跑前顾后。男犯、女犯，一个个都已汗流浃背。

彭浩从队伍的头一直往后，到了女犯大队前，突然一张熟脸和他一个照面——凌若冰走在队伍的边上，看得出，她已经筋疲力尽，但她默默地咬牙坚持着。突然，凌若冰被路上的小石头绊了一下，一个趔趄往前冲去。彭浩往前一把扶住了她。

凌若冰大眼一闪，轻轻说了声："谢谢！"往前走了。

彭浩看着凌若冰的背影，突然大声喊道："再坚持一下，前面就是宿营地了。"

柳春燕往后轻佻地瞟了彭浩一眼，对凌若冰说："多久没碰男人了，我后悔没有跟着你也打个趔趄，让我也扑进他怀里待一会儿。哈哈……"

彭浩跑向前队给大家打气："大家再坚持一会儿，前面不远就是宿营地了。"

裘双喜听了，用胳膊肘子撞了一下另一男犯："不能再等了。"说着向身后努努嘴。那犯人往后一看，发现了后队的宁嘉禾。裘双喜、苟敬堂和几个原先一个监室的犯人互相使了个眼色，趁着管教跑到前面去的机会，一个个地往后换位，渐渐靠近宁嘉禾。

小痦子意识到什么，故意蹲了下去，正好被一个管教看见。

管教："816号，不许蹲下！"

小痦子："后面人踩了我的鞋了。"佯装拔鞋。等他站起时，正好排在宁嘉禾的身边。小痦子对宁嘉禾挤眉弄眼："您是——宁总指挥吧？"

宁嘉禾警惕地："你是谁？"

小痦子："我叫小痦子。那几个人……你得小心点。"小痦子示意了下宁嘉禾等人，见宁嘉禾正盯着自己，忙快走两步，离开。宁嘉禾看着。

犯人甲放慢脚步："宁总指挥，别来无恙啊？"

宁嘉禾一看来者不善，想往前挤，不想他前面的犯人回过头来，却是苟敬堂。

苟敬堂："宁总指挥，你想往哪儿拱啊？"

宁嘉禾一看，才发现他的前后左右已经都是原来的同室了。

宁嘉禾轻声质问："你们想干什么？"

裘双喜："你毁了我们的计划，就该为此吃点苦头！"

宁嘉禾："你们要相信我，我一定会想更好的办法带你们出去。"

裘双喜："你以为我们还会相信你吗？"话音一落，就向宁嘉禾左肋一拳，马上装着若其事地继续走着。

宁嘉禾忍着痛，压着声："你会后悔的。"

另一男犯："我们当初听了你的话，已经后悔了！"话音一落，又向宁嘉禾右肋一拳。

宁嘉禾："好，你们想报复我的目的达到了，我不与你们计较，可你们要是还不罢手，我可要报告了。"

裘双喜："你不说报告我们也就算了，正是你那一声报告毁了我们众多兄弟！"说完他恶意地往宁嘉禾脚下一绊。

宁嘉禾一下子扑倒在地。跟在他身后的趁势"哎哟"一声扑了上去，随后第三个不知情的也倒了下去。小痦子跟着上去，大呼小叫起来。裘双喜他们趁乱一拥而上，乱拳乱打。一时间，犯人队伍里乱成一片。

刘前进赶到，从一位战士手上夺过冲锋枪，朝天"突突突"地打了一梭子。犯人被震慑，一个个像是突然定格似的不敢动了，有几个已经跑进路边庄稼地的也赶紧举着双手归队……

宁嘉禾、裘双喜、小痦子、苟敬堂等人鼻青脸肿地站在乱人堆中……

刘前进大声地喊道："从现在开始，有人再敢生乱，我就给他戴上脚镣。今天的事暂不追究，但你们记住，下不为例！"

3-21 公路 外 日

一辆军吉普在公路上疾驰。坐在副驾驶位置上的程部长显得焦虑不安。后座上，高参谋也神情紧张地望着前方。程部长对司机："再快点……"

高参谋："要不要命令刘前进他们停止前进，换上二支队做先遣队？"

程部长沉思着："换上二支队、三支队……也难料不出别的新问题，再说，也来不及换了。开弓没有回头箭——这先遣队，还是刘前进他们！我了解这个刘前进……"

3-22 江岸土路 外 日

押解队伍秩序井然地向西行进，行进中的胶鞋、草鞋，腾起一路尘土。吉普疾驰而来，不住"笛笛"响着喇叭，刘前进闻声回头。汽车停下，程部长、高参谋下车。

刘前进迎上前："程部长、高参谋，怎么回事？"

程部长："有重要情况，必须当面说。"

前面的彭浩匆匆跑过来："程部长、高参谋，发生什么事啦？"

3-23 土路大树下 外 日

程部长在前，刘前进、彭浩、高参谋在后，来到路边大树下。

高参谋："通信团截获了敌人的密电。唐静茵会随时随地袭击你们，营救押解的囚犯。"

刘前进："这一点，我们不是早就想到了吗？"

程部长："还有一点……"

彭浩："什么？"

程部长："问题相当严重啊！根据对密电的分析，这内鬼，真就潜伏在你们一支队的领导层……"刘前进、彭浩大惊！

3-24 土路 外 日

蝉鸣聒噪。军吉普绝尘而去。刘前进、彭浩向已经走远了的押解队伍望去。刘前进慢慢收回目光。程部长画外音："根据对密电的分析，这内鬼，真就潜伏在你们一支队的领导层……"

一个声音——"内鬼……内鬼！"自远而近，穿过蝉鸣冲进刘前进的耳鼓。

刘前进："押着这帮犯人，不能真刀真枪地干，我就够憋气的了，这又来了内鬼……（咂舌）我这枪都没处瞄准了！还有个参谋次长！"

彭浩："愁啥！兵来将挡，水来土掩！咱们两边挖呗！"

3-25 卧云寺门前不远处 外 日

半山中浓荫掩映的卧云寺。敞开的寺门前，两个小和尚在打扫尘埃。

3-26 卧云寺门前不远处 外 日

扮成男装的阿慧和钱守柱带领几个衣装驳杂的土匪小心地走出树林。

钱守柱停下，望向卧云寺，对两个小匪："先把门口那两个干掉！手脚要利落，不要弄得到处是血，脏了佛家圣地……"

阿慧："我去吧。"

3–27 土路 外 日

无数双穿着胶鞋、草鞋的脚，行走着。每个人都是风尘仆仆，挥汗如雨。侯仲文跑前跑后地照看队伍。侯仲文："加把劲，走快些！前面不远就是宿营地了……"

3–28 大祠堂 内 黄昏

空荡荡的大祠堂，光线晦暝，门口有战士站岗。刘前进从外边进来。彭浩、侯仲文一边吃饭，一边在商量着什么事，刘前进向他们那边瞅了一眼。

犯人们东倒西歪地倚坐着吃饭，王友明、马大虎等人提着大号饭桶走开。刘前进找了个角落坐下，心不在焉地拿起一块干粮吃着。小李端过一碗水，放在刘前进面前。

彭浩端着碗走过来，将一块干粮放进刘前进碗里："给你留了一块饼子，怕你不够。"

刘前进："都给我了，你也不够哇！"说着端起碗呼啦拨了一半菜给彭浩。

彭浩："咱们走得不慢吧？"

刘前进："这路多难走哇！今天能赶到这儿住就完成任务了，烧高香了！"

祠堂一角。裘双喜、小痦子、鲁震山、傅明德等犯人围在一起吃饭。宁嘉禾有些孤单地坐在不远处，他机械地往嘴里扒拉着饭。看看站在不远处的管教，他起身佯装盛了汤，向裘双喜等几个人走去。

裘双喜等人看到走来的宁嘉禾，都有些恼怒。宁嘉禾坐在裘双喜旁边，裘双喜压低声音："你找死？"

宁嘉禾扫了眼裘双喜，又扫视了一圈众囚犯："各位，我们不能再闹内讧了！在北校场监狱能不能逃出去，你们都应该能想到！我的身份各位也都清楚，有我出去的那一天，就绝不会扔下大家！可要是因为谁的蛮干，坏了大家的好事，我还是不会答应的！"

众囚犯看着裘双喜，裘双喜一蹾碗："他妈的，都看着我干什么？"

宁嘉禾拿起裘双喜的碗，将自己碗里的汤倒了些递过去："少安毋躁，裘监狱长……"

裘双喜扫了眼宁嘉禾，不情愿地接过碗……

3-29 祠堂门口 外 黄昏

马大虎从门里出来。一个要饭的中年男人向祠堂里伸着头："解放军同志，我两天没吃东西了，可怜可怜，给我口吃的吧。"要饭的男人是花子装扮而成。

马大虎犹豫了一下，还是挥着手："快走快走，这里不准进！"

花子："解放军同志，给口吃的吧！"

3-30 大祠堂 内 黄昏

门口的声音惊动了刘前进、彭浩、侯仲文等人。彭浩朝外走。

3-31 祠堂门口 外 黄昏

彭浩出来："怎么回事？"

花子："可怜可怜我，给口吃的吧！我快饿死了……"

刘前进和侯仲文出来，刘前进看了眼花子："给他弄点什么吧。"

小李拿了块干粮，花子接过，坐在台阶上狼吞虎咽地吃："谢谢……谢谢……"

彭浩："慢点吃，别噎着了。"吩咐一旁的马大虎，"给他倒碗水去。"

马大虎进去。侯仲文和刘前进走开，彭浩跟上。

刘前进嘱咐侯仲文："晚上换岗的时间不能间隔太长，让战士们抓紧时间睡觉。犯人那边也是，吃完饭就让他们睡，明天上路得走快些！"

侯仲文："是！"

刘前进走去，头也不回。小李跟在后面，刘前进示意他回去。彭浩跟了几步，停下，看着刘前进走向村口……

花子坐在台阶上，看着几人的背影，一只手伸到石板下摸索着，摸到一张纸条，动作极快地揣进怀里，又从怀里掏出一个竹管，塞到台阶石板下。

马大虎端着一碗水出来："老乡，给。"

花子千恩万谢，一口气喝光碗里的水，放下碗，冲站岗的马大虎点头哈腰地走开。

彭浩走回来，看见地上的碗，弯腰去拿……

3-32 寨口树下 外 黄昏

刘前进坐在石条搭成的凳子上，身子靠在树干上，闭着眼睛。程部长的画外音："……这内鬼，真就潜伏在你们一支队的领导层……"

身后有人影闪过。程部长的画外音："……真就潜伏在你们一支队的领——导——层……"被夸张放大了的程部长的画外音，反复在刘前进耳畔重复着。身后的人影离刘前进越来越近。刘前进似乎又听到别的什么声音，突然睁开眼睛，起身拔出手枪。

彭浩："哎！前进！怎么啦你？"

刘前进："是你呀！吓我一跳！你怎么一点声都没有，万一我这枪……"

彭浩："你是被内鬼吓着了吧？……也是啊，咱睡觉都要睁半只眼了。"

3-33 卧云寺大雄宝殿殿前大院 外 黄昏

殿门洞开。殿前宽敞的院子，院中间的香炉香火已烬。两个持枪的匪兵押着和尚们，在院子当中站成一排。阿慧和已经换上老住持袈裟却仍戴着帽子的钱守柱走出殿门，两个手持匕首的匪兵跟在阿慧和钱守柱身后。钱守柱下台阶，来到和尚们面前。阿慧仍站在门前。

钱守柱抱拳施礼："惊扰各位师父了！在下钱守柱和弟兄们来到贵宝地，想借贵寺一块宝地，完成上峰交付的一件重要使命。可惜老住持不给钱某这个面子，不通情不达理，非但没有一点圆通答允之意，反而恶语伤人，谩骂国军……万般无奈啊……"钱守柱意味深长地摇摇头，"为了党国利益，我们只好送他老人家归西去了！"

二匪兵故意向和尚们亮了亮匕首，匕首上血迹未干。众和尚惊慌地向后退着。

阿慧走下台阶，对钱守柱低声地："我先走一步，去迎迎唐司令……"

3–34 大祠堂 内 黄昏

鲁震山与坐在木廊下、仍在慢腾腾吃饭的傅明德打了个照面，盯着他看。走开好几步，又回头看。宁嘉禾碰了下傅明德："这个'台儿庄'……他看你的眼神不对啊，你们认识？"傅明德嚼动的嘴巴慢下来。

宁嘉禾："说话呀。"

傅明德："我怎么会认识他……"

3–35 大祠堂后院 内 夜

后院僻静一隅，现出一个身着解放军军装的人的背影，还有一只手。一只手(侯仲文)从竹管里掏出一张纸条，上写：明晚务使总指挥等住进卧云寺——有仙人指路，有天兵接应。切切是盼！一只手将纸条捏成团……

3–36 卧云寺大雄宝殿殿前大院 外 夜

钱守柱一把捋下帽子，秃头在夕照下腾起一圈诡异的光。

钱守柱："国不能一日无君，家不能一日无主，庙堂之上当然也不能没有住持……从现刻起，钱某不才，我就是这卧云寺的住持了！"

钱守柱扫看着和尚们，双手合十："阿弥陀佛……"和尚们吓得后退……

3–37 大祠堂 内 夜

侯仲文带着王友明、马大虎等人在安排男犯宿营，男犯们陆续走进指定的地方。侯仲文在一个耳房门口朝里望了望，回头："友明同志，这里还可以。再安排几个吧。"

王友明："是。"

刘前进走来："老侯，宁嘉禾安排在哪儿？"

侯仲文："宁嘉禾，还有一些重犯，集中关在后面的一间屋里。"

刘前进："很好。带我去看看。"

王友明和马大虎押着五六个男犯过来，里面有鲁震山、小痞子、傅明德。几个人从刘前进身旁走过。小痞子对刘前进点头哈腰："政府好！"鲁震山推了小痞子一把。

刘前进回头看着走去的几个人，问侯仲文："他们几个呢？"

侯仲文正在说什么。刘前进指指三人："老侯，把他们三个也关到那间屋去。"

侯仲文看了看："他们……算重犯吗？"

刘前进："不算不重，关进去吧。"说完，径自走去。

彭浩和文捷过来。刘前进："那边寨子怎么样？都弄好啦？"

彭浩："寨子那边儿的警卫、吃、住都安排好了，老乡们挺支持，不会有问题，你放心吧。"

3-38 卧云寺大雄宝殿禅房 内 夜

已经完全是住持模样的钱守柱端坐蒲团上，留下来的和尚们站成一排，怯怯地面对着钱守柱。四个已经换上袈裟的持刀匪兵站在钱守柱两侧。一道斜阳穿窗而进，照在钱守柱脸上，一半阴一半阳。

钱守柱闭着眼睛："……那几个不听话的和尚是什么下场，你们也都看到了。既然他们愿意跟着老住持一同命归西天，我就成全了他们。道不同，不相与谋嘛……这也是不能勉强的。你们留下来好啊，但是有一条须得记牢了——"钱守柱睁开眼睛，扫视着众和尚，"生人来卧云寺，你们一个个少给我多嘴弄舌，免遭杀身之祸！"

和尚们哆嗦着……

3-39 大祠堂临时要犯男监 内 夜

鲁震山、傅明德、小痦子进来。宁嘉禾看着三人，面无表情。刘前进进来，打量着房间，目光落在宁嘉禾身上。

刘前进："宁总指挥，这里还好吧？"

宁嘉禾："'知人者智，自知者明'。身陷囹圄，岂有挑三拣四之理。"

刘前进："你还算有点自知之明，我说宁总指挥——阁下带兵上阵、指挥打仗，也这么满嘴的之乎者也？你在黄埔就学了这么点武艺儿？"

宁嘉禾："我武艺高就不会落到你们手上了！"

刘前进笑笑，摇摇头，走开。

彭浩："老实点吧宁嘉禾。'知人者智，自知者明！'你说得不错，可你恰恰就是少了点'自知'！"

宁嘉禾盯着彭浩："这位先生……"

侯仲文："他是我们支队彭政委，彭浩。"

宁嘉禾起身，盯着彭浩："以后还请彭先生多多关照了！"

彭浩不予理睬，走开。侯仲文跟去。宁嘉禾目送二人，若有所思良久，

3-40 卧云寺大雄宝殿殿前大院 夜 外

殿门洞开。有和尚里出外进收拾着什么。两个和尚抬着一筐浸满血污的袈裟走过空旷的殿前大院，神情凝重、悲凄又有掩饰不住的惶恐不安。另有4名显然是匪兵所扮的和尚，分别守在大院的门里门外，他们的目光一直盯在抬筐的和尚身上。

3-41 村庄大祠堂临时要犯男监 夜 内

宁嘉禾："刘前进、彭浩这两个人……都不是按常规出牌的主儿啊……"

众服刑人员围拢在宁嘉禾身旁。裘双喜："你说，下一步我们怎么办？"

荀敬堂："怎么干？你说说看！"

宁嘉禾的目光从众服刑人员脸上一一扫过："各位是否注意到了，从我们离开北校场监狱开始，共军对我们这二十几个人的看管是'偏爱'有加！这印证了一点，我们这里的各位都不是等闲之辈！如果不出意外，西行路上，宁某会与各位始终同处一室！"

小痦子有点受宠若惊："怎么？总指挥，你还真打算和我们一起走完全程啊？"

荀敬堂不屑地："我们还敢指望你带我们逃出去吗？"

众服刑人员七嘴八舌，宁嘉禾一抬手，众人闭嘴。宁嘉禾："放心，我宁某人不会辜负各位！不过，我要提醒各位，刚才那三个人，姓刘的支队长，那个彭浩支队长，还有一个……姓

侯吧，他们也都绝非平庸之徒，大家要多加小心啦……”

3-42 卧云寺门前 夜 外

清冷的月光映照着卧云寺门上的匾额。两匹高头大马驰来，唐静茵和阿慧翻身下马。唐静茵警觉地看了一下四周，两人走向寺门。

3-43 卧云寺大殿 夜 内

大殿里，青灯闪闪，香烟袅袅。钱守柱面无表情，双目紧闭，仿佛入定一般，闪烁不定的长明灯在钱守柱的头上反射出诡异的光来。

唐静茵跨进大殿，一声不响地望着钱守柱。大殿边上，阿慧提枪警戒。

钱守柱缓缓睁开眼睛，一看到唐静茵，立即站起："唐司令！"

唐静茵环顾大殿："蛮不错嘛，钱站长，这么快就进入新角色了！只是……这大殿里外的血腥味儿，还是太重，再多烧几炷香吧……"

3-44 卧云寺禅房 夜 内

唐静茵抽着烟，眯着眼打量光头的钱守柱。

唐静茵："钱站长，能不能蒙住刘前进，救出总指挥他们，可就看你的了。"

钱守柱："司令放心，在下定当竭力救出总指挥。"

唐静茵："你这个假和尚，我怕逃不过刘前进的法眼……"

钱守柱："司令这话可是有误了，"钱守柱拍拍他的秃头，"我可是货真价实的真和尚。蒋总统离开大陆前，我就隐身在峨眉深山削发出家了，您看——"

钱守柱指了指头顶上，受戒时被香火烧灼留下的点点灼痕清晰可见。

唐静茵琢磨着，盯着钱守柱："你也是国防部二厅的人，干了那么些年，认不认得台湾那面国防部的什么长官？"

钱守柱："唐司令说笑了，我这个犄角旮旯里的小站长，能认识国防部的什么长官吗？"

3-45 大祠堂刘前进、彭浩临时住处 夜 内

油灯下，刘前进手拿铅笔在翻看服刑人员卷宗，旁边的花名册上，一些人名已经被划掉。彭浩进屋，看了看桌上的卷宗，脱下外衣："有点眉目啦？"

刘前进抬起头："这27个人里，有18个可以排除在外了。那位参谋次长，应该就在这剩下的9个人之中了。"

彭浩过来，拿起花名册看着，没划掉的还有宁嘉禾、裘双喜、傅明德、鲁震山等9人。彭浩："这里面还有一个人也可以划掉，宁嘉禾……"

刘前进："宁嘉禾不能划。第一，现在绝对排除这位总指挥的大特务身份还为时尚早。第二，更重要的是这'第二'，这个宁嘉禾如果不是我们要找的人，那他肯定也要玩命地打探那位参谋次长的下落，应该说，他比我们更惦记那份特务名单……"

彭浩："那我们就给他来一个'螳螂捕蝉'——"

刘前进拿笔在宁嘉禾名字上画了个圈："'黄雀在后'！让这个宁嘉禾也替我们干点活！"

彭浩："有道理。这个宁嘉禾诡计多端，从北校场他放弃逃狱的做法来看，他留下来是有预谋的。"

刘前进点头："在北校场没来得及提审他，抽空我得会会他。弄不明白他的想法，我睡觉都不踏实！"

彭浩:“我回头提醒一下大家,对这9个人得多注意一点,都提高点警惕……”

刘前进:“这件事……还是先不要讲吧……”

3-46 卧云寺禅房 夜 内

烛光摇曳,时明时暗,桌上放着竹管。花子盯着看纸条的唐静茵,慢慢地摘下帽子,居然也是个和尚头。唐静茵将纸条递给阿慧,阿慧接过看,稚拙工整的书写,显出书写人的刻意遮掩:共军可能已觉察我潜伏其内,凡事须多加斟酌! 鹤顶红。

阿慧:“这么说,我们营救参谋次长的计划共军可能也知道啦?”

唐静茵思忖着点了点头,拿过阿慧手里的纸条又看了看,将纸条放在烛火上。纸条打着卷,渐成灰烬。唐静茵:“……问题应该出在通信联络上。立即电告台湾,更换频率、改变呼号!”

阿慧:“是!”和尚头带阿慧出去。

钱守柱凑上前:“唐司令,共军已经知道了我们的打算,您看下一步……”

唐静茵:“这个你不用担心。只是,你的人认得总指挥吗?”

钱守柱:“司令放心,我已经安排好了。”

唐静茵:“那你就只管敞开卧云寺的大门,准备迎接贵客吧!”

3-47 大祠堂刘前进、彭浩临时住处 夜 内

彭浩:“在北校场那么好的机会……宁嘉禾居然放弃逃狱,这确实跟参谋次长和那份特务名单有关系?”

刘前进仍在圈弄花名册上“宁嘉禾”三个字。

彭浩:“宁嘉禾他从哪儿得到的消息?”

刘前进:“你忘了程部长说什么啦?”

彭浩:“一支队里的内鬼! 这内鬼比那些犯人还危险!”

刘前进:“那是,内鬼有枪,犯人没枪!”

彭浩:“犯人在明处,内鬼在暗处!”

刘前进:“我真不知先从哪儿、从谁查起!”

彭浩:“先查地方来的干部档案。”

刘前进若有所思。

彭浩:“不早了,快睡吧,明天还起大早赶路呢。”

刘前进把枪装好放入桌上的枪套,犹豫一下,又拿出放在枕头下,然后自己躺下。马上闭眼。彭浩看着刘前进刚要说什么,刘突然从枕下掏枪对准门口,然后把枪在手指上一转又迅速塞入枕下。躺下又闭眼,就跟彭浩没在一边似的。彭浩笑笑刚要说什么,刘前进又迅速拔枪对准窗户瞄准,然后再将枪往手指一转迅速放回枕下。彭浩看着,笑了。

刘前进:“笑什么! 我是个粗人,不会别的,就会打仗!”

彭浩:“粗个屁! 你这是怕内鬼来偷袭我们,警惕性高! 外粗内细!”

刘前进从枕下拿出枪子弹上膛,塞入枕下。刘前进:“你枪不上膛啊? 小心内鬼偷袭,子弹打你腚眼子上别找我哭!”

彭浩:“有你这个战斗英雄给我当保镖,我根本不用拿枪!”

刘前进:“美得你腚眼朝天! 睡吧,可不早了!”

二人和衣躺下,都闭上眼,很快刘前进打起了呼噜。彭浩翻身要睡,刘前进又突然说话:

"三国里的张飞睡觉不闭眼。有一次，人家派人去暗杀他，听他打着呼噜，以为张飞睡觉了，就摸进了他的帐篷，刚要下手，突然发现他睁着大眼，吓跑了！"

彭浩："你也想睁眼睡？我给你找根棍支上吧！"

刘前进："彭浩，你说，我要是那个内鬼，你怎么办？"

彭浩："不睡觉胡想什么？……哎，前进，那你说，我要是那内鬼，你怎么办？"

刘前进："我扒了你的皮！"

彭浩："我抽了你的筋！"

刘前进："我把你那个东西揪下来！"

彭浩："你也不得好死！瞧你那狠呆呆的样，好像我真跟内鬼似的！"

刘前进呼噜已起，彭浩也闭上眼睛。夜很静……

3-48 山路 日 外

男犯队伍走来。队伍行进的速度明显加快了。队伍中，宁嘉禾放慢了脚步，打量着周围。裘双喜也慢下来，低声："总指挥，共军这么急三火四地赶路，咱们是不是应该有点对策？"

宁嘉禾："你有什么对策？"

裘双喜："我没想好。不过再怎么着，也不能让他们顺顺当当了。"

宁嘉禾："是这个道理。晚到新锦屏一天，咱们逃走的机会就多一次！"

苟敬堂凑上前："二位，我们到底什么时候逃啊？就这么一路跟共党走下去？"

宁嘉禾看一眼苟敬堂，自顾走去。

裘双喜："腿长在自己身上，有能耐，你现在就跑！"

裘双喜紧走几步，去赶宁嘉禾。苟敬堂叹了口气，跟上。不远处，小痦子、鲁震山走来。小痦子："鲁大哥不愧是行武之人，走起路来一阵风啊。"鲁震山像是没听见，自顾走去。小痦子又转向傅明德："傅坛主，我看总指挥对你不错，你们原来认识吧？"

傅明德："你少说几句，留着力气赶路吧。"

男犯甲突然剧烈地咳嗽起来，喘着粗气，躺倒在地。小痦子大叫："来人哪，出人命了！"

侯仲文、文捷、王友明跑来，见状大惊。侯仲文："怎么啦？"

文捷："是哮喘！"

男犯甲喘着粗气："我……我有药……止喘的药……"

文捷："在哪儿？"

男犯甲："入监……入监的时候，收，收走了。"

文捷："快，找关晓渝把她的药拿来！"

王友明跑开。男犯甲喘得更厉害了。在文捷的指挥下，小痦子等人把男犯抬到树荫下。关晓渝和小江拉着白马匆匆跑来，马上驮着一个箱子。

文捷迎上前去，和关晓渝一块卸下箱子，打开，找出一个大信封，倒出里面的东西。其中有一个装药片的瓶子。文捷拿着药瓶跑到男犯甲面前，倒出两片，塞进男犯甲嘴里。

不远处，众男犯看着这一幕。傅明德的目光从男犯甲身上移到白马驮着的箱子上。

3-49 山坡 日 外

女犯队伍中，女犯大菊举手："报告！"

严爱华："干什么？"

大菊:“走快了,我……我肚子痛……”

柳春燕:“肚子痛,找个男人揉揉就好了!”众女犯笑。

严爱华:“不准乱说话! 不准笑!”女犯们依然笑着。

彭浩走来。严爱华:“政委,不少人都走不动了,能不能跟支队长说说,走慢点,或是再歇一会儿吧。”彭浩点点头。

严爱华:“我去跟支队长说。”

彭浩犹豫了下:“我去吧。”

3–50 山路 日 外

刘前进和关晓渝边走边说:“照这个速度,一天应该能多赶出个三五里地。”

不远处,小江牵着马,马背上驮着帆布箱和收发报机等物品,走得很快。

刘前进:“今晚你把党组其他成员的档案拿来,我和彭政委看看。记住,不要让别人知道。”关晓渝点头。

周圆端着茶缸跑来,茶缸里装着刚摘的山果。周圆:“晓渝姐,支队长——”

刘前进、关晓渝仍未停下,周圆赶上前,将山果递上:“你们尝尝,可好吃了。”周圆的嘴唇让山果染成了绿色,刘前进看着,不禁笑起来。关晓渝笑出了声。

周圆被两人笑得发蒙:“怎么啦? 你俩笑什么……”刘前进和关晓渝笑得更欢了。

关晓渝掏出一面小镜子,对着周圆照着,周圆看到镜子里的自己:“哟,难看死了……”

刘前进:“这就是小丫头馋嘴的好处!”

周圆:“你管谁叫小丫头? 你才多大?”

刘前进:“比你大不少呢,你得管我叫叔!”

周圆:“胡子都没长几根,还叫叔呢! 不害羞?”

刘前进:“严肃点! 怎么跟领导说话呢!”

周圆小声嘟囔:“……是你先不严肃的……”

刘前进:“我先不严肃的? ……我走过多少桥,你走过多少桥? 我吃过多少盐,你吃过多少盐?”周圆:“……这跟过桥、吃盐有什么关系? ……”

刘前进装腔作势:“没关系? ……下不为例!”

关晓渝又笑,刘前进大步走开。周圆气咻咻使劲擦嘴。走远了的刘前进回头看着周圆,有点走神儿……

3–51 山坡 日 外

彭浩从山坡上下来,看到刘前进,故意高声咳嗽了一声。刘前进回过神,“老彭……”

彭浩:“女犯那边不少人走不动了,歇一会儿吧。”

刘前进看看天,回头喊:“小李!”小李跑来。

刘前进看看手表:“传我的命令,原地休息!”

小李:“是!”小李跑去。

彭浩找了块石头坐下,刘前进过来,将彭浩往里推了推,坐在一旁。彭浩摸出烟和火柴,火柴上印有“火人”牌商标图案。彭浩点上烟。

定格。

第三集完。

第四集

4-1 山路旁林中空地 日 外

山路、山路旁、树林边、林中空地的四周，都布有固定岗哨看守。

清幽幽的林中空地上横七竖八地坐卧着裘双喜、苟敬堂等人。宁嘉禾稳坐如钟，他看着不远处的傅明德。傅明德双目微合，腰板挺直地坐着。

小痞子手拿扑克牌，洗牌，掀牌，让裘双喜看其中一张："看好了，记住。"裘双喜看了看，是红桃二，点点头。

小痞子合牌，洗牌，摊牌，从中抽出红桃二："是这张。"

裘双喜："唉，真神了！你怎么知道的？"

小痞子："我有透视眼！"

苟敬堂："一个鸡鸣狗盗之徒，还成香饽饽了！"

裘双喜："你也别说，前路漫漫，大家苦不堪言，有这么个活宝消愁解闷，也不错。"苟敬堂不屑地"哼"了一声。

宁嘉禾坐到傅明德跟前："傅坛主的坐相，标准的正规军做派啊。"

傅明德睁开眼："入一贯道之前，确实吃过几天兵饭。看来，没人能逃得过总指挥的法眼哪。"

宁嘉禾笑笑："大坛主是没把宁某当成自己人哪，有些事情……"

傅明德："借宁总指挥的话说，我现在也是身陷囹圄之人，过去的事，今后的事，都顾不上了，现在只求苟活而已。"

宁嘉禾："傅坛主浑身上下是藏不了盖不住的贵气和大气，想来不会是苟活就能心安的人吧。"

傅明德："那要看有没有贵人给傅某指一条好的活路了……"

宁嘉禾笑了笑："放心，有我宁某人的生路，就不会不管傅大坛主。"

傅明德："那先谢过了。宁总指挥，您神通广大，知不知道共党究竟要把咱们押解到哪里。"

苟敬堂："对呀，到底是什么地方？死咱们也得死个明白呀。"

裘双喜："闭上你的臭嘴！"

宁嘉禾斟酌了片刻："说说也无妨。那个地方叫新锦屏。"

裘双喜惊愣地："新锦屏？"

苟敬堂："那是个什么地方啊？"

裘双喜："那地方我待过，穷山恶水，方圆几十里地都没有人烟，当年关过共党的政治犯。今天，共党把我们往那蛮荒之地押送，这是要绝我们的后路啊！"

苟敬堂："这路是越走越险，我看到不了新锦屏，咱们就得被活活拖死在路上！"

小痞子："去送死，还不如想办法逃跑！"

苟敬堂:“跑？押解队把我们盯得这么紧,你往哪儿跑啊?”

宁嘉禾咳嗽一声。众人立即不语,都看着他。宁嘉禾:“吉人自有天相,绝处可以逢生。说不定何时飘来一块云彩,突然降下天兵天将,就将我们救出苦海啦!”

全副武装的巡察小分队又折回来,众服刑人员噤了声。

4-2 山路旁树荫下 日 外

凌若冰正在给一个伤员包扎伤口:“已经封口了,三天后就可以把绷带解开了。”

4-3 山路旁另一树荫下 日 外

刘前进、彭浩、文捷、侯仲文等人围坐在树荫下。

文捷:“女犯那边别的问题倒是没有,就是生病的不少,走得太急,怕跟不上。”

侯仲文:“跟不上也得克服。咱们的行进速度不加快,这么多人……晚上可就得睡在荒山野岭里了。”

刘前进:“天当房、地当床的日子咱们也不是没过过,那倒是没啥可怕……”

彭浩:“还是找个稳妥的地方住下吧。睡在外面,一是这些犯人不好看管,二是怕碰上匪徒袭击,不好应付,毕竟咱们在明处,让唐静茵他们真来一下子,就麻烦了。”

刘前进:“那就上前面找个寨子住一宿吧。”

彭浩掏出地图看着,指着一处:“只能在普格寨了。”刘前进伸过头看。

彭浩:“我先打个前站找找看。宿营还是要尽量稳妥、安全。”

小李从山路上飞快地跑过来,边跑边喊:“支队长——”

刘前进站起看着,迎过去。众人也站起来。

4-4 山路上 日 外

山路上断断续续走来几拨形同逃难的乡民。刘前进迎向他们。

小李喘吁吁地:“……我问过了,他们是山那边普格寨的。土匪烧他们房子的时候,天还没亮……”

彭浩跑过来。彭浩:“出什么事啦?”

小李指指远处走来的乡民们:“土匪抢了他们的粮,还放火烧了寨子……”

刘前进:“那个普格寨离这多远?”

小李:“就在那边山脚下,我们再往前走半天的路,就能看到……”

刘前进突然站住:“老彭,这把火……是冲我们来的!”

4-5 山路旁林中空地僻静处 日 外

小痦子坐在一块石头上摆弄着扑克牌。傅明德走来,坐在小痦子旁边。小痦子脸上堆起谦卑的笑容:“傅坛主……”

4-6 山路旁林中空地 日 外

宁嘉禾坐在地上,微睁双目看着小痦子和傅明德,用胳膊碰了碰旁边的裘双喜。

裘双喜看到傅明德和小痦子在说什么,起身。

4-7 山路旁林中空地僻静处 日 外

傅明德:“小痦子,我看过你腋下的痣,很惊诧……你是一位异人。”

小痦子:“我不是彝人,我是汉人。”

傅明德摇摇头:“痣在腋下,深藏不露,你有韬光养晦之略;痣大如豆,红而发亮,你有逢凶化吉之运……”

小痦子:“照你这说法,我可以不蹲监狱啦?”

傅明德:“有贵人相助,自然可解牢狱之灾。以后,我会照应你的。”

小痦子:“谢谢你了傅坛主,昔日笼中鸟,今朝同笼囚,谢谢你了,傅坛主,咱们爷们儿有缘分哪……”

傅明德点头:“是啊,是有缘……”

“当然有缘了,没有缘,哪能关在一起啊!”身后传来裘双喜讥讽的话语,傅明德起身,看了眼裘双喜,走开。

小痦子要起身,被裘双喜按下:“傅大坛主跟你说什么呢?”

小痦子:“没说什么,就是……闲聊天。”

4-8 山路旁林中空地 日 外

裘双喜悻悻地回到宁嘉禾身边,坐下。宁嘉禾低声:“今晚宿营……可能有个好去处:仙人指路,天兵接应——天、地、人如果都顺当——”

裘双喜大喜过望,压着兴奋,小声地:“今晚儿咱们能上路?”

宁嘉禾低声:“记着,上路的时候,一定要带上姓傅的。”

裘双喜:“你要找的人……是他?”

宁嘉禾:“我不能肯定,不过,他应该算一个。此事你知我知即可。”

裘双喜点头:“那其他的……还有谁?”

宁嘉禾的目光从鲁震山、小痦子和其他几个男犯脸上扫过。

4-9 山路 日 外

彭浩带着冯小麦等人打马而来。远处隐隐有山寨出现,彭浩等人快马加鞭而去。

4-10 普格寨村外小高坡 日 外

小路上,彭浩、冯小麦等几个战士骑马飞驰而来。一老者和家人手提肩挑着家什迎面走来。彭浩下马。彭浩:“老乡,这离普格寨不远了吧?”

老者:“……寨子都被土匪烧没了,还有什么普格寨啊……”

彭浩叹了口气:“平时土匪就这么猖獗吗?”

老者摇摇头:“这太平了有一阵子啦。”

彭浩:“往西边走最近的寨子有多远?”

老人:“那远了,有好几十里地呢。”

老者和家人走去。远处,山林掩映中隐约现出半山之中的卧云寺。

4-11 卧云寺大殿 日 内

巨大的佛像前,小和尚们在念经。彭浩带着冯小麦四下查看。

钱守杜迎出来:“施主里面请。”

彭浩:“打扰了!我们带着一些人,想在你这卧云寺借住一夜,不知方不方便?”

钱守杜:“请问施主,有多少客人借住本寺?”

冯小麦刚要张嘴,彭浩拦住:“不多……这里住得下。”

4-12 山林 日 外

一副副担架抬着女伤病员行进在山路上。

鲁震山扛着担架，大声道："苟敬堂，别磨洋工，步子放大点儿！"

苟敬堂："老子自己都走不动了，何况还抬一个大肉蛋呢！"

鲁震山："你少啰唆！"

裘双喜："台儿庄，你要是让苟大老爷背一个肉蛋蛋，他肯定浑身是劲儿，一路小跑啊！"

苟敬堂没好气地："屁话！"众人哄笑。

王友明赶上来，厉声道："抓紧赶路！"

4–13 村外破落草舍大院 日 外

大队人马蜿蜒而至。彭浩带着刘前进、文捷走来。

彭浩："……普格寨里面是不能住人了。这个破房子还能将就一下。我的意思是把要犯押到卧云寺去，那里便于看管。一般的犯人，可以在这里安排一部分。"

刘前进："就这么办吧。"

4–14 卧云寺门前 日 外

寺门大开，侯仲文、王友明等带着一批要犯等在门口。彭浩带着刘前进走上前，钱守柱迎出来，花子远远地跟在后面。

宁嘉禾看着高大的寺庙，嘴角浮出笑意。傅明德低声："总指挥，有喜事？"

宁嘉禾低声："佛在灵山莫远求，灵山只在汝心头……"宁嘉禾意味深长地笑着。

4–15 卧云寺后山 日 外

唐静茵、阿慧等三四个人在后山一块大石头上望着下面。

阿慧："阿姐，干脆就在这把他们一锅端了吧！"

唐静茵："他们戒备森严，我们这几个人要是硬拼，绝对占不到便宜。"

4–16 云寺门前 日 外

全副武装的战士们在寺门前站岗。巡逻队不时走过，沿着卧云寺的围墙巡察着。

4–17 卧云寺前院 日 外

王友明在里出外进地忙着安置要犯们。老和尚带着小和尚们也跟着忙里忙外地进进出出。刘前进进来，和王友明说着什么。

王友明："……放心吧支队长，这高墙大院赶上咱北校场了。"

彭浩和侯仲文说着话进来。刘前进："你俩来得正好，咱们碰碰今晚的事。"

王友明指了指木廊下："来来，坐这儿。"

几个人走到木廊下，或坐或站，王友明掏出火柴点烟。火柴盒上是显眼的"火人"牌商标。

4–18 卧云寺后院 日 外

马大虎和两名战士站在门口，侯仲文、王友明等带着人给服刑人员送水。

鲁震山、小痞子疲惫地坐在地上。宁嘉禾拿起搪瓷碗，向茶水桶走去。

一个小和尚远远地盯视着宁嘉禾，端起一碗茶迎上去："阿弥陀佛，施主请喝茶。"

宁嘉禾认出小和尚，一愣，旋即接过茶碗："谢谢小师父。"

小和尚："施主不用客气。"

宁嘉禾："请问小师父，这茶可是峨眉茅峰？"

小和尚："不，是庐山云雾。"

宁嘉禾看了看，喝了一口："色浓味香，沁人心脾，果然好茶。"

小和尚："常饮此茶，祛病养身，延年益寿。"

宁嘉禾端着茶碗，转身走了几步，突然"啊哟"一声跌倒在地，又喊又叫，一副疼痛不已的样子。

马大虎跑过来。宁嘉禾："……我……我脚崴了。哎哟，疼死我了！"

马大虎："忍着点儿吧，医生还在路上哪。"

宁嘉禾："哎哟，疼死我了！"

侯仲文走来。小和尚上前："长官，我师父精通医道，请他给看看吧。"

侯仲文对马大虎："那就看看吧，好好盯住他。"

4-19 卧云寺后门外 日 外

刘前进和张连长站在后门外林中隐蔽处。后门外，有一依稀可辨、杂草丛生的小路。刘前进："看见没有，沿着这条小路可以直接爬到山顶……你得仔细看……"

张连长："我看清楚了，这是寺里和尚上山打柴担水走出来的。"

刘前进："这个地方，山中地形复杂、地下还有不少奇奇怪怪的洞子。我今天到这里才想起来，去年'大肃反'，军管会收到的各地敌情通报里，好几次提到普格寨附近的这座山，山不高也不大，但是麻烦事不少……天黑前，你带上你巡察队的两三个小分队上去打探打探，最好找个老猎户带路。有情况随时下来告诉我。"

张连长："是！我马上行动！"

刘前进："要全副武装！要抖起精神来！弄不好和唐静茵匪帮遭遇上，可能还得有个仗打打……"

4-20 卧云寺后院 日 外

钱守柱在给宁嘉禾看脚，小和尚侍立一旁。马大虎在不远处看着他们。

钱守柱："这位施主伤得不轻啊……"宁嘉禾"强忍疼痛"叫了一声。

有战士过来，马大虎迎上前说着什么。

钱守柱低声："总指挥，您受惊了。"

宁嘉禾不失身份地："你是……"

钱守柱："情报二站站长，鄙姓钱，钱守柱。"宁嘉禾点了点头。

钱守柱："总指挥放心，唐司令已经安排好了，她会在山上接您出去。"

马大虎过来，看着老和尚在给宁嘉禾揉脚踝。

钱守柱："给你贴上两帖我自己熬制的膏药，再吃两粒丹丸。"

宁嘉禾："谢谢。"

钱守柱把小和尚递过来的两帖膏药拿在手里，一贴贴在宁嘉禾的脚踝上，用手轻拍了两下，又举起一贴刚要贴，马大虎走来，抓起钱守柱的手，看了看膏药，放下。

钱守柱笑笑，摇摇头。小和尚递过两粒蜡封的药丸。钱守柱把药丸送到在宁嘉禾的手里："请施主好生记牢，饭后两个时辰吃下，不要差了。"

马大虎："宁嘉禾，把药丸交出来。"

宁嘉禾一愣。钱守柱沉稳地看着。

马大虎："监狱有规定，犯人不能随便吃外人给的东西，包括药品。"

马大虎从宁嘉禾手里拿过药丸，还给老和尚。

钱守柱:“不吃药,只能抓紧活动了。记住,两个时辰之后,一定要活动活动。”

4-21 卧云寺大殿 日 内

侯仲文在安置服刑人员,刘前进在一边和彭浩谈话。刘前进:“唐静茵不早不晚,挑今天一大早烧了寨子,绝对不是偶然。你说得对,她是故意逼我们走了这步棋……”

彭浩想解释什么,刘前进神情游移地:“今晚儿这卧云寺,应该不会太平了……”

4-22 卧云寺后院 黄昏 外

服刑人员在打饭。宁嘉禾示意了下裘双喜,裘双喜走到一个男犯跟前,低声:“今晚惊醒着点!”男犯一愣,点头。

裘双喜又走到傅明德、小痦子跟前:“傅大坛主,你的苦海有边了……”

傅明德看看裘双喜,面无表情。小痦子:“你……你要带我们走?”

裘双喜:“闭上你的臭嘴!”

鲁震山打了饭,往一边走,裘双喜:“姓鲁的,你的苦日子到头了……”

鲁震山看了他一眼,走开。

4-23 卧云寺大殿 黄昏 内

服刑人员进入大殿,宁嘉禾看着闭目含笑的佛像,若有所思。刘前进带人走来,看到宁嘉禾,在他身后站下。小痦子往前凑凑,讨好地:“长官……”

刘前进看了小痦子一眼,目光又落在宁嘉禾身上。刘前进:“宁总指挥,你是不是见佛就拜,求佛保佑啊?”

小痦子碰了下宁嘉禾。宁嘉禾慢慢回头,盯着刘前进:“你错了,佛在心中,不在庙堂。”

刘前进笑道:“心中有佛即心佛,心中有魔即心魔。当着佛祖说假话,是要遭报应的!你要当心啊!”刘前进走开。

宁嘉禾看着刘前进的背影,脸上的表情复杂起来……

4-24 卧云寺住持房间 夜 内

扮成老和尚的钱守柱在喝茶,那个曾扮成叫花子的花子盯着钱守柱:“站长,唐司令把宁总指挥他一个人救走不就得了吗?干什么要费这么大劲?救的人越多,咱们越危险哪。”

钱守柱:“救这么多人,唐司令肯定有她的打算。我们不便细问。”

花子:“总指挥他们出了暗道,唐司令把人接走了,他们算是大功告成了,可明天一早共党发现总指挥他们不见了,一定会拿我们是问哪!”

钱守柱:“明天天亮之前,趁共党还没有发现我们的身份,尽早溜之大吉……”

窗户突然响起急促的三声,一个人影一闪而过。花子疾步开门,钱守柱跟出去。

4-25 卧云寺住持房间外长廊 夜 内

幽暗的长廊上,一个穿着解放军军装的身影拐过房后匆匆离去。

窗棂上插着一块折起来的火柴盒,花子伸手取下。

4-26 卧云寺住持房间 夜 内

钱守柱在灯下展开看,“火人”牌火柴盒的背面写着潦草的几个字:

山上山下均有埋伏,通知唐司令火速撤兵!鹤顶红

钱守柱看完递给花子。钱守柱:“看清楚记牢了,你赶快上山吧!”

花子往外走,钱守柱:“情报送上去,你也不要再回来了!”

花子点头，出去。钱守柱将火柴盒放在灯上点燃……

4-27 卧云寺门里 夜 外

花子挑着木桶走来，站岗战士：“怎么这时候挑水？”

花子：“每天早晨擦拭佛像的圣水，须得是山上的泉眼水。这两桶水，要接大半宿呢。”战士开门，花子挑着木桶出去。

4-28 卧云寺后门 夜 外

张连长带着两个战士急匆匆从后山下来。马大虎从隐蔽处走出：“连长……”

张连长低声：“你马上进去，把支队长找出来，注意，不要声张！”

马大虎：“明白！”

4-29 卧云寺后山 夜 外

唐静茵和阿慧带着土匪隐藏在树木和巨石交错虬结的半山上。唐静茵：“阿慧，你带十个弟兄到卧云寺外面的共党住宿地打他一家伙。动作要快！”

阿慧：“十个弟兄……”

唐静茵：“不少了，就是放几枪虚张声势一下，枪声一响，总指挥他们就开始行动，这边共军的兵力也会被吸引过去一部分。要紧的是这边。”

阿慧：“我明白了。”

唐静茵：“这次如果能救出总指挥，是我们的造化；救不出，那也只好认命了。好在，到新锦屏还有好长的路……机会，还是有的。你快去吧。”

阿慧：“是！”

4-30 卧云寺后门 夜 外

后门打开，马大虎和刘前进走出。张连长迎上。刘前进：“怎么样？看着啥好光景啦？”

张连长笑笑：“真看着了，支队长！”

刘前进心情不错地一笑：“快说给我听听。”

张连长：“两件事，都让支队长你说着了。第一，那个唐静茵确实猫在半山坡杂木林子埋伏着。但是她想不到，我们已经在她的前边、后边都布了防——”

刘前进：“干得不错。你记着，只要他们不下来抢人，就先不收拾他们，毕竟我们的任务不是剿匪！”

张连长：“我明白。”

刘前进：“说‘第二’！”

张连长：“老猎户说，这后山确实有个洞子通到卧云寺里……”

4-31 卧云寺外 夜 外

花子挑着木桶匆匆走着。花子回头看看，见没有人跟踪，将木桶和扁担扔进草丛，向山上跑去。

4-32 卧云寺院落一角 夜 外

刘前进走来，突然听到院落一角传来抽泣之声，刘前进提枪悄然过来。一个和尚正背对着刘前进边抽泣边往火盆里续着纸。火盆前还摆了几样供品。和尚听到什么声音，回头看到刘前进一惊，慌忙收拾供品。

刘前进收起枪：“能让你深更半夜躲到这里替亡灵祷告的，必定是最亲最敬的人吧？”和尚低头不语。

刘前进："出家人不打诳语，到底怎么回事？"

和尚慢慢抬起头，泪眼婆娑："解放军，好人——救救本寺吧……"

4-33 卧云寺大殿 夜 内

柱子上挂着灯碗，大殿内闪着昏暗的光。男犯们在就地睡觉。傅明德、裘双喜、小痦子、宁嘉禾并排躺着。宁嘉禾瞪着两眼……蚊虫嗡嗡地叫着，在人们的头上盘旋俯冲，拍打声此起彼落。宁嘉禾翻身坐起，窥视着左右，大佛含笑看着他。宁嘉禾从脚踝上揭下膏药，对着灯影看了看，上面是一幅清晰的暗道图，洞口标明就在佛像下。

两声梆响从殿外传来。风吹来，柱上的油灯闪烁一下，熄灭了，殿内一片昏暗。有顷。宁嘉禾摸着黑，一寸一寸地往佛像前移去……

4-34 卧云寺大殿门前 夜 内

马大虎带着战士在警惕地巡视着。大殿一侧有响动，长长的幔帐轻轻动了一下。马大虎和战士端枪慢慢逼近……一只野猫突然窜出。

4-35 卧云寺后山 夜 外

唐静茵听完花子的话，沉思着。

花子："钱站长和'鹤顶红'都让你们赶快撤，要快……"

唐静茵沮丧地："姓刘的胃口不小哇……总指挥那边……有没有什么异常情况？"

花子："还没有，钱站长一直盯着呢。"

一匪首掏枪："我带些人下去，镇乎他们一下！"

唐静茵："不能轻举妄动！再等等……等总指挥他们从暗道出来，再做打算。"

匪首仍愤愤然地掂着手上的枪，望着山下。山下卧云寺，灯火阑珊，若隐若现。

4-36 村外破落草舍大院不远处山坡 日 外

阿慧看看手表，挥枪："动手！"土匪们开枪。院外，有战士还击。

土匪甲："阿慧副官，冲进去吧？"

阿慧："不行！"阿慧打着枪……

4-37 卧云寺小屋 夜 内

彭浩正在挑灯看卷宗，远处突然传来枪声。彭浩披衣站起。侯仲文、王友明匆匆跑来。

王友明："政委，好像是土匪袭击普格寨！我们怎么办？"彭浩琢磨着。

侯仲文："土匪是想劫人……"

王友明："支队长呢？用不用派人过去增援？"

彭浩："我们看好卧云寺的犯人就行了。"

侯仲文："有支队长在，寨子那边不会有问题。友明，寺里寺外都要加强警戒，决不能让那些重犯借机生事！"

王友明："可……支队长调走了不少人……"

侯仲文看看彭浩，彭浩："走，去看看。"

4-38 卧云寺大殿 夜 内

重犯们挤在门前，朝外面张望，听着枪声。大殿门口，马大虎断喝："都退后，原地坐下！"犯人们不听，还是挤作一团。

宁嘉禾绕到佛像后，从下面拉开暗门，裘双喜、傅明德等男犯钻进去。

小痞子拉了把鲁震山："鲁大哥，快走！"

鲁震山："我不走！"

宁嘉禾："再不走，以后就没有这么好的机会了！跟我走吧，你要是块金子，我保证你能价值连城！"

鲁震山："跟着你还不知道是死是活呢……还价值连城，笑话！"

宁嘉禾不再理睬他，钻进暗道，小痞子也跟进去。

苟敬堂本来挤在门前，一回头看到宁嘉禾等人不见了，跑过来："总指挥，带着我呀！"

裘双喜："你他妈一个土乡绅，有个屁用！滚！"

苟敬堂死拉着暗门不放："不带上我，你们一个也别想走！"

宁嘉禾的声音从里边传出："带上他！"苟敬堂钻进暗道，裘双喜关上门。

4-39 卧云寺大殿外 夜 外

彭浩、侯仲文、王友明等人跑来。彭浩："把殿门关上！各个出口严看死守！"

马大虎、小李、冯小麦等战士关门，众囚犯拦着，侯仲文掏枪："退后！都给我退回去！"众囚犯退后，沉甸甸的殿门关上。

突然，又传来枪声，来自卧云寺后山。侯仲文看着彭浩："政委……是后山……"

4-40 卧云寺后山隐蔽处 夜 外

唐静茵带着土匪从隐蔽处出来，一匪兵刚一露头，埋伏在石头后面的张连长一枪将其击毙。

唐静茵带人退回隐蔽处，她四下查看着，一指后面："快撤！"

匪首："司令，真的不管总指挥了？"

唐静茵："在这里恋战，总指挥想出也出不来，先把他们引开再说……快撤！"

4-41 村外破落草舍大院不远处山坡 夜 外

阿慧听着后山的枪声渐稀，喊着："不要打了，撤！"土匪们撤去。

4-42 卧云寺后山另一隐蔽处 夜 外

山坡上，张连长恼火地："他们怎么撤了！"刘前进看着唐静茵带兵撤去，思索良久……

战士："连长，追不追了？"张连长看刘前进。

刘前进："去把洞口给我看紧了……"张连长应答着跑开。

4-43 卧云寺大殿外 黎明 外

刘前进和小李匆匆而来。彭浩、侯仲文、王友明迎上。

彭浩："前进，没事吧？"

刘前进："唐静茵让人放几枪就跑了，目的就是吸引我们的兵力。匪婆子跟我玩调虎离山之计，哼！"

彭浩："那后山的土匪呢？"

刘前进："跑了。"

彭浩："怎么会呢……"

刘前进："我也纳闷，唐静茵带着人在山上候了老半天，还没咋地就突然撤兵跑了……奇怪呀……"

王友明："支队长，那你是上后山了！你早知道土匪在山上啊！"

刘前进的目光在几个人身上一一扫过："谁能告诉我，他们怎么就突然撤兵啦？"

4-44 卧云寺大院一隅 黎明 外

晨光熹微。刘前进和彭浩在低声说什么事。刘前进睃着两个慢悠悠洒扫庭院的小和尚。

彭浩惊诧不已，低声："……什么？这里的老住持，还有不少和尚都被杀了！"

一个小和尚看着彭浩。刘前进将目光从彭浩脸上移开，移到小和尚脸上，小和尚察觉，慌乱地低头。

刘前进："你过来！"

小和尚佯装没听见，刘前进拣起个石子扔过去，打在小和尚头上。小和尚看刘前进，刘前进招手。小和尚无奈过来，嘴里胡乱念叨着："阿弥陀佛……善哉……善哉……施主……"

刘前进："小和尚，你平时念的什么经啊？"

小和尚："……《金刚经》……《心经》……"

刘前进："来，背段给我听听。"

小和尚："……"

刘前进："苦海无边，回头是岸。放下屠刀，立地成佛。这是哪部经文里说的？"小和尚挠着脑袋。

刘前进："念不念《道德经》啊？"

小和尚："……念……"

刘前进笑笑，挥了下手，小和尚犹豫了下，离开。

彭浩："……这些和尚……是假的？"彭浩满脸惊诧地看着小和尚的背影。

4-45 山路 黎明 外

唐静茵、阿慧两拨人马在山路上相遇。阿慧跑上前："阿姐，出什么事啦？"

唐静茵："我们差点中了共军的埋伏！"

4-46 卧云寺大院门前 黎明 外

钱守柱往外走，小李拦住："对不起，一个人也不准出去！"钱守柱惊愣……

4-47 卧云寺门外 晨 外

清晨，响起了集合的军号声。男犯在持枪战士的警戒下，纷纷从寺门里跑出来，站队集合。王友明喊口令："立正！向右看齐，向前看，报数！"

男犯们报数："一、二、三、四、五……"

男犯们窃窃私语。王友明惊叫："侯大队长，少了7个人！宁嘉禾不见了！"

侯仲文大惊："什么？"

彭浩大惊："支队长呢？快去报告支队长！"

4-48 卧云寺大殿侧殿 晨 内

战士打扫大殿，钱守柱："施主，不用客气，我们自己来吧。"

刘前进："贵宝刹要是少了什么东西，告诉我——"

钱守柱："施主，请放心走吧。"

刘前进："要是多了什么，也别藏着掖着，得还给我啊……"

钱守柱一惊，双手合十："施主，老衲听不懂你的话。"

刘前进看他一眼,笑笑,打量着大殿,一副留恋不舍的神态。一个小和尚正在用力擦拭着佛座侧面一块拌了灯油的香灰污渍。彭浩、侯仲文、王友明等跑进大殿。

王友明低声:"支队长,有7个犯人不见了,宁嘉禾、裘双喜、傅明德、小痞子,还有苟敬堂和……"

刘前进一副波澜不惊的神色。彭浩、侯仲文有些意外地看着刘前进,王友明也吞下了后面的话。刘前进留意到佛座侧面那块香灰,想了一下:"马大虎,弄几捆蒿草来,要干的。"

马大虎:"蒿草?"

刘前进:"快去!"

马大虎跑去,众人疑惑。钱守柱不安地盯视着。

4-49 卧云寺大殿及侧殿 晨 内

刘前进转身看着钱守柱:"看来,这卧云寺还真有点儿深浅哪!"

钱守柱:"这……这是从何说起。"

彭浩:"前进,快派人搜吧,他们就关在这大殿里,能藏到哪里去!"

刘前进看着钱守柱,目光落在钱守柱的额头上,钱守柱的额头上有一道帽印。刘前进冷冷一笑。

钱守柱:"施主……有何指教?"

刘前进:"你装得挺像嘛,可惜你还是露出了狐狸尾巴!"擦拭香灰的小和尚吓得一哆嗦。

钱守柱:"施主的话……老衲不明白。"

刘前进:"你还跟我装蒜!"

钱守柱不解地摇了摇头,看了一眼小和尚:"慧明,先不要打扫了,我要跟长官说话,你退下吧。"

被唤作慧明的小和尚要退下,被马大虎拦住:"不许动!"小和尚慌张地看钱守柱,钱守柱叹了口气。

刘前进摘下自己的帽子,扣到钱守柱的头上。

老和尚:"请施主自重……"

侯仲文:"你戴上帽子,很像个行伍之人啊!"

钱守柱摘下帽子:"这位施主不要说笑话,老衲是个出家之人。"

彭浩上前,点着钱守柱的额头:"出家之人,剃发修行,你这头上的帽印哪来的?"

钱守柱慌乱地:"这……"

一个战士捧着国民党的军衣和军帽跑过来,对刘前进:"支队长,这是从箱子里搜出来的。"钱守柱大惊。

侧殿。武装待命的"和尚"们跃跃欲试,不知哪个弄出了响动。

大殿。刘前进倏地将枪顶在钱守柱脑门上:"告诉他们,不要轻举妄动,一动你就没命了!"

钱守柱慌张地:"都别动,千万别动!"

刘前进戴上自己的帽子,拿过大盖帽扣到钱守柱的头上:"不大不小,正合适!"

钱守柱低下了头。二战士押着举枪投降的"和尚"们从侧殿走出来。

4-50 卧云寺大殿外 晨 外

甄世成跑过来，看到从大殿里押出的“和尚”，愣了一下。

4-51 卧云寺大殿侧殿 晨 内

钱守柱向小和尚使了个眼色，小和尚站到佛座侧边，挡住了那块香灰污渍。刘前进冷眼盯了下小和尚，小和尚的额头渗出冷汗。

甄世成进来：“支队长，开饭的时间到了，是不是……”

刘前进看了眼甄世成，又看众人：“等宁嘉禾他们回来再开饭不迟。”

侯仲文看看彭浩：“这……”

刘前进：“这很好！让他们都知道有人逃跑大家就得一块饿肚子，好得很嘛！”

刘前进回身，推开小和尚，拉动木撑，现出一个洞口。刘前进向洞内喊：“宁总指挥，还是出来吧，在里面憋出个三长两短，你可没法见你老婆啦！”

洞内无声。彭浩和侯仲文欲进洞，被刘前进拦下：“小心！他们可能有武器。”

马大虎抱着蒿草跑来：“支队长——”

刘前进指了指洞口，马大虎在洞口前放下蒿草。刘前进拿过黄纸塞进蒿草里，甄世成跟过来看。刘前进：“有火吗？”

甄世成犹豫了下，从兜里掏出一盒火柴。刘前进抓过来，擦火点燃……火柴盒上，也是“火人”牌的商标图案。钱守柱看到火柴，一愣，看看甄世成，又去拦刘前进：“长官，这里不能动火呀！”

甄世成推开钱守柱，盯了他一眼：“老实点！”钱守柱看看甄世成。

刘前进将点着的蒿草转动着，蒿草冒起浓烟。刘前进拿一芭蕉递给马大虎：“把烟扇进洞里去。一下一下、慢慢扇。”马大虎接过扇子，扇了起来。

被铐起来的钱守柱沮丧地看着。刘前进笑笑，看看彭浩、侯仲文：“走吧，咱们一块上山抓狐狸去。”

4-52 卧云寺后山坡 日 外

几株大树、几块巨石前，小李带着战士在持枪警戒。张连长的武装巡逻队仍在周边巡察着。刘前进、彭浩、侯仲文走来，查看着。一块巨石前的草地上冒出烟来，彭浩和侯仲文急忙走过来。

侯仲文：“冒烟的地方肯定是地洞的出口。”

彭浩：“这几个老狐狸，差点让他们溜了。挖开洞口吧，让狐狸出洞，自投罗网。”

刘前进：“不忙，我要好好教训教训这几条老狐狸。”

烟冒得越来越大，隐约听到了咳嗽声。刘前进、彭浩、侯仲文都看着冒烟的草地。甄世成不知什么时候也跑来看热闹，侯仲文看了他一眼：“甄科长，早饭准备好了吗？”

刘前进瞅着甄世成：“你又跑来凑什么热闹！”甄世成悻悻地离开。侯仲文忙中偷闲目送着甄世成。

一块草皮动了一下，慢慢升了起来。刘前进上前一脚，把升起的草皮踩了下去。

刘前进：“把武器先递出来！快！”

里面没有反应，过了一会儿，传出裘双喜的声音：“长官，我们没有武器！”伴着咳嗽声。

刘前进：“那就在里面多待会儿！”

少顷，草皮下传出剧烈的咳嗽声和喊叫声。草皮往上动着，刘前进踩着草皮，就是不把脚挪开。几把手枪从草皮掀起的一个边上慢慢递了出来，刘前进躬身以极快的动作抢过那几把枪。

草皮下的咳嗽声撕心裂肺。侯仲文低声对彭浩："教训教训就行了，再这么熏下去，会死人的……"

彭浩想了想，上前扯了一把刘前进："前进，把脚挪开，让他们出来！"

刘前进看了看彭浩，慢慢挪开了脚。侯仲文急忙上前，掀起了草皮，露出洞口，一股浓烟喷了出来。裘双喜、苟敬堂、小痞子、傅明德等人大口喘着粗气爬上来，几个人满脸黑灰，不停地咳嗽着。

刘前进朝洞里看了看："没人了吧？把洞口给我封上！"宁嘉禾赶快露出头，满脸沮丧，很是狼狈。

刘前进："哟，这是谁啊？这么漂亮，都不认识啦？"

宁嘉禾："姓刘的，你不用这么得意！关云长也有走麦城的时候！"说着，又剧烈咳嗽起来。

刘前进："有我刘前进在，宁嘉禾，只要你活着，就得走一辈子麦城！"

4-53 卧云寺门前 日 外

张连长、马大虎等战士押着戴手铐的宁嘉禾、裘双喜、苟敬堂、傅明德等人走来。刘前进对彭浩："赶快开饭吧，我去会会那个假住持。"刘前进带着小李进了卧云寺。

4-54 卧云寺住持房间 日 内

刘前进看着钱守柱："到底是谁给你的情报？"

钱守柱摇头："没有人。"

刘前进："没有人？如果唐静茵不知道有埋伏，会突然从后山撤兵吗？她大老远跑到卧云寺，什么都没干就撤了，你说我能相信吗？"

钱守柱不语。

刘前进："钱守柱！你配合宁嘉禾带人逃出去，还有一个目的——就是为找一个人！这个人就是你们所谓国防部的少将参谋次长！"

钱守柱本能地一哆嗦。

4-55 卧云寺住持房间门外 日 外

小李站在门口。甄世成走来，开门要进去，小李拦住他。

甄世成："我去叫支队长吃饭。"

小李拦着："支队长不许任何人进去。"

甄世成："他在干什么？"

小李："你快走吧甄科长，别问了！"

甄世成离开，不时疑惑地回头……

定格。

第四集完。

第五集

5-1 卧云寺住持房间 日 内

刘前进："听我的话，你就把你知道的情况给我来个竹筒倒豆子，到时候我替你说句好话，你罪过还能轻点。"

钱守柱抬起头："……把你们引到卧云寺，确实是唐司令安排好的。你们……刚住到祠堂，她就让人……把情报送过去了……"

（闪回）花子扮成的叫花子坐在台阶上，看着几人的背影，一只手伸到石板下摸索着，摸到一张纸条，动作极快地揣进怀里，又从怀里掏出一个竹管，塞到台阶石板下。

（现实）刘前进略显意外地："咋着，还拿回来一份情报？啥内容？"

（闪回）唐静茵将纸条递给阿慧，阿慧接过：共军可能已觉察我潜伏其内，凡事须多加斟酌！鹤顶红

（现实）刘前进一惊："鹤顶红？"良久，刘前进："对'鹤顶红'，你都知道些什么？比方说，他在我们先遣队担任什么职务啦……"

钱守柱摇头："我和唐司令只是知道我们有人潜伏到你们先遣队领导层，至于是谁，确实不清楚。"

刘前进："这个人，应该就是昨天夜里给你送情报，让唐静茵赶紧撤退的人。你会没见到他？"

钱守柱："确实没见到。昨天夜里——"

（闪回）窗户突然响起急促的三声，人影一闪而过。花子疾步开门，老和尚跟出去……幽暗的长廊上，一个穿着解放军军装的身影（小江）拐过房后。窗棂上插着一块折起来的火柴盒，小和尚取下。老和尚在灯下展看，火柴盒正面是"火人"牌商标的图案，背面写着潦草的几个字：山上山下均有埋伏，通知唐司令火速撤兵！鹤顶红

（现实）刘前进："火柴盒……火柴盒上的图案你没有记错？"

钱守柱："不会。我们干情报的，都有过目不忘的本事……对了，早上来喊你开饭的那位长官，他手上……也有一盒那样的火柴……"

刘前进怔愣着——

（闪回）甄世成从兜里掏出一盒火柴。刘前进抓过来，擦出火点燃。火柴盒上，也是"火人"牌商标的图案。

（现实）"火人"商标的火柴盒渐渐放大，泛起一片神秘而诡谲的光来——

（闪回）卧云寺前院，王友明掏烟分发给几人，掏出火柴给大家点火。火柴盒上，是"火人"牌商标的图案。

（现实）刘前进在踱着步，钱守柱的目光紧张地随着移动。刘前进面色严峻。

（闪回）祠堂里，刘前进满腹心事地坐在院子里吃饭，彭浩放下碗，从兜里掏出烟和火柴，火柴盒面上"火人"牌商标的图案。

(现实)刘前进盯着钱守柱:“你还知道些什么?”钱守柱摇摇头。

5-2 卧云寺门外空地 日 内

男女犯人列着方队,站在寺门前,由持枪的战士看管着。文捷、关晓渝、甄世成等人威严地站在犯人队伍的对面,周圆、小江还有那匹马在稍远些地方。

刘前进走到队伍前,冷峻的目光扫视着服刑人员:“大家可能都知道了,昨天晚上宁嘉禾带着几个犯人图谋逃跑,结果还是被抓回来了。他们抗拒改造,罪上加罪!——我在这里警告那些想逃跑的人,这几个人就是你们的前车之鉴,逃跑是没有出路的,你们唯一的出路就是老老实实地接受改造!”

5-3 卧云寺殿前空地 日 内

彭浩带着张连长、马大虎等指挥战士将被捆绑起来的“和尚”集中到一个房间。

刘前进进来,吩咐张连长:“你们先在这儿看好他们,等军管会派人过来……要注意警戒,唐静茵那帮土匪不会善罢甘休!还有,寺里原先的那些和尚,也请军管会帮着妥善安排一下,先不要留在寺里,现在这里还不安全。”

5-4 山路 日 外

男犯队伍走来。小痞子和鲁震山并肩走着,小痞子:“鲁大哥,你没跟着逃跑,是不是知道点什么啊?”

鲁震山:“知道什么?”

小痞子:“知道逃不出去呀。你要是告诉我一声就好了,让我跟着遭了一顿罪,这嗓子到现在还火辣辣地痛……”

鲁震山:“你就跟着姓宁的混吧,怎么死的你都不知道!”鲁震山大步走开,小痞子一怔。

周圆快步跑来,追上刘前进:“支队长,宁嘉禾他们钻地洞也是件好事。我们可以总结一下经验教训,上报指挥部,介绍给其他兄弟支队。”

刘前进:“要犯脱逃,这算什么好事?不要张扬了。”

周圆:“彭政委,支队长大闹卧云寺,智擒老特务,将逃脱的要犯缉拿归案,这是多精彩的故事,不该写写吗?”

彭浩:“你写出来看看再说吧。”说完,快步追上侯仲文。

刘前进:“哎,小周,你怎么才赶上来?”

周圆:“我和甄科长给卧云寺贴封条去了,找纸找笔写大字,写完又贴,才弄完。”

刘前进:“谁让你去贴的?”

周圆:“彭政委啊……”

刘前进望去。不远处,彭浩正在跟侯仲文说着什么。

周圆仰脸望着刘前进:“怎么啦,支队长……”

5-5 卧云寺门前 日 外

寺门紧闭,上面交叉贴着两贴封条,战士持枪站在寺门口。化装成村姑的阿慧搀扶着化装成老太太的唐静茵挎着小筐走来。

战士甲:“老乡,你们要干什么?”

阿慧:“我们是来拜佛的,求佛祖保佑……”

战士甲:“佛祖都保佑不了老和尚,还能保佑你们?快回去吧。庙里的和尚是特务,被抓走了!"

唐静茵微微一惊。阿慧搀扶着唐静茵欲离开寺门,唐静茵甩开她的手,颤颤地走近寺门,眯缝着眼睛看封条。封条上是一行清晰的大字,一张封条底部依稀可见两个类似路标的符号和四个小字。唐静茵悄然撕下一角。

5-6 山路 日 外

骄阳似火,山路上战士和男女服刑人员汗流浃背,闷声行走。刘前进心事重重地走在队伍旁边,小李牵马走在刘前进身后。刘前进从小李手上抓过缰绳:"我很快赶回来。"

刘前进打马而去。侯仲文、严爱华看到逆着队伍远去的刘前进,不解地互相看着。

5-7 卧云寺门前 日 外

封条上的字迹很是清晰,刘前进自上而下仔细打量,发现一张封条底下撕去一角。刘前进回头看身旁的张连长和战士甲:"有谁来动过封条吗?"

张连长看战士甲,战士甲:"没有。"

刘前进指着缺了的一角:"这是怎么回事? 贴上去的时候就这样吗?"

张连长摇摇头,看着战士甲:"你好好想想。"

刘前进:"我们走了之后,有谁还来过卧云寺?"

战士想着:"对了,有个老太太,还领着个姑娘,她们看看就走了。"

5-8 山路 日 外

男犯队伍中,宁嘉禾戴着手铐,面无表情,目不斜视地走着。

苟敬堂抹了一把脸上的汗水:"又闷又热,快把人憋死了!"

裘双喜:"唱个曲儿吧苟大老爷,会好受些的。"

苟敬堂:"气都喘不过来还唱! 有能耐你唱……"

小痦子笑。鲁震山突然大声唱起来:"大刀向鬼子们的头上砍去! 二十九军的弟兄们,抗战的一天来到了,抗战的一天来到了! 前面有东北义勇军,后面有全国的老百姓……"

裘双喜:"谁不知道你打过台儿庄,臭显什么?"

鲁震山唱得更大声了……

5-9 山路 日 外

刘前进骑在马上,漫不经心地走着。

(闪回)程部长:"你又多了一个任务,就是尽早把隐藏的内鬼揪出来!"

(闪回)程部长:"问题相当严重啊! 根据对密电的分析,这内鬼,真就潜伏在你们一支队的领导层……"

(现实)刘前进恼火地打马,受惊的骏马一下蹿出去,闪了刘前进一下。

5-10 山坡树下 日 外

傅明德在闭目养神,一睁眼,与一双目光相遇。是鲁震山。

傅明德怔了怔,一笑:"从咱们一见面,你就盯着我看……"

鲁震山:"傅坛主,你去过台儿庄吧?"

傅明德猝不及防,又忙掩饰地:"台儿庄在哪儿? 我没去过……"

小痦子凑过来:"台儿庄……就是打小日本的吧?"

鲁震山不理小痦子:"你参加过台儿庄大会战,当督战官,迟师长陪着你,奖赏我们敢死队员。”

傅明德笑了下:“你认错人了。我要是参加过台儿庄大会战,也成了抗日英雄！怎么能来蹲共产党的监狱呢？笑话!”

鲁震山:“打过台儿庄的人,也不一定都是抗日英雄……”

裘双喜:“台儿庄,你胡说什么?”

鲁震山瞅了眼裘双喜:“你不过是个监狱长,知道个屁……”

裘双喜抬手朝鲁震山打过去。鲁震山一把抓住裘双喜的手:“这可是你先动的手——”鲁震山一个回拳把裘双喜打了个跟头。小痦子上前拉住鲁震山,傅明德拉起裘双喜。

侯仲文跑过来,喝问:“怎么回事?”

裘双喜爬起来:“没啥事儿,走路不小心,叫石头绊了一跤……”

侯仲文:“长眼睛不看路,留它喘气啊!”

5-11 山坡旁另一树下 日 外

凌若冰仍在给受伤的服刑人员包扎伤口。彭浩和文捷走了过来。服刑人员起身走了。

文捷:“凌若冰,说起来你我还应该是同行。好好改造吧,争取早点出狱,为人民、为国家多做点事……”凌若冰惨然一笑。

彭浩:“我们看过你的档案,大家对你既钦佩,又惋惜。钦佩你读书多,学问大,医术好。钦佩你敢与自己的反动家庭彻底决裂,毅然参加了革命,成为一名无产阶级战士。惋惜的是,你不该意气用事,为了营救大巴山遭瘟疫的乡亲,私自挪用了进藏的军用药品,结果犯了罪……”凌若冰不语。

彭浩:“凌若冰,你知道吗？文大队长的爱人几个月前在昌都的战斗中受了重伤,因为进藏的药品没能及时运到,他咬牙坚持了两天,最后还是牺牲了。”

凌若冰一震,看着文捷。

5-12 小山坡 日 外

周圆正在山坡上采野花。刘前进打马而来,停在山坡下:“周圆!”

周圆回身:“支队长!”

刘前进翻身下马。周圆手里握着花跑下山坡,她的帽子上插着几朵艳丽的野花,很是醒目。周圆将手里的花伸向刘前进:“支队长,这些花漂亮吧?”

刘前进:“我问你,你和甄世成在卧云寺贴封条的时候,封条下面,少没少一块,能有这么大吧……”刘前进比画着。

周圆想了想:“没少吧。怎么啦?”

刘前进:“下面有没有啥特别的,注意到没有？好好想想。”

周圆想着,突然很肯定地:“有!”

刘前进眼睛一亮:“是啥?”

周圆:“甄科长把糨糊抹多了,沾了我一手。”

刘前进扫兴地转叹了口气,翻身上马。

周圆拦住马头:“支队长,是不是我做错什么了?”

刘前进:“没有,你让开吧。”

周圆:“你那么严肃,吓死我了！我还以为摘花是犯纪律的事哪……”

刘前进:“有工夫好好歇一歇,摘那些玩意干啥用?又不能顶饭吃!还消磨革命意志!”

周圆:“怎么能这么说?这些野花多漂亮啊,你太老古板了!”

刘前进:“你——”

周圆:“你就老古板!年纪不大,思想守旧!”周圆气呼呼地说完,跑开。

远处,甄世成向这边张望着……

5-13 水口场村头高坡 日 外

队伍进了水口场。刘前进刚要带着小李下山坡,彭浩走来。刘前进:“我让甄世成早点开饭,叫大家都好好休息休息,明天攒足了劲头好过江。”

彭浩像是没听见刘前进的话,拦住刘前进:“你等一下,我有话和你说。小李,你去告诉甄科长开饭吧。”

小李看着刘前进,刘前进咳嗽了一声,冲小李点了下头。小李走下山坡。

刘前进看着彭浩:“你的脸色不好看……很不好看!”

彭浩:“废话!让你窝上一肚子的火,你的脸色能好看?”

刘前进:“窝啥火?有啥火可窝的?”

彭浩厉声:“刘前进,你少跟我装糊涂!”

5-14 江边 日 外

江中,几条木驳船逆流而上。唐静茵、阿慧站在江边,看着滔滔的江水和缓慢航行的船只。阿慧:“阿姐,你怎么知道共党的押解队伍会水陆并进,沿江来到这里?”

唐静茵:“昨天在卧云寺门前,你大概没注意寺门上那两贴封条吧?”唐静茵展开撕下的封条一角:“这张封条的下端空白处,你看,有两条墨线,一条是直线,一条是曲线,两条线都指向西南向的这条江。”

阿慧:“是内线留给我们的路标!”

唐静茵:“我是走到跟前,才看清上面的墨线和小字的。”

阿慧:“是联络暗号……”唐静茵点头。

阿慧指了指江中的船只:“共军的粮食是靠这几条船来运输供给的,我们只要搞掉船上的粮食,他们就会不战自乱,我们就可以乱中救人了。”

唐静茵沉吟:“运粮船上有咱们的人……”

5-15 水口场村头高坡 日 外

刘前进把玩着手里的烟卷。彭浩上前,一把抢过烟卷。刘前进平静地看着彭浩。

彭浩:“卧云寺的事,你怎么想的,给我直来直去说出来,用不着藏着掖着!”

刘前进不语。

彭浩:“刘前进,你是什么人我还不清楚?卧云寺的事你越不问我,越说明你心里有鬼!挺大的鬼!”

刘前进扯着嗓子:“废话!当然有鬼!宁嘉禾逃跑的每一步显然都是经过周密安排、精心布置、里应外合,没有鬼才怪啦!”

彭浩:“如果昨天晚上不住在卧云寺,是不是就不会发生宁嘉禾逃跑的事了?”刘前进不语。

彭浩:“我不想说这是巧合。可我告诉你,支队长同志,这件事……真是巧合!巧合得我都不愿相信是巧合。那方圆几十里地,唯一可住的寨子叫唐静茵一伙给烧了。他们为什么烧寨子？就是逼着我们住进卧云寺！他们就是做了这么一个套，让我们往里钻；我们钻进去了，他们就里应外合地往外‘捞’宁嘉禾……而偏偏……”

刘前进：“而偏偏那个卧云寺就是你找的！让要犯住在那里，也是你提出来的，你不就是想说这是巧合，这是没有办法的办法嘛……”

彭浩恼火地：“你也不仔细想想，我如果真是内鬼，敌人会这么轻易就把我抛出来吗？他们会这么愚蠢吗？我会这么愚蠢吗？”

刘前进：“你的意思，我根本就不应该怀疑……你是内鬼？”

彭浩：“……我不知道。换了是你，我可能也会怀疑，可我知道，这个怀疑是站不住脚的……”

刘前进：“又说废话！站得住脚我还在这儿跟你说这些？我早把你抓起来了！”

彭浩叹了口气，掏出火柴点烟，盒面是“火人”牌商标。刘前进盯着火柴盒。

（闪回）老和尚在灯下展看，火柴盒正面是“火人”牌商标的图案……

（闪回）钱守柱：“这种火柴盒我还是第一次见到。我们干情报的，都有过目不忘的本事……对了，早上来喊你开饭的那位长官，他手上……也有一盒那样的火柴……”

（现实）刘前进看着彭浩划火柴，眼神呆滞。

（闪回）甄世成从兜里掏出一盒火柴。刘前进抓过来，擦出火点燃。火柴盒上，也是“火人”牌商标的图案。

（现实）彭浩手里的火柴点燃，发出“嗞”的一声，火苗蹿出——

（闪回）卧云寺前院，王友明掏烟分发给几人，掏出火柴给大家点火。火柴盒上，是“火人”牌商标的图案。

（现实）燃烧着的火柴杆点燃彭浩叼在嘴上的烟卷——

（闪回）祠堂里，彭浩从兜里掏出烟和火柴，火柴盒面上“火人”牌商标的图案。

（现实）刘前进一把抓过彭浩手里的火柴，摔在地上，狠狠地踩着！

（闪回）卧云寺住持房间。钱守柱的面孔。钱守柱开开合合的嘴。钱守柱的画外音：“……鹤顶红——”“……鹤顶红——”反复冲击着刘前进的耳鼓。

（现实）彭浩：“你干什么！”刘前进蹍着脚底的火柴……

张连长带着战士打马而来，刘前进迎上去。

张连长下马敬礼：“报告支队长，假和尚一伙土匪已经安全移交给军管会同志。”

刘前进：“归队吧。”

张连长：“是。”

彭浩看着张连长等人走去，俯身想捡起被刘前进碾烂的“火人”牌火柴盒，刘前进上前一脚将火柴盒踢飞。

刘前进：“内鬼的代号……是‘鹤顶红’！”

彭浩惊诧地：“鹤顶红？”刘前进不语。

彭浩：“这‘鹤顶红’在民间传说里，可是一种可怕的毒药，一旦入口，可是要置人于死地！”彭浩盯着刘前进，刘前进面无表情，脸上的肌肉突突跳着。

5-16 江边土路 日 外

马匹驮着粮食走来。几名战士持枪守护。在两个战士的引领下，十来个老乡牵着马从另一条山路下来。花子扮成的络腮胡子夹杂在人群中。

战士甲警惕地问："都是来驮粮的？"

领队的战士乙："还有帮工的。"

战士甲低声："盯好了啊。"

战士乙："知道。"

众人走去，花子低着头，斜眼看了眼战士甲。

5-17 水口场接待站 日 外

一块大牌子上写：水口场。战士押解着男女服刑人员队伍走来。几个地方干部模样的人领着侯仲文、甄世成、文捷进了接待站。接待站的人给服刑人员安排茶水，宁嘉禾喝着水，查看着周围的环境。

苟敬堂正在对裘双喜介绍着水口场："……这可是个水陆重镇啊，想当初，我苟家在这里的生意红火得很，我跺一脚，整个水口场可都跟着乱颤！"

傅明德看看苟敬堂，摇摇头。

小痞子："傅坛主，他说的真的假的？"

傅明德淡淡一笑，将碗里喝剩的水泼到地上："覆水难收，过去的事还管它是真是假干什么……"

傅明德看一眼鲁震山，走开。

小痞子凑到鲁震山跟前："鲁大哥，这傅坛主怎么总是阴阳怪气的……"

鲁震山："他是人是鬼，我也纳闷……"

5-18 江边 日 外

江边已经戒严，两队解放军战士在巡视。络腮胡子和帮工将麻袋抬到马背上……

5-19 水口场某茶馆门前 日 外

阿慧摆着花生、胡豆、香烟小摊，吆喝着生意。络腮胡走过来，蹲在摊前东挑西拣，眼睛却直盯着阿慧。阿慧向络腮胡递了一个眼色。络腮胡会意，起身走进茶馆。

5-20 水口场某茶馆 日 内

一间不大的茶馆里，坐满了喝茶的人。老板娘提把铜壶在茶桌之间如风穿梭，一边热情吆喝，一边往茶碗里注水。唐静茵头戴礼帽，身着长衫，坐在靠街边的座位上。她面前的桌上放着瓜子、花生，手中的碗盖下意识地拂搅着茶水。

花子走到唐静茵的桌前坐下，随手打个响指："来碗坨茶！"

老板娘来到桌前，茶碗摆好，茶壶一提，茶水注得滴水不漏……

花子低声道："共军的运粮船看得很严，路上无法动手，我们已经在水口场码头安排好了人，他们也许是察觉到了什么，运粮船停到镇外一个隐蔽的江边，那里又有地方部队接应，还是动不了手。"

唐静茵思忖着，盯着花子："那就从水底下做做文章嘛……"

5-21 水口场某茶馆门前 日 外

几名战士巡逻而来。阿慧高声叫卖："胡豆便宜了，谁买谁划算！"

5-22 水口场某茶馆 日 内

阿慧的吆喝声传来，唐静茵："我先走一步。"花子点头。唐静茵放下几张纸币，起身走向后门。

5-23 江边 夜 外

巡逻的解放军战士走过去,几个土匪从粮垛后闪出。隐约可见他们潜入水中……

5-24 水口场关押男犯大院 夜 外

大院里,男犯们躺在长廊下睡觉,马大虎带着战士在院里巡视。远处突然传来枪声。刘前进和彭浩冲出屋子。刘前进听了听,果断地:"是江边!"刘前进带着小李等人跑去。

5-25 水口场关押重犯小屋 夜 内

宁嘉禾、裘双喜、傅明德、小痞子、苟敬堂等人挤在窗前,望着窗外。

裘双喜:"一定是唐司令来救我们啦!"宁嘉禾不语。

裘双喜:"总指挥,我们不能老实在这儿等着啊,得闹点动静,配合唐司令!"

苟敬堂:"对!对!得配合一下……"

裘双喜:"大家做好准备!找点得手的家伙……"

宁嘉禾:"不要轻举妄动!这院里院外戒备森严,我们是没法逃出去的!"

5-26 江边 夜 外

刘前进带着小李等人正朝江边跑去,迎面有人,小李用手电筒照过去,居然是甄世成等人。刘前进:"甄科长,怎么回事?"

甄世成:"支队长,粮船沉到江里了……"

刘前进大惊:"啊?为什么不把粮食都卸下来?怎么还放在粮船上?"

甄世成:"船上的粮,是准备运到下一个接待站的。谁知道土匪半夜潜到江里,把船底给卸了。"

刘前进:"粮船外围不是安了流动岗吗?"

甄世成:"咱们人手不够……再说,好多战士晕船,上去没一会儿工夫就吐得一塌糊涂……"

刘前进恼火地:"没有吃的,看我不把你撕巴撕巴炖了!"

刘前进气呼呼地走开。

5-27 水口场刘前进、彭浩临时住处 夜 内

刘前进气得在屋里转圈,彭浩:"行了,快睡吧,你再闹心,那些粮也没了。"

刘前进:"这些可恶的土匪,我简直好让他们逼疯了!"

彭浩:"粮食不够,大家一起紧紧裤腰带还能对付过去,这身边的内鬼不早点挖出来,更叫人寝食难安哪。"

刘前进叹了口气:"我真是没用,这身边的内鬼怎么就找不出来呀……"

彭浩盯着刘前进:"前进,你给我说实话,你是不是怀疑到我头上了?"

5-28 水口场刘前进、彭浩临时住处 夜 内

刘前进被彭浩盯得有些不自然:"行了,别神叨了,睡觉。"

彭浩睃着刘前进:"我倒希望能遇上真神,把你心里、我心里的鬼抓出来!"

刘前进:"没做亏心事,不怕鬼敲门。我心里可没鬼……"

彭浩:"那是我有!我刚才的话你还没回答呢。你说,是不是怀疑我啦?"

刘前进:"……我可没说啊。你别多心……"

彭浩笑了:"怀疑我也正常,哪一个人都应该怀疑。不光我,连你也应该被怀疑!"

刘前进:“我?”

彭浩:“当然。咱们走到哪儿土匪跟到哪儿,如果没有藏在内部的‘鹤顶红’通风报信,土匪能像影子一样甩都甩不掉?咱们能像傻子一样就这么叫土匪捉弄?”

刘前进叹了口气:“是啊。每个人都有疑点,包括我,也包括你。不过,你的疑点可比我大多了……”

彭浩点头:“我知道……从卧云寺出来以后,你是不是专门又回去了一趟?”

刘前进看了眼彭浩。彭浩厉声:“回没回去?说啊!”

刘前进点了点头:“……我还想问你,那两张封条——”

彭浩:“封条怎么啦?那是我叫人贴的!”

刘前进苦笑:“你就是多事……就那么个封条,还用你大政委去布置啊?”

彭浩:“少废话!封条到底怎么啦?你快说!”

刘前进:“封条有问题……”

(闪回)刘前进自上而下仔细打量卧云寺门上的封条,发现一张封条底下撕去一角。

(现实)彭浩:“不对呀,贴上去的时候我还看了一眼,不缺呀!”

(闪回)刘前进:“我们走了之后,有谁还来过卧云寺?”

战士想着:“对了,有个老太太,还领着个姑娘,她们看看就走了。”

(现实)彭浩:“老太太?是唐静茵?”刘前进点点头。

彭浩:“难道封条下面……内鬼做了文章?”

刘前进:“很可能!”

“不可能!”彭浩斩钉截铁,“封条上的字是我布置写的……我叫甄世成上伙房弄了糨糊,让他和周圆一块去贴的……”

刘前进不语。

彭浩:“西征新锦屏的路还长着呢,你要是成天这么疑神疑鬼草木皆兵的,我看,内鬼没抓出来、参谋次长没挖出来,不用到新锦屏,咱们俩就得先疯了!”

刘前进:“你以为我愿意这样?你以为我愿意看谁都像内鬼?把自己和别人都整得一惊一乍,你以为我不累?”

彭浩:“那你也不能无中生有瞎怀疑一通吧?那个封条要是你贴的,我会怀疑你是内鬼吗?”

刘前进:“真要那样,就该怀疑我!你帮我洗干净疑点,我感激你!现在,我把对你的怀疑说出来,就是想早点证明你是干净的,是没有问题的!你还缠缠个没完了,我要认准你是个鬼,还能在这儿跟你这么说话啊?你怎么像不了解我似的……”

彭浩沉默。

刘前进:“老彭,你知道从一开始我就不信你是内鬼,可你现在也没有充足的理由证明自己没有问题啊,你我现在该做的,就是把真正的内鬼挖出来,尽早还你一个清白!”

彭浩苦笑:“这叫什么事啊……内鬼在哪儿还不知道,咱俩倒叫内鬼搞乱了阵脚……”

5-29 军分区指挥部办公室 日 外

程部长在看材料,高参谋站在旁边。程部长放下材料。

程部长:“这些潜伏特务太猖獗了,居然混进电厂把发电机组炸了!”

高参谋:“敌人的那个参谋次长一天不挖出来,潜伏在大西南各个角落的特务就没办法一网打尽。可是先遣队到现在也没有动静,程部长,是不是再催一催……”

程部长:“这件事的重要性,我们不说刘前进和彭浩也清楚。他们要完成押解任务,又要抓内鬼、挖参谋次长……难为他们了……”

5-30 山路 日 外

骄阳似火。山路上,先遣队押解男女服刑人员的队伍闷声行走,战士们和男女服刑人员汗流浃背,疲惫不堪地在林中行进着。

柳春燕用手不停地掀动着贴在胸前汗湿了的囚服:“他妈的,这臊汗衫,湿漉漉的贴着胸脯子,就像男人的手,烦死了!”

凌若冰:“你就这么折腾,不热才怪呢。心静自然凉。”

柳春燕不屑地:“你心静怎么也流汗啦?扯淡!”

大菊:“要是能洗个澡就好了!”

柳春燕挑衅道:“眼前就有江,有能耐你下去洗啊!”

大菊瞪着柳春燕:“你这是说话呢,还是放屁啊?”

柳春燕:“你说谁放屁?”

大菊:“说的就是你!”

柳春燕凑上去:“我撕了你……”

凌若冰赶紧走到两人中间,拿出一盒清凉油,递给柳春燕:“来,抹点儿这东西就不热了。”

柳春燕瞪了凌若冰一眼:“我不要!”

大菊伸手抢过清凉油:“不要白不要!”

5-31 山弯 瀑布 潭水 日 外

队伍转过一道山弯,一道飞瀑从天而降,银珠飞溅,水声响亮。凌若冰望向飞瀑下的一汪潭水。柳春燕眼望深潭,停住脚步,大菊等女犯都站定。

严爱华:“走啊,怎么不走啦?”

柳春燕:“政府,让我们洗个澡吧。”

大菊:“再不洗,这身上都要生蛆了。”

大菊说着,要解衣扣,鼓动着身边的女犯们:“姐妹们,是吧?快啊!”

严爱华见大菊的衣服已经解开几个扣子,斥责道:“你把衣扣扣上!一个女人说敞怀儿就敞怀儿,成何体统!大菊,你别属穆桂英的,阵阵落不下,哪儿热闹往哪儿凑!”

文捷跑过来:“有什么情况吗?”

凌若冰:“大队长,能不能让大家洗个澡啊?”她指指瀑布下的潭水。

柳春燕:“大队长,我们女人不像他们男人,再不洗洗,身上就臭了!”

女犯们七嘴八舌。文捷看着瀑布,犹豫着。

凌若冰:“再不洗个澡,会生出毛病的……”

文捷看了眼凌若冰,对严爱华:“我去跟支队长说一声。做好警戒。”跑去。

5-32 路边树荫处 日 外

刘前进恼火地站起:“不洗出不了人命!就这样我还嫌走得慢呢……一群女犯,哪那么多穷讲究……”

文捷:“就因为是女犯,是女人,才更得洗洗啊。不然她们真的一病一大片,别说走得慢走得快,你连步都别想挪!”

彭浩:“前进,文捷说得有道理。不过,这瀑布水深水浅还不知道。万一出个什么意外……这样行不行文捷,让他们简单擦洗擦洗……”

刘前进:“洗吧洗吧,你们说了算……惯他们臭毛病!”看了眼手表,“就给他们10分钟,多一分钟都不行!给我看紧了!”

文捷:“让男犯们也洗洗吧……”刘前进不语。

彭浩:“行了,让他们都快点。”

文捷还要说什么,彭浩给了他一个眼色,两人匆匆走去。

5-33 瀑布下水潭 日 外

在战士的看守下,男女犯人分区域在简单擦洗着。大菊和柳春燕两人不知何时已经脱了外衣,穿着兜子在尽情撩着水洗着。不远处,凌若冰蹲在潭边,洗了洗毛巾,擦了擦手脸,然后掀起衣襟,用毛巾擦着腋窝。大菊碰了下柳春燕:“你看凌若冰,洗得多斯文,还摆个留洋学生的臭架子!”

柳春燕:“人家和咱们不是一路人。”

大菊:“我听说她在外国好几年,备不住是个美蒋特务……”

柳春燕:“瞎扯,她要真是美蒋特务,不早收拾她啦?我看管教都对她挺客气的,根本就没把她当老犯……”

水潭边,凌若冰起身,打量着眼前的山崖。

5-34 路边树荫下 日 外

刘前进倚在树下,闭着眼睛。夸张的、变了声调的画外音,又在耳畔响起:“鹤顶红——鹤顶红……”一只水壶递到刘前进的面前。刘前进突然一睁眼,吓了一跳。一声清脆的笑声响起。是周圆。刘前进:“你吓我一跳……”

周圆:“你还吓我一跳哪!喝点水吧。”

刘前进看着周圆。周圆伸着水壶:“是我接的泉水,可凉快了!还有点甜……”

定格。

第五集完。

第六集

6-1 路边树荫下　日　外

刘前进和周圆坐在树荫下。刘前进："一天到晚这么走啊走的，是不是觉得挺累？"

周圆："累是累点，可挺有意思。你要是能经常跟我说说话，就更有意思了。只是，不许再开那样的玩笑了！"

刘前进："你以为我就那一计呢！太小瞧我了！我虽然没啥文化，但孙子兵法、三十六计我倒背如流！"

周圆："吹牛吧你！你哪像个领导哇！瞧人家彭政委，又谦虚又稳重……"

刘前进："哎——怎么说话呢？你是谁呀，没大没小的，教训起我来了！"

周圆："谁敢教训你呀，我那叫提意见！不要说你这么个小官，再大的官我也敢提意见！哼！"

刘前进："行行，你厉害，你厉害……"

周圆："服了吗？那你得支持我工作。"

刘前进："服？那谈不上。说，什么工作？"

周圆："我要给你写个报道。"

6-2 瀑布不远处　日　外

宁嘉禾、裘双喜等众男犯们在简单洗着，女犯们的嬉笑声传来，苟敬堂起身张望。裘双喜："看什么呢？小心让她们撕了你！"

苟敬堂："死在花前下，做鬼也风流啊！"

鲁震山："闭上你的臭嘴！"

苟敬堂："怎么？吃醋啦？"

鲁震山威慑的目光逼来，苟敬堂讨好地："开个玩笑嘛，至于吗？……"走开。

侯仲文："大家动作快点，出发啦！"

6-3 路边树荫下　日　外

周圆认真地盯着刘前进："想要把这个故事写得生动吸引人，你得好好给我讲，从头到尾一个环节都不能落，像你怎么知道唐静茵要在卧云寺劫人，怎么知道宁嘉禾会从暗道逃跑，怎么知道暗道口就在大殿里，你怎么布兵排阵，等着敌人自投罗网……"

刘前进笑起来。周圆："你笑什么？我说的这些，你听没听明白啊……"

刘前进："我笑你上次中了我一计时那哭样可真丑哇！"刘前进边说边学周圆哭。

周圆："你欺负人……"

6-4 瀑布下江边　日　外

女犯们边洗边说笑着。严爱华在岸上巡视着："动作快点！"

柳春燕："严管教，你也洗洗吧！"

严爱华："时间到了，快上来！"

6-5 山路 日 外

队伍在行进。关晓渝拿着电报跑过来:"支队长！程部长来电!"

刘前进接过电文,程部长的画外音:"潜伏特务活动猖獗,近期屡屡发生暗杀、爆炸、纵火等等反革命恶性事件,挖出敌参谋次长的工作迫在眉睫……"

刘前进将电文递给彭浩,彭浩看着,面色严峻。

侯仲文走来:"支队长,有什么问题吗?"

刘前进:"程部长催我们再走快些……"

侯仲文:"这么个行进速度,不算慢了!"

刘前进:"还是要再快些。"

6-6 山谷 日 外

队伍在山谷中行进,男犯队伍中,宁嘉禾在跟裘双喜议论着什么。

刘前进和彭浩站在一旁说话。宁嘉禾等走来,故作轻松地笑笑。小痦子有意慢下来,讨好地讪笑,后面的鲁震山推了他一把。傅明德目不斜视地走过。

刘前进和彭浩盯着要犯们的背影。彭浩:"在卧云寺,宁嘉禾逃跑还要带着这几个人,说明文章就在这几个人里头……"

刘前进点头:"不过,他一下子带走这么多人,弄得目标这么大,也说明这个老鬼到现在还没找出那个参谋次长。"

彭浩:"我看,有必要对这几个人一一进行提审。"

刘前进:"这几人个个都是顽固不化的坏蛋,要从他们嘴里掏出真话,不容易啊。"

彭浩:"那怎么办? 程部长催得这么急……"

刘前进像是自语:"他更急的,还是'内鬼'的事……"

6-7 临崖小镇街道 日 外

队伍开进镇街,女犯队伍进入一个大院,男犯进入另一大院。院里房舍临崖而建。

6-8 小镇大院 日 外

王友明正在安排男犯们宿营,宁嘉禾、裘双喜、傅明德、苟敬堂、小痦子、鲁震山等人被安排进厢房。马大虎将门锁扣上,将钥匙交给王友明。

6-9 小镇关押重犯房间 日 内

屋子里的窗户已经用几条木板钉上,屋子里显得更加昏暗。男犯们各自择地安歇,苟敬堂看好一处角落,刚要坐下,被裘双喜一把拉起:"滚,这是总指挥的地方!"

苟敬堂嘀咕:"还摆谱……"

裘双喜:"姓苟的,你说什么?"苟敬堂躲开。

傅明德走到窗前,透过木板间隙望向窗外。窗外,是道悬崖。宁嘉禾过来,也看着外面。裘双喜凑过来,用手拉拉木板,木板有点松动,裘双喜一较力,一块木板的下方拉开,裘双喜朝外看:陡峭的悬崖深不可测,而墙沿下有一道逼仄的窄石沿。

裘双喜兴奋地低声:"总指挥,天无绝人之路,老天爷在帮我们!"

小痦子等几个男犯一起凑过来。宁嘉禾看去,脸上现出疑惑。

苟敬堂过来,头一晕:"这……这不找死吗?"

裘双喜:"那你就在这里等死!"

6-10 小镇街道 黄昏 外

甄世成带着马大虎等几个人从一家米店空手出来。

甄世成站在街上,四下望望:“真邪了门了! 走吧,回去!”

6-11 小镇大院 黄昏 外

几口大锅雾气腾腾,几个扎着围裙的伙夫往木桶里盛米粥。刘前进揭开大锅,用勺子捞了一下。彭浩伸过头看看:“这么稀?”

甄世成带着马大虎进来:“彭政委、支队长……”

刘前进:“正要找你呢,这米粥稀成这样,还能当饭吗?”

甄世成:“我知道。一到镇上,我就四下寻摸找粮,可镇上的粮店都没粮可卖了。”

刘前进:“没粮可卖? 那镇上的人都喝西北风?”

甄世成:“我也纳闷,粮店老板说昨天有人来把镇上所有的存粮都买走了……”

6-12 小镇刘前进、彭浩临时住处 黄昏 内

彭浩:“看来,敌人在水口场弄沉运粮船,还是没打算收手……”

刘前进:“姓唐的疯娘们儿,我真是越来越不能小瞧她了……”

彭浩:“赶快电告分区指挥部,让他们想想办法吧。”

刘前进点头:“那就让老班长多弄点粮,正好在老龙口会合的时候捎上。”

彭浩:“我这就去告诉关晓渝,赶快联系。”

刘前进起身。彭浩:“你歇着吧,我去就行了。”

刘前进:“我去看看重犯那边安排的咋样了,一想到身边老有个‘鹤顶红’跟着、卧着……我这胆是越来越小了……”刘前进开门走出。

6-13 小镇关晓渝周圆住处门外 夜 外

月光如洗。小江立正姿势在门前站岗。一队巡逻的战士走过。

6-14 小镇关晓渝周圆住处 夜 内

桌上摆着昏暗的马灯、帆布箱和收发报机。两个军用背包挂在墙上,其中一个背包旁挂着红穗短笛。周圆在写什么,关晓渝洗完脸用毛巾擦拭着:“别写了,睡觉吧。”

周圆:“支队长今天讲得可好了,我得赶紧写出来,要不然明天该忘了。”

关晓渝:“支队长不爱讲自己的事,对你,可是格外照顾了。”

周圆抬起头,想着什么,突然回过身:“支队长是不是没结婚?”

关晓渝:“是啊,怎么啦?”

周圆扔下笔使劲拍一下手:“太好了!”

关晓渝看着周圆:“你什么意思啊,神经兮兮的……”

6-15 小镇关押重犯房间 夜 内

荀敬堂将碗里的最后一点米粥喝光舔完,大碗整个扣在脸上。荀敬堂:“这共党的心也太黑了,光喝这个,还不饿死!”

宁嘉禾搅着碗里的稀粥,脸上浮出诡谲的笑,将碗放下。

小痦子:“总指挥,你不喝啦?”

宁嘉禾看了眼小痦子。小痦子捧起碗,将剩下的米粥倒进嘴里。

傅明德:“总指挥要成仙得道了……”

宁嘉禾笑笑。苟敬堂:“总指挥,共党这样待我们,那叫什么……用他们的话说,叫虐待俘虏哇,我们得闹哇!”

裘双喜:“闹个屁!一会儿咱们就远走高飞了,饿死他们才好哪!”

6-16 小镇大院外 夜 内

月光下,刘前进站在大院外,指着一间紧靠悬崖边的屋子:“那间也住人了吗?”

王友明伸长脖子看了看:“住了。”

刘前进:“住的谁?”

王友明:“宁嘉禾他们……”王友明意识到什么,“啊,你是担心他们逃跑吧?没事,这外面就是悬崖,除非他们不想活了……”

刘前进往大院走去,王友明跟上。

6-17 小镇关押重犯房间 夜 内

裘双喜用力将窗上一块块木板启下,小痞子过来帮忙。

苟敬堂看着黑夜中的悬崖:“这……这行吗?”

裘双喜:“那你就等着押到新锦屏,在那里送死!”

鲁震山:“都是送死,那总比当摔死鬼好!”

裘双喜:“姓鲁的,你再阴阳怪气,老子——”

鲁震山一摔手里的碗,“嚯”地站起:“你再敢说一声‘老子’——”

宁嘉禾忙拦住:“都这时候了,还掐!”

裘双喜又去揭着木板,宁嘉禾、苟敬堂上来帮忙。外面突然响起钥匙开门的声音。

6-18 小镇关押重犯房间门口 夜 外

王友明拧开锁,钥匙揣进口袋,拉开门。屋门打开。宁嘉禾等几个人堵在窗前。门口,王友明用手电照着屋里的人:“都出来!”窗前的几个人不动。

马大虎:“都出来!动作快点!”鲁震山出去,傅明德跟在后面,窗前的几个人还是不动,宁嘉禾轻叹一口气,率先往外走,苟敬堂、裘双喜跟上。小痞子无奈跟上。

刘前进进来,小痞子被堵在门里,众男犯回头,紧张地望着。

小痞子冲着刘前进点头哈腰:“政府好!”

刘前进用手电打量着屋子。窗上的一块木板松动了一下,一头已经开启,要掉下来。众男犯一惊,小痞子眼疾手快,佯装后退被绊倒,身子后倾时顺势将要掉的木板按住,又用了用暗劲。木板暂时牢固,众犯松了一口气。

刘前进拍了把小痞子:“怎么?不想离开这间屋子?”

小痞子赔着笑脸,指指外面:“走,这就走!”

王友明的手电在屋里照着,小痞子撞到王友明身上,手电落地,小痞子捡起来,忙不迭地赔着笑;“政府好,政府好……”

6-19 小镇另一关押重犯房间 夜 内

众男犯被推进房间,房门被锁上。

裘双喜:“妈的,他们再晚来一会儿,咱们就远走高飞了。”

苟敬堂:“刚才把我吓坏了,要是那块木板掉了,被姓刘的发现,咱们逃不成不说,还得罪加一等。”

裘双喜:“小痞子,你小子不愧是三只手,动作够快的。”

小痞子:“多谢长官夸奖!”

宁嘉禾:“既然老天爷在此不帮忙,那就再等机会吧。”

小痞子:“别呀,只要咱们能再回到那个屋子……”

苟敬堂:“你想得美,这外面锁着门,还有流动哨,你能出去吗?给你两句好话,你还不知道自己姓啥啦?”

鲁震山:“他本来就不知道自己姓什么!”众男犯笑。

小痞子少有的认真严肃:“各位,只要咱们躲过这流动哨,下面的一切就好办了。”

裘双喜:“好办什么?钥匙在姓王的管教身上,没他的钥匙,那道门就是鬼门关。”

小痞子手一抬,从高窗透进的月光将他手上的钥匙一晃,极为扎眼。小痞子:“各位,你们忘了我是干什么的啦?”宁嘉禾眼前一亮。

(闪回)小痞子撞到王友明身上,手电落地,小痞子捡起来,忙不迭地赔着笑:“政府好,政府好……”

6-20 小镇关晓渝周圆住处 夜 内

用书桌拼成的睡铺上,躺着关晓渝和周圆。两人相对而卧,低声说着话。

周圆:“咱们先遣队里,岁数最大的就是侯大队长吧?”

关晓渝:“他不算。我听支队长说还有个老班长哪,他和彭书记刚参军的时候人家就是他们班长了。他还参加过长征……”

周圆:“哟,资格这么老啊!那怎么到现在还没见着这个人。”

关晓渝:“他执行别的任务去了。”

周圆:“什么任务?怎么还没跟咱们在一起……”

关晓渝笑了下,周圆意识到什么:“……嗳,晓渝姐,那除了老班长和侯大队长……”

关晓渝:“唉我说小周,你今晚犯的哪根神经,东扯葫芦西扯瓢的……怎么回事你!”

周圆:“其实啊,我就是想绕着弯儿,叫你给我说说支队长,说说刘前进……”

关晓渝坐起来,颇有兴趣地:“你什么意思?”

周圆也坐起来:“跟你直说了吧,我喜欢支队长!”

关晓渝:“你喜欢支队长……”

周圆:“我觉得,我未来要嫁的男人……就应该是刘前进那样的。”

关晓渝笑:“亏你说得出口……”

周圆:“这有什么说不出口的?亏你还是革命新青年,这么封建!”

关晓渝:“可是这太突然了。你和支队长……才认识多久啊……”

周圆:“两个人有没有爱情还看什么时间长短,‘两情若是久长时,又岂在朝朝暮暮’,你还不如古代人明白这个道理啊?”关晓渝似乎还没缓过神来。

周圆:“你看他在卧云寺,打唐静茵、斗宁嘉禾、审假和尚,把他们玩弄于股掌之间,那真是运筹帷幄之中,决胜千里之外,足智多谋里还带着一股率真的孩子气,多传奇多好玩啊……”周圆一副神驰心往的样子。

6-21 小镇另一关押重犯房间 夜 内

小痞子在敲着房门:“开门,我要撒尿!”战士甲的画外音:“等会儿,我去拿钥匙。”

6-22 小镇侯仲文、王友明房间 夜 内

侯仲文给刘前进倒了杯水，放在桌上。刘前进："老侯，今晚咱俩换换，你去跟你党校老同学睡一晚上，好好睡一觉吧，我跟友明住这儿。"

侯仲文："在这睡觉可得警醒点，这些犯人说不定就能闹点什么事。我怕你睡不好。"

刘前进："没事，我这人天生粗粗拉拉，在哪儿都能睡着。"

侯仲文笑笑："好吧。"拿起外衣："那我去了。友明，晚上你多留点神，让支队长好好休息休息。"侯仲文出去，带上房门。

刘前进喝了口水，放下："最怕这几个男犯出事，友明，你和老侯担子不轻啊。咱们这趟差事能不能完成，完成的咋样，主要得看你们这边哪。"

王友明："我就是跑跑腿，张罗张罗，主要工作还得靠侯大队长。"刘前进点点头。

王友明："侯大队长工作尽心尽力，踏实、负责，对犯人的管教、处理问题、研究他们的心理……水平真高啊！我跟侯大队长学了不少东西，人家不愧是从党校出来的。"

刘前进："嗯……"

战士甲敲门，进来："报告，重犯房间的小痦子要上茅房！"王友明掏出钥匙，递给战士，战士接过钥匙出去。

刘前进："咋着，犯人上个茅房还得上你这儿来拿钥匙？"

王友明笑笑："就重犯那个屋的钥匙在我这儿，其他犯人屋的，都在看守管教那里。这是侯大队长让这么做的。"刘前进点头。

6-23 小镇另一关押重犯房间 夜 内

战士甲开门，小痦子出来，向宁嘉禾意味深长地笑笑。

裘双喜："小痦子，你动作快点啊，别掉进茅坑里了！"

6-24 小镇另一关押重犯房间门外 夜 外

战士甲押着小痦子走向后院。马大虎带着一队巡逻战士走来，战士甲冲马大虎笑笑。

6-25 小镇大院茅房 夜 外

战士甲在门口把守。茅房内，小痦子四下找着什么。战士画外音："快点！"

墙上嵌着一块石头，小痦子试图去拿，晃动了几下，石头纹丝不动，小痦子正较力，战士甲的脚步声传进来，小痦子忙收手。战士甲进来："你干什么？"

小痦子："没事，好了，好了……"战士甲退出，小痦子提着裤子出来。

战士甲："快走！"小痦子走去，战士甲端枪跟在后面。

6-26 小镇刘前进、彭浩住处 夜 内

侯仲文脱下外衣上床。彭浩："前进把你撵过来，没说什么？"

侯仲文："没有。就说创造个机会，让咱党校的俩老同学好好叙叙旧。前进同志还挺有意思。其实，他是想让我在这好好睡个安稳觉。"

彭浩："他是不放心那边的男犯，怕唐静茵又使什么坏，宁嘉禾又打什么鬼主意。"

侯仲文："支队长太不容易了，卧云寺差点让唐静茵一伙得手，宁嘉禾差点逃跑。别说他上火，我这个男犯大队的大队长也是吃不好睡不好哇。"

彭浩："是啊，内忧外患哪……老侯，我把你拖进先遣队，你不怪我吧？"

侯仲文："你这话说哪儿去了。我从党校出来这些年，一直都在基层参加监狱管理工作，你就是不点将要我,我也会请求上级派我来呀!"

彭浩:"是吗? 我说我跟程部长一点你的将,他就痛快答应了……"

两人笑。侯仲文:"老彭,趁支队长不在,我跟老同学说句一直闷在心里的话……"

彭浩:"什么话?"

侯仲文坐在床沿:"从队伍出发开始,我就觉得支队长的心事挺重,是不是……我不知道该不该说……"

彭浩:"说嘛……"

侯仲文:"程部长和高参谋半道追上来,是不是有什么重要的事情发生了……"

彭浩思忖着。

侯仲文:"你不方便就不说,这是纪律,本来我就不应该问……"

彭浩笑笑:"其实也没什么,就是督促咱们赶快把隐藏的那个参谋次长挖出来。"

侯仲文:"是啊……这事太重大了……"

彭浩:"今天还接到一份程部长的电报,也是督促这件事。"

6-27 小镇大院 夜 外

战士甲押着小痦子走来。那间临崖而建的房门口,有两名战士把守。小痦子看了看,门上挂着的铁锁清晰可见。战士甲:"快走!"用枪顶了小痦子一下,小痦子一趔趄。

刘前进从远处过来,四下看着。

6-28 小镇大院内门 夜 外

两名战士持枪把守。刘前进和王友明走来,战士敬礼:"支队长!"

刘前进:"友明,院里有巡逻的流动哨,问题应该不大。大门口的警戒要加强。这个岗也派到外面去吧。"

王友明:"你们俩跟我来。"王友明带着两个战士离开。

刘前进看着战士甲押着小痦子在关押房门前开门,走开。

6-29 小镇另一关押男犯屋子 夜 内

房门前,战士甲开门。小痦子回头看,四处不见人影。小痦子突然朝战士甲后背出拳,战士无声倒下。小痦子试了试战士的鼻息,将其拖到一旁。

小痦子打开房门,众男犯已经堵在门口。小痦子:"快!"

宁嘉禾:"小痦子,好样的!"

小痦子将钥匙掏出给裘双喜:"快! 大门口要加岗了!"夜色中,众男犯鱼贯而去。

6-30 空房门外 夜 外

裘双喜麻利地开门,众男犯进去。小痦子刚要跑,刘前进从远处走来。小痦子躲到一隐蔽处。

6-31 小镇临崖空房 夜 内

宁嘉禾、裘双喜从门缝看着外面。刘前进匆匆走来,他一转头,看着关押重犯的那间屋子,似乎觉察出什么不对劲儿,站住。宁嘉禾、裘双喜神色紧张。刘前进朝那间屋子走去。月光下,可见藏在隐蔽处的小痦子操起一根木棍,脚步轻盈、极快地走了出来。刘前进走近屋子,突然看到什么,他刚要掏枪,小痦子上前,举棍打向刘前进。刘前进晃荡了一下,栽倒。小痦子捡起枪,跑来。

宁嘉禾兴奋地打开门："小痦子，我要给你请功！"

裘双喜："姓刘的死没死？"

小痦子："……差不多！我再去看看……"

宁嘉禾："别耽误时间了，快走吧。"

窗前，傅明德、苟敬堂等人已经拿下窗上的木板。

6-32 小镇临崖空房外 夜 外

窗外，月光下的悬崖深不可测……

6-33 小镇临崖空房 夜 内

男犯们涌在窗前，看在窗外的悬崖，打量着房下逼仄的墙沿。

裘双喜："总指挥，你先来！"

宁嘉禾："小痦子身手灵活，你在前面。"

小痦子："行，我打头阵。"小痦子上窗，顺到窗外。

苟敬堂要上，裘双喜拉了他一把："你最后！"苟敬堂不满地下来。

傅明德要上，宁嘉禾对裘双喜："照顾好傅坛主。"

傅明德："多谢总指挥抬爱。"

6-34 小镇大院 夜 外

昏倒的刘前进抽动了一下，他下意识地伸手摸枪，枪套空空荡荡。

6-35 小镇临崖空房外 夜 外

众男犯紧贴着逼仄的屋墙向前移动，苟敬堂脚下一滑，踩落石块，他惊叫一声，宁嘉禾将其抓住。滑落的石块落进崖下，悄无声息。苟敬堂心怀感激："总指挥——"

6-36 小镇大院 夜 外

马大虎带着一队巡逻战士从院外走来，刘前进试图爬起，他艰难地喊了一声，马大虎等人没听见，眼瞅着要走出院子，刘前进推倒了身旁的农具，马大虎警觉地："谁？"

刘前进："你们长耳朵吃饭呢……"马大虎和战士们跑过来。

王友明出现在院外，看到跑去的马大虎等人，掏枪跑来："怎么回事？"

6-37 小镇临崖空房外 夜 外

男犯们眼瞅着要走过逼仄的墙沿的尽头。

6-38 小镇临崖空房 夜 内

屋门被一脚踢开，王友明、马大虎带着战士冲进，刘前进捂着头跟进来。王友明看到已经被拆下木板的窗户，几步蹿到窗前，刘前进跟过来。月光下，男犯们正贴墙小心地移动。王友明掏枪，刘前进摁住："让他们跑，我们出去等着。"刘前进往外走，王友明带着战士跟上。

刘前进晃了一下，扶住墙。王友明："支队长，你怎么啦？"

刘前进："我挨了兔崽子一家伙……"

6-39 小镇临崖大院外 夜 外

小痦子在墙头探出身张望了一下，见无人，攀爬过去。男犯们依次出来，有人放松地喘了一口粗气。宁嘉禾："快走，还没到松口气的时候！"男犯们刚要走，柴火后突然现出持枪荷弹的战士，马大虎大喊："不许动！"男犯们慌乱地要逃，王友明朝天鸣枪。男犯们束手就擒，小痦子慌张地看了眼手里的枪，闪到苟敬堂身后。

刘前进捂着头过来，他扫视着男犯们，目光最后落在宁嘉禾脸上："宁大总指挥，看你灰头土脸，累得不轻啊。"

宁嘉禾一笑："刘支队长的伤……无大碍吧？"

刘前进恼火地："你——"

王友明一挥枪："押起来！"

刘前进："慢，我的枪还在他们手里，给我交出来！"

男犯们不语。刘前进："那就耽误会儿工夫，一个个给我搜！"

马大虎上前搜查，傅明德、宁嘉禾、裘双喜、鲁震山等一一搜过。马大虎在搜查小痞子，宁嘉禾、傅明德、裘双喜、鲁震山等紧张地看着，小痞子一副笑嘻嘻的模样："报告政府，不是我……"马大虎将小痞子搜过，果然没有。众男犯疑惑。

马大虎又搜苟敬堂，突然叫道："找到了！"

刘前进上前，甩了苟敬堂一记耳光："你找死！"

苟敬堂："……不是我，不是我……"

王友明："你还敢抵赖！"

刘前进："不是你是谁？你说！"

苟敬堂指着小痞子："是他！是他抢的！"

刘前进转身盯着小痞子："是你？"

小痞子："报告政府，他诬陷好人，是他抢的！就是他抢的！"

苟敬堂："你放屁！是你打的人，抢的枪……"

宁嘉禾捅了把裘双喜，裘双喜会意："姓苟的，好汉做事好汉当，你救弟兄们逃跑，我们都感激你。你现在又像疯狗似的乱咬一通，就没有人味了！"

苟敬堂："我……确实不是我啊，刘支队长……"苟敬堂带着哭音。

刘前进看看苟敬堂，又逐个看着男犯，目光落在傅明德脸上："是谁？"

傅明德不语，刘前进推弹上膛："今天你们不说是谁，我就让你们原路给我爬回去，谁掉进崖下摔死，可是咎由自取！说！"

彭浩、侯仲文跑来。彭浩："怎么啦？"

刘前进："这帮兔崽子吃饱了撑的，琢磨飞檐走壁往外逃！饿他们两顿，我看他们还有精神头跑！押下去，我要一个个审！"

6-40 小镇临时审问室 夜 内

宁嘉禾戴着手铐，坐在凳子上。刘前进、彭浩坐在桌前。

刘前进："宁嘉禾，你我都是军人，咱就来个痛快的，到底是谁打死我的哨兵，抢了我的枪。说完，你该睡觉睡觉去，这深更半夜的别在这瞎耽误工夫。"

宁嘉禾面无表情："告诉你打人的人、抢枪的人是苟敬堂，你不信我也没辙。"

刘前进："一个苟敬堂有这么大能耐，我不信。你没给我说实话。"

宁嘉禾："你要实在不信，那就是我干的！这下你满意了吧？要杀要剐，你也来个痛快的，省得我再吃苦受累去那个什么新锦屏。刘支队长，我在这儿先谢谢你啦！"

刘前进："姓宁的，我看你是死猪不怕开水烫了！别以为你什么都不说，我就束手无策没办法了！"

宁嘉禾站起来:“用你的话说,那就不要耽误工夫了。送我回去吧。”朝外走去。

同场景

彭浩:“鲁震山,你要想清楚,作伪证,欺骗政府,包庇坏人,罪加一等。”

鲁震山:“我清楚。”

彭浩:“那你还不说实话!”

鲁震山:“我说的是实话,确实是苟敬堂干的。”

彭浩看刘前进,刘前进一直盯着鲁震山。

6-41 小镇临时关押男犯房间 夜 内

苟敬堂坐在屋角,小痦子讨好地:“苟老爷,实在对不住……”

苟敬堂突然将小痦子扑倒,掐住小痦子的脖子,小痦子满脸涨红,嘴里发出怪异的声音:“苟老爷,放手——”

苟敬堂恶狠狠地:“叫你害我!我掐死你!掐死你!”小痦子挣扎着。

一记闷拳将苟敬堂从小痦子身上打倒,苟敬堂回头,是裘双喜。

裘双喜瞪着苟敬堂:“掐死他,你永远别想逃出去!”

傅明德将苟敬堂扶起:“敬堂兄,刚才冤枉你,确实是不得已而为之啊!你大人大量——”

苟敬堂一把推开:“你他妈怎么不大人大量!我还不如一个三只手的命值钱?”

裘双喜冷笑一声:“你一个土财主,对我们有什么用?我的大老爷——”

众男犯笑。苟敬堂恼火地盯着小痦子,小痦子摸着脖子,咳嗽着……

6-42 小镇临时审问室 夜 内

刘前进在屋里踱着步。

彭浩:“宁嘉禾、鲁震山、傅明德轻易地招出是苟敬堂干的……说明恰恰不是他。”

刘前进:“那是谁?”

彭浩:“小痦子!你忘了,这小子可是个梁上君子。能把王友明身上的钥匙偷走的人,非他莫属!”

刘前进:“……对呀,我怎么把这个茬忘了!”刘前进朝门外喊,“把小痦子带来!”

6-43 镇临时关押男犯房间 夜 内

众男犯围着宁嘉禾,宁嘉禾:“各位不要沮丧,今晚,我们离成功逃出去,就差了一步!今后的路还长,只要大家精诚合作,有的是机会!”

鲁震山:“今晚没把小命丢到悬崖下,已经是万幸了。”

宁嘉禾:“鲁震山,你是打过台儿庄的人,应该知道气可鼓不可泄。我们连这点磨难都经受不起,还怎么能做大事!”

鲁震山冷笑:“大事?我们这些人现在连小命都捏在共产党手里,活到哪一天都不知道,你还惦记着大事……真不愧是总指挥啊,心胸宽广,叫人佩服啊!”

裘双喜:“姓鲁的,你他妈不会说人话就闭嘴!”

鲁震山:“裘监狱长,你他妈先把你的嘴弄干净再说话!”

裘双喜还要发作,宁嘉禾拉住:“还是都省下气力,琢磨琢磨下一步怎么办吧。”

门上一阵响动,屋门打开,王友明出现在门口:“小痦子,出来!”

小痞子看看王友明，又看看宁嘉禾，宁嘉禾拍拍小痞子："兄弟，去吧，没什么大不了的……"小痞子慢吞吞往外走。

6-44 小镇临时审问室 夜 内

刘前进逼视着小痞子，小痞子讨好地朝他讪笑："报告政府，真不是我干的，我哪有那个胆啊……"

刘前进："你没有那个胆谁有？你们这些坏蛋败类里，除了你会这个——"刘前进用两根手指比量了一个"偷"的动作，"还有谁？"

小痞子尴尬地："我……确实不是我干的……"

彭浩："你还敢狡赖！"

王友明："你什么时候偷的钥匙？说！"

小痞子"扑通"跪下："饶命啊政府，钥匙……是我偷的，可人确实不是我打的，我胆小，这谁都知道啊……"

刘前进："不是你打的……哼，那你说说是谁打的？"

小痞子："是……是苟敬堂。"

6-45 小镇临时关押男犯房间 夜 内

苟敬堂："总指挥，这个黑锅我可背不起，共产党要追究下去，我这小命可就没了！"

宁嘉禾："敬堂兄，说句实话，对小痞子——一个鸡鸣狗盗之徒，我也从心里瞧不起他。可现在，我们是用人之际，他的能耐你也见识过了。不从咱们这里找个人受点委屈，那谁也逃不出去呀。敬堂兄，你还是要以大局为重，从长计议啊……我宁某，在这里拜托了！"宁嘉禾抱拳，苟敬堂不语。

裘双喜:“姓苟的,别给脸不要脸。老子要你现在死,就等不到明天早上!”

宁嘉禾呵斥:“裘长官!”

苟敬堂无奈地叹了口气:“我被共产党毙了,也是屈死的鬼啊……”

6-46 小镇临时审问室 夜 内

彭浩:“前进,你说这个小痦子是什么角色,这几个人这么护着他……”

刘前进:“肯定是他们用得着的角色,一个废物,他们早把他供出来了。”

彭浩:“那原来我还真是小瞧他了……既然宁嘉禾他们这么看重他,得把他们分开,否则,再出什么乱子可就麻烦了。”

刘前进:“要是现在给分开,倒让他们警觉了。那个参谋次长,宁嘉禾还没给咱们找出来呢。”

6-47 小镇开阔地 清晨 外

男女服刑人员列队站在两边。女犯们平静如常,凌若冰、大菊等人站在队伍中。柳春燕朝男犯队伍里张望着,像是在找什么人。

严爱华:“柳春燕,东张西望看什么,站好!”柳春燕不情愿地收回目光。

男犯们有不少人在交头接耳议论着什么。宁嘉禾面无表情。傅明德、裘双喜、苟敬堂等显出一些不安。彭浩、文捷、侯仲文等站在服刑人员的对面。刘前进快步走来,隐约可见他的军帽下露出缠着的纱布。裘双喜低声与傅明德耳语着什么。

彭浩:“大家注意了,出发前,请支队长讲话。”侯仲文看着刘前进。

刘前进不动声色地扫视着男犯,将帽子摘下来,露出缠着的纱布,他指着头:“这是昨天晚上一个男犯给我留下的纪念。我得感谢那个男犯手下留情,没一棒子要了我的命。”刘前进戴上帽子,“这次我也不想深追究了。昨天晚上参与逃跑的人,都要罪加一等!对那个打人的家伙,另行处理!”

男队中的苟敬堂怨恨地瞅着小痦子,两人眼神相对,小痦子慌乱地躲开。

刘前进:“这次的事情我先记着笔账,到了新锦屏,一块算!今后谁还惦记着逃跑,被我抓回来,可就没这么好的命啦!”

刘前进掏出手枪,朝树上一甩,枪声响过,一只鸟应声落下。

定格。

第六集完。

第七集

7-1 山谷 日 外

队伍在山谷中行进。男犯队伍中,裘双喜看着四下,悄声对宁嘉禾:“总指挥,唐司令怎么没动静啦?”宁嘉禾不语。

裘双喜:“要是昨晚逃出去,唐司令该在山上大摆宴席犒劳咱们了。”

鲁震山:“大白天做梦,你也不看看时候对不对!”鲁震山大步走去。

7-2 河道 日 外

河上无桥。押解队伍在过河。河道不宽不窄,河水有深有浅,有的不到膝盖,有的齐腰深。过河人脚踩着露出水面、大小不等、滑涩不均的石块过河。只见河面上是一个个跳来跳去的人,不时有人掉下去又爬上来。

刘前进站在岸边嚷嚷着,指挥着过河的押解队员和服刑人员。周圆和关晓渝站在刘前进边上,挽着裤子准备过河。

刘前进:“周干事!别磨蹭了,快下吧!晓渝!你们俩一块儿下!”

周圆:“刘场长,你在前边走,我跟在你后边吧?”

刘前进:“不敢过?胆小如鼠!瞧人家怎么过的?这还没叫你上刀山,下火海呢!”

周圆:“别把人瞧扁喽!”

这时,不知打哪儿冒出唢呐声由远而近。大家回头看,原来是支迎亲的队伍!队伍中接新娘的轿子颠来颠去,红得像一团火,带来的是生命的热烈与热情。

一个队员跑来："支队长！老乡说，他们要赶在中午前赶到男方家拜堂呢！要等咱们大队伍全过完就晚了！能不能让他们先过？"

刘前进一挥手："那还用说！让迎亲队伍先过！"

迎亲队伍过来了，他们在石头上颠颠跳跳地挺从容，一看就知他们是轻车熟路，老走这条河。人们看着那颠跳的轿子。

刘前进对关晓渝和周圆："你们说，那新娘子长得啥样？"

关晓渝："那谁知道？"

周圆："一定很美！"

刘前进："那是，肯定比你强！"

周圆："有的男人就爱说反话！"

刘前进对关晓渝："瞧见了没有？周干事还挺自信啊！"

几个人开始下河，周圆紧跟刘前进。周圆："刘支队！要不咱俩打个赌！"
刘前进："嘿！你还没完没了啦？你说，赌什么？"

周圆："赌这过河的石头！一块美，一块丑！第一块为美！最后跳到岸上，是美，你就输，是丑你就赢！怎么样？"

刘前进："谁跟你赌！瞎胡闹，赶紧过河！什么时候都忘不了玩！"他嘴上说着，眼睛却不由自主地数着石块。

周圆："不许数！不许数！赌的是运气！"

周圆紧跟刘前进后面跳上了第一块石头……第二块石头……第三块……，嘴里响亮地："美！……丑！……美！……丑！……"关晓渝笑着也跟上来，跑去追着队伍。

跳在前面的刘前进脸上严肃，却也被周圆的率真浪漫感染着……他看着周圆，面前的周圆在刘前进眼里渐渐现出幻觉：轿子里是周圆羞涩地看着他……

周圆停下来喘着气，鼻尖上已有许多汗珠。周圆："等一会儿，慢点好不好？"

刘前进停下，皱眉看她。周圆的幻觉：刘前进变成了那个新郎来给她揭盖头……

（画外音）刘前进："快走吧！"

周圆一愣，从幻觉回到现实，她往前一迈，一脚踩空，跌入河中。刘前进跳入河中。周圆此时呛了几口水，连惊带吓，抱住刘前进不放。刘前进抱起周圆向河岸走去。周圆渐渐从慌乱中稳定下来，瞄了一眼刘前进后又闭上了眼睛。她呼吸变得急促，双臂把刘前进搂得更紧了……

到了岸边，刘前进脚刚落地，周圆："是美还是丑？"

刘前进："美！美！美、美、美、美、美！就算你赢了！"

周圆眼泪涌出："什么就算我赢了，就是美……"

7-3 林边路旁 日 外

男犯们坐在树林前的路边歇息。裘双喜、苟敬堂、鲁震山围坐小痦子身边，看他用扑克牌算命。宁嘉禾、傅明德坐在一旁，冷冷地看着，心声："堂堂中将参谋次长不可能是个小蟊贼！"

小痦子洗牌，捋牌，送到裘双喜面前："随便抽一张。"裘双喜抽出一张，摔到地上，是黑桃K。

小痦子指着黑桃K，摇头晃脑地念道："手持宝剑头顶冠，有权有势做高官，新桃旧符天地变，风雨过后艳阳天。"

裘双喜:“这小子讲的还真他妈的好!”

小痞子:“从牌相上看,命途多舛,先吉后凶,有囹圄之难。幸有贵人相助,可逢凶化吉,樊笼能打破,彩凤能飞天。”

裘双喜点头:“但愿你算得灵验!”

小痞子一边洗牌,一边对傅明德说:“傅坛主,你也来抽一张。”

傅明德:“这种蝇营狗苟小把戏,我从来不信。”

小痞子:“这不是把戏,是天机,傅大坛主不敢算,是怕天机泄露吧?”

傅明德一笑:“天机只有天知道……”

小痞子:“你可以不抽牌,不过——”众人疑惑地看着小痞子手里的扑克牌。

小痞子左手拿牌,在右手背上不停地磕着,磕着,有一张牌渐渐被磕了出来。众人疑惑地看着。那张牌被磕掉在地上,是黑桃A。

裘双喜:“是大老尖啊!傅坛主,你的命不错啊!”

傅明德冷淡地:“咱们的命都不错啊!穿衣有人发,吃饭有人供,连拉屎都有人陪着……”

苟敬堂:“小痞子,快讲讲。”

小痞子看了看傅明德,念:“一支神箭飞中天,射落毒日扫狼烟,坛前讲道本是幻,金戈铁马是真官。”

傅明德下意识地一惊!鲁震山盯视着傅明德。裘双喜、苟敬堂不解,相互对望。

小痞子拿起纸牌:“从牌象上看,坛主是真人不露相,并非等闲之辈……”

傅明德心不在焉地:“你看我是什么人呢?”

小痞子:“池中蛟龙,笼中猛虎,假道真君,虚文实武!”

傅明德笑起来。鲁震山微微颔首。

小痞子笑嘻嘻地:“傅坛主,牌象泄露天机,我所言不虚吧?”

傅明德突然恼了:“信口雌黄,一派胡言!”

宁嘉禾眯起眼睛,打量着小痞子。

7–4 林中小楼唐静茵密室 日 内

唐静茵焦急地走动着。阿慧在接收电报。唐静茵:“还没有动静……”阿慧摇摇头。

唐静茵:“这说明新呼号‘鹤顶红’的人还没拿到。你没忘了在半山断崖的树上绑个红布条吧?”

阿慧:“绑了。‘鹤顶红’的人路过那儿会上山去找,应该能看到。”

唐静茵点头,走到桌前,看地图:“他们该到老龙口了,你再去接个头吧。”

阿慧:“是。”

7–5 山路 日 外

马蹄声急,一马飞奔而来。马上,阿慧纵马扬鞭。

7–6 老龙口镇粮站前 日 外

运粮的马车上坐着一个穿着军装、年龄五十开外的敦实军人。他的嘴里,叼着烟袋。

粮仓前,战士全副武装。老军人将烟袋别在腰里,跳下马车。一个地方干部模样的人带着十来个搬运工走来。老军人上前与干部模样的人握手:“你好,我是先遣队打前站的老丁,丁长春。”

地方干部："你好，丁同志。按照军区首长的命令，粮仓我们准备好了。"

地方干部一挥手，船工们从马车上搬运粮食。装扮成络腮胡子的花子夹在中间，他扛起一袋粮食，朝粮仓走去。

7-7 老龙口镇粮站 日 内

双岗警卫的老龙口粮站戒备森严。运粮的人进进出出，络绎不绝。花子扛着一袋粮食，走到门边。他向警卫递上一支竹签，低头走进了大门。花子随着搬运工走进仓库，将肩上扛的粮袋码在高高的粮堆上。

花子走出仓库。

7-8 粮站后窗 日 外

花子在后窗前东瞧西望。巡逻的战士看见，喝问："干什么的？"

花子闻声一惊："运粮的，找个地方方便一下……"

7-9 老龙口镇 日 外

刘前进、彭浩、侯仲文正在安排队伍住下。甄世成跑来："支队长、政委——"

刘前进："怎么？老班长已经到啦？"

甄世成："刚到，在粮库卸粮呢。"

彭浩："走吧前进，去看看！"

7-10 老龙口镇街道 日 外

关晓渝和周圆从一家小吃店出来，手里拿着刚买的零食。周圆嘴里哼着歌。

关晓渝："今天一直这么高兴，碰着什么喜事啦？"

周圆："没事，就是……心里高兴。"

关晓渝："是不是支队长跟你说什么啦？"

周圆："嗯，不过，不是说什么了，是骂了我一顿！"

关晓渝："那还高兴？"周圆点头。

关晓渝："你有毛病啊？"

周圆："不是一般的骂，是……爱护的那种骂，叫你觉得……心里暖洋洋的那种……"

关晓渝："那是怎么个骂法？"

周圆："这个……只可意会，不可言传。"

关晓渝摇摇头："你呀，我看快成花痴了……"

街道旁，一个姑娘守在杂货摊前看着关晓渝和周圆走来，姑娘喊着："香烟火柴——针头线脑儿——"周圆下意识地看过去，杂货摊上，飘着一块醒目的红绸子。那个卖货的姑娘是阿慧。

阿慧热情地："解放军同志，过来看看吧，我这还有女孩子用的东西。"

关晓渝拉着周圆过去，被货摊上各种小东西所吸引。阿慧翻出一件女孩子穿的肚兜递给关晓渝："来一条吧，解放军妹子，这是我自己绣的。"

关晓渝接过，翻看着："哟，绣得真好。"

周圆看看红绸布，看着阿慧："姑娘，你一个人出来家里放心吗？"

阿慧："阿妈瘫在家里，我不出来挣钱不行啊。"

周圆点点头，阿慧从货摊下又拿出一个肚兜："解放军妹子，你也来一个吧，就当帮我和阿妈一个忙吧。"周圆接过，肚兜下压着一个竹管，周圆紧紧攥在手里，揣进兜里。

7-11 老龙口镇粮站 日 外

刘前进、彭浩跑来。远远的，就看见老班长丁长春正带着战士在粮站门口清点粮食。

刘前进："老班长！"

老班长看见跑来的刘前进、彭浩，高兴地迎上前："哟，二位首长来啦！"

老班长过来，举手敬礼，被彭浩摁下："老班长，该我们给你敬礼才是！"

老班长："那不成，现在你俩可是我的上级领导。是不是啊，刘支队长？"

刘前进："快拉倒吧老班长，我俩还想多活几年哪……"三人说笑着。

彭浩："老班长，这几天我们可都是野菜当家，肚子里就盼着多见点儿粮啊。"

老班长："我刚才跟甄世成说了，今晚上让大伙好好吃一顿。我还带了头猪呢。"

刘前进："这不赶上过年了？老班长一出马，就是不一样啊……"

三人笑。

7-12 老龙口镇街道 日 外

老街上有行人商贩，叫卖声吆喝声一片嘈杂。花子走到阿慧的杂货摊前："拿包烟。"

阿慧："要啥牌子的？"

花子机警地往四周扫了一眼，然后俯下身来，一边拿烟一边低语："告诉唐司令，共军在粮站的防范很严，太难下手。请她动用内线，设法摸清布防情况。"

阿慧："知道了。"

7-13 老龙口镇小饭店 日 内

镇上老街不时有小商贩叫喊着走过，一个披着褡裢的精明中年男人走进小店。他在店门口四下张望了一番，走进店里。

饭店靠里的一张饭桌上，背对门口坐了一个穿着军装的男人。男人手里拿着一盒火柴正准备划火点烟。

中年男人走过去，拍了下穿军装男人的肩膀："老弟，久等了，你要的东西我带来了。"

穿军装的男人一哆嗦，手里的火柴掉到地上。火柴盒上的图案是"火人"牌商标。

7-14 老龙口镇关晓渝周圆住处 日 内

周圆在门前听听外面的动静，迅速回到床前，拿起衣服，从兜里翻出在阿慧摊上拿到的那个竹管，从里面抽出一张纸条，打开：启用第三套新呼号。

周圆凝神看着、思忖着……外面有人推门，关晓渝拿着脸盆进来："你不去洗洗脸啊，小江给打了两桶水呐。"

周圆有点慌乱地："一会儿洗……"背过身去，将纸条团了团，送进嘴里。

关晓渝："这个小江，一路上没有几句话，做事倒挺踏实勤快……"

7-15 老龙口镇小饭店门前 黄昏 外

穿军装的人从饭店出来，他四下看了看，匆匆走去。背着褡裢的中年男人出来，他看着走远的军人，朝相反方向走去。

7-16 老龙口镇临时会议室 夜 内

桌上点着马灯，灯下坐着文捷、侯仲文、甄世成、关晓渝、老班长、张连长。

刘前进拿着粉笔，在墙上画着图："……一班负责警卫粮站东门，一大队的战士负责警卫西门,二大队的战士负责警卫南门。三大队的战士负责警卫道口。四门紧闭,绝不能让敌人靠近粮站一步。各自的任务都清楚了吧?”

文捷、侯仲文、张连长:“清楚了。”

刘前进拿过抹布,把墙上的图擦掉,转过身来:“我们除了要防范外面的土匪来偷袭粮站,还要防备内部的犯人寻机潜逃。特别是对宁嘉禾、傅明德、裘双喜等重点罪犯,一定要严加看管,绝不能让他们再逃了!”

侯仲文:“支队长请放心,我会派专人严加看管他们。”

刘前进对彭浩:“有什么要补充的吗?”

彭浩:“没什么,早点让大家休息吧。”

刘前进看看文捷,文捷摇头。

侯仲文:“我说两句。大家都知道,咱们现有的管教干部人手一直不够。鉴于这种情况,我认为对有些改造得不错的罪犯,应该发挥一下他们的积极性,让他们帮我们做些力所能及的工作。”

彭浩:“比如呢?”

侯仲文:“像做个饭,摘个菜什么的,一些表现好的女犯人就可以干。”

侯仲文说话的时候,关晓渝一直看着他。

甄世成碰了下关晓渝,关晓渝看甄世成:“干什么?”

甄世成看了眼关晓渝,盯着侯仲文:“老侯的脸上不长花,光下巴上有块疤,倒是挺像……弯月亮,那也用不着这么看吧?”

彭浩转脸看甄世成:“甄科长,老侯的意见,你看行不行?”

甄世成没听见,还在与关晓渝嘀咕。

彭浩:“甄科长!”

甄世成反应过来:“……啊,什么事?”

彭浩:“你寻思什么呢?”甄世成支吾。

侯仲文看着甄世成:“我刚才见你一个劲儿看我,还以为你觉得我这主意不错呢。”

甄世成:“……什么主意?”关晓渝忍不住笑起来。

刘前进:“这怎么……这会还开出笑话来了。”

关晓渝:“没事,甄科长说侯大队长下巴上的那块疤,像个弯月亮……”

侯仲文摸着下巴上的疤痕,尴尬地:“怎么还扯到这儿来了……”

彭浩:“侯大队长下巴上这块疤,是在战场上留下来的纪念,是吧老侯,我记得在党校的时候你跟我说过这事。”

关晓渝瞅了眼甄世成:“听见没,这是块光荣的伤疤!”

侯仲文:“不说这个,不说这个……开会,开会……”

彭浩:“老侯,你把刚才的意见再说一说。甄科长,你好好听着。”

甄世成:“啊,你说……”

侯仲文:“是这么回事……”

7-17 老龙口镇关晓渝周圆住处 夜 内

屋里回荡着嘀嘀嗒嗒的电讯声。桌上摆着收发报机,周圆头戴耳机,坐在桌前抄写着电码。关晓渝站在桌边看着。周圆抄完电码,摘下耳机,关掉收发报机,将纸交给关晓渝。

关晓渝走出去。周圆站起来,望着远去的关晓渝。甄世成推门走进来,嬉皮笑脸地:“哟,赛貂蝉,干什么呢?”

周圆:“甄科长,你不要给人乱起外号好不好?革命队伍里乱叫外号,像什么嘛,还赛貂蝉……”

甄世成:“我看得起的人,才给他起外号呢!不入我眼的人,我根本就不搭理!”

周圆:“这么说,我是你看得起的人了?”

甄世成:“那当然。你年轻漂亮,会写文章、会照相,你是咱们支队第一才女嘛!”

周圆:“你有事吗?”

甄世成从背包里拿出一支手电筒:“给,照顾女同志,每人发一支。”

周圆:“谢谢你!”

甄世成:“我怕你们女同志夜晚出入不方便,请示支队长好几次,他才答应买的。”

周圆:“还是甄科长关心我们啊!”

甄世成:“你说对了。我是管后勤的,我不关心你们,谁还能关心你们啊?”

甄世成看到桌上摆着几本书,过去翻了翻。

周圆过去:“甄科长也喜欢看书?”

周圆不经意地整理着书,一本《乱世佳人》放在了最上面。甄世成从中挑出一本《青年近卫军》:“这本能借我看看吗?”

周圆一笑:“没问题。”

甄世成:“我走了。我还得给文大队长送手电去。”

周圆将几本书收好:“甄科长,我去送吧。一会儿我去给文大队长送个材料。”

甄世成:“那谢谢啦。”

甄世成将手电放下,走到门口,又回来:“那书,再借我一本吧。”

周圆:“行啊。”

甄世成拿过那本《乱世佳人》:“看这名字就能不错。乱——世——佳——人——,有点意思……”甄世成颇有意味地看了周圆一眼。周圆的脸色一变。

甄世成哼着歌曲,笑吟吟地走了。周圆愣在那里。

7-18 老龙口镇刘前进、彭浩住处 夜 内

彭浩看完电报,递给了刘前进。刘前进看了看电报:“又是催问内鬼排查和参谋次长的事,我现在都怕程部长来电报了……”

关晓渝:“程部长让尽快汇报进展情况。”

彭浩:“这两件事都没有实质性进展,怎么汇报……”

刘前进:“先拖着吧,有进展了还用他催?”

7-19 林中小楼唐静茵密室 夜 内

灯下,阿慧坐在桌前,戴着耳机,在旋转着军用收发报机上的电钮。

唐静茵焦急地走动着:“还没开机?有急事联系不上,这怎么能行啊!”

阿慧高兴地:“内线已经开机。”

唐静茵:“赶紧发报。”

阿慧按动电键，发出发报信号。

唐静茵："转告'鹤顶红'——"

阿慧的手有节奏地按动着电键，屋里回荡着嘀嘀嗒嗒的电讯声。

唐静茵："转告'鹤顶红'——急需老龙口镇粮站布防图。明天中午有人驾船到老龙口河边接取情报。"

7-20 老龙口镇关晓渝、周圆住处 夜 内

屋里回荡着嘀嘀嗒嗒的电讯声。周圆头戴耳机抄写电码，她笔下的纸上是一组数字。

电讯声止。周圆摘下耳机，紧张地左右看了看，把电码纸塞进口袋里。

7-21 老龙口镇关晓渝、周圆住处外 夜 外

小江背枪在警卫。周圆端着空脸盆走出来。周圆："帮我打盆水吧，小江儿？"笑笑，接过盆子走去。

周圆左右看了看，见无人，急忙走到窗前，从口袋里拿出一个烟盒放到窗台上……

7-22 老龙口镇某住处 夜 内

点燃的蜡烛放在小桌上，桌上有一根小竹管。一只显然是男人的手在纸上画着布防图，标上军事标记。两只手入画，将布防图折叠，搓成卷，放进小竹管内。

那人拿过蜡烛，斜滴蜡油，封上小竹管的圆口。

7-23 老龙口镇刘前进、彭浩住处 夜 内

桌上点着马灯，刘前进、彭浩各自躺在床上。

彭浩："没想到，你和周圆……进展得还挺快啊！"

刘前进："啥进展得挺快？你看到我俩在一起就'挺快'了？扯淡！"

彭浩躺在床上，心平气和地："你看你看，急赤白脸的。你这神色，就很说明问题……"

刘前进抓起枕头扔向彭浩："你还胡说！"

彭浩："你这样……像没事儿吗？"

刘前进翻了个身："懒得理你……"

彭浩："就看你这个态度，一准儿是认真了，是真喜欢人家小周了。"

刘前进："胡说八道，赶快睡觉！"

彭浩起来："哎，给我讲讲，这神经一天到晚绷得累死个人，说点轻松的……"

7-24 老龙口镇关晓渝、周圆住处 夜 内

关晓渝、周圆坐在一张床上，两人披着被子。

周圆："你都不知道，支队长的劲可大了，一把就把我抱住了！"

关晓渝："支队长抱住你了？"

周圆："可不是嘛！我都快喘不过气儿来了，抱得死死的……"

关晓渝思忖着："……这，这可太不像支队长了……"

周圆："这有什么？他是救我！要不这样，我就被水冲跑了。"

关晓渝："真挺吓人的……"

周圆："当然吓人了，他要是再晚来一会儿，我再喝两口水准呛死！"

7-25 老龙口镇刘前进、彭浩住处 夜 内

刘前进和彭浩各自坐在自己的床上。彭浩："坦白吧，到底怎么想的。"

刘前进:“你还别说,这小周,是挺招人喜欢的……她来的头一天,我在北校场一见了她,就觉得她挺招人喜欢……”

彭浩:“刘前进哪刘前进,你也是英雄难过美人关哪……”

7-26 老龙口镇关晓渝、周圆住处 晨 内

周圆在打扫房间。门帘一动,一个纸团丢了进来。周圆紧张地走过去,掀起门帘向外看去。门外无人。周圆走回来,拿起纸团,展开看。

7-27 老龙口镇小路 日 外

路边一株大树,枝繁叶茂。在一个明显的树枝上,系着一根红布条。周圆走来,看见了红布条。她见左右无人,顺着树枝摸去,在枝杈上一个不大的树洞里拿出一个小竹管。

7-28 老龙口镇关晓渝周圆住处 日 内

周圆走进来,回手关上房门,从怀里掏出小竹管看着。周圆想了一下,拿过一件军衣,把小竹管塞进军衣口袋里。周圆拿过一个脸盆,把那件军衣和自己的衣服放进脸盆里。她又想了想,拿过另一个脸盆,把关晓渝的衣服放进脸盆里。

房门开了,关晓渝走了进来:“周圆,干什么呢?”

周圆端起两个脸盆:“我去河边洗衣服,顺便把你的也洗洗。”

关晓渝上前抢过一个脸盆:“咱俩一起去。”两人走出房间。

7-29 老龙口镇临时住处外 日 外

阿慧推着杂货摊四下张望,不时有路过的解放军和镇上的居民过来挑着什么。周圆、关晓渝端着装满衣物的脸盆,有说有笑地走来。

关晓渝:“你知不知道,昨晚睡觉你都笑醒了……”

周圆:“真的?”

关晓渝:“当然是真的,你还说梦话了呢!”

周圆有些紧张:“我说什么啦?”

关晓渝:“让支队长再骂你一遍!”

周圆举拳要打关晓渝,关晓渝跑开……

周圆看到阿慧的杂货摊,捅了把关晓渝:“哎,那个姑娘把杂货摊摆到这儿了。”

关晓渝:“她真会做生意。”

周圆拉着关晓渝过来,阿慧:“解放军妹子,要点什么?”

关晓渝:“姑娘,你这嘴可真甜。来一个线挂吧。”

阿慧翻找着,拿出一个线挂:“给。”

关晓渝:“多少钱?”

阿慧:“昨天你俩买我东西了,这个送给你吧。”

关晓渝:“那可不行,不给你钱我俩就犯纪律了。”

关晓渝掏出钱递给阿慧,阿慧推托着。周圆趁机将一个竹管塞到货摊一角,阿慧将另一个竹管趁机塞给周圆。

7-30 老龙口镇关晓渝、周圆住处外 日 外

院里拉起一根绳子,周圆在整理挂晒洗好的衣服、床单。周圆看看四下无人,从兜里摸出那个竹管,走到窗前,塞进石缝里,又掏出红布条,系在窗棂上,四下看看,端着空脸盆进屋。

7-31 林中小楼唐静茵密室 日 内

渔家女打扮的阿慧走进屋来。唐静茵:“怎么样?”

阿慧:“到手了!”她从怀里取出一个蜡封的小竹管交给唐静茵。

唐静茵拆开密封,从小竹管中抽出纸卷,展开细看。

(特写)一张老龙口镇粮站的布防图,上面有军事标记。

唐静茵顺手递给阿慧:“赶快拿去放大。”

阿慧接过纸卷:“是!”

7-32 老龙口镇关晓渝、周圆住处 日 内

周圆半倚在床上,心神不宁地看着书。窗外一个人影一闪,周圆一怔,小心走到窗前,一个人从挂着的床单下走过,只露出一双军鞋、半截军裤。周圆出去,人影已经不见。周圆拐过房屋,远远地看见甄世成正将什么东西给小江。甄世成走去。

7-33 老龙口河滩 日 外

巨石嶙峋,阒无人迹。一块平板石上,摊开着放大的老龙口镇粮站的布防图。

唐静茵:“‘鹤顶红’送出来的这张图,搞得很细,很准确,你看看。”

花子仔细端详,脸上渐有兴奋之色:“这下好啦!”

唐静茵:“天黑前你混进粮食仓库。等到天黑以后,你在仓库泼油点火,共军势必大乱。我带弟兄们从大院的西门进去,想办法把总指挥他们救出来。”

花子:“西门那儿上着锁哪,那个门早不用了。”

唐静茵:“这个你不用管,内线到时会办好。”

花子:“我在粮站一点火,共军的注意力就应该被吸引过去,你那边一动手,共军一定措手不及。”

唐静茵点头:“我要叫姓刘的尝尝一箭双雕的滋味!”

花子:“不过,唐司令,你手下就这点兵力,是不是……势单力薄了点啊……”

唐静茵:“阿慧已经去小琅山借兵了。”

7-34 老龙口镇关晓渝、周圆住处外 日 外

关晓渝哼着歌走来,小江:“关干事!”

7-35 老龙口镇关晓渝、周圆住处 日 内

周圆望着门外,见小江将什么东西递给关晓渝,关晓渝接过,进屋。周圆忙坐回床上,佯装看书。

关晓渝进来,将一包报纸包着的东西展在周圆面前:“谢谢你帮我洗衣服,这是犒劳你的!”

周圆嗅了嗅,抬头:“点心?”

关晓渝:“馋猫鼻子尖,吃吧,这是甄科长送来的。”

周圆接过,拿起一块点心吃着:“你也吃啊,这可是人家送给你的。不吃,可是辜负了人家的一片心意。”

关晓渝拿起一块,咬了一口:“嗯,是挺香。”

周圆:“晓渝姐,你这个老同学,挺喜欢你的吧?”

关晓渝："送包点心就叫喜欢啦？你可真能想。"

周圆："那倒不是。看他和你说话那股劲儿，那眼神，藏不住掖不住，是一种无法掩饰的喜欢，不是老同学对老同学那种样子。"

关晓渝琢磨着。

周圆："你好像并不买他的账。我说的对不对？"

关晓渝："别说了，吃东西还堵不住你的嘴！"

周圆自顾说着："换了我，我也不买他的账。这个甄科长嘛，有点鬼兮兮的精，要是给他起个外号……叫……甄小鬼还挺贴切。对吗？"

关晓渝："得了吧，尽给人家乱起外号！"

周圆笑着："晓渝姐，对你这个老同学，你了解多少啊？"

关晓渝："了解多少……倒说不上。就在一起念过两年书，其他的，我还真不大清楚。不过，甄世成这个人……我觉得，他跟原来好像没什么两样。不太复杂，挺爱算计的一个人儿……"

周圆思忖着……

7-36 老龙口镇男犯住处大院 日 外

马大虎和看守战士持枪荷弹站在院子四周，男犯们从屋里出来，一个个伸着懒腰。宁嘉禾、裘双喜、傅明德、小痞子等从屋里出来，朝茅房走去。茅房前，已经站了不少排队的男犯。宁嘉禾等站在后面。裘双喜："妈的，解个手也盯得这么紧，还能让人尿出来了吗？"

鲁震山："尿不出来，就尿到裤子里。"

裘双喜："姓鲁的，你怎么总跟我过不去？你到底什么意思？"

鲁震山："磨牙放屁，消磨时间呗。"

宁嘉禾四下看着，突然看到旁边石凳一角划了个醒目的"十"字。

宁嘉禾过去坐在石凳上，手顺着石凳下沿摸索着，停下，抽出一张纸条，握在手里。

宁嘉禾没事人一样起身。

7-37 老龙口镇老班长、甄世成住处院里 日 外

甄世成正在门口用凉水擦身子，嘴里哼着歌曲。周圆走过来，四下看了看。周圆轻声："甄科长……"

甄世成回头："哟，赛……周干事来了。有事吗？"

周圆小声地："东西……送走了。"

甄世成一愣："什么东西？"

周圆："你不知道吗？好好想想？"

甄世成想了想，笑了："赛貂蝉办事，我当然放心了。"

周圆看着甄世成："这种事你也能开玩笑？"

甄世成挠挠头："行，往后严肃点儿。"

周圆有意地："我的书，你看了吗？"

甄世成："看了，挺有意思。"

周圆还想问什么，见老班长走来："那，我先回去了。"

甄世成："嗳，坐一会儿嘛——"周圆跟进门的老班长笑笑，走了。

老班长:“小周干事有事啊?”甄世成看着周圆的背影:“没啥事……”

老班长疑惑地看着周圆的背影。甄世成将一盆凉水从头倒下,爽快地喘了口气,“啊”地大叫了一声。

老班长往屋里走,想起什么,回身:“吃完饭咱俩合计点事。”

甄世成顿了顿:“什么事?”老班长:“合计合计咱的粮够到啥子时候。得赶着筹粮啊。”

甄世成:“……哎呀,差点忘了,吃完饭我还约了个粮贩子,跟他谈谈这事哪。晚点吧,我回来咱再合计。”

7-38 老龙口镇老班长、甄世成住处 日 内

老班长、甄世成前后脚进屋。桌上放了一包烟、一盒火柴。火柴盒上是“火人”牌的商标图案。老班长:“你小子抽上烟啦! 啥个时候学的这新武艺儿?”

甄世成:“耍着玩儿,解闷儿呗……”甄世成拉开抽屉,连火柴带烟一把划拉进去。

7-39 老龙口镇男犯住处 夜 内

大屋的空地上,不少男犯人无聊地或坐或躺。小痞子躺在担架上,闭着眼。宁嘉禾瞪着两眼,想着心事。

(宁嘉禾回想情景再现)

7-40 老龙口镇男犯茅房 日 外

宁嘉禾走进茅房,找了个角落,展开纸条,上写:枪声为号,走。

宁嘉禾将纸条团成一团,扔进便池里……

(现实)

7-41 老龙口镇男犯住处 夜 内

裘双喜:“总指挥,怎么还没动静啊,会不会出什么意外……”

宁嘉禾叹了口气:“你我出去好办,可有一个人,不好办啊……”

裘双喜:“找到那个参谋次长啦?”

宁嘉禾摇摇头。

7-42 老龙口镇镇外山坡 夜 外

唐静茵带着一帮人在山坡上焦急等待。一匹快马飞驰而来。阿慧下马。

唐静茵:“怎么就你一个人回来啦? 借的兵呢?”

阿慧沮丧地:“别提了,我跑了四个山头,他们都不肯借兵,说现在他们自顾无暇,哪还敢上门送死……”

唐静茵恶狠狠地:“这帮势利之徒! 一个个都忘了总指挥给他们配备武器弹药的时候,都是怎么表忠的了。现在要救总指挥,一个个倒成了缩头乌龟!”

阿慧:“阿姐,不用他们,咱们一样能救总指挥!”

唐静茵摇摇头:“共军戒备森严,不能拿着鸡蛋硬往石头上撞啊……看来,当下最要紧的事,是救出总指挥。只有树起总指挥这杆大旗,大小琅山的势力才会九九归一啊!”

7-43 老龙口镇关押重犯大院西门 夜 外

一双眼睛从门缝里向外看着,一队巡逻战士走过。

一个穿着军装的人悄然打开尘封的大门,大门发出“吱嘎”一声响。这个人探头望了望,关上门。一个守卫战士倒在此人的身后,此人将战士的遗体拖进杂草中……

7-44 老龙口镇刘前进、彭浩住处 夜 内

桌上摆着昏暗的马灯。刘前进坐在床边,极认真地在擦拭手枪。

彭浩走起来,看了看腕上的手表:“该睡了前进,你那把枪还用老擦啊……”

刘前进:“你不睡?”

彭浩拿过手电筒,打开,换上两节新电池:“我睡不着,等会再出去走走。”

刘前进:“警卫连、各大队我都检查过了,没有问题,你放心睡吧。”

彭浩:“你先睡,睡醒了,换我的班。”

刘前进:“下半夜才是你的班呢!你……”

彭浩已经走了出去。刘前进看着彭浩的背影。

7-45 老龙口镇粮站仓库后窗外 夜 外

月光中,一辆马车停在仓库后窗外,在小饭店背着褡裢的中年男人朝木板后窗有规律地敲了三下。窗板活动。两个巡逻战士巡查过来。中年人警觉地拍了窗板一下,窗板不动了。两个战士上前盘问:“老乡,这里不能停留,赶快离开。”

中年人:“解放军同志,这车的大轴坏了,我修好马上就走。”

战士甲:“快点走啊。”

中年人:“好,好,马上走,马上走。”

战士走开。中年人到窗前,又有规律地敲了三下。窗板拿下,两个伙计从里搬运粮食,外面的伙计接应着,码到马车上。一个穿军装的男人低声催促:“快点!”

7-46 老龙口镇粮站马棚 夜 外

花子闪身钻进马棚。棚里拴着七八匹马,看见他都骚动起来,花子老练地“嘘”了一声,众马安静下来。

巡视的战士走过,花子从马棚闪出,手里提着一个扁形汽油桶,迅速向库房移去,踩着房旁的一堆杂物,跃上房顶。

7-47 老龙口镇粮站仓库后窗外 夜 外

月光中,可见马车上已经装满麻袋,伙计利落地封车。穿军装的男人一边关窗,一边示意他们快走。马车消失在夜色中。

7-48 老龙口镇粮站仓库房顶 夜 外

花子从天窗下去。

7-49 老龙口镇粮站仓库 夜 内

仓库里,一堆堆码放整齐的粮垛。彭浩从过道走来,不时四下巡看。从仓库里传出泼洒汽油的声音。彭浩抽动鼻翼,闻到汽油味。他抽出手枪,摸进粮库……

7-50 老龙口镇刘前进、彭浩住处 夜 内

刘前进坐在桌前,看着行进路线图。

画外传来枪响,刘前进猛地坐起,高喊:“小李!有情况,紧急集合!”

刘前进提着驳壳枪冲了出去,边跑边蹦着脚,提上脚上的鞋。

7-51 老龙口镇粮站仓库外 夜 外

巡逻的两个战士听到枪声,冲了进去。

7-52 老龙口镇粮站仓库 夜 内

战士提枪跑进来，仓库里边已经燃起大火，两个战士冲来，枪声响起，两战士倒下……

7-53 老龙口镇男犯住处 夜 内

枪声传来，火光骤起！睡在地上的男犯们惊醒。鲁震山、裘双喜、傅明德、宁嘉禾忽地坐了起来。裘双喜低声："天兵天将来了！"

傅明德："老天开眼，助我们出去吧。"小痞子掀开被子，抬头听着。

王友明、马大虎带一队战士冲进来，大声："干什么？躺下睡觉！"

鲁震山、裘双喜、傅明德、宁嘉禾等人都扑在窗前，向外望着。

7-54 老龙口镇粮站东门 夜 外

化了装的唐静茵和阿慧率土匪攻打粮站。刘前进率小李等战士赶来，仓促应战。土匪抢占有利地形，铺开一张密集的火网。

唐静茵对阿慧交代一句，然后悄悄撤离，几名匪兵跟去。激烈的枪声中，土匪暂时占了上风。老班长带几名战士跑过来支援。刘前进："这边你顶着，我去宿营区看看，谨防土匪乱中劫狱！"老班长："你快去吧。"刘前进撤出战斗。

7-55 老龙口镇男犯住处 夜 内

裘双喜、傅明德趴在窗前张望，宁嘉禾坐在地上，很是沉稳。

王友明跑进来，对院里的马大虎高喊："马大虎，你们一班留下，其余人去救火！"战士们跑去。

小痞子对宁嘉禾："总指挥，我们怎么办？"宁嘉禾看了眼小痞子，不语。

7-56 老龙口镇关押重犯大院西门外 夜 外

唐静茵率领众匪徒摸到门外，她四下看看，推了把紧闭的大门，大门"吱嘎"一声响，唐静茵提起大门，打开，悄然进去。后面的匪徒跟进。

7-57 老龙口镇粮仓库 夜 外

仓库在燃烧着，火光和浓烟笼罩着粮站。已经赶到的冯小麦等战士在救火。

甄世成背着满身是血、已经受重伤昏迷过去的彭浩冲出来，他回身四下焦急地看着。老班长带着几个战士跑过来，甄世成喊："快救彭政委！"

冯小麦跑过来，带着哭音大叫："政委！彭政委！"文捷、关晓渝、严爱华、周圆等人赶到……

粮站里外，紧张又有些忙乱，严爱华和文捷、周圆合力，将昏迷不醒的彭浩扶到冯小麦后背，背出火海。侯仲文带着战士跑来。关晓渝正指挥救火，左脚一崴，倒在地上。侯仲文见状，冲进火场，把关晓渝抱了出来。

甄世成看着关晓渝和侯仲文。烟火衬映下，甄世成的神情有些扭曲……

7-58 老龙口镇男犯住处 夜 内

院外的枪声大作。宁嘉禾高声："天兵来了，大家做好准备！"

裘双喜拍打着门板："我要撒尿！放我出去！"

马大虎画外音："要尿就往裤裆里尿！"

裘双喜、傅明德、苟敬堂等继续拍打着门板、窗户。

7-59 老龙口镇大院 夜 外

马大虎和战士们持枪聚到门口、窗前，大喊："不许闹事！"

院外枪声大作,马大虎回身对门口的战士:“把他们看紧喽!”带着战士冲出去。

7-60 老龙口镇大院 夜 外

唐静茵提枪率匪兵冲过来,她甩手“啪啪”两枪。门前的战士应声倒地。

唐静茵大喊:“党国的弟兄们,游击军救你们来了!”

枪声激烈,唐静茵大喊:“总指挥,你在哪儿?”

裘双喜的画外音:“唐司令,我们在这儿!”唐静茵辨别着声音,一枪将门前的战士打倒……

大门口,增援的守卫战士赶到,双方激战。唐静茵打落门上的锁头,房门大开。宁嘉禾等人跑出去,小痦子犹豫了一下,跟出去。

守卫的火力加大,傅明德、鲁震山、小痦子、裘双喜等退回去。

已经躲到廊下的宁嘉禾试图退回去,唐静茵从暗处伸手拉了他一把。

7-61 老龙口镇巷道 夜 外

刘前进率几名战士跑过来。

唐静茵、宁嘉禾在阿慧等一帮匪兵的簇拥下,拐过一面高大的风火墙,沿巷道急奔而来。马大虎带着战士在后面紧追不舍。

刘前进与匪徒狭路相逢,举枪大喝:“不许动!”

唐静茵举枪就打。刘前进躲到墙角还击。

唐静茵:“弟兄们,冲过去!”

几名匪兵边打边冲,唐静茵与宁嘉禾却转身逃走。刘前进和战士猛烈射击,几名匪兵先后被击毙。

刘前进举目一望,不见了唐静茵和宁嘉禾的踪影。刘前进挥枪:“追!”

7-62 老龙口镇粮站东门 夜 外

刘前进指挥战士们前赴后继,勇猛还击,逐渐控制住了局势。

土匪们开始溃退,只能躲在库房前的隐蔽物后还击。

7-63 老龙口镇关押重犯西门 夜 外

唐静茵、宁嘉禾跑向西门。阿慧举枪出现:“我来掩护,你们快走!”

阿慧持枪警戒着。唐静茵、宁嘉禾二人上马,策马飞奔而去。阿慧急忙撤走。

少顷,刘前进率众战士追来,他恼火地看着从西门跑出来的王友明。

王友明:“支队长,宁嘉禾跑了……敌人是从西门摸进来的。”

刘前进:“这个门的哨兵呢?怎么没发现敌人?”

王友明:“两个哨兵都牺牲了,是早就遇害了,好像在起火前……”

刘前进双目圆睁,咬牙切齿。刘前进的内心独白:“又是内鬼!可恶的内鬼!”

7-64 老龙口镇附近山坡 夜 外

一马飞奔而来,马上二人身影绰绰。马上,唐静茵回头一望,远处火光减弱,冒着黑烟,偶尔有零星的枪响传来。

二人下马。宁嘉禾喘息稍定:“……静茵……”

唐静茵一笑,揭去了脸上的伪装,甩开如泼的黑发,现出本来的面目。

唐静茵不顾一切地扑上去:“嘉禾!”两人激动不已,搂抱在一起……

7-65 老龙口镇粮站仓库 晨 内

粮站仓库被烧得满目疮痍,老班长指挥战士们清理着粮食。甄世成看着被烧掉大半的粮仓,面无表情。老班长看到撒在地上的粮食,吩咐战士:“这些都别糟蹋了,洗干净了再晒一晒,还能吃。”

甄世成:“都烧焦了,收拾不起来了。”

老班长:“烧焦了也是粮食,总比啃树根强嘛! 这帮兔崽子,烧粮站是想绝咱们的路哇。”老班长站下:“谁先发现粮站被烧的?”

甄世成:“……彭政委吧? 我来救他的时候,他都昏倒在粮库里了。”

老班长:“那,你是怎么知道彭政委昏倒在粮库里的?”

甄世成:“我来粮库看看有什么情况,正好赶上了。”

老班长:“仗着你赶上了,要不然,彭政委怕是要够呛……”

甄世成:“……差不离吧……”

7-66 老龙口镇临时病房 晨 内

临时搭建的手术台,躺着一直昏迷中的彭浩。

文捷、凌若冰站在手术台两侧忙碌着,她俩的额头沁出细密的汗珠。

严爱华用毛巾擦拭文捷额头的汗水。

定格。

第七集完。

第八集

8-1 老龙口镇临时病房外 日 外

房门前站着焦灼不安的周圆。冯小麦站在旁边，抹着眼泪。关晓渝隔着玻璃窗，焦急、提心吊胆地注视着房内的手术。刘前进颓然地蹲在门旁，见冯小麦在哭，没好气地："哭什么哭？老彭还没死！滚！"小李将冯小麦拉走。

甄世成走过来，关心地："支队长，彭政委怎么样啦？"

刘前进："正抢救呢。你是怎么发现彭政委的？"

甄世成："救火的时候发现的，我也弄不明白他天不亮跑到粮仓干什么。"

刘前进："你那么早去干什么？"

甄世成："我每天早上都去炊事班看看给大伙准备的什么早饭。有时也顺便到粮库看看。"

严爱华出现在门口："支队长，文大队长说彭政委的腹腔内有大量淤血，没有专用设备，无法排除，子弹也无法取出，伤势很严重。"

刘前进急了，站起来："不管用什么办法，一定要把彭浩给我救活！"

严爱华："她正在想办法。"扭头进去。

关晓渝："你放心吧，有文大队长和凌医生，彭政委不要紧的。"

周圆满脸汗水淋漓，心绪不宁地来回走动着。刘前进："小周，你停一会儿行不行啊？你走来走去的把我都晃晕了……"

周圆擦了一把汗："我……我第一次参加战斗，有点儿后怕……"

8-2 老龙口镇临时病房 日 内

文捷焦急地："淤血出不来，怎么办？"凌若冰想了想，拿过一支导管，一头插进彭浩的腹腔，一头含着嘴里。

文捷："我来吧。"凌若冰不语，开始吸吮。文捷感动地看着。严爱华端过来一个洗脸盆。凌若冰手掐导管，转头把口里的污血吐到脸盆里。文捷拿过一块纱布，擦了擦凌若冰嘴角的血迹。

凌若冰拿过导管，继续吸吮着。凌若冰抽出钳子，钳子上夹着一粒子弹头。

严爱华端过一个小白瓷盘。"当"的一声，子弹头落盘的声音特别响亮。

8-3 老龙口镇临时病房 日 内

彭浩醒过来，脸色苍白地躺在手术床上。文捷和凌若冰站在一旁洗手。

刘前进快步走进来，扑到手术床前："老彭！"凌若冰闻听一愣，回头看着。

彭浩努力地笑了笑。刘前进拉过一条板凳，坐到床边，紧紧地拉着彭浩的手。

彭浩："不完成任务……我是不会死的……吓着你了吧？"

文捷走过来："支队长，彭政委需要休息，不要和他多说话了。"

刘前进点点头，突然问道："你是怎么受的伤？"

彭浩："我发现有人往粮垛上洒汽油……就冲了进去……我开枪报警……那人掏枪就向

我开火……”刘前进点点头。

文捷:“多亏甄科长发现了你,否则——”

彭浩:“是吗?”

刘前进欲言又止,凌若冰懂事地离开。刘前进叹了口气:“粮食被烧了,宁嘉禾逃跑了,还牺牲了六名战士!”

彭浩:“……是不是咱们的布防有问题?”

刘前进:“布防方案是咱俩商量的,能有问题吗?”刘前进盯着彭浩……

8-4 老龙口镇临时病房门外 日 外

侯仲文、王友明走来。侯仲文见到文捷:“彭政委怎么样啦?”

文捷:“没什么危险,他现在需要休息。”

侯仲文:“支队长在吗?”

文捷:“在里面呢。”

侯仲文进去,王友明跟进去。

8-5 老龙口镇临时病房 日 内

侯仲文进来,看到躺在手术台上的彭浩:“彭政委,你怎么样啦?”

彭浩:“我没事了,老侯,你那边——”

侯仲文看看彭浩,又看着刘前进:“支队长,宁嘉禾的逃跑,我有责任!如果我也在大院里坚守岗位……”

刘前进:“行了,现在不是追究责任的时候。”

侯仲文:“友明说,敌人是从西门进来的,门是锁着的,这怎么可能呢?难道是……”

王友明:“有内鬼?”

刘前进:“……没有内鬼,敌人是绝对不会这么轻易得手的!”

8-6 老龙口镇男犯住处 日 内

裘双喜、傅明德、小痞子、鲁震山等人坐在铺上,神情沮丧。

苟敬堂:“你们怎么都不说话啦?过去张口总指挥闭口总指挥,关键时候总指挥还不是自己跑了?这就叫爹死娘嫁人,个人顾个人!”

裘双喜:“你他妈啰唆什么?有能耐你也跑!”

苟敬堂:“我没能耐,我就想靠着你们这些有能耐的人逃出去!可现在怎么样?你们还不是跟我一个熊样?”

傅明德:“敬堂兄,总指挥本来是想带我们一起走的,可那个形势……你也是看到的。他一个人走,也是不情愿……”

苟敬堂:“不情愿?不情愿他能走?”

鲁震山:“你以为总指挥像你?苟且偷生就知足了,你真没白姓这个苟字!”

苟敬堂白了鲁震山一眼。

裘双喜:“各位,总指挥几次三番都有逃出去的机会,他不出去,就是为了把我们一起带出去,这一点,在座的各位不会不同意吧?”

众男犯不语。

裘双喜:“各位放心,总指挥不会不管我们!”

苟敬堂："做梦吧！"

裘双喜："我今天把话挑明了说，就为捞出咱们这里的一位重要人物，总指挥也是不会袖手旁观、一走了之的！"

小痞子："什么重要人物？谁啊？"他扫视着众男犯。

8-7 老龙口镇镇外小路 日 内

周圆在路上踽踽独行。前方不远处有一棵枝繁叶茂的大树。周圆来到树前，望着树枝，神色茫然。周圆的内心独白："我不能再干了！不能再干了！我这是在干什么啊我……"

甄世成走来，手里提着只乌鸡，看见周圆，喊："赛貂蝉！"周圆浑然未觉。

甄世成来到周圆面前，改口："周干事，在这儿寻思什么呢？"

周圆急忙掩饰："没……没寻思什么。你干什么去啊？"

甄世成："我刚去老乡家买了只鸡，给彭政委补补身子。一会儿再上镇上看看。"

周圆："听说彭政委是你救出来的？"

甄世成："嗯。我要是晚救他一会儿啊，彭政委怕是——"

周圆："行了，你立大功啦。彭政委不会亏待你的。"

甄世成："看你这话说的，好像我救彭政委是图什么。这话可别再对别人说啊。"

周圆："看看，跟你开句玩笑，紧张什么？"

甄世成："我紧张什么，净瞎说。这种话，往后不要说了啊！"

周圆望着走去的甄世成，眼里满是困惑和迷离。甄世成远远地回头，望了望周圆。

8-8 老龙口镇临时病房 日 内

彭浩躺在病床上，脸色惨白。冯小麦坐在床边，往彭浩的嘴里喂水。侯仲文、关晓渝和周圆站在一旁。周圆从冯小麦手里拿过碗："我来吧。"

彭浩："不用，你们都有事要做，快回去吧。"彭浩举手欲看时间，却不见了手表。

关晓渝："彭政委，你的手表呢？"

彭浩的左手腕空有一圈白印："可能昨晚跟土匪搏斗，掉了吧。"

侯仲文："你是指挥员，没有手表怎么行啊？我马上叫人去仓库找一找。"

冯小麦："我去吧。"

侯仲文："你好好照顾彭政委就行了。"侯仲文一回头，见小江站在门口。

8-9 老龙口镇粮站仓库 日 内

地上到处是烧焦的粮食。一名战士蹲在地上，用手拨拉着烧焦的粮食，寻找着。烧焦的粮食中有多枚大小弹壳，那战士捡起小弹壳，看了看，揣进口袋里。一双脚走来，停在战士的面前。那战士抬起头，是小江。

老班长："小江，你在找什么？"

小江："彭政委的手表掉了，侯大队长和关文书他们让我来这儿找找。"

老班长："找到啦？"

小江："还没有。"

老班长："来，我和你一起找。"老班长蹲下，用手拨拉着烧焦的粮食。

8-10 老龙口镇刘前进、彭浩住处 日 内

桌上摆着饭菜，刘前进不吃不喝，坐在桌边翻看着笔记本。传来轻轻地敲门声。刘前进看了一眼闩上的房门，没吱声。小李的画外音：“支队长，文大队长来了。”

刘前进想了一下，走过去，拉开门闩，打开房门。

刘前进：“老彭怎么样啦？”

文捷关上房门：“我给他换了药，伤口愈合得很好，你放心吧。”

刘前进：“他跟你说什么啦？”

文捷：“他说，要找出这次事故的原因，早点儿向上级报告。”

刘前进：“你认为呢？”

文捷：“我们的布防可能有疏漏，让敌人钻了空子。可是老彭说，布防方案是你俩共同商量的，非常严密呀！”

刘前进摇摇头：“事故的原因是我中有敌，内外勾结！”

文捷：“有证据吗？”

刘前进：“现在还没有。等老彭稍好些，老彭、你、我，咱仨碰个头儿——再好好琢磨一下内鬼的事。这个‘鹤顶红’，有点肆无忌惮了……”

文捷：“我们请领导协助调查一下，查得会更快些。”

刘前进想了想：“好，叫关晓渝拟个密电稿，快点儿发出去。”

门开了，侯仲文走进来。刘前进：“老侯，你来啦？”

侯仲文：“我来向你报告，火场清理完毕，老班长正在统计。看来，能吃的粮食不多了，咱们要尽早想办法。”刘前进点点头。

8-11 老龙口镇临时病房 日 内

冯小麦把手表戴到彭浩的左手腕上。老班长坐在床边，小江站在一旁。彭浩躺在病床上，脸上露出笑容：“谢谢你，小江。”

小江：“是老班长找到的。”

老班长：“应该谢你，你不说给政委找手表，我上哪儿帮忙找去……”

小李走进来：“老班长，支队长请你过去。”

彭浩：“你快去吧。”

老班长站起来：“你好好养伤，彭浩。”

彭浩点头。老班长走到门口，突然想起什么，回身：“小江，甄科长一大早出去，说是去老乡家给彭书记买只鸡。你去伙房看看，炖好了给端过来。”

小江：“好，我这就去。”

彭浩：“我都没事了……这个甄世成，还当我是小媳妇坐月子啊。”

8-12 老龙口镇关晓渝、周圆住处 日 内

一部军用收发报机摆在桌上。周圆坐在桌前发呆。关晓渝手拿电码稿走进来：“周圆，想什么呢？”周圆：“啊，没什么……”

关晓渝：“哪儿不舒服？”周圆遮掩地：“没事……发报吗？”

关晓渝点头：“嗯。”周圆戴上耳机，拿过电码稿看了看。

屋里回响着嘀嘀嗒嗒的电讯声。关晓渝站在一边，看着周圆发报。

8-13 老龙口镇刘前进住处 日 内

刘前进在地上踱步，老班长进来了。刘前进：“老班长，坐。”

老班长:“彭政委的伤好多了,叫我告诉你,不用派人专门伺候他。队伍休整差不多,就抓紧赶路。”

刘前进点点头:“今天谁在呢?”

老班长:“甄世成一大早上老乡家买了只乌鸡回来,给彭政委补身子,伙房给炖着。”

刘前进:“这个甄世成,还挺会来事。”

老班长:“会来什么事,到现在他还没去看看彭政委呢。”

刘前进:“……他这是……怕彭政委领他的情?这可不像他。”

老班长点点头,看着刘前进:“前进,你这些日子瘦得可不轻,行军打仗再苦再累再危险,你小子从不掉膘。跟我说实话,你究竟怎么啦?”

刘前进想了一下:“事情越来越严重,如今,老班长……我得和你说说了……”

老班长:“什么事?”

刘前进坐到桌前:“我们一路走来,支队接连出了好多事……”

8-14 老龙口镇关晓渝、周圆住处 日 内

关晓渝在整理什么。周圆坐在桌前发呆。周圆的内心独白:“……实际上,从被指派进了‘地干班’那一刻起,我就不是我了。从那一刻起,我成了他们手上的一张牌,成了他们的工具,是他们实施残酷杀戮的一颗子弹、一把枪……我的手,现在沾上了血了……我手上的血腥气味还能洗净吗?”周圆看着自己的手发呆。

周圆神经质地把双手抬起,嗅着。关晓渝:“你在干吗啊周圆!说你神经你不爱听,看你——高兴起来眉飞色舞胡说八道,郁闷起来一下又神神叨叨鬼鬼叨叨……”

周圆梦魇乍醒般地:“啊,我……我想我妈了……你要发报吗?”

关晓渝:“发什么报啊!不是发完才关机吗?”

周圆尴尬地:“……是啊……”

8-15 老龙口镇刘前进住处 日 内

老班长:“你是说,我们内部——有‘鬼’?”刘前进点头。

老班长的神情严肃起来。刘前进:“昨天晚上,甄世成什么时候出去的?”

老班长想了想:“……天一擦黑吧。本来我还想跟他合计合计买粮的事……”

刘前进:“他是怎么知道彭浩昏倒在粮仓的?”

老班长:“这个,我问过他。”

(闪回)老班长站下:“世成,谁先发现粮站被烧的?”

甄世成:“……彭政委吧?我来救他的时候,他都昏倒在粮库里了。”

老班长:“那,你是怎么知道彭政委昏倒在粮库里的?”

甄世成:“我来粮库看看有什么情况,正好赶上了。”

老班长:“仗着你赶上了,要不然,彭政委怕是要够呛……”

甄世成:“……差不离吧……”

(现实)刘前进点点头:“他平时一早上都到炊事班去吧?”

老班长点头:“都去。这个甄世成觉少,还挺有责任心。每天天一麻麻亮,就起来了,去炊事班看看,去粮仓看看,有时候去买点菜。怎么,你怀疑甄世成有问题?”

刘前进不语。

老班长:“还有个情况,我没想明白……”

刘前进看着老班长,老班长:“我觉得仓库里的粮食……好像少了……”

刘前进:“少啦? ……叫唐静茵那个疯婆子一烧,当然少了。”

老班长:“不对,就是烧了,那些粮灰也应该在呀。敌人要是来抢粮偷粮,不该烧吧?”

刘前进笑了:“他们偷不走,抢不走,当然得烧了,这个好解释。”

老班长点点头:“也对……”

刘前进自语:“……不过,我带着人追击他们的时候,并没有发现他们带着粮食……是唐静茵使的调包计?”

8–15A 小岛木板房 夜 内

留声机里响着略带杂音的古典名曲——贝多芬的《献给爱丽丝》,音乐舒缓,飘在木屋里。坐在椅子上的宁嘉禾微闭双眼,用指随着音乐敲动着扶手。唐静茵端着一碗高汤进来,看到沉浸在音乐中的宁嘉禾,轻轻将碗放在桌上。

宁嘉禾睁开眼,看着站在门口的唐静茵。唐静茵静静地看着他。四目相对,舒缓的音乐飘荡……

8–16 军分区指挥部 日 内

程部长在看地图。高参谋手拿电文走了进来:“部长,一支队来电。”程部长急忙转身,接过电文,看着,皱起了眉头。

高参谋拿过水壶,倒了一杯水。程部长把电文拍到桌上:“刘前进怎么搞的,竟然跑了宁嘉禾,伤了彭浩,还死了这么多人!”

高参谋把水杯放到桌上:“老龙口的布防方案是刘前进和彭浩共同研究的,出了问题,不能全怪刘前进。”

程部长:“他是支队长,是军事干部,出了问题,不怪他怪哪个!”

高参谋:“可能与那个‘鹤顶红’有关。他们也有这个看法。”

程部长:“‘鹤顶红’……”

高参谋:“程部长,是不是让组织部门审查一下一支队的干部档案?”

程部长:“干部档案都转给他们带走了,要审查,也只能靠他们自己。”

高参谋:“他们请求指挥部协助调查,是想看看有没有可疑的电台一直在跟随他们。”

程部长:“对。你去通信团查一查吧。”

8–16A 小岛木板房 夜 内

灯光昏暗。一支欢乐迷离的桑巴舞曲充斥满耳。宁嘉禾和唐静茵在舞蹈中摇摆,两人陶醉其中,所有的不快和烦恼都不复存在。床上,摆放着两床折叠得整整齐齐的被子,被子上面有两套国民党军装,上面是一男一女两个军帽。

8–17 老龙口镇老班长、甄世成住处 夜 内

桌上一盏马灯,灯光昏暗。老班长坐在桌边,从上衣口袋掏出老花镜,一不小心花镜镜腿别断了,老班长从布袋里找出块胶布,将镜腿缠好,戴上。

老班长拿出小本和铅笔,往本上记着什么。

8–18 老龙口镇一间房间外 夜 外

月光下,可见门旁的窗台上有一块石头。门开了,一双脚走出门来。一只手入画,拿开石头，拿起石头底下的纸包。双脚走进门去。

8-19 老龙口镇一间房间 夜 内

桌上点着昏暗的马灯。那人走到桌前，把纸包放到桌上，打开。纸包里，是三枚手枪子弹壳。弹壳在马灯的映照下，发出幽幽的光……

8-20 老龙口镇刘前进住处 日 内

刘前进手里下意识地把玩着一根烟卷，思忖着。

(闪回)办公室内，刘前进一边用粉笔在墙上画着图，一边布置着任务。彭浩、文捷、侯仲文、甄世成、关晓渝等人认真地听着。

(现实)刘前进想了一下，喊道："小李！"

门开了，小李走进来："支队长，什么事？"

刘前进："你去看看甄科长，问他粮食还够吃几天？顺便问问，他去没去看彭政委。"

小李："是！"转身欲走。

刘前进："回来。"小李转过身来。

刘前进："你别说是我让你问的，明白吗？"

小李挠挠头："……不明白。"

刘前进："不明白就不明白吧，快去。"小李不解地往外走。

8-21 老龙口镇老班长、甄世成住处 日 外

甄世成坐在桌前，一边看着账本，一边打着算盘。老班长坐在一边吸着烟袋，一边想着心事。甄世成把算盘一推。老班长："怎么啦？"

甄世成焦急地："不算不知道，一算吓一跳。敌人这把火一烧，咱们剩下的粮食吃不了三天啦！"

老班长："形势严重啊！缺什么也不能缺粮，要早做打算啊。"

甄世成："这前不着村后不着店的，上哪儿弄粮食去？"

老班长："出事那天晚上，你不是去和粮贩子谈粮了吗？谈得怎么样？"

甄世成："……也没谈出个结果，他要的价太高，谈崩了。"

小李走进来。老班长："小李，有事啊？"

小李："没事，过来看看甄大科长。"

甄世成抬头瞅他一眼："我又不是大姑娘，有什么好看的。"

小李看到桌上有盒油纸包着的压缩饼干，拿过来，抽出一块吃起来。

小李："你管着大伙吃喝，这可比大姑娘还重要。"

甄世成笑了："臭小子，还挺会说。"

小李："哎，甄大科长，咱们这粮……还够吃几天？"

甄世成一愣："支队长叫你来问的？"

小李："不是，是我自己想问的，我怕饿着了。"

甄世成："当兵吃粮，还能饿着你吗？不该问的别问，快走吧！狗拿耗子，多管闲事！"

小李："你看你，我不就随便问问吗？你急什么？"

甄世成："谁急啦？你走走走——"甄世成一把将压缩饼干盒夺过来，扔进抽屉。

小李："你看老班长，甄科长这刚成了大英雄，脾气也见长了。"

甄世成："什么大英雄，别乱说啊。"

小李："你从火场里救出彭政委，这还不是大英雄？"

甄世成想说什么，没说。小李："甄科长，你没去看看彭政委啊？他可是问过好几回了，一直说想当面感谢你呢。"

甄世成打着算盘的手停下来，抬起头看着小李："他真问啦？"

小李："当然！你是他的救命恩人，等着升官吧！"

甄世成看了一眼老班长，向小李扬起拳头："你……你再胡说八道我揍你！"

小李："你……你发什么火啊？"

老班长急忙解围："小李，快走吧，甄科长正心烦呢。"

小李嘟囔着，出去。甄世成若有所思……

8-22 老龙口镇刘前进住处 日 内

小李委屈地站在刘前进的面前。刘前进："他要揍你？"

小李："他拳头都举起来了，要不是老班长拦着，我肯定挨揍。"

刘前进："这小子，还有点尿性啊。"

小李："支队长，你什么意思呀？"

刘前进摆摆手："没你的事啦。"小李疑惑地走开。

8-23 军分区指挥部 日 内

程部长在看着电文。高参谋引通信团张团长走进来。程部长："查得怎么样？"

高参谋："有可疑情况，我把张团长领来了。"

张团长："我们负责与一支队的电台联系，在监测中发现两个可疑的无线讯号。"

程部长："怎么可疑？"

张团长："一支队走到哪里，那两个讯号就一前一后地跟到哪里。"

程部长："这就对了，这两个讯号就是外面的敌人和内鬼进行联络的讯号。张团长，能知道讯号的内容吗？"

张团长："他们更换了新的密码，我们暂时还没破译出来。"

程部长皱眉。高参谋、张团长看着程部长。程部长："你们团不是有个投诚的国民党电信专家吗？和他谈一谈，做好工作，请他帮忙破译这个密码。"

张团长："是！"

程部长："高参谋，立即给一支队回电。告诉他们身边发现可疑电台，叫他们注意！"

8-24 老龙口镇临时病房 日 内

躺在病床上的彭浩猛地一起身，闪了下在给他打针的文捷。

彭浩："什么？凌若冰用嘴吸的？"

文捷按下彭浩："当时那种情况，不把淤血吸出来，你的生命会有危险。"

刘前进坐在一旁："这个凌若冰，没想到关键时候还真行。"

彭浩："那也不能……这像什么话嘛……"

刘前进："什么这那的，把你救过来才是真格的。文捷，这事记着啊，回头算她一个立功的表现。"

文捷："支队长，你这话说的可不对，她可不是冲着立功才那么做的！"

刘前进还要说什么,关晓渝走进来,忧心忡忡地:“政委,你好些了吗?”

彭浩:“……好多了。”

刘前进:“怎么了晓渝,愁眉苦脸的……”

关晓渝从口袋里掏出电文:“指挥部来电。我们的电台好像出问题了……”

刘前进一把抢过电文:“电台?”仔细地看着。

彭浩:“怎么说的?”

刘前进沉默,彭浩拿过电文,看完,又递给文捷:“怎么会一直有电台跟着我们?”

关晓渝:“我脑袋都想痛了,也没想明白,问题到底出在哪里……”

文捷:“难道是……”

彭浩:“周圆?”

关晓渝:“不能吧?每次收发电报,我都在她的身边。她只负责敲码抄报,根本不知道电报的内容。”

刘前进:“她没参加老龙口的布防会议。不可能是她。”

文捷:“她是从地方来的干部,倒是应该多注意注意。”

彭浩:“对她的考查,还是必要的。但一定要注意方式方法。”

刘前进:“我同意老彭的说法。要查,但不能草木皆兵。人员范围重点圈定在这次布防会的参加者。对周圆……晓渝,你再多注意一下。”

彭浩:“也不能把目标都盯在周圆身上。还有一种可能,而且我觉得这种可能性更大,是内鬼手里也有电台。”

刘前进低头沉思。

彭浩:“不管怎么说,目前周圆的嫌疑还是大。晓渝,你要密切注意她,但绝不能打草惊蛇!”

关晓渝:“……我知道。”

刘前进:“你们去准备准备,尽快出发吧,在老龙口耽误的时间太长了。”

文捷和关晓渝起身出去,带上门。

8-25 老龙口镇临时病房外 日 外

文捷和关晓渝出来。关晓渝:“文大姐,有件事……我不知道该不该说……”

文捷:“什么事?”

关晓渝:“是有关支队长的……”

文捷站下:“支队长的?”

关晓渝:“……周圆看上支队长了……”

文捷:“噢?……支队长呢?”

关晓渝:“好像……对周圆也不错。”

8-26 老龙口镇临时病房 日 内

刘前进坐在那儿,手指下意识地敲着床沿。彭浩看着他。彭浩:“说吧,给人家都打发走了,你怎么又成哑巴啦?”

刘前进:“前天晚上,你怎么突然想起到粮站仓库去啦?”

彭浩不语,刘前进递过烟,彭浩不理,拿过床头自己的烟,又拿起火柴盒。火柴盒上的图案是“火人”牌商标图案。彭浩点上烟,抽了一口:“就是睡不着,想出去走走。我没记错的话，当时我也是这么说的。”

刘前进点点头：“不错。可你……出去走走，就走到粮站仓库啦？”

彭浩斜眼看着刘前进：“你要是这个腔调，我就不想说什么了。”

刘前进一笑：“这件事你早想跟我说一说，我老绷着不问，你比我还难受。是不是？”

彭浩狠狠抽了一口烟，又一点点吐出去。

（彭浩讲述情景画面）

8-26A 老龙口粮站

彭浩跟门口的警卫战士点了点头，走进粮站仓库。彭浩从高高的粮袋垛间穿过巡查着，突然听到什么声音，他停下脚步，仔细地听着。彭浩抽动鼻翼，闻到汽油味。他急忙抽出手枪，冲进里面。正在往粮垛上泼洒汽油的花子听见脚步声，急忙隐身粮垛后面。

彭浩端枪冲来，寻找着。花子从粮垛后走出，飞起一脚，踢飞了彭浩的手枪。彭浩高喊：“有情况！快抓土匪啊！”

花子扑过来，朝彭浩的前胸打了一个冲拳。彭浩前胸被击，后退两步，一屁股坐在地上。彭浩再次呼叫：“有情况！抓土匪啊！”

花子纵身跃起，朝彭浩飞起连环脚。彭浩也飞起两脚相迎。两脚相抵，花子被摔倒。

彭浩见状一惊，奋不顾身地扑了上去。门口的警卫战士冲进来。

“哒哒哒！”花子端枪射击，战士牺牲。彭浩中弹倒地，血流不止。

粮仓“呼啦”一声，燃起冲天大火。花子跑了出去。彭浩昏了过去……

（现实）

8-26B 老龙口粮镇临时病房 日 内

彭浩看着刘前进，又点上一支烟。刘前进的手指仍在下意识地敲着床沿。

彭浩：“你倒是说话呀！你哪怕是放个屁都行……”

8-27 老龙口镇临时病房外小路 日 外

文捷看着关晓渝：“这件事，你跟没跟彭政委说？”关晓渝摇头。

文捷：“支队长年纪不小了，按理说，跟哪个女同志处对象也挺正常的……”

关晓渝：“是呀，我也是觉得挺正常的……当然，这件事才刚有个苗头，支队长和周圆都不可能向组织上打报告……”

文捷：“找个机会，我问问支队长吧。”关晓渝点头。

8-28 老龙口镇临时病房 日 内

刘前进：“甄世成救你的时候，你知道吗？”彭浩摇头。

刘前进：“他救你可挺是时候哇。”

彭浩：“什么意思？他不该救我？”

刘前进：“你别误会。我是说……我有件事情弄不明白，你们俩也没有约好同时去仓库，他怎么会那么巧也去啦？如果他去了刚好发现仓库着火，他应该先喊人救火呀。即使别人没到，他先救火，也应该先救外面的火。可你昏倒在仓库最里面，他救火怎么会跑到仓库最里面呢？”

彭浩：“这个，他也许是先听到枪声了吧……”

刘前进：“只能这么解释了……”

彭浩疲惫地闭上眼睛。

8-29 山路 日 外

队伍在山路上行进。男犯队伍中,有四名战士抬着一副担架。担架上躺着彭浩。侯仲文、王友明走在队伍旁边,不时地前后巡察。裘双喜、傅明德、苟敬堂不失时机地小声嘀咕一两句。小痞子绊了一下,差点摔倒,鲁震山扶了他一把。小痞子:"谢谢鲁大哥。"

盘山道上,女犯队伍走来,鲁震山朝女犯队伍里望着。

裘双喜碰了下傅明德,指指鲁震山:"这小子犯上相思病了。"鲁震山朝女犯队伍里看着。彭浩也看到了盘山道上的女犯队伍,他下意识地张望着。远远可以看到的女犯队伍里,凌若冰低头赶路。

8-30 盘山路 日 外

女犯队伍在盘山路上行进。队伍中的柳春燕朝山下山路张望,踩了前面女犯大菊的脚后跟,大菊回头:"看谁呢? 想野男人啦?"

柳春燕:"再胡说,看我不撕了你的嘴!"

严爱华跑过来:"又干什么? 快走!"

8-31 山坡 日 外

山坡下炊烟袅袅,后勤战士正在做饭。队伍在山坡上休息。躺在担架上的彭浩坐起来,看着四周。远处,甄世成在指挥着后勤战士。

冯小麦:"政委,有事啊?"

彭浩:"你叫甄科长过来一下。"

冯小麦:"是。"跑去。

彭浩看着冯小麦跑到甄世成面前,行过军礼后,说着什么,甄世成向这边张望。

8-32 山坡下 日 外

甄世成看着冯小麦:"彭政委没说找我干什么?"

冯小麦:"没有,他就说请甄科长过去一下。"甄世成犹豫了一下,走去。

8-33 山坡 日 外

甄世成走来,坐在担架上的彭浩扬手:"甄科长,咱俩这一面见的可不容易啊。"

甄世成敬礼:"彭政委,你好点了吗?"

彭浩:"好多了,来来,坐那儿吧。"彭浩指了指一块石头。

冯小麦站在不远处。彭浩示意了下,冯小麦走开。

甄世成坐下:"一直想看看彭政委,乱七八糟的事太多,彭政委,你可别挑我啊。"

彭浩:"不会不会,你冒着生命危险,把我从大火里救出来,我一直没当面道谢。这心里老不是个事儿。"

甄世成:"那没什么,在火场里的不是你彭政委,我也一样要救。"

彭浩:"对,应该有这个觉悟。"

甄世成:"我一直没主动来看你,就是怕别人说三道四,仗着我救过你,我怎么有求于领导,领导怎么偏袒我了。"

彭浩笑:"哟,你想得还挺复杂!"

甄世成:"人言可畏嘛,我也是不想给彭政委添麻烦。"

彭浩:"你这么说,我倒不好意思了。行了,大恩不言谢。嗳,甄科长,你能把那天晚上,你是怎么救我出来的情况跟我说说吗?"

甄世成:"其实……也没什么好说的……"

(甄世成讲述情景画面)

8-33A 老龙口粮站 夜 内

甄世成在粮站外听到枪声,匆忙跑了进去。门口,警卫战士已经牺牲。他冒着刚燃起的大火冲了进去,看到彭浩倒在粮垛边上。

甄世成跑过去,喊着"彭政委!",毅然将彭浩背上肩,冲出火海。

火光冲天中,甄世成背着彭浩从火海里冲出,身后的房梁轰然掉下。

(现实)

8-33B 山坡 日 外

彭浩:"天还没亮,你怎么想起到仓库去的?"

甄世成:"那天黄昏,我去跟个粮商谈买粮的事。这老班长知道。因为粮商要的价太高,没谈成,我就回来了。每天睡觉前我都会去查看一下粮仓的情况,做到心中有数嘛。一大早上,我也得去看看炊事班给大伙准备的早饭怎么样。咱们一天那么多人吃饭,我得做到心中有数啊……去的时候,就碰上了。"

彭浩:"你去的时候听到枪声啦?"

甄世成点头:"听到了……我看到咱们的警卫战士牺牲了,就断定里面一定有情况,才冲进去的。我本来是想找敌人,没想到,发现你躺在地上……"

彭浩点着头,若有所思……

8-34 空镜 黄昏 外

小山村的黄昏……

8-35 小山村关晓渝、周圆住处门外 黄昏 外

小江在站岗。小李匆匆走来:"周干事在吗?"小江:"在。"

8-36 小山村关晓渝、周圆住处 黄昏 内-外

桌上摆着帆布箱和电台。周圆坐在桌前整理材料。传来轻轻地敲门声。周圆站起来,走过去开门。小李站在门口:"周干事,支队长叫我来找你。"

周圆堵住门:"什么事?"

小李:"这事得进屋说。"

周圆想了想,让开路:"进来吧。"小李走进来。

小李:"支队长叫你给指挥部发个电报。"

周圆一愣:"发什么电报?"

小李从怀里掏出一个纸条:"电文在这里。"

周圆:"关干事呢?"

小李:"她正在党组会做记录,抽不出空,支队长就叫我来找你。"

周圆并不接纸条:"你拿电文,叫我发报,这不合规章制度啊!"

小李:"怎么不合规章制度啦?"

周圆:"规章制度明确规定,电文必须由译电员编成密码交给发报员,发报时必须有译电员在场。"

小李："叫你发的是明码电报，根本用不着译电员。"

周圆："那也不行！"

小李："再说，叫你发报是支队长的命令，你敢不执行吗？"

周圆："支队长的命令违反了规章制度，我有权拒绝执行！"

小李："你到底发不发？"

周圆："不发！"

小李揣起纸条："好，我向支队长报告，就说你拒绝执行他的命令。"

周圆："你可以这么说。你还要替我捎句话，请支队长带头遵守规章制度。"

小李瞪了周圆一眼，转身走出门去。周圆看着小李的背影，皱起了眉头。

8-37 小山村刘前进、彭浩住处 夜 内

彭浩披着衣服，斜靠在床上。刘前进、文捷、侯仲文、老班长坐在床前的条凳上。桌上有马灯，关晓渝坐在桌边，在做着记录。

侯仲文："宁嘉禾逃走，彭政委受伤，我认为，支队长制定的布防方案有问题，支队长应该承担领导责任。"

刘前进嘴里嚼着一块压缩饼干，不时端杯喝水。

彭浩："布防方案是我俩商量过的，要处分，处分我俩好了。"

侯仲文："你是这次事故的受害者，不应该受到处分。"

刘前进用异样的目光看着侯仲文。彭浩看了一眼刘前进，微微一笑。

侯仲文："刘前进同志是支队长，出了这么大的事故，应该接受处分，这是党的纪律。"

关晓渝一边记录，一边看着侯仲文。

文捷："依我看，布防方案并没有错，出了事故是另有原因……"

侯仲文："不管什么原因，即使有特务搞鬼捣乱，如果布防上严密一些，这些问题是可以克服的。当然，宁嘉禾的逃跑，我也有责任。如果西门再加几个人，可能就不会出问题了。"

老班长："出了问题，党组一班人都有责任。我的意见，请上级给我们支队党组处分。"

彭浩："我同意老班长的意见。"

文捷："我也同意。"

侯仲文："我不同意。"

彭浩："你不同意可以保留意见。这事，就按老班长的意见上报吧。"

关晓渝看着侯仲文。侯仲文："既然大家都是这个意见，我服从党组的决定。"

小李出现在门口，招手。刘前进站起来，走了出去。

8-38 小山村刘前进、彭浩住处门外 夜 外

小李生气地："周干事说我送电文不合规章制度，说啥也不肯发报。"

刘前进："她看电文了吗？"

小李掏出纸条，摇头。

刘前进："好了，我叫关干事陪她发报。你休息去吧。"小李走去。

关晓渝走出来。刘前进出示纸条："关晓渝，让周圆给指挥部发明码电报，报个平安。"

关晓渝接过纸条："我知道了。"

侯仲文走出来："晓渝，我送送你。"关晓渝与侯仲文走去。刘前进看着他们的背影。

8-39 小山村土路 夜 外

侯仲文和关晓渝拿着手电,并肩走来。关晓渝突然笑起来。

侯仲文:“你笑什么?”关晓渝笑得更厉害了。

侯仲文莫名其妙:“你说呀,笑什么?”

关晓渝看着侯仲文的脸:“我想起甄世成说你下巴上挂着个弯月亮……”

侯仲文:“他那张嘴,没个正经。我下巴上这个疤,是你能看见的,我身上的疤,多得连自己都数不过来,这都是在战场上留下来的纪念哪!”

关晓渝:“甄科长是我的老同学,他也就是说着玩玩的,没什么别的意思,你别多心。”

侯仲文:“这有什么可多心的,都是革命同志嘛。不过,我看甄科长好像……”

关晓渝:“好像什么?”

侯仲文:“没什么,我看他对你不错。”

关晓渝:“我们是老同学,没什么错不错的。在政策水平,处理问题方面,他可不如你这个老同志。既能坚持原则,又能团结同志。”

侯仲文笑笑:“你是说我给支队长提意见的事吧?支队长也很有水平,能虚心接受同志的批评。”

关晓渝:“支队长就这脾气,怎么想就怎么说,说错了就改,从来不记仇。”

侯仲文:“你和他在一起工作几年啦?”

关晓渝:“六年。部队四年,公安局两年,我最了解他了。”

侯仲文:“了解一个人并不在相处的时间有多长啊。”

关晓渝:“路遥知马力,日久见人心嘛。大家都这么说,这就是真理。”

侯仲文笑了笑:“真理有时候也在少数人手里呀。”

关晓渝:“这话我还是头一次听说呢。”

侯仲文:“咱俩要是能经常在一起交流交流就好了。”

关晓渝:“那我以后就经常找你呗,你可别烦啊!”

侯仲文发现了什么,向前指了指:“那是周圆吧?”关晓渝看去。

8-40 小山村关晓渝、周圆住处门外 夜 外

周圆在门外小路上茫然地踱来踱去。手电光时亮时灭。周圆的内心独白:“我成了一个两面人……我身上披着两张皮……我还是人吗?天哪,谁能告诉我,我该怎么办啊……”小江远远地跟着周圆。

8-41 小山村土路 夜 外

关晓渝笑道:“会写文章的人就是与众不同,举止怪怪的,让人看不懂……”

侯仲文:“女孩子嘛,多少都有点儿让人看不明白的地方。”

关晓渝:“我也是吗?”

侯仲文笑道:“你当然不一样。你是……是一个小老革命嘛。”

关晓渝:“小老革命?”

侯仲文:“我是说,你人虽然年轻,但你参加革命早,资格老嘛。好了,周干事可能是在等你,我就送你到这儿吧。”

关晓渝停步,从口袋里拿出药膏盒:“这是我向文大队长要的烧伤药膏,你抹到手上,烧伤会好得快。”

侯仲文:“我皮糙肉厚,已经没事儿了。”

关晓渝:“我不信,你把手伸出来让我看看。”

侯仲文坦然地伸出双手:“你看吧。”

关晓渝用手电照着侯仲文的手。侯仲文的手背上还有几处红肿的伤痕。关晓渝大方地抓住侯仲文的手:“我来给你上药。”

侯仲文急忙把手缩回来:“这点儿小伤不用上药。”他把药膏塞到关晓渝手里:“再见。”

关晓渝怅怅地:“再见。”侯仲文转身欲走。周圆走到他们的面前,微笑地看着。

关晓渝不好意思地:“你还没睡呀?”

周圆调侃地:“你不回来,我一个人独守空房,睡不着啊!”

侯仲文:“周圆,我把关晓渝送回来,交给你,我回去了。”侯仲文转身走去。

关晓渝看着侯仲文的背影,把玩着药盒。

周圆逗着关晓渝:“他走远了,咱们该回屋了。”周圆拉着关晓渝走去。

8-42 小山村刘前进、彭浩住处 夜 内

刘前进:“我故意违反规章制度叫小李通知周圆发报。结果,她不看电文,拒绝发报。”

彭浩:“她不看电文,可能意识到我们在对她进行考查而有所戒备。这种考查方法,过于简单了。”

刘前进:“是简单,算是一次火力侦察吧。”

彭浩:“最好的考查办法就是时间。她可以戒备一时,不可能戒备一世。”

刘前进:“可是,斗争形势很严峻,我们等不起了。”

8-43 小山村关晓渝、周圆住处 夜 内

桌上点着马灯,摆着帆布箱和收发报机。关晓渝:“你怎么还不睡啊?”

周圆:“我等你回来,好发报啊。”

关晓渝从怀里拿出纸条:“对了,支队长叫你给指挥部发个明码电报。”

周圆接过纸条:“支队长也真有意思,他打发小李来送电文,叫我发报……”

关晓渝:“你发啦?”

周圆:“当然没发,我不能违反规章制度啊。”

关晓渝:“你做得对。”

周圆:“可是,我可能把支队长得罪了。”

关晓渝:“不会的,没准支队长还会表扬你坚持原则呢。”

周圆:“要是你直接把电文送给我,就不会出这种事了。”

关晓渝:“我在党组会上做记录,根本脱不了身,支队长就打发小李来了。”

周圆点头,开机,旋动着电钮。关晓渝走过去铺床。周圆拿过耳机戴到头上,一手拿着纸条看着,一手按动着电键。屋内立即响起嘀嘀嗒嗒的电信声。

8-44 小山村刘前进、彭浩住处 夜 内

彭浩:“前进,刚才在会上,你看侯仲文的眼神有点不对呀。”

刘前进:“怎么不对?”

彭浩:“隔阂。成见。”

刘前进:“你真说到我心里了。我就是和他有隔阂,就是对他有成见……”

彭浩:“这可不好。”

刘前进:“我也知道不好。可是我拿自己没办法呀!我有时候也想装一装,想对他没成见没隔阂,可是,我装不出来。”

彭浩:“原因呢?”

刘前进:“说不清什么原因,反正我就不稀罕他身上的那个‘范’儿……”

彭浩:“‘范’儿?”

刘前进:“不苟言笑,不犯错误,从来都是行得端,走得正的那个‘范’儿。”

彭浩:“人家是延安来的老同志,政治上成熟,工作上稳重。”

刘前进:“吃五谷杂粮,会拉屎放屁,有哭有笑有脾气,那才是人呢!像他那样一本正经,不食人间烟火,还是人吗?”

彭浩:“不是人是什么?”

刘前进:“是神,是佛,也许是——”刘前进咽下了后面的话。

彭浩:“在地方,我和仲文同志有些工作上的接触,发现他政治成熟,工作主动,还很干练,所以,这次我带他参加一支队,推荐他参加支队党组,你可不能胡乱怀疑他啊!”

刘前进看着彭浩:“我怎么觉得,你和他……你们俩,还真是有点像……”

彭浩:“你……你现在看谁都不正常!草木皆兵!我看你脑瓜子有毛病啦!”

刘前进:“行啦、行啦!你先睡吧,我出去查个岗……”

8-45 小山村关晓渝、周圆住处门外 夜 外

小山村夜,灯火点点,刘前进查夜。他来到关晓渝、周圆的门前。油灯的微亮照在窗上,隐隐能听见两人说话声。刘前进站在窗前,他想了想叫道:“关晓渝!还没睡呀?”

关晓渝开了门:“哟!支队长,查岗哪,进来坐会儿?”

8-46 小山村关晓渝、周圆住处 夜 内

刘前进进屋,周圆忙站起,看得出她正在写什么。周圆:“支队长来啦?请坐。”

刘前进:“写什么呢?”

周圆:“没写什么,我把要写的整理一下,过几天写一篇报道。”

刘前进趁周圆不注意,给关晓渝使了个眼色,关晓渝心领神会。

关晓渝:“支队长,你们先聊着,我到文大姐那儿去一下。”说完推门出去了。

看着关晓渝走了,周圆有点心虚,她预感到刘前进要说什么。

刘前进盯着周圆看了一会儿,周圆被看得发毛。但她深吸一口气,索性什么也不怕了,很快也就变得很坦然。

刘前进:“小周哇!想到过死吗?”

想不到刘前进是这样的一句问话,叫周圆摸不着头脑。本来已经坦然的周圆,方寸又被打乱。周圆:“没……没……没想过。……你……你什么意思?”

刘前进:“知道吗?违抗军令,可以被就地正法!”

周圆脸色惨白,但她很快明白过来:“支队长是说,我今天没按支队长的意思发文?”

刘前进:“噢!看样子你还不糊涂!你知道吗?当时我要是马上过去,用手枪对着你的后脑勺‘啪’的一枪!我不会犯任何错误!”

周圆:“支队长枪法好,这谁都知道!可支队长要是打死我,同样要被送上军事法庭!”

刘前进对周圆的回答有点意外。刘前进:"为什么?"

周圆:"因为我是按组织上定的纪律办事！这难道错了吗?"

刘前进被问住了,但他继续进攻。刘前进:"纪律是死的,可人是活的。要是关晓渝受了重伤呢？要是关晓渝牺牲了呢？要是咱们支队就死剩了我们俩,你还不发报啦?！紧急情况下可以灵活办事嘛！像你这样僵化,耽误了大事怎么办?"

周圆:"对不起,支队长。当初安排我做发报工作时就规定:我发文时必须有关晓渝在,你们干吗不在旁边加一括弧:紧急情况下除外呢?"

刘前进:"嘿！你还挺会钻空子!"

周圆:"本来就是嘛！是你们工作不严谨,还怨人家!"

刘前进:"你从小就这么轴吧?"

周圆:"对了！不光胆小,还一根筋!"

刘前进忍不住笑了:"没少挨你爸你妈打吧?"

周圆:"管得着嘛!"

刘前进把脸一绷:"怎么跟领导说话呢!"

周圆毫不示弱:"是领导先不正经的!"周圆说完,自己也吓了一跳。

刘前进:"嘿！没看出来啊！铁嘴钢牙！……"

静场。两人似乎谁也不知道该说什么了……

周圆索性豁出去了:"支队长！你也别拐弯抹角了。说白了吧,今天这个发报的事,说好听的是对我的考验！说不好听的,就是对我的试探！归根结底就是对我的不信任！就是对我们这些地方上来的干部的不信任！……这活儿我没法干了！明天你另请高明吧!"

刘前进:"你……你要挟谁呀?！啊？要挟谁？……你以为就你会啪哩啪啦发那么几个破字就了不起啦？你以为就你拿个破相机在那儿比画比画就比别人能啦！你以为就你会划拉那几个破字就比别人本事大啦?！……咱们的押解队伍里总是有一些奇奇怪怪的事发生,我们小心点有错吗？这刚解放,国民党的残余势力土匪特务到处都是,地方上来的干部就是问题多！部队上来的大多是经过考验的,知根知底！这么点道理都不明白？还要挟我,你现在就走！卷铺盖卷,滚蛋！滚!"

关晓渝冲了进来:"支队长！支队长,怎么了这是?"

周圆在一边哭着。

刘前进:"哭什么哭！哭我就不说你啦！拿哭吓唬谁！我哪儿不对,你说,怎么说都行,我最不吃的就是要挟!"

关晓渝:"还有完没完？赶快去查你的岗吧!"边说边往外推刘前进。

刘前进走到了门口,开了门还不依不饶:"晓渝,明天让程部长再派一个打字员来!"

屋里周圆哽咽着。

8-47 小山村关晓渝、周圆住处门外　夜　外

外面刘前进回头往屋里看了一眼咧嘴笑了。通过这场正面交锋,他似乎有了一个大概的判断。

定格。

第八集完。

第九集

9-1 军分区指挥部 晨 内

大沙盘上亮起了无数红色指示灯。程部长站在沙盘前沉思着。

一参谋拿电报走进来:“部长,一支队的电报。”

程部长接过电报,看了看,为难地叹了一口气,把电报交给高参谋。

高参谋看了看:“他们党组请求处分?”

程部长:“这一次,他们毕竟捅了大娄子,不处分他们就不能严肃纪律,对其他支队也起不到警示的作用。”

高参谋:“这样好不好?咱们发个通报,既批评了一支队党组,又教育了其他的支队。”

程部长想了想:“好,通报批评也是一种处分!”

9-2 小山村刘前进、彭浩住处 晨 内

关晓渝拿着电报进来:“支队长,政委,指挥部发来电报,咱们支队党组被通报批评了。”

彭浩接过电报看了看:“分区首长还是爱护咱们的。”

刘前进:“越爱护,我们的压力就越大,还不如给一个处分呢!”

9-3 小山村关晓渝、周圆住处门外 晨 外

房门推开,周圆端着脸盆走出来,倒掉盆中的水。她转身,看见窗台上有一个压缩饼干纸盒。她四下巡睃,却不见了人影。她左右看了看,见无人,拿过空盒,走进屋去。

小江背枪从远处走来。

9-4 小山村关晓渝、周圆住处 晨 内

周圆走进来,放下脸盆,故意磨蹭着。

关晓渝拿过背包:“我先走了,你也快点儿。”周圆:“我打上行李就来。”

关晓渝走了出去,随手带上房门。周圆走到房门看了看,见关晓渝走远,拿出压缩饼干空盒,拆开。上面是一行字:佳人怀春,莫乱方寸,晨起暮歇,做好你该做的事。

周圆划着火柴,把纸盒点着,看着燃烧的纸发呆。

修饰过的画外音:“莫乱方寸……做好你该做的事……”

9-5 小路 晨 外

关晓渝匆匆走来,突然从一棵大树后闪出一个人,把关晓渝吓了一跳。是甄世成。

关晓渝:“你吓死我了!”

甄世成:“我有什么好怕的。”

关晓渝:“一大早你藏在这儿干什么?”

甄世成:“怎么? 要是侯大队长藏在这儿你是不是就高兴啦?”

关晓渝白了甄世成一眼,往前走。甄世成追上:“你别生气,我跟你开玩笑。”

甄世成掏出两盒压缩饼干,“这几天粮食紧缺,大家的伙食定量都减少了,我怕你饿着——”

关晓渝："我不要！"

甄世成："你客气什么，这是我自己省下的。"

关晓渝："谢谢，你自己留着吃吧。吃饱了给大家找到粮，大家都会对你感激不尽。"

甄世成："晓渝，你别对我这样好不好！太伤我心了！"

关晓渝："甄世成，你对我好我知道，可是，可是你这样让我觉得很别扭，很不自在。"

甄世成："晓渝，我看出你喜欢侯大队长，可是，可是你们俩真的不合适。他那个人……你不觉得叫人捉摸不透吗？"

关晓渝："他合不合适我，我比你清楚。行了，我和侯大队长的事你不要再提了。"

关晓渝匆匆走开。甄世成举起饼干要扔出去，想了想，放下，撕开一盒自己吃起来。饼干噎得甄世成呕吐起来。

9-6 山路 日 外

队伍停在山坡上，犯人们排队打饭，打到碗里的饭显然减少了，犯人借机闹事，侯仲文带着王友明、马大虎在做工作。

裘双喜："给这么点饭，还有劲赶路吗？"

傅明德："你们这是虐待犯人，我们绝食！"

王友明："傅明德，裘双喜，给我老实点！"

裘双喜："不给饭吃，干脆把我们毙了吧！"

侯仲文："我们的粮站遭到匪徒烧毁，这笔账要记，也要记到唐静茵头上！大家都克服一下，我们正在想办法！"

裘双喜："想什么办法？等你们想出办法，我们也都饿死啦！"

傅明德："我们绝食！"傅明德将手里的饼子扔在地上。裘双喜将手里的饼子扔在地上。苟敬堂也将饼子扔在地上："对！绝食！"

刘前进打马而来："吵什么？谁不想吃就别吃，还吓着我了！啊？"犯人们不语。

刘前进用马鞭指着裘双喜、傅明德："看看你们这个熊样！少吃一口两口能饿死啊？给你们吃饱了干什么？想着逃跑啊！"犯人们低着头。

刘前进指着地上的饼子，压着火气："谁扔的谁给我捡起来——"犯人们不动。

刘前进大吼一声："捡起来！"苟敬堂先捡了起来。裘双喜、傅明德不动。

刘前进掏出枪，朝裘双喜和傅明德中间的地上就是一枪："给我捡起来！"

裘双喜忙捡起自己的饼子来，又捡起傅明德的，塞到傅明德手里。

刘前进："妈的，越好好伺候还越来事啦！谁再他妈给我惹事，就地送你们上西天！"

侯仲文愣在那儿，刘前进打马离去。

傅明德："这——他这是共产党说的话吗？岂有此理！岂有此理嘛！"

9-7 山坡 日 外

甄世成无精打采坐在一块石头上。刘前进打马而来，翻身下马。

甄世成忙站起来："支队长……"

刘前进坐在石头上："你也坐。"甄世成坐下。

刘前进："剩下的粮食，对付着过了鸡冠岭，应该没啥问题吧？"甄世成点点头。

刘前进："到了岭东寨，再想想办法吧。"

甄世成："要是在老龙口不被敌人烧那把火，咱们的粮食肯定够吃到岭东寨。"

刘前进点点头，他像是突然想起什么："对了，一直没跟你说。你在粮站仓库救了彭政委，支队应该给你请功啊。"

甄世成："不用不用，谁碰见当时的情况都会那么做的。"

刘前进："你救彭政委的时候，火势烧得挺大吧？"

甄世成："大！可大了！我背着彭政委冲出来的时候，房梁都烧断了！"

（甄世成讲述情景画面）火光冲天中，甄世成背着彭浩从火海里冲出，身后的房梁轰然掉下。

（现实）刘前进："那你冲进去的时候，火势大不大？"

甄世成犹豫了一会儿："……也不小。"

刘前进："你是怎么知道彭政委昏倒在仓库里面的？"

甄世成："这……是这么回事——"

（甄世成讲述情景画面）甄世成在粮站外听到枪声，匆忙跑了进去。门口，警卫战士已经牺牲。他冒着刚燃起的大火冲了进去，看到彭浩倒在粮垛上。甄世成跑过去，喊着"彭政委"，毅然将彭浩背上肩冲出火海。

（现实）刘前进起身。甄世成："支队长，怎么，有问题吗？"

刘前进："没有，很好！你很勇敢！"刘前进下山坡，甄世成疑惑的表情。

9-8 江边山路 日 外

江边一片水雾茫茫，大队人马走下山来。彭浩拄着木棍，站在江边树下，望着前面。

刘前进上来："老彭，甄世成在粮站仓库救你的情况，有点问题。"

彭浩："什么问题？确实是他救的呀，我还专门谢过他。"

刘前进："是你找的他？"

彭浩："对呀，这种事当然应该我主动去谢他，怎么，有什么不对的地方吗？"

刘前进："按照甄世成的说法，他冲进仓库的时候，门口的警卫战士都牺牲了，这就是说，里面的火已经着起来了。那样大的火，他如果不是为了救你，怎么会硬往里冲呢？救火没有从里往外救的道理。换句话说，他是救你在先，救火在后。"

彭浩："这个，他给出的解释也应该是对的。"

（闪回）甄世成："……我看到咱们的警卫战士牺牲了，就断定里面一定有情况，才冲进去的。我本来是想找敌人，没想到，发现你躺在地上……"

（现实）刘前进："这些解释……都说得过去。可是，我就觉得他那天出现在现场有点不对劲儿……"

彭浩："又是巧合对不对？我那天去碰上敌人烧粮仓不也是巧合吗？如果不是这些巧合凑到一起，粮仓的粮食还能剩吗？我还能活到今天跟你在这东拉西扯吗？"

刘前进："老彭，我——"

彭浩："刘前进，你现在是谁都怀疑，甄世成救了我一命你也能想三想四。是不是我叫敌人的那把火烧死了，你心里就舒坦啦？"

刘前进："老彭冷静点，你不能因为甄世成救了你一命，就让我对他的疑点视而不见！"

彭浩："我也可以明确地告诉你，刘前进！对甄世成的做法我起初也有过怀疑，可我在跟他的谈话中，他给出的解释是能让我信服的。我根本就不是因为他救了我一次，我就让他的话给蒙蔽了！他如果真的有问题，那么他就不应该把我救出来，让我直接烧死，他不就没有这些麻烦事了吗？”

刘前过："那你说粮库被烧怎么解释？"彭浩被噎住……

9-9 山路 日 外

男犯们在休息，周围插上了一大圈警戒旗。

王友明高喊："谁要是越过警戒旗，就做违犯监规处理！"

众男犯低声议论着。

王友明带着马大虎等人，手拿一大把小红旗，围着男犯的宿营地插了一圈。

裘双喜："插这些玩意顶个屁用？"

傅明德："这是刘前进的心理战术，对你我不灵，对别人还是很灵的嘛。"

9-10 山坡空地 日 外

战士们在吃饭，马在悠然地吃草。从马背上卸下的档案放在一边。小江和战士小吴守在档案前。甄世成走来："小江，小吴，你俩没吃饭哪？"

小吴："还没哪甄科长，一会儿有人换班才能吃。"

甄世成掏出两盒压缩饼干："你们先吃块饼干吧。"

小吴接过一盒，甄世成将另一盒递给小江，小江犹豫了一下，摇摇头。甄世成扔过去。甄世成："你们先去吃饭吧，我帮你们看会儿。"

小吴："那哪行，那要犯纪律的。"

甄世成坐下："那有什么犯纪律的，我也是咱们一支队的人。"

小吴："那不行，我们有规定，档案必须两个人看管。"

甄世成："咱们一支队所有人的档案都在这里吧？"

小吴："那当然。甄科长的档案也在。"

甄世成："能不能看看啊。"

小吴："你开玩笑吧甄科长？这档案连支队长和政委都不能随便看。要看，得上关文书那儿登记。"

甄世成爬起来："我就随便说说。"甄世成走去。

9-11 湖中小岛 黄昏 外

一座小岛浮在湖心。小岛上有一座木板房，在深林掩映下显得阴森恐怖。

岸边系着一叶小舟，被风吹得颠簸摆动，不停地撞击着湖岸的石头。

9-12 小岛木板房 夜 内

木板房里烧着塘火，火塘旁铺着兽皮。唐静茵披散开一头浓密的黑发，正躺在宁嘉禾的怀里。宁嘉禾坐在兽皮上，手里把玩着那柄短剑。

唐静茵："红粉赠佳人，宝剑送英雄，物尽其用，人尽其才啊！"

宁嘉禾示剑："校长赠剑，寓意深长，我当然不能辜负他老人家的期望。我该动作起来了……"

唐静茵："是啊，大小琅山上的众头目都是你这个总指挥任命的，可你躲在共党的大狱里，他们根本不听我这个半拉寡妇的！"

宁嘉禾搂住唐静茵："说这么难听……"

唐静茵："难听？你把我一个人撇在深山老林里，我跟守寡有什么区别？"

宁嘉禾想起什么，站起来，从口袋里掏出一张纸："我得给台湾那面发封电报，告诉上峰我出来了。"

唐静茵站起来，整理一下头发和衣裤，拍了两下巴掌。门轻轻开了，阿慧走进来。

阿慧："司令，总指挥。"

唐静茵："阿慧，我不是说过了嘛，没有外人的时候，叫我阿姐，叫他姐夫。"

阿慧："是，阿姐，姐夫。"

唐静茵从宁嘉禾的手里接过两张纸，递给阿慧。阿慧看了看。

唐静茵："马上发报。"

阿慧："用哪套密码？"

宁嘉禾："CIA3。"

阿慧点头："美国中央情报局第三套密码。"

唐静茵："去吧。"

阿慧转身走出去，随手带上房门。

宁嘉禾："静茵，你这位副官……"

唐静茵："越来越漂亮了，是不是？"

宁嘉禾摇了摇头："戎马倥偬，在这方圆几百里大小琅山的荒蛮之地，你们两个……"

唐静茵点上一根烟，抽了一口："一个漂亮的女司令再加上一个年轻的女副官……嘉禾，你担心我们太招摇啦？"宁嘉禾点了点头。

唐静茵："放心吧，嘉禾，阿慧绝对不是一只花瓶。我能做的，我会做的，阿慧她都能做得到；有些不方便我去做、我不能做的事，阿慧也会做好。"宁嘉禾看着唐静茵。

唐静茵："这些年来，你是知道的，我教会了她许多东西，已经把她打造成了一名超标准的党国军人……你慢慢看吧，阿慧她不会辜负我的。"宁嘉禾沉思，不置一词。

9-13 岭东寨刘前进、彭浩住处 夜 内

刘前进、彭浩、文捷、侯仲文、甄世成、老班长、关晓渝、严爱华等人四散而坐，正在开会。彭浩："鸡冠岭在彝族地区，解决鸡冠岭的问题一定要注意民族政策。我的意见是，明天我们先派人去跟那里的瓦扎头人接触一下，以便咱们顺利通过鸡冠岭。"

文捷："当年红军长征路过大小凉山，也是通过谈判与彝族的土司小叶丹结盟的。老彭的这个建议很好。你说呢支队长？"刘前进不语。

侯仲文："这样的接触太危险了，万一他不肯让路，把我们去谈判的人扣为人质，岂不是羊入虎口吗？"

彭浩："不入虎穴，焉得虎子。我去会会这位头人！"

刘前进："你不能去冒这个险。再说，你的伤还没好利索呢。"

彭浩拍了拍肚腹："已经没事了。"

刘前进："还是我去吧！跟这帮土司头人斗，就是要谈谈打打，你一味迁就，他还以为你软弱可欺呢！"

彭浩："凭你这种态度，我就不放心。"

文捷:“好了,不要争了,我同意支队长去谈判。”众人附和。

老班长:“再给支队长配个助手吧,遇事也好有个担待照应……”

彭浩想了一下:“你去也行,但必须配一个得力助手,有事多商量,不要独断专行。”

刘前进:“我什么事没和大家商量,独断专行啦?”

彭浩:“深入虎穴、凶多吉少,说话、做事都要三思而后行。”

刘前进:“反正你对我就是有看法……”

文捷:“别争了,支队长,彭政委这是爱护你。”

刘前进:“多谢爱护啦!好了,各位,谁给我当助手啊?”

短暂的沉默。侯仲文:“我去吧。”关晓渝一愣,既担心又敬佩地看着侯仲文。

刘前进:“侯大队长,一大队押解的可都是要犯,你要是走了,谁来管理他们啊!”

侯仲文:“有彭政委把握大局,王友明、严爱华他们都在,没问题。”刘前进点点头。

9-14 岭东寨关晓渝、周圆住处 夜 内

房内无人。门开了,周圆走进来,随手关上房门,身体靠在门上。她从口袋里掏出一个纸卷,慢慢展开,看着。纸条上写:刘欲上山借路,等候消息,择机动手。鹤顶红。

周圆从口袋里掏出火柴,划火,把纸条点着。周圆望向桌上的发报机,神情很复杂。周圆的内心独白:“……‘鹤顶红’,你是谁?你在哪里?”

9-15 湖中小岛木板房 夜 内

火塘里的火烧得正旺。宁嘉禾与唐静茵坐在火塘前。

唐静茵举着电文:“总裁祝贺你脱离牢狱之灾,对你寄予厚望啊!”

宁嘉禾:“是啊,应该找个机会搞出点儿名堂来,要不然就对不起总裁的抬爱了……”

传来轻轻的敲门声。唐静茵:“进来。”

阿慧手拿电文走进来:“阿姐,姐夫,‘鹤顶红’来电。”

宁嘉禾看完手里的电文,又将电文交给唐静茵。唐静茵看完电文,站起:“刘前进要离开岭东寨了……得好好利用一下这个时机。”

宁嘉禾看着阿慧:“让‘鹤顶红’尽快把岭东寨的布防情况摸清楚!”

阿慧:“是!”

宁嘉禾思忖着:“借路……那个瓦扎头人……”

唐静茵:“那个瓦扎是个见风使舵的人,弄不好,还真能‘借’条路给他们。”

9-16 岭东寨关晓渝、周圆住处 夜 内

周圆坐在发报机前,手捂在耳麦上紧张地听着呼号。外面突然传来轻微的脚步声,小江的声音响起:“关干事,回来啦?”

关晓渝的画外音:“小江,你早点休息吧。”

周圆慌忙摘下耳麦,关掉发报机,归回原位。冲到床前拿起一本书佯装看着。几乎与此同时,关晓渝推门进来。

周圆抬起头:“去哪儿,这么老半天……”

关晓渝:“支队长找我说点事儿……”说着,拎起放在屋角上的装发报机的皮箱,把发报机装起,锁上。

周圆:“这是干什么?要出发吗?”

关晓渝："支队长让关两天。"将手里的钥匙晃了晃，揣起来。周圆若有所思。

9-17 湖中小岛木板房里另一小屋 夜 内

阿慧坐在电报机前，搜寻电报讯号。宁嘉禾、唐静茵站在一旁，焦急地盯着电报。

阿慧放下耳机："'鹤顶红'的讯号一直关闭。"

唐静茵："给我一直呼叫，不要中断！"

宁嘉禾："坐在这儿干等不是办法啊……"

唐静茵："那就让'花子'跑一趟吧，先探探虚实。"

宁嘉禾点头："把咱们的人马都带上，如果岭东寨没有防备，就直接打他一家伙……不能让他们太顺当了，哼，'借路'！"

9-18 岭东寨关晓渝、周圆住处 夜 内

关晓渝在吹着短笛，是一首略带伤感的曲子。周圆听得有些入神。

9-19 岭东寨关晓渝、周圆住处外 夜 外

侯仲文走来，悠悠的笛声引起他的注意，他停下脚步凝神倾听了一会儿，走过来。

9-20 岭东寨关晓渝、周圆住处 夜 内

关晓渝吹出的笛声如泣如诉。

9-21 岭东寨关晓渝、周圆住处外 夜 外

月光下，侯仲文站在窗下听着。小江走来，见是侯仲文，刚要说话，被侯仲文制止。

9-22 岭东寨关晓渝、周圆住处 夜 内

周圆看到窗外的人影，起身开门，见到站在窗下的侯仲文，周圆想了想，开门出去。

9-23 岭东寨关晓渝、周圆住处外 夜 外

周圆走来，看到站在窗外的侯仲文："侯大队长？你……怎么不进去啊？"

侯仲文有些不好意思，指了指屋内："这笛子……是关干事吹的？"

周圆："对呀，进来坐会儿吧。"回头朝屋里喊，"晓渝姐，侯大队长让你的笛子吸引来了！"屋子里的笛子声戛然而止。

侯仲文摆着手要走："我走了，走了……"

关晓渝出来，有些意外地："侯大队长，进来坐会儿吧……"

侯仲文犹豫着。关晓渝："坐会儿吧，时间还早哪。"

侯仲文："那……好吧。"侯仲文进屋。

周圆朝关晓渝挤了挤眼："我去转转啊！"

关晓渝："哎——"

周圆已经跑开，只留下欢快的声音："快进去吧，我晚点回来……"

9-24 岭东寨关晓渝、周圆住处 夜 内

侯仲文："我刚从支队长那儿谈完事，正往回走，听见这么哀婉、伤感的笛子曲，就……"

关晓渝："我吹得不好……"

侯仲文："谁说不好？你把送亲人上战场的那种情绪都吹出来了。"

关晓渝欣喜地："你也会吹笛子？"

侯仲文点点头："会一点儿……"

9-25 岭东寨刘前进、彭浩住处门外 夜 外

周圆走到一间民房前，用手电照了照。民房内没有灯光，房门上挂着一把锁头。

彭浩和甄世成走来，两人说着什么。彭浩看到周圆："哟，周干事……有事吗？"

周圆变戏法似的，从兜里掏出本小册子："我没事，给支队长拿了本小册子……彭政委，你的伤……怎么样啦？"

彭浩："好多了。"

彭浩边开门边说："进来坐坐吧，小周。"

周圆看甄世成，甄世成对彭浩："政委，我不进去了，我去安排一下明早的饭。"

彭浩："你去吧。"甄世成走去，回头看了眼周圆。

9-26 岭东寨刘前进、彭浩住处 夜 内

彭浩和周圆进屋。彭浩给周圆倒水："喝点水。"

周圆环顾着屋子，突然笑了："我一进屋就看出来了——这边，肯定是支队长的床铺。我猜得没错吧彭政委？"

彭浩也笑了："错了，这边是我的。"

周圆："不可能啊！支队长他……会那么仔细？多整洁啊！"周圆走过去轻抚那边床铺上叠放整齐的行李和军装等杂物。这边，彭浩的床铺上显出不太规整和些许的凌乱。

彭浩："支队长十多岁就参了军，我们的部队是个大学校啊，它不光行军打仗，还教会我们养成好品格、好作风和好的生活习惯……"

周圆："支队长这么好的人，一定有不少女同志喜欢他吧？"

彭浩："你说呢？"

周圆："一定不少！"

彭浩："那你算不算一个？"

周圆想了想，点了下头："算！"少顷，又有点不好意思，"彭政委，你不会笑话我吧？"

彭浩："笑话什么？支队长……确实不错……"

9-27 岭东寨寨中寨口 夜 外

静谧的月光下，武装巡逻的战士悄然巡行在寨中竹楼、树林和小路上。

寨口隐蔽处走出刘前进和张连长。刘前进："从现在起，一直到过鸡冠岭之前，你都要把时刻准备打仗这根弦给我绷紧了……"

张连长："放心吧，支队长！这一路上晚上睡觉我都抱着枪……"

9-28 岭东寨关晓渝、周圆住处外 夜 外

甄世成走来，执勤的战士敬礼。甄世成："关文书在吧？"

战士："在，侯大队长也在。"屋里传来笛子声。甄世成望去，从窗上映出的影子可见关晓渝和侯仲文坐在对面，两个人谈得很开心。

甄世成恼火地离去。

9-29 岭东寨刘前进、彭浩住处 夜 内

彭浩在桌前翻着小册子。刘前进推门进来："半夜三更还不睡，看啥呢？"

彭浩："你不回来，我能睡着吗？"

彭浩脸上浮出几分诡异的笑："你早点回来，就能碰到一个人了。"

刘前进:“谁?”

彭浩:“周干事。人家专门跑来看你的。等了半天你也不回来,我刚把她送走。”

刘前进边脱衣服边问:“她有啥事吗?”

彭浩:“你明天上山借路,她不放心呗。看不出,这丫头平时大大咧咧,关键时候还挺体贴人的。”刘前进若有所思。

彭浩:“今晚儿晚点睡,咱俩多说会儿话吧。”

刘前进:“说啥?怕我一去回不来,再没机会说话啦?”

彭浩:“是有点这个意思。你把危险抢去了,至少得让我道个谢吧?”

刘前进:“你怎么不说这事谈成了,我把你的头功抢啦?”

彭浩笑笑,拿过两只饭碗,倒茶。

彭浩指了指小册子,是一本《少数民族风俗习惯》:“这小周是个有心人啊,你看……”

刘前进翻了翻:“叫我现上轿现扎耳朵眼,临阵磨枪?”

彭浩端起一碗茶水:“临阵磨枪,不快也光啊……来,以茶代酒,祝你顺顺利利回来!”

刘前进瞅了彭浩一眼,也端起茶碗,碰了一下碗边:“我要真是光荣了,可是替你老彭送的命。这叫一报还一报啊。”

彭浩:“所以说,你得给我活着回来。我需要你,支队需要你!”

刘前进:“得得得,还全国人民需要我,全世界人民需要我呢!我就不爱听你说这些口号似的话。”彭浩被刘前进噎得苦笑。

刘前进意识到什么:“我不是那意思,反正吧,也邪了门了,这心里别扭的时候,拿你出出气我就觉得顺溜了。你不会真生我的气吧?”

彭浩:“刘前进,我那是不愿跟你一般见识!”刘前进笑起来。

9-30 岭东寨侯仲文、王友明住处 夜 内

侯仲文坐在床边,轻轻哼唱着一首民谣,有点走神。

王友明推门进来:“大队长,还没睡呢?”

侯仲文含糊地:“……没呢……”

王友明:“碰到什么好事了,还哼上曲儿啦……”

侯仲文笑笑:“快睡吧。”

9-31 岭东寨关晓渝、周圆住处 夜 内

关晓渝、周圆铺着被褥准备睡觉。周圆:“想不到啊,侯大队长还挺有文艺细胞。”

关晓渝:“岂止是有文艺细胞,他懂得可多了。”

周圆:“你俩在屋里谈得那么投机,我都不好意思进来了。”

关晓渝挂好短笛:“去你的!快睡觉吧。”

周圆:“你能睡着吗?”

关晓渝像是没听见,关灯,躺下,闭上眼。周圆挨着关晓渝,也躺下。

如水的月光透进来。周圆:“不理我拉倒,我也不理你。我现在开始自拉自唱,有能耐你就别搭茬啊……”周圆看着关晓渝,关晓渝翻了个身,背对着周圆。

周圆望着天棚,自语着:“有那么一个人,他是个老同志,是参加革命早、资格老的老同志——其实他也不是老得不得了……”周圆看看关晓渝,关晓渝没反应。

周圆继续说着,“他啊,他不管对什么人都不苟言笑,永远是端端方方一本正经。我得给他起个外号——”

关晓渝睁开眼,转过头:“什么外号?”

周圆:“你不是不理我吗?你管什么外号……”

关晓渝转过身来,动手咯吱周圆:“说嘛,叫什么……”

周圆格格笑着:“我说我说……”关晓渝松手。

周圆:“老正,就叫老正!”周圆坐起来,端然而坐,“你看像不像——一本正经不苟言笑,叫人永远猜不透他肚子里正在诵读哪本经……阿弥陀佛……”周圆双手合十,念念有词。关晓渝笑得躬起身子。

周圆:“你笑了就是像,对不对,啊?”

关晓渝:“对什么?叫我跟你一块瞎说八道啊?”

周圆:“不说拉倒!你不说,我也知道你的心思。”

关晓渝:“别胡说了,快睡吧。”二人都躺下。月影之中,关晓渝大睁着两眼。

周圆:“怎么,还想‘老正’啊?”

关晓渝:“去你的……人家又不姓郑……”

9-32 岭东寨寨口 晨 外

刘前进、侯仲文走在前面。彭浩、文捷、关晓渝、周圆、甄世成、老班长等人跟在后面相送。刘前进、侯仲文与众人握手,告别。刘前进与周圆握手。

周圆低声:“我等你……回来再给我使个计……”

刘前进笑笑,拍拍周圆的手背。周圆使劲噙着泪。

关晓渝、侯仲文对视一下,侯仲文朝关晓渝微微点头。

众人站住,目送着二人走去。周圆大声喊:“支队长!侯大队长!你们早点回来啊!”

9-33 小岛木板房 日 内

唐静茵对镜梳理着头发,宁嘉禾半躺在床上抽烟。花子匆匆跑进来。唐静茵从镜子里看着花子。花子:“报告总指挥,报告司令,我派人告诉大小凉山的头人们了,谁要是胆敢卖粮给解放军,我就把他们的寨子夷为平地!”

唐静茵转过脸来:“干得好!要让共军尝尝喝西北风的滋味!”

宁嘉禾:“借路的事……你跟头人们说了吗?”

花子:“说了……”

9-34 鸡冠岭山路 日 外

山路旁,有两个尖顶的粮囤和一间木瓦房。远处,一位背着柴火的中年彝人在前引路,刘前进和侯仲文大汗淋漓地跟在后面走来。

刘前进见木瓦房墙上有个小窗户,好奇地扒窗看去。囤内堆积着成袋的粮食。

两个持枪的年轻彝人跑过来。年轻彝人怒喝:“什么人?看什么呢?”

刘前进微笑道:“我们是解放军,这粮……我们买点行吗?”

年轻彝人打量着刘前进,又盯着中年彝人看了看,将中年彝人拉到一边,说着什么。

刘前进看着两人在不远处说话,中年彝人不时地点头。中年彝人过来,对刘前进尴尬地笑了笑:“解放军同志,我们瓦扎头人有令,说粮食不能卖……”

刘前进不解的神色……

9-35 山路 日 内

一支身穿国民党军服的土匪部队在山路上跑步前进。唐静茵、宁嘉禾、阿慧骑马走在队伍的旁边。

9-36 鸡冠岭小溪边 日 外

三人走出了树林，来到了一条小溪边。中年彝人站下来，指指山上角楼："你们蹚过这条小溪，顺着前面那条山路就可以走到瓦扎头人的官寨了。"

刘前进："谢谢了。"

中年彝人背着柴火走上另一条山路。刘前进和侯仲文转身涉过小溪。

9-37 岭东寨关晓渝、周圆住处 日 内

关晓渝正在归类档案，甄世成进来，手里提着一个纸袋。甄世成："忙啊。"

关晓渝："你怎么来啦？"

甄世成："刚买完东西回来，给你捎点核桃，补补脑子。"

关晓渝笑了："那行，谢谢啊。你坐，我给你倒水。"关晓渝合上档案，回身去倒水。

甄世成看到桌上的档案，上面的一本正是侯仲文的，他打开看着。

关晓渝背对着甄世成："老同学，你老这么照顾我，我可有点不好意思啊……"关晓渝一回头，见甄世成在看档案，一步蹿过来，"叭"地合上档案："你干什么？"

甄世成："我……"

关晓渝恼火地将核桃纸袋塞给甄世成："你走吧！"

甄世成："晓渝……"

关晓渝推着甄世成："你快走！快走！"

甄世成不走，关晓渝朝门外喊："小江——小江——"

小江："到！"小江进来，甄世成无奈地将核桃纸袋往桌上一蹾，出去了。

关晓渝的声音："拿走！"

9-38 岭东寨寨口 晨 外

一个身着军装的身影闪到一棵大树后，快速将什么东西放进大树下的石头底部。两个巡逻的战士走来，身着军装的身影躲在树后。两个战士走远，身着军装的身影离去。

雾气氤氲的晨曦中，一个挑担的货郎在不远处，把寨口大树下的人和事尽收眼底。货郎还是花子所扮。花子摇着拨浪鼓招徕生意："针头线脑儿桂花油——"货架前，围了几个村民，又陆续散开。

花子来到大树下，四下看看，佯装提鞋，蹲下，从大树旁的石头底下摸出一个竹管，塞到怀里。花子挑起扁担往外走，一边四下查看，一边喊着："针头线脑儿桂花油——"

老班长抽着烟袋过来，看到走远的花子，想起什么，招呼着："货郎，等等，等一下——"花子像是没听见，继续往前走。

老班长："货郎！你等等！"

迎面一个村民跟花子示意了一下，花子回过身："叫我？"

老班长走过来："你这个货郎，这么喊都听不见，还能做生意吗？"

花子赔着笑："我耳朵背，小时候抽风抽的。买点啥？"

老班长从上衣口袋掏出老花镜，指着缠胶布的镜腿："有没有小螺丝，给我修修。上岁数了，没有镜子看什么都碍眼。"

花子："小螺丝？那是蹊跷货，我这可没有。"

老班长从货担上拿起个眼镜："要不，你把这个眼镜框给换上我的镜片。"

花子有些为难："这……不大合适吧。"

老班长："有啥不合适的，你这个该卖多少钱我一分不差你的。"

花子只得接过老班长的眼镜，从镜框上取着镜片。可看上去他的手法生硬，一下将镜片弄掉地上摔碎了。

老班长："你——你会不会呀？这么个活都干不好！你——你是啥子货郎嘛！"

花子的脸"刷"地变色："我——我——"

老班长盯着花子，目光落在他的手上，老班长一把抓过花子的手，摸了摸。花子警觉地抽手，下意识地往腰上摸枪，老班长极利落地反扭起花子的胳膊。花子拼命挣脱着，把一顶破草帽甩掉，露出个光头。

9-39 岭东寨临时提审处 日 外

花子坐在木凳上，一言不发。彭浩、老班长、文捷坐在对面。

老班长从竹管里抽出一张纸条，彭浩、文捷传看，是封用报纸捡字剪拼成的密信：刘前进已上山借路，速袭岭东寨。

老班长收回纸条："说吧，你怎么和这个给你情报的人联系？把你知道的都说出来，争取个主动。"

花子："我就是来取那个情报的，其他事我啥都不知道……"

彭浩："你闭紧嘴巴什么都不说，我照样治得了你！"

花子低着头，不语。彭浩示意冯小麦带下花子。冯小麦带走花子。

彭浩："一定要看好这个假货郎，等支队长回来，再好好审审，他一定还有什么事情没交代出来。"老班长点头。

彭浩："通知张连长，咱们开个会，做好岭东寨的布防，绝不能给土匪以可乘之机。"

9-40 岭东寨附近山上密林中 日 外

唐静茵和宁嘉禾坐在开阔地的石头上议事。

宁嘉禾："花子到现在还不回来，看来，他是凶多吉少了。"

唐静茵："不应该呀，莫非内线那边出了什么问题，牵连上花子啦？"

宁嘉禾："早知如此，不如多用电报联系几次了。"

唐静茵："平时我们的情报主要是通过电报接送，如果长时间联系不上，可能就是出了什么问题，那就得派人去约定地点取情报了。"

宁嘉禾："也就是说，不到万不得已，我们是不会派人去啦？"

唐静茵点头："我现在最怕的是花子被共党抓获，他知道的东西太多了。"

宁嘉禾无语。

唐静茵："不管怎么说，劳改支队现在是群龙无首，这正是我们乘虚而入、解救被囚弟兄的绝好机会！不等花子了，还是行动吧！"唐静茵站起来。

宁嘉禾："你冷静点！刘前进绝非鲁莽之辈。我怕他设下引蛇出洞之计，诱我们上当，尔后聚而歼之。”

唐静茵：“你把姓刘的估计得太高了！”

宁嘉禾：“谨慎点儿好啊，再等等花子吧……”

9-41 岭东寨临时监舍 日 内

花子似睡非睡地蜷缩在简陋小屋的一角，马大虎和巡岗的战士从门前经过，花子立即起身到小窗口前，试图拉断木栅栏。

木栅栏纹丝不动。花子恼火地捶了下木栅栏。

门外有响动，花子爬起谛听。是脚步声。脚步声渐渐远去。

9-42 岭东寨附近山上密林中 日 外

唐静茵焦灼不安地踱步，宁嘉禾坐在石头上闭目养神。唐静茵过来恼火地想说什么，还是忍住了，又踱步而去。宁嘉禾睁开眼，看着唐静茵的背影，又看看手表，思忖着……

9-43 岭东寨临时监舍 日 内

小屋里光线暗下来，花子半闭眼睛躺在木板床上，外面响起轻微的脚步声，花子警觉地听着，脚步声停下。花子坐起，盯着门上的小窗口。小窗慢慢打开，窗口伸进一个草纸卷着的东西，“吧嗒”一声落在地上。脚步声消失了。

花子快步到门前，拿起草纸卷着的东西，打开，是一把锯。还有一张纸条，纸条上是一行粗拙的字迹——速告唐司令，岭东寨有伏兵！

花子将纸条团了团，放进嘴里咀嚼着，拿起锯走向窗口。

9-44 岭东寨寨口 日 外

花子背着粪筐走来。村口的战士：“老乡，这时候还出去捡粪呢？”

花子：“靠地吃饭，粪是宝贝呀。”花子走去。

9-45 岭东寨老班长、甄世成住处 日 内

甄世成坐在桌前打算盘，核对账目。周圆走进来，故意着急地坐在椅子上。

甄世成抬起头：“有事吗？”

周圆拿出一份材料：“军区宣传部要咱们支队的情况，准备出一期简报，我写完了，可是不经过支队长审阅，我也不敢往上报啊！也不知道他什么时候才能回来？”

甄世成不语，继续打着算盘。

周圆鼓了鼓勇气，试探着问：“那本书……你看啦？”

甄世成：“哪本？”

周圆：“《乱世佳人》啊。”

甄世成抬起头，看着周圆，嬉皮笑脸地：“你看我忙的，就差拿脚拨拉算盘珠儿了，还‘佳人’呢。等啥时不忙了，我和你这佳人好好唠唠吧……”

老班长走进来，周圆慌乱地起身：“甄科长，那等领导回来再说吧。”周圆出去。

老班长看着周圆的背影：“甄科长，我怎么觉得周干事看你的眼神不大对劲？”

甄世成一愣，随即镇定地：“怎么……哪不对劲啦？”

老班长：“你应该比我清楚哇。”

甄世成：“她是不是看上我啦？”

老班长：“你小子啊……”

9-46 岭东寨临时监舍小院 日 内

文捷、老班长、王有明走来。监舍门口，马大虎带着流动哨在守卫。

王友明："有情况吗？"

马大虎敬礼："报告，一切正常。"

王友明示意马大虎打开监舍门上的锁，门推开，里面空空如也……

王友明大惊，一步跨进去，文捷、老班长紧随其后。窗子上的木栅栏已被锯开……

9-47 岭东寨附近路边 日 外

小路上，花子跌跌撞撞地跑来。他上了山坡，抄近路跑去。

9-48 岭东寨附近山路 日 外

唐静茵："嘉禾，既然我们人都在这儿了，不能白跑一趟，天一黑就干他一家伙！"

宁嘉禾向寨子方向观望。一个匪徒带着花子跑来……

宁嘉禾看见，迎上前去，唐静茵也跟在后面……

9-49 岭东寨寨口不远处山林 日 外

战士们摩拳擦掌、严阵以待。彭浩注视着山下匪兵的动向。山下小路上，隐约可见匪兵们仓皇撤退。张连长："土匪撤了……"

彭浩："兔崽子，怎么撤啦？"

9-50 岭东寨临时办公室 黄昏 内

文捷："匪徒大老远跑来，就这么撤了……说不过去啊……"

彭浩："他们知道我们有埋伏了……只能这么解释了。而且，他们知道的时间不应该太长。"

文捷："这应该和那个逃走的假货郎有关系……"彭浩沉思着，神情颇为复杂。

冯小麦匆匆跑进来："政委，支队长回来了！"

彭浩一愣，朝门口跑去，文捷跟在后面。

9-51 岭东寨临时办公室门前 黄昏 外

刘前进和侯仲文下马，彭浩和文捷迎出来。

彭浩上前给了刘前进一拳头："你可回来了！怎么样？还顺利吧？"

刘前进："我刘前进一出马，能有不顺利的事吗？"

彭浩："少给我吹牛！"彭浩捏了把刘前进的手，刘前进惨叫一声。

彭浩一看，刘前进手上缠着白布："怎么啦？"

侯仲文："彭政委，支队长可不是吹牛啊！我们一进瓦扎头人的山寨，就被绑了。我们说是来和他交朋友的，可瓦扎头人说，交朋友就得有诚意，让我们走犁克哚再做定夺。"

文捷："走犁克哚？"

侯仲文："据说，这是彝家人检验朋友诚意的办法。客人敢手托烧红的犁铧走上九步，就证明他有诚意，就和他交朋友。朋友之间有什么事办，就好商量了……"

文捷："支队长，你真就……"

刘前进："没事，就伤了点皮肉。看来，唐静茵和宁嘉禾是派人恐吓过他们了。好在瓦扎头人还算明理认步，并不听他们的摆布。他大张旗鼓地当着大小琅山的头人们吆吆喝喝要我们走犁克哚，不过是为搪塞一下唐、宁匪帮……"众人点头。

刘前进:“家里咋样?有没有什么情况发生?”

彭浩看了眼老班长,对刘前进:“走吧,进屋说……”

9-52 岭东寨刘前进、彭浩住处 夜 内

二人仰脸躺在床上。刘前进:“看来,唐静茵和宁嘉禾的出兵、撤兵……都是内鬼的事……这回的事,同卧云寺的事……真是如出一辙啊!”

彭浩:“可怕的是这内鬼对我们的情况十分了解,具体、全面,还挺准确……”

刘前进:“老班长把那个假货郎抓起来的时候,不是关得好好的吗?怎么轻易能让他在我们眼皮底下跑啦?”

彭浩:“看来,还是内鬼捣的鬼……”

刘前进:“内鬼帮着假货郎逃走,一定是让他带着另一个情报跑的。而就是这个情报,使得唐、宁匪帮从你眼皮底下逃走了。看来,我们的一举一动都在内鬼的眼皮底下呀。”

彭浩不语。

刘前进:“文捷、王友明,还有几个人,都有机会单独跟那个假货郎碰面,有没有对他们好好查查?”

彭浩:“这些人……我都想过了,应该不会有问题。”

刘前进:“现在我们不能对任何人打包票……”

刘前进:“这件事,我和老侯可以排除,剩下的人,还得一个个排查!”

彭浩坐起来,看着刘前进:“是啊,我也是那‘剩下的人’哪……”

两人对视,刘前进尴尬地一笑。

定格。

第九集完。

第十集

10-1 岭东寨刘前进、彭浩住处 日 内

文捷在给刘前进换药："注意别沾上水，过两天我再给你换药。"

咣当一声，门开了，周圆冲了进来。周圆："支队长，你伤哪儿啦……"

刘前进："慌什么！怎么了这是？这还没死人呢就慌成这样！就冲这你就没啥大出息！"

周圆的眼泪下来了！

刘前进："小周，你有啥事吗？"

周圆："我要给你写一篇深入虎穴的文章。"

刘前进："拉倒吧，不是什么深入虎穴，是搞民族团结。敌我都不分，还写什么报道。"

周圆："侯大队长都跟我讲了，说你为向瓦寨头人表示诚意，用手托着烧红的铁犁铧走了9步……你在山上的表现太精彩了，他叫我一定要写好这篇通讯。"

刘前进："这个老侯，净跟着添乱。"

周圆："搞宣传是我的工作，你可要支持我的工作啊！"

刘前进："今天我累了，明天再说吧。"

周圆："不行，这个工作不完成，我就不走。"

刘前进："哎呀，你饶了我吧！"

周圆："请支持一下我的工作好不好？你再这么不配合，我可去找彭政委告你状啦！"

刘前进无奈地："行行，你愿咋写咋写去吧，你这丫头也太磨人了……"

文捷看着二人言来语去，颇有意味地对刘前进一笑。刘前进："你笑啥呀，文捷？"

周圆："文大姐笑我呗，这还用问……"

10-2 岭东寨大院 日 外

四周是持枪的战士。男犯们围坐在一起，说着闲话。

小痞子坐在一旁给鲁震山、傅明德等几名男犯表演小魔术。他把一颗香烟放在右手里，攥上拳头，用嘴吹了一口气，再松开右手，香烟没了。他又攥上右手，用左手向空中一抓，往右手一送，松开右手，手里竟有两颗香烟。几名男犯看得目瞪口呆。

10-3 岭东寨临时办公室 日 内

彭浩、刘前进、文捷、老班长、侯仲文在开会。

刘前进："当前最主要的任务，一个是过鸡冠岭的问题，另一个是粮食问题。"

文捷："怎么，瓦扎头人还会反悔吗？"

侯仲文："瓦扎答应让路很勉强，这个人一直在左盼右顾，一有风吹草动，他很有可能反悔。"

彭浩想了想："他要是不让路，我们只能武装通过鸡冠岭了。"

刘前进："又要打仗，又要看押囚犯，我们的兵力明显不足，机动部队就是调来，也不是一天半天就能到的。还有一个严重的问题，现有的粮食只够吃三四天的了。"

文捷："请凉山工委支援一下吧。"

彭浩："远水救不了近火，先在附近山寨采购一些吧。下面，大家集中谈谈内鬼问题。"

文捷："老龙口事件后，我们对支队的干部也进行了排查，到现在还没有什么结果。不知道军区那边对可疑讯号破译得怎么样啦？"

彭浩："破译专家说，大小琅山上的电报讯号杂乱，敌特每一次发报都更换新的密码，这样一来，电报内容破译起来，困难就实在太大了……"

刘前进："在短时间内，靠破译电报内容，还不太现实，我们只有开动脑筋，眼观六路，耳听八方，用一切可以动用的手段，挖出内鬼……刚才我说当前最主要的任务一个是过鸡冠岭问题，另一个是粮食问题，其实我们一直面临着的一个最重要的问题——"

众人严肃地看着刘前进。刘前进一字一板地："仍然是内——鬼——问题！"

刘前进拿出从货郎身上搜出的密信："这件事，本来不应该在这个场合说出来，可是我觉得目前的形势越来越严峻，我们脑袋里关于内鬼这根弦绷得还不够紧！"

彭浩："内鬼活动之猖狂，超出我们的预想！这个内鬼——实实在在就在我们眼皮底下呀——"

侯仲文和文捷不约而同："眼皮底下？"

刘前进："远的先不谈了，大家想想这两天在这个岭东寨发生的事情吧，说'眼皮底下'，不算扯悬吧？"

10-4 岭东寨大院　日　外

男犯们在放风。傅明德向裘双喜递了一个眼色。裘双喜会意，走到小痦子面前："过来，傅坛主找你！"

小痦子走到傅明德身边，坐下。鲁震山看着。

裘双喜跟过来，坐在小痦子身边，把他夹在中间。

傅明德："老实说，你到底是什么人？"小痦子索性紧闭双眼，不说话。

傅明德："说实话，你进来之前到底是干什么的？"

裘双喜手里拿着一块尖石头："你不说实话，我要了你的狗命！"

小痦子仍闭着眼，懒懒地说："有种你就杀了我吧，我早不想活了……"

裘双喜："我看你真是不想活了……"

侯仲文走过来，："瞎嘀咕什么呢？"

傅明德笑了笑："随便聊聊……"

侯仲文俯下身，突然从裘双喜背在身后的手上夺过那块尖石。裘双喜吓得目瞪口呆。

侯仲文："我看你才是不想活了！"说着用力把石头扔出院外，走开。

10-5 岭东寨临时办公室　日　外

屋里只有刘前进、彭浩、文捷。

刘前进："哪个人有啥疑点，涉及谁，咱们三个放开说。文捷，你先谈谈周圆吧。"

文捷："周圆倒是有机会利用电台与外界联络，但她不负责编码和译电，不知道电报的内容。老龙口事件后，支队长也考查过她，没发现什么问题。再说，她也没参加老龙口粮站的布防会议。所以说，内鬼可能另有其人，而且是能接触布防机密的人。"

刘前进看着彭浩，"我和老侯上了山，你带张连长他们在寨口布防，这两件事怎么会走漏了呢?”

彭浩:“如果内鬼稍加留心的话,这两件事都不难知道。”

刘前进:“我问过老班长,关假货郎前,已经对他全身上下搜了个遍,他身上不可能藏有锯子之类的工具。”

彭浩:“假货郎锯断窗上的栅栏,应该也是内鬼给他提供的工具。”

文捷拿着密信,琢磨着:“写这个密信的人,放走假货郎的人……还有后来,可能让假货郎传信给唐、宁那些匪徒,让他们赶紧撤走的,会不会是同一个人……”

刘前进:“有道理。假货郎的事,老龙口的事,还有卧云寺的事,这几件事要连起来考虑。接触老龙口布防方案的人群是重点怀疑对象,我们要重新进行排查。排查的范围要扩大,不要只查地方来的干部,部队来的干部也要查。”

文捷欲言又止。刘前进:“你想说什么?”

文捷看一眼彭浩:“我想说……排查,也包括支队领导吗?”

刘前进:“怎么会提这个问题?”

文捷喃喃地:“布防方案,是你和政委两个人商定的……”

彭浩、刘前进神情各异,都显得很复杂。

10-6 岭东寨大院　日　外

男犯们端着小铁盆在吃饭。小痞子坐在一边,想着心事。鲁震山端着小铁盆走过来,坐到小痞子跟前,边往嘴里扒拉饭,边盯着不远处的傅明德。傅明德避开鲁震山的目光。

小痞子碰了下鲁震山:“他怎么老躲着你?就因为你说他去过台儿庄?”

鲁震山:“他一直说没去过。别看他留起了大胡子……我觉得,他就是那个督战官。”

小痞子:“督战官是多大的官?”

鲁震山:“我们迟师长是中将,对他都毕恭毕敬的,他不是官职高,就是来头大。”

小痞子:“他不承认,你没证据,就别再说了。不过,这两天他……好像盯上我了……”

鲁震山:“怕什么,他还敢吃了你?”

10-7 岭东寨小路　夜　外

月光下,侯仲文和关晓渝边走边谈。

关晓渝:“有件事,你答应过我还没做呢……”

侯仲文:“什么事?”

关晓渝:“你自己说过的,忘啦?”

侯仲文:“噢,是吹笛子的事吧?”

关晓渝:“你还记得啊……”

侯仲文:“有机会一定兑现……”

关晓渝:“现在就有机会——”关晓渝变戏法般从怀里抽出笛子,“我可早就给你准备好了……”

侯仲文愣了下,接过笛子看了看,横在嘴上,几个单音过后,一曲柔曼又略带感伤的旋律随即吹出,关晓渝打着节拍轻轻唱起来:“一条小路,曲曲弯弯细又长……”

侯仲文边吹边看着关晓渝,两人不时用眼神交流着……

同场景。侯仲文和关晓渝漫步走来。

侯仲文:“你的笛子……是跟你父亲学的吧?”

关晓渝惊诧地站住:“你怎么知道?”

侯仲文:“看你的眼神我就知道,你父亲一定经常在你面前吹笛子……”

关晓渝看着侯仲文,良久。侯仲文轻轻地拉起关晓渝的手,往前走去:“你父母……”

关晓渝:“都不在了……”

侯仲文:“怎么……”

关晓渝:“他们都是地下党员,在一次群众集会上被国民党特务杀害了。”

侯仲文叹了口气,两人默默走着。

10-8 岭东寨侯仲文、王友明住处门前 夜 外

侯仲文、关晓渝走来。关晓渝:“你早点休息吧。”

侯仲文指指前面:“我送送你。”

关晓渝:“不用了。”

侯仲文看着关晓渝。侯仲文:“晓渝,今后,我会像父亲那样照顾你的。”

关晓渝抬头:“不……我不希望你做我的父辈……”侯仲文不语。

夜色中,一对剪影映在寨墙上。

关晓渝突然抱住侯仲文的腰,脸贴在这个男人宽阔的后背上。

良久。侯仲文悄声地:“冷静点,晓渝。执勤的战士来了。”

关晓渝不情愿地松开他,转身跑进夜色中,脚步声在月光小路上响了很久。

侯仲文看着关晓渝跑去的身影……

10-9 岭东寨大院 日 外

男犯们在排队打早饭,男犯甲的手里拿着三个馒头,小痦子与男犯甲一错身,一个馒头到了手里,男犯并没发觉。小痦子刚要将馒头往嘴里送,一只手一把握住小痦子的胳膊。小痦子意识到什么,忙赔着笑脸,递上馒头:“大队长,我错了……”

侯仲文打量着小痦子,突然扯开小痦子的衣扣,盯着小痦子的肩头看了看:“你以前……不是小偷……”

小痦子:“我就偷那一回,真的……”

侯仲文:“进来之前,你是干什么的?”

小痦子:“打鱼,摸虾,拉车,卖小工,扛大个,只要能挣钱,啥活我都干。”

侯仲文:“你当过兵吧?”

小痦子:“就是没当过兵。”

侯仲文指着小痦子的左肩:“这肩膀上的茧子呢?”

小痦子:“那……那是扛大个磨的。”

侯仲文:“是扛枪磨的!”

小痦子:“我长这么大,从来就没摸过枪,我一看见枪就害怕……”

侯仲文突然抽出手枪,啪地拍到小痦子手上。小痦子吓得一趔趄,摔到地上,那把枪被甩到身旁。侯仲文收起手枪,看着地上发抖、抽搐的小痦子,无奈地喊道:“王友明!”

王友明上前。侯仲文:“把他押下去,给他吃点小灶!”

王友明:“是!”

小痞子害怕地："大队长，你饶了我吧，我再也不偷了……"

王友明把小痞子拎起来，推走。

10-10 岭东寨大院筒子房 日 内

地铺上。小痞子的两边躺着裘双喜和傅明德。傅明德用脚碰了下小痞子："大队长亲自关照，感觉怎么样？"小痞子不理傅明德，吃力地拉过被子蒙上头。

裘双喜给了小痞子一拳："妈的，这些日子把你宠坏了！傅坛主问话你敢不回！"

裘双喜掀开被子，小痞子举了举手铐，没好气地："这个都戴上了，你说能怎么样？"

傅明德："你是不是有什么事没跟大队长交代明白啊？"

小痞子："交代什么？把咱们和总指挥商量逃跑的事交代啦？"

裘双喜举手要打小痞子。小痞子赶紧拉上被子。鲁震山坐在一边，盯着裘双喜看……

10-11 岭东寨老班长、甄世成住处 日 内

甄世成一边哼着歌，一边撕着烧鸡。

老班长："好日子都叫你过了。支队上那么多人还吃不上饭哪！"

甄世成："不是遇到匪徒烧粮仓破坏吗？又不是咱们偷奸耍滑……"

老班长瞅着烧鸡："没偷奸耍滑最好了！世成，我知道你这个学生兵过去没打过仗，也没遭过啥子罪，这回跟着支队到新锦屏受了不少苦，所以啊，平时你贪贪嘴，我不说你啥。可现在是特殊时期，可不能一失足成千古恨哪！"

甄世成："老班长可别冤枉我啊，这只鸡，是我掏自己的钱买的，可没花公家的钱。"

老班长："这样最好……世成啊，人是铁，饭是钢，部队行军打仗押犯人，没饭吃可是啥子都得泡汤啊。"

甄世成："……我知道……"

10-12 湖中小岛木板房 日 外

湖中清波荡漾。一叶扁舟靠在木板房附近，木板房的窗里有幽幽的光透出。一只渔竿从窗里伸出，垂在湖中。

10-13 湖中小岛木板房内 日 内

宁嘉禾手持渔竿坐在窗前，眼睛盯着湖中。

唐静茵："瓦扎头人不把你当回事，刘前进他们就要押着人过鸡冠岭了，你还有心思钓鱼……"唐静茵走到宁嘉禾身后，遥望夜幕乍降的鸡冠岭。宁嘉禾仍专注地在钓鱼。

唐静茵："哼！劳改部队……有我唐静茵在，他们休想通过鸡冠岭！"

宁嘉禾："过就过吧，路还远着呢，还是从长计议吧。"

唐静茵恼火地："你——"

宁嘉禾："我给你讲讲劳改部队的事，你听了，没有坏处，所谓'知己知彼，百战不殆'嘛。你千万不可小瞧了他们，刘前进虽是一介武夫，可这个人还真是十分了得……"

唐静茵怒视宁嘉禾："你又危言耸听！蹲了一回共党的班房，就把你的胆子摘走啦？"

宁嘉禾一摔渔竿："放肆！"一阵静默。起风了，湖水拍岸，涛声传来。

宁嘉禾关上窗户："静茵，你这样轻敌是要吃大亏的！你根本就不了解你的对手是些什么样的人……"

10-14 岭东寨临时办公室门口　日　外

一挂空马车在门外停下。甄世成指挥马大虎等几个战士将车上的空米袋子拿走。

甄世成满面沮丧地走到门口，停下，犹豫着……

10-15 岭东寨临时办公室　日　内

刘前进皱着眉头，认真地听着。

甄世成："……通司带着我们跑遍方圆几十里，一粒粮食也没弄到。"

刘前进："那个瓦扎头人同意我们筹粮的，怎么会说变就变啦？"

甄世成："彝人们说，别说没粮，就是有，他们也不敢卖……"

刘前进思忖有顷："现有的粮食还能维持多久？"

甄世成："省着点吃，顶多够两天的。"

刘前进琢磨着："敌人打粮站，主要是想声东击西救出宁嘉禾，也没烧毁多少粮啊？"

甄世成："……那火一着起来，还能少烧啦？那粮都干燥得很……"

关晓渝引那位带过路的中年彝人走了进来。关晓渝："支队长，有个老乡找你。"

刘前进认出中年彝人，热情地："快请坐！"拉着中年彝人的手，一起坐了下来。

关晓渝倒过一杯热水，放到中年彝人面前："喝水。"

刘前进对甄世成："你再去跑跑看。"甄世成应承着，随即出门。

中年彝人："瓦扎头人叫我来捎个口信……"刘前进的神情严峻起来。

10-16 岭东寨临时办公室门外　日　外

甄世成出门，放慢脚步，刘前进刚才的话还在耳边响着："敌人打粮站那回，主要就是想声东击西救出宁嘉禾，也没烧毁多少粮啊？"甄世成摇了摇头，走去。

10-17 岭东寨老班长、甄世成临时住处　日　内

老班长专注地在小本上写着什么。敲门声。老班长："进来。"

门开了，现出周圆笑盈盈的脸："老班长，你忙啊？"

老班长："周干事啊，找甄世成？"

周圆犹豫了下："……不，我找你。我想请你给我说说支队长的事。我听说你当过支队长和政委的班长……"

老班长："老皇历了，咋想起问这些啦？"

周圆："我想给支队长写篇文章，他过去的事也想了解一下。"

老班长高兴了："那可是好多年前的事了。支队长一参军就在我的班上。那时候，他才这么高……"老班长比画了一下，"一个娃娃兵。不过，别看那时候他人小，也淘，可鬼精得很，在部队上谁都喜欢，正派、机智、仗义、勇敢……这些好话儿，放在他身上都不过分……"老班长讲得有些情醉神迷，周圆听得颇为专注。

老班长："……他进步好快啊，没几年就入了党，年纪轻轻就当上了团长……同志们都敬重他，喜欢他。对了，那个程部长……喜欢得更是了得！"

周圆："对呀，我也喜欢支队长！"

老班长愣住了。

10-18 岭东寨刘前进、彭浩临时住处小院　日　外

彭浩、刘前进、侯仲文、老班长边说什么边相继走进小院。

刘前进想起什么,对小李:“去把甄科长叫来。”

老班长:“对,粮食的事,他比我清楚。”

刘前进往屋里走,老班长想起什么:“前进,我跟你说句话。”

刘前进:“好。老彭,你们先进屋吧,正好等等文捷。”彭浩、侯仲文进屋。

刘前进:“啥事老班长?”

老班长:“那个小周干事,刚才去我那里,说她好喜欢你。”

刘前进:“喜欢我?”刘前进干笑了一声。

老班长:“我的意思……你要认真严肃地想一下子了……”

文捷匆匆进院:“就等我了,是不是?”

10-19 岭东寨刘前进、彭浩住处 日 内

刘前进、彭浩、文捷、侯仲文、老班长四散而坐。彭浩看看刘前进。刘前进:“你说吧。”

彭浩:“鸡冠岭瓦扎那边,有了些变故。唐、宁匪帮正对他们施压,逼走了瓦扎的彝兵,换上了他们的人。号称鸡冠岭成了他们游击军的地盘……”

侯仲文:“这个瓦扎怎么能言而无信!支队长,我再跑一趟官寨,去当面问问他……”

刘前进:“没有用!现在谁上去都解决不了问题。再说,瓦扎这时候还不知道在不在鸡冠岭了。”

彭浩:“我和支队长仔细研究了敌情,唐静茵、宁嘉禾说服不了瓦扎和他们同流合污,又调动不了大、小凉山各寨的人,只能靠他们自己极其有限的那帮残匪,而他们又不熟悉岭上岭下的地形地貌,他们虽然放出话来,说什么要占住鸡冠岭,打我们的阻击,但是,他们未必真敢倾其所有跟我们决一死战……”

刘前进站起来:“就算姓唐的匪婆子发了疯,可那个宁嘉禾还是了解我们实力的。再说,他们十分清楚,解放军在大西南的剿匪斗争正愁着不能把他们弄到一起聚而歼之,他们会轻易把他们那点儿人、那点枪都拢到鸡冠岭上吗?”众人点头。

刘前进:“还有,我们也得准备打一家伙。我这一路上可是被这些坏蛋东一下西一下撩得满肚子气,正想好好撒一撒——当然,要打也要好好地有准备地打,请机动部队过来,一起打!一举剿灭他们!咱这出大起解也好顺顺当当唱到谢幕……”

侯仲文:“我看,唐静茵、宁嘉禾他们就是虚张声势而已。”

刘前进:“老侯,我倒不希望他们只是个‘而已’,我们要准备打仗。可是打仗得让战士们吃饱饭啊!现在,缺粮是个大问题……”

“报告!”甄世成的声音传来,甄世成进屋。

老班长:“你来得正好,刚说到粮食呢。”

刘前进示意甄世成去坐下,甄世成坐在老班长身旁。

彭浩:“为了节约粮食,全支队要统一伙食标准。甄科长,你有什么想法?”

甄世成:“这……这就得降一降伙食标准了。”

刘前进:“一缺粮你就降伙食标准,那我要你这个后勤科长干什么?”

彭浩拿出一封信:“这是给凉山工委写的信,请他们尽快支援粮食。同时,把鸡冠岭的事通报一下,让他们也有个准备……”

刘前进:“那马上派人送去吧,找个可靠的人去送。让小李去吧。”

10-20 岭东寨小屋内 黄昏 内

夕阳映在窗户上，一个穿着军装的身影敲了敲窗户，一闪而过。

一双穿着黄胶鞋的脚奔出门口。

10-21 岭东寨小屋外 黄昏 外

穿着黄胶鞋的脚从门里出来，走向窗台。一只手入画，拿过石头，露出一个纸包。两只手展开纸包，纸包里是一枚手枪弹壳。一只手拿走弹壳。

纸上有字："立即追杀小李！"修饰过的男声画外音："立即追杀小李……"

10-22 岭东寨老班长、甄世成住处 夜 内

昏暗的马灯下，老班长手拿铅笔，在小本上写字。轻轻的敲门声。老班长急忙收起小本："进来。"门开了，侯仲文愁眉不展地走进来。

老班长："侯大队长啊，有事？"

侯仲文："我心里憋得慌，想找老班长说说话。"

老班长："啥事想不通啦？"

侯仲文："刚才在会上，我提出上官寨质问瓦扎……老班长你也听到了吧，我不过刚刚提了个话头，可是，支队长他……"

老班长笑了笑："来，坐下，有话慢慢说。咱俩难得在一起说话。"

侯仲文坐到桌边："支队长就是对我有成见……"

10-22A 岭东寨刘前进、彭浩住处 夜 内

刘前进准备脱衣服躺下，彭浩进屋。

刘前进："跑哪儿去了你，怎么开完会就一直没见着你。"刘前进躺下。

彭浩："我到处转转，看看有没有什么情况……"

彭浩脱外衣，吹灭了灯。屋里漆黑一片。

刘前进："也不知小李现在跑到哪儿了。"

彭浩："他会快马加鞭的……"

10-23 鸡冠岭山道 夜 外

马蹄声急，一骑旋风般的奔驰着。马上，小李满脸汗水，挥鞭打马……

远远地，一骑快马追来。小李发现身后有人，勒住马，拔出短枪，警惕地回头看去。

快马蹿到小李的面前。小李认出来人，把短枪插进腰间："吓我一跳，我当是谁呢……"

来人并不说话，突然向小李开了一枪。

小李："你——"小李落马，滚到路边的沟里。受惊的马扬蹄嘶啸，奔驰而去。

来人下马，从口袋里拿出一枚手枪弹壳……

10-24 鸡冠岭下女犯宿营地 日 外

女犯们捧着碗在吃野菜，严爱华带着大菊在给女犯们盛菜。

文捷提着两大包野菜过来："大菊，跟我送到男犯那边去。"

大菊将饭勺交给严爱华，正要走，柳春燕拉了把大菊，从怀里掏出半块干粮："大菊，帮我个忙……"

10-25 鸡冠岭下男犯宿营地 日 外

马大虎等战士在东边的锅前排队打饭。打完饭的战士坐在地上默默地吃着。男犯们在西边的锅前排队打饭。

裘双喜看了看搪瓷碗的饭，骂道："他娘的，又是清汤寡水的稀饭煮萝卜！这种猪狗食，能咽下去吗？"

傅明德："你没看这几天当官的跟咱们分灶开伙嘛，这是缺粮了！"

苟敬堂："他们就是想保住自己，愣是给咱们吃这个，这是要把咱们拖死在路上啊！"

裘双喜把碗里的稀饭泼掉，振臂一呼："我们绝食抗议！"

苟敬堂："对，我们抗议！"也倒掉碗里的稀饭。

傅明德、小痦子也将碗里的饭倒掉了。鲁震山端着饭碗，观望着。

刘前进匆匆赶来，走到裘双喜面前，威严地："捡起来！"裘双喜傲慢地扬起了头。

刘前进厉声："我叫你把倒掉的饭捡起来！"

裘双喜："我不捡！"

刘前进："你敢不捡……"

关晓渝走来："支队长，快去吃饭吧，少跟他们费精神！"

傅明德阴阳怪气地："有白米干饭吃，费点精神怕什么！"

彭浩也赶了过来。彭浩："按规定，我们应该吃白米饭，你们只能吃窝头。但考虑到当前的特殊情况，没有执行这个规定，而改为战士和犯人统一标准……"

苟敬堂："你们当官的还不是另吃小灶！"

刘前进恼火地一手提着苟敬堂的领口，一手提着裘双喜的领口，把二人拎到一口行军锅前。刘前进揭开锅盖，里面是一锅黑乎乎的野菜。

刘前进："睁大狗眼看清楚了，这就是我们当官的小灶！"

裘双喜、苟敬堂傻了眼。几个倒掉稀饭的男犯悄悄蹲下来，将地上的萝卜夹进碗里。

文捷和大菊抬着野菜过来，文捷上前："支队长，怎么啦？"

刘前进："吃饱了撑的，找事！"

大菊看到鲁震山，走过去，将半块干粮放在鲁震山碗里。鲁震山抬头，疑惑地看着大菊。

大菊："柳春燕省给你的！"

鲁震山站起来："她……她怎么样？"

大菊："挺好的，一直惦着你呢。"大菊笑笑，走开。

10-26 鸡冠岭山路 日 外

烈日炎炎，队伍在饥饿的煎熬中向西行进。

彭浩带着司号员跑上前："前进，大家都饿得走不动了，休息一下吧。"

刘前进想了一下："好。通知队伍就地休息，放出流动哨，做好警戒。"

彭浩挥手，司号员吹响了休息号。队伍停了下来，人们颓然地倒坐在地上。

刘前进："前面就是鸡冠岭，说不准还要打仗哪，吃不饱饭可不行……"

彭浩："小李求援的粮食一到，就给战士们恢复标准伙食。"

王友明边跑边喊："支队长！出事了……"

10-27 鸡冠岭山沟 日 外

小李的尸体倒卧在树下草丛中。那匹快马恹恹地在周边走来走去，不肯离开。两名公安战士守在尸体旁边。

刘前进看见尸体，慢慢地摘下军帽，在手里攥成一团。

马大虎捧着短枪、背包、水壶走上前来："支队长，这是小李留下的……"

刘前进接过背包，打开，拿出那封血染的信。

王友明："小李的钱包不见了，可能是土匪图财害命吧？"

刘前进："当兵的钱包里没钱，不可能是土匪图财害命。"他把背包交给文捷，蹲到尸体前，查看胸前的伤口。彭浩蹲下来看着。伤口边缘完整，凝着血渍。

彭浩："开枪的人离小李很近……"

刘前进拿过小李的短枪，按下弹夹看了看，又从枪膛里退出一颗子弹。

彭浩："枪有什么问题吗？"

刘前进："子弹一颗没少，说明他没开过枪。枪膛里顶着门子，看来他非常警惕。既然这么警惕，为什么一枪没开就牺牲了呢？"

文捷："小李根本没有防备凶手。"

刘前进："杀害他的是熟人！"

彭浩："内鬼？"

刘前进："外人并不知道小李去执行任务……"刘前进轻轻擦去小李脸上的污渍。

王友明拿着一个弹壳跑过来："支队长，我们在路边发现的。"

刘前进接过弹壳仔细看了看："我们用的子弹……"

彭浩走过来，伸手要弹壳："我看看。"

刘前进意识到什么，把那个弹壳紧紧地攥在手里，气急败坏地大步朝山沟深处走去，军帽掉在地上。彭浩愣住了，看着走去的刘前进，捡起地上的军帽。

文捷看见，急忙追了过去。王友明："彭政委……"

彭浩："你找几个战士，把小李就地安葬。要留个标志，日后好找到他的坟墓。"

王友明："是！"

10-28 鸡冠岭山沟深处 日 外

刘前进走到一棵大树前，头抵在树干上。文捷过来，站在旁边。文捷："知道小李送信的，只有党组几位成员。这个消息怎么会走漏出去呢？对了，那天甄世成也在。"

彭浩从远处走过来。文捷看了看彭浩，又看了看刘前进。刘前进甩开文捷，朝山沟更深处走去。彭浩快步跟去。

文捷："彭政委……"彭浩没有回应，跑着，在山沟转弯处追上刘前进。

彭浩："前进，越是遇到复杂情况，我们越是要冷静。"

刘前进不理睬，继续朝前走。

彭浩："小李牺牲了，信还得往凉山工委送啊。派张连长带两个战士去，你看行不行？"

刘前进不耐烦地："你别跟着我！"

彭浩："我这是跟你商量事呢，你能不能耐心听我说完，啊？"

刘前进："说，说，这时候还有啥好说的！说来说去能解决个屁问题！你能把小李说活过来？你……你们这一套……"彭浩突地站住。

刘前进："你们这一套磨磨叽叽的政工做派，真他妈够人……"刘前进恼怒地骂着，将彭浩甩在身后。彭浩追上，一掌拍在刘前进的肩头，一个绊子把他撂倒在地。刘前进下意识地

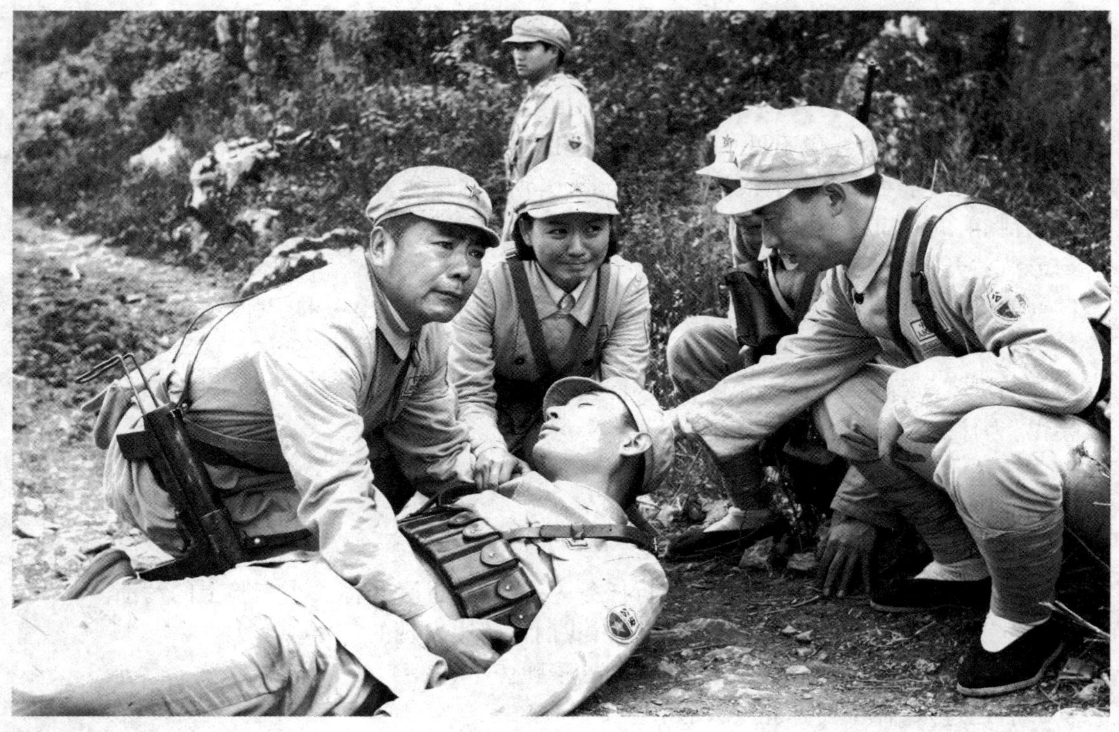

伸手摸枪。老班长在前，文捷在后，二人喘吁吁地赶来。老班长："刘前进！你要干啥？"

刘前进摸枪的手抬起来，擦擦头上的汗。文捷走过来，要扶起刘前进。刘前进甩开她的手，仍坐着。

老班长："小李牺牲了，就你难过？没粮吃了，就你急？内鬼揪不出，就你心焦？你以为敌人长了跟你一样盛糠的脑壳啊？你一顿咋咋呼呼耍疯骂娘啥子事就解决啦？"

彭浩走到刘前进身边，把军帽递给他。刘前进一把扯过军帽。

老班长："你是天字第一号的大浑蛋！"

刘前进瞪着老班长。老班长："你瞪眼睛有屁用！有能耐你擦亮眼睛，看明白谁是好人，谁是内鬼！亏得你还是战斗英雄、侦察英雄、公安局长，狗屁吧你！"

老班长走过去，朝刘前进的屁股踹了一脚："起来！赶快给我归队！"

10-29 岭南寨临时办公室　日　内

彭浩将一份拟好的电报递给关晓渝："小李的事，先跟程部长说一下吧。"

10-30 岭南寨刘前进、彭浩住处　日　内

桌上放着那封血染的信。眼里布满血丝的刘前进坐在桌前发怔。

刘前进的眼里涌出泪水，他拿起桌上的那个弹壳看着……

（刘前进想象情景画面1）

10-31A 山道　夜　外

黄昏中的鸡冠岭山道，马蹄声急，满脸汗水的小李挥鞭打马旋风般奔驰着。

远远地，一骑快马追来。小李发现身后有人，勒住马，拔出短枪，警惕地回头看去。

赶到小李面前的，是彭浩。小李把短枪插进腰间："你怎么追来了，彭政委，有什么要紧的事啊……"

彭浩擦着额头上的汗水:"你跑得够快了,我还有个材料着急交给琅山工委的领导……"彭浩从怀里掏着东西,掏出的却是一把枪,小李还没反应过来,枪"嘣"的一声响了,那个弹壳从枪里飞了出来。

小李:"内鬼——是你!"小李落马,滚到路边的沟里……

(现实)

10-31B 岭南寨刘前进、彭浩住处 日 内

刘前进摸着脑门。

桌子上不知何时已经点上了马灯。刘前进一抬头,见马大虎正把一碗饭放在桌上。

马大虎:"支队长,你吃点饭吧。"

刘前进盯着马大虎:"你怎么在这儿?"

马大虎:"彭政委让我来的,他说……小李不在了,让我过来。"

刘前进叹了口气,挥了下手,马大虎出去。

刘前进端起饭碗,眼神空洞地望着什么,又放下饭碗。

刘前进起身在屋子里踱着步,走到墙壁停下,头沉重地顶在墙上,呆立片刻,痛苦地用头撞着墙……一下、一下……刘前进的面前又出现在岭东寨开会时,在座的人的面孔。一张张面孔在刘前进面前游移,锁定在文捷脸上,定格——

(刘前进想象情景画面2)

10-32 山道 夜 外

鸡冠岭山道,马蹄声急,满脸汗水的小李挥鞭打马旋风般奔驰着。

远远地,又一骑追来。小李发现身后有人,勒住马,拔出短枪,警惕地回头看去。

一骑快马奔到小李面前,是文捷。小李把短枪插进腰间:"文大姐,你怎么来……"

文捷笑吟吟地擦着额头上的汗水:"你跑得够快了,还有份文件你得捎上……"

文捷从马背上的袋子里掏着东西,掏出的却是一把枪,小李还没反应过来,枪"嘣"的一声响了,那个弹壳从枪里飞了出来。

小李:"内鬼——是你!"小李落马,滚到路边的沟里……

文捷四下看看,打马而去……

(闪回)文捷朝刘前进笑着……

(现实)刘前进摇摇头,苦笑。

刘前进起身,朝门口走去。刘前进开门,马大虎站在门口。

马大虎:"支队长,该去吃饭了……"

刘前进:"你先去吃吧,我出去走走……"

10-33 岭南寨关晓渝、周圆住处 夜 内

周圆在写什么。关晓渝坐着小板凳,在小盆里搓洗什么。

关晓渝:"你写了一下午,晚饭扒拉一口又坐那写,还没写完?"

周圆揉揉眼,伸了一个懒腰站起来:"快啦。累死我了,这个该死的马灯!鬼火似的闪闪乎乎……"

关晓渝:"写完了我找支队长给你请功。"

周圆:“对了,我这就去找他。”

关晓渝站起,甩甩手:“干吗呀你,听风就是雨的。”

周圆:“我真还有事要问问他,白天好几次我都没找着他……”说着,从书包里拿出两包茶:“这包留着咱俩享用,这包孝敬支队长。”

关晓渝:“你别去了,现在他什么心思也没有。”

周圆:“也是,小李的死太突然了,他怎么就能出事呢?”

关晓渝叹了口气。周圆:“我还是去吧,别让他老琢磨那件事,分分心也好。再说,这篇稿子报社要得急,有些情况我还得跟他核实一下……”

10-34 岭南寨村路 夜 外

天色阴暗,刘前进满是心事地走来。他的脑海里,闪现的还是开会时,一张张参加会议的人的面孔。游移着的面孔,定格在满是笑意的甄世成脸上——

(刘前进想象情景画面3)

10-34A 山道 夜 外

鸡冠岭山道,马蹄声急,满脸汗水的小李挥鞭打马旋风般奔驰着。

远远地,一骑追来。小李发现身后有人,勒住马,拔出短枪,警惕地回头看去。

一骑快马奔到小李面前,是甄世成。小李把短枪插进腰间:“甄科长,你怎么来了……”

甄世成擦着额头上的汗水:“累死我了,你跑得也太快了,我怕你饿着,给你送点吃的……”甄世成说着,扔过一包东西,小李接过,正打开看着,甄世成从怀里掏出手枪,对准小李,枪“嘣”的一声响了,那个弹壳从枪里飞了出来。

小李:“你这个——内鬼——”小李落马,滚到路边的沟里……

甄世成狞笑着……

10-34B 岭南寨村路 夜 外

身后传来异样的声音,刘前进警觉地摸出手枪。拐弯处,刘前进持枪藏在房后。

脚步声渐近。刘前进高度紧张。

10-35 岭南寨村路 夜 外

一个身影闪出,刘前进一个绊子扫去,人影摔倒在地,刘前进动作敏捷地按住跟踪者,手枪指着跟踪者的脑袋。

跟踪者:“是我……”马大虎被压在地上,痛得直叫。

刘前进收枪:“谁让你跟着我的?”

马大虎:“我,我不放心……”

10-36 岭南寨临时粮库门前 夜 外

刘前进不自觉间已经来到临时粮库前。临时粮库门前,老班长带着几个战士在巡逻。

老班长看到刘前进:“前进,怎么没去吃饭啊?”

刘前进叹了口气:“哪吃得下啊……老班长,这粮……还剩多少啦?”

老班长:“没多少了,就是熬成稀粥,大伙一个人也摊不上一碗。”

刘前进:“甄世成呢?他有没有什么办法?”

老班长:“昨晚他想了一宿,今天天不亮就带着人走了,走一整天了……”

刘前进点点头:“不是他一个人去的?”

老班长："带着五六个人呢。怎么啦？"

刘前进："没事……我回去了，你也早点休息吧，老班长。"老班长点头。

10–37 岭南寨刘前进、彭浩住处 夜 内

刘前进开门走进。马大虎迎过来。

刘前进："你没去吃饭？"

马大虎："你和彭政委都没回来，我等着你们哪……"

刘前进瞅了马大虎一眼："我俩都不回来你还赙 等着饿死啊！"马大虎不动。

刘前进火了："我说话不好使啊？"马大虎怔了怔，去了。

刘前进关上门，身子疲惫地倚在门上，眼光呆滞——

参加会议人的脸一张张乱七八糟地浮现出来，侯仲文的面孔被放大，冲出画面——

（刘前进想象情景画面4）

10–37A 山道 夜 外

黄昏中的鸡冠岭山道，马蹄声急，满脸汗水的小李挥鞭打马旋风般奔驰着。

远远地，又一骑追来。小李发现身后有人，勒住马，拔出短枪，警惕地回头看去。

后骑驰到小李的面前，是侯仲文。

小李把短枪插进腰间："你怎么追来了，侯大队长，有什么要紧的事啊……"

侯仲文擦着额头上的汗水："支队长让我无论如何追上你，把这个交给凉山工委的领导……"

侯仲文从怀里掏着东西，掏出的却是一把枪，小李还没反应过来，枪"嘣"的一声响了，那个弹壳从枪里飞了出来。

小李："内鬼——是你！"小李落马，滚到路边的沟里……

10–38 岭南寨刘前进、彭浩住处 夜 内

刘前进坐在桌前，疲惫地闭着眼，头仰到后面。

彭浩推门进来："怎么，还没睡啊。"背对房门的刘前进收起桌上的弹壳，揣进兜里。

彭浩："我刚才去看了看仓库里的粮食，老班长说你刚才也去啦？那点粮确实是问题啊。要是顺利的话，张连长他们应该快赶到凉山了。就算几天后粮食能到，可是这几天怎么办……"

刘前进从桌底拿出酒瓶，咬开盖，喝了一口，想着什么。

(闪回)刘前进好奇地趴窗看去。囤内堆着成袋的粮食。

中年彝人："那是瓦扎头人的粮囤。"

（现实）

刘前进："老彭，这一整天我脑袋疼得要命，晚上我想一个人清静清静……"

"……那行，我去警卫班那儿对付一宿。"彭浩起身往门外走，轻轻关上门。

过了一会儿，刘前进走到门口，习惯地高喊："小李！"

门开了，马大虎走进来："支队长，什么事？"

刘前进皱了皱眉头，意识到自己喊错了人："你把老班长给我叫来！"

马大虎："是！"

10–39 岭南寨刘前进、彭浩住处 夜 内

老班长认真地看着桌上的地图。

刘前进:"……这样,应该没问题吧?"

老班长:"还是有点冒失啊……"

刘前进:"冒失一下,也比让大家伙饿着肚子强啊……老班长,你马上去准备,一个小时后到寨子东边大树下集合,等我。"

老班长:"这件事,还是该跟彭浩说一下……"

刘前进:"别给他添乱了。"

10-40 岭南寨刘前进、彭浩住处外 夜 外

老班长从屋里出来,走去。周圆在不远处出现,她看着老班长拐过一道墙。

10-41 岭南寨刘前进、彭浩住处 夜 内

刘前进从床底拿出酒瓶,喝了一口,放下桌上。他脱去军装,从背包里找出一件蓝布小褂穿上。

传来轻轻地敲门声。刘前进一愣:"谁呀?"

10-42 岭南寨刘前进、彭浩住处门外 夜 外

周圆拍着门:"支队长,是我,周圆。"

刘前进的画外音:"有事吗?我累了……"

周圆:"支队长,我的稿子写得差不多了,还想跟你核实点情况。"

10-43 岭南寨刘前进、彭浩住处 夜 内

刘前进系着衣服扣子:"那什么,明天再核实吧。我要睡了……"

周圆的画外音:"支队长,我就几句话,我也是为工作嘛。再说了,人家专门跑来,你连门都不让进啊?"

刘前进把酒瓶藏起来,走过去,打开房门。周圆走进来。

刘前进打量着周圆。周圆熟门熟路地拿过搪瓷茶缸,从口袋里拿出那包茶放到茶缸里,拿过开水壶冲茶:"这是我们家乡的碧螺春,可好喝了。"

刘前进:"小周,想核实啥你快说,我,我有点儿累了。"

周圆掏出笔记本,四平八稳地坐到桌前。刘前进打了一个哈欠:"我困了。这样吧,明天我安排时间,你再核实,好吗?"

周圆:"不好,今天必须核实。"

刘前进端起茶缸,喝了一口:"挺香!"

周圆:"这茶可提神儿了,喝完了,你今晚都睡不着觉。"

刘前进焦急地看看表,佯装肚子痛:"哎呀,我得上趟茅房。小周,你等我一会儿。"

刘前进跑出门去。

定格。

第十集完。

第十一集

11-1 岭南寨寨口大树下 夜 外

老班长和五六名战士身穿便衣，腰插短枪，拉着马匹站在大树下。

刘前进快步跑来。刘前进："出发！"

一支精悍的队伍很快消匿在夜色中……

11-2 岭南寨寨中小路 夜 外

彭浩独自在山路上徘徊，冯小麦远远跟在他身后。

彭浩掏出烟，点上，狠狠地吸了一大口，吐出长长的烟雾。

关晓渝手拿一纸，匆匆追上来。彭浩听见脚步声，转过身来。

关晓渝："政委，指挥部来电了。"

彭浩："怎么说？"

关晓渝示纸："程部长帮咱们跟凉山工委联系上了，那边已经开始准备，马上就派人送粮食来，估计两三天就能到。"

彭浩："走，告诉支队长去……"

关晓渝："……支队长不在。"

彭浩："他去哪儿啦？"

关晓渝："马大虎说，支队长执行任务去了。"

彭浩："执行任务？"

11-3 岭南寨刘前进、彭浩住处 夜 内

周圆坐在桌边耐心地等待着。马大虎开门，彭浩快步走进来，关晓渝跟了进来。

周圆赶紧站了起来："政委……"

彭浩："支队长呢？"

周圆："支队长，他上茅房了，一会儿就回来。"

关晓渝："马大虎，你不说支队长执行任务去了吗？"马大虎不语。周圆一愣。

彭浩："执行什么任务？"

马大虎："……我不知道。"

彭浩："和支队长走的还有谁？"马大虎沉默。

彭浩："你给我说话！出了什么大事你再说就晚了！"

马大虎："还有老班长和五名战士，他们都换了便衣。"

彭浩："你听他们说什么没有？"

马大虎："我听支队长说过一句，'用马驮粮食'……"

"坏了！他们去搞粮了，怪不得把我支走。胡闹！"他气愤地把酒瓶摔到地上。"快去把侯大队长找来！"

马大虎："是！"马大虎跑出去。

11-4 岭南寨刘前进、彭浩住处门外 夜 外

彭浩、侯仲文、王友明带着战士出村，周圆、关晓渝相送。

周圆："政委，你们去找支队长，带上我吧。"

彭浩："你快回去吧。做好你该做的事。"周圆闻言一惊！

（闪回）饼干空盒上的一行字：佳人怀春，莫乱方寸，晨起暮歇，做好你该做的事。

（现实）彭浩走去。修饰过的疑似彭浩的画外音："做好你该做的事……"

周圆像被"定住"似的，吃惊地看着彭浩的背影。

关晓渝关心地："你怎么啦？"

周圆掩饰地："没，没什么。"

关晓渝："咱们回去吧。"周圆点头。关晓渝走去。

周圆机械地迈着脚步，木然地跟在关晓渝的身后。

难辨男女的一种混声，灌进周圆的耳鼓："做—好—你—该—做—的—事——"

11-5 鸡冠岭山中木瓦房外 日 外

山路旁，有两个尖顶的粮囤和一间木瓦房。刘前进、老班长和战士们持枪悄悄摸来。刘前进找到窗户，小心撬开窗户，战士甲爬了进去。

老班长："前进，咱们这不是抢粮来了吗？这不对啊——"

刘前进："放心吧，我带着钱哪……"

11-6 鸡冠岭山中木瓦房 日 内

桌上点着的油灯一跳一跳。两名看守粮囤的年轻彝兵躺在床上睡觉。床前立着两支火药枪。战士甲从窗户钻进来，悄悄打开了房门。刘前进、老班长、战士们摸进来，拿走了火药枪。四战士扑到床上，用绳子把两名年轻彝兵捆绑起来。战士开始装粮。

彝兵甲："你们……你们什么人？"

刘前进手持驳壳枪："明人不做暗事，实话告诉你，我们是中国人民解放军！"

彝兵甲："你们是解放军？解放军是不抢粮食的！"

刘前进："你说对了。不过解放军也是人，也得吃饭！你们大土司不供军粮，又不准老乡卖给我们，没办法，我们只好亲自来买了。"刘前进从怀里掏出纸笔，在写欠条。

彝兵乙趴在粮跺后悄悄往外挪。刘前进："告诉你们的瓦扎头人，谁与人民为敌，阻挡我们前进，我们就一定要消灭他！"

彝兵甲："我不敢。"

刘前进把写好的欠条拍到桌上："一定要照我的话转告他！买粮的钱，我们肯定还！"

彝兵甲看了眼欠条，不住地点头："是，一定转告，一定转告！"

彝兵乙从后窗逃走。

11-7 鸡冠岭山路 日 外

一支荷枪实弹的小分队在跑步前进。

侯仲文带路，彭浩、王友明、冯小麦随后，几个人跑在队伍的前面。

11-8 鸡冠岭山中密林 日 外

晨光从林隙中洒下，路径难辨。小分队前进速度明显慢下来。

彭浩:“我们走的路对吗?”

侯仲文望望天:“方向应该没错吧……”

彭浩不满地:“什么叫‘应该没错’?”侯仲文停下脚步,辨认方向。

彭浩:“不要停下,要么继续往山里走,要么干脆回去。我们这样盲目地在老林子里转来转去,一旦遭遇土匪埋伏后果不堪设想!”

侯仲文看着彭浩,眼神有些异样。王友明看看彭浩,又看看侯仲文,欲说什么……

11-9 鸡冠岭山中木瓦房 日 内

画外响起了枪声。刘前进一惊。

战士甲跑进来:“支队长,从山上下来一伙人,把我们包围了!”

刘前进抓住彝兵甲的胸襟,逼问:“来的是什么人?”

彝兵甲:“不知道,可能是……看守粮囤的游击军。”

刘前进推开彝兵甲,跑去。老班长带人往外搬粮食。

11-10 鸡冠岭山中密林 日 外

半山坡传来枪弹的啸叫声和穿来穿去的曳光弹道,提醒了小分队。

侯仲文:“在那边! 彭政委……”

彭浩望向枪声大作的鸡冠岭半山坡,似在斟酌、思忖什么。

王友明焦急地:“到底上不上啊? 彭政委。”

彭浩:“上! 但要弄清情况再上。”王友明焦急地观望……

11-11 鸡冠岭山中木瓦房外 日 外

马背上驮了粮食。老班长熟练地绑着粮食。

刘前进:“我来掩护,老班长,你们护好粮食准备突围!”

刘前进带着战士跑开,开枪引着土匪。老班长带着战士准备突围,被一阵枪声逼了回来。

山上,一个土匪举着火把喊叫着:“你们被包围了,快放下粮食投降吧!”

刘前进挥手就是一枪。喊话的土匪应声倒地。土匪的机枪吼叫起来,把战士们逼到房角。半山坡下,彭浩、侯仲文、王友明带领战士跑来。

彭浩:“准备战斗!”彭浩挥手,众战士卧倒端枪,向土匪猛烈开火。

土匪腹背受敌,顿时大乱,喊叫着向山上撤去。

战士甲兴奋地看着刘前进:“一定是政委带人来支援咱们了。”

刘前进大喊:“咱们的大部队来了,敌人被包围了,带上粮食冲出去,与大部队会合!”

彭浩、侯仲文、王友明和战士们一边开枪射击,一边冲杀过去。

11-12 鸡冠岭山路 日 外

太阳从东山上升起,霞光照耀山林。老班长、王友明和战士们牵着马走来。马背上驮着粮食。彭浩阴着脸走在队伍的后面。侯仲文默然地跟着彭浩。刘前进看了一眼彭浩和侯仲文,故意唱起了戏词:“锦囊妙计安排定,偷营劫寨趁月明。龙潭虎穴敢驰骋,探囊取物,马到成功……”

对面,关晓渝和几名战士跑过来。王友明高兴地:“咱们有粮食了!”

关晓渝:“有没有伤亡?”

王友明:“没有伤亡,一个漂亮的内外夹击突围战!”

关晓渝看着侯仲文:“太好了!”侯仲文看到彭浩的神情,也严肃起来。

众战士跑过来,围着粮袋兴奋地议论。刘前进走过去吩咐:“赶紧把那两包舂好的米送到伙房去做饭。”众战士喊叫着,拉马走去。

彭浩走上前来,严肃地:“前进,咱俩必须谈谈。”

刘前进:“往返好几十里,一夜没合眼,都又饿又困。等吃饱睡足,有了力气,再谈吧。”他从彭浩面前走过去。

11-13 岭南寨女犯住处 日 内

一个大房间,地上东倒西歪地躺满了女犯。文捷高兴地走进来:“起来,起来!”

柳春燕:“文大队长,我饿得起不来了。”

文捷:“咱们搞来粮食了! 快起来,去做饭!”

柳春燕跳起来:“这回好了,咱们有饭吃了!”

11-14 岭南寨刘前进、彭浩住处 日 内

桌上有一盆稀粥,一碟萝卜咸菜,刘前进和彭浩隔桌对坐。彭浩的面前摆着一碗稀粥,一双筷子,他不吃不喝,生气地抽着烟。刘前进端着碗大口地喝着粥,不时地夹块咸菜,吃得满头大汗。彭浩绷着脸,看着刘前进。刘前进放下碗,抹了把嘴巴,打了个饱嗝,伸了伸懒腰。

彭浩:“你吃饱了,咱们可以谈了吧?”

刘前进:“其实也没什么可谈的。瓦扎头人的山寨有粮食,咱们不能眼看着战士和犯人挨饿吧? 饿着就走不动路,走不动路就不能按时到达新锦屏,到时完不成任务,谁负责呀?”

彭浩:“所以你就带人去抢!”

刘前进:“我可没抢,给他们打了欠条,我签了字。这叫买。”

彭浩:“你把人家捆绑起来,拿枪逼着,那能叫买?!”

刘前进:“我跟他们说了,我们是中国人民解放军。他们都承认,解放军是不抢粮食的。”

彭浩:“这么干是往解放军的脸上抹黑,破坏民族团结,违反群众纪律!”

刘前进:“我拿粮给钱,够意思了!”

彭浩:“还有,这么大的事,你为什么事先不跟我商量? 还故意把我支走啦?”

刘前进:“跟你商量,你会同意吗? 我是支队长,当一回家咋着啦?”

彭浩:“你独断专行,屡犯错误,后果很严重,你想过没有?”

刘前进轻松地:“我想得很清楚。再犯错误,再挨处分,屡教不改,无可救药,开除党籍,撤职查办……”

彭浩:“你——你这还像个支队长说的话吗?”

刘前进:“只要能把队伍平安带到新锦屏,圆满完成这次押解任务,不当这个支队长,我也心甘情愿。”

彭浩:“你可以不当这个支队长,可是你绝对不可以拿战士的生命开玩笑! 你连粮囤的情况都没搞清楚就带人闯进去,结果,叫人家包了饺子! 没弄来粮食再搭上几条人命,你的错误可就犯大了!”

刘前进打着哈欠,躺在床上:“这条你批评得对。我也没想到土匪会派重兵看守,多亏你带人及时接应,谢谢你了,彭政委……”刘前进说着,鼾声响起。

彭浩无奈地摇摇头,拿过被子盖到刘前进身上,蹑手蹑脚地出去,随手带上房门。

少顷,被子慢慢掀开,刘前进探头看看房门,又躺下,出神地望着天棚……

11-15 老班长住处 日 内

老班长戴着老花镜坐在窗前，对着撒进屋里的太阳光缝衣服。

周圆推门进来：“老班长，没休息呀？昨晚你们一宿没睡，白天应该好好休息休息才对。”

老班长：“光休息，这衣服谁给我缝啊。你不会说，呦，老班长缝衣服哪，来我帮你缝！”

周圆撒娇地：“我正准备说这话呢，你抢我前边了！让我被动……好像我多不懂事似的。”周圆说着拿过老班长的衣服缝了起来。

老班长也未谦让，点着烟袋锅，一边抽一边慈祥地看着周圆缝衣服。

老班长：“看样子小时候在家没娇生惯养！”

周圆：“我六岁我妈就教我针线了！”

老班长：“对，对，闺女就得有个闺女样！……小周，你来有事吧？”

周圆：“是呀，我吃饱了喝足了，来感谢感谢老班长你呀！”

老班长：“感谢我什么？”

周圆：“要不是你们找来了粮食，这会儿咱这押解队伍，早饿趴下啦！”

老班长：“那不是我的功劳，都是支队长的主意！你去感谢他吧！”

周圆：“老班长，你说这支队长怎么老有那么多主意呢？”

老班长得意地：“我看着长大的还有错？他一打起仗来，鬼点子多着呢！”

周圆：“……可……可这次你们把粮食弄回来，我看彭政委咋不高兴了呢？”

老班长：“你说这事呀？不奇怪！支队长打起仗来鬼点子多是多，就是方方面面老是考虑不周到，容易犯纪律。”

周圆：“可不是，昨天晚上，我去采访他，他骗我说去茅房——害得我白等了那么长时间！原来你们弄粮食去了！”

敲门声。老班长：“进来！”

刘前进推门进来：“老班长没睡一会儿啊？呦，周干事也在，你们聊什么呢？”

老班长：“聊你呢！”

刘前进：“聊我？我有什么好聊的？”

周圆：“聊你的缺点！”

刘前进：“什么？聊我，还聊我的缺点？（看了一眼老班长）我还有缺点？”

老班长举起烟袋要打刘前进：“瞧把你能的！”

周圆：“他是指是他把粮食弄回来的！”

老班长：“那也不能骄傲！”

刘前进：“谁骄傲啦？”

周圆：“老班长！人家取得一点成绩尾巴翘一翘怎么能算骄傲呢？”一边说一边把手放在屁股后面做了个夸张的翘尾巴动作。

刘前进：“嘿！小周！我哪儿得罪你啦？”

周圆边笑边往老班长身后躲着：“你瞪那么大眼干吗？你还想吃人哪！老班长，你快拿烟袋锅敲他！”

刘前进：“老班长，这小丫头心狠手辣，以后离她远点儿！”

周圆：“谁让你骗我呢！”说着又做了一个夸张的翘尾巴动作气刘前进。

刘前进:"那是一计!兵书上管那叫'金蝉脱壳'!懂不懂啊!小毛丫头!"

老班长:"嚯!嚯!一套一套的,就你懂!就你懂大局!就你的工作最重要,人家小周的工作就不重要哇?她写稿子,那也是上级交代给的任务哇?行啦,行啦!前进,你找我有事呀?"

刘前进:"有点事!"说着看了一眼周圆。

周圆:"好啦,老班长你们谈事吧!我走啦!老班长,您可小心,如果他跟你说去茅房,你可要跟住他!否则,他就没影啦!"

周圆一边做着翘尾巴动作,一边向门口走去。刘前进看着顽皮的周圆又恨又爱……

11-16 鸡冠岭下山林小道 日 外

峰峦突兀陡峭,树木挺拔参天,林间一条小道。木呷带着一队解放军战士赶着长长的马帮绕山而来。马背上驮着粮食和药品。马帮小心翼翼地走过泥石流冲毁的山林小路。

11-17 老班长住处 日 内

老班长盯着刘前进:"你发现什么问题了吗?"

刘前进摇摇头:"那倒没有。不过,上回粮仓着火的事,我总觉得跟甄世成有点关系。这次弄回这点粮,你要多经点心。"老班长点点头。

刘前进:"这个甄世成,你还得再盯紧点……"

11-18 岭南寨刘前进、彭浩住处 日 内

屋里只有彭浩一个人。他坐在桌前,不住地抽烟。

(闪回)山沟转弯处,刘前进:"你别跟着我!走你自己的去!"

(闪回)山沟转弯处,彭浩一个绊子把刘前进撂倒在地。刘前进下意识地伸手摸枪。

(现实)彭浩站了起来,来回踱步。他坐到桌前,从抽屉里拿出笔纸。

镜头推近,彭浩笔下的一行字是:我的思想汇报。

传来轻轻的敲门声。彭浩急忙把纸笔收进抽屉里:"请进。"

门开了,侯仲文走进来:"政委……支队长不在?"

彭浩:"有事啊?"

侯仲文:"我有些想法,想反映给党组。"彭浩示意侯仲文坐。

侯仲文:"支队长带人抢粮,又给你捅了娄子,我担心你难于处理……"

彭浩:"没什么难处理的。这次搞粮的事,我已经批评他了。"

侯仲文:"光批评,还是不够的。"

彭浩:"你认为……"

侯仲文:"应该处分。擅自带人去抢粮,破坏群众纪律,影响民族团结,性质恶劣,后果严重啊。我建议召开党组会,讨论研究一下,刘前进同志作为支队长,他到底称不称职……"

11-19 岭南寨驻地大院 日 外

木呷带着马帮走进院门。战士们涌上前去迎接马帮。

刘前进紧紧握住木呷的手:"你们真是雪中送炭哪!卡沙沙!卡沙沙!"

木呷:"支队长别客气,我们是一家人嘛!"

甄世成指挥战士们卸下马背上的粮食和药品。

11-20 岭南寨临时办公室 日 内

文捷、侯仲文、老班长坐在一旁。彭浩:"没让刘前进同志参加这个会,我是想请大家畅所欲言，就仲文同志的动议，说说自己的真实想法。”

老班长：“说前进去买粮食是个错误，他究竟错在哪儿，我到现在还没想明白。”

侯仲文：“他目无领导，独断专行，背着政委另搞一套……”

老班长：“买粮食是一项行政事务，作为支队长，他完全有权决定而不一定跟政委商量。再说，他另搞的这一套，又不是去搞阴谋诡计，而是为支队解决燃眉之急嘛！”

侯仲文：“他们中了土匪的埋伏，要不是政委和我带人及时赶到，那是要死人的！”

老班长：“不是没死人嘛！”

文捷：“我在想，咱们如果需要武装通过鸡冠岭，刘前进不当这个支队长了，谁能代替他，带领部队打好这一仗呢？”

侯仲文：“我看，彭政委就行……”

彭浩摆了摆手：“仲文同志，你是从地方上来的，不太了解部队上的情况。我和刘前进合作多年，从来就是他管军事，我管政治。要说领兵打仗，还得是他！”

文捷：“我们既然对刘前进带人搞粮是不是错误，还没有统一认识，又不宜在大战之际走马换将，我的意见，党组暂不讨论罢免支队长的问题。”

老班长：“我同意文捷的意见。”

侯仲文看着彭浩。彭浩迟疑了一下：“我同意。”

11-21 岭南寨刘前进、彭浩住处 日 内

刘前进、木呷在看桌上的鸡冠岭地形草图。木呷：“这里有个隘口，说是‘一夫当关，万夫莫开’，实际上岭上岭下都有路，它挡不住我们……”

刘前进兴奋地：“这就好……”

11-22 岭南寨老乡住宅 日 内

昏暗的老屋里，一个男人在喝茶。镜头拉开，是那个曾在岭东镇出现过的背着褡裢的中年男人，他身边是两个壮实的伙计。

外面响起脚步声，老乡对中年男人说了句：“你等的客人来了。”

从窗户看去，一个穿军装的男人进了院子。老乡开了门。

中年男人：“你出去吧，有事再叫你。”老乡走开。

穿军装的男人进屋。强逆光打在他身后，看不清来人的面孔。

中年男人：“怎么这半天才来啊，脱不开身吗？”穿军装的男人回身关门。

中年男人拍拍口袋：“你要的东西我拿来了。上次的事，咱们做得很圆满。这一次……”

11-23 岭南寨临时办公室 日 内

彭浩把一叠材料装进大信封里，用糨糊粘上信封口。

轻轻的敲门声。彭浩：“进来。”

关晓渝进来：“政委，你找我？”

彭浩拿起大信封：“这是我写给指挥部的汇报材料，你登记一下，通过机要报上去。”

11-24 岭南寨老班长、甄世成住处门口 日 外

老班长正坐在小板凳上翻看着小本，甄世成气喘吁吁地走来，脸上有块血迹。

老班长：“世成，你脸上怎么破啦？”老班长站起来，上前查看。

甄世成：“没事，我……不小心撞了下，不碍事。”

老班长:“你不是上老乡家买盐巴了吗？不是被打了吧？”

甄世成:“不是,不是,老乡家没有盐巴,我就回来了。”

11-25 鸡冠岭下栈道 黄昏 外

夕阳衔山,天色渐暗。队伍穿行在崖下与山涧的狭窄栈道上,不时有口令轻声传来:“往后传,当心脚下!”女犯们手拉手走过一座独木桥,上面是狰狞的石崖,下面是深深的山涧。

脸烧得通红的柳春燕喘息着,用手背擦了擦额头上的汗水,咬紧牙关坚持着,小心翼翼地走过了危桥。

文捷一边走一边问:“哎,有感冒、发烧、鼻子不通的吗?”

柳春燕看了文捷一眼,欲言又止。

11-26 鸡冠岭下野外驻地 夜 外

两棵大黄桷树枝繁叶茂。树荫下整齐地睡着女队的服刑人员。她们的四周遍插着警戒旗。柳春燕睡在地铺上,怔怔地盯着头顶上的树枝出神。

柳春燕的画外音:“哥,咱们一定要争取立功减刑,早点儿出去成个家,我侍候你一辈子!”

鲁震山的画外音:“燕子,你真能猜透我的心思！这辈子遇上你,我不后悔。为你判五年徒刑,也值!”

查夜的管教从警戒旗边上缓缓走过去。

柳春燕的病情发作,她头冒冷汗,浑身发抖,不住地咳嗽。

睡在旁边的女犯甲翻过身来,抱怨地:“还让不让人睡了,明天还要赶路呢。讨厌!”

不远处的大菊翻来覆去地睡不着。柳春燕咳嗽着。

旁边的女犯甲恼火地斥责:“柳春燕,你老这么着还让不让人睡了!”

睡在稍远处的凌若冰被吵醒,她坐起来:“燕子,哪里不舒服吗?”

柳春燕摆摆手:“没事,你睡吧。”凌若冰迟疑着躺下。

少顷,柳春燕又想咳嗽,她忙用手使劲捂住嘴巴,竭力克制着自己。

大菊悄无声息地爬到柳春燕身边,与她耳语。

查铺的管教慢慢走了过来,又渐渐走远。

她俩战战兢兢地拔掉了身边的几面小旗,爬出了警戒区……

11-27 鸡冠岭下野外驻地草垛旁 夜 外

大菊扶着柳春燕跌跌撞撞地走来。柳春燕一下子倒在草垛上,不住地喘息着。大菊看了看手里的小旗,想了想,走出去。在草垛前插上了警戒旗。

柳春燕昏睡着。大菊摇晃着柳春燕:“燕子,你不能睡啊!”

柳春燕:“我就睡一会儿……”

大菊:“不行,你不能睡,睡了就再也醒不过来了。”

柳春燕:“我睡一会儿……”

大菊摇着柳春燕:“我有好多话要问你,一直没有机会。”

柳春燕:“你问吧……”

大菊:“你和鲁震山……将来刑满释放了,可以成个家。”

柳春燕:“嗯,我答应过他……侍候他一辈子。”

大菊拿过水壶:“你喝点,喝点就不困了。”柳春燕喝水。

大菊:“你有鲁震山,活着有奔头,多好啊！告诉我,你俩是怎么好上的?”

柳春燕放下水壶,叹了口气:“我和他,一言难尽啊!”

(柳春燕讲述情景画面)

11-28 江滨市青凤楼 夜 外

在“青凤楼”三字的横匾下,挂着两个巨大的红灯笼,闪着红光。穿着便衣的鲁震山匆匆走来,他不时回头张望着什么。

柳春燕被一个独眼恶棍和一个打手往青凤楼里拉,独眼恶棍:“不还钱,你就给我当窑姐去!”

柳春燕挣扎着:“龙二爷,你就放了我吧！等我妈的病好了,我就出去挣钱……”

独眼恶棍:“少废话！你妈病治不好,我的钱你还不还啦?”

柳春燕挣扎着,一转身撞到鲁震山身上,顺势拉住鲁震山:“这位大哥,行行好,救救妹子!”

鲁震山拉起柳春燕。独眼恶棍:“少管闲事,滚!”

鲁震山:“两个大男人欺负一个女人,你们家没有姐妹啊?”

独眼恶棍打量着鲁震山:“你他妈算哪个庙里的小鬼？她欠你大爷我的高利贷……”

柳春燕:“我还了!”

独眼恶棍:“你还的那是本金,妈的,你还敢赖账！给我打!”

另一打手向柳春燕扑来,刚一抬拳,被鲁震山一把握住胳膊,就势一扭,打手号叫着。独眼恶棍冲上来,鲁震山一脚将其踹倒。独眼恶棍爬起,掏出匕首,又刺过来,鲁震山受伤,空手夺刃,回手将匕首刺向独眼恶棍的胸膛。独眼龙倒地死去,另一打手吓得急忙逃走。

围观群众惊呼:“哎呀！不得了啦！出人命啦!”

巡逻的战士跑来。柳春燕惊呆了。鲁震山转身就跑,柳春燕愣了愣,也跟在他身后跑去……

11-29 鸡冠岭下野外驻地帐篷 夜 内

马灯照亮了一张军用地图。刘前进、彭浩、木呷、文捷、侯仲文、老班长等人在研究作战方案。刘前进:“……宁嘉禾、唐静茵率领土匪上山,妄图凭借天险阻挡我们西进新锦屏。这一仗看来不打不行了。”

木呷:“打鸡冠岭以我们军区机动部队为主,你们就做好押解犯人过岭的准备吧!”

刘前进:“那可不行,这么长时间没捞着仗打,我这手可是一直痒着。老彭、文捷、老侯,你们看好犯人,千万别出啥差头儿,我带人配合机动部队,好好收拾收拾这帮兔崽子!”

彭浩:“前进,你别忘了哪头重哪头轻!”

刘前进:“哎呀放心吧,我有数!”

11-30 鸡冠岭下野外驻地草垛旁 夜 内

柳春燕和大菊倚靠在草垛上,两人望着天上的星星,说着话。

柳春燕:“鲁大哥杀了人,无处可逃,我就把他领回家了……”

(柳春燕讲述情景画面)

11-31 江滨市破败的农家小屋 夜 内

一间小屋,门窗挂着布帘,一张大床,一盏小油灯闪着昏暗的光。

柳春燕的画外音:“我看出来了,鲁大哥是好人,我想好好谢谢他……”

柳春燕:“哥,睡觉吧。”鲁震山不动,仍然抽着烟。

柳春燕坐起来,用手去拉鲁震山的衣襟:“累了一天,早点儿睡吧。”

鲁震山推开柳春燕的手:“我不累,再坐一会儿。你先睡吧。”

11-32 鸡冠岭下野外驻地草垛旁 夜 外

柳春燕:“后来,我就睡着了,当我醒来的时候,天已经大亮了。”

大菊:“他施恩不图报,真是个好男人啊!”

柳春燕:“就因为他是个好人,我下了决心,一定要给他……第二天晚上……”

(柳春燕讲述情景画面)

11-33 江滨市破败的农家小屋 夜 内

柳春燕躺在铺上,鲁震山背靠背躺在另一侧。

柳春燕睁着眼睛,仍然期待着:“哥,我知道你没睡着。我也睡不着……”

柳春燕抱住鲁震山:“哥,你是不是看不上我……”

鲁震山:“不是,妹子,……我是个……废物男人……”鲁震山的眼里慢慢浸上了泪……

11-34 鸡冠岭下野外驻地草垛旁 夜 外

大菊:“怎么,他……”

柳春燕:“他的下身叫日本鬼子给刺伤了……”柳春燕剧烈地咳嗽起来。大菊急忙为柳春燕拍背。大菊:“那你俩怎么都进了监狱?”

柳春燕:“鲁大哥是因为杀独眼龙的事,我是因为当过窑姐……”

11-35 鸡冠岭下野外驻地 晨 外

响起起床的哨声。女犯们有的穿衣,有的打背包,有的在洗漱。

严爱华匆匆朝文捷跑过来:“大队长,柳春燕和大菊不见啦!”文捷一愣。

女犯甲:“警戒旗被拔掉了好几面,她俩肯定跑了!”

文捷:“你怎么知道她俩跑啦?”

女犯甲:“这几天,她们俩总在一起嘀嘀咕咕,可能就是商量逃跑的事。”

凌若冰:“她们俩现在转变的挺好,我不相信会逃跑。”

文捷:“柳春燕的改造情绪是稳定的,逃跑的可能性极小。大菊这一段表现也不错……”

严爱华:“是啊,……可是,她们不见了啊?”

文捷:“早饭后,你带队出发,我和凌若冰去找她俩。”

11-36 鸡冠岭下野外驻地草垛旁 晨 外

文捷和凌若冰寻寻觅觅,一路找来。一堆草垛,孤零零地矗立在农家小院门前。草垛周围插着几面警戒旗。柳春燕与大菊蜷缩在草垛里,浑身还在不住地颤抖。

文捷疾步上前,俯身去摸柳春燕的额头:“她在发高烧!”

柳春燕睁开充血的眼睛,喃喃地:“大队长,我没逃跑,你瞧,大菊还插了警戒旗。”

大菊:“我们是怕妨碍别人睡觉,才搬到这儿来的,这不算逃跑吧?”

文捷看到旁边的警戒旗,含泪点着头:“不算,不算……”

11-37 鸡冠岭下野外驻地山路 日 外

彭浩和老班长并肩走来。彭浩:“知道小李去送信的,只有咱们党组的五个人……”

老班长:“我知道你怀疑凶手是谁了。”

彭浩:“他的可能性最大。”

老班长:“小李牺牲后,我也怀疑过他,可是,他有不在杀人现场的证明啊!”

彭浩:“什么证明?”

老班长:“根据小李牺牲的地段和他伤口的血渍凝结程度来判断,小李在出发的当晚就被人枪杀了。可是,那天晚上,侯仲文和我在一起。我们俩聊得很晚。”

彭浩:“杀小李的能是谁呢?”

11-38 鸡冠岭下野外驻地帐篷 日 内

彭浩靠在行李上抽烟。门扇被轻轻拍打了几下。彭浩抬头:“谁?”

周圆的画外音:“是我。”

彭浩走过去拉开门扇。周圆走进来,从口袋里掏出一叠稿子交给彭浩:“请政委审查。”

彭浩接过稿子看着。标题“学习柳春燕,自觉接受改造”。

周圆仔细地打量着彭浩。

(闪回)彭浩:“小周,你快回去吧。做好你该做的事。”(闪回完)

彭浩看完稿子:“今天早晨发生的事情,这么快就写出来了,还写得不错。”

周圆看着彭浩,故意地:“你不是跟我说,做好我该做的事嘛!”

彭浩:“对,今后就要这样,领导没布置的工作,自己也要积极主动去做。”

周圆嗔怪地:“可昨晚,我积极主动要求去找支队长,你还不让我去……”

彭浩:“那有危险,又是夜间行动,女同志去不合适。”

周圆笑吟吟地:“这么说,你是对我这个佳人怜香惜玉啦?”

彭浩:“什么佳不佳人啊?尽胡扯!换了其他女同志我也会这样。再说,我也没让关晓渝去啊!”

周圆:“谢谢政委对我的照顾。”

彭浩定定地看着周圆。周圆:“还有别的事吗,彭政委?”

彭浩:“没有了。这篇稿子送出去的同时,再刻印出一期简报发下去吧。”

周圆立正,敬礼:“是。”周圆转身,掀起门帘走出去。

彭浩看着走去的周圆,思忖着。

11-39 鸡冠岭官寨附近山坡 日 内

土匪们挥锹铲土,搬运石头,在紧张地构筑工事。

11-40 鸡冠岭官寨场坝临时指挥所 日 内

唐静茵和阿慧快步走来。花子急忙迎上去:“唐司令……”

宁嘉禾从椅子上站起问:“都准备好啦?”

唐静茵坐下,丢开手套:“那地方不错,进、退、攻、守都方便。”

宁嘉禾:“那就相机行事吧。”

11-41 鸡冠岭山路 日 外

队伍行进的前方,遥遥可见雄峙于群山之上的鸡冠岭。彭浩和刘前进并肩走在队伍旁边。突然,前面响起了枪声。一骑飞驰而来。

王排长翻身下马:“报告支队长,先锋连和军分区的战友跟匪兵交上火了!”

刘前进命令:“各大队停止前进,一切按原订方案行动!”

司号员吹响军号。行进的队伍停了下来。

刘前进指指远方路边的一个山洞:“老彭,你安排犯人进仙人洞,我带一分队上去!”

彭浩:“前进,我们的主要任务还是看好犯人。他们别借机闹事。还是你在这儿坐镇,这点小活儿交给我吧。”

刘前进打量彭浩:“你行吗?”

彭浩:“去你的。”带人跑去。

11-42 鸡冠岭官寨场坝临时指挥所 日 内

官寨附近山坡,战事正紧。临时指挥所里,可以清晰地听到枪声如爆豆。宁嘉禾手持望远镜,不安地走来走去。花子大汗淋漓地跑进来:“总指挥,情况不太对头啊……”

宁嘉禾立刻变得沉静如常:“怎么了? 慢慢说。”

花子:“不光是劳改部队那百十号人……好像共军的大部队上来了……”

宁嘉禾一惊:“快去告诉唐司令,不要恋战,马上撤!”

花子转身往外跑,险些撞上进来的唐静茵。宁嘉禾迎上去:“静茵——”

唐静茵满脸沮丧:“撞见鬼了! 共军的大部队居然从天而降!”

一匪兵慌乱地跑进来:“总指挥,共军冲上来了!”

花子:“总指挥、唐司令,咱们怎么办?”

宁嘉禾对花子:“你熟悉地形地物,带司令先走,我负责掩护。”

唐静茵:“嘉禾……”

宁嘉禾:“不用担心我。突围后,咱们在藏龙洞会合。”

11-43 鸡冠岭官寨附近山坡 日 外

木呷带着战士在搜山,藏匿的土匪被搜出。

11-44 鸡冠岭官寨场坝临时指挥所前 日 外

唐静茵和花子带着土匪慌乱地撤去。宁嘉禾用枪指着一个护兵:“把衣服脱下来!”

护兵迟疑着:“总指挥……”

宁嘉禾厉声:“快脱!”护兵只好脱下了衣服……

11-45 鸡冠岭官寨 日 外

化装成彝族夫妇的唐静茵和花子走出。

11-46 鸡冠岭官寨山坡 黄昏 外

木呷带着彭浩、侯仲文等人走来。

一个穿国民党军服的人骑马冲出路口,沿山路打马狂奔。

张连长:“政委,好像是宁嘉禾!”

彭浩一看:“是他。”

木呷急忙举起捷克式轻机枪,哒哒哒,一梭子子弹像雨点似的喷射过去。那个人中弹,从马上栽了下来,滚下山坡。

侯仲文恼火地:“应该活捉他。”彭浩跑下山坡。侯仲文跟去。

11-47 鸡冠岭官寨山坡下 黄昏 外

那个穿国民党军服的人趴在烂石堆旁,身下是一摊污血。彭浩、侯仲文和几名战士跑过来。死者被翻过身来,面目被打烂,已无法看清模样了。战士上前从死者军服的口袋里扯出一个胸章,翻过来细看,胸章上有三个字:宁嘉禾。

11-48 鸡冠岭官寨外 黄昏 外

张连长在指挥战士们查验战场,投降的匪徒被押走。

彭浩快步走来:"看见唐静茵了吗?"

张连长:"没有。"

彭浩:"进官寨,仔细搜!"

11-49 鸡冠岭官寨后院井台 黄昏 外

井台边放着一只带绳的木桶。化装成彝族夫妇的唐静茵、花子逃到井台边。冯小麦提着枪跑来,花子拿起桶,沉着地往井里放。

墙头上,一个顽匪向冯小麦放冷枪,冯小麦还击。顽匪跳下墙头,冯小麦追去,跑到院门口,回头朝唐静茵和花子喊了声:"老乡,快躲起来,这里危险!"冯小麦追去。

花子从井里提上桶,放到井台边,先朝院门跑去。花子、唐静茵刚要出门,身后响起战士的一声断喝:"站住!"

唐静茵站下,花子要回来,唐静茵示意他快跑,花子跑到草堆后。

战士甲乙提枪站在门前。唐静茵沉着地回身,用方言:"大军,我是老百姓,你们的人让我躲起来。"

战士甲问:"刚才那个人,朝哪跑啦?"

唐静茵伸手一指:"那边。"唐静茵手指上的钻石戒指划过一道金光,分外刺眼。

战士甲看见戒指,警觉地握着枪,逼过来:"唐静茵!"

唐静茵一惊,随即堆起笑,用方言:"大军,我听不明白你说的啥子……"唐静茵要走。

战士甲:"站住,再不站住开枪了!"

唐静茵站下,向藏在草堆后的花子示意,叫他快逃。花子溜走。两名战士端着枪朝唐静

茵逼来。唐静茵继续笑着:“大军把土匪赶走了,好得很! 卡沙沙! 卡沙沙!”

唐静茵装作捡地上的水瓢,提起裤腿,刚要摸枪,战士甲看到,断喝一声:“住手!”紧跟着搂了一枪,打在旁边的水桶上,水柱射了出来。

战士乙:“站起来,举起手!”唐静茵慢慢起身,举起手。

11-50 鸡冠岭官寨客厅 黄昏 内

老班长带领战士在搜捕着零星残匪。躲在梁柱后、楼板下的匪徒们纷纷就擒。

“叭!”随着一声枪响,一个战士倒下了。老班长机警地往一根柱上一靠,枪口一抬,朝着大梁上一个点射。躲在梁上的土匪从梁上栽了下来。

11-51 鸡冠岭官寨后院井台 黄昏 外

战士乙用枪指着唐静茵:“好个女匪首,鬼点子还不少!”

战士甲身后响起一阵急促的脚步声,战士甲回头,面露喜色:“报告,女匪首唐静茵——”战士甲话未说完,画外一声枪响,战士甲大瞪着两眼,惊愕地慢慢倒下。战士乙刚一回头,随着一声枪响,战士乙也慢慢倒下。

唐静茵惊讶的目光……

11-52 鸡冠岭官寨客厅 黄昏 内

几名战士寻找隐蔽的土匪。侯仲文提着枪跑进来:“跟我来,搜查后院!”

侯仲文和几名战士跑去,甄世成跟去。

11-53 鸡冠岭官寨后院井台 黄昏 外

井台边放着一只木水桶,两具战士的遗体躺在水井前。彭浩蹲下,摸了摸两个战士的呼吸。冯小麦跑回来,见状,大惊! 侯仲文率战士和甄世成先后跑过来。

彭浩站起来,提起那只木桶:“这桶上怎么没有井绳?”

冯小麦:“刚才还有井绳呢!”

彭浩恼怒地摔了木桶,向后院门外的山崖边跑去。侯仲文、甄世成、冯小麦跟过去。

11-54 鸡冠岭官寨后院外山崖 黄昏 外

彭浩、侯仲文、甄世成、冯小麦跑来,停住了脚。崖边的一棵大树上拴着一根井绳,垂向崖底。侯仲文沮丧地:“咳!”

11-55 军分区指挥部 夜 内

嘀嘀嗒嗒的电讯声,增加了屋里的紧张气氛。程部长守在收发报机前,旁边站着参谋、干事。高参谋拿起一纸电文走来。程部长接过电文看了看,高兴地:“好! 把宁嘉禾铲除了,唐静茵这回成了光杆司令。打通鸡冠岭,就是最大的胜利!”

11-56 鸡冠岭山下小屋 夜 内

彭浩独坐桌边,抽着闷烟。刘前进走进来,看着彭浩。彭浩毫无觉察。

刘前进:“想什么呢,这么用心?”

彭浩:“我在想,唐静茵怎么就脱逃了呢? 我们那两名战士死得也有点蹊跷。”

刘前进:“想明白了吗?”彭浩摇头。

刘前进看着彭浩:“是有人打死了两名战士,放走了唐静茵。”

彭浩:“有根据吗?”

刘前进从右口袋里掏出两只空弹壳:“这是我在井台边找到的,你看看。”

彭浩接过两只空弹壳,看了看:“又是我们用的手枪子弹。”刘前进点头。

彭浩:“这么说,这两名战士是被我们的人枪杀后,放走了唐静茵。”

刘前进:“不是我们的人,是隐藏在我们身边的内鬼。你再看看这个……”

刘前进从左口袋里拿出一只空弹壳,递给彭浩。彭浩:“这个弹壳……”

刘前进:“是在小李牺牲的路边找到的。”彭浩仔细看着,三只空弹壳一模一样。

刘前进:“什么结论?”

彭浩:“这个内鬼,也是杀害小李的凶手。”

刘前进:“没错,是同一个鬼!这个鬼,不管他如何伪装,我也要把他的画皮扒下来!”

彭浩像是没听见。

刘前进:“当时都谁先赶到井台边的?”彭浩犹豫了一下,轻声:“……我。”

刘前进:“……还有呢?”彭浩摇摇头,神态怪异。

刘前进观察着彭浩,眼神也是一反常态。

11-57 鸡冠岭山下小屋 夜 内

马灯下,一双手伸过来。就着昏暗的灯光,这双手把一支细长的小纸卷展开、展平。纸上有一行字:到达新锦屏前,一定设法毁掉档案!鹤顶红。

11-58 藏龙洞 日 内

唐静茵、花子和部分匪兵待在洞里。唐静茵焦急地:“已经两天了,总指挥怎么还不来会合?”花子:“也许迷路了……再等等吧。”

一匪跑进来报告:“司令,有人来了!”

唐静茵:“是总指挥!”唐静茵和花子急忙去看。

阿慧率部分匪兵走进洞来:“司令……总指挥呢?”唐静茵眼神空洞地望向洞口。

11-59 原始森林空地 日 外

刀尖在地面上划着图。大家围成一个半圆在看着。刘前进:“穿过这片原始森林,前面就是坝河,过了坝河,就到了新锦屏。根据指挥部的指示,带队干部和行军序列要进行调整。一、二大队由我和王友明同志带领,负责在前面开路,先渡坝河;三大队由彭浩政委、文捷和侯仲文同志带领,随后渡河。关晓渝、周圆两名女同志,加上小江和他的马驮子仍随三大队行进。大家听明白了没有?”

众人齐声:“明白了。”

11-60 原始森林外 日 外

马上驮着档案,小江和一个战士守在旁边。甄世成走来:“小江,小吴,吃饭了吗?”

小吴:“一会儿换班再吃。”

甄世成:“过了这片原始森林就到新锦屏了,你们也不用老这么高度紧张了。”

小吴:“可不是嘛,这一路上我们睡觉都不敢离人。”

甄世成:“这东西……成绝密文件了……”

小吴:“甄科长,你快走吧。关文书说了,不让任何人靠近档案。”

甄世成悻悻地:“……我走了……”

小吴低声对小江："这个甄科长，是不是还想看他的档案？报告关文书吧。"

小江："算了，他可能就是好奇。"

11-61 藏龙洞 日 内

阿慧头戴耳机，坐在收发报机前，在抄收电报。花子、唐静茵站在阿慧身后，焦急地等待着。阿慧摘下耳机，拿起电文纸沉重地站起身，半天不语。唐静茵："说呀！"

阿慧："据共军的通报，宁总指挥……殉国了……"唐静茵踉跄了一下。

阿慧急忙上前搀扶："阿姐！"

11-62 原始森林小路 日 外

男犯们在林中行进。王友明跑前跑后，不断地喊："大家跟紧了！"

刘前进走在队伍的旁边。关晓渝、周圆跟着小江、小吴后面。

男犯队伍走去。关晓渝、周圆和小江的马驮子有些落后了。

刘前进："关晓渝，你们不用跟这么紧，随着三大队走就行……"

关晓渝："知道了。"

11-63 原始森林外坝河 日 外

坝河上阳光明媚。优美的坝河，平稳、舒缓地向东流去。女犯们走来，严爱华指挥着女囚队伍。凌若冰、柳春燕、大菊相扶着走来。

彭浩拄根棍子和侯仲文在河水中探路，指挥过河。彭浩："大家放心，最深的地方只到胸口，你们手牵着手，沿我走的路线，就会没事。"

小江牵马开始涉河，周圆和关晓渝拉着手跟在后面。侯仲文又下河到关晓渝、周圆和小江的马驮子跟前。侯仲文帮小江牵马。侯仲文："稳当些……"小江牵马小心涉河。侯仲文、关晓渝、周圆及小江的马驮子快涉过坝河了。王友明又跑回河边接人。

女犯们慢慢走上了对岸，纷纷瘫倒在沙滩上，不想起来。大菊跌倒在河里，侯仲文下河，拉起大菊。大菊："侯大队长，我不行了，让我死了吧……"

侯仲文："胡说！再坚持坚持就到新锦屏了！"

侯仲文连抱带拉将大菊拖到河边，凌若冰、柳春燕过来，扶住大菊。

大菊："谢谢……侯大队长……"

侯仲文、关晓渝、周圆和小江的马驮子走上河岸。侯仲文叉腰远望，明媚阳光下的坝河一眼望不到头。小江将马背上装档案的布袋紧了又紧。

大菊看着侯仲文。柳春燕拉着大菊："走吧。侯大队长脸上又没长花，有啥看的。"

大菊像是没听见。严爱华："大菊，快起来，再坚持坚持！"

柳春燕："还想大队长吗？"大菊看了柳春燕一眼，站起来。

小江牵马走远，关晓渝、周圆快步跟上去。大菊又回头看侯仲文。

柳春燕："行了，用得着这么看吗？他不就抱了你一把嘛！我要是不行了，他也能抱！"

定格。

第十一集完。

第十二集

12-1 原始森林外小路 日 外

男犯们艰难地行进着。刘前进、王友明、甄世成等人走在队伍旁边。裘双喜迈着大步走。傅明德凑过去:“监狱长,兴致怎么这么高?”小痞子也有所不解地看着裘双喜。

裘双喜:“快到新锦屏了,西行就要结束了,兴致能不高吗?”

傅明德沮丧地:“到了新锦屏,进了监狱,可就别想再出来啦!”

裘双喜:“不一定,也许新锦屏别有洞天,我们可以逢凶化吉呢。”

12-2 密林中 日 外

小江骑马在密林中择路穿行。

12-3 坝河边 日 外

关晓渝持枪向密林狂奔。周圆边回头看关晓渝,边跑向女犯队列。

12-4 坝河岸边 日 外

服刑人员在休息。彭浩查看着四周:“老侯,你带几名战士巡查一下,加强警戒,防备土匪袭扰!”

侯仲文:“好。”转身走开。

12-5 密林外岸边 日 外

周圆跌跌撞撞地跑过来。侯仲文看见。快步走向周圆。

周圆:“侯大队长,小江……跑了……”

侯仲文:“啊?”侯仲文向队伍后面的一匹马奔去。

12-6 密林外 日 外

关晓渝大汗淋漓,大口喘气,脚步踉跄。侯仲文策马而来:“晓渝。”

关晓渝用枪指了指密林里:“小江……有问题,收发报机和档案,快……”

关晓渝倚在树干上,晕厥过去。“晓渝!”侯仲文下马,扶起关晓渝:“晓渝! 晓渝!”

侯仲文将身上的水壶解开,慢慢往关晓渝嘴里倒水。

关晓渝睁开眼,推了把侯仲文:“快追小江!”侯仲文放下关晓渝,上马。

关晓渝支撑着:“快去呀!”侯仲文打马而去,冲进树林。

12-7 密林中空地 日 外

一块不大的空地。马驮子已经卸下来了。收发报机放在地上,帆布箱放在旁边。箱子有很结实的锁锁着。小江拿匕首正掘开一个土坑。小江动作麻利地将干草和干树枝架在坑上,掏出火柴,点火。火柴盒的盒面上,是“火人”牌商标的图案……

12-8 密林中空地 日 外

土坑里的火烧得很旺。小江用匕首把帆布箱割开,一个个档案袋从箱里散落出来。小江把散落在地的档案袋拢进火势正旺的土坑……

12-9 密林中外河岸边　日　外

彭浩往密林奔跑。周圆在彭浩身后跑……

12-10 密林中空地　日　外

小江听到什么声音。小江慢慢起身，手持匕首警觉地慢慢转过身。

侯仲文蓦然现身在空地边上，手枪的枪口直指小江，向小江逼去……

土坑里，火势越来越旺……

12-11 密林外空地　日　外

从林中踉跄跑出的关晓渝惊呆了——小江双目圆睁直挺挺躺倒在地上，那把匕首深深地插进他的胸口。侯仲文蹲在火坑边拍打着一个个档案袋。空地上一片狼藉、烟气蒸腾……

关晓渝："小江——"

侯仲文并不回头，忙乱地拍打着档案："小江是特务，他烧了档案……"

关晓渝愣了愣，抢一步过去拍打档案上的火苗。彭浩和周圆跑来，惊讶地看着眼前的一切。小江身旁的青草，倒伏了一片。

12-12 倒木沟山洞唐静茵住处　日　内

唐静茵居室。桌上摆着电台，洞角堆着军用物资。唐静茵披头散发，面容憔悴，躺在兽皮上发呆。阿慧端着一碗面条走进来。她把碗放到桌上，走到唐静茵跟前："阿姐，我刚做的，起来吃点儿吧。"唐静茵躺着不动。

阿慧："你已经好几天没吃东西了……"唐静茵仍然不动。

阿慧："阿姐，你……什么事都能看得远、想得开……"

唐静茵："我们花费了那么大的力气，死伤了那么多弟兄，好不容易把他救了出来，没想到啊……"

12-13 空地　日　外

烧得残缺不全的档案袋铺了一地。彭浩站在一边，审视着空地上的一片狼藉。关晓渝在清理档案，侯仲文、周圆在一旁帮忙。侯仲文："我要是早来一步就好了……"

关晓渝："这个小江，怎么会是——特务呢？"

周圆看看关晓渝："是啊，——太可怕了。"关晓渝埋头干活，若有所思。

周圆："彭政委什么时候走的啊？"关晓渝、侯仲文顺着周圆的视线看去。

12-14 山路树下　日　外

刘前进、彭浩在听侯仲文的汇报。关晓渝站在一旁。

侯仲文："是关晓渝和周圆先发现小江用马驮着档案逃跑的，我赶去的时候，晓渝同志累得已经虚脱了，可她顾不上自己的安危，拼了命让我赶紧去追小江。"

关晓渝："全支队干部的档案、囚犯的卷宗都在小江手里，他要是烧了，这个损失可大了。"

侯仲文："我追进了树林里——"

（侯仲文讲述的情景画面）

12-14A 密林空地　日　外

侯仲文打马跑进密林，不远处的小空地上，小江正在烧档案，侯仲文翻身下马，提着枪逼近小江。侯仲文："小江，你在干什么！"

小江慢慢站起身，侯仲文看到火里燃烧的档案，冲上去抢救，两人搏斗，侯仲文推倒小江，拿枪逼着小江，小江拿着匕首，虎视眈眈地盯着侯仲文。

侯仲文："放下武器！你这个内鬼！"

小江举起匕首刺向侯仲文，侯仲文与小江争斗着，夺过匕首，刺向小江的心脏。

（现实）

12-14B 山路树下　日　外

刘前进："你怎么不开枪？"

侯仲文："我想留个活口，看看还能审出点什么有价值的线索，哪想到我下手太重……"

刘前进看关晓渝："档案的情况……"

关晓渝："档案和卷宗烧毁了一大半……"

刘前进："多亏了仲文同志，要不然，损失就大了……"

彭浩面无表情。

12-15 藏龙洞　日　内

彝族打扮的宁嘉禾一瘸一拐地走进洞来。小匪跟了进来。洞内已经空无一人，地上丢弃着碎纸、空罐头盒之类的东西。宁嘉禾从地上拾起一片纸，仔细看了看："他们走了……他们可能得到什么消息，认为不用等了。"

小匪："我们怎么办？"

12-16 琅山密林　日　外

宁嘉禾一瘸一拐地和小匪走在密林中。小匪："总指挥，咱们是不是迷路啦？"

宁嘉禾没有言语，走到一棵倒树前，上下看了看，转身一指，一瘸一拐地走去。小匪急忙跟上。二人的身影消失在密林深处。

12-17 山坡　日　外

队伍在山路上行进。高坡上，刘前进、彭浩望着远处的一座座山。

周圆喘吁地爬上来："新锦屏啊新锦屏，终于看见你啦！"

刘前进："你把气儿喘匀溜了再喊一遍……"

周圆看看刘前进，将手做喇叭状大喊："我们来啦——新锦屏！"

刘前进开心地大笑着。彭浩："这真是个天然大监狱呀！"

甄世成和老班长走来。老班长："看你们一个个美的，咋个办？新锦屏到了，是不是还不大心甘，还想再走一遭？"

甄世成："再走一遭我这小命要丢到半路上了。"众人笑。

关晓渝拿着电报跑来："报告支队长，彭政委！指挥部来电：程部长、高参谋乘飞机已经提前赶到新锦屏了。他们在那儿迎接我们。"

刘前进："咱们敬爱的程部长还挺有人情味啊，走吧，让他等急了，又该骂娘了。"

众人笑。

甄世成："支队长、彭政委，你们先进新锦屏吧，我想带人到附近的锦屏镇去踩踩点，熟悉熟悉。"

刘前进："好啊，顺便多整些好吃好喝的，趁程部长在这儿，咱们也借机会打打牙祭，犒劳犒劳大家!”

彭浩:“多置办些,给犯人也改善改善伙食,这一路上,他们也没少跟着咱们吃苦啊。”

刘前进:“他们吃苦?他们吃什么苦?这一路上那些坏东西可没少让咱们吃苦,还给他们改善生活?”刘前进一拍手枪,“我看不请他们吃花生米就算客气啦!”

彭浩瞅了眼刘前进:“你啊,有本事就拿机枪把他们都‘突突’了,比什么都省事!”

彭浩向山下走去。刘前进:“你——你就专门跟我作对吧!”

甄世成看看刘前进,又望望走远了的彭浩:“他们俩……怎么回事?”

老班长推了甄世成一把:“走起,走起吧你……”

12-18 锦屏镇街道 日 外

典型的川西小镇街道上,走来甄世成带着的一班战士。行人注视着,小声议论着什么。战士们好奇地看着街上的店铺。

一个伙计推着一辆手推车在前面艰难前行,手推车一歪,车上的东西撒落一地。有米、面、肉等物。旁边一个穿戴素净、打扮利落的五十多岁的老太数落着伙计:“阿宽哪阿宽,你就吃饭的时候比谁都强,这点活儿都干不好!”

阿宽往车上堆着东西,车子一歪,东西又撒到地上。甄世成示意两个战士过去帮忙。

老太:“这使不得!这使不得!”

甄世成:“大妈别客气。人民军队爱人民,这是应该的。”战士麻利地将米、面、肉绑好。

老太:“哎哟,还是解放军同志好。谢谢啦!谢谢啦!”

甄世成看着车上的粮食和肉,指了指:“大妈,你这些东西是卖的吗?”

老太:“卖?我上哪儿去弄这些东西啊,我在镇上有个店,客人吃啊喝的,我得管哪。这都是在镇上商铺买的。我是他们的老主顾,能省几个小钱!”老太爽快地笑着。

甄世成:“噢,那……大妈,你能不能给我也介绍介绍,我们有一大批人要吃要喝呢,价钱合适,以后我们也是个主顾,大主顾。”

老太:“行,没问题。解放军是咱老百姓的队伍,他们应该照顾。哎,这大晌午了,你们还没吃饭吧?到我店里去,大鱼大肉管不起,粗茶淡饭还能让解放军同志吃个饱。吃完饭,再在小店休息休息,下午我领你们去商铺。”

12-19 山谷 日 外

队伍蜿蜒走来。刘前进、彭浩骑着马跑在前面。不远处,一排排陈旧的房舍渐渐显露在人们的视线里。颓败、沉寂的新锦屏迎进了这支特殊的押解队伍。

12-20 锦屏镇大车店 日 外

一个大院,院内有一排吊槽,一眼水井,院角是草垛。老太引着甄世成进来:“这就是我家的大车店。小本经营,解放军同志别见笑哇。”

甄世成打量着。院内有大车进出,槽头拴着骡马,井边有人提水饮牲口。

老太吩咐着伙计:“阿宽,让解放军同志先洗把脸。”

甄世成:“大妈,你别客气。”

老太:“叫我周大姑,镇上的人都这么叫,听着亲嘛。往后再来镇上办事,吃住就在我这儿,像在自家一样。”

甄世成:“行,行。”

12-21 新锦屏农场临时会议室 日 内

临时会议室是一幢破旧的大房子,土墙裂开缝隙,门窗残缺不全。墙上贴着一幅大标语:坚决镇压反革命!

讲台对面是许多条凳。刘前进、彭浩坐在前排,二排坐着文捷、侯仲文、关晓渝、周圆、严爱华、甄世成、老班长、王友明等。后面坐着其他支队的干部。

程部长:"我们胜利地来到了新锦屏,但是后面的事情,依然从容不得,不允许我们迈着四方步去做。"

会议室内的气氛肃穆起来。程部长:"下面,我宣布军区党委的三项决定。第一项,给先遣一支队党组集体记一等功,撤销彭浩同志和刘前进同志的处分。第二项,追认在战斗中光荣牺牲的李厚福等各支队共十八名同志为革命烈士。第三项,组建新锦屏农场,组建农场党委,任命原一支队政委彭浩为农场代理党委书记;原一支队支队长刘前进为农场场长兼党委副书记;原一支队副政委、三大队大队长文捷为农场一支队政委,农场党委常委;原二支队支队长曲辉和原四支队政委吴照光为农场副场长。"

众人鼓掌。后排条凳上的掌声很热烈。刘前进、彭浩、文捷、关晓渝、周圆、甄世成、老班长等人鼓着掌,但掌声明显不够热烈。

甄世成对周圆:"彭政委为什么是'代理'啊?"

周圆:"'代理'……是暂时的意思吧,是不是要调走彭政委啊?"

老班长看着二人,敲敲桌子,两人闭嘴。程部长的目光掠向头排、二排的人。

12-22 新锦屏农场办公室 日 内

程部长坐在桌边,抽烟,思考。门开了,高参谋引文捷走进来。

文捷敬礼:"程部长,你好!"

程部长站起来,伸出手:"文捷同志,你好啊!"文捷与程部长热烈握手。

程部长:"我请你来,是想了解一下彭浩近期的表现,你要如实向组织反映情况。"

文捷拿起水杯喝了一口,思考着。高参谋拿过笔纸,坐到一边,准备记录。

文捷放下水杯:"彭浩近期的表现很好,他一直都好,工作积极肯干,与刘前进的配合也很默契……"

程部长:"我想听听,支队干部对他有什么反映?"

文捷:"反映?当然也有,不过,只是怀疑而已。"

程部长:"你说说,都有哪些怀疑?"

文捷想了想:"一个是,怀疑他和小李的被害有关,因为他知道小李去凉山工委送信的出发时间和行走路线。另一个是,怀疑他和唐静茵的逃脱有关,因为他是第一个发现追捕唐静茵的两名战士被人打死的。还有一个是,烧毁档案的特务小江正是彭浩派到关晓渝身边做警卫的。"

程部长认真地听着。高参谋在记录。

程部长:"你对这些疑点,怎么看?"

文捷:"我认为有些疑点还经不住推敲。比如小李被害,知道小李去送信的人有六个人,只怀疑他一人是不公平的。其他四个人,我、刘前进、老班长和侯仲文,也应该受到怀疑才对。还有追捕唐静茵的两名战士被枪杀,因为他是第一个发现战士尸体的人,就怀疑战士是他杀害的。按照这样的推理，先后到过现场的其他干部侯仲文、甄世成，冯小麦等人，也都应该受到质疑。有的疑点，比如他安排特务小江去保护档案和电台，究竟是有意安排还是工作失误，小江死前没有交代，彭浩就说不清楚了。”

12-23 锦屏镇大车店　日　内

桌上摆着酒菜，甄世成一边哼着小曲一边喝酒。周大姑端着一筐桂圆过来：“甄大科长，你尝尝鲜。”

甄世成：“那多不好意思啊，周大姑。”

周大姑：“这东西就是尝个鲜，客气什么。来来。”周大姑拿起一个，剥了壳递过来。

甄世成接过，放进嘴里：“……嗯，好吃。”

周大姑：“好吃就吃，吃——多吃点。”

甄世成：“这玩意过去只见过干的，黑不溜秋，还真没见过这么新鲜的。”

周大姑：“这东西啊……不瞒你说，女人吃着更好，常吃这个，养气色。”

甄世成看着周大姑。周大姑：“真的，等你回去，带点儿，给你们那些女干部。”甄世成笑笑。

周大姑：“你们那儿……女干部多吧？”

甄世成：“还行吧，有几十个吧。”

周大姑：“对，队伍上女同志都少，男同志怎么着也有个千儿八百号吧？”

甄世成下意识地点头，突然意识到什么，又赶紧摇摇头。

“甄科长，吃啊，你吃着，我去再给你准备点，走的时候带着。”周大姑离开，用眼角瞟了眼甄世成。

12-24 新锦屏农场办公室　日　内

高参谋看着侯仲文和王友明：“刘前进带人到鸡冠岭抢粮，你们俩跟着去的？”

侯仲文笑笑。高参谋：“你笑什么？”

侯仲文：“谁去的你都没弄清楚……”

高参谋不满地：“就是因为不清楚，才要问的嘛，这不对吗？”

王友明：“我们俩是跟着彭书记去解救支队长的。”

高参谋：“说说看，彭浩带你们去的时候，有没有什么异常……”

王友明看看侯仲文，侯仲文摇摇头：“没什么不正常的，彭政委要是不带我们去，别说支队长能不能抢回粮，命能不能保住都难说。”

高参谋：“救命的事，我不想了解，我就想问问彭浩是怎么带你们上鸡冠岭的，一路上有没有什么不正常的事情发生。”

高参谋看着王友明：“你好好想想。”

王友明刚要说，侯仲文：“人没有事，粮弄回来了，这不挺好吗？怎么还偏要弄出点节外生枝的事啊？”

高参谋：“仲文同志，你这样说话有问题嘛，组织上想了解了解情况，这有错吗？”

侯仲文不语。高参谋：“友明同志，你大胆说！”

王友明看看侯仲文，侯仲文别过头去。

王友明：“……其实……也谈不上什么有问题……就是，就是……”

(闪回)鸡冠岭密林,阳光从林隙中洒下,路径难辨。小分队前进速度明显慢下来。

彭浩:"我们走的路对吗?"

侯仲文望望天:"方向应该没错吧……"

彭浩不满地:"什么叫'应该没错'?"

侯仲文停下脚步,辨认方向。彭浩:"不要停下,要么继续往山里走,要么干脆回去。我们这样盲目地在老林子里转来转去,一旦遭遇土匪埋伏后果不堪设想!"

侯仲文看着彭浩,眼神有些异样。王友明看看彭浩,又看看侯仲文,欲说什么……

(现实)

高参谋做着记录,抬起头:"这是不是说明,彭浩在去救人的问题上,有过犹豫?"

侯仲文:"有什么可犹豫的?岔路那么多,还不能认一认啊?友明,你别什么事都乱讲,越说越乱!"

高参谋把笔一摔:"侯仲文同志,你这是什么态度?"侯仲文不语。

高参谋:"好了,你先走吧,我单独跟友明谈谈。"

侯仲文不满地起来,回头看了眼王友明,出去。房门被狠狠带上。

高参谋:"亏了他还是老革命,就这种觉悟吗?简直成问题!……友明同志,你接着说——"

王友明低着头。高参谋起身,倒了杯水,递给王友明。

高参谋:"组织上了解情况,是对咱们的工作负责,对有些同志负责,这是革命的需要,友明同志,你不要有思想负担。现在你们这支先遣队里存在的问题很多、很大,不把这些问题深挖出来,彻底解决,不知道今后会带来多么严重的后果啊,到那时候,我们就是党的罪人,人民的罪人啊!"

王友明捧着水杯,看着高参谋……

(闪回)营救刘前进前,彭浩吩咐侯仲文:"你去集合战士。人,不必太多,一个小分队就行。咱们马上出发!"

(闪回)鸡冠岭密林中,半山坡传来枪弹的啸叫声和穿来穿去的曳光弹道,提醒了小分队。侯仲文:"在那边!彭政委……"

彭浩望向枪声大作的鸡冠岭半山坡,似在斟酌、思忖什么。

王友明焦急地:"到底上不上啊?彭政委。"

彭浩:"上!但要弄清情况再上。"

(现实)高参谋记录完,抬起头认真琢磨着:"……这很能说明问题啊……"

王友明欲说什么,又不知如何去说……

12-25 新锦屏农场办公室 日 内

高参谋坐在桌前做着记录。程部长:"你对文捷反映的情况,怎么看?"

刘前进:"我的看法一开始跟文捷是一样的。可是后来经过深入了解,我对自己的看法产生了动摇。在两个战士被害现场,我发现的两个弹壳和小李身边的弹壳一模一样,都是我们用的手枪子弹,可以断定,先后杀害他们三人的是同一个凶手。我询问到过井台的干部战士,都说,他们跑到井台时,两名战士已经死了,彭浩正蹲在死者的身边。"

程部长:"那三个弹壳,你带来了吗?"

刘前进:"带来了。"刘前进从口袋里掏出三个弹壳,放到桌上。程部长拿起弹壳,仔细看了看，交给高参谋："收好，带回去做技术鉴定。对了高参谋，你也说说你的看法……"

高参谋："……我再好好想想……"

程部长："前进你接着说，你认为小江是怎么死的？"

刘前进："据老侯说，当时他赶到的时候，小江正在烧档案，他和小江搏斗时，失手杀了小江……"

程部长："小江确实是驮着档案逃跑的吗？"

刘前进："这个可以确定，关晓渝、周圆都是亲眼所见。"

高参谋："小江去接近档案，再伺机烧毁，看来是早有预谋的。这就说明，彭浩当初推荐这个人去保护负责机要工作的关晓渝和周圆，也是有问题的。"

刘前进："在这件事上……他……是有点嫌疑。"

高参谋："有点嫌疑？你太轻描淡写了！刘前进同志。"

刘前进不以为然地睃了高参谋一眼。

程部长思索着："小江死的时候，彭浩不在现场啊。"

刘前进："……我觉得内鬼不会是彭浩。"

程部长："我说过彭浩是内鬼吗？"

刘前进："不过……他的疑点越来越多，性质越来越严重了。我恳请组织深入调查，澄清事实……"

程部长："组织早就开始调查了，问题总会搞清楚的。"

刘前进："调查能不能快点！这样耗下去，我都快疯了！"

程部长："你吼什么吼？！这是非常严肃的事情，要做过细的工作，短期内不会有结论的。你还是要和彭浩搞好关系，开展好工作。"

刘前进："程部长，彭浩已经知道组织在调查他了……"

程部长："我知道，他给军区党委写了思想汇报。周圆近来有什么异常表现吗？"

刘前进："还没发现。以前我们怀疑她通过电台向敌人提供情报，小江暴露后，我们认为小江也能接触电台，敌人的情报肯定都是小江提供的。所以，基本解除了对周圆的怀疑。"

程部长："不能全部解除对她的怀疑，我们对她的调查还在进行中。"

12-26 新锦屏农场党委办公室 日 内

室内气氛压抑。彭浩坐在桌前，面无表情。高参谋坐在另桌前，做着记录。

程部长态度平和："你写给军区党委的思想汇报，常委们都传阅了。被人怀疑是一件非常痛苦的事情，被组织审查，党性和人格遭到了质疑，令你痛心疾首，难以忍受。组织非常理解你的心情。你是一名经过战争考验，政治上非常成熟的领导干部，希望你能正确地对待群众的反映，正确对待组织对你的考验。"

彭浩："我不会辜负领导对我的期望，会努力工作的。关于深挖敌特一事，我做了一些工作，还有些想法，想跟你汇报……"

程部长："你说。"

高参谋合上记录本，放下钢笔，知趣地站起来："你们谈吧，我还有事，出去一下。"

程部长用征询的目光看着彭浩。彭浩："我希望高参谋能留下，继续做谈话记录。我的一些想法和看法，也希望高参谋帮我参谋参谋、分析分析……"

高参谋看着彭浩，眼里是一种冷漠。

12-27 新锦屏农场场部门前 日 外

场部门前的路上，停着一辆敞篷卡车，车上站着许多持枪的战士。

一辆吉普车停在卡车的后面。程部长和高参谋从场部门里走出来。彭浩、刘前进、文捷、侯仲文、老班长跟出来相送。两名警卫员跟在左右。

程部长："不要送了，我们要抓紧赶路了。"程部长回头指了下刘前进，"忘了告诉你件事，过一阵军分区就要迁址了，再来新锦屏可就方便多了。不知道这对你小子是好事还是坏事。"

刘前进："这怎么说的？"

程部长："这回在我眼皮底下，你小子做什么事都别想再蒙我了。"

刘前进："哪呀，我哪件事没跟你汇报……"

程部长："是啊，小事你都汇报了，大事你都瞒着我。"

刘前进："这……哪有的事……我这不怕你着急吗？对了，路上你可得注意安全。这里的土匪可常出没。"

程部长："我们手里也有枪，土匪敢来，我正好替你们多消灭几个！"

高参谋拍了拍腰间的手枪："程部长，要是打土匪，我这支勃朗宁，可不如彭书记的盒子炮有威力啊！"

程部长："那好办啊，你们俩可以换枪啊！"

彭浩紧张地看着程部长。刘前进、侯仲文站在一旁看着。程部长："彭浩，怎么不言语了，舍不得啊？"

彭浩："这事……"

程部长："你要是舍不得，下次我们来，高参谋再把枪还给你嘛！"彭浩犹豫着。

高参谋笑哈哈地走到彭浩的身边："彭书记，快拿来吧！"高参谋伸手，以极快的速度从彭浩的腰间拔走了手枪。刘前进、侯仲文不动声色地看着。文捷、老班长不安地对视了一眼。彭浩看着程部长。

高参谋把彭浩的手枪插进腰间，从自己枪套里拔出勃朗宁，送到彭浩面前："我这把枪是战利品，你不能给我弄丢了！"彭浩不接枪。高参谋把勃朗宁塞到彭浩的手里。

程部长："好了，我们走了！"程部长、高参谋、警卫员坐上了吉普车。敞篷卡车开动，驶去。吉普车开动，跟在卡车的后面，驶去。吉普车上的程部长、高参谋向众人挥了挥手。刘前进、文捷、侯仲文、老班长向吉普车挥手。

彭浩手捧勃朗宁手枪，表情复杂地看着远去的吉普车。

12-28 新锦屏农场侯仲文宿舍 黄昏 内

关晓渝站在床边缝着被子。侯仲文提壶开水走进来："晓渝，别缝了，歇一会儿吧。"

关晓渝咬断白线："已经缝完了。"

侯仲文："连拆带洗，晾干了又做上，这个星期天你没得休息。"

关晓渝把被子叠好："我不累。"

侯仲文往茶缸里倒水："来，喝点儿水吧。"关晓渝接过茶缸，喝水。

侯仲文："安排你做党委办公室主任，说明组织对你很信任，你要好好干。"

关晓渝："我还太年轻，怕挑不起这么重的担子啊！"

侯仲文:“文政委像你这么大的时候早都当队长了。你年轻有为,应该勇挑重担。”

关晓渝笑道:“和你们比,我可差多了。”

侯仲文:“晓渝,谦虚使人进步。可是,你也不能太谦虚了,谦虚过度就变成虚伪了。”

关晓渝:“你说得也对。”

侯仲文:“傻孩子,听大叔的话没错!”

关晓渝放下茶缸:“我说过,咱们是一代人,你当什么大叔啊?我可不要你当我大叔。”

侯仲文好像一下找不到该说什么话的样子,拿出香烟,抽出一支。关晓渝上前夺过侯仲文手上的香烟:“听见我的话没有啊,我不要你当我大叔!”

侯仲文绕开关晓渝走到写字桌前,坐下,字斟句酌地:“晓渝,我下面要说的话,你一定要重视——”

关晓渝:“干吗这么一本正经啊。怪不得人家管你叫‘老正’。”

侯仲文不解地:“‘老郑’?什么‘老郑’?我又不姓郑。莫名其妙!”

关晓渝笑:“不是姓周吴郑王的‘郑’,是说你老是一本正经,不苟言笑,严肃认真!”

侯仲文:“这是谁说的?”

12-29 新锦屏农场侯仲文宿舍外 夜 外

灯光从宿舍窗户透进来,声音却似乎封闭得不错。

甄世成在门前徘徊好久了。他手里拎一个竹编小篮子。

有巡逻战士走来,甄世成快步走开。待巡逻战士走过,甄世成又踱回来。

12-30 新锦屏农场侯仲文宿舍 夜 内

侯仲文:“咱们俩,你和我,我跟你,一定都要好好把握住自己。我们都不应该放任自己的情绪、情感,想怎么样就怎么样了……”关晓渝听着,不情愿地点点头。

侯仲文:“……我不用猜,也知道这是谁说的……‘老正’,‘老正’,这个周圆……”

关晓渝咯咯地笑:“你可别说人家啊。”

侯仲文:“你别笑,晓渝。我认为,这个说法本身就是对我的一种批评。这说明我平时跟同志们不够随和,老端着架子,让人觉得高高在上。这确实不好……这是一种善意的批评。我不光不能说周圆,我还应该谢谢她哪。这个周圆虽然不大,看问题还相当一针见血哪。”关晓渝看着侯仲文,有点迷离的样子。

侯仲文:“我这人哪,从小到大,参加革命这么些年,最大的毛病,我知道,就是缺少与人沟通。这里面有性格的问题,内向,自己还挺欣赏这种内向呢。其实呢,还是小资产阶级那种清高在作怪,不苟言笑,凡人不搭理,自命老子天下第一……”

12-31 新锦屏农场侯仲文宿舍外 夜 外

甄世成又一次走过来,在紧闭的窗前、门外徘徊流连。

甄世成不时地看表,显得焦躁不安。周圆在不远不近的夜色中看着……

甄世成斟酌再三,终于举起手,敲门。侯仲文画外音:“谁呀?”

12-32 新锦屏农场侯仲文宿舍 夜 内

甄世成画外音:“是我呀侯大队长,甄世成……”

侯仲文快步走向屋门,开门。甄世成站在门口。

侯仲文:“是甄科长啊,快请进来……”甄世成进来。

关晓渝从床边站起，表情有点复杂，身手稍显不自然。

侯仲文："晓渝同志也在我这儿，正好一块说说话。晓渝你帮我个忙，给世成沏杯茶……"

关晓渝应了一声，像女主人似的拿出茶叶、水杯，冲水沏茶。

甄世成擎了擎那个竹编果篮："新鲜的桂圆，我今天上锦屏镇看见了，顺便买回点儿，侯大队长……晓渝，你……请你们都尝尝。蛮好吃的……"

侯仲文接过果篮放到桌上："新鲜桂圆，好东西！不过这种水果听说女孩子吃了好，补气养血还美容。晓渝回宿舍的时候记得带着，今晚够你和周干事大吃一顿了……"

12-33 新锦屏农场老班长、甄世成宿舍 夜 内

灯下，老班长收拾铅笔和小本子，正准备动身。门被撞开，甄世成提着酒瓶，跌跌撞撞地走进来。老班长："你喝酒啦？"

甄世成拽住老班长："你别走了，听小老弟我骂骂人，也算你帮我撤撤火……"

老班长扳住甄世成的脑袋："好你个甄世成，在哪儿灌的猫尿，回来叫我看你撒酒疯……"

甄世成推开老班长："这叫酒壮英雄胆，喝了酒我骂大街！骂死这些妖魔鬼怪王八蛋！"

老班长一愣："哪个惹了你，你还要喝酒骂他？"

12-34 新锦屏农场刘前进住处 夜 内

刘前进、文捷坐在桌前。彭浩在屋地走动着。刘前进看了一眼彭浩腰间的枪，皱了皱眉头。

彭浩站住："侯仲文主动要求到最偏远、最艰苦的监区去工作。我看，就让他做十六监区的监区长吧。"

刘前进："十六监区关押的可都是要犯，让他做监区长，合适吗？"

彭浩："我把现有的干部排了一下队，还没有其他更合适的人选。"

文捷："我提议，对侯仲文、周圆、甄世成等从地方来的干部，尽快进行外调。"

彭浩："内鬼是小江，他已经死了，周圆的嫌疑可以解除了，还用外调她吗？"

刘前进："程部长说，还不能完全解除对周圆的怀疑，上级正在调查她。"

文捷："上级在调查，我们就不调她了。"

彭浩："关于侯仲文……这样好不好，在外调之前，先让侯仲文代理十六监区的监区长……"

刘前进："不好不好！这代理也太多了，十六监区长就他了。"

文捷："我同意。哎，这老班长咋回事儿？还不来。"

12-35 新锦屏关晓渝、周圆住处外 夜 外

周圆走来，用手电照着夜路。到了门前，周圆下意识地把手电朝窗上晃了一下，窗台上，放着一块石头。周圆一惊，她四下看看，走过去。

一只野猫从周圆前面蹿出，周圆吓得惊叫一声，手电落地。周圆捡起手电，关上。

夜色中，周圆战战兢兢地在窗台下摸索着，手停下……

12-36 新锦屏关晓渝、周圆住处 夜 内

周圆开门进来，慌忙回身关上房门。她倚在门上喘息了片刻，走到桌前划着火柴，她颤抖着手，划了三根才划着，点亮马灯。

周圆展开纸条，上写：1.电台已到，在老地方。2.设法套住刘前进！要套紧！

周圆恼火地把纸条撕扯成几段，摔在桌上……

12-37 新锦屏农场刘前进住处 夜 内

彭浩、刘前进、文捷坐在桌子一边，在听老班长讲甄世成。老班长坐在他们对面：“……就这样，一瓶酒三下两下咕嘟下去了，便开骂——”老班长把手上的笔和本放在桌上。

刘前进：“他骂的啥玩意儿？你还做了记录啊。”

刘前进伸手要拿那本子，老班长朝他手背打了一下：“我没啥子记了我。他骂来骂去，就是车轮子那几句话……”

彭浩：“他怎么骂的，你说给我们听听。”

文捷：“你快说呀老班长，急死人啦。”

老班长喘了口粗气：“他骂的是侯仲文，骂他是天下第一恶棍，是吃人不吐骨头的狼，骂他假正经伪君子，是典型的老色鬼两面派！骂关晓渝是恶婆子傻婆子，玩弄他的感情，还骂周圆鬼头鬼脑神经病……反反复复滚车轮子地骂，骂得最多的还是侯仲文……”

彭浩：“文捷你找关晓渝谈谈，从侧面了解一下这个甄世成到底怎么回事。”

文捷点头：“好。”

刘前进：“也怪了，这三个不相干的人，怎么一下子全招惹上这个甄世成啦？”

老班长：“我临出门他敲着脑壳还骂了自己呢——甄世成，你就是个贱骨头！活该叫人家耍！”

刘前进站起来：“这有点文化的人连骂人都不一样。老班长你看这个甄科长，是不是借酒遮脸，在演戏给我们看呢？”

老班长想了想，摇摇头：“不像。甄世成这个人我观察好久了，工作还是蛮不错的，也认真负责。不过我一直还是觉得他是个问题人，哪里的问题我还理不清楚……不过现在总算来到新锦屏了，慢慢看嘛。”

刘前进：“不能慢慢看。我们现在到新锦屏了，押解任务是完成了，可是建设农场的工作才刚刚开始啊！这新锦屏四面大山，到了夜里一点动静都没有。其实，内部和外部的敌人，一直在瞪大眼睛盯着我们哪！对吧，老彭？”

彭浩：“程部长临走的时候再三嘱咐，我们当前的主要任务，一是搞好生产建设，盖好监室；二是搞好对敌斗争，内挖敌特，外御残匪，防止囚犯暴狱。对那个参谋次长，我们更要抓紧追查……”

几个人，各怀心事地看着彭浩。

12-38 新锦屏关晓渝、周圆住处 夜 内

周圆颓迷地坐在桌前，眼睛失神地望着什么，耳边响着修饰过的、放大的画外音：“套住刘前进！套住刘前进！要套紧！”声音由小到大。

窗户突然被轻轻敲响。周圆大惊！

窗户外，传来关晓渝的画外音：“周圆！周圆！”

周圆惊愣了一下，刚要去开门，想起什么，又回身，将桌上扯碎的几段纸条胡乱抓起来，握在手里。桌上还剩一小块撕毛了边的纸片。

周圆开门，关晓渝进来：“怎么？睡着啦？我敲了半天你都没反应。”

关晓渝坐到桌前，拿过茶杯喝水，放下茶杯，她看到桌上有块撕碎的纸片，刚要捡起来，周圆一步跨过去，碰倒了茶杯……

关晓渝捡起那块纸片，周圆去抓，关晓渝淘气地躲过。

关晓渝看罢一愣，瞪着周圆：“你——”周圆无助地看着关晓渝。

关晓渝手握那块纸片,有几分怪异地看着周圆。

周圆显得十分焦灼,又有些手足无措。周圆突然去抢,终于抢到手,一看,纸片上居然只有“刘前进”三个字。周圆舒了一口气。

关晓渝捶了周圆一拳头:“使这么大劲!你这单相思,我看要落下病了!我得去告诉支队长!”周圆尴尬地笑笑,回身将纸条在马灯上点燃。

关晓渝:“怎么,还知道害羞啦?你不是说喜欢支队长,不怕他知道吗?”

周圆:“那好,你去告诉支队长吧,我不怕!反正,我已经把我的心思都跟老班长说了,他肯定能跟支队长说……”

关晓渝:“啊?你脸皮可真厚!”二人疯闹起来。

12-39 新锦屏木棚女监室 日 内

一间用木板搭建的大木房,众女犯们规规矩矩、整整齐齐地坐在小板凳上。

严爱华坐在女犯们的对面。严爱华:“谁表现得好,够减刑条件,大家都可以推荐。”

柳春燕站起来:“我推荐凌若冰。她医术高明,心地善良,救死扶伤,不怕苦、不怕脏、不怕累,为我们解除病痛,手到病除。她是活着的女菩萨,是再世的女华佗……”

女犯甲站起来:“报告政府……”众人询问的目光在女犯甲身上聚焦。

女犯甲:“凌若冰是罪犯,罪犯做点儿好事,那是将功折罪,理所应当,没有什么了不起的……”

柳春燕忽地站了起来:“你放屁!”柳春燕陡然跑过去,揪住女犯甲的头发。

严爱华呵斥:“柳春燕,快松手!”柳春燕并不松手,撕着女犯甲的头发。

严爱华和大菊上前拉架,分开了柳春燕和女犯甲。

女犯甲大吵大嚷:“大菊你拉偏架……”

严爱华:“你们虽然是犯人,还给你们民主讨论的权力,这是对你们人格的最大尊重。柳春燕殴打同改,违犯狱规,我对你提出严重警告!”

女犯甲:“大菊拉偏架,也不是好东西!”

大菊:“你放屁!”又要上前撕把女犯甲。

女犯甲瞪着大菊:“别以为侯大队长抱过你,你就成香饽饽啦!”

大菊:“怎么着?你眼气啊?我还告诉你,我和侯大队长的关系不是一天半天了!”

严爱华:“大菊,你闭嘴,再胡说八道我关你禁闭!”

大菊:“本来嘛,侯大队长——”

严爱华一拍桌子:“你还胡说!”

女犯甲:“她是想男人想疯了!看上侯大队长啦!”

大菊扑上去,两人扭在一起。

严爱华掏出枪:“都住手!”两人一愣,分开。严爱华恼火地盯着两人。

12-40 新锦屏木棚男监室 日 内

刘前进和侯仲文在主持男犯们的讨论会。

男犯甲:“我提议给鲁震山减刑,西行路上,他最听政府的话……”

苟敬堂:“姓鲁的给你什么好处啦?他一路上想跑都想疯了!”

小痞子看一眼鲁震山。

鲁震山:“在座的各位,哪个没想过跑?我姓鲁的可是从来没抻过这个头。”

裘双喜："你和宁嘉禾三番五次商量出逃，还敢说没抻过头？"

鲁震山气得一下站起来："你血口喷人！"

裘双喜慢吞吞地："我血口喷人？你问问大家是不是这么回事……"

鲁震山的目光盯向小痞子，小痞子下意识地看看裘双喜，低下头。鲁震山又看苟敬堂，苟敬堂一笑："震山兄弟，我可不能说假话呀……"

鲁震山气得要发作，刘前进咳嗽一声："谁要是敢胡说八道，可就不是减刑加刑的问题了！傅明德，你说说！"

傅明德："刚才大家说的都是真事。"

鲁震山："你——"

侯仲文："鲁震山，你坐下说！"鲁震山气呼呼地坐下。

侯仲文："请刘场长讲话，大家鼓掌欢迎。"男犯们稀稀拉拉地鼓掌。

刘前进环视了一圈，慢慢地站起来："有那么几个人，这一路上就老是想当那出头的鸟……出头鸟是什么下场都知道吧？还有的个别人就是坚持反动立场不放！就是不老老实实地接受改造！对共产党的政策阳奉阴违，对民主讨论是冷嘲热讽。我警告这些人，不要在反动的道路上越走越远，最后走到罪恶的深渊里去。这次讨论的，是给表现好的罪犯减刑，我不希望下次讨论是给表现不好的罪犯加刑！"

裘双喜、苟敬堂、小痞子相互看着。傅明德闭目养神。

12-41 新锦屏男监外大院 日 外

刘前进、侯仲文、王友明走出。

侯仲文："犯人们这么抵触鲁震山，看来，他和他们不是一路人哪。"

刘前进点点头："那就好好发挥一下他的积极性，争取尽早把他拉过来。"

侯仲文点头。

王友明："那个小痞子表现也不错。"

侯仲文："他偷了你的钥匙，差点让宁嘉禾带着人逃跑，你忘啦？"

王友明："这不矬子里拔大个嘛……"

侯仲文："你当这是买萝卜挑白菜哪？"

12-42 新锦屏场长办公室 日 内

刘前进站在墙前，看着新锦屏地形图。

王友明走进来："刘场长，鲁震山要求见你，他说有要紧的事对你说。"

刘前进："让他进来。"

鲁震山和背枪的马大虎走进来。鲁震山规规矩矩地站着。

刘前进："你们在外面等着吧。"王友明和马大虎走出门去，随手带上房门。

刘前进倒了一杯水，放到鲁震山面前："坐下，先喝点水，有话慢慢说。"

鲁震山犹豫了一下，坐下。

12-43 新锦屏党委办公室 日 内

彭浩坐在办公桌前看文件。门开了，刘前进快步进来。

冯小麦："刘场长，你来了！"

彭浩放下文件："有事吗？"冯小麦倒水。走出去，带上房门。

刘前进:“大事……”刘前进从口袋里掏出一纸,交给彭浩。刘前进盯着彭浩看。

彭浩放下那张纸,神情严峻地:“傅明德是台儿庄大会战的督战官,这个情况太重要了。如果情况属实,他就是隐藏很深的国民党高级将领,一条大鱼。”

刘前进:“鲁震山说,他们的师长迟成风是中将,对傅明德都毕恭毕敬,看来,傅明德的来头不小。”

彭浩:“要尽快核实傅明德的真实身份,剥下披在他身上的一贯道坛主的伪装。”

刘前进:“迟成风参加北平和平解放,找到他,就能证实傅明德的真实身份。”

彭浩:“这个案子涉及国民党高级将领,太重大了! 应该立即报告公安部,请求上级立专案进行核查。”

刘前进自语:“这个督战官……会不会就是那个参谋次长?”

12-44 新锦屏附近森林 日 外

原始森林里,刘前进带着马大虎等战士和鲁震山等人用柴刀、板斧披荆斩棘,开辟通道。裘双喜、傅明德、小痞子、苟敬堂等人在消极怠工,干得磨磨蹭蹭。

刘前进用柴刀指着裘双喜等人:“你们几个,中午想不想吃饭了? 给我分开干,别凑一块!”裘双喜等几人无奈走开,干起来。

12-45 新锦屏监室 日 外

彭浩带着王友明、冯小麦等人在一个个倾塌废弃的旧监室上搭起临时性的木棚监室。

监区四周,用木棒夯楔的一圈圈木栅栏,颇有几分返璞归真的情趣。

12-46 新锦屏山坡 日 外

不远处,有管教和服刑人员在和泥、拓坯、烧窑、出砖。

沉睡太久的新锦屏,在风风火火的艰苦创业之初,便显示了盎然的生机。

12-47 新锦屏山坡下砖窑 日 外

关晓渝骑车从坡前经过。甄世成远远望见,跑过来:“晓渝,关晓渝!”

关晓渝停车。甄世成上前:“晓渝,上哪儿?”

关晓渝还跨在车上,脚支着:“跟你说了多少遍了,叫我全名。怎么老记不住。”

甄世成:“我根本就没想记。兴别人叫,就不兴我叫啊。”

关晓渝:“你——”关晓渝气呼呼推起车子要走。

甄世成一把拉住车把:“晓渝,求求你,别对我这么冷淡好不好,要不是为了你,我根本不会到新锦屏这个鬼地方。”

关晓渝:“甄世成同志,你来不来新锦屏是你自己的事,不要扯上我。”

甄世成:“好好,是我自己的事。不过,晓渝——”

关晓渝瞪着甄世成。甄世成忙改口:“关晓渝……我,我明天还去锦屏镇,你需要什么,我给你捎。”

关晓渝:“不用。”

甄世成:“我是真心的。”

关晓渝无奈地:“甄世成,甄科长,你别这样好不好。你上回那筐桂圆还一个都没动呢,大概都快烂光了。”

甄世成:“你……你怎么可以……那是多好的东西呀。”

关晓渝："周圆说她吃那玩意儿上火。我不吃那玩意儿，我气血旺着呢。"

甄世成无比痛苦状："晓渝，你怎么能这么伤我的心！"

关晓渝下车，将车子支起："世成，你别这样了好不好。和你说多少遍了，我和你，咱俩只是老同学关系，我不可能和你再考虑别的了。再说了，我现在还不想谈婚论嫁……"

甄世成："你是不想和我谈婚论嫁吧？你和侯仲文的事，别以为能瞒得住我！"

关晓渝："你——"

关晓渝推起车子要走，甄世成一把拉住，关晓渝用力拽开，推起车子走了几步，跨上车子，紧蹬了几下。甄世成气急败坏地看着关晓渝的背影……

12-48 新锦屏场长办公室 日 内

刘前进在看着一叠材料，彭浩进来。刘前进："我们申请减刑的那几个犯人，批下来了。"

彭浩："是吗？还挺快。"

刘前进推过来一份材料："还有，凌若冰的案子是错案。她被别人诬陷了，这是平反材料。"

彭浩拿过材料看着："她不愿意同流合污，就落了个被诬陷的结局。她这两年的好时光就这么耗没了，真是可惜呀。"

刘前进："也不能这么说，这两年的所经所历，对她的一生来说，未必就是坏事。"

彭浩想了想："今后不管过十年二十年三十年，就是到死，让她不能忘的，肯定是这段时光……这是个好人哪！在命运的大起大落中，最容易看出一个人的品性……"

刘前进做出要走的样子："好了……好了，什么话叫你一说，味道就不一样了，变成……变成了……对，变成'思想'了。我得走了，最后再说一句，那个凌博士出去后，要是能再改改身上的一些小资产阶级的毛病，你，彭浩兄弟，可以考虑娶她当老婆。快去把这个消息告诉她吧！"

刘前进向彭浩挤了挤眼睛，走出去。

彭浩愣住了，从敞开的门望着刘前进的背影……

12-49 新锦屏文捷办公室 日 内

凌若冰从平反材料上抬起头，看着彭浩。

彭浩："凌若冰同志，你受苦了！"

凌若冰面无表情。

文捷："若冰——"

凌若冰呆滞的目光里，空洞无物。

彭浩："凌若冰同志，你有什么话，有什么想法，都说出来吧！"

文捷拉出椅子，抱住凌若冰的肩头："若冰——"

凌若冰转身跑出去。

文捷和严爱华要追出去，彭浩："让她一个人待会儿吧……"

12-50 新锦屏大树下 日 外

凌若冰看着手里的平反材料，眼泪落在纸上。

凌若冰突然发疯一样地撕扯着那份材料，狠狠扔出去……

撕碎的纸屑漫天飞舞……

定格。

第十二集完。

第十三集

13–1 锦屏镇大车店门前 日 外

车老板赶着空车往外走，伙计阿宽扬手送着，回身往大车店院里走。门前，两个衣衫褴褛、蓬头垢面的人走来。年轻点的紧走几步："伙计！"阿宽回头。

年轻人："伙计，这个店当家的是周大姑吗？"

阿宽打量了下年轻人："周大姑是你叫的？滚滚！"

阿宽要走，长着胡须的过来："站住！住店给钱，你犯不着狗眼看人低！"

阿宽："你——"长胡须的人瞪着阿宽。

阿宽："好好，有钱你就是大爷！"阿宽自顾在前带路。

长胡须的人警惕地看了看，径直进院。

13–2 锦屏镇大车店账房 日 内

周大姑伏在柜台上打着算盘。长胡须的人拣了一个偏僻的角落坐下。

年轻人上前："老板，有清静的客房吗？"

周大姑抬头："有啊，要什么样的？"

年轻人："一明一暗，南北通风，左右无人。"

周大姑一惊，忙答："前门看山，后窗见水。请问，给什么人住？"

年轻人示意周大姑看向账房偏僻角落："我家老爷。"

周大姑急忙走过去，打量长胡须的人，一愣。

13–3 锦屏镇大车店后院客房 日 内

客房内有床，有竹桌藤椅，桌上有茶壶，茶碗，床上的被褥很整洁。窗外是竹林，竹林后面是大江，大江的那边是青山。宁嘉禾和周大姑走进来。

周大姑急忙关上房门："总指挥，快请坐。"

宁嘉禾不客气地坐到桌前。周大姑赶紧斟上茶水。宁嘉禾呷了一口茶："周站长，你看见我，一定很惊诧吧？"

周大姑："不瞒您说，我们都以为总指挥已经为党国殉职了。"

宁嘉禾生气地："谁说我死啦？"

周大姑："是总部的通知，也是听共党那边说的。"

宁嘉禾："怪不得他们没在藏龙洞等我。"

周大姑："总指挥，你来这里……"

宁嘉禾："我要把你们这个情报站，变成我的指挥部。"

同场景。

宁嘉禾坐在藤椅上，周大姑恭立一边。

宁嘉禾："周站长不必拘礼，咱们也算是老朋友了。令兄世济是我的长官，他任总统府战略顾问，我给他当过战史秘书，那时，我和你、我们是见过面的。我听说，他由香港去了台湾，不知道近况如何啊?”

周大姑:“实不相瞒,好长时间没有我哥的消息了。”

宁嘉禾:“令兄说过,你是一位授上校军衔的资深谍报奇女,党国精英啊!”

周大姑:“精英二字,实不敢当。还望宁总指挥多加指教。”

宁嘉禾:“从今天起,你我携手在这小小的锦屏镇上好好地做点事吧。”

13-4 新锦屏农场附近路边树下 黄昏 外

路边有一棵大树,枝繁叶茂。树枝上系着一个红布条。

周圆手拿一把野花走来。她看见树枝上的红布条,停步。她四下看了看,见无人,迅速伸手解下红布条,从树杈间拿出一张纸条。

13-5 新锦屏附近山洞 黄昏 内

周圆打着手电走进来。她走到一条钟乳石前,从石后提出一个油布包。她把油布包放到一块石头上,打开包,是一部精巧的电台。周圆放下手电,打开电台,戴上耳机,从口袋里拿出纸条,看了看,她有些迟疑,斟酌着,但还是伸出手按动了电键。

嘀嘀嗒嗒的电讯声在山洞内回响着。

13-6 倒木沟唐静茵住处 夜 内

唐静茵面容憔悴,坐在床边吸烟。阿慧走进来,从口袋里掏出一纸:“‘鹤顶红’来电,详细报告新锦屏运输队的行走路线、武器配备和出发时间。这一次,他好像特别希望我们连人带物,一口吃掉这个运输队。”

唐静茵站起来,接过电报仔细看了一遍:“……明早从新锦屏出发,后天早晨从锦屏镇返回,好哇。等他们上了茶马古道,给他们来个突然袭击!”

阿慧:“我让花子准备一下……”

13-7 新锦屏男监室 夜 内

监狱走廊的灯光照进监室,男犯们早已经躺下睡了,监室里响着鼾声。

裘双喜翻了个身,身旁的苟敬堂鼾声正响。裘双喜坐起,四下看着,睡着的同改犯并无异常。裘双喜下地,佯装穿鞋,蹲着蹑手蹑脚溜到墙边,钻到床铺下,轻轻地敲击石板地。石板地发出笃笃的实声。裘双喜往里爬了爬,又轻敲着一块石板。石板发出空空的声音。

裘双喜顺着石板摸索着,摸到一根细细的铁条,他试着撬动一块石板,石板动了下。

监室里突然有人咳嗽起来,裘双喜慌忙退出。

监室里的鼾声依旧,裘双喜爬上床铺躺下,瞪着眼睛。躺在旁边的苟敬堂鼾声中睁开眼,瞄了一眼裘双喜……

13-8 新锦屏老班长、甄世成住处 夜 内

老班长在本子上写着什么。周圆敲敲门,不等回应便开门进来。老班长抬头望望她:“有事啊,周干事。”

周圆放下手中的手电筒,坐到老班长对面:“明天上锦屏镇,你还去吗老班长?”

老班长:“当然要去喽。听甄科长说,这次要住好点的地方,说你要一起去……”

周圆:“我不去了,有个材料要赶着写。其实,老班长你也不用每次都去,那么辛苦……”

老班长:“那算啥子辛苦。唱唱山歌摆摆龙门阵,一去一回不过两天的事。”

甄世成忙忙乎乎地进来:“周干事啊,明天四点半出发,你准备好啦?”

周圆站起，盯着甄世成："我……乱世佳人……那本书，你看完了还给我吧。"

甄世成一时记不起来了："乱世佳人……乱世佳人，哦，你的《乱世佳人》啊。"说着拉开抽屉，拿出《乱世佳人》，"你看看，到了新锦屏再就没空翻它了。你要不急，我明天带着在路上看，两天保证看完它，回来还你，行不行？"

周圆仍定定地看着甄世成："明天还是你带队去吗？"

甄世成："对啊，我和老班长去。这回加上个你。"甄世成冲老班长挤挤眼，"也算我和你这'佳人''约'上一回，逛逛山景游游锦屏镇……"

周圆一声不吭，转身出门走进苍茫夜色中。

老班长瞅了眼甄世成："你呀，跟女同志说话尊重点。"

甄世成愣了一下，坐下："这个周圆，又搭错了哪根神经？"

老班长："她来告诉你，明天不跟咱们去锦屏镇了。"

甄世成："不去啦？一会儿东一会儿西的，没个准谱。"

老班长看到桌上的手电："这个小周，丢三落四的。"老班长起身去送手电。

13-9 新锦屏老班长、甄世成住处外山路 夜 外

月光里，周圆从屋里出来，走了没多远，想起手电，返身回去。

老班长迎过来："小周，脑子里想啥呢。"

周圆接过手电："谢谢你啊，老班长。"

老班长挥挥手："快走吧。早点休息。"周圆点点头，犹豫了一下，掉头走了。

远处隐约传来了野兽的号叫。老班长犹豫了一下，又追上去："小周。"

周圆站下，老班长追上来。周圆："有事啊，老班长？"

老班长："没事，我送送你吧，黑灯瞎火的。"

周圆："不用，拐过那个山包就到了。"

老班长不语，示意往前走。周圆跟在后面，手电光给老班长照着前面的小路。两人默默穿过山包。前面可见房子里亮着的灯光。

老班长站下。周圆："老班长，谢谢你。"

老班长往回走，周圆："老班长。"

周圆追过来，递过手电："这个，你拿着吧，路上黑。"

老班长："不用，这道儿我熟。"

老班长走了，周圆看着走远的老班长，突然喊："老班长！"

老班长站下，回头望着："还有事啊？小周。"

周圆："……没有。"

老班长："有啥子事你就说嘛！"

周圆："……老班长，明天上路，你小心点啊！"

老班长扬扬手："好，你快走。你自己也小心点。"老班长深一脚浅一脚走在山路上。

周圆仍站立不动，看着渐远的老班长。

周圆跑到旁边一处高坡，用手电照向老班长走的山路。

老班长回头，朝周圆挥了挥手，喊着："快回去吧小周。"

周圆："我等你回来，老班长……"周圆的声音渐小，小得像是自语，"你回来再给我讲讲支队长的事……”周圆举着手电，照着。周圆的自语变成了泣诉……

周圆的眼里涌出两行泪水，缓缓流过面颊，在清冷的夜色中泛出一种别样的温暖来。

13-10 新锦屏老班长、甄世成住处 夜 内

甄世成已经呼呼大睡，老班长在他的小本子上认真记着。

老班长的画外音：“7月13日，新锦屏。今晚周干事来了……”

13-11 锦屏镇大车店后院密室 夜 内

昏暗的灯光，桌上摆着一部军用收发报机，机板上红绿灯光闪烁。周大姑头戴耳机，手拿铅笔，在纸上写着数码。宁嘉禾站在她的身旁，焦急地等待着。

周大姑摘下耳机，拿起电文纸：“与台湾联系上了，总裁任命你为国防部特派员兼西南游击区总指挥，指挥反共游击军第一路军、第二路军活动。总指挥的代号是：猛虎……”

宁嘉禾：“猛虎要出山了……”

周大姑指指电文纸：“台湾方面又在催，要我们尽快找到那个参谋次长，拿到那份潜伏人员名册……”

宁嘉禾接过电文纸，沉吟片刻：“这件事，棘手啊……”

13-12 新锦屏男监走廊 晨 内

放风的警铃声响起，监室里的男犯朝外走去。

监室里，裘双喜、傅明德、鲁震山、小痦子等向门口走去，苟敬堂在后面磨磨蹭蹭……

13-13 监区操场 晨 外

服刑人员在放风，三三两两的服刑人员在说着话，有人的弯腰下腿，做着各种活动。

裘双喜四下张望，悄声问傅明德：“看见老苟了吗？”

傅明德也四下看着：“没有。”

小痦子凑过来：“今早天儿还挺凉啊……”

裘双喜：“你看见老苟了吗？”

小痦子：“……是哈，这老东西跑哪去了……”

裘双喜往监舍走去，侯仲文和王友明走来。王友明：“813，你去哪儿？”

裘双喜：“我……我肚子痛，我回监室……”裘双喜揉着肚子。

侯仲文对战士甲：“带他去医务室看看。”

裘双喜连忙：“不用不用，我回去躺会儿就好了。”

战士甲过来扶裘双喜，裘双喜推辞着：“我这老毛病了，躺躺就没事了……”

王友明看看裘双喜，将侯仲文拉到一旁：“我觉得——”

侯仲文打断王友明的话：“带上人，去监室！”

侯仲文先朝监室跑去，王友明对战士挥了下手。裘双喜脸色蜡黄……

13-14 监区男监室 日 内

侯仲文、王友明站在门口，打量着监室。破旧的监室里空空荡荡。床铺上摆着一排整齐的被褥，墙边摆着一排脸盆和牙缸。

王友明：“难道裘双喜真的犯病啦？”侯仲文不语，在监室里搜看着。

突然，床铺下一阵骚动。几个人朝床铺下望去，一块石板被抬起，拱出苟敬堂的脑袋。王友明要掏枪，被侯仲文拦住。众目睽睽之下，苟敬堂爬出来，他突然看到地上的几双脚，他慢慢抬起头，看到的是一张张严肃的面孔……

13-15 场部刘前进办公室 晨 内

刘前进正在对着镜子刮胡子，桌上的电话响起。刘前进一愣，手上的刮胡刀一颤，下巴被刮了个口子，刘前进抓起电话："我是刘前进……什么？暗道?!"

13-16 新锦屏男监室 日 内

王友明揭开床铺。侯仲文引着刘前进和彭浩走到床铺前。马大虎和冯小麦跟在后面。

侯仲文挪开一块石板，现出一个洞口。彭浩："真是想不到，这里居然还有暗道机关!"

侯仲文："刚才友明下去看了看，暗道里面其实已经被堵死了。否则苟敬堂就逃出去了。"

刘前进看着王友明："知不知道这个暗道通到哪儿?"

王友明："这还不清楚。"

彭浩："回头再下去看看。"

王友明："是。"

刘前进："像这样的地道，其他地方还有没有?"

侯仲文："监室仔细检查了一遍，没有新的发现。"

刘前进："这个暗道……苟敬堂怎么会知道呢……"

侯仲文："我觉得是裘双喜发现的!"

刘前进看着侯仲文："提审裘双喜!"

13-17 监狱提审室 日 内

刘前进、彭浩、侯仲文在等待提审裘双喜。刘前进："十六监室暗藏地道，其他监室能不能也有？要是也有地道，那就给我们的防逃工作带来了隐患。这是个刻不容缓的大问题。"

侯仲文："应该对旧监室立即进行一次彻底检查，寻找地道，堵塞漏洞，消除隐患。"

彭浩："他们是不是早就知道旧监室里有地道啊?"

刘前进："有可能。裘双喜曾在这里当过看守。"

侯仲文："为了避免出现类似的情况，应该把所有的囚犯尽快搬进新建的监室里，旧监室换给干部和战士们当宿舍。"

刘前进："这个建议不错，回头马上执行。"

王友明的画外音："报告！裘双喜带来了。"

战士押着裘双喜进来，在屋子中央的板凳上坐下。

刘前进："裘双喜，知道为什么带你来吗?"裘双喜摇摇头。

刘前进严厉地："你还给我装蒜！监室的那个暗道是不是你早就知道?"

裘双喜："什么暗道？我听不明白……"

侯仲文："裘双喜，我看你是揣着明白装糊涂!"

裘双喜："政府，你们说什么呀……我怎么一句听不明白，我真让你们给搞糊涂了……"

彭浩："裘双喜，都这时候了，你再一口一个不知道，那可就是跟你自己过不去了。"

刘前进："好吧，不说算了，把他关到禁闭室里，就关到他当监狱长时候建的那个禁闭室里，关到他什么时候想说的时候为止!"

刘前进起身往外走，裘双喜急了："别别，我说，我说……"

13–18 锦屏镇大车店前院 日 外

甄世成、老班长和战士们赶着马帮走进院内。伙计阿宽出来相迎："甄科长，又来镇上进货啊？"

甄世成："啊。你们周老板呢？让她给我们做燃面。"

周大姑从店里迎出来："哟，甄大科长，我一听有人要吃燃面，就知道是你来了。你可好久没来镇上了。没有你来照应，我这小店的生意都冷清多了。"说着，示意手下帮着拉马、卸装备。

甄世成笑着："周老板还看得上我这几个小钱哪？"

老班长打量着周大姑。周大姑："这位长官——"

甄世长："这是我们的老班长。告诉你啊周老板，我们新锦屏的场长和书记当年可都是他手下的兵啊。"

周大姑故作惊讶状："是吗？哎呀老班长，快里面请。小二，备好热水，让甄科长、老班长洗把脸解解乏。"

老班长："听口音，周老板不是当地人吧？"

周大姑："老家河南，过来好几年了。"

甄世成带着人朝店里走。周大姑往里让着老班长。

老班长："茅厕在哪儿？我——"

周大姑朝院子一角指着："拐过去就是，套院西边。小二，领老班长去。"

老班长："不用不用。"

小二引路，老班长跟去。两人拐进套院。小二指着西边石头搭起的茅厕："长官——"

老班长笑着点头："知道知道。"

老班长进茅厕，拐弯处迎面出来个低着头的男子，从老班长身旁过去。

老班长进了茅厕，解着裤带，突然意识到什么，提着裤子匆匆跑回来。

院子里，只有小二在扫院子，刚才的男子不见了踪影。老班长："小二，看没看见刚才从茅厕里出来那个人？"

小二摇摇头，又点点头。老班长："到底是看见还是没看见？"

小二挠挠头，指着套院："走了吧……"小二急惶惶进了店。

老班长系着裤子跑出套院。周大姑堵在门口喊着："长官，快来洗把脸，水都倒好了。"

老班长："周老板，刚才看没看见一个大高个从套院出来？是你店里的客人吧？"

周大姑："大高个？有有，在后面饭堂吃饭呢。"

甄世成拿毛巾擦着脸，从屋里出来："洗把脸吧老班长。"

老班长："跟我来。"

甄世成没明白过来："怎么啦？"

老班长："有情况！"

两个战士跟着老班长冲向后屋饭堂，甄世成看着周大姑："怎么啦？"

周大姑："小小一个大车店，能有啥情况？"

13–19 锦屏镇大车店饭堂 日 内

老班长带着战士冲进饭堂。住店的客人正在吃饭。老班长打量着食客，墙角处一张桌子旁，坐着一个瘦高的男人，背对着老班长。老班长提着枪向目标逼近。

13–20 锦屏镇大车店饭堂 日 内

甄世成、周大姑匆匆走进饭堂，见老班长正提枪逼向正在吃饭的一个瘦高的男人。

周大姑慌乱地："老班长，这都是住店的客人哪！"

老班长逼近目标，低声叫道："宁嘉禾！"背对老班长的男子没有反应，埋着头吃饭。

甄世成闻言一惊。老班长一拍男人的肩头，男人回头。不是宁嘉禾。老班长愣住了。

周大姑慌忙过来，安慰着男人："庄老板，误会，误会，这位老哥认错人了。您慢用，慢用。"

庄老板不满地瞪了一眼老班长。老班长："打扰打扰，刚才你是上茅厕了吧？"

庄老板啪地一摔筷子："我在这里吃饭，你茅厕茅厕的，还让不让人吃饭了嘛？"

周大姑安抚着："这位老哥就是随便问问，你是不是……去过？"

庄老板不满地："当然去过，哪个一天还不去几趟茅厕嘛！"

周大姑："是是，庄老板你慢用。小二，给庄老板送盘花生米。"

老班长疑惑地走开，四下看着饭堂。甄世成小声："老班长，宁嘉禾早被击毙了，你是不是活见鬼了？"

老班长："……不应该呀……"

13–21 锦屏镇大车店客房 日 内

老班长抽着烟袋，想着心事。甄世成："怎么，还想着宁嘉禾呢？得了，快收拾收拾，跟我一块筹粮去。"

老班长："难道我真是看花了眼？不应该呀……"

甄世成："什么不应该？你呀，别不服老。别说你，我这眼神还经常出岔子呢。别以为你爬过雪山，走过草地，就成火眼金睛了。"

老班长："咋胡扯上爬雪山过草地了，哪辈子的事。"

甄世成："可不就哪辈子的事吗？你说你啊老班长，这雪山也爬了，草地也走了，到现在还是个班长，你亏不亏啊？"

老班长："兔崽子，我看你思想长毛了。咱们是来干革命的，不是来当官的！"

甄世成："我随便说说……不过，你既然是他们的老班长，他们怎么着也该照顾照顾你吧，要不然，可就太没有良心啦。"

老班长盯着甄世成："你啥子意思嘛，照直说，别给我画弯弯！"

甄世成："得得，我不说了还不行吗？看你眼睛瞪的，赶上牛啦。"

老班长要拿烟袋去敲甄世成，甄世成躲开。

13–22 监狱又一间监室 日 内

裘双喜、傅明德、鲁震山、小痦子等服刑人员或坐或躺。监室门推开，苟敬堂一看到裘双喜，站在门口不肯进来。裘双喜瞪着苟敬堂，苟敬堂慌忙避开裘双喜的眼神，回身哀求王友明："政府，给我换一间吧，求求你了！"

王友明："废什么话！进去！"

苟敬堂还要往外挤，战士将其推进来，苟敬堂无奈，溜到墙边。

王友明指点着众服刑人员："都给我听好了，谁再不好好改造，琢磨着逃跑，就不是加一年两年刑期的问题啦！"

王友明带着战士退出去，关上门。苟敬堂偷眼看裘双喜，裘双喜正怒视着他，苟敬堂慌忙收回目光，可裘双喜还是起身，慢吞吞地向他走来。

苟敬堂强装硬气："裘……裘双喜，你要敢动手，我就揭发你……"

裘双喜一脚踹过来，苟敬堂："你……我还没找你算账哪，你把老子害惨了！"

两个人厮打在一起。傅明德示意了下，几个囚犯拦在门前。傅明德、小痦子上前拉开两人。苟敬堂的鼻子正淌着血。裘双喜指着苟敬堂："老子不杀了你不算完！"

傅明德："好了，裘监狱长！这件事如果你不是背着大家，也不至于闹到如此地步！"

小痦子："对，这就是你吃独食的结果。"

裘双喜要打小痦子："你他妈找死！"

傅明德一把拉住裘双喜："你才是找死！老苟固然可恶，可你要是早把监室有暗道的事告诉我们，大家一起想办法，总比你现在把大家的后路都给断了强！"

裘双喜气呼呼地坐下。傅明德也坐下，心平气和地："你再想想，这里还有什么机关。"

裘双喜看了一眼傅明德，鼻子"哼"了一声，躺下……

鲁震山轻蔑地笑了下，傅明德："你笑什么？"

鲁震山："裘监狱长立功心切，怕是早把底儿都交代出去了……"

裘双喜："你……你个大头兵……"

13-23 锦屏镇街市 日 内

街市上人来人往。甄世成和老班长带着人走过，甄世成看到一家粮铺，带人走进去。

13-24 锦屏镇大车店后院密室 日 内

宁嘉禾坐在床边，心神不定。周大姑："看来，这个老头子对总指挥印象深着哪。要是你腿脚慢点，可就麻烦大了。"

宁嘉禾："还是周站长紧要关头反应机敏，处变不惊啊。"

周大姑摆摆手："是总指挥福大命大躲过一劫。以后，还得多加小心。"

周大姑看到房角的马桶，"总指挥，我多句嘴，行吗？"

宁嘉禾点点头："周站长请讲。"

周大姑："这屋里有现成的马桶，您实在不该出去冒这个风险。要是真有个三长两短，我可没办法向上峰交代呀。"

宁嘉禾叹了口气："这些日子一直待在屋里……实在难受……我也想出去透透气。谁知能出这种事……唉！他们能住多久？"

周大姑："最多一天，听说新锦屏快揭不开锅了。今天筹到粮，明天一早就能往回赶。"

宁嘉禾："他们到哪里收粮？"

周大姑："镇上粮庄啊，总指挥的意思……"

宁嘉禾琢磨着。

13-25 锦屏镇粮庄 日 内

一间颇有规模的粮庄。粮庄里人气很旺。老班长和甄世成在看粮食样子，粮庄老板跟在旁边。老班长抓了把米仔细看着，捏起一撮放进嘴里，品着。

甄世成走到旁边，一个身影让他一惊。是那个背着褡裢的中年男人。中年男人笑吟吟地看着甄世成，甄世成一阵慌乱，回头看看老班长，老班长背对着他。甄世成过去，压低声音："你怎么来这儿啦？我说过我不干了，还跟着我干什么？"

中年男人还是一脸笑模样："不跟着甄科长怎么行啊，我要仰仗甄大科长吃饭的。"

甄世成："你——"

中年男人看看甄世成的额头："甄科长的伤，好了吧？"

（闪回当时情景画面，并需要延伸）

13-25A 岭南寨老乡住宅 日 内

岭南寨老乡住宅里，中年男人在喝茶。镜头拉开，是那个曾在岭东镇出现过的背着褡裢的中年男人。他身边是两个壮实的伙计。

外面响起脚步声，老乡对中年男人说了句："你等的客人来了。"

从窗户看去，一个穿军装的男人进了院子。老乡开了门。

中年男人："你出去吧，有事再叫你。"老乡走开。

穿军装的男人进屋。强逆光打在他身后，看不清来人的面孔。

中年男人："怎么这半天才来啊，脱不开身吗？"

穿军装的男人回身关门。中年男人拍拍口袋："你要的东西我拿来了。上次的事，咱们做得很圆满。这一次，老兄还得加把劲哪！"

中年男人掏出一沓钱放在桌上："这是定金，请甄科长收好。"

甄世成："陈老板，这事我不能再干了。上次在老龙口如果不是阴差阳错赶上土匪烧了粮站，事情就暴露了！"

陈老板："那说明你甄科长吉人自有天佑嘛！那把火不是正好救了你吗？"

甄世成使劲搡了陈老板一把："你敢拿老子开心！"

陈老板身边的伙计突然出手，打得甄世成蒙头转向……

（现实）

13-25B 锦屏镇粮庄 日 内

甄世成低声："你上胡同口等我……"

陈老板也压低了声音："我找你好久了，一会儿可别让我找不着你！"

陈老板蔑视地笑了下，走去。甄世成走回老班长身边："老班长，你先看着，我买包烟去。"

老班长点头。甄世成出去。他站在门口警惕地四下看看，向房后走去。

13-26 锦屏镇粮庄外小胡同 日 外

胡同口，陈老板望着街道上的风景，抽着烟。甄世成匆匆赶来。陈老板笑笑，进了胡同，甄世成跟进来。陈老板将烟盒递上来，一根烟已经弹出。

甄世成："陈老板，这事真的不能再做了，我们支队的头头已经察觉了。再做下去，肯定要出事，到那时，我可就完了。"

陈老板："想发财，哪能一点风险没有？这军粮你甄科长也不是卖了一回两回了，要出事不早出啦？"

甄世成："上次在老龙口真的是那把火救了我，就这样，老班长还看出粮食少了呢。"

陈老板："那个老兵？这简单，做了他！当兵打仗死个把人算个屁。你回去报他个意外伤亡不就得了。"

甄世成："我怎么看你越来越不像买卖人了。你还想杀人害命啊！"

陈老板："这山高皇帝远的地方本来就匪民不分……好了，不和你啰唆了。"

陈老板将一个装钱的信封递给甄世成，甄世成不接。陈老板将信封往甄世成衣兜里一塞，走开。甄世成看着陈老板走远……

13-27 锦屏镇大车店后院 黄昏 外

老班长正在指挥战士将粮袋捆绑到大车上。

甄世成走过来："老班长，明天一早弄也来得及。"

老班长："这些先装车，省得明早耽误时间。那些，明早往马背上一放就能走了。"

老班长指了指屋檐下堆的一些粮袋。甄世成："明早让店里的伙计帮着装吧。走走，进屋咱爷俩喝两盅，人家周老板送的老窖。"

老班长："你少喝点，明早天不亮就得起来赶路呢。"

甄世成："这你还不懂？喝点小酒，晚上还能睡个好觉。"

老班长："你睡吧，晚上我在这儿看着。"

甄世成："安排两个战士看着就行了，你老胳膊老腿的可经不住折腾。这要是让刘场长和彭书记知道了，还不吃了我，该说我虐待他们的老领导了。"

老班长："你再说我老，我可收拾你！你安排两个人值下半夜的班，上半夜我看着。"

甄世成摇摇头："真拿你没办法……"

13-28 锦屏镇密室 黄昏 内

宁嘉禾在屋里徘徊，周大姑小心地看着宁嘉禾。

宁嘉禾思忖着，转身盯着周大姑："这些粮食如果都变成毒药呢？"

13-29 锦屏镇大车店后院 夜 外

老班长坐在台阶上，一辆粮车后面传来动静。老班长警觉地提枪摸过去，他绕到粮车后一看，是一只野猫在觅食，老班长低吼了一声："一边去。"

野猫不动，瞪着眼看老班长，老班长做了个假动作，野猫跑开。

两个战士打着哈欠过来："老班长，你去睡吧。"

老班长："咋不多睡会儿？我上年纪了，觉少。"

战士："我们都睡五六个钟头了。现在离天亮也就四个来钟头了，你快去睡会儿吧。"

老班长："那行，惊着点啊。"老班长走去。

13-30 锦屏镇大车店账房 夜 内

周大姑从屋里门缝看到老班长上了二楼，楼上响起开门的吱呀声。周大姑披着衣服出来，跟身后的店小二说着什么，店小二点头，拿起桌上包着的一包东西。

周大姑朝外走。

13-31 锦屏镇大车店后院 夜 外

周大姑提着马灯拐过来，两战士警觉地："谁？"

周大姑将马灯举到自己脸前："长官，是我，上趟茅厕。这人上了岁数，毛病也多，一晚上得起好几回夜。"

两个战士过来看了看："是周老板啊。"

周大姑："这院子里多凉啊，上屋里暖和暖和吧。"

战士："不用啦，再坚持坚持该赶路了。"

周大姑："你们呢，也真是不易。"

周大姑提着马灯走去，走到不远处，突然“哎哟”一声叫唤。两个战士急忙跑过去，周大姑摔倒在地，两个战士扶着周大姑，周大姑痛得呻吟不止。

黑影里，店小二悄悄跑到屋檐下，迅速撑开麻袋口，将包里的东西从麻袋口倒进去……

周大姑还在呻吟着，店小二跑过来：“周老板，怎么啦？”

战士：“周老板摔倒了，快扶她看大夫。”

周大姑：“深更半夜的，明早再说吧，哎哟，痛死我了！”

周大姑叫着，目光与店小二对视，店小二点了下头，周大姑叫得更厉害了，店小二扶着周大姑往回走，一战士提着马灯……

13-32 锦屏镇大车店后院 凌晨 外

老班长在指挥战士们套车，甄世成打着哈欠过来：“没事吧？”

战士甲：“没事。”

甄世成：“我说用不着看着嘛，老班长就是胆小。胆小没得将军做，一点不假。”

老班长：“我看你是觉睡多了，一睁开眼就胡咧咧。去帮着抬屋檐下那些麻袋。”

甄世成：“我上趟茅厕。”

老班长：“懒驴上磨屎尿多……”

13-33 锦屏镇大车店门口 晨 外

晨曦中，马帮出了院子。

战士们吆喝着马匹，老班长：“小点声，人家客人还睡觉呢。”

13-34 锦屏镇大车店账房 晨 内

周大姑和宁嘉禾站在窗前望着门口，脸上露出得意的笑……

13-35 茶马古道 日 外

一支运粮的马帮在茶马古道的蜿蜒坎坷之间踽踽前行。甄世成和背枪的公安战士们监押在侧。甄世成悠然地唱着信天游：“山丹丹那个开花哟，红艳艳；咱们中央红军哟，要大发展……”

老班长看看天空，太阳升到中天：“世成，歇会儿吧。人和马都该吃口东西垫垫了。”

甄世成喊：“原地休息啦！”

战士们停下，将马背上的麻袋卸下。一匹马趁人不注意，拱着从麻袋口露出的玉米。

甄世成和老班长倚在树底，甄世成咬了两口火勺，喝着军壶里的水，递给老班长，老班长摇摇头，正在小本上写着什么。铅笔尖太粗，他在旁边的石头上小心地磨着。

甄世成：“又记你那变天账，有啥好记的。”

老班长：“这两天都没记啦。哎，锦屏镇的‘镇’字咋写？”

甄世成：“左边一个‘金’字旁，右边一个‘真’，真假的‘真’。”

老班长写着，突然想起什么，他盯着甄世成：“不对，那个大车店的周老板有问题。”

甄世成：“什么？”

老班长：“我想起来了，当时我带人冲到饭堂的时候——”

（闪回）周大姑慌忙过来，安慰着男人：“庄老板，误会，误会，这位老哥认错了人。”

（现实）一些披着察尔瓦的土匪在草莽林间不时闪现、隐没，颇显神秘。土匪们收拢身上的察尔瓦，蹲伏在草莽林间，远远看去，像是一堆堆、一块块色彩驳杂的石头。

老班长:“这个周老板又不知道我找的人是谁,他怎么就说我认错人啦?”

甄世成:“这有什么奇怪的,那个庄老板是人家周老板的老客人,是好是坏人家不知道啊。”

路边的一块褐色的石头动了一下,披着察尔瓦的花子举起了手中枪。

老班长:“我得把这个记下来——”

老班长在本子上写下了:“7月16日 回新锦屏路上。昨天在锦屏镇大车店里碰到一个人,我觉得他就是——”突然,“砰”的一声,传来一声枪响,打在树干上。

老班长大喊一声:“有敌人!”战士们立即进入战斗状态。

老班长顺手将铅笔夹到正写着的那页里,将小本揣进怀里,掏枪投入战斗。

一块块石头变成了一个个匪兵,他们身披察尔瓦,举枪向马帮射击。

马帮受了惊吓,四处逃跑,那匹吃玉米粒的马刚跑了两步,便踉跄着倒地,嘴里吐着白沫。老班长以大树做掩护,向石头后的敌人还击。甄世成惊慌地看着四周。

老班长:“世成,你快带人保护粮食进树林!”

甄世成:“老班长,咱们一起撤吧!”

老班长:“放屁! 丢了命也不能丢了粮。快走!”

甄世成:“老班长,你别舍命不舍粮好不好!”

老班长:“你还啰唆! 快滚!”

甄世成弓着身子跑来,老班长向敌人射击。战士们迅速占领有利地形,向偷袭的小股土匪开枪还击。甄世成带着马帮,向树林撤去。茶马古道上,硝烟弥漫,枪声激烈……

老班长胸部中弹,瘫倒在一块石头上。战士们甩出几颗手榴弹,乘着爆炸的烟火,向土匪发起了冲锋。

花子率领的小股土匪抵挡不住,丢下几具尸体,逃窜而去。

甄世成带着战士跑回来,他扶起老班长,带着哭音喊着:“老班长! 老班长!”

老班长躺在他的怀里,微睁着眼睛想说什么没说出来,手臂垂落下去……

甄世成:“老班长……”

13-36 新锦屏党委办公室 日 内

彭浩:“裘双喜的供词提醒了我们,旧监室确实存在着安全隐患,我们要尽快把所有囚犯迁进新监室,然后对旧监室进行全面彻底的普查。”

刘前进:“事不宜迟,我马上去布置。”

甄世成满脸血污地闯进来:“场长……”刘前进、彭浩、文捷一惊。

甄世成:“场长,我们遇上了土匪,老班长他……”

刘前进:“老班长怎么啦?”甄世成哽咽得说不出话来。

13-37 新锦屏农场场部院子 日 外

门前站着驮粮的马帮。几副简易担架上躺着牺牲的战友,他们身上盖着一块块雨布。刘前进、彭浩、文捷跑到前边那副担架前,刘前进俯身掀起了雨布。

老班长安详的遗容。刘前进悲愤地瞪着眼睛,逐个看着那几个牺牲的战友。文捷在哭泣。刘前进的眼泪流了出来。

彭浩:“老班长留下什么话没有?”甄世成摇摇头,低声抽泣。

彭浩俯身，从老班长贴身衣兜里小心掏出个小本子，小本子上已经浸满了鲜红的血渍……

周圆哭着向场部门前跑。周圆喃喃地：“老班长，老班长……”

甄世成过来，欲安慰周圆：“周圆……”

周圆突然发疯似的捶打甄世成：“保护不了老班长，你怎么还有脸回来……”

关晓渝拉开周圆。甄世成委屈地嘟囔：“老班长牺牲了，你以为我不难过……”

周圆哭着：“老班长……”周圆扑向了老班长的尸体，她掀开了盖在尸体上的白布，手摸着老班长的脸潸然泪下。她在老班长衣服上找着什么，啊，找到了，那个三角口，正是她缝上的那个三角口，这不就是昨天的事吗？周圆痛哭失声……

刘前进在一边冷眼观察着周圆，他看不出周圆的悲痛里有丝毫虚假的成分，继而也被周圆的真情感染了……

13-38 老班长坟前 日 外

刘前进单腿跪着烧纸，看得出他嘴里念叨着什么……

远处，周圆走来。她在刘前进身边跪下。刘前进看了她一眼，没说话。周圆从刘前进手里拿过张纸钱，一张一张扔进火里……

13-39 山路 日 外

周圆：“……老班长说没就没了……你为什么要让他去呢？他都那么大年纪了。为什么不找个腿脚利落的年轻人去？老班长白疼你了……”

刘前进：“你父母都还在吧？”周圆点头。

刘前进：“我从小是孤儿，就没见过爹妈啥样。从我还是毛头小子时，我犯了错、惹了事儿，都是老班长护着我……这么多年我就把老班长当爹了……你还说老班长白疼我了！你这话跟拿刀子挖我心差不多……”

周圆低声：“对不起，真的对不起……”两人走远……

13-40 新锦屏农场场部食堂 日 内-外

大锅里炖着马肉和土豆，炊事班战士从锅里盛出一桶桶土豆炖马肉。有的战士挑着木桶已经走出院子。

厨房门口，战士甲接过木桶，吸了口香气：“闻到马肉香，神仙也跳墙啊。”

战士乙：“净胡说，那叫‘闻到驴肉香，神仙才跳墙’。”

冯小麦排在几个战士身后，等着为场部领导取饭菜。

战士甲：“好长时间没吃上肉了，你挑头还这么大。别说马肉，就是耗子肉，我都想吃一口。”

战士乙：“甄科长说要好好给大家补一补。”

战士甲：“这土豆块炖马肉，再来一碗白米饭……那滋味……哎！”

冯小麦的眼神有些发呆。战士甲：“哎，想什么呢？不是馋得神经了吧？”

冯小麦叹了口气：“想想老班长，你还有心思吃啊……”两个战士低下头，不吱声了。

临到冯小麦了，炊事员将打好的饭菜递给冯小麦。冯小麦接过走开。

13-41 新锦屏党委办公室 日 内

彭浩翻动小本，翻到了老班长用铅笔夹到的一页。老班长的画外音：“7月16日，回新锦屏路上。昨天在锦屏镇大车店里碰到一个人,我觉得他就是……"

彭浩又往前翻了一页。老班长的画外音:"7月13日,新锦屏。今晚周干事来了,她心事挺重,我问她怎么了,她吞吞吐吐。本来快言快语的一个人,今天这是咋的了?有工夫我得好好跟她唠唠……"

彭浩又翻了一页。老班长的画外音:"6月9日,老龙口粮站仓库。我看见小江儿在捡弹壳,他说给彭政委找手表……"

(闪回)小江:"要谢你谢老班长,手表是他找到的。"

(闪回)老班长:"应该谢你,你不说给政委找手表,我还以为你……"

(现实)彭浩皱眉思索着。

彭浩的画外音:"……在捡弹壳。小江他在捡……弹壳!"

彭浩站起来,踱步。冯小麦盛好饭菜摆在桌上:"彭政委,吃饭了。"

彭浩像是没听见,冯小麦过来:"政委,吃饭了。"

彭浩:"噢。"

刘前进和马大虎走进来:"这么香啊?听说今天改善伙食。"

彭浩:"来得正好,就在这儿一块吃吧。"

刘前进坐下,对马大虎:"你去把咱俩的饭也打来,一块吃。"

冯小麦:"支队长,你吃吧,我不想吃。"

刘前进:"怎么啦?我来把你那一份抢啦?回头你去把我那份吃了不就行了。"

彭浩看冯小麦:"听支队长的,跟马大虎打饭去吧。"

冯小麦突然哭了,马大虎也受到传染,别过脸去。

彭浩放下筷子,叹了口气:"好了,你们俩别哭了。老班长活着,他也不愿意看到我们老为他难过,不吃不喝的。"

刘前进:"你俩去炊事班,弄碗好点的马肉,再盛一大碗米饭,送到老班长的坟前,让他和我们一起改善改善吧。"

马大虎点点头:"是。"

彭浩:"好了,快去打饭吧,多吃点,有力气建设新锦屏。"冯小麦和马大虎走开。

彭浩为刘前进盛了一碗饭,又挑了一大块马肉放到米饭上。刘前进:"你吃吧。我喝点汤就行。……如果不是咱们的粮食一直紧张,这战马……真不该吃啊。"

彭浩:"行了,你这么说,还让不让人吃啦?特殊时期嘛。甄世成问我,战马留着给大家改善改善生活行不行,我想也好,让它最后再做一把贡献吧。……大虎,吃你的。你现在还长身体,得多吃点肉。"

刘前进用碗盛着汤:"这匹马是被土匪用枪打死的吗?子弹取出来没有?我们得了解土匪的装备情况。"

马大虎:"炊事班的同志们说没找到枪眼和子弹。"

刘前进一愣:"没找到?那这马是怎么死的?"

马大虎:"他们也不清楚,反正拉回来的时候马就死了。"

刘前进:"不明白死因怎么随便就吃!"彭浩半天反应过来,急忙往外跑。

刘前进过去抓起电话,摇了几下接通:"友明吗?监室里开没开饭?"

画外响起警报声。

13-42 新锦屏监室 日 内

管教们正提着木桶准备给犯人们分饭，犯人们闻到肉香，兴奋地敲着饭盆："快点，快点，再不吃肉味就跑没了！"

王友明匆匆跑过来，喊着："马肉不能吃！"

服刑人员火了："为什么，为什么？""你们虐待监犯！"

王友明："大家冷静点，冷静点！这个马肉可能有问题！"

服刑人员："有什么问题？是你想吃独食吧？"

服刑人员一起起哄，裘双喜、傅明德参与其中，带头叫着。

13-43 新锦屏农场食堂外 日 外

刘前进、彭浩在了解情况。炊事班班长："我们也纳闷，找了半天也没找到枪眼。"

彭浩："仔细找了吗？"

炊事班班长："我们连马耳朵、嘴巴都仔细看了，马嘴里有一些没嚼碎的玉米粒都抠出来看了……"

彭浩："那些玉米粒呢？拿出来看看。"

炊事班长跑进屋子，不一会儿出来，手里拿着一个空瓢，问炊事班战士："谁看见瓢里的碎玉米粒啦？"

一战士："我刚才喂鸡了呀？你不是说留着喂鸡吗？"

炊事班长："你就手勤！"

刘前进："去看看。"几个人匆匆向屋后走去。

后院鸡舍里，五六只鸡躺在地上，已经死了。炊事班长一脸惊讶。

13-44 新锦屏文捷办公室 日 内

已经换上便装的凌若冰坐在桌前，关晓渝将凌若冰入狱前的物品放在桌上。

文捷："若冰，你看看，东西少不少？"

凌若冰看了一眼，只拿出几本书："人走了，还要这些东西干什么。"

文捷："回去以后，有什么打算吗？"

凌若冰摇摇头："走一步看一步吧。"

关晓渝："你的情况既然已经有了结论，组织上同意你可以回原来的部队继续当军医。"

凌若冰苦笑了一下："有了结论当然好。可是坐过一回监狱毕竟是事实，再想回到从前，不可能了。"

一阵急促的脚步声响起，马大虎跑进来："文副场长，有战士中毒了……"

文捷一惊，抓起衣服往外跑。凌若冰愣了愣，也跟出去。

关晓渝："凌若冰，你的东西……"

13-45 新锦屏农场医院手术室 日 内

中毒的战士躺在手术床上。文捷进来，脱掉外衣，紧张忙碌着，跟进的凌若冰犹豫了一下，也脱掉外衣。文捷看到凌若冰："若冰——"

凌若冰："先救人吧。"

13–46 新锦屏农场医院手术室外 日 内

刘前进站在抢救室门口，焦急地走来走去。彭浩透过玻璃向抢救室里张望，文捷和凌若冰紧张而有序地忙碌着。

刘前进突然喊了一声："马大虎，甄世成怎么还没到？去把他给我抓来！"

马大虎："他正在带人检查粮食呢，怕再有什么问题……"

刘前进："再有问题我让他把那些粮食都吃了！"

彭浩："前进，你冷静点，里面还抢救呢。"

文捷推门出来。众人迎上。文捷摘下口罩："六班5名战士吃饭最早，中毒比较深，好在发现得早，洗胃以后，现在已经没有生命危险了。"

刘前进："五班不是还有3个战士中毒了吗？"

文捷摇摇头："他们比六班吃饭还早……已经……"

彭浩一拳打在门板上，手被门板的钉子扎破。刘前进面无表情地看着彭浩，一字一板地："你怎么就想不到，该问问这马是怎么死的……"

甄世成匆匆跑来："刘场长，彭书记，都检查过了，有两袋粮食有问题，像是被人下毒了……"

刘前进上前就是一脚，将甄世成踢出几步远，跌倒在地。

彭浩一把拉住刘前进："你干什么？"

刘前进面部扭曲，青筋凸暴，怒气冲天，他盯着彭浩……

13–47 新锦屏农场场部办公室 黄昏 内

刘前进的气还没有消，气鼓鼓地坐在桌子旁。甄世成胆怯地站在门口："我明天一早就去锦屏镇，这两袋粮食是从谁家收的，我查出来了。"

刘前进："你脑子进水了？谁家的粮，袋子上面都写得一清二楚，要真是他们投毒，能让你一查一个准儿？"

彭浩点点头："粮店投毒，目标太明显了。他们要是投毒的话，也不能光投两袋。还有，检查的时候，发现麻袋的上半部分粮食有毒，下半部分基本没有。这样推测，应该是后来有人投进的毒。"

甄世成泄了气。

彭浩看着甄世成："你仔细想想，你们从粮店采购完之后，还有谁接触过这批粮食？"

甄世成："没有谁啊。收购完事就拉回大车店了。"

彭浩："大车店？"

刘前进："那就是大车店的事。"

甄世成摇摇头："不应该啊，把粮食拉回大车店，就一直有专人看管，没有任何人接近过。当天晚上，老班长和我看的上半夜，下半夜是两个战士看的。都没出什么事。第二天天不亮我们就走了。一路上再没有接触过生人。"

彭浩："咱们在锦屏镇这么大张旗鼓地买粮，不引起敌人注意才是不正常的。看来，敌人对我们的行踪还是十分关心的。"

刘前进："要不是毒死了这匹马，我们还不知要死多少人哪！"

甄世成激动地："支队长、政委，幸亏你们发现得早！"

刘前进一挥手："少在这儿拍马屁！"

甄世成委屈地嘀咕："本来嘛……"

刘前进一声断喝："本来啥？再出这样的事，看我不崩了你！"

彭浩想起什么，将甄世成拉到一边："你和老班长在大车店里，遇没遇到过什么人？"

甄世成："没呀？怎么啦？"

彭浩："没什么，我就问问。"

刘前进看着彭浩和甄世成。

13-48 锦屏镇大车店密室 夜 内

周大姑摘下耳机，拿过电文纸："台湾来电，要我们尽快吃掉新锦屏。"

宁嘉禾接过看了看："新锦屏羽翼渐丰，已非当初可比。要想吃掉它，谈何容易啊！"

周大姑："特派员是西南游击区的总指挥，第一路军、第二路军还得听从你的指挥呢。"

宁嘉禾叹气："我和唐静茵一直联系不上啊！"

周大姑琢磨着："我倒是有一个人……"

宁嘉禾："在哪里？"

周大姑："新锦屏……"

13-49 新锦屏党委办公室 日 内

刘前进、彭浩、文捷、关晓渝、侯仲文围坐在桌前。彭浩："从劳改农场建设和管理上说，启用犯人修路既是人尽其才，又是改造他们的一种办法，这个问题不用再讨论了。"

刘前进："先抽调一批有这方面专业知识的人员来研究、制订个筑路方案。关晓渝，我要的名单准备好了吗？"

关晓渝站了起来，递过一纸名单："根据以前掌握的人员情况，这有几个是可以考虑调用的，好像还有几个人，不过他们的档案都被特务小江毁掉了……"

刘前进："这个千刀万剐的狗特务！"

彭浩面无表情。

刘前进："文政委，你们一大队二中队长杨敬东是学民用建筑的，方大明又是学交通设计的。侯监区长，还有你们监区的林仁久、李克信，入狱前是国民党工兵团的参谋。先把上述人员抽调上来，踏察测量，制订筑路方案。"

侯仲文点了点头，又若有所思地看了看关晓渝。关晓渝看着侯仲文。

定格。

第十三集完。

第十四集

14-1 新锦屏刘前进办公室 日 内

办公桌对面靠墙有一张大木板床。板床上有一小桌。彭浩坐在桌旁,刘前进光脚在床上整理什么东西。刘前进:“我带人进山踏察、测量,家里的事我可不管了。”

彭浩:“你放心走吧。”

刘前进:“放心放心,我倒是想放心呢……从江滨出发到新锦屏,我这脑袋里的弦一天到晚绷着,现在是越绷越紧,绷得我脑瓜子痛……”

彭浩:“这回进山,就放松放松吧。真有什么情况,你在山里也是鞭长莫及。”

刘前进:“说是这么说。可隐患不除,谁都别想安生啊……”

彭浩从兜里掏出老班长的记录本:“老班长这个小本……里边的一些东西应该有用……”

彭浩翻到老班长写字的那页:“他说在锦屏镇的大车店里遇到个人……”

刘前进看着那页:“能是谁呢? 要是一般人,老班长不应该往这上面记。这个大车店看来是有点问题。”

彭浩又翻到前一页:“老班长他们临去锦屏镇的头天晚上,周圆去看老班长了,你看看这个。”

刘前进看小本,轻声念着:“今晚周干事来了,她心事挺重,我问她怎么了,她吞吞吐吐。本来快言快语的人,今天这是咋的啦? 有工夫我得好好跟她唠唠……”

刘前进抬头看着彭浩:“这个……这个应该没啥吧?”彭浩不语。

刘前进:“要不,我问问周圆吧……”

彭浩:“对周圆……还真是不能掉以轻心哪。”

刘前进:“……我心里有数。老班长这个本子——我看看吧。”

刘前进拿过来翻看了几页,揣进口袋里。

彭浩:“对了,这些日子杂事、烦事太多,我都忘了和你说了,周圆跟我提过,说她喜欢你……”

刘前进瞪大眼睛:“你说什么? 她跟你也说啦?”

彭浩:“对呀,怎么啦? 她还跟谁说过?”

刘前进:“……她跟老班长也说过,这个周圆……她啥时候跟你说的?”

彭浩:“就是你和老侯上鸡冠岭那几天……”

14-2 新锦屏侯仲文宿舍 日 内

侯仲文:“场部抽调的那些技术人员,是你从档案上查到的吧?”

关晓渝:“对呀。不过,有些人的档案都烧了……”

侯仲文:“是啊,这个小江,做梦也想不到他是特务……”

关晓渝:“很多同志的档案没了,对下一步工作,造成了极大麻烦,有些人的历史不清,关系到方方面面的事都难以处理……"

侯仲文:"有句话,我可能不应该问……"

关晓渝:"什么话?"

侯仲文:"……我的档案你也看过啦?"

关晓渝:"对呀,怎么啦?"

侯仲文笑着:"怎么样? 我的历史清白,革命彻底吧?"

关晓渝点点头:"……在江滨市的时候,我简单看了看,不过,你的档案也被烧掉了。"

侯仲文惊讶地:"啊? 那……那怎么办呢?"

关晓渝:"下一步再慢慢整理吧。不过,你档案的大致情况我知道一些。你有个……弟弟吧?"

侯仲文叹了口气:"他虽然是我弟弟,不过,我跟他的信仰不同,也就成了两个阶级的对立。晓渝,你放心,我——"

关晓渝:"仲文,别说了,我相信你!"

侯仲文感激地:"晓渝,谢谢你能相信我!"两人紧紧相拥。

14-3 新锦屏文捷办公室 日 内

凌若冰看着文捷:"如果领导同意,我不想走了……"

文捷看着凌若冰,突然笑了:"我就知道你舍不得离开我们。"

凌若冰:"我已经无家可归了,那年家乡闹瘟疫,父母兄弟,全都死了……"

文捷抓过凌若冰的手:"咱们这个医院,太需要你了,一会儿我就把这个消息告诉支队长和彭书记!"

凌若冰:"农场肯收留我,我很感激……"她盯着文捷,眼里慢慢噙了泪:"谢谢!"

文捷:"我现在就告诉支队长!"文捷抓起桌上的电话。

14-4 新锦屏刘前进办公室 日 内

刘前进握着话筒:"好啊,你替我谢谢她! 老彭在我这儿! 我跟他说吧,他肯定高兴!"

刘前进扣了电话,盯着彭浩:"告诉你件事!"

彭浩盯着刘前进。刘前进:"你说实话,觉得凌若冰这人怎么样?"

彭浩:"有什么事你就直言,怎么又扯到人家身上了。她不是马上就走了吗?"

刘前进:"你希不希望她走?"

彭浩:"这是我希望的事吗? 人家的事情组织上给甄别平反了,不走还待在这兔子不拉屎的地方干什么……"

刘前进:"一听你这话就是不希望她走,对不对?"

彭浩无奈地:"当然,农场建医院也需要人才,我觉得……"

刘前进:"我就问你,你是不希望她走对不对?"

彭浩:"你别想歪了啊! 我是从农场的建设考虑,没有半点儿私心杂念。"

刘前进:"有点私心杂念怕什么,我又没说你什么。"

彭浩:"你怎么回事刘前进?"

刘前进:"你看你看,一说到凌若冰你就急,没私心杂念你急什么?"

彭浩抓起桌上的一块抹布扔到刘前进脸上:"你还给我胡说八道!"

刘前进:“你呀,就这点不好。喜欢人家就喜欢嘛,还遮遮掩掩干什么。这一点,就这一点,你不如那个周圆……我告诉你啊,凌若冰自己要求留下来了!”

彭浩一喜:“是吗?我也觉得她不应该走嘛!”

刘前进一笑,点着彭浩:“狐狸尾巴到底露出来了!看把你高兴的。”

彭浩:“去你的……”

刘前进:“我也觉得凌若冰的人品不错!不过,我也得给你提个醒,她毕竟是出身资产阶级的阔小姐,又是个医术高超的大知识分子,臭毛病不少,和咱们不是一路人。”

彭浩:“她敢于背叛剥削阶级家庭,能够参加革命,还入过党,说明她的思想是积极上进的。经过这次的磨难,她更会走好今后的人生之路。”

刘前进:“你看你看,她这么多优点我都没发现,还是你——”

彭浩要打刘前进,刘前进跳下木板床,一掀门帘跑出去。

马大虎看见刘前进光脚跑出来,惊问:“刘场长,怎么啦?”

刘前进:“彭……彭书记抽风啦!”

14-5 新锦屏女监室 日 内

众女犯规规矩矩地坐着。大菊坐在门口。柳春燕手拿一张报纸,在结结巴巴地念着:“经过几年经济恢复,人民政权得到了巩固,国家经济情况有了根本好转。这样,社会主义建设的任务就迫切地什么到了党和国家的面前了……”

严爱华走过来,看了一眼:“摆到党和国家的面前了。”

柳春燕抹了抹额头上的汗水:“这是个摆字啊!它认识我,我不认识它啊!”

大菊嬉笑:“要是凌若冰在这儿就好了,她没有不认识的字,念报纸像唱歌似的,又顺溜,又好听。”

柳春燕:“你别想她了,人家现在是农场的人了,跟文政委一桌吃饭了。”

严爱华:“凌若冰是被别人诬陷进监狱的,她跟你们不一样!”

侯仲文进来:“念报纸呢?”众人起立。

侯仲文:“坐,坐,你们一定要好好学习学习,加强自己世界观、人生观的改造,争取减刑,早点出去为建设社会主义新中国贡献一份力量。”

大菊出神地看着侯仲文。侯仲文意识到,看了眼大菊,笑笑。侯仲文:“你们继续吧。”

侯仲文往外走,大菊还在看着侯仲文。

严爱华看看大菊,吩咐柳春燕:“你先念着。”严爱华跟着侯仲文出去。

14-6 新锦屏女监走廊 日 内

侯仲文正走着,严爱华跟上来:“监区长!”

侯仲文站下:“有事啊?严爱华。”

严爱华犹豫了一下:“……有件事,我想向你反映一下,不知道应不应该……”

侯仲文:“什么事啊?你说?”

严爱华四下看了看:“这件事……”

侯仲文:“哎呀,你说嘛,怎么还遮遮掩掩起来了!”

严爱华:“大菊——大菊说,她认识你。”

侯仲文:“这——这大队里谁不认识我啊?这怎么啦?”

严爱华:"你没听明白,她说她好早以前就见过你。"

侯仲文一愣。

14-7 新锦屏女监提审室 日 内

提审室里只有侯仲文和大菊。大菊低着头。侯仲文:"你怎么会嫁到侯家坝子? 是哪一年?"

大菊:"家里穷,还不上地主要的债,就把我卖到窑子里了,老鸨子看我整天要死要活的,又把我卖给人贩子,人贩子又把我卖给侯家坝子一个老光棍了,那是一九四八年开春。那个老光棍对我不错,我想这辈子就这么对付着过吧! 可没想,过了不到三个月,那个短命鬼就得痨病走了……"大菊哭起来。

侯仲文:"我的照片你怎么见到的?"

大菊:"我婆婆和你娘处得一直都挺好,有一回婶子病了,烧得烫人,我婆婆领着我去给她刮痧,从抽屉里拿刮子时见到的。"

侯仲文点头:"这个……这个也说明咱们还挺有缘分,越是这样,咱越是要进步,干好工作。你既然留在这里了,更得严格要求自己……"

大菊:"监区长,我不太明白的是,你那张相片……"

侯仲文笑笑:"这个很简单,组织上原来安排我在敌占区工作过,为了工作方便……"

14-8 新锦屏女监提审室外 日 内

提审室外,严爱华慢慢踱步。

一个战士过来。严爱华:"监区长在里面谈话,我在这儿等会儿……"

战士走开。

14-9 新锦屏女监提审室 日 内

侯仲文:"见过一张照片,你就跟别人说你我如何如何,这影响多不好!"

大菊欲说什么。侯仲文示意大菊听自己讲,接着说下去:"大菊,你现在的首要任务还是好好改造。我听严队长说,你这一阵子的表现不错,很有减刑的条件,要继续努力。记住,只要认真改造,好好劳动,管好自己的嘴,你很快会出去的……"

大菊点头。

14-10 新锦屏采石场 日 外

一声声炮响,惊天动地。山上升起条条烟柱,碎石泥土似天女散花。

14-11 新锦屏采石场半山腰 日 外

一排排起落的铁镐。一排排挥舞的铁锹。一张张大汗淋漓的脸。一双双挑担飞奔的脚。

14-12 新锦屏公路建设指挥部 日 内

一张《公路施工进度图》挂在指挥部的墙上。标明公路走向的红线上,已经插上许多通达地的小红旗。头戴柳条安全帽的人员进进出出,一派忙碌景象。墙上张贴着许多红红绿绿的标语——"建设新锦屏!""创造新生活!""修路光荣 造福人民"。指挥部几部手摇电话响个不停,紧张的气氛如阵地指挥部。

刘前进正在接电话:"什么,你讲大声一点儿! ……噢,鸡心梁子打通了? 太好啦!"

刘前进捂住话筒,掉头叫:"快插红旗,快插红旗……"

马大虎从桌上拿起一面小红旗，插到进度图上。

刘前进对着话筒："还有什么要求……什么？人手不够。好，我想办法吧。"

刘前进挂了电话，想了想，又抓起电话："给我接彭书记。"

14-13 新锦屏彭浩办公室 日 内

彭浩正在跟关晓渝研究工作，电话响了，彭浩抓起电话。

14-14 新锦屏公路建设指挥部 日 内

刘前进拿着电话："先告诉你个好事，鸡心梁子终于打通了。"

彭浩的声音："太好了，应该让军分区给参加会战的人员记功啊。"

刘前进："还有不好的事，下一步龙头拐隧道这块骨头会更难啃，现在的问题还是人手紧缺，我的意思，你赶快到各监区走走，再挑选一批体力好的参加进来。"

彭浩的声音："我现在就去。"

14-15 新锦屏采石场 日 外

石头山已经被削去大半，炸下的大块石料垒在一旁，小块石料堆积如山。山坡上，男犯们在挥锤打钎钻炮眼，准备装药炸石。裘双喜和苟敬堂一组，裘双喜把着钢钎，苟敬堂一下一下慢腾腾挥着铁锤。鲁震山和小痦子一组，鲁震山狠狠地挥锤，砸得钢钎火星四迸。不远处，侯仲文在监工。

裘双喜："吃不饱还得抡大锤，共产党不是改造咱们，这是想累死咱们哪！"

小痦子："累死倒好了，省得遭罪。"

苟敬堂对裘双喜："我想歇歇，你有什么招儿？"

裘双喜："招儿是有，就是损了点儿……"

苟敬堂："什么招儿？"

裘双喜起身，从苟敬堂手里拿过铁锤，苟敬堂拿起钢钎："快说啊，什么招儿……"

裘双喜也不说话，一锤砸到苟敬堂手上。苟敬堂惨叫一声……

14-16 新锦屏筑路工地 日 外

女犯们在给男犯们洗衣服。女犯甲夸张地用手指勾着一件衣服闻着。

柳春燕："怎么，闻着这身臭衣服就高兴成这样。"

女犯甲："当然了，我没有你命好，马上就出去了，找个活蹦乱跳的男人。"众女犯笑。

大菊在不远处，静静搓着手上的衣服，满是心事。柳春燕过去，坐到旁边的石头上，用胳膊肘碰了下大菊："想什么呢？我要出去了，你不高兴啊？"

大菊抬眼看着柳春燕："我……怎么会不高兴呢。"

柳春燕："你不用着急。我看侯监区长对你挺好的，哎，他今天跟你谈话说什么啦？"

大菊："……也没说什么。"

柳春燕："你个死样，跟我还保密！哎，他是不是看上你啦？"

大菊："净瞎说。"

柳春燕："这是好事啊，差官爱女犯儿，这戏里又不是没唱过。"

大菊："行了。尽瞎说八道。"

柳春燕："对了，那次你说你原来就见过侯监区长，什么时候见过啊？你们是老相识了，这不更好办事了吗？"

大菊起身:“哎呀,你别问了。”走开。

14-17 十六监区办公室门前 日 外

彭浩和侯仲文走来。侯仲文:“我让友明先拿出个名单,他说那些人平时的表现还不错,可以扩充到工程建设队里去。”两人进屋。

14-18 十六监区办公室 日 内

王友明正伏在桌前整理名单。桌子上摆了一堆服刑人员资料。

彭浩和侯仲文进来。侯仲文:“友明,准备好了吗?”

王友明:“好了,好了。看我这儿乱的,先坐会儿啊彭书记,我马上就好。”

彭浩:“行,不急。”

彭浩坐下。侯仲文给拖出张椅子:“坐,彭书记。”

侯仲文倒水,放在桌上,将服刑人员花名册往里推了推。压在花名册下的两三个弹壳露了出来。彭浩的眼睛一亮……

王友明将整理好的名单递给彭浩,王友明:“彭书记……”彭浩缓过神儿,接过名单。

王友明:“这里有不少在押犯还被评过劳改积极分子。”

彭浩将弹壳放在桌上,王友明讪讪地去抓,被彭浩按住手。

王友明:“怎么,彭书记也喜欢玩这个?”

彭浩:“……玩?”

王友明:“我随便问问……”

侯仲文:“你看,跟彭书记还藏着掖着。刚才你是不是又摆弄这个东西啦?”

王友明不好意思地从抽屉里拿出一个用弹壳组装了一半的微型坦克。

侯仲文:“他没事就爱鼓弄这个东西。”侯仲文从王友明手里抢过弹壳坦克,递给彭浩。彭浩接过,把玩着……

14-19 新锦屏筑路工地临时卫生站 日 外

苟敬堂坐在桌前,举着伤手。送他来的裘双喜、鲁震山站在一旁。穿着囚服的柳春燕进来,悄悄将一个苹果塞进鲁震山手里。裘双喜:“哟,震山兄弟在这儿还有人疼哪。”

鲁震山:“闭上你的臭嘴!”

凌若冰拿过纱布和绷带。柳春燕:“凌大夫,让我来吧。”柳春燕给苟敬堂包扎受伤的手。苟敬堂两眼盯视着凌若冰。凌若冰躲避苟敬堂的目光,走到一边,端起茶缸喝水。柳春燕瞪了苟敬堂一眼,使劲勒了一下绷带。

苟敬堂:“哎哟,你轻点儿!”

柳春燕:“我这手比大锤轻多了。处置完了,走吧。”

鲁震山拉苟敬堂,苟敬堂打开鲁震山的手:“我是工伤,得休息几天。”

鲁震山:“苟敬堂,你再不走别说我不客气!”

裘双喜:“我说台儿庄,你这不是狗拿耗子多管闲事吗?”

鲁震山:“侯监区长说了,包扎好就带你回去干活儿!”

裘双喜:“你这是假传圣旨,跑这儿来会情人吧?”

鲁震山揪着裘双喜的衣领:“再放狗屁,我捏死你!”鲁震山拉起苟敬堂,走出卫生所。裘双喜跟在后面。凌若冰、柳春燕笑起来……

14-20 新锦屏筑路指挥部 日 内

刘前进和侯仲文对坐桌边。侯仲文神情严肃。

刘前进："鲁震山揪回苟敬堂，这个做法对我很有启发。我们可以用改造好的犯人来监督抗拒改造的犯人，这样能事半功倍，会收到意想不到的效果。把你这个做法推广一下，各个工区都选出监督员，对那些抗拒改造的囚犯进行重点帮教。"

侯仲文："我看这监督员不用选，由咱们指派那些改造好的人担任就行了。"

刘前进："由咱们指派，犯人容易产生抵触情绪，不利改造。由他们自己选，对他们也是一种自我教育，效果会更好的。"

侯仲文："好。"

14-21 新锦屏采石场 日 外

众男犯头戴安全帽，规规矩矩地坐在石头垛旁。刘前进、侯仲文站在前面。

石头垛前竖着一块小黑板。小黑板上写着众男犯的名字，下面是得票多少，鲁震山名字下是一串长长的"正"字。

侯仲文宣布："经民主选举，鲁震山当选咱们工区的监督员。"众男犯鼓掌。

鲁震山站起来，向大家抱拳致谢。王友明走过来，把一个红袖标套在鲁震山胳膊上。

14-22 新锦屏筑路工地 日 外

侯仲文、文捷、王友明和女犯们热烈鼓掌。大菊看着侯仲文。侯仲文微笑着和文捷说什么。严爱华把红袖标套在大菊的胳膊上。

14-23 新锦屏监区大门 日 外

身穿新衣的柳春燕拎着一个布包，走出监区的大门。身穿列宁装的凌若冰笑吟吟地走来。柳春燕快走两步："凌医生，你怎么来啦？"

凌若冰："听说你今天出狱，我来看看你呀！燕燕，你出狱了，有什么打算？"

柳春燕："我想留下来等震山大哥，等他出狱了，我们就在农场安个家。"

凌若冰："我陪你去找场部领导，申请留场就业，农场医院正缺护士呢！"

柳春燕："太好了！"凌若冰和柳春燕走去。

14-24 新锦屏采石场 日 外

轰！轰！轰！开山炸石的炮声接二连三地响着。石头山上烟柱冲天，碎石块像雨点似的飘落下来。大石块顺着山坡滚落下来，腾起一串烟雾……石头垛后面，男犯们头戴安全帽，挤坐在一起，数着炮声。戴着安全帽的侯仲文、王友明、马大虎也坐在一旁。

炮声停止了。侯仲文站了起来，看着山上。山上的尘埃逐渐落定……

侯仲文："鲁震山，装了多少炮？响了多少炮？"

鲁震山："装了14炮，响了13炮，还有一炮没响。"

侯仲文："再等十分钟，哑炮再不响，我们就进现场排除它。"

14-25 新锦屏农场党委办公室 日 内

彭浩坐在桌前写字。凌若冰和柳春燕坐在对面。

彭浩看着柳春燕："你愿意留下来，我们欢迎！"

柳春燕："谢谢彭书记！"

彭浩:“你别谢我,该谢给你出主意的人。”

凌若冰看着彭浩,两人相视而笑。

14-26 新锦屏采石场 日 外

侯仲文看了看手表,对大家说:“现在已经过了危险时段,哑炮不能响了,大家进现场,先排除哑炮,清除隐患再干活。”众男犯坐着不动。

侯仲文:“不用害怕,我走在前头,大家跟在我的身后。”说完,带头向山上走去。

鲁震山、小痦子跟在侯仲文的身后。裘双喜、傅明德、苟敬堂等人只好跟上。王友明、马大虎等战士跟在后面。众人走到了半山腰……

突然,轰的一声,哑炮响了,碎石和尘土冲上了天空。侯仲文高叫一声:“快趴下!”

众男犯立即趴下,手捂着安全帽。碎石、尘土洒落下来,落到众男犯的身上。

侯仲文抬头看着。一块大石头顺着山坡滚了下来,向鲁震山和小痦子趴着的地方冲去。侯仲文急忙跑了过去,把鲁震山和小痦子推开。大石头从鲁震山和小痦子的中间滚了过去。侯仲文的脚被大石头碾了一下,他发出一声惨叫。

14-27 新锦屏党委办公室 日 内

彭浩手握电话,焦急地:“……伤得重吗?……她在这里,我让她马上过去。”

凌若冰:“出什么事啦?”

彭浩放下电话:“采石场出事了,老侯伤得不轻,文政委让你赶快回医院。”

凌若冰:“燕燕,快走!”

14-28 新锦屏医院 日 内

侯仲文左脚打着石膏,神志清醒地躺在病床上。凌若冰缠上绷带。刘前进、彭浩焦急地站在旁边。

文捷:“趾骨骨折,没有大事,养几天就好了,也不会落下什么残疾。”

彭浩:“老侯,你身先士卒,舍己救人!给我们树了个榜样啊!”

侯仲文摆摆手:“应该的!文政委,我和书记、场长有话说……”

文捷:“好,你们谈。”文捷、凌若冰、柳春燕走了出去,随手关上房门。

14-29 新锦屏关晓渝、周圆宿舍 日 内

宿舍内摆着两张单人床,床上行李摆放整齐,屋里收拾得洁净,墙上挂着关晓渝、周圆的照片,还有那支配红穗的短笛。床中间摆着一张桌子,桌上有盏马灯。关晓渝和周圆坐在小板凳上在洗衣服。

周圆:“晓渝,听说柳春燕留在农场啦?”

关晓渝点头:“她等鲁震山出狱呢。这对苦命鸳鸯,为了爱可以杀人坐狱,真是不可思议。”

周圆感慨地:“一个女人,一生能有一个男人如此深爱自己,这辈子她就没白活!”

关晓渝笑了笑:“你发什么感慨?怎么,着急啦?”

周圆反问:“你不急?”

关晓渝:“现在农场的工作这么忙,哪有工夫想个人的事情。”

周圆:“口是心非!我都看出来了……你对侯监区长早就有那个意思了。”

关晓渝:“和你说多少遍了,我们那是工作关系,你不要瞎说。”

周圆:“你们都是领导,工作接触是多。可是你对他生活的照顾也不少啊!那次侯监区长病了,看把你急的,送药送面条,回到宿舍翻来覆去睡不着觉,害得我跟着你失眠。”

关晓渝:“同志病了,照顾照顾,那还不是应该的吗?”

周圆:“侯监区长没病的时候,你还跑去给他拆洗被褥、洗衣服呢!”

关晓渝:“你不也给刘场长拆洗过被褥,洗过衣服吗?”

周圆:“我跟刘场长是上下级关系,工作上接触的机会并不多,可我就是愿意多接触他,我也不怕别人说什么。不过,我对刘场长好,他对我可是一点儿也不好。他跟我说话,不是吹胡子,就是瞪眼睛,再不就是下命令。前两天我跟他说,摄影工作需要一间暗室,让他给我分配一间房子。你猜他咋说?他说,好房子没有,破仓库倒有一个。”

关晓渝:“用破仓库改个暗室,也行啊。”

周圆:“可是他又说,批给侯监区长了。侯监区长老早跟他要的。”

关晓渝:“你就跟侯监区长说说呗,我看他要那间破仓库也没啥用。”

周圆:“那你给我说说吧。”

关晓渝:“你就说吧,没事。”

周圆:“我……我还是有点打怵跟侯监区长说话。”

关晓渝:“打什么怵哇?他那人……挺好说话的。”

周圆:“得了吧,那是你那么觉得。晓渝姐,你就给我说说嘛!”

关晓渝:“你呀——就跟刘场长能说会道的。”周圆打了关晓渝一拳。

敲门声。马大虎的画外音:“关干事,侯监区长受伤住院了。”

关晓渝一惊,快速跑出房间。周圆跟在后面。

14-30 新锦屏医院病房 日 内

彭浩、刘前进坐在对面床边上。

侯仲文:“……我们的工作不太顺利,不是土匪袭扰,就是犯人逃跑。我认为,我们内部有问题。”

刘前进:“我们内部能有什么问题?那个小江不是死了吗?”

侯仲文:“肯定还有暗藏的敌人。”

刘前进:“这话可不能乱说,一定要有证据……”

侯仲文:“证据我没有,可我有强烈的感觉。我的感觉不会骗我……”

彭浩:“那就说说你的感觉吧。”

侯仲文:“西行一路走来,土匪对我们的行踪了如指掌,使我们步步艰难,处处被动。卧云寺险些让宁嘉禾逃跑,明显是我们内部有人与寺里的特务里应外合。土匪在老龙口声东击西,粮食被焚,老彭受伤,宁嘉禾逃跑。这一切,没有内鬼提供准确的情报,土匪怎么能顺利得手呢?光是小江吗?一个小特务?”

刘前进看着侯仲文,皱眉思索。

彭浩:“仲文同志不愧是老革命,问题提得很尖锐,分析得也很深刻。”

门被推开,关晓渝和周圆跑了进来。关晓渝急切地:“监区长,伤得怎样?”

侯仲文笑了笑:“已经没事了。”

关晓渝舒了一口气:“可吓死我了!”

周圆拉了拉关晓渝。关晓渝不好意思地："彭书记，刘场长，你们也在这儿啊？"

刘前进："我们该走了。晓渝，你替我们照顾照顾他吧。"

彭浩："仲文同志，安心养伤，有空我们再来看你。"

侯仲文："你们都很忙，就不要来看我了，我很快就可以回去工作的。"

刘前进："安心养伤，不要急着回去。"刘前进与彭浩出去。

14-31 新锦屏农场场部会议室门口 日 内

两名公安战士持枪站岗。

14-32 新锦屏农场场部会议室 日 内

会议室里气氛严肃。彭浩和刘前进并排坐在一旁。高参谋、张处长、王处长坐在对面。程部长："前进、彭浩，你俩一手抓建场，一手抓深挖，不声不响就抓住了一条大鱼！我得表扬你们啊！"

彭浩："程部长，这条大鱼是刘场长发现的，要表扬，应该表扬他！"

刘前进："其实，这条大鱼也不是我发现的，是犯人鲁震山在党的政策感召下，主动举报的。"

程部长："鲁震山是被你们改造好的典型嘛，你俩还瞎谦虚什么。"众人笑。

程部长："让公安部的张处长、王处长，给你们说说核查傅明德的一些情况。"

张处长："接到你们的报告后，部里非常重视，立即成立了专案组，与有关部门协调，积极开展核查工作，终于找到了知情人迟成风同志。"

王处长插话："迟成风同志参加了北平和平解放，检举了保密局北平站的潜伏特务，他是一位抗日英雄，也是一位爱国功臣。"

张处长："迟成风同志看到你们提供的傅明德照片，立即认出，他就是台儿庄会战的督战官，国民党军事委员会军事统计局上校督战官郑运斤。"

彭浩："这个军统特务化名傅明德，伪装成一贯道坛主，显然是避重就轻，逃避镇压。他能承认自己的真实身份吗？"

王处长："迟成风同志不但写了证实材料，还提供了一张他俩当年在台儿庄的合影照片。铁证如山，他是否认不了的。"王处长从文件袋里拿出一张照片给程部长看。

程部长看了一眼，交给刘前进。刘前进看照片。

（照片特写）光头的迟成风和戴军帽的郑运斤并肩站在一起。

刘前进："戴军帽的人就是郑运斤，还挺年轻啊！"

张处长："那年他31岁。"

刘前进把照片递给了彭浩。彭浩看了看照片："是他！"

程部长："二位处长要提审郑运斤，你们俩要积极配合。"

刘前进从彭浩手上又拿回照片，仔细商量着……

程部长："听见我的话没有啊刘前进？上什么神你？"

刘前进指指照片："那时候他是上校督战官，那现在……他会不会是那个参谋次长？"

程部长："我就知道你会想到这一层。对郑运斤的进一步调查，部里会做。当然了，你们这边也要再下下功夫……"

14-33 新锦屏医院病房 日 内

侯仲文倚在病床的被垛上看文件，一条腿被吊起来。关晓渝拿着打来的饭菜进来："别

看了，吃饭吧。”

侯仲文放下文件：“一直在床上不动弹，哪还用吃饭。”

关晓渝：“人是铁，饭是钢，你这个老革命一顿不吃，也照样饿得慌。”

侯仲文接过饭菜：“晓渝，有事你就忙你的去，别老在这儿陪我。”

关晓渝：“我在这儿陪你也是工作，这可是支队长交代过的。除非——”

侯仲文：“除非什么？”

关晓渝：“除非你不想让我陪你！”

侯仲文：“……那怎么会呢……”

关晓渝看着侯仲文吃饭，一颗饭粒粘在下巴上，关晓渝伸手想去拿下，侯仲文有些不自然，自己在嘴巴上抹了一把。关晓渝笑起来：“我来吧，都抹到你那革命的弯月亮里去了。”

侯仲文一时没反应过来，关晓渝：“我说都抹到你下巴的疤上了……”

侯仲文尴尬地笑笑，关晓渝掏出手绢，给他擦干净。侯仲文有些不自然……

14-34 新锦屏监狱审讯室 日 内

墙上贴着“坚决镇压反革命”的大字标语。长桌后面坐着刘前进、张处长、王处长，桌上摆着档案袋和记录本。傅明德坐在屋子中央的椅子上，面无表情地看着那张照片。彭浩站在一旁。

傅明德把照片还给彭浩，摇摇头：“这两个人……我不认识。”

刘前进和张处长交换了一下眼神。

14-35 新锦屏医院病房 日 内

侯仲文跷着左脚，左胳膊拄着拐杖，右手扶着关晓渝，在练习走路。周圆提着一袋苹果走进来，高兴地：“下地啦？监区长，你的革命意志可真坚强啊！”

关晓渝：“他嫌住院耽误工作，硬要练习走路，想早点儿回工地去。”

侯仲文：“我的岗位在工地和监室，在这待着着急呀！”

周圆：“先进人物就是与众不同嘛，做的是丰功伟绩，说的是豪言壮语。”

侯仲文：“周干事，你高抬我了。”

周圆：“这话不是我说的，是刘场长在干部大会上说的。”

侯仲文：“刘场长说的？”

周圆：“他还说，你不怕危险，身先士卒，舍己救人，光荣负伤，是公路建设中涌现的先进典型。要大张旗鼓地宣传。”

关晓渝扶着侯仲文坐到床边。周圆坐到对面床沿上，掏出笔记本。

周圆：“我已经采访了王友明、马大虎、鲁震山、小痞子，他们讲述了你的事迹。现在，我想听听你怎么说……”

侯仲文：“说点什么呢……真是没有什么可说的。”

关晓渝拿过苹果：“你俩慢慢谈，我给你们洗苹果吃。”关晓渝出去。

14-36 新锦屏监狱审讯室 日 内

张处长：“你再仔细看看。”

傅明德：“不用再看，我真的不认识。”

王处长：“实话告诉你，我们已经掌握了你的历史问题，让你主动交代，就是想给你个改过自新的机会,你别痴迷不悟啊。"傅明德不语。

14-37 新锦屏医院病房 日 内

周圆合上笔记本,盯着侯仲文:"你的这些话,我整理一下就是一篇精彩的文章,我可省事多了。"

侯仲文:"咱们就是聊天,那些话也没什么价值。"

周圆站起身:"行了侯监区长,你好好休息吧。我走了。"

侯仲文看到桌上的苹果,吩咐关晓渝:"把苹果给周干事带上。她还一个没吃呢。"

周圆:"不用,我不吃。那是我带来给你吃的。"

关晓渝:"客气什么,我知道你最爱吃水果了,苹果养颜,还是你告诉我的。"周圆不好意思地笑。

关晓渝:"对了老侯,还有件事想跟你商量呢。"

侯仲文:"什么事?"

关晓渝看了眼周圆:"小周想找个屋子做暗室,一直没找到合适的地方,你那儿不是有间破仓库吗?要是不用的话,能不能——"两人盯着侯仲文。

侯仲文犹豫着:"这个……倒是没问题,就是,得跟刘场长打个招呼。"

周圆:"那我跟他说。侯监区长,谢谢你了。"

侯仲文:"谢我干什么,还不知道刘场长让不让呢。"

周圆:"只要你同意了就没问题。"

侯仲文:"是吗?这么有把握?"周圆笑笑。

侯仲文:"周干事,听晓渝说你那儿有不少书,可以的话,能借我几本看看吗?就这么在屋里一天到晚养病,实在太闷了。"

周圆:"行啊,没问题。我那儿有不少苏联名著,《复活》《安娜·卡列尼娜》《静静的顿河》……"

侯仲文:"行,都行。你随便拿两本,反正是解闷。"

周圆:"那我回头送来。"

14-38 新锦屏监狱审讯室 日 内

张处长:"你要不珍惜这个机会,我们可要揭发了,那你就是有意抗拒,要从严惩处!"

傅明德慢慢抬起头:"我再看看……"

彭浩将照片给傅明德。傅明德看着:"……我想起来了,左边光头的人,是国民党第二集团军第三十一师师长迟成风中将。"

彭浩:"右边的人呢?"

傅明德摇头:"我,想不起来了……"

刘前进冷笑:"你记性不好忘性挺大,把自己的长相模样都忘记了!"

傅明德:"那人,不是我……"

刘前进一针见血地:"他确实也不是一贯道坛主傅明德,是军统特务,上校督战官郑运斤!"

傅明德:"你的话,我听不懂……"

彭浩:"听不懂?傅明德……不对,该叫你郑运斤。我们不认识你,别人对你可有深刻的印象呀!"

张处长从档案袋里拿出两份材料:“这一份是原三十一师敢死队员的检举材料,说你亲自给他们发过大洋。这一份是迟成风的证实材料,他证实发大洋的人是军统局上校督战官郑运斤,他和郑运斤还在台儿庄留下这张合影。历史不容篡改,人证物证俱全,你还想抵赖吗?”

傅明德低下头,喃喃地:“我,我坦白……”

14-39 新锦屏农场场部小路　　日　外

刘前进兴致勃勃走来,见文捷在不远处和几个人谈话。刘前进喊:“文捷——”

文捷跑来,到了跟前:“怎么样了支队长,那个傅明德……”

刘前进:“招了!等会儿我跟你细说这事儿。你明天能不能抽空去一趟锦屏镇?”

文捷:“什么事?”

刘前进:“上镇政府,让他们帮着查查那个大车店。我一直觉得那里有问题。”

文捷:“行,我明天去。”

刘前进:“带上关晓渝,先打打外围,摸摸底,不要打草惊蛇。”

文捷:“我明白。一会儿我跟晓渝说一下,让她准备准备。”

刘前进笑:“关晓渝可能在医院里。这小丫头,好像跟侯仲文走得挺近乎。”

文捷也笑了:“是嘛……”

14-40 新锦屏医院病房　日　内

侯仲文坐在病床上,周圆从包里掏着书,有《人民不死》《不屈的人们》《他们为祖国而战》《青年近卫军》等。侯仲文:“这么多!谢谢你周干事。”

周圆犹豫了下,手放在书包里:“我这儿,还有本书不错……”

侯仲文:“什么书……”

周圆拿出来,递给侯仲文。侯仲文:“《乱世佳人》?”

关晓渝端着脸盆进来,盆里是刚洗好的衣服。侯仲文翻了翻《乱世佳人》,还给周圆。周圆接过,放进包里。

侯仲文:“我们这个年纪的人,大都长期受俄苏文学的熏陶。”他拿起《青年近卫军》翻看,“俄苏文学的养分最大了,这本《青年近卫军》可是伟大的苏维埃文学作品,这本书,我们都把它称为‘生活教科书’、它在很大程度上影响到了中国青年的个性塑造和精神成长。俄罗斯文学对中国新文学的影响是巨大的,中国现代文学奠基人的鲁迅、郭沫若、巴金、茅盾等等,都翻译过俄苏文学。鲁迅先生还写过一篇文章,称‘俄国文学是我们的导师和朋友’。”

侯仲文滔滔不绝地说着,关晓渝钦佩地看着侯仲文。

周圆:“真没想到,监区长还这么博学。以后我可得经常向你来请教。”

关晓渝:“周圆,你这书送的可挺及时的,再不送来,明天我就得去锦屏镇买了。”

周圆:“买什么?我说过来送的。还能说话不算数啊。晓渝,你跟谁去锦屏镇啊?”

关晓渝:“文大姐明天去办事,我陪她去。”

周圆:“唉,正好,我也想去买点东西,我也跟你们去?”

关晓渝:“好吧!”

14-41 新锦屏农场党委办公室　日　内

桌上摆着鼓囊囊的公文皮包。彭浩、刘前进、文捷坐在桌边,高参谋坐在他们的对面。

程部长在屋地走动着。大家都默默地看着程部长。

程部长停步:“上次我来新锦屏,找你们三位谈过话。刘前进和文捷对彭浩的疑点发表了个人的看法,彭浩做了解释和说明。今天,有必要公开彭浩的谈话内容了。”程部长向高参谋点了点头。

高参谋从皮包里掏出笔记本,打开:“这是那次的谈话记录……”

14-42 锦屏农场党委办公室 日 内

(高参谋讲述情景画面)

彭浩:“知道李厚福去送信的人只有党组的五名成员,外加一个甄世成。让他参加会议,是因为要商议粮食的事。这样算来,参加会议的6个人里,其中肯定有一人与李厚福之死有关。我排除对刘前进、文捷、甄世成和老班长的怀疑,那么只剩下一个侯仲文。”

程部长:“侯仲文不是你介绍来的吗?”

彭浩:“对,我和他一起工作过,我认为他政治成熟,工作干练,就介绍他来部队,推荐他进了一支队的班子。在几次党组会上,他都旗帜鲜明地支持我的观点,让我很受感动。可是,有一件事,让我产生了怀疑……”

程部长:“哪件事?”

彭浩:“就是刘前进强买粮食之后,他提议召开领导班子会,罢免刘前进支队长的职务。”

程部长:“不是没罢免刘前进吗?”

彭浩:“文捷、老班长坚决不同意,我也觉得刘前进虽然强行买粮是不对的,但就因为这个罢免他,是有些小题大做了。我怀疑侯仲文是别有用心,在利用我打击刘前进。”

程部长点头:“你怀疑侯仲文与李厚福之死有关,有证据吗?”

彭浩:“目前还没有。我在调查中发现,侯仲文有不在杀害李厚福现场的证明人。”

程部长:“也就是说,杀害李厚福的凶手不是侯仲文,而是别人。”

彭浩:“对。”

程部长:“那你还怀疑侯仲文吗?”

彭浩:“我更加怀疑他了。我知道侯仲文从来不和老班长谈什么话,而在李厚福遇害的那天晚上,他却突然找老班长。我认为,这是他刻意安排的障眼法。”

程部长点头:“有一定的道理。不过,你为什么不怀疑甄世成呢?”

彭浩:“开始我也想过他的可能性最大。不过,这个想法我很快否定了。他如果想这么做,用不着选择这个时机,那样目标太明显了。他负责押运粮食的时候很多,想做什么手脚的机会也很多,用不着等到现在。”

程部长点点头:“那个烧档案的小江,听说是你让他保护档案和电台的?”

高参谋在记录。

彭浩:“我看小江少言寡语,稳重听话,就安排他去警卫电台和档案。后来指挥部几次查到有电台信号跟踪我们先遣队,其中最值得怀疑的当然就是整天跟收发报机打交道的几个人,而这几个人不外乎就是关晓渝、周圆,再有一个,就是小江、小吴。在这三个人中,最不应该怀疑的当然就是关晓渝,我们对周圆的排查一直在进行中,应该说也基本排除了她的可能性。剩下的小江、小吴,还没等审他,小江就跳出来突然死了,死无对证,弄得我作为他的推荐人相当被动,在这种情况下,我浑身是嘴也说不清了。”

程部长:“他的死,你认为有问题?”

彭浩点头:“小江的死,我认为有可能是有人要灭口。”

程部长:“谁?”

彭浩:“第一个到现场的人是侯仲文,当然他是最大的怀疑对象。”

程部长:“是关晓渝让他去追小江的,他第一个到现场这解释得通。”

高参谋:“按你的推断,在官寨,你也是第一个赶到井台旁的人,这样,唐静茵的逃走,还有那两名战士的死是不是就都跟你有关?”

彭浩:“这个……我解释不清,不过,我可以用我的生命起誓,我跑到井台旁的时候,那两名战士已经死了。”

程部长:“刘前进在井台旁找到了两枚弹壳,是我们用的手枪子弹。这件事,你知道吧?”

彭浩点点头:“刘前进给我看过,这两枚弹壳和杀小李的弹壳一模一样,我和前进一样,都怀疑两次谋杀,凶手是同一个人。”

程部长:“还是侯仲文?”

彭浩:“对。”

程部长:“可是,侯仲文有不在现场的证明啊。”

彭浩:“第一次,枪杀小李那次,虽然他不在现场,那个凶手也肯定是他派去的。杀害我们两名战士,放跑敌人那次,他虽然是后来到的现场,可这不能说明他此前就没有去过现场。当然,凶手究竟是不是他,还需要我们进一步去查证。”

画面渐黑……

同场景。画面渐亮……

程部长:“上一次我离开新锦屏的时候,高参谋为什么要强行与彭浩换枪?有的人心里明白,有的人心里不明白。其实,这是彭浩主动提出的,由他导演的一场戏。”

刘前进、文捷惊讶地看着彭浩。彭浩面无表情。

程部长示意高参谋:“你接着讲吧。”

定格。

第十四集完。

第十五集

（高参谋讲述情景画面）

15-1 新锦屏农场党委办公室 日 内

程部长："别人也可以怀疑是你杀害了三名战士……"

彭浩："俗话说得好，没做亏心事，不怕鬼敲门。我没有杀人，不怕别人怀疑。组织会通过技术鉴定，解除对我的怀疑。"

程部长："怎么鉴定？"

彭浩："看看那三发子弹，是不是从我的手枪里打出去的。"彭浩从腰间的枪套里，抽出了驳壳手枪。程部长沉着地看着，高参谋站了起来。

彭浩把手枪放到桌上："请把我的枪带回去，做技术鉴定吧。"

程部长皱眉踱步，彭浩看着程部长。程部长站住："你相信党，相信组织，这很好。在对你的调查结论没有做出之前，你还要像以前那样，一如既往地开展工作。还要忍辱负重，继续扮演有内鬼嫌疑的角色。"

彭浩："我知道。"

程部长："你把枪收起来。"

彭浩真诚地："程部长，请你带走它吧。"

程部长："我会带走它的。但是，怎么带走它，才更好呢？"

彭浩想了一下："这样好不好，不要由我主动交出它，而是你当着某些人的面换走它。" 程部长："当着某些人的面，换走它？"

彭浩："对。为了寻找嫌疑人的确凿证据，我要继续调查，就要隐蔽自己，迷惑他人。当众换枪，表明了组织对我不信任，这有利于我开展调查工作。"彭浩拿起手枪装回枪套里。

程部长："我明白了，你说，这枪怎么个换法？"

同场景

程部长："那场戏，彭浩导演得不错，他和高参谋的表演也蛮好啊！导演这场戏的目的是迷惑内鬼，让他以为我们追查的目标还是彭浩。"

刘前进、文捷看着彭浩。彭浩："外调和技术鉴定有结论了吗？"

程部长："高参谋说说对彭浩外调的结果和技术鉴定的结论吧。"

彭浩、刘前进、文捷看着高参谋。高参谋从皮包里拿出几份材料，抖了抖："有人举报彭浩同志1947年作战受伤后脱离了部队，这段历史有疑点。我们外调的结果是，1947年8月彭浩伤愈后参加了党校学习，1948年2月参加土改工作团，在巴东搞了一年的土地革命。1949年3月他担任巴东县委书记，同时兼任县敌工大队书记。1950年4月调到地委任副书记，1951年5月调到滨江市江东区任区委书记。这段历史，他的领导和战友都出具了证明。"高参谋举着证实材料，看着大家。

高参谋："对彭浩整个外调过程都挺顺的，就是敌工大队那一时段，麻烦得很。敌工大队

——对敌工作大队啊，人头复杂，事件性质又常常显得左右难以把握……现在，组织上对彭浩的这一段历史也有了结论，彭浩同志这一阶段的工作是清白的。”

彭浩松了一口气。文捷高兴地笑了笑。刘前进打了彭浩一拳。

高参谋面无表情地看了眼彭浩，将手里的材料放到一旁，又从皮包里拿出两份材料。

程部长看了看高参谋，表情沉重。彭浩、刘前进、文捷一愣，看着高参谋。

程部长：“说吧。”

高参谋：“这是对刘前进同志交来的三枚弹壳和对彭浩同志手枪的技术鉴定材料。鉴定结论是，三枚弹壳是我军使用的手枪子弹无疑，口径是7.63毫米。这三枚弹壳是从彭浩的手枪里发射出去的，因为弹壳底部与枪机撞击留下的痕迹，与枪机的前表面相符。”

彭浩、文捷惊得睁大了眼睛！文捷：“技术鉴定肯定搞错了！”

刘前进拿过鉴定材料仔细看起来。程部长：“你不用看了。开始，我们也不相信这个结论，鉴定专家就用彭浩的枪进行了实弹检测，新弹壳与送检的弹壳进行比对，底部的痕迹完全一样，这表明技术鉴定的结论没有错。三枚弹壳，都是从彭浩的枪里弹出来的。”

彭浩双目紧闭，额头上沁出汗水。刘前进、文捷看着程部长。程部长低头不语。

彭浩苦笑一下，默默地站起来，从枪套里抽出勃朗宁手枪，放到桌子上：“程部长，我……”程部长没有吱声。彭浩迈着沉重的脚步，走向门口。刘前进、文捷感情复杂地看着彭浩。

程部长轻声地：“等一下。”彭浩停步，慢慢转过身来，看着程部长。

程部长：“彭浩，让你参加这个会议，向你公开外调结果和鉴定结论，你懂是什么意思吗？”

彭浩：“说明党组织还是信任我的。我很感谢。”

程部长：“党组织信任你，你也要信任党组织。”

彭浩：“首长放心，如果允许……我会一如既往地工作。我相信党组织会查清我的问题。”

程部长：“党组织要查，同志们要查，你自己也要查。只有查出了内鬼，才能还你清白。”

彭浩：“我明白。”

程部长向高参谋示意。高参谋会意，从皮包里拿出彭浩的驳壳枪，交给程部长。

程部长把驳壳枪插到彭浩腰间的皮带上：“去吧。”

彭浩眼圈发红，缓缓举起右手，敬礼，转身走出去。刘前进、文捷默言无语，看着程部长。

程部长：“刘前进，怎么不说话啦？”

刘前进：“你既然相信他不是内鬼，还亲自把枪给他戴上，你就应该宣布解除对他的怀疑，让他精神愉快的工作。”

程部长：“我也想解除对他的怀疑。可是，技术鉴定三名战士的死与他有瓜葛啊。”

刘前进：“肯定是内鬼栽赃陷害！”

程部长：“内鬼是怎么栽赃陷害的？”

刘前进：“我……我怎么知道……”

高参谋皱起眉，看着刘前进。程部长：“你应该知道！要想方设法知道！”

刘前进看着程部长。文捷看看高参谋，又看看刘前进。

程部长：“内鬼果然厉害，我们遇上高手了。”

刘前进、文捷、高参谋屏住气息盯住程部长。

程部长：“古人说，‘道高一尺，魔高一丈。’我们都要开动脑筋，调动智慧，把狡猾的内鬼揪出来!”程部长顺手拿起一支铅笔,斟酌着。

程部长斟酌地:“当然啦,如果内鬼不是另有其人,”铅笔从程部长手上滑脱、落地……铅笔落地的声音,在寂静无声的空间里,被夸张、放大,化作凌厉而凄怆的一声怪响。

程部长一字一顿地:“那他彭浩就是在……贼喊捉贼!”

15-2 新锦屏农场彭浩宿舍 日 内

彭浩失魂落魄地走进来,回手闩上房门。他走到床边,把自己直挺挺地摔到床上。他的手慢慢地移到腰间,抽出了手枪,看着。弹膛是空的。他木然地盯着弹膛,拉开枪机。他把枪口对准了自己的太阳穴。他闭上眼睛,手指扣向扳机……

轻轻地一声脆响直入耳畔——接着又响了两声、三声……

彭浩眼睛直直地盯着房梁,枪还在太阳穴上,僵持了一会儿,枪垂落下来。彭浩嘲讽地笑了下,坐起来。他拿过旁边的一个弹夹,装上子弹,思忖着,犹豫着……

15-3 新锦屏农场彭浩宿舍外 日 外

刘前进、文捷匆匆走来。刘前进大步流星,几乎跑起来。文捷被落在后面,小跑起来……

15-4 新锦屏农场彭浩宿舍 日 内

彭浩打开保险,推弹上膛,拉开枪机。他又缓缓举起了枪……他把枪口对准了自己的太阳穴……他听见心脏跳动的声音……他听见血液在血管里涌流的声音……

他痛苦地闭上眼睛,手指扣向扳机——

15-5 新锦屏农场彭浩宿舍外 日 外

刘前进和文捷快步跑到门前。文捷看了一眼门上无锁的了吊,推了一下门,门被反锁着,动了几动。刘前进举手敲门:“彭浩,开门!”

屋里没有动静。刘前进用力拍打着门板:“开门! 快开门! 你再不开门,我……”

嘭! 屋里传出一声清脆的枪声! 文捷、刘前进大惊! 刘前进一脚踹开房门,冲了进去。

15-6 新锦屏农场彭浩宿舍 日 内

刘前进、文捷站住,睁大了眼睛! 彭浩直挺挺地躺在床上!

刘前进一步跨到床前,彭浩的身子僵直着……

15-7 新锦屏农场彭浩宿舍 日 内

直挺挺躺在床上的彭浩一动不动。刘前进上前,推了一把彭浩,彭浩的身子动了一下。彭浩缓慢坐起,站起来,将手里的手枪插进腰间。

文捷舒了一口气:“彭书记,你吓死我了!”

彭浩惨然一笑:“怎么? 以为我死啦? 死了比活着容易啊……”

刘前进给了彭浩一拳:“那你也得给我活着!”

彭浩深吸一口气,缓缓吐出:“是啊,我要是现在就这么死了,那是背叛党,自绝于人民,是个内鬼嫌疑人,永远也讨不回我的清白之身了!”

彭浩推开刘前进,低头从刘前进的脚下拾起一枚弹壳。彭浩手举弹壳:“这枚弹壳,是刚才从我的手枪里弹出来的,你看看,和那三枚弹壳是不是一模一样?”

刘前进:“不用看,肯定是一模一样,技术鉴定不会错。”

彭浩:“那杀人的凶手就是我了?”

刘前进:“我说过,你不是凶手!”

彭浩："那你说，凶手是谁？"

刘前进："我要知道就好啦！"

文捷从彭浩手里拿过那枚弹壳举在眼前看着。弹壳反射出的光，刺目灼人！

15-8 新锦屏农场采石场 日 外

石场工地上，男犯们挥钎打锤，有的打炮眼，有的撬石块，有的搬运石头。王友明和战士站在一旁看守着。侯仲文在护士的搀扶下，一瘸一拐地过来。王友明看见，急忙迎了上来："监区长，你怎么来啦？"

鲁震山："监区长，怎么样了你？"

侯仲文："好多了，谢谢你及时把我送进医院，要不然，这脚……"

鲁震山："是小痦子背的你，你得谢他。"

侯仲文从背包里掏出一个苹果，扔给小痦子："奖给你的！"

小痦子接了苹果："多谢监区长！"咬了一大口。

侯仲文摘下背包，递给鲁震山："这些苹果，给大家分分。"

裘双喜、苟敬堂等人伸手，从背包里掏出苹果。

侯仲文："哎，怎么没看到傅明德呢？"众男犯不语。

王友明："你住院期间，傅明德被深挖出来了。他原来是国民党的军统特务，是个上校，真名叫郑运斤！"

侯仲文："乖乖，原来他是条深藏不露的大鱼呀！坏事做了不少吧，如果够线该枪毙了吧？"

王友明："没有。他申诉了，说他参加过台儿庄会战，打过日本鬼子，戴笠死了以后军统改组，他被贬到山沟里去了，没跟共产党打过仗……"

侯仲文："他的终审判决是什么？"

王友明："判决书还没下来呢。目前，他单独关押在小号里，不准他与外人接触。"

15-9 新锦屏农场筑路工地宿舍 日 内

桌上摆着老班长的记录本和那枚弹壳。刘前进坐在桌前，看着那枚弹壳，琢磨着。

刘前进摇了摇头，从腰间拔出驳壳枪，拿过油布，开始擦枪……擦枪使桌子晃动了几下，那枚弹壳被晃倒，滚到了地上。

15-10 锦屏镇街巷 日 外

一辆吉普车开过来，文捷坐在前面，关晓渝和周圆坐在车后。两人透过车窗望着街巷两旁，不时有肩扛手提的行人闪过。汽车停在路边，周圆下车。

周圆："文大队长，你们去办事吧。回头我去找你们。"

文捷指指不远处的小广场："咱们11点半在那里集合。"

周圆："嗯。"

关晓渝："到时候咱们到镇西马家铺子吃吊炉饼。"

周圆："你一说我就流口水了，你们快走吧。"

汽车开走。周圆看车子驶去，抬头看了看远处一家店铺，走过去。

15-11 锦屏镇街市一家店铺 日 内

伙计将周圆买好的东西包好递过来。周圆看到货柜上的毛线："哎，把毛线拿给我看看。"

伙计从货柜上拿过毛线："这是苏联产的毛线，你摸摸，暖呼呼的。"

周圆:“要是织件毛衣,得多少线啊?”

伙计:“那得看你给什么样的人穿了,小姐。”

周圆:“什么小姐,这么难听。你以为我是反动资本家的小姐阔太太啊。”

15-12 锦屏镇政府办事处 日 内

工作人员将文捷和关晓渝送出门口:“沿着这条镇街走到头,就是公安派出所。”

文捷:“谢谢啦!”工作人员挥手关门。

关晓渝:“那个外来经商人员的册子,我看都是他们自己登的记,很难核实,要说多大的准确性,很难说。顶多就是个自然情况,而且很难保证真实……”

文捷:“派出所从地方治安的角度着眼,他们掌握和了解的情况会多些,去看看再说。”

15-13 锦屏镇街市 日 外

周圆从店铺出来,看着纸袋子里的毛线,爱不释手。周圆在一个小摊上买了包瓜子,正在掏钱,已经有人将钱替她付了。周圆往旁边一看,周大姑正笑眯眯地看着她。

周圆惊疑:“大姑,你怎么在这儿?”

周大姑:“我就住锦屏镇,不在这儿在哪儿?”

周圆将瓜子放到摊上,转身离开。

周大姑拿起瓜子,笑着告诉摊主:“她是我侄女,一不高兴就使小性子。”周大姑追过去,赶上周圆。周大姑:“来镇上怎么也不告诉我一声。”

周圆:“我一会儿就走,没空儿。”

周大姑:“吉普车停在小广场,车上的两个女的先去了镇政府,这会儿又往派出所去了……那两个女的是干什么的?”

周圆看了眼周大姑:“你什么都知道还问我。我一会儿就走,有话你快说。”

周大姑:“上店里坐会儿吧,我中午让饭堂给你包饺子吃。”

周圆:“我答应我们同志了,一块儿吃。”

周大姑:“还‘我们同志’,圆啊,你适应得挺快呀!”

周圆不耐烦地:“有话快说吧!”

周大姑:“去坐会儿吧,有些事……总不能在街上站着说吧?”

周圆反感地看了眼周大姑,周大姑盯着她。周圆终是不能避开周大姑逼人的目光。

两人并肩走着。周圆:“我妈的病怎么样啦?”

周大姑:“医生说还是间歇性发作,这阵子好多了。上礼拜我又汇了些钱去。”

周圆:“我想找机会去成都看看她。”

周大姑:“还是不去的好。她的病该怎么治我会安排。你一去,跟你爸的关系就得扯出来,你在共产党的队伍里还有法子待吗?”

周圆:“你有我爸的消息吗?”周大姑摇了摇头。

15-14 锦屏镇大车店 日 内

阿宽端来几盘点心放在桌上,周圆看了眼,拿起一块点心。周大姑示意阿宽出去。阿宽走出,随手将门带上。周大姑:“都到新锦屏好几个月了,怎么才来镇上?你那边没什么事吧?”

周圆摇摇头:“事挺多的,过不来……”

周大姑:“你再不来,我就要上新锦屏去找你了。”

周圆将点心扔进盘子里,不满地:"暴露了我和你的关系,出事怎么办?"

周大姑:"我也不想暴露,可总跟你接不上线,我着急呀。"

周圆:"着什么急?反正我已经让你给推进火坑了,还能跑啊。"

周大姑:"小点声!你怎么这么说话?大姑把你领上道儿,也是为你好。"

周圆"腾"地站起来:"为我好?你都把我弄成过街老鼠了还说好?你知不知道大姑,每回看着队里的同志在一块说说笑笑,开开心心,我有多难过?我是他们说的内鬼、特务啊!队里一有风吹草动,我总是提心吊胆,哪回往外送情报,我不是心惊胆战,恨不得钻进老鼠洞里!"

周大姑:"乖侄女儿,大姑知道你在共产党的队伍里日子不会好过。可是,党国的大业得有咱们这些人来支撑啊。现在台湾那面正在举全岛之力反攻大陆、收复大陆失地,到时候我们就是有功之臣,那时候我们可就神气大了——"

周圆:"算了吧,我也不是三岁的孩子,你哄哄我就什么都信了。要我说,咱们就是秋后的蚂蚱,没几天蹦蹬头儿了!"

周大姑:"胡说!你对党国这么没信心可不行!到了今天这一步,只有进路没有退路!"

周圆:"我不管那么多,我就想好好活着,不用担惊受怕,每天晚上能睡个安稳觉。"

周大姑:"你想得简单。你爸可是上将,又跑去了台湾,共产党要是知道了你这个底细,还能放过你吗?"

周圆:"我爸是我爸,我是我。"

周大姑:"有其父,必有其女,你能跟你爸脱离了干系吗?从你进到了共军队伍里,通过你的手送出了多少情报?他们多少人因为你搭上了性命?他们知道你就是潜伏在身边的特务,能饶得了你吗?傻侄女!"

周圆的眼里噙满了泪水,愤怒地盯着周大姑。

周大姑走到八仙桌前,从抽屉里拿出一个竹管,把一个纸条往竹管里塞着:"西南游击区的总指挥要与山里联系,你转告'鹤顶红'给他们接上线,让他们尽早会面。"

周圆:"我从来都是暗中接受鹤顶红的指令,他像个鬼影子一样,我想想就瘆得慌!"

周大姑把竹管口子封好,塞到周圆手上。

周大姑:"他不见你,是为你好。你也不用找他,只要把这个情报放到联络点就行了。"

周圆:"我实在不想再做了……大姑,我求你了。"

周大姑盯盯地看周圆:"想想你爸爸的事,再想想你妈的处境——她现在等于是叫人看着的……大主意你自己拿吧!"周大姑头也不回地走去,周圆一脸的茫然、无奈和无助。

15-15 锦屏镇小广场 日 外

文捷、关晓渝在车外不停地朝街口张望。关晓渝:"怎么还不来啊,我都饿死了。"

文捷:"她不就买点自己用的东西吗?还能走丢啦?"

关晓渝:"不至于吧,她又不是没来过锦屏镇。"

不远处,周圆气喘吁吁地跑来。关晓渝:"你再不来,我们不管你了。"

文捷:"快上车吧。"

周圆:"哎。"三个人上车,司机发动了汽车。

15-16 锦屏镇大车店密室 日 内

宁嘉禾给茶杯里续着水:"你这个侄女……"

周大姑:“这孩子虽说脾气有点倔,可也明白现在的处境。你放心,她起不了浪。”

宁嘉禾:“小心无大错,还是不能掉以轻心哪。”

15-17 新锦屏采石场崖边 日 外

远处,女犯们在清理石场碎石,大菊在远处一个人扫碎石。严爱华和女狱警来回巡视。食堂伙夫挑着担子走来。女狱警摇着铃铛:“开饭啦! 开饭啦!”

女囚们过来,大菊像是没听见。严爱华走过去:“大菊,吃饭了。”

大菊将碎石堆到推车上。严爱华:“行了,吃完饭再干。不差这一会儿。”

大菊:“嗯。”大菊走去,严爱华与她并肩。

严爱华:“大菊,最近怎么整天垂头丧气啊? 是不是看别人减刑你没减,有情绪啊?”

大菊:“没有。”

严爱华:“只要好好工作,你也有减刑的机会,千万不要有思想负担。”大菊点点头。

15-18 锦屏镇马家铺子 日 外

文捷、关晓渝,周圆、司机在吃饭,盘子里放着吊炉饼。

周圆有些异样。文捷挑了张吊炉饼给周圆,周圆:“我不要了。”

文捷:“才吃了一个,哪能够啊,这东西凉了不好吃。”

周圆:“我够了,这碗粥还没喝完呢。”

关晓渝:“你是不是有什么事啊? 怎么心神不定的。”

周圆:“没有啊。”

文捷摸了摸周圆的脸:“那快吃吧,吃完还赶路呢。”

关晓渝从兜里掏着什么,站起身。文捷:“你干什么? 钱我都交了,说过的,今天我请。”

关晓渝不好意思地:“我再买几个,拿回去。”

文捷用筷子指着盘子:“这还剩呢。”

关晓渝笑笑,走去。

15-19 新锦屏采石场 日 外

男犯们在砸石头。苟敬堂向不远处望着,吹着口哨,王友明过来:“苟敬堂,干什么呢!”

苟敬堂赔着笑脸:“报告政府,我撒尿!”

王友明:“快去快回!”

苟敬堂:“是。”跑开。

15-20 新锦屏采石场崖边 日 外

苟敬堂向一块大石头后走去,瞥了眼旁边,大菊子正在悬崖边弯腰捡石头。

一只穿着军鞋的脚迈进画面。苟敬堂方便后提着裤子从石头后出来,突然看到一只脚朝着正在崖边弯腰拣碎石的大菊踹去。大菊惊叫一声倒向崖下……

石头后的苟敬堂看到这一幕,吃惊地张大嘴巴……

15-21 新锦屏医院病房 黄昏 内

侯仲文吃下一个吊炉饼,关晓渝又拿过一个。侯仲文:“够了,晚上还吃饭呢。”

关晓渝:“晚上就吃这个,怎么,你不爱吃啊。”

侯仲文:“爱吃,爱吃……”

关晓渝:“刚出炉的,比这个好吃多了。这是拿给你的病号饭。”

侯仲文又接过一个吃着:“什么病号饭,我的伤都好了。大夫同意我过两天就出院。”

关晓渝:“你急什么,伤筋动骨一百天,你这才多久。”

侯仲文:“头两天去了一趟工地,看到同志们都在热火朝天地工作,我哪躺得住啊。再说了,有点事忙乎着,我也就忘了疼的事了。”

关晓渝佯装生气:“行啊,反正你的事我也做不了主。”

侯仲文:“怎么做不了主,你的话我都听。”

关晓渝:“真的?”

侯仲文:“真的。”

关晓渝:“那好,我不同意你这么快出院。”

侯仲文:“……就这个不行,别的都行。”

关晓渝:“这还叫什么我的话你都听,哼!”

侯仲文:“这是工作嘛,你有你的工作,我也有我的工作。”

关晓渝:“你有的是理由,总是马列主义口朝外。”

侯仲文:“你挺会说的,还马列主义口朝外?行,往后我多朝内。”关晓渝笑。

侯仲文:“你早点回去休息吧,跑了一天,也挺累的。”

关晓渝:“累什么,有车坐着,也不用我们走。”

侯仲文:“来去匆匆的,什么急事啊?”

关晓渝:“……也没什么……你快吃吧。”侯仲文笑笑,咬了一口吊炉饼。

王友明和严爱华推门进来。严爱华:“晓渝也在啊?”

侯仲文:“你们来得正好,来,来,吃吊炉饼。晓渝她们刚从锦屏镇带回来的。”

关晓渝:“来,快坐。”关晓渝拖过两把木凳,两人还是原地站着。

侯仲文看出异样:“怎么?有什么事吗?”

王友明看看严爱华,严爱华示意他说。王友明不自然地:“监区长,队里……出事了。”

侯仲文紧张地:“什么事?”

王友明:“大菊……跳崖了……”

侯仲文:“啊?”

15-22 新锦屏采石场 日 外

侯仲文坐在椅子上,站在旁边的是王友明、严爱华。他们刚向刘前进讲过大菊的事。侯仲文:“这件事……实在不应该出现呀,如果我们能够多做做她的思想工作,可能就会避免。”

刘前进:“大菊最近的情绪一直不好吗?”

严爱华点点头:“这次减刑的名单里没有她,她的情绪有点波动,跟谁也不说话。”

刘前进点点头:“她家有没有什么人?得通知家属一声。”

严爱华:“她家里没有什么人了……”

侯仲文:“这个女人性子挺烈,原来家里穷,被卖到妓院以后,老鸨子看治不了她,又把她卖给人贩子了。说起来,我跟这个大菊还有点渊源。人贩子把她卖给一个得肺炎的老光棍,那个老光棍还是我们村的哪。可怜大菊嫁过去不到三个月,那个老光棍就死了,她走投无路,自己又回了妓院,接客时把一个嫖客杀了,被关进监狱。”

严爱华:“这个女人,命也够苦的了……”

刘前进:“好好把她安葬了吧。”

15-23 新锦屏关晓渝、周圆住处 日 内

倚在被子上的周圆恼火地将手里的那个竹管一下下往床铺上戳着,突然狠狠将竹管摔到床尾。周圆定定地看着那个竹管,站起,走过来一把抓起竹管掼到地上,又上前一脚,竹管居然完好无损。旁边桌上的闹钟突然响起,周圆吓了一跳,一把按住。周圆定了定神,无奈地抓起竹管,穿上外衣……

15-24 新锦屏农场一棵树下 黄昏 外

周圆警觉地走来,看看四下无人,将竹管放在树下一堆杂草旁的石块下……

15-25 新锦屏男监 夜 外

走廊昏暗的灯光射进男监,男犯们都已经睡下。躺在木板上的苟敬堂睁着两眼,想着什么。裘双喜翻了个身,睁开惺忪的眼睛,猛地看到苟敬堂睁着两眼,吓了一跳:“妈的,想什么呢?还不睡!”苟敬堂看他一眼,翻了个身,还是瞪着两眼……

15-26 新锦屏女工宿舍 夜 内

柳春燕在抽泣着,凌若冰递过毛巾:“别难过了,睡吧。”

柳春燕:“我不相信大菊会跳崖,她准是被人害死了。”

凌若冰:“别乱说。她可能觉得自己没被减刑,想不开才跳崖的。”

柳春燕:“我不信。”

15-27 新锦屏男监食堂 晨 内

男囚犯们坐在食堂长条饭桌前,准备吃早饭。在王友明的搀扶下,侯仲文拄着拐进来,脸色铁青。男囚犯们紧张地看着。

王友明:“大家注意了——昨天女犯那边出了事,很多人都知道了。今天一早,侯监区长带着伤来看看大家,跟大家说几句话。”

侯仲文:“其实……也没什么好说的,昨天的事,我在医院里听了以后,很难过,也很气愤!大菊跳了悬崖,是既可怜又可恨哪!一个连活下去的勇气都失掉的人,她不可怜,不可恨吗?我跟她谈过话,她一直觉得自己原来当过妓女,低人一等,思想上太脆弱!一遇到点小坎坷,小波折,就受不了,这怎么能行?我今天说这些话,就是要告诉大家,对那些愿意改过自新、重新做人的人,我们不光要减他该减的刑,还要为他的精神减刑,让他能看到新的出路!”

裘双喜嘀咕:“人都死了,还他妈唱高调!”

小痞子碰了下苟敬堂:“哎,你说这个大菊,怎么就想不开呢?”

苟敬堂满怀心事,小痞子瞅着他。

15-28 新锦屏一棵树下 日 外

路边有一棵树,一条树枝上系着一个红布条。周圆走来,左右看了看,俯身扒开草丛,翻开石头,那个竹管不见了,却新添了一个纸卷。

15-29 新锦屏关晓渝、周圆住处 日 内

周圆展开纸卷看着:抓紧套住刘前进!鹤顶红。

周圆拿过火柴,把纸卷点着。周圆看着燃尽的纸卷,皱起眉头思忖。

修饰过的画外音响起:抓紧套住刘前进!鹤顶红。

周圆似在回应的画外音:“‘抓紧套住’‘抓紧套住’……怎么套啊!烦死了!我看刘前进

好,我和他好就是了。我不想让谁来指示我、命令我……鹤顶红,你到底是谁?”

15-30 新锦屏筑路指挥部 日 内

墙上贴着筑路进度表。刘前进在打电话:“告诉各工区,筑路不要放松革命警惕性,要防止土匪的破坏和捣乱。”周圆笑盈盈地走了进来。

马大虎看见,兴奋地:“周干事,您来啦?”周圆笑着,指了指刘前进。

刘前进放下电话:“周干事,有事吗?”

周圆:“怎么,没事就不能来啊?”

刘前进:“筑路工地热火朝天,大家忙得不可开交,哪有没事的人啊!说吧,你又要采访哪个工区、哪个人?”

周圆:“我今天谁也不采访。”周圆从口袋里掏出个纸包,背在身后:“送你一样东西。”

刘前进:“啥东西?”

周圆:“前提是你先坐下,然后闭上眼把鞋脱了。”

刘前进:“搞什么名堂!”

马大虎懂事地出去。周圆将刘前进摁到椅子上:“闭眼哪!”

刘前进闭眼。周圆:“脱鞋!”

刘前进用一只脚把另一只脚的鞋脱了下来。周圆蹲下来给刘前进把袜子脱下,她皱着鼻子:“臭、臭!天下第一臭!”

刘前进:“你到底要干吗呀?”

周圆:“不许睁眼!”周圆从纸包里拿出一双毛袜子给刘前进穿上了。

周圆:“天凉了,甄世成发的布袜子也不暖和,我给你织了一双。”

刘前进:“我不要。”

周圆:“为什么?”

刘前进:“不为什么。”

周圆:“刘场长,你怎么对我冷冰冰的?你跟我说过,咱们是革命同志,应该互相关心,爱护。你还让关晓渝照顾侯监区长住院呢,我给你织双袜子算什么?”

刘前进:“那是两回事。这个……你还是拿回去吧。”

刘前进将毛袜子递向周圆,周圆顿了顿,气呼呼地一把接过,拿起桌上的火柴就点。

刘前进一把拉住她:“你这是干什么!”

周圆:“我烧了它!反正你不要,你管我烧不烧的!”

刘前进:“你……行了行了,给我吧,怎么跟小孩子似的。”

周圆:“不想要就别要,我可不勉强。”

刘前进夺过毛袜子:“好!好!我收下!我收下!谢谢你了!”

周圆生气的样子。刘前进翻看着毛袜子,把手伸进一只袜子:“手艺不错,真是比发的布袜子暖和多了……还有啥事?”

周圆:“没有事我就不能在场长大人这待会儿啦?”

刘前进起身要走:“那你待着吧,我还有事。”

周圆:“唉,我话还没说完哪——”

刘前进:“你说吧。”

周圆："还有件事，你得……得支持我工作，给我找间暗室。"
刘前进："暗室？啥叫暗室？"
周圆："就是洗相片的地方，不能跑光，一跑光照片就洗不出来了。"
刘前进："这个……等我问问吧，看哪有空屋子。"
周圆："侯监区长就有间空屋子，就是那个破仓库，他不用了，说可以给我，但得你批准。"
刘前进："那就给你呗，不用我再批不批了。"
周圆："谢谢刘场长！"

15-31 锦屏镇大车店后院客房 日 内

宁嘉禾在看报。门开了，周大姑带着风尘仆仆的小匪走进来。
宁嘉禾急问："怎么样？"
周大姑："总指挥，找到了，我们内线的动作还是挺快啊！这下好了！"
宁嘉禾站起来："唐司令在哪儿？"
周大姑："在倒木沟。"
宁嘉禾高兴地："太好了！我这个光杆司令，终于又有队伍了！"

15-32 军分区指挥部办公室 日 内

程部长在打电话："既然郑运斤身上还有疑点，那就还把他关在新锦屏吧，加紧排查！"

15-33 新锦屏场长办公室 日 内

刘前进："我明白。"

15-34 锦屏镇大车店楼梯 日 内

甄世成提着水壶上楼，后面有人叫他，甄世成回头，居然是满脸堆笑的陈老板。

甄世成脸上现出惊惶神色,他疾速下楼,逼视着陈老板,低声:"——你怎么在这儿?"

陈老板:"笑话,这个店难道只准你甄科长住,我们这些小老百姓就不能住啦?"

甄世成脸上的严厉之色慢慢转化为软弱。甄世成:"……咱俩的事已经了结了,你就不要再来找我了。"正在翻着账本的周大姑仔细听着。

陈老板:"怎么?没弄点酒喝喝?伙计——"

阿宽跑过来:"陈老板,有什么吩咐?"

陈老板:"给我弄两个菜,我跟这位解放军同志好好喝两杯。"

阿宽看看甄世成,甄世成脸色难看,转身要上楼。阿宽不知如何是好:"甄科长……"

陈老板:"我和甄科长是老朋友,你去弄就是了。"陈老板跟着上楼。

阿宽回身看看周大姑,周大姑琢磨着,冲旁边的伙计:"去吧,弄两个好菜!"

伙计走开,周大姑对阿宽往楼上使了个眼色。阿宽领会,上楼。

周大姑想了想,放下账本,也跟着上了楼。

15-35 锦屏镇大车店房间 日 内

甄世成进来,陈老板跟在后面,随手关上门。甄世成回身,恼火地:"你怎么还没完没了啦?我告诉你不干就是不干了!"

陈老板笑吟吟地:"甄科长,用不用我把门打开?你再大声些……"

15-36 锦屏镇大车店房间外 日 内

阿宽站在门外,听着里面的动静。不一会儿,周大姑过来。阿宽忙让到一边,周大姑仔细听着。甄世成的声音:"你不用吓唬我!我甄世成不是被谁吓大的?你再这么纠缠不休,我就……就——"

15-37 锦屏镇大车店房间 日 内

陈老板:"就找政府把我抓起来,对不对?"

甄世成:"你——你这个无赖!"

陈老板脸孔一板:"好了,骂两声得了,别给脸不要脸!你再这么不识抬举,我说三更废了你,都不会等到五更。我只要往新锦屏打一个电话,你立马就身败名裂!"

甄世成气恼地看着陈老板,无奈地坐在床沿上。

15-38 锦屏镇大车店房间外 日 内

小伙计端着托盘上来。周大姑示意阿宽,阿宽从小伙计手里接过托盘,小伙计走开。

15-39 锦屏镇大车店房间 日 内

甄世成气鼓鼓地坐在床沿上。陈老板笑了下,回身从桌上倒了杯茶,递到甄世成面前:"年轻人火气盛,可以理解。喝点水,压压火。"甄世成脸扭到一边。

陈老板自己把水喝了:"甄科长,你也不是个糊涂人。还是想明白点吧,你我现在就是一根绳上的蚂蚱,蹦不了我,也跑不了你,咱们的合作还得继续。你放心,以后我会把价码再给你抬一抬,让你的无本生意利润更大。"

甄世成:"无本生意?我这是提着脑袋给你卖命!这是无本生意吗?"

陈老板:"看你说的,太难听!以后可不准这么说了!这是咱们俩的生意,互惠互利!好了,以后我还得仰仗甄科长这棵大树啊!"

15-40 锦屏镇大车店房间门外 日 内

周大姑想了想，匆匆下楼。

15-41 锦屏镇大车店房间 日 内

敲门声。陈老板开门，阿宽端着托盘进来："周老板交代，这两个菜是送给二位贵客的。"

陈老板："周老板够交情！来，来，甄大科长——噫，怎么没有酒啊？伙计，麻烦你去——"

周大姑一路笑声地进门："酒来喽！"

周大姑极麻利地把两个酒盅摆到甄世成、陈老板座前的桌面上："没想到二位贵客还是老朋友！你二位在我老婆子这小店这么一坐啊，套句文词，那叫什么……叫'蓬荜生辉'啊！"

陈老板："好了周老板，你就不要转文了，快上酒，我要跟我这位科长兄弟先干三盅！"

周大姑边倒酒边说："上酒，上酒，让你们兄弟俩连干三盅……"

甄世成："你也喝一盅吧，周老板。"

陈老板："对对，周老板你也来一盅……"

周大姑变戏法似的，不知从哪儿拿出一个酒盅——比前边的大一圈的酒盅："行，我喝，就算给二位助个兴。你看我，酒盅都备好了。你们不让我喝，我还得自己讨一杯喝呢……"周大姑一边说着，一边给三个酒盅一一斟满。

陈老板端起他的一盅："兄弟我今天特别高兴！我先干为敬了——"

陈老板刚要把酒送进嘴里，周大姑拉住他的胳膊："慢着点，陈老板兄弟……"

周大姑把陈老板手上的酒盅拿过来，不由分说地把她的大一圈的酒盅塞到陈老板手上："咱俩换换——你陈老板今儿个好兴致，该用这盏大盅子喝酒，喝完这盅，我告诉二位，我这盅子可是有大来历的，不是至尊至贵的客，我从不拿出来……"陈老板端起大酒盅，看着，尔后，很是豪迈地一大口把酒喝净："我领周老板的情，先干为敬！"

周大姑举起酒盅："甄科长，来，都干了！"甄世成怏怏地喝光盅子里的酒……

周大姑："放心吧甄科长，天大的事，一会儿也就云开雾散了！"

陈老板又拿起酒瓶，起身刚要倒酒，突然变颜变色地哼叫了一声，两只手捂住肚子，直勾勾地盯着周大姑："你——"稳坐桌前的周大姑笑吟吟地看着陈老板。

酒瓶落地，陈老板的身子也瘫倒在地。甄世成吓得站起来，看着周大姑："你——"

周大姑平静地："甄科长，你堂堂新锦屏的大科长，哪能叫他一个粮贩子握在手心。我老婆子可不想让你这个大主顾栽在他手里。"

甄世成："你——你听到什么啦？"

周大姑："我什么也没听着，我就是看不惯有人要坏你的事！"周大姑笑着……

15-42 新锦屏男监室 日 内

鲁震山、小痞子、裘双喜、苟敬堂等男犯们围坐在一起念报纸。门开了，郑运斤（傅明德）手拿着行李，走了进来。王友明和侯仲文跟在后面。众男犯急忙站起来，列队。

侯仲文："大家听着，傅明德，不，他叫郑运斤，改判无期徒刑，回到我们监区参加劳动改造，今后大家要对他严格监督，发现他有不老实的言行，立即报告。听见没有？"

众男犯齐声回答："听见了！"侯仲文、王友明转身走了出去。

裘双喜急忙接过郑运斤手里的行李："坛主，不，将军，我的长官，你辛苦了！"

郑运斤："坛主、将军，那都是过去的事了，不要再提了！"

裘双喜："对，对，好汉不提当年勇。"

郑运斤走到鲁震山跟前，轻慢地："鲁团副，谢谢你举报了我，使我原形毕露，从此不必再过那种隐姓埋名、提心吊胆的日子了。"

鲁震山："郑长官，你参加过台儿庄会战，是条好汉。好汉做事好汉当，坐不更名、站不改姓才对呀！"

郑运斤："怪我自作聪明，心存侥幸！不过，能成全你鲁团副立功减刑，我郑某人也算对得起你了，哼！"

裘双喜："鲁团副，你这年岁也不小了，混得可不怎么样啊……这么些年了，你就再没有什么大长进？"鲁震山看了眼裘双喜，转过身去。

15-43 山路 黄昏 外

残阳如血，山风猎猎。宁嘉禾带着小匪，马上加鞭，疾驰而来。

15-44 倒木沟山洞唐静茵住处 黄昏 内

唐静茵对镜梳理着长发，眼里无神，满是无助、伤感……

15-45 倒木沟山洞客厅 夜 内

洞内点着松明。花子引宁嘉禾、小匪匆匆走进洞来。

花子大声："报告司令，特派员……总指挥……到了！"

15-46 倒木沟山洞唐静茵住处 夜 内

正梳理长发的唐静茵愣了下。外面又传来花子的画外音："司令，总指挥回来了！司令！"

唐静茵"忽"地站起来："什么？总指挥……"唐静茵疯了样朝门口跑去，一头乌发披散着。唐静茵拉开房门，宁嘉禾正匆匆而来，唐静茵呆呆地立在门口，眼泪无声流下……

宁嘉禾动情地："静茵……"宁嘉禾跑上前来，一把抱住唐静茵。

唐静茵呜呜地哭起来，捶打着宁嘉禾。花子示意众匪退下……

15-47 新锦屏附近鹿鸣谷 日 内

两山夹一沟，山上树高林密，沟里怪石嶙峋。彭浩、刘前进、文捷各骑一马，从远处驰来。三人来到沟口，勒马停下，四处张望。

刘前进："这个山谷地形险要，是新锦屏的咽喉，也是土匪进犯的必经之地。"

文捷："这个山谷叫鹿鸣谷，设了一个固定暗哨。"

彭浩："有暗哨，我怎么没看见？"

刘前进："你要看见，那还叫暗哨吗？"

刘前进从腰间抽出手枪，朝天开了两枪。两名哨兵持枪从树后闪出，跑步来到马前。

刘前进："一个暗哨两个战士，力量薄弱了。这里应该增设一个警卫排，改固定暗哨为流动暗哨。"

文捷："好，增设一个警卫排，改固定暗哨为流动暗哨。"

15-48 新锦屏附近青石坪 日 外

一边是光秃的石头山坡，一边是林边小路。刘前进、彭浩、文捷牵着马，沿着小路，步履艰难地爬上山坡。山坡前面有一块平坦的大青石，一只岩羊跳上青石，驻步张望着。刘前进看见，把马缰绳交给文捷，从腰间抽出手枪，向野羊瞄准。彭浩出手枪响！野羊中弹，从青石上滚了下来。文捷朝彭浩伸出大拇指。

树林里跑出两名背枪的哨兵，抬起了死野羊，跑过来。刘前进收枪，从口袋里拿出一枚弹壳，悄悄放到地上。哨兵把死野羊放到了刘前进、彭浩、文捷面前，站到一边。彭浩蹲下查看，野羊的头颅流出血来。

刘前进得意地："你们看，我是一枪命中，准头还行吧！"

彭浩："你连枪都没开，怎么是你'一枪命中'了？"

刘前进故意地："谁说我没开枪？刚才那一枪就是我开的。"

彭浩："明明是我开了一枪嘛！文捷，你来证明。这小子又耍赖！"

文捷："我证明，只开了一枪，是彭书记开的。"

刘前进："我说枪是我开的，有物为证。不信，找找弹壳！"刘前进在地上寻找着。

彭浩："弹壳早崩飞了！上哪儿找去？"

刘前进拾起他此前放在地上的那枚弹壳："我找到了。"

彭浩："那弹壳也是从我枪里弹出去的。"

刘前进把弹壳拿到彭浩面前："你看，这弹壳就是从我枪里弹出来的。你要不信，可以做技术鉴定啊！"

彭浩一把夺过刘前进手里的弹壳，举到眼前仔细察看着。

刘前进对哨兵："你们把彭书记打的羊抬回连队去吧，给同志们改善改善伙食。"

哨兵甲："是。"

刘前进转身欲走，彭浩一把揪住他的衣襟："说！你搞什么名堂？"

刘前进笑而不答。文捷拉开彭浩："刘场长，我也叫你搞糊涂了，你这唱的是哪一出啊？"

刘前进走到马前："咱们还是继续检查防务吧！"翻身上马，马上加鞭，纵马驰去！

彭浩张开手掌，看着弹壳，弹壳反射出灼目的光。

(闪回)党委办公室，彭浩在翻看老班长的记录本。(闪回完)

彭浩意识到什么，急忙上马，去追赶刘前进。文捷不解地看着。

15-49 新锦屏一棵大树下 日 外

周圆拿着相机走来，不时透过镜头四下查看着，见没什么异常，将一个竹管塞到树下。

15-50 新锦屏附近山路 日 外

一辆装满圆木的大卡车沿山路蜿蜒驶来。前面一辆车上，坐着一个干部模样的军人。开车战士指着远处的一座高山："江处长，转过那座山，新锦屏就到了。"

江处长："总算到了。这一路上我都提心吊胆……"

15-51 新锦屏附近山坡 日 外

花子带着众土匪埋伏在石头后，花子用望远镜朝山下看着，满载圆木的军车在山路上爬行。花子放下望远镜："妈的，我当是什么好东西呢。一车木头……撤！"

一小匪："给他们点把火？"

花子斟酌一下，挥挥手："划不来，不惹他们了。"众土匪撤走。

15-52 新锦屏附近山路 日 外

军车上，后座的一个年轻干部："听说唐静茵匪帮在这一带活动猖獗，他们要是知道这车上拉的是什么东西，非红眼不可。”

司机：“好在新锦屏总算到了。”汽车疾驶而去。

15-53 新锦屏附近青石坪 日 外

青石坪山路边小树林。彭浩、刘前进、文捷有坐有站地在说话。两名哨兵远远地站着。文捷向哨兵招手。哨兵甲跑过来。

文捷：“中午我们不回去了，你们连队吃啥，带过来一点，够我们仨吃就行……”

哨兵甲：“是。”

刘前进：“告诉你们连长，我们不白吃。那只野羊，还不换你们几顿好饭啊！”

哨兵甲笑着点头，跑去。

彭浩：“……我想明白了。前进，你用我的那枚空弹壳‘套’弄我打死的那只野羊，演了一场恶作剧。你是想演绎这件事的过程，去推断和证明另外一件事……”

刘前进：“你说得太麻烦了——简单点说，那两次的三枚弹壳，是凶手在开枪杀人之后故意放到尸体附近的。是人家早谋划好了的，就是要陷害你！栽你的赃！”

文捷：“这事，你是怎么弄明白的？”

刘前进：“有一天我擦枪……”

（刘前进讲述情景画面）

15-54 新锦屏筑路工地临时住处 日 内

刘前进坐在桌前，擦完驳壳枪拿过弹匣插上，扳下击锤，拉动枪机，举枪瞄准。

刘前进收枪，又拉动枪机，一粒子弹从抛壳口跳出来，在桌上弹了一下，掉到地上。

刘前进低头看了看，把枪放到桌上，俯身从地上捡着，拿起一看，竟是那枚空弹壳。

刘前进一愣，急忙低头寻找，又从地上捡起那粒子弹。

刘前进把子弹和弹壳并排摆在桌上，目不转睛地看着。

刘前进双眉紧锁，他把子弹和弹壳交换一下位置，琢磨着……

刘前进突发灵感，急忙拿起老班长的记录本翻到一页看着。老班长的画外音：“6月9日，老龙口粮站仓库。我看见小江在捡弹壳，他说给彭政委找手表……”

刘前进茅塞顿开，点头，双眉逐渐舒展开来。

15-55 新锦屏附近青石坪 日 外

刘前进：“我一下子就想明白了，内鬼用自己的子弹杀害了我们的战士，却在尸体附近放上了老彭枪里弹出来的弹壳……”

文捷：“这么说，内鬼早就盯上了彭书记枪里弹出来的弹壳？”

刘前进点点头。

彭浩：“在老龙口粮站，那天夜里我去巡查……”

定格。

第十五集完。

第十六集

（彭浩讲述情景画面）

16-1 老龙口镇粮站仓库外 黎明 外

彭浩的画外音：“……走到粮站仓库，听到了泼洒汽油的声音……接着，我又闻到了汽油味，我知道有敌情，便冲进仓库……”

彭浩走来，巡查着，他停下脚步，仔细地听着，从仓库里传出泼洒汽油的声音。

彭浩抽动鼻翼，闻到汽油味。他急忙抽出手枪，摸进粮库……

（彭浩讲述情景画面）

16-2 老龙口镇粮站仓库 黎明 内

彭浩端着手枪摸进门来，寻找着。花子扮成的络腮胡从门后窜出来，一手拦腰抱住彭浩，一手去夺他的手枪。彭浩与花子扭打着，手表带在厮打中断开掉地！

（慢镜头）表带断开的手表悄然落地。花子把彭浩摔倒在地，跑到粮垛后面。

彭浩爬起来，寻敌不见，举起枪，嘭！嘭！嘭！连开三枪报警。

（慢镜头）从跳壳口弹出三枚弹壳，落地，又弹起，又落地，夸张地发出清脆的响声。花子端着轻机枪从粮垛后面冲出来。彭浩扭头看见，奋不顾身地扑上去。“哒哒哒！”花子端枪射击。彭浩中弹倒地，手捂肚腹，怒目看着。

粮仓“呼啦”一声，燃起冲天大火。花子提着机枪跑出门去。

彭浩失血过多、力不能支，颓然倒地……

16-3 新锦屏附近青石坪 日 外

文捷：“谁捡走了你那三个弹壳？”

彭浩：“小江。”

文捷：“小江？是他杀害了那两名战士？”

彭浩摇头：“小江没参加鸡冠岭追击战，没到过官寨的井台边。”

刘前进：“小江没到过井台边，另有他人到过井台边，这个人枪杀了两名战士后，把那两枚弹壳放在了两名战士的身旁。”

文捷：“这么说，杀害小李和那两名战士的凶手不是同一个人！”

刘前进：“对喽，我们怀疑凶手是同一个人，正中了敌人转移视线的奸计！狡猾啊，程部长说我们遇到了高手，一点不错！”

文捷：“小江的背后，还有条大鱼。”

彭浩：“那条大鱼，应该就是指使小江去捡弹壳的人。”

文捷站起来：“小江已经死了，死无对证——我们怎么办啊！”

刘前进从兜里拿出老班长的记录本，翻到一页，递给文捷：“你仔细看看。”

文捷接过记录本，看。老班长的画外音：“6月9日，老龙口粮站仓库，我看见小江在捡弹壳，他说给彭政委找手表……”

“刘场长!”马大虎急匆匆朝青石坪跑来,他的身后跟着江处长。

刘前进、彭浩、文捷迎上前。刘前进:“哎哟,江处长,欢迎欢迎!”

刘前进上前握手,江处长与彭浩、文捷握手。

刘前进:“什么时候到的?”

江处长:“刚到,这不马上就向你报到来了。程部长告诉你了吧?”

刘前进:“告诉了,我们新锦屏的人都指着你这军需处长过冬呢! 这回都给我们调剂了些什么好东西?”

江处长:“走吧,咱们去看看。保你满意!”几个人走去。

16-4 新锦屏仓库前 日 外

军车停在仓库门前,战士在卸车。刘前进、彭浩、文捷等人过来。刘前进望着车上满载的木材,脸上露出一丝狡黠的笑。

文捷不解地:“江处长,送这些木头来干什么? 我们新锦屏山上多的是!”

刘前进朝彭浩看了眼:“江处长,你这是唱的哪一出啊!”

江处长:“你们觉得这些木头没大用就对了……”战士们抬下木材,下面露出用雨布蒙得严严实实的军需用品。江处长扯起一角,可见下面是一些医药用品。

刘前进:“行啊江处长,你诡计多端哪!”

江处长笑:“这都是叫土匪给逼的。”江处长拍了拍药品,“这里有不少都是消炎药。”

文捷:“太感谢军区首长了。眼瞅着换季了,农场患感冒的人特别多,我们还愁这事呢。”

江处长见战士要搬里面的箱子,忙说:“那几箱别动,是给军分区准备的。程部长指示,宁肯多绕点路也得先送新锦屏的……”

刘前进:“那我得谢谢程部长,要是都给我们,我就更谢谢他了。”

侯仲文、王友明、严爱华等人赶来。彭浩:“老侯,你组织人把东西搬进仓库。”

江处长:“怎么没看见甄科长?”

刘前进:“他去锦屏镇了。没告诉他你要来。”

几个人走去。彭浩想着什么,跟在后面。侯仲文指挥众人卸着药品。

16-5 倒木沟唐静茵住处 日 内

唐静茵喝着茶。宁嘉禾随花子走进来。花子:“我们埋伏在山上,看拉的是木材,就没动手。”唐静茵:“……木材? 往遍地是树木的新锦屏运木材……不对,那些木材下边可能藏着匿着别的东西……过冬的衣物? 粮食?”

宁嘉禾:“你猜得没错。花子,再碰上这种事,你要多长个心眼,不妨丢几颗手榴弹,放他几枪,敲打敲打,探探虚实……那些穿的用的,我们也缺。”

花子:“我记住了,特派员。”

土匪甲匆匆走进来:“特派员、唐司令!”土匪甲拿出竹管,交给宁嘉禾,宁嘉禾打开,从里面抽出一张纸条,上写:傅明德真名郑运斤,原系党国上校军官。鹤顶红

宁嘉禾一愣,唐静茵:“怎么啦?”

宁嘉禾:“那个参谋次长……难道……不是他?”

16-6 新锦屏党委办公室 夜 内

桌上摆着老班长的记录本和一个大信封。彭浩坐在桌前,看着刚写完的报告。他拿过

大信封，把报告装进大信封里。想了想，他又将老班长的记录本也放进去。

16-7 新锦屏刘前进办公室 夜 内

桌上有一瓶白酒，一包花生米。刘前进坐在桌边，一边喝酒，一边嚼着花生米，一边琢磨着。马大虎进来送水，见到桌子上的白酒，小声问："场长，你又喝酒啦？"

刘前进瞅了他一眼："睡你的觉去！"马大虎顿了顿，想说什么，没说，出去。

刘前进起身，插上门闩，哼唱着："苏三离了洪洞县，将身来在大街前，未曾开口我——"

外面响起敲门声。刘前进含混不清没好气地："不是叫你睡你的觉嘛……"

彭浩的画外音："睡什么睡！是我！彭浩！"

刘前进忙起身收拾起酒瓶，不经意将桌上的花生米带到了地上。外面的门敲得紧，刘前进顾不得捡，只得去开门。彭浩进来，抽了抽鼻子。

刘前进："这么晚了……有事啊？"

彭浩："当然，是好事……又喝上了……"

刘前进拿过酒盅，满了一杯："好事，就更应该庆贺！噢，我知道你说的好事是啥事了……"

彭浩看着地上撒落的花生米："怎么还喝？晚上跟江处长吃饭不是喝了一气吗？"

刘前进笑，点头："就喝一点儿。来，来……本来我就想找你喝呢，你的破事儿总算整明白了，我高兴啊……吃点花生米，今天这花生米炒的，火候正好……"

彭浩瞅了刘前进一眼。刘前进蹲下捡地上的花生米，不时往嘴里送着。

彭浩坐下，看着正捡花生米的刘前进："前进，你这酒的瘾头可见长……"

刘前进抬头，笑着："今天这不高兴嘛……"

彭浩："是啊，我的事把你折腾得够呛，总算有个说法了。"

刘前进："不光对我有个说法了，你对人家凌医生也该有个说法了。"

彭浩："你瞎扯上人家干什么！"

刘前进："怎么叫瞎扯上人家？你现在是崇公道娶苏三……"

彭浩："怎么讲？"

刘前进："差官爱女犯，名正言顺哪！"

彭浩："人家不是女犯！你怎么回事！"

刘前进："对，凌医生是冤案。这下你的事也弄明白了，你俩就放心在一块吧，好事啊……"

彭浩："你呀，老扯没用的。我和凌若冰是接触多些，但那都是为了工作！"

刘前进："要是她喜欢你呢？"

彭浩："你还胡说？！"

刘前进："我敢打赌，她喜欢你，你们两个一定能走到一起！"

彭浩："不跟你瞎扯了。行了，说正事。"

刘前进："我刚才说的都是正事。"彭浩无奈地瞅了刘前进一眼，掏出写好的那份材料，放在刘前进面前："好好看看，看完给我签个字！"

刘前进看完彭浩写的汇报材料，抬起头。彭浩又从大信封里拿出老班长的日记："有老班长的日记在，我心里更踏实点。明天正好让江处长给捎走。"

刘前进摇摇头："还是交关晓渝走机要渠道好。江处长的车装着木材在山路上跑，招招摇摇地，他们一旦遭遇上敌人……"

彭浩："你口无遮拦，张口就来——就不能盼着点好！江处长捎回去早一天是一天，我还恨不得现在就能送到军区呢。"

刘前进："好吧，早一天清楚早一天利落。这件事，别说把我整得焦头烂额，程部长也轻快不了。说你是内鬼，他比我还难以接受。你毕竟是他推荐来的，要顺藤摸瓜摸下去，他也成内鬼了，他不闹心吗？"

刘前进在材料上签上字："你的事早一天清了，咱俩也好一心一意抓那个真正的内鬼！"

彭浩若有所思地点点头，自语着："是啊……真正的内鬼……"

16-8 倒木沟山洞唐静茵居室 夜 内

阿慧："一连好几回了，花子带人出去都是空手而归。明天，我想出去碰碰运气。"

唐静茵："是啊。不能总这么干靠着，坐吃山空……"

宁嘉禾："多带几个人吧阿慧，一旦碰上了，要打有把握之战！"

阿慧："是。总指挥！"

16-9 新锦屏仓库前 日 外

几辆军车已经整装待发。车上还是压着木材。刘前进和彭浩在送江处长。

刘前进："我还是派人送你们一程吧，这样我们也放心。"

江处长："不用，你越是兴师动众的，土匪们还警觉了。我这样挺好，放心吧。"

彭浩将那个大信封递给江处长："这个，请你务必亲自交给程部长。"

刘前进："要不是事关重大，我们就不劳你江大处长了。"

江处长："这么一说我还不敢捎了，这么重要的东西，你们应该通过机要渠道上报啊。"

刘前进："那不还得好多天吗？哪赶上你江处长日夜兼程快啊。这东西，我是恨不得现在就能交到程部长手里！"刘前进看了眼彭浩。

彭浩一笑："多谢了江处长，下回再来新锦屏，我们加倍款待！"

江处长将文件放进公文包里："行啊，后会有期。我走了！"

江处长上车。刘前进、彭浩挥手。车队启动。

16-10 山路旁 日 外

阿慧、花子埋伏在公路边隐蔽处。

一条蜿蜒的山路。远处，隐隐传来汽车声。汽车缓缓驶来……

16-11 新锦屏烈士墓前 日 外

青松翠柏，绿草山花。老班长丁长春的墓碑前，站着彭浩和刘前进。

彭浩将点燃的一支烟放在碑座前，凝视着墓碑。

（闪回）老班长："这也是一种考验，你要经得住这种考验……"

（现实）刘前进看着墓碑上镶嵌的老班长的照片。

（闪回）老班长："你瞪眼睛有屁用？有能耐你擦亮眼睛，看明白了谁是好人，谁是内鬼！亏得你还是战斗英雄、侦察英雄、公安局长，狗屁吧你！"

（现实）刘前进轻声："老班长，这回你该闭上眼了……我的彭浩兄弟，我看清楚了，他还是原来的彭浩……"

16-12 山路旁 日 外

汽车缓缓驶来……拐弯处，闪出花子和伪装成孕妇、大着肚子的阿慧。阿慧佯装疼痛，捂着肚子，两人拦在路中央。花子焦急地冲着驶来的汽车挥着手。

汽车停下，江处长下车："老乡，快上车。你们去哪儿？"

花子："我老婆快生了，解放军同志，帮个忙吧。"

江处长和花子扶着阿慧走向汽车。在车上的两个战士跳下车，准备上前帮忙。石头后，匪徒开枪射击，毫无反应的两个战士倒在车旁。江处长一愣神，阿慧从怀里抽出枪，对准江处长开枪。司机刚想还击，花子掏枪，对准司机开枪。

花子带领匪徒扒掉车上的木材，看见药品："哟，好东西！"

阿慧拉开车门，见到车座上放着一个公文包。阿慧打开公文包……

16-13 倒木沟唐静茵住处 日 外

唐静茵从公文包里抽出一个大信封里，掏出彭浩写的那份带公章的报告看了一眼，递给坐在旁边的宁嘉禾，自己在翻看着老班长的记录本。

篝火正旺。阿慧坐在火盆旁，若无其事地烤着一块干粮。花子站在一旁："司令、特派员，阿慧这次可是立了大功啊，不伤一兵一卒，就把共军斩尽杀绝。那些药品，更是宝贝啊！"

唐静茵抬头看着花子："你的功劳不小，我和特派员都记着呢。下去吧。"

花子："多谢司令！多谢特派员！"花子退下。

宁嘉禾还在专注地看着彭浩写的报告。唐静茵将老班长的那个日记本丢进火盆里，宁嘉禾一惊，忙将日记抢出来。

宁嘉禾："你昏头了，这东西我要仔细研究研究，它会对咱们有更大用处的。"

唐静茵冷冷一笑："那个破本本你都看了几遍了，能有什么用！"

宁嘉禾："有大用啊！这无意中得来宝贝，可比那些药更贵重。"

16-14 新锦屏彭浩办公室 日 内

彭浩坐在桌前，默默地吸着烟。彭浩："我们还是大意了。如果我们派人护送一下……"

刘前进盯着彭浩："你说，土匪是冲着那些药品还是你的材料？"

彭浩摇摇头："是那些药品吧？我的材料对他们来说……有什么用？我想不大明白……"

文捷："这个问题，我也得好好想想才能想明白了……"

刘前进："我现在怕是真坐下病了——一有啥风吹草动，我就不能不往内鬼上琢磨。你们说，军车遭劫这件事，是叫这帮坏蛋撞上了，还又是内鬼作乱，给他们报的信？"

彭浩看看刘前进，一副不知所云的样子。

文捷："彭书记的报告落到土匪的手里，对我们的工作应该不会造成什么威胁。"

刘前进："报告内容是为老彭洗脱内鬼嫌疑，并没有涉及其他的军事机密，倒不会对我们的工作直接造成多大威胁……不过，我能想象出来，敌人会为你彭浩的事反复研究你写的那些东西，还有老班长小本上记的那些事儿，也能让他们忙个不轻……"

文捷："……凭空多出这么件事，彭书记的问题，什么时候能解决呀！"

刘前进："没了报告，我们再写一个。这倒不难办。"

彭浩："这事不像你想的那么简单。老班长的记录本没了，缺少证据，没有说服力啊。"

刘前进："我和文捷都看过老班长的记录本，我俩给你证实，不比记录本更有说服力。"

文捷:“对,我俩给你做证。”

彭浩思索着。刘前进:“这还有啥可考虑的,你赶紧起草报告,我俩写证实材料。”

彭浩:“只要你俩不认为我是内鬼,咱们能在一起开展工作,我的嫌疑早一天晚一天解除都无所谓。当务之急是要查清,这个内鬼到底藏在哪里!”

刘前进拍拍彭浩的肩膀:“我要的,就是你后面这句话:查清、抓住这个可恶的内鬼,是当务之急!”

16-15 军分区办公室 日 内

程部长看着窗外,满腹心事。

高参谋气急败坏地:“这件事,肯定还是新锦屏的内鬼在作祟!军需品能安全送进新锦屏,就说明问题不是出在路上。而从新锦屏出来就遭到土匪伏击,答案只有一个,那就是新锦屏的内鬼把情报送出去了,才让土匪有了准备!我就不相信,这个内鬼这么难挖?到底是内鬼太狡猾了,还是我们的工作太没有水准了?”

程部长:“高参谋,你冷静点!新锦屏的内鬼查不出来,刘前进和彭浩比你我还着急上火!彭浩的材料不明不白让土匪抢了去,他更不好过!”

高参谋:“我看,他这材料被抢……也挺蹊跷!”

程部长转过身:“你什么意思?”高参谋不语。

程部长:“你是不是要说他自拉自唱?监守自盗?”高参谋不语。

程部长:“彭浩的材料丢了,还有刘前进和文捷给他做证,难道这两个整天与彭浩朝夕相处的人不比你我了解彭浩?他们会做假来欺骗组织?”

高参谋:“他们做证?他们有证据吗?就凭他们几句话?程部长,我知道你对彭浩的印象一向很好,可是……你也清楚,彭浩身上的疑点确实最多,他又解释不清。你如果真是为他好,我觉得就更应该彻底调查他。如果他没有问题,那又怕什么调查?程部长,我不知道你有没有意识到,只有把彭浩的污点真正洗清了,他才不会影响你……为了让你避嫌,程部长希望你能批准由我负责对他的调查!”

程部长:“你——”

16-16 新锦屏农场小路 日 外

凌若冰提着简单的行李和文捷并肩走来。文捷:“彭书记有个重要会议,他让我来送送你。”

凌若冰:“我知道,他一直在关心我。我坐了两年监狱,是命运的阴差阳错也好,还是说不清道不明的一场冤枉也罢,可在狱里这两年,你和彭书记从来没拿我当犯人看待,我最应当感谢的人就是你和他!”

文捷:“你言重了若冰。”

凌若冰:“我是就个人感情而言,真的,我对新锦屏的感情已经超过了家乡。而追根溯源,还是对新锦屏的人有感情……”

文捷:“那你和彭书记,能不能……再走得近一些?”

凌若冰:“不可能。”

文捷:“为什么?”

凌若冰:“彭书记出身贫农,人又能干,前途无量;我呢,出身资产阶级,我和他之间,横亘着一座大山啊!”

文捷:“可你是一名革命干部啊,你应当对他的感情充满信心……”

凌若冰:“我对什么事情都可能充满信心,唯独……在感情问题上……”她转身望着远山,泪水盈满了眼眶。

文捷:“如果可以,若冰,你能留下来吗?”凌若冰转过身,看着文捷。

文捷:“这不光是我的意思,农场需要你这样的人,老彭……也希望你能留下来。”

16-17 倒木沟山洞阿慧住处 日 内

两个彝兵摇着手摇发电机。桌上收发报机面板上,红绿灯光闪烁。电信声嘀嘀嗒嗒响着。阿慧头戴耳机坐在桌前,一边专注地听着信号,一边用笔记录。宁嘉禾、唐静茵屏息聆听着。

阿慧放下笔,摘下耳机:“司令、特派员,台湾来电。”

宁嘉禾看了看,交给唐静茵:“台湾没有忘记我们啊!”

唐静茵:“空投枪支弹药,我们如鱼得水啊!”

宁嘉禾:“立即回电!”

阿慧坐回到桌前,戴上耳机。宁嘉禾口述电文:“猛虎及游击军二司令感谢总裁抬爱,我等将竭尽全力及早解救新锦屏监狱的党国精英……”

阿慧的手指在电键上跳动着,洞内回响着嘀嘀嗒嗒的电信声。

宁嘉禾:“……请于九月十日晚十时空投枪支弹药,地点在卧虎岭,联络信号是三堆篝火,三颗红色信号弹。”

16-18 简易工棚 日 内

黑板上方挂着红布黑字的横幅,上写:“新锦屏农场首届战地急救培训班”。

凌若冰站在黑板前讲课……工棚里坐满了男女学员,他们全神贯注地听课,不时低下头来记笔记。柳春燕等人坐在其中。

柳春燕:“要是大菊不死,她也能来多好……”

女犯甲:“我就纳闷了,你说大菊那人平时大大咧咧,怎么会想不开跳崖呢……”

柳春燕:“我也觉得这件事蹊跷,冲她对侯监区长那样……”

(闪回)大菊专注地盯着侯仲文……

(现实)女犯甲:“侯监区长能看上她?这不瞎扯嘛……”

16-19 新锦屏党委办公室 日 内

彭浩在缝衣服,文捷进来:“怎么,自己干上啦?”

彭浩:“小活,没什么。”

文捷看看:“这针脚也太大了,我来吧。”文捷拿过,彭浩起身倒水。

文捷:“老彭,往后咱们就在新锦屏安家了,你和前进都该考虑考虑自己的小家了。”

彭浩:“怎么今天突然跟我说起这个啦?是看我自己缝衣服啦?”

文捷:“那倒不是,找个女人,又不是专门为缝衣服的。”文捷抬起头,“凌医生身上的优点可不少,你发现没有?”

彭浩看着文捷,笑笑:“你和前进都想给我做这个媒呀!”

16-20 倒木沟山中空地 夜 外

山中一块空地上,点起了三堆篝火。火光映照着宁嘉禾、唐静茵、花子的脸。不远处,有些彝兵在持枪警卫着。宁嘉禾、唐静茵、花子焦急地看着夜空。

天上月光昏暗，繁星点点。飞机的轰鸣声由弱渐强。几个人立刻兴奋起来。

唐静茵："飞机来了！准备接应空投！"

花子："特派员，快发信号！"宁嘉禾掏出信号枪，啪啪啪，三颗红色信号弹射向夜空。

16-21 新锦屏女职工宿舍 夜 内

凌若冰盯着柳春燕："什么？大菊看上侯监区长啦？"

柳春燕点点头："为这事，严爱华好像还找过大菊，让她安心改造，别胡思乱想。"

凌若冰："你说大菊的跳崖与这有关系？"

柳春燕："说不好。不过，这件事对女人来说，确实是件要命的事。女人活一辈子，不就是巴望着找个好男人嘛。"凌若冰若有所思地点点头。

天空的红色信号弹突明突暗，凌若冰起身，朝窗外的夜空望着。

柳春燕："土匪又要使什么坏招啦？"

16-22 新锦屏筑路指挥部 夜 内

刘前进正在看材料，马大虎跑进来："刘场长，发现敌人的信号弹！"

刘前进："这些见不得光的王八蛋……发射点还是倒木沟那一带？"

马大虎："是那儿。"刘前进沉思。

16-23 新锦屏党委办公室 夜 内

彭浩神情严肃地站在窗前，望着天空。夜空中，红色信号弹分外扎眼。

彭浩走到桌前，拿起电话。

16-24 新锦屏筑路指挥部 夜 内

刘前进拿着电话朝窗外的夜空看："我也看到了，我知道，对，加强对罪犯的监管，警惕土匪的袭扰……明天的毕业典礼——"

16-25 新锦屏党委办公室 夜 内

彭浩在打电话："都准备好了。"

16-26 新锦屏破仓库 夜 内

窗前，周圆看着红色信号弹在夜空划过，脸上现出惊恐。

16-27 新锦屏监区外大院 夜 外

院子里，正在收拾东西的王友明看到信号弹，朝屋里喊着："监区长，快来看！"

侯仲文跑出来，王友明指着天空的信号弹："你看！"

侯仲文："快给刘场长打电话！"王友明跑进去。

16-28 新锦屏监区 夜 内

王友明："刘场长，啊，你也看见啦？侯监区长来了——"

王友明将电话递给走进屋里的侯仲文。

16-29 新锦屏筑路指挥部 夜 内

刘前进拿着话筒："老侯，你那边是重中之重，一定要加强对罪犯的监管，警惕土匪的袭扰！监室里没什么情况吧？"

16-30 新锦屏监区 夜 内

侯仲文："放心吧刘场长。今天晚上我们加岗。好，这样吧。"

侯仲文放下电话:“友明,今晚多加两道岗,巡逻哨也多加点人,不要出什么意外。”

王友明:“是。”

16-31 倒木沟山洞 夜 内—外

唐静茵看看手表,吩咐花子:“再发三颗信号弹。”

花子:“是。”

宁嘉禾:“怎么还发?”

唐静茵:“这回是给鹤顶红发的。每次空投要是有他的东西,都会在间隔10分钟以后再发第二次,这样他可以直接到老地方去取货。”三颗信号弹腾空而起……

16-32 空镜头 夜 外

三颗信号弹在夜空中划过,分外扎眼。

16-33 倒木沟山洞 夜 内

花子在指挥众匪放置空运来的物品:“司令有话,先把东西归置好,明天再分。”

周大姑将几包烟土放进箱子里。

花子:“周站长,你别都拿走啊,怎么着也给弟兄们留点吧?”

周大姑瞅了花子一眼:“你以为这是什么好东西?”

花子:“不是好东西你还拿?”

周大姑:“我不偷着卖点烟土,这山上的供给你管啊?”

唐静茵:“你们都给我听好了,还有你花子,你们要是谁敢碰这要命的玩意儿,别说我不客气!我堂堂的党国部队,可不要一群大烟鬼!”

花子:“司令,我就跟周站长开个玩笑,你别当真!”唐静茵转身离开。

宁嘉禾打开一个盒子,里面是一台精致的电台。宁嘉禾仔细打量电台。

唐静茵过来,端详着电台。

宁嘉禾:“这可是美国人用的最新玩意……”

唐静茵:“正好周站长在这儿,让她带回去,转给鹤顶红的人吧。”

宁嘉禾:“这东西太显眼,转来转去的,容易出事。还是直接送到新锦屏的联络点吧。”

唐静茵点点头:“也好……”

周大姑过来,递给宁嘉禾一份报纸,上面有一行大标题:36名潜伏特务昨天被正法。

16-34 倒木沟客厅 夜 内

唐静茵在看那份报纸,周大姑嘴里叼着烟。花子进来,看到几个人坐在那儿,又悄然退出。周大姑:“最近川、滇、黔各地的潜伏人员屡屡被共党捕获。总指挥,那个参谋次长到现在也不露头……”

唐静茵:“这个人现在还关在共党的监狱里,他不出山,能有什么作为……”

宁嘉禾:“我一直在琢磨,那几个被共党关押的重犯里,最有可能是参谋次长的人,会不会是傅明德。可这个人现在被排除了……剩下那几个人……小痦子年纪不对,可能性不大,鲁震山,当年的一个团副,也不会是,那剩下的几个人里……难道会是裘双喜?”

唐静茵:“他不是个监狱长吗?”

宁嘉禾:“……也是。他如果握有那份名单,不会不告诉我。回头再想一想,还是那个傅明德,也就是现在的郑运斤,应该再细琢磨一下。他曾经暗示过我……”

(闪回)山路中林中空地,男犯们在休息。

宁嘉禾坐到傅明德跟前:“傅坛主的坐相,标准的正规军做派啊。”

傅明德睁开眼:“入一贯道之前,确实吃过几天兵饭……”

宁嘉禾笑笑:“大坛主是没把宁某当成自己人哪,有些事情……”

傅明德:“借宁总指挥的话说,我现在也是身陷囹圄之人,过去的事,今后的事,都顾不上了,现在只求苟活而已。”

宁嘉禾:“傅坛主浑身是藏不了盖不住的贵气和大气,想来不会是苟活就能心安的人吧。”

傅明德:“那要看有没有贵人给傅某指一条好的活路了……”

(现实)唐静茵:“那就让鹤顶红设法把这个姓郑的和那个监狱长都弄出来。只要人出来,那个东西在谁手上他都得找出路,否则,还不是废纸一张!”宁嘉禾点头。

16-35 新锦屏山上 日 外

花子扮成的采药人背着一个大筐在采药材。两个背枪巡逻的解放军战士走来,他们看到花子,走过来。

花子正在用特制的刨子刨着草药。战士甲看看花子的背筐,里面有大半筐的草药。

战士甲:“老乡,这里不准采药。以后不要上这来了。”

花子:“好,好,以后不来了。”

两战士离开。花子看着两战士走远,向旁边的山上移去,扒开一处树丛,露出一个山洞。

16-36 新锦屏山洞 日 内

昏暗的山洞。花子进洞,往洞里走着。拐弯处,花子站下,解下背筐,扒开草药,里面露出那个电台。花子搬开一块石板,将电台从背筐里取出,放在石板下的空洞里。又将一个竹管放在上面……

16-37 倒木沟唐静茵住处 日 内

宁嘉禾又在翻弄彭浩的那份报告和老班长的记录本。唐静茵:“你研究出什么来啦?”

宁嘉禾:“新锦屏共党头目们各怀心事,麻烦不断,这为我们进攻新锦屏,解救党国精英,创造了机会呀。”唐静茵点头。

宁嘉禾:“‘鹤顶红’没动静吗?”

唐静茵:“这一阵他日子好像不好过,新锦屏戒备森严,他的情报越来越难送出来了。”

宁嘉禾:“新电台送过去,他会好办些……”

16-38 新锦屏破仓库 日 外-内

周圆提着暖水瓶走回来。门把上系了块红布条,周圆慌忙扯下,四下看看,没有任何动静。周圆到旁边窗台翻动木板。木板下有一个竹管,周圆把竹管拿到手里。

周圆走进屋,关门。她放下脸盆,从竹管里抽出纸条,展开:

速到老地方取货并电告山上,鹤顶红可能被怀疑,无大行动,少联系为宜。

16-39 新锦屏林中空地 日 外

两树之间扯着一幅会标:“新锦屏农场首届战地急救培训班毕业典礼”。彭浩、文捷、关晓渝、侯仲文等在主席台上就座。

正在照相的周圆有些走神地盯着彭浩,彭浩注意到周圆在看自己,愣了下。周圆的镜头对准彭浩,镜头里的彭浩下意识地直了直腰板,周圆按下了快门,彭浩定格。

周圆收起相机，有些惊慌地看了眼彭浩，彭浩对她笑了笑，周圆转身离开。

刘前进穿着崭新的军装在讲话："……你们发扬延安'抗大'的精神，自力更生、白手起家，以荒山野岭当课堂，在两个月的时间里，学完了在校园里两年才能学完的课程，以优异的成绩，光荣毕业了，我代表新锦屏农场党委和场部，祝贺你们！"

学员们报以热烈的掌声。

刘前进正了正帽子，抻了抻衣襟，十分认真地："向带出上百名优秀学员的好老师凌若冰同志，表示深深的感谢！并致以崇高的敬礼！"他朝着坐在学员当中的凌若冰敬礼。

凌若冰急忙起身，鞠躬还礼。学员们众星捧月般的朝凌若冰热烈鼓掌。

刘前进："下面，请彭浩同志讲话。"

彭浩健步走到台上，向大家敬了一个军礼。周圆盯着彭浩，眼神里透出空洞和茫然。

彭浩感情凝重地："各位学员，通过刻苦的学习和严格的考试，你们毕业了，即将奔赴新锦屏农场大小几十个监区，你们要在战斗和工作中担负起救死扶伤，实行革命人道主义的光荣任务。我殷切地期望你们把学到的知识巩固住，和医疗实践紧密地结合起来。你们不仅要像凌若冰老师那样去工作，还要像凌若冰老师那样去做人！"

热烈的、经久不息的掌声。坐在学员中间的柳春燕起劲鼓着掌。坐在学员中的凌若冰低着头，眼睛里有泪光闪烁。周圆的视线里，声音已经没有了，只有彭浩的嘴在动，伴随着有力的手势……周圆扭身离开。

16-40 新锦屏山洞口 日 外

周圆走近洞口，谨慎地搜寻了一会儿。周圆见无异常，转身钻进山洞。

16-41 新锦屏山洞内 日 内

周圆揿亮手电走进来，熟悉地走到一块石板前。她弯腰伸手，搬开石板，从石板下取出一个油布包。她用手电照着，打开油布包。油布包内是一部小型电台，旁边有一支小小的竹管。

16-42 倒木沟山洞 日 内

阿慧将译好的电文递给站在身旁的唐静茵，唐静茵看看，交给宁嘉禾。

唐静茵："真叫你说着了，鹤顶红有麻烦了……"

宁嘉禾："……好，那就试试咱们刚拿到的这批武器的威力，配合一下鹤顶红。一石二鸟，趁机把裘双喜、郑运斤弄出来！"

16-43 新锦屏破仓库外 夜 外

周圆疲惫地走来，她四下望望，将竹管塞在仓库外窗台缝隙里，又在上方画了个浅浅的"十"字。不远处大树后，两只穿军鞋的脚露出……

16-44 新锦屏破仓库 夜 内

周圆进屋，跌坐在椅子上，抓过杯子大口喝水。

16-45 新锦屏破仓库外 夜 外

一条黑影从树后闪出，悄然而又迅速地向窗台蹿去……

16-46 锦屏破仓库 夜 内

周圆似有所察，回身望向窗外。黑影蹿去……

16-47 新锦屏某个屋内 夜 内

灯下，一双手展开纸条：速将裘关进单人囚室，有人营救裘和郑！（渐隐）

16-48 通往新锦屏男监食堂的小路 日 外

凌若冰和柳春燕边走边说着什么。

凌若冰："鲁震山最近一直在山上修路，你没去看看他啊？"

柳春燕："上次见过一回，他不让我去，说怕影响不好。"

凌若冰："这个鲁震山，还挺注意。你想没想过他出狱以后怎么办？"

柳春燕："我倒希望他能留在农场。管怎么说，这里也有个安身的地方。就像大菊，死了也不用回家了，埋在农场也挺好。"柳春燕流下眼泪。

彭浩走过来："凌若冰、柳春燕，你们去哪儿？"

凌若冰："彭书记。我俩去十六监室看看，有个犯人昨天劳动受伤了，去给他换换药。"

柳春燕边擦眼泪，看看彭浩，对凌若冰："我先走了啊……"柳春燕匆匆走去。

彭浩："她怎么啦？"

凌若冰："……刚才说起大菊，她又伤心了。"

彭浩叹了口气："是呀，这个大菊，平时性格挺好的一个人，真不该说跳崖就跳崖了，这次减刑没有她，以后争取嘛。再说，本来也考虑过她……"

凌若冰："她好像……不是为这个跳的崖……"

彭浩一愣："那是为什么？"

凌若冰："好像跟……跟一个人有点关系。"

彭浩："跟谁？"

凌若冰："……侯监区长。"

彭浩："侯仲文？"

16-49 新锦屏男监食堂 日 内

食堂放置犯人餐具的大木柜旁的一张小桌。彭浩跟侯仲文在谈话。王友明带犯人们陆续走进,准备开饭。

侯仲文:“……这个大菊。她嫁到我们村的时候,我出来当兵都十年了。她婆婆跟我娘不错,还是个什么远房亲戚。她想让我多照顾照顾她,这也是人之常情吧……”

彭浩点点头。男犯们排队走来,裘双喜、郑运斤、小痦子、苟敬堂等夹在队伍当中。

彭浩起身往外走,侯仲文跟在后面。男犯们依次取自己的饭盆,裘双喜从木格子里拿起写着自己名字的饭盆,突然摸到什么,他从盆底摸出的是张纸条,迅速握在手里。

16-50 新锦屏男监室 日 内

小痦子在看一份劳动改造的宣传材料。

裘双喜响亮地打了个喷嚏。裘双喜一把扯过小痦子的材料,擤起鼻涕。

小痦子:“哎哎,你干什么!”

裘双喜推了把小痦子:“他妈的,你欠揍啊!”

小痦子:“姓裘的,你讲不讲理?”

苟敬堂给了小痦子一拳:“臭小子,你活腻歪了!”

小痦子:“哎,你们欺负人啊!”

裘双喜:“欺负你怎么啦? 台儿庄不在了,宠你护你的都不在了,我看你还找谁撑腰!”

苟敬堂又挥拳朝小痦子打来,小痦子握住迎来的拳头,两人打在一起。

门外传来脚步声,王友明带着两个战士跑来。

王友明在门口断喝:“住手! 干什么你们?”小痦子松开手。

战士开门,王友明跨进来,“光天化日你们也能打起来,到底为什么? 谁先动的手?”

裘双喜阴阳怪气地:“小痦子滋事打仗,欺负苟敬堂!”

苟敬堂:“他不好好改造,我说他他就打我。”

王友明盯着小痦子:“你怎么回事?”

小痦子:“他们……他们撒谎! 我在看监狱发的宣传单,裘双喜抢走擦鼻涕了!”

裘双喜:“小痦子,你敢瞎说!”

小痦子:“我没瞎说,宣传单还在这儿!”

小痦子捡起来,递给王友明,王友明不接,盯着裘双喜:“是你干的?”

裘双喜不语。王友明:“问你话呢?”

苟敬堂:“不是监狱长干的,是小痦子!”

王友明逼视着苟敬堂:“你要是敢做伪证,看我不收拾你!”苟敬堂缩回去。

王友明捅了把裘双喜:“怎么,敢做不敢当?”

裘双喜不屑:“笑话! 是我干的怎么样? 你能毙了我?”

王友明恼火地要拔枪:“我——”裘双喜嘲讽地歪嘴坏笑。

王友明:“你抵抗改造,蔑视管教,我关你禁闭! 带出去!”

两个战士跨前一步,裘双喜慢腾腾地往外走,小痦子跨前一步:“哎——”

王友明:“怎么? 你想跟他做伴?”小痦子退后。

郑运斤看着裘双喜出去。小痦子定定地看着被押走的裘双喜。

16-51 第十六监区走廊　日　内

侯仲文、王友明陪着彭浩在检查监区。

侯仲文:"让他们参加一些力所能及的劳动,效果还不错。他们也愿意出去。"

彭浩:"我听你说话嗓子不大好。"

侯仲文:"没事,有点感冒。"

彭浩:"赶快去医院看看吧。"

侯仲文:"不用,这一摊子事呢。等会儿打个电话,让严爱华送点药过来就行。"

侯仲文走开,咳嗽着。

16-52 新锦屏破仓库　日　内

暗室里,周圆在洗照片,彭浩的照片突然浮了出来,周圆用镊子夹着,在水里摆动。彭浩的面孔在水中变幻着。水中的面孔突然张嘴说话:"货已到,在老地方。电告山上,鹤顶红被怀疑,切盼尽早举事行动,转移共党注意力。"

周圆吓了一跳,下意识地将照片摁到水底。镊子刚松开,照片又浮上来。彭浩的面孔在水中不断变幻着……一张嘴开开合合,彭浩执着地在重复一句话——"做好你该做的事……"

周圆把镊子摔进水中,双手捂着耳朵抱着头,盯着显影里沉沉浮浮的照片……

16-53 第十六监区走廊　日　内

王友明陪着彭浩在巡视监区,王友明不时介绍着情况。

16-54 第十六监区地下禁闭室　日　内

黑屋里光线阴暗,裘双喜坐在木凳上,闭目养神。门上方的小窗被悄悄拉开,透进刺目的阳光,一包东西扔了进来,落在裘双喜脚下。

裘双喜睁眼,看到地上的东西,又抬头看小窗。裘双喜捡起纸包,打开,里面是一把匕首,一支烟,还有一张写了不少字的纸条。小窗悄然关上。

裘双喜借着微弱的光亮看完纸条,盯着那把匕首和烟卷,若有所思……

16-55 第十六监区走廊　日　内

一个一瘸一拐的老头提着泔水桶走来,与彭浩等人走了个对面。老头谦恭地跟三人点头,彭浩不经意地看看老头,点点头。

16-56 第十六监区会议室　日　内

彭浩给侯仲文、王友明等管教人员开会。彭浩盯着王友明:"什么时候关的裘双喜?"

王友明:"有大半天了。"

侯仲文:"关在哪儿啦?"

王友明:"就是半地下室那个小黑屋,过去国民党反动派用它当过水牢。"

侯仲文:"那里太潮,早不适应当禁闭室了。把他弄出个好歹来,还得给他治病,牵扯咱们的精力,这里本来人手就不够。"

王友明:"那也不能这么轻易放过他呀!"

彭浩:"昨天台湾那边又给山上的土匪空投物资了,我们要密切注意监狱里的情况。我过来,就是想说这个事。这几天特殊,你们的警惕性得高一点。"

严爱华:"放心吧,彭书记,咱们这里戒备森严,肯定不会出事。"

彭浩看着侯仲文:"这样好不好,裘双喜先让他回大监室,不要激化矛盾。"

侯仲文："……好吧。"

王友明："便宜了这个坏蛋！"侯仲文瞅了眼王友明。

16-57 第十六监区地下禁闭室 日 内

一战士打开房门，推开。王友明用手电照了照，裘双喜坐在木凳上，似乎已经睡着了。王友明断喝："裘双喜！"

裘双喜睁开双眼，躲避着刺目的手电光："干什么？我正做梦吃大鸡大腿呢。伙食太差了，我在梦里解解馋你也不让啊。"

王友明："少废话！赶快走。"

裘双喜："这么快就让我走？王队长，你不是要毙了我吧？"

王友明："我早想一枪毙了你！快走！"

裘双喜嘲弄地看了眼王友明，慢吞吞往外走去。王友明恼火地跟在后面。

16-58 第十六监区大院 日 外

服刑人员在放风。郑运斤、苟敬堂等囚犯一堆一伙地在散步。小痦子在给几个犯人变戏法。彭浩、侯仲文在一旁观察着服刑人员，说着话。冯小麦站在旁边。

彭浩掏出一根烟，用火柴点上。彭浩："倒木沟的土匪连发两次信号弹，不知道有什么目的。监区里没有什么情况吗？"

侯仲文："没发现什么异常情况。"

彭浩："山上的土匪一有动作，监区里的一些犯人也会跟着蠢蠢欲动，甚至会铤而走险。你们要严加防范，不能有一个犯人脱逃。"

侯仲文："我们会严看死守，保证不让一个犯人逃脱。"

不远处，王友明和战士押着裘双喜走来。郑运斤、苟敬堂看见裘双喜，凑上前。苟敬堂："监狱长！"小痦子停下变着的戏法，也凑过来。

裘双喜看到彭浩和侯仲文，想了想，朝两人走来。

侯仲文："裘双喜，你干什么？"彭浩盯着裘双喜。

裘双喜向彭浩哈了哈腰："彭书记，赏支烟行吗？"

侯仲文怒斥："你不要脸啊！快走！"

裘双喜："侯监区长，关我一天了，解个乏嘛……"小痦子朝这边看着。

侯仲文还要发作，彭浩拦下，掏出香烟，抽出一支："拿去吧。"小痦子在一旁看着。

裘双喜接过香烟，放到鼻前闻一闻："香！真香啊！"

侯仲文："快走！"裘双喜把香烟夹到耳朵上走开。

郑运斤、苟敬堂迎过裘双喜，小痦子上前，被苟敬堂推开："你小子的账还没算呢！"

警卫战士吹响警哨，高喊："放风结束了，都回监室！"郑运斤、裘双喜、苟敬堂等服刑人员慢慢腾腾地走向监室。裘双喜朝彭浩、侯仲文方向望了一眼。

16-59 第十六监区男监 日 内

裘双喜躲在角落里，从耳边拿下香烟，很小心地折开了。里面现出一张纸条，裘双喜小心地取出纸条，折了的烟卷被扔到一边。裘双喜看着纸条，面露惊喜。

小痦子看见，悄悄走过来。裘双喜急忙把纸条塞进嘴里，咀嚼着。

小痦子嬉皮笑脸地："监狱长，有好事吧……"

裘双喜："有什么好事？滚！"

小痦子："有好事别忘了我。"

裘双喜推开小痦子，向郑运斤走去。小痦子看着。

裘双喜拉过郑运斤，在角落里低声说着话。郑运斤一惊，皱眉。

小痦子想起什么，过去悄然拿起那根被扒开的烟卷，刚看了一眼，突然被一只手抓走。小痦子一回头，裘双喜凶狠地瞪着他："你干什么？"

小痦子："我……我想抽……"

裘双喜："抽——我看你是想找抽！"

裘双喜挥拳打向小痦子肚子，小痦子倒在地上，疼痛难忍。

裘双喜将扒开的烟纸扔进嘴里，嚼着……

16-60 空镜头 夜 外

第十六监区全景，一队巡逻战士走过……

16-61 新锦屏筑路工地 日 外

筑路工地上，刘前进拿着地图看着。鲁震山等劳改犯在抬石头。

16-62 新锦屏筑路工地山坡上 日 外

花子带着十来个土匪山坡上观望。

远处，一队巡逻战士走来，花子低声命令："埋伏好，就拿他们开刀！"

16-63 第十六监区大院 日 外

操场上，放风的郑运斤、裘双喜在悄声说着什么。小痦子凑过来，两人都不说话。

小痦子："二位有什么好事吧？"

裘双喜："有啊，商量怎么能立个功，早点出去。"

王友明："散开散开，不准交头接耳！"

裘双喜过来："报告政府，我要上厕所。"

王友明看了他一眼，示意旁边的战士："看好他！"

郑运斤："我也去。"两个战士在后，郑运斤、裘双喜在前，向监室走去。

小痦子跟过来，捂着肚子："王队长，我肚子坏了……"

苟敬堂也过来："报告王队长，我也想去。"

王友明火了："不准去！"

小痦子："王队长，我真的肚子坏了，老苟，你别跟着捣乱！"

王友明："肚子坏了，那就拉到裤子里！"

小痦子看着郑运斤和裘双喜进了监室，焦急万分……

16-64 新锦屏党委办公室 日 内

一个穿军胶鞋、军裤的人从走廊里走来。此人手里提着一个包袱。观众看不到此人的脸。

此人走到办公室门前，从裤袋里掏出一把钥匙，插进锁孔里扭动了一下，门锁开了。此人推开房门，进去。

16-65 第十六监区监室走廊 日 内

走廊里，战士甲乙持枪押着郑运斤、裘双喜走来。

定格。

第十六集完。

第十七集

17-1 新锦屏筑路工地 日 外

一辆吉普车开来,车上下来的是甄世成。甄世成:“场长,我带了个人过来。”

刘前进:“谁呀?”“我!”话音刚落,车门打开,周圆从车上跳下来,她脖子上挂着相机。

刘前进:“你跑这儿干什么?”

周圆:“我来采访一下咱们的筑路英雄啊。”说着,周圆拿起相机,对准刘前进拍了一张相,“怎么,不欢迎啊。”

17-2 新锦屏筑路工地山上 日 外

巡逻的战士走来,花子一挥枪:“开火!”土匪开枪,有战士倒下,其余战士还击。

远处,刘前进听到枪声,朝这边跑来,周圆跟在后面。

17-3 新锦屏党委办公室 日 内

穿军胶鞋、军裤的人慢步走进来,走到办公桌前停下脚步,把手里的包袱放到桌上。

穿军胶鞋、军裤的人走到卷柜前,伸手移动卷柜,露出卷柜后面新抹的白墙……

穿军胶鞋、军裤的人移回卷柜,走到门前,开门停了停,走出门去,把门锁上。

穿军胶鞋、军裤的人始终不给观众看到他的脸。

17-4 监室厕所 日 内

郑运斤、裘双喜进了厕所,两个战士跟进来。裘双喜向郑运斤递了一个眼色。郑运斤微微点头。两人解着裤带。

郑运斤:“二位,能不能出去等会儿,你们端着枪站在后面,我……我尿不出来啊。”

两战士碰了个眼神,一战士摇头:“快点,不尿就回去。”

两人站在便池前,始终不见动静。战士甲暗笑了下,两人出去。

裘双喜要往里跑,郑运斤拉了他一把,两人闪到门口两侧,裘双喜从背后掏出匕首。

战士甲高声:“完事没?”战士甲进来,裘双喜左手搂住战士脖颈,右手把匕首插进他的胸膛。裘双喜把战士甲尸体拖进去。战士乙进来,裘双喜从背后扼住了战士的咽喉,举手又一匕首。两人将战士甲乙的尸体拖进旁边的储物间。裘双喜朝储物间里侧的墙踹去,露出一个洞口,裘双喜刚要钻进去,想起什么,回身,一脚将旁边的两只盛水的大木桶推倒,清水将地上的血渍冲进下水处……

17-5 筑路工地山坡 日 外

巡逻战士伤亡惨重,刘前进接过战士的枪,朝山上还击,一土匪被击毙。花子扔过来一颗手榴弹,喊:“撤!”刘前进正要追赶,周圆跑来。手榴弹炸响,刘前进一下趴在周圆身上。硝烟散去,土匪不见了踪影。

刘前进抖落身上的土块,朝着周圆大骂:“你来添什么乱!啊?不要命啦?”

周圆还没有从惊吓中回过神。刘前进的右胳膊流淌着鲜血。周圆叫了一声:“刘场长……”眼泪流出,一把拉住刘前进的胳膊,刘前进痛得“啊”地大叫……

17-6 第八监区 日 外

监狱外是一圈铁丝网，四角有岗亭，荷枪实弹的解放军战士在警戒着。女囚们在洗囚服和军装，往铁丝上晾晒着衣服。彭浩带着冯小麦从远处走来。执勤的班长看见，急忙跑过来，立正敬礼。

彭浩："第八监区有什么异常情况吗？"

班长："没有发现异常情况。"

17-7 暗道里 日 内

手电光明明灭灭地扫射，裘双喜和郑运斤躬腰跑来。前面是个岔道口，裘双喜辨认着。郑运斤："往哪儿走哇？"

裘双喜指着左边："这个直通新锦屏监室外，"又指右边，"这个通向彭浩办公室。"

郑运斤："你这个监狱长没白当，走吧。"

郑运斤拔腿要往左边走，裘双喜拉住郑运斤："往这——"

郑运斤："你疯啦！"

裘双喜："得拿点东西……"裘双喜朝右边而去，郑运斤犹豫了下，跟上。

17-8 新锦屏刘前进办公室 日 内

桌上的电话顽强地响着。

17-9 军分区指挥部办公室 日 内

程部长恼火地挂上电话："这个刘前进，怎么回事？"

高参谋："能不能有什么情况？"

程部长："有情况就更应该主动给我来个电话！"

高参谋看看表："程部长，该走了。你还有大会发言呢。"

17-10 暗道-党委办公室 日 内

前面是一堵墙。郑运斤焦急地："怎么回事？死路一条！"

裘双喜用手电仔细照着，墙上有不规则的一道裂痕。裘双喜掏出匕首，插进裂痕处用力一划，外层脱落，露出完整的一块石板。裘双喜把手电给了郑运斤，搬下石板，一束刺目的光从地道口打进来。裘双喜躬身进去。郑运斤从地道口看着外面，是一间办公室。裘双喜走到办公桌前，拿起一个包袱，打开，里面是两套解放军军装和手枪。

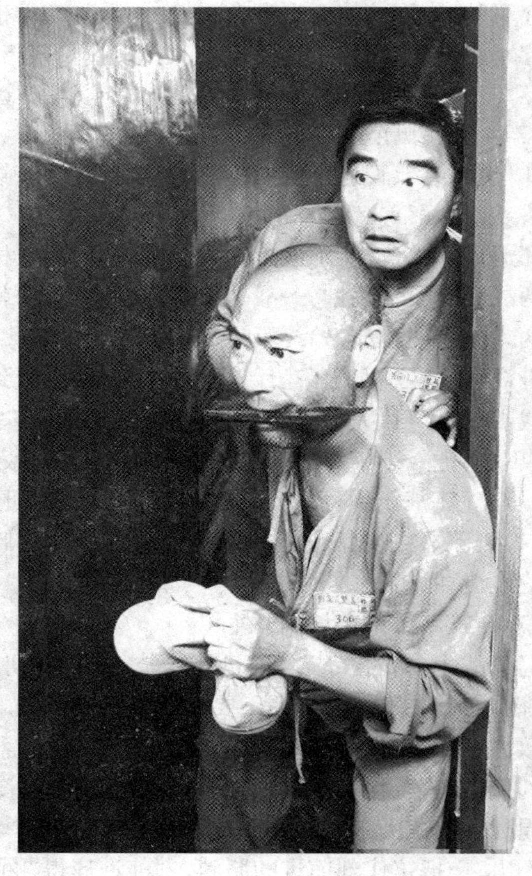

桌上的电话突然响起，裘双喜吓了一跳，他惊慌地看着电话。洞口的郑运

斤紧张地盯着电话。电话还在顽强地响着。

17–11 军分区指挥部办公室 日 内

程部长恼火地挂上电话。高参谋:“怎么? 党委办公室也没人?”程部长点了下头。

高参谋:“再给监区挂一个试试吧。”

程部长又抓起电话:“给我接新锦屏监区办公室!”

17–12 监区办公室 日 内

桌上的电话响着,还是没有人接。

17–13 军分区指挥部办公室 日 内

程部长“叭”地扔掉电话。高参谋:“新锦屏一定是有什么情况了!”

程部长:“赶快派人过去,尽快了解一下情况,尽快告诉我。必要的话,你跑一趟!”

17–14 新锦屏党委办公室 日 内

郑运斤从洞里钻出来:“有这身皮打掩护,咱们直接出去。”

裘双喜:“不行,内线让咱们原路返回,必须从暗道另一个出口出去。”

郑运斤:“听那些鬼话! 逃出去才是最重要的。”

郑运斤推门,发现门被反锁。再去推窗,窗也推不开。外面突然响起拍门声:“彭书记! 彭书记!”郑运斤和裘双喜躲身藏在桌下。

17–15 新锦屏党委办公室门外 日 内

通信员拿着信件,在门口听听屋里的动静,看看门上的锁头,摇摇头,走开。

17–16 新锦屏党委办公室 日 内

脚步声远去。郑运斤:“……怎么是他……”

裘双喜把一套军装塞给郑运斤:“穿上吧,管他是谁,反正是你我的贵人!”

裘双喜指了下洞口郑运斤回去,裘双喜跟进去。裘双喜进了洞里,回身又将旁边的文件柜移过来。裘双喜退进洞里,将石板放上。

郑运斤:“还管这么多干什么? 赶快走吧。”

裘双喜:“不要急,内线让我得把这出戏唱好喽,不能露马脚……”

17–17 第十六监区 日 外

操场上,服刑人员还在放风。小痞子跑到王友明跟前:“王队长,我要上厕所。”

侯仲文跑过来,冲王友明发火:“还放什么风? 快进监室!”

王友明吹起警笛:“放风结束,马上进监室!”囚犯们不动。

侯仲文掏出枪:“快进监室!”囚犯们朝监室涌去。

王友明想起什么:“郑运斤和裘双喜去厕所了!”

侯仲文:“有战士看着吧?”

王友明:“有!”

侯仲文:“去看看!”王友明提枪跑去,小痞子跟在后面。

彭浩和冯小麦匆匆而来,侯仲文迎上前去。

17–18 监舍厕所 日 内

王友明提前冲进来,厕所里空空荡荡,地面上一片水渍。王友明转头往外跑。

17-19 监室 日 内

小痞子跑进监室，一推门，没有发现裘双喜和郑运斤。小痞子："他们俩呢？"

苟敬堂："没回来呀！"王友明冲进来，一看，目瞪口呆……

17-20 第十六监区 日 内

警笛声刺耳地响起。监室里，犯人贴墙而立，战士仔细搜索。

17-21 监区提审室 日 内

彭浩、侯仲文、王友明提审小痞子。彭浩盯着小痞子："你为什么要跟着他们上厕所？"

小痞子："我真是肚子坏了……"

王友明一拍桌子："你撒谎！我一直没让你去厕所，你不也挨到现在？"

小痞子："哎呀，我让这阵势吓的，早忘了上厕所的事啦！"

侯仲文："小痞子，我看你是成心不想交代！要顽抗到底是不是？"

小痞子："我……我要知道，我肯定交代！我还想立功减刑呢！"

17-22 新锦屏房舍后碾子下 日 外

几个持枪战士警惕地走过碾子旁。碾子下，裘双喜和郑运斤爬出来，两人都换上了军装。裘双喜辨认了一下方向，两人持枪向反方向匆忙而去。

17-23 监区提审室 日 内

彭浩、侯仲文、王友明提审苟敬堂。苟敬堂："王队长，我哪知道他们借着上厕所逃跑哇！我要早知道，还不赶快检举揭发、争取立功啦？"

王友明："你早不去晚不去，偏要跟着他们腚儿，不是知道了点什么，会那么做吗？"

苟敬堂："我……我就是看他俩老在一起嘀咕，就猜他们能有什么好事，才老想跟在他们屁股后面。我承认上厕所是假，可我也真是不知道他们要逃跑哇！"

彭浩："你刚才说他们俩老在一起嘀咕，什么时候开始嘀咕的？"

苟敬堂："是……"苟敬堂意识到什么，看看王友明、侯仲文，又看看彭浩。

侯仲文："不要吞吞吐吐！快说！"

苟敬堂："是……是我瞎编的，我没看见……"

王友明掏出枪："苟敬堂，你今天要是不说实话，我就毙了你！"

苟敬堂吓得一哆嗦，看看彭浩，欲言又止。

有战士跑进来："报告！押送郑运斤、裘双喜的那两名战士……的尸体，在储物间里……"

三人一惊。王友明看看彭浩，转身冲出去。

17-24 监室厕所门口走廊 日 内

地上有两副担架，上面盖着白布单。彭浩掀起白布单看了看，痛苦地挥了挥手。四名战士抬起两副担架，走了出去。王友明压抑地看着。

侯仲文从厕所出来："彭书记，洞口找到了。"

17-25 监室厕所 日 内

战士从储物间里挪出杂物。彭浩过来，看到露出的那个洞口。战士拿着手电钻进洞里，彭浩叮嘱战士："注意安全！防备敌人手里有枪！"

彭浩拱进去，冯小麦随后。侯仲文、王友明跟着拱进去。

17-26 新锦屏筑路工地 日 外

胳膊上缠着绷带的刘前进带着马大虎等人查看战场。周圆跟在后面："场长，对不起，都怨我……"

刘前进："好了好了，擦破点皮，离心脏远着呢！死不了！"

周圆："我要是不跟过来就好了，场长，都怨我不好，真对不起……"

刘前进不理周圆，周圆悻悻地跟着，手足无措。

刘前进："土匪这一仗打得有点莫名其妙，怕是有点别的什么歪歪心儿啊……"

马大虎有些不解。

刘前进："回农场！"刘前进掉头回去，差点与周圆撞到一起……

17-27 暗道里 日 内

几束手电光打来，彭浩等走到岔道口。彭浩："老侯，你带人搜左边，我带人搜右边。"

彭浩带着冯小麦跑向右边。侯仲文犹豫了下，对王友明："保护好彭书记！"

侯仲文看着王友明拱身跑去，带着几个战士拱身跑向左边暗道。

17-28 新锦屏附近山路 日 外

吉普车飞驰。刘前进坐在前面，他的胳膊上缠着绷带。周圆坐在后面，嘤嘤哭着："场长，对不起……"

刘前进没好气地："给我闭嘴！"周圆哭得声音更大了。

刘前进："再哭我把你扔下车！"周圆气得打了刘前进一个冷不防，刘前进身子往前一冲，周圆又下意识地："场长……"

马大虎回头："场长……"

刘前进恼火地看着周圆："你真想叫我把你扔下去啊！"

周圆气呼呼地大喊："你扔吧！扔吧！"

刘前进瞅了眼周圆，回头对马大虎大叫："快点开！"

马大虎嘀咕："就知道跟我凶……"

17-29 暗道里 日 内

彭浩、冯小麦、王友明等人到了一堵墙前。王友明："没有路了。"

冯小麦用手电照着墙，发现一块完整的石板。冯小麦上前推了推，石板晃动。

彭浩："小心！"众人持枪逼向石板。王友明抬脚踹向石板，石板被踹进去，一丝光亮打进来。王友明再踹，"轰隆"一声，有什么东西倒下。王友明探进头，一下子惊呆了！

彭浩："怎么了？"王友明不动。

彭浩："到底怎么啦？"

王友明木然地退回，彭浩探过身子，朝里面一看，也惊呆了——这间屋子，正是党委办公室。

17-30 新锦屏党委办公室 日 内

彭浩站在屋子中央，沉默着。王友明看着彭浩，思忖着，显出紧张和不安。冯小麦站在旁边，不知所措。王友明突然上前下了彭浩的枪，彭浩还没来得及反应，枪已经被王友明拿在手里。王友明的枪抵在彭浩脑袋上。

冯小麦举枪对着王友明："你干什么？"

王友明歇斯底里："他放跑了敌人！"

冯小麦歇斯底里："你胡说！"

侯仲文带人进来，看见眼前的阵势先是一惊，旋即镇定如常："都别动！"

17-31 新锦屏山路 日 外

裘双喜、郑运斤慌乱地走来。迎面走来几个战士，他们肩上挑着各种蔬菜，甄世成走在最前面。裘双喜、郑运斤已经来不及躲了，两人硬着头皮走过去。

17-32 新锦屏党委办公室 日 内

侯仲文对王友明吼着："……你居然敢下彭书记的枪！彭书记要是内鬼，咱们每个人都是内鬼！"王友明低着头。

侯仲文："你出去吧。"王友明不动。

侯仲文火了："去呀！"王友明犹豫了一下，转身出去。

彭浩站在窗前，望着外面。看得出，他气得浑身发抖，但又极力掩饰着……

17-33 新锦屏场部前大院 日 外

汽车戛然停止，刘前进跳下车，周圆跟在后面："场长，快去看看大夫吧。你看这血，衣服都透了——"

刘前进："该干什么干什么去，别跟着我！"

周圆："那我找医生去！"周圆跑开。

刘前进进场部，马大虎在后面。王友明从场部出来，一见刘前进："场长，不好了……"

刘前进："出什么事啦？"

王友明："场长，你胳膊……"

刘前进火了："我问你出什么事了！"

17-34 新锦屏山路 日 外

甄世成招呼战士："快走两步，炊事班还等着菜下锅哪！"挑着菜的战士们小跑起来。

裘双喜和郑运斤低着头朝甄世成等人走去，他们让到旁边，战士们匆忙过去。

17-35 新锦屏党委办公室 日 内

刘前进在查看着洞口，彭浩木然地站在窗前，看着外面。侯仲文："监室的暗道通到哪儿，这谁也不可能知道。裘双喜原来是这里的监狱长，他清楚这里的一切，这是再正常不过了。我看，他是故意往彭书记身上栽赃，我们千万不能上他的当！"

刘前进看着侯仲文："刚到新锦屏的时候，每间屋子不是都检查过了吗？这么大一个洞口，怎么会发现不啦？墙壁的虚实一敲不就听出来啦？"

侯仲文："这个……我刚才又仔细看了一下，这个洞口里面是块青石板，洞口边上的泥巴糊得很结实，如果事先不知道那里是洞口，根本检查不出来。"

刘前进："马上再对监区的角角落落检查一遍，不能漏掉一个暗道。"

侯仲文点头："我已经派人检查了。场长，你的胳膊……快去医院看看吧。"

彭浩看到刘前进胳膊上的绷带："前进，你怎么受伤了——"

刘前进像是没听见，走出屋子。

17-36 新锦屏山路 日 外

裘双喜和郑运斤低着头从甄世成身旁过去。甄世成下意识地看了两人一眼，并没有在意。一个战士竹筐里的土豆掉出来，甄世成弯腰去捡，看到裘双喜和郑运斤脚上穿着服刑人员穿的黑布鞋，甄世成突然反应过来，大喊一声："他俩是犯人！"

裘双喜和郑运斤朝旁边的山上跑去。甄世成拔枪："站住！ 再不站住开枪了！"

战士们追赶。裘双喜回身一枪，打倒一个战士。甄世成瞄准，一枪打在裘双喜后背，裘双喜晃了晃，倒下。郑运斤看了眼裘双喜，又跑。甄世成朝天鸣枪："站住！"

巡逻战士迎面跑来，郑运斤沮丧地停下。

甄世成跑来，举着枪："把枪放下！ 放下！"郑运斤手里的枪滑落在地……

17-37 新锦屏场长办公室 日 内

桌上的电话突然刺耳地响起来。没有人接。

刘前进开门进来，坐在椅子上。电话顽强地响着，刘前进抓住电话，却没有拿起来，电话继续响着。刘前进平复了一下情绪，接起电话，里面响起高参谋尖厉的声音："刘前进吗？"

刘前进不语。侯仲文进来，后面跟着彭浩。

17-38 军分区指挥部办公室 日 内

高参谋举着电话，焦急地："刘前进，你说话呀！"

17-39 新锦屏场长办公室 日 内

刘前进拿着电话，里面高参谋的声音在吼："怎么回事？ 是不是刘前进？"

刘前进："……刘……刘场长不在。"

侯仲文看着刘前进。彭浩侧过头，注视着接电话的刘前进。

高参谋的声音："我是军分区高参谋，刘前进去哪儿啦？ 新锦屏发生了什么情况？"

刘前进："没什么，土匪的一次小规模袭扰，已经处理完了。两个犯人逃跑，正在追捕……"

17-40 军分区指挥部办公室 日 内

高参谋："刘前进回来，让他立即给我电话！ 程部长去省军分区开会之前，一直联系不上你们，他很着急，很生气！ 让刘前进尽快给我来电话，听到没有？"

那边的电话挂了，高参谋有些奇怪地看了看话筒，生气地放下。

17-41 新锦屏场长办公室 日 内

刘前进将电话挂上了，手还是按在话机上。沉默。

彭浩："前进，我随时接受组织上对我的调查。"

刘前进没有任何反应。侯仲文紧张地看着刘前进。

刘前进舒了口气，不看任何人："老侯，跟我上十六监区！"

刘前进转身往外走。彭浩想说什么，犹豫了一下，还是没说，看着刘前进推门出去。

侯仲文看看彭浩，追出去。彭浩一脸茫然。

17-42 新锦屏场部门口 日 外

刘前进出来，后面跟着侯仲文、王友明。

一个战士迎面匆匆跑来，大喊："刘场长！ 刘场长！ 逃犯抓住了！"

刘前进："人在哪儿？"

战士："郑运斤押回监室了，裘双喜在医院抢救。"

17-43 新锦屏场长办公室 日 内

彭浩听到了战士的声音，急忙往外跑。

17-44 新锦屏场部 日 外

刘前进跑到吉普车前,上车。侯仲文、王友明上车。战士在后面上车。

马大虎发动着汽车。刘前进:"谁抓住的?"

战士:"甄科长,他们早上到菜园子弄菜回来碰上了。"

刘前进:"总算干了件正经事!"

侯仲文:"刘场长,这回你一定得好好表扬表扬甄科长。"

刘前进:"当然要表扬,还要记功,你呢? 还有你,王友明! 死了两名战士,逃了两名要犯,你们这个家是怎么看的!"

侯仲文:"应该处分我。"

王友明:"我失职!"

车子还没有发动起来,刘前进火了,朝马大虎瞪着眼:"怎么回事你?"

马大虎又打火,车子终于发动起来,起步。

从侧窗可见彭浩跑出来,彭浩:"等等我!"彭浩跑来,马大虎停车。

刘前进:"谁让你停的,开!"汽车启动,喷出一团黑气。

周圆带着一个女卫生员跑来,看着远去的吉普车,大声喊着:"场长……"

吉普车绝尘而去……彭浩冲着汽车大骂:"刘前进,你浑蛋!"

17-45 新锦屏医院抢救室 日 内

文捷、凌若冰在给裘双喜做手术。

柳春燕:"这个坏蛋,让他死了算了。"文捷看了眼柳春燕,示意她不要说话。

柳春燕小声嘟囔:"本来嘛。"

凌若冰用镊子取出一颗子弹,丢到柳春燕拿着的托盘里,发出"当"的一声响。

凌若冰看了眼文捷:"我来缝合吧。"

17-46 提审室 日 内

已经换上囚服的郑运斤垂头丧气地坐在凳子上,接受刘前进、侯仲文、王友明的审问。两个持枪的警卫站在郑运斤身后。桌上,放着那两套军装、手枪和匕首。

刘前进:"军装和枪哪来的? 还有这把匕首。"郑运斤不语。

侯仲文:"郑运斤! 回答刘场长的问题。"郑运斤抬头看看三人,笑了下,看着别处。

刘前进:"郑运斤,你也是军人出身,来句痛快话。死猪不怕开水烫,不是军人风格。"

郑运斤:"既然你们还承认我是军人,那就给我个痛快的,拉出去毙吧!"

侯仲文:"你以为毙了你还费事! 今天这是给你个立功赎罪的机会,你别不知好歹!"

郑运斤轻蔑地笑了下。侯仲文拍着桌子:"郑运斤,你太嚣张啦! 我关你禁闭!"

郑运斤:"那还坐在这里干什么?"郑运斤起身,被两个战士按下。

刘前进盯着郑运斤,郑运斤看着别处。

刘前进对侯仲文、王友明示意了一下,两人起身,出去。

刘前进掏出根烟,在鼻子前闻了闻,在手里捻着。

沉默。刘前进摆弄着烟,看到放在桌上的军装沾了泥,用手捻去,用嘴吹了吹,又捻。郑运斤斜眼看着刘前进,刘前进用手弹着衣服,抚平。

17-47 监区走廊 日 内

侯仲文和王友明听着里面的动静，王友明着急地："怎么没声啦？"

侯仲文不吱声，在走廊慢慢踱步。

17-48 监室提审室 日 内

刘前进还是不理郑运斤。

郑运斤："刘场长，用不着跟我玩这套攻心术。想怎么着，你就放马过来。"

刘前进："攻心术，你肯定比我玩得明白。我知道你这位大人物受过专门训练。其实啊，我是不知道应该怎么对付你。我这句话，你信不信？"

郑运斤想了想，点头："信。"

刘前进："你给我支个招吧，我下一步应该怎么对付你？"

郑运斤发蒙："这——"

刘前进看着郑运斤。郑运斤无奈地："东西是裘双喜弄的，我不知道他打哪儿弄的。"

刘前进慢条斯理点着郑运斤："你呀，亏了还算个男人，据说还是个什么什么长……级别也不低，把什么事都一竿子推到裘双喜身上，你能心安理得吗？"

郑运斤欲言又止，稍显不安。

刘前进："既然军装和枪都有了，为什么还要从暗道里再跑到……"刘前进意识到什么，"你知道那间屋子是哪里吗？"

郑运斤迟疑了一下，摇头："不知道。"

刘前进："为什么不换了衣服，从屋子里直接逃出去？"

郑运斤："怕门外面有人，不安全。"

刘前进："你们为什么非要到屋里去一趟，直接从另一条暗道里逃走不就得啦？"

郑运斤："……这两样东西……都在……那间屋里。"

刘前进摇头："这个……有点说不大通。既然有人给你们准备了这两样东西，他直接把东西放在暗道里，让你们拿走逃跑不就得了，为了什么还要费劲巴力拐个弯？"

郑运斤在琢磨着。

刘前进："你在撒谎！"

郑运斤："我没有！"

刘前进："好了。还有，你和裘双喜到了……那间屋子的暗道前，取了东西以后，为什么又费劲巴力地把文件柜复原、把石板挡上？是怕过早暴露？还是要为什么人打掩护？"

郑运斤低下头，又偷偷瞟了刘前进一眼。

刘前进："郑运斤，你太不像个军人了，水平太差，说个谎都说不圆溜！"

郑运军："我没有说谎。不信算了……我还告诉你们，如果我真的什么都知道，我还真不会说！"

刘前进盯着郑运斤，笑了下，摇摇头。

17-49 新锦屏医院抢救室门口 日 内

文捷和凌若冰出来。刘前进迎上前，焦急地："怎么样？"

文捷："手术是做完了，不过，现在还是危险期。场长，你胳膊怎么啦？"

刘前进："没事，破了点皮。"

文捷："我看看。"

文捷带着几个人走进处置室。

17–50 新锦屏医院处置室 日 内

文捷用剪车剪开衣服袖子："这还没事？都化脓了。"

凌若冰拿过碘酒，为刘前进处置着。刘前进："我不管他危不危险期，我就想知道他什么时候能开口说话！"

文捷看看凌若冰，刘前进盯着凌若冰："越早越好！"

凌若冰："这个可说不好，最早也得三四天吧。"

刘前进："这么久？还等着他提审他呢！"

文捷："这没办法，他醒不过来，你还能叫醒啊？这又不是睡觉。怎么还偏要提审他，郑运斤不能审吗？"

刘前进："这件事，郑运斤基本上不知道什么，事情的真相，应该都在裘双喜肚子里……现在，能证明彭浩是不是清白的，只有他了……"

凌若冰听了，怔愣着。文捷给刘前进重新包扎胳膊。凌若冰变颜变色地："我再回去看看，能不能有别的办法……"转身出去。

刘前进起身追出去，走出几步，忽然停下。

文捷看着刘前进。刘前进："我现在明白了，土匪的这次偷袭，一是要配合内鬼往外捞人——他们怕那个参谋次长落在我们手上，所以要紧锣密鼓……再一个，他们这是要把老彭进一步往死里整！他们想把新锦屏这湾水彻底搅浑……"

17–51 新锦屏医院监护室 日 内

裘双喜躺在病床上，面无血色。

凌若冰站在床前，无奈茫然地看着昏睡的裘双喜。

17–52 第十六监区男监 日 内

小痞子躺在大板床上，想着什么。苟敬堂趴在门上的小窗口向外张望。

有战士押着郑运斤走来，苟敬堂激动地轻声喊着："回来了，郑运斤回来了！"

战士押着郑运斤拐过走廊。苟敬堂："走了，押哪儿啦？"

苟敬堂回身，扯了把躺在大板床上的小痞子，"怎么没看见监狱长？是不是给毙啦？"

小痞子翻了苟敬堂一眼："毙了才好哪，谁让他们把咱们落下的！"

苟敬堂坐在板床沿上，支着腿："这两个老狐狸，他们俩一前一后要上厕所，我就知道有猫腻。想甩了我，哼，这就是他们的报应！"

小痞子："你得感谢他俩，要是让你去了，这回你还能不能喘气都两说着呢！"

苟敬堂："你还说我？你不也想去！要不是王大队长拦着，你的小命也早交代啦！"

17–53 监区办公室 夜 内

刘前进看看侯仲文，又看看王友明："你俩再好好想想，裘双喜这两天有什么异常表现。"

侯仲文想着："也没什么……还算正常吧……"

刘前进："他和小痞子打仗，算不算异常？"

王友明："那算什么，这些犯人一天到晚闲得难受，斗嘴掐架是常有的事。"

刘前进："为什么掐架斗嘴？"

王友明："其实也没什么，裘双喜把小痞子正看的一张宣传单，就是监狱发给他们让他们学习的，给撕了擤鼻涕，两人吵起来。裘双喜态度不好，就关了禁闭。"

侯仲文："到傍晚就给放出来了，也没什么不太正常的。"

王友明："对了，放他出来的时候倒是有件不正常的事。"

侯仲文意识到什么，瞅了眼王友明，王友明闭了嘴。

刘前进："老侯，你怎么回事？挤眉弄眼，有什么事见不得人？"

侯仲文无奈地："……其实，也没什么……友明，你说吧……"

王友明："昨天天刚擦黑吧，我去禁闭室带裘双喜出来，正赶上犯人放风的时间。当时，彭书记在监区检查工作，他抽烟的时候，裘双喜过来了，跟他要了根烟。"

刘前进："那支烟他没抽？"

王友明摇摇头："其实，犯人跟管教要烟的事经常有……"

刘前进沉思着。侯仲文看着刘前进："刘场长，我认为不能孤立地看犯人逃狱这件事。会不会是敌人内外勾结……"

刘前进："你说得太对了老侯！"

17-54 第十六监区男监室 夜 内

小痞子睡着了。苟敬堂推了把小痞子："小痞子，你想不想立功？"

小痞子睡眼蒙眬："立什么功？"

苟敬堂："昨天监狱长回来的时候，不是从烟卷里弄出张纸条吗？那东西，那个纸条子……肯定有鬼，肯定是告诉他怎么往外逃跑的。看来，是有人在暗中帮他！我们如果把这件事举报了，那不是立了一大功劳？"

小痞子一下坐起来："对啊，苟敬堂，你小子行啊！不过，你不怕以后——"

苟敬堂："以后？我这回就整死他们，让他们过了今天就没有以后！"

小痞子朝苟敬堂竖起大拇指："行，有种！"

苟敬堂得意地："我当然行，这个功我算立定了。只要老子高兴，还有更大的功立呢！"

小痞子："还有？"

苟敬堂刚想说，忍住了，他嬉笑着："……没什么，骗你呢……"

苟敬堂起身，走到门口。苟敬堂想着大菊被推下悬崖的一幕：

(闪回)新锦屏采石场。苟敬堂躲在一块大石头后撒完尿，提着裤子，向一边望去。

大菊推一车碎石，到了崖边。车子一歪，碎石撒了一地。大菊放下车子，捡着碎石。

车子被人推起，冲着向在悬崖边捡碎石的大菊飞来，大菊惊叫一声……

石头后的苟敬堂看到这一幕，吃惊地张大嘴巴……

(现实)苟敬堂拍着铁门："管教！管教！"

一名管教跑过来："干什么？"

苟敬堂理直气壮："我要见侯监区长！"

管教："见侯监区长？你以为你是谁啊？老实待着！"

苟敬堂："你——要是耽误了大事，侯监区长饶不了你！"管教愣着。

小痞子过来："确实是大事，我们不光要向侯监区长报告，还要向刘场长报告！"

管教："……你俩等着，要是敢骗我，有你俩好受的！"管教离开。

苟敬堂得意地看着小痞子。

17-55 第十六监区提审室 夜 内

苟敬堂被带进来，冲着刘前进、侯仲文、王友明点头哈腰。

刘前进看看侯仲文和王友明："我跟他说几句。"侯仲文和王友明出去。

刘前进关上门，指了指凳子："坐吧。"

苟敬堂诚惶诚恐地坐下："刘场长，我早就想跟您报告了！"

刘前进："只要你说的是实情，就一定给你减刑。不过，你要是无中生有地在这儿跟我胡扯，这后果你可给我想好了！"

苟敬堂起身："您放心，我说的每句话都是实情，要是有一句瞎话，您就崩了我！"

刘前进："说吧。"

苟敬堂："昨天放风的时候，监狱长……啊不，裘双喜跟彭书记要烟，我就觉得不对劲。回到监室后，他从烟卷里扒出张纸条——"

刘前进："苟敬堂，你说的这事，我一会儿会再问问小痞子，要是他说的跟你不一样——"

苟敬堂急得站起来："一样！指定一样！要是不一样，那就是小痞子撒谎！那他就跟裘双喜、郑运斤他们一帮！昨天，他还想跟他俩一块上厕所呢！他不也想逃跑吗？"

刘前进："行啦，再有没有什么事？"

苟敬堂想了想，摇摇头，赔着笑脸："暂时没有了。"

刘前进："暂时？什么意思？"

苟敬堂："没有了，没有了……"

刘前进："你要是想隐瞒什么，对你可没有好处！"

苟敬堂："我知道！我知道！"

17-56 第十六监区男监室 夜 内

战士押着苟敬堂回来，开门，进屋。战士："小痞子！"

小痞子从板床上起来，苟敬堂急迫地："小痞子，一会儿刘场长问你什么，你可得照直说，不许瞎编！你要说错了，咱俩可都没命啦！听到没？"小痞子点头。

战士："快点走！"小痞子往外走去，战士关上门。

苟敬堂："小痞子，你要说实话，我求你了！"

17-57 第十六监区提审室 夜 内

侯仲文推开门，小痞子被带进来，他看到刘前进，脸上现出笑："政府好！"

侯仲文犹豫了一下，出去。刘前进关上门，回身看着小痞子。

刘前进盯着小痞子……

17-58 新锦屏彭浩住处 夜 内

彭浩倚躺在床上，眼神空洞。床边丢了不少烟头。

17-59 第十六监区男监室 夜 内

战士押着小痞子回来。苟敬堂一直在门前等候，急切地喊着："小痞子，你怎么说的？"

战士开门，小痞子进屋。苟敬堂："你没瞎说吧？啊？"

小痞子不耐烦地推开苟敬堂："你烦不烦？我瞎说对咱俩有好处吗？"

苟敬堂："谅你也不敢！就你那操性，刘场长往你跟前一站，你还不吓得尿裤子啦！"

17-60 新锦屏场长办公室 日 内

刘前进和文捷坐在办公桌前。刘前进皱眉思索。

冯小麦从对面的椅子上站起来:“……刘场长,如果你不再问了,我就回去了。”

刘前进:“你回去吧。”

冯小麦敬礼,回身出去。走到门口,又停下,回身:“场长,彭书记……是内鬼吗?”

刘前进:“不要乱说!老实干好你的工作,彭书记有个什么闪失,我饶不了你!”

冯小麦委屈地点点头……

17-61 新锦屏彭浩住处 日 内

彭浩躺在床上,手撑在肚子上。冯小麦走进来,走到彭浩身旁,轻声:“彭书记……”

彭浩举手制止:“不要说了,让我歇一会儿。”

冯小麦看到彭浩捂着肚子,着急地:“彭书记,你怎么啦?”

17-62 新锦屏场长办公室 日 内

刘前进呆坐在桌前,一只手不停地弹着桌子。文捷坐在对面,焦急地看着刘前进。

文捷:“刘前进,你倒是说句话呀!”刘前进像是没听见,继续弹着桌子。

文捷一把按住刘前进弹桌子的手:“你说,咱们找不找彭浩谈话?”刘前进不语。

文捷:“你说话呀,叫你急死了!”

刘前进:“我没想好。”

文捷:“这有什么好想的,赶紧找他谈一谈,听听他怎么说。”

刘前进:“他为什么会给裘双喜一支烟?裘双喜和郑运斤为什么走暗道要去他的办公室?他办公室里的两套军装和枪是哪来的?那支烟里的纸条到底写了些什么?这些疑点,他能说得清吗?”

文捷:“犯人要烟再正常不过了。那个暗道早就有了,暗道通他办公室他怎么会知道?那两套军装和枪要是他为逃犯准备的,根本不用放在办公室里!那支烟里的纸条,不过是苟敬堂和小痞子串通好了,瞎编出来的,他们都想拿这件事立功!这再明白不过了,还用想吗?”

刘前进摇摇头:“苟敬堂、小痞子他们俩没有说谎,他们俩都没说谎,这个……不会错!”

文捷:“刘场长,两个囚犯的话你能信,为什么就不能相信彭书记呢?他原来身上的疑点咱们不是也弄明白了,是有人在故意陷害他吗?”

刘前进:“今天以前,我也是这么想的,可是,今天之后,我觉得……真是有问题了。”

文捷:“怎么?你真的怀疑他是内鬼!”

刘前进:“我从来就没怀疑过他是内鬼。可是今天发生在他身上的这些事儿……”

文捷:“那你就更应该去找他!不谈开了,这些疑点永远也解除不了!”

电话又响起来,刘前进像是没听见。文捷要抓电话,刘前进拦住。

电话还在响着,刘前进拔了电话线。文捷:“怎么了你?谁啊?”

刘前进起身:“管他是谁!肯定不是来告诉内鬼是谁的!”

17-63 新锦屏彭浩住处 日 内

桌上摆着已经不冒热气的饭菜。彭浩坐在椅子上,双手捂着肚腹,一脸的不堪其苦。

冯小麦:“你胃痛,是好几顿没吃饭,肚里没有食了。把饭吃了就好了。”

彭浩:“胃病犯了,吃两片药顶顶就过去了。”

冯小麦赶紧拿过药瓶，倒出两片药，递给彭浩。彭浩把药片放进嘴里，接过冯小麦递过的水杯，把药片送进肚里。

轻轻的敲门声。彭浩示意。冯小麦走过去开门。刘前进、文捷进来。

文捷："怎么了？彭书记，让我看看。"

彭浩摆手："老毛病了，我吃了药，一会儿就好。你们坐吧。"

冯小麦给刘前进、文捷倒水，然后知趣地退出去。

刘前进、文捷刚坐下，彭浩却突然撑着站起来，看着刘前进。

彭浩："咱们还是去你办公室谈吧……"

文捷："为什么呀老彭！你病着哪……"

彭浩："照我的意思办，文捷，去场长办公室。去吧。那样更严肃些。"

刘前进面无表情，一声不响。

17-64 新锦屏关晓渝、周圆宿舍 日 内

关晓渝在床边想心事。外面有轻轻的敲门声。关晓渝："谁呀？"

侯仲文的画外音："是我。"关晓渝想了一下，走过去开门。侯仲文进门。

关晓渝："你怎么来啦？逃犯的事处理得怎么样啦？"

侯仲文："基本处理完了……我心里堵得慌……"

关晓渝拿过水杯倒水："犯人不是抓回来了吗？以后多注意点就是了。"

侯仲文放下水杯："哪有你说得这么轻松啊，我是监区长，发生了性质这么恶劣的逃狱事件，我责无旁贷要承担责任！"

关晓渝："你不是常跟我说，人非圣贤，没有不犯错误的时候，犯了错误不要悲观，更不要背上沉重的思想包袱嘛。"

侯仲文叹了口气："是啊，我也想放下包袱，轻装上阵，可哪那么容易啊。"

侯仲文转过身。

关晓渝："仲文……"关晓渝从背后搂住了侯仲文。

侯仲文轻轻地分开关晓渝的手，慢慢地转过身来："晓渝，我知道你对我好，这让我很感动。可是，我现在一想到这些不顺心的事……对不起，晓渝……"

关晓渝看着侯仲文。侯仲文："你休息吧，我走了。"侯仲文转身朝门外走。

周圆跨着相机哼着歌从外面回来，两人险些撞了个满怀。

周圆："哟，怎么走啦？坐会儿嘛。"

侯仲文："不了，我……还有事。"

周圆拉住侯仲文："有什么事有事！对了，我还有两张底片没拍，给你俩合个影吧。"

侯仲文："不了……"

周圆："就两张了，照完了我好一起冲洗，要不然就浪费了。来吧来吧。"

侯仲文犹豫了一下，回头看了眼关晓渝。关晓渝："那就照吧，浪费了怪可惜的。"

周圆将侯仲文推回屋，拉到关晓渝面前。两人有些不自然，关晓渝将侯仲文拉近一些。

周圆："准备好啊，好——"

关晓渝将头挨向侯仲文。咔嚓一声，两人被定格。

定格。

第十七集完。

第十八集

18-1 新锦屏场长办公室 日 内

三个人有距离地围坐桌前。刘前进不见了既往与彭浩在一起时的那种散淡和无所谓的情态。刘前进和文捷坐得更近些。

刘前进:“你那儿有地道口,犯人怎么会知道?”

彭浩:“那是内鬼给犯人提供的情报。”

刘前进:“这么说,军装、手枪、手电筒还有匕首都是内鬼提供的啦?”

彭浩:“当然!”

刘前进:“那你为什么要给裘双喜一支烟?”

彭浩:“那支烟如果有问题,我会当着那么多人的面给他吗?”

刘前进:“你也可能明知道在大庭广众下给支烟不会被怀疑,才故意那么做!”

彭浩:“你放屁!那天我都不知道裘双喜被关了禁闭!如果他不被放出来,我这支烟怎么给他,还能跑禁闭室送给他?你长点脑子好不好?”

刘前进:“那你给裘双喜的烟里有一张纸条怎么解释?”

彭浩:“我不想解释!我给他的烟就是再普通不过的烟卷,怎么会有纸条?如果真有什么纸条,那裘双喜就应该偷着去看,而不会堂而皇之地让别人看到!”

刘前进:“你是说——你给的烟卷让别人调了包?”

(刘前进假想情景画面)

18-1A 监狱操场 日 外

操场上,裘双喜接过彭浩的烟,迅速在手里做了调换,将另一支有问题的烟夹在耳朵上。

18-1B 监室里 日 内

监室里,裘双喜将调包过的烟拿出来,当着苟敬堂、小痦子等人扒开,露出里面的纸条。

(现实)

18-1C 农场刘前进办公室 日 内

文捷:“肯定是被人调了包!”

刘前进:“裘双喜今天早晨逃狱,那他得到这支烟的时间一定不会太早。那谁又接触过他?这个人是谁?”

彭浩:“这个问题,我回答不了。”

刘前进:“越说越蹊跷了!”

彭浩:“你既然这么肯定我是内鬼,把我抓起来算了!”

文捷:“彭书记!刘场长没这个意思!”

彭浩:“他就是这个意思!”彭浩气得胃痛,双手捂着肚子。

文捷:“刘场长,你别说了!”

刘前进不理,恼火地:“彭浩!你少这么跟我说话!我要能肯定你是内鬼,还会在你面前这么跟你啰唆吗?”

房门突然被推开,高参谋出现在门口。众人一惊。

同场景。

推门而入的高参谋站在门口,满脸恼火。刘前进:“高参谋?你怎么来啦?”

高参谋恼火地:“你把我逼来的!还有脸问!”

文捷拉过椅子:“高参谋,您请坐!”

高参谋不理睬文捷,指着刘前进:“好你个刘前进!程部长在军区开会,一直惦记着你这里,怕有什么事。我三番五次给你打电话,你倒好!一个都不接!一个都不回!你到底什么意思?”

刘前进:“没有哇!你什么时候来电话啦?我怎么不知道!谁接的电话?怎么没告诉我?警卫员!”马大虎跑进来。

刘前进指着马大虎,恼火地:“你接过高参谋的电话吗?”

马大虎摇头:“……没有。”

刘前进一拍桌子:“你给我查查,谁接了高参谋的电话没及时报告,查出来我关他禁闭!去,这就去查!”

马大虎蒙头转向,刘前进努了下嘴,马大虎离开。

刘前进:“太不像话了,我非查出来处理他不可。”

高参谋回头看着电话,过去拿起来,摇把:“给我接军区办公室——”

电话里没有动静,高参谋低头一看,电话线已经被扯下。

高参谋:“刘前进!”高参谋指着电话线。刘前进佯装才发现:“哟,这怎么掉了!这线三天两头掉,我老想叫人修修,老是忘。高参谋,怪不得没听见你电话,这都掉了,我上哪儿听去!文捷,快给高参谋倒水。一会儿让伙房弄点好吃的,好好招待招待高参谋。”

文捷:“好,我马上去。”

高参谋:“不用了,你们都出去,我和刘前进单独谈!”

文捷看看刘前进,又看看彭浩,彭浩往外走。刘前进示意了下文捷,文捷跟出去。

18-2 新锦屏场长办公室外 日 外

彭浩站在门口,文捷:“彭政委,你回去休息休息吧。”

彭浩:“怎么,今天的事没有跟程部长汇报吗?”

文捷摇摇头:“我听刘场长说,程部长去军区开会了,得两天才能结束。他不想让高参谋插手这件事。所以就……”

18-3 新锦屏场长办公室 日 内

刘前进:“高参谋,这件事我们正在调查……”

高参谋:“还调查?还调查什么?刘前进,你是不是以为我是吃干饭的?我一到新锦屏就知道谁是内鬼嫌疑人了!”

18-4 新锦屏场长办公室外 日 外

彭浩站在门口听着,文捷故意打岔:“彭政委,快回去休息休息吧。”

屋里传来高参谋的吼声:“这么多的嫌疑摆在你们面前,为什么彭浩到现在还没有接受审查,你们就这么让他逍遥法外?”

彭浩扶住墙。文捷:"彭书记,高参谋还不了解情况,你不要激动。"

彭浩憋着气,一口鲜血喷在墙上!文捷的喊声:"彭书记!彭书记!"

彭浩慢慢跌倒在地……房门打开,刘前进跑出来,高参谋跟在后面。

18-5 空镜头 夜 外

夜色下的新锦屏农场医院全景,寂静如常……

18-6 新锦屏医院 晨 内

彭浩口眼紧闭,昏迷地躺在病床上,鼻孔上插着氧气管。柳春燕给彭浩挂上吊瓶,在手背扎上吊针。文捷、凌若冰穿着白大褂用听诊器在彭浩的胸腹上到处听着。

刘前进焦虑不安地看着,高参谋站在一旁,面无表情。

刘前进:"昏迷了一晚上,到底是什么病?"

凌若冰:"……手术后遗症急性发作。"

高参谋:"没有生命危险吧?"凌若冰不语,低头忙着。

刘前进:"有没有啊,凌大夫?"

凌若冰:"用上药,病情会得到缓解。"

刘前进看文捷。文捷点点头。刘前进:"没有生命危险,我就放心了。凌若冰,彭书记就交给你了!要给他用最好的营养药和消炎药,一定要让他早日康复。"

高参谋:"有病治病我不反对,病治好了,该审查还得审查!"

高参谋走到门口,停下,回过身子:"我提醒你们,不要被一些表面的假象给迷惑了!"

文捷:"他吐血你又不是没看见!昏迷了一晚上也是事实!这有什么假象不假象的?高参谋,对犯人我们还要讲人道,何况老彭还是我们的同志!"

高参谋:"他现在还算不算我们的同志,这谁也打不了保票!"

文捷:"你……"文捷看刘前进。刘前进欲发作,还是忍住了。

高参谋:"文捷同志,对彭浩积极治疗我不反对,不过,但愿你说的人道,不是以给革命造成巨大损失为代价!"高参谋走去。

刘前进看着走出的高参谋,低声:"鬼迷心窍!"凌若冰茫然地看着刘前进。

18-7 新锦屏医院走廊 晨 内

刘前进和文捷并肩走来。刘前进:"高参谋现在就把结论下了,放在谁身上也接受不了啊!"

文捷:"上一次那些材料和军需品一起被土匪劫走了,彭浩的内鬼嫌疑没能解除。如今又……这两天发生的几件事,都对他很不利。"

刘前进点头:"是啊!高参谋如果把前后的事情联系起来这么一说,彭浩他到底是人是鬼,恐怕是跳进黄河也洗不清了……"

文捷颇感意外地看着刘前进。刘前进:"不过,彭浩这个病犯得也挺是时候,不然,咱们可就没有借口不把他关起来接受审查啦!"

文捷:"这倒也是……"

刘前进:"你和凌若冰找时间休息休息吧,忙了一个晚上……"

文捷:"你不也一晚上在这儿耗着。找时间睡一觉吧。越到这个时候,身体越不能垮了!"

刘前进叹了口气:"一会儿高参谋还要召集开会……你别去了,睡一觉比什么都强。"

文捷:“别在这时候添乱了,要不然,还不知道他又要生什么事呢……”

18-8 新锦屏场部会议室 日 内

会议桌前围了一圈人,有刘前进、文捷、侯仲文、王友明、关晓渝、甄世成、严爱华等人。高参谋翻着手里的材料:“这些材料我认真研究过几遍了,从郑运斤、苟敬堂、小痦子的审查材料,还有对侯仲文、王友明、冯小麦几位同志的调查情况来看,我认为,彭浩在这件事上的做法,绝对不仅仅是几个疑点的问题。我们如果把这些疑点连接起来看,就会清楚地看到整个事情的来龙去脉——”

(高参谋假设情景画面1)

18-8A 新锦屏彭浩宿舍 夜 内

夜晚,一只马灯前,彭浩在桌子上写了一张纸条,小心地卷好。他拿出一支烟卷,用火柴小心地往外拔出点烟丝,将卷好的纸条塞进烟卷里。之后,还在桌子上蹾了蹾。将烟卷塞进烟盒的一边,又用纸条隔开。

(现实)

18-8B 新锦屏场部会议室 日 内

高参谋:“裘双喜和郑运斤逃狱的一切详细安排,都在这张纸条里。下一部,彭浩就要借着每天傍晚巡查各监区之便,把这张至关重要的纸条送到裘双喜手里。”

众人像听书一样,盯着高参谋。

(高参谋假设情景画面2)

18-8C 监狱操场 日 外

操场上,服刑人员在放风。四周是围墙,墙上有电网、岗楼,荷枪实弹的解放军战士在警戒。操场边上,彭浩和侯仲文在说话,却心不在焉,不时朝监舍门口望去。一会儿,王友明和战士押着裘双喜走来,彭浩掏出一支烟,用火柴点上。

裘双喜看到彭浩,走过来。彭浩佯装跟侯仲文谈话:“倒木沟的土匪连发两次信号弹,不知道有什么目的。监区里没有什么情况吗?”

侯仲文:“没发现什么异常情况。”

侯仲文看到裘双喜过来,厉声:“裘双喜,你干什么?”

彭浩盯着裘双喜,抽着烟。裘双喜向彭浩哈了哈腰:“彭书记,赏支烟行吗?”

侯仲文怒斥:“你不要脸啊! 快走!”

裘双喜:“侯监区长,关了我一天,解个乏嘛……”

侯仲文还要发作,彭浩拦下,掏出香烟,从烟盒里抽出那只事先准备好的烟卷递过去:“拿去吧。”

裘双喜接过香烟,放到鼻前闻一闻:“香! 真香啊!”

侯仲文:“快走!”裘双喜把香烟夹到耳朵上走开,意味深长地看了一眼彭浩。

(现实)

18-8D 新锦屏场部会议室 日 内

文捷:“高参谋,不论是事实还是你刚才的假设,都是裘双喜向彭书记要烟,他才给的,并不是彭书记主动的呀。”

高参谋:“是裘双喜先要,还是彭浩主动给,这有区别吗?”

文捷:“区别大了。如果彭书记主动给他烟,你可以怀疑彭书记的烟里有问题,通过烟向他传递逃狱信息。事实是裘双喜先向彭书记要的烟,彭书记是被动者,不可能传递什么信息,他们的逃狱也就与彭书记无关了。谁先谁后,谁主动谁被动,你要搞清楚啊,高参谋!”

高参谋:“这说明什么?这说明他们更是精心策划,有预谋有准备的!”

文捷盯着高参谋看。高参谋:“裘双喜拿到这个烟卷,并不知道里面的详情,他急于回到监舍——”

(高参谋假设情景画面3)

18-8E 监狱宿舍 日 内

放风结束,囚犯们回监舍。裘双喜匆匆忙忙回来,裘双喜躲在角落里,从耳边取下香烟,小心将烟拆开,里面现出一张纸条,裘双喜小心地取出,折了的烟卷被扔到一边。

裘双喜看着纸条,面露惊喜。小痞子看见,悄悄走过来。裘双喜急忙把纸条塞进嘴里,咀嚼着。

(现实)

18-8F 新锦屏场部会议室 日 内

高参谋:“这个裘双喜还挺知道保护内鬼,他把纸条嚼烂了,是怕小痞子告发他,破坏了他的逃跑计划。有了前面的周密安排,裘双喜和郑运斤便利用第二天早上放风的机会,以上厕所为由,从暗道里逃走。对于新锦屏监狱里的暗道,裘双喜再清楚不过。在厕所里,他们俩杀死了没有防备的警卫战士,钻进了暗道——”

(高参谋假设情景画面4)

18-8G 新锦屏场部彭浩办公室 日 内

党委办公室,彭浩将事先准备好的两套军装和两把枪包在一个包袱里放在桌上,又将文件柜往外拖了拖,闪出一个缝隙。一切准备好,他关上门,出去,将门从外面锁上。

(高参谋假设情景画面5)

18-8H 暗道 日 内

暗道里,裘双喜和郑运斤到了一堵墙前。郑运斤焦急地:“怎么回事?死路一条!”

裘双喜用手电照着一面墙,墙上有不规则的一道裂痕。裘双喜掏出匕首,插进裂痕处用力一划,外层脱落,露出完整的一块石板。裘双喜把手电给了郑运斤,搬下石板,一束刺目的光亮从地道口打了进来。

郑运斤:“好样的,监狱长!”

裘双喜躬身进去。郑运斤从地道口看着外面,是一间办公室。裘双喜走到办公桌前,拿起彭浩放在桌上的那个包袱,打开,里面是两套解放军军装和手枪。

郑运斤从洞口钻出来……郑运斤推门,发现门被反锁。再去推窗,窗也推不开。

高参谋的画外音:“内鬼之所以这样做,也是怕他们从门口出去的目标太大,所以才让他们返回暗道,从另一个出口逃走。”

裘双喜和郑运斤钻进洞口。裘双喜回身又将旁边的文件柜移过来。裘双喜退进洞里,将石板放上……

(现实)

18-81 新锦屏场部会议室 日 内

刘前进突然笑起来,笑得让众人一时发蒙……

刘前进拍着巴掌,孤单的掌声颇具讽刺意味……

这笑声和掌声,让高参谋一时不知如何是好……

同场景。

高参谋被这突然爆出的笑声和掌声搞得不知所措。围着会议桌的一圈人,更是神态各异。他们的目光在高参谋和刘前进脸上徘徊、游移……

高参谋终于镇定下来,他盯着刘前进:"刘前进,你是为我刚才的推断喝倒彩吗?"

刘前进脸上含着笑:"不是。我是为你丰富的想象力喝彩!"

高参谋:"我只是把这些材料上说的情况,用我的话给连到了一起。我的推断可没有一处是平白无故杜撰出来的,对吗?"

刘前进:"对。从材料上来看,你的推断严丝合缝。可有一个问题,你没有说对。"

高参谋:"什么问题?"

刘前进:"我在提审郑运斤的时候,有一个问题没弄明白。那就是他们两人为什么要到屋里去一趟,他们直接从另一条暗道里逃走不就得啦?"众人点头。

(闪回)伴着刘前进的话外音:"当时郑运斤是这么回答的——"

郑运斤:"……这两样东西……都在……那间屋里。"

刘前进摇头:"这个……有点说不大通。既然有人给你们准备了这两样东西,他直接把东西放在暗道里,让你们拿走逃跑不就得了,为了什么还要费劲巴力拐个弯?"

郑运斤在琢磨着。刘前进:"你在撒谎!"

郑运斤:"我没有!"

刘前进:"好了。还有,你和裘双喜到了……那间屋子的暗道前,取了东西以后,为什么又费劲巴力地把文件柜复原、把石板挡上?是怕过早暴露?还是要为什么人打掩护?"

郑运斤低下头,又偷偷瞟了刘前进一眼。

(闪回)伴着刘前进的画外音:"这老小子一低头,还有他偷着瞟我那一眼,让我看出来了,他还有话没说,我就激了他一下——"

刘前进:"郑运斤,你太不像个军人了,水平太差,说个谎都说不圆溜!"

郑运军:"我没有说谎。不信算了……我还告诉你们,如果我真的什么都知道,我还真不会说!"

刘前进盯着郑运斤,笑了下,摇摇头。

(现实)刘前进:"当时我虽然摇头表示不信,其实在心里,我知道他说的都是实情。"

高参谋:"一个犯人的话你居然当真,刘场长,你太容易受骗了!"

刘前进:"你错了高参谋,正是因为郑运斤的讲述中,不像你推断的那样严丝合缝,我才更愿意相信。因为这件事从始至终的主谋是裘双喜,郑运斤不可能每件事都清楚。他如果知道,就不可能在有些问题上说不清楚!"

高参谋:"你是说既然内鬼给他们俩准备好了衣服和手枪,不应该放在办公室里,应该是直接放在暗道里,让他们直接拿走逃跑,对不对?"刘前进点头。

高参谋笑:"这个正好说明内鬼的狡猾之处,他不愿让自己暴露的太多,而是让逃跑者自己去取，这样，即使出了问题，他可以装作不知，洗脱得干净嘛！”

王友明、甄世成、严爱华等人用眼神相互交流。

刘前进：“不对。如果内鬼想藏得更隐蔽，干脆就不该让逃犯进他的屋子，那样蛛丝马迹都不会露……”众人点头。

刘前进：“内鬼这样做，最合理的解释就是，他故意放烟幕弹，引着我们把目光集中到彭浩身上！”

众人：“对，是这么回事！”

高参谋站起来：“刘场长，你说的这些只不过是完全没有根据的猜测，而我说的，却是犯人的供词和咱们管教的说法。这两种结果，你说哪一个更可信？”众人窃窃私语。

高参谋清了清嗓子：“虽然现在最终的结果还没有水落石出。但是鉴于目前彭浩身上的疑点太多，我建议暂时停止彭浩同志的工作，马上进行隔离审查！”

刘前进：“彭浩同志因病住院的事，大家也都知道了。现在决定对彭浩停止工作、隔离审查……我觉得太草率。我建议还是暂缓一下，能不能等他的病情好转了之后再考虑。”

高参谋：“不行！不能因为他病了，审查工作就停下来！”

文捷：“在一切情况没有调查清楚之前，这样对待彭书记是不是不太妥当？他现在还生着病，这样做，可是火上浇油啊！”

高参谋：“彭浩要是块真金，就应该不怕火烧油炸；他要真的是内鬼，这次就让他原形毕露！”

沉默。刘前进刚要说什么，侯仲文突地站起来：“高参谋！就是监狱里的在押犯病了，还得保外就医呢！彭浩现在不过是个被怀疑对象，他还是组织上任命的党委书记！如果因为被怀疑了就停止工作，那在事情没有查清楚之前，我们在座的每一个人，新锦屏的每一个干部都是怀疑对象！如果这样，我们的工作是不是都不要做了，都要接受审查！”

全场皆惊。关晓渝瞪大眼睛看着侯仲文。高参谋一时语塞：“……侯仲文同志，你这是混淆是非！是搅浑水！在座的哪一个人有彭浩的嫌疑大？新锦屏的哪一个人有彭浩的嫌疑大？你指出来！”

文捷坐直身子，表情复杂地看看高参谋，又看看侯仲文。

侯仲文：“彭浩同志是嫌疑大，可这也不能证明他就是内鬼！难道没有嫌疑的人，就一定不是内鬼吗？这种人如果是，那说明他隐藏得深，潜伏得深！他把我们的眼睛都蒙蔽了，这种内鬼比嫌疑大的人还可怕！”

文捷要提醒侯仲文什么，刘前进碰了她一下。

侯仲文：“好多同志都知道，我是彭浩同志介绍过来一起走到新锦屏的。按理说我最应该避嫌，最不应该参与到这件事里来。可我看到组织上这样对待一个忠心耿耿为党工作、为保卫建设新锦屏恨不得把命都搭上的人受到不公，我心里难受！彭浩同志的妻子，也是一个党员，是我们部队的一个勇敢的战士。大多数同志可能还不知道，这位女同志，在我们共和国刚刚诞生的时候，就被敌特残忍地杀害了。被害时，她还有孕在身……彭浩同志是背负着感天动地的革命大义，跟大家一道吃苦受累、冒着生命危险才终于来到新锦屏的。现在如果谁说他是内鬼，我第一个不答应！我以我20多年的党龄做担保，彭浩同志绝不是内鬼！如果组织上认为我的说法有问题，我的革命警惕性有问题，我侯仲文有问题，可以停止我的工作！”

高参谋坐立不安。他努力克制着：“你的意见说完了吧？我是不是可以说话啦？”

侯仲文愤愤地坐下。关晓渝敬佩地看着侯仲文,泪光在眼睛里闪……

高参谋扫视着会场上的每一个人:“过去我一直觉得,新锦屏的领导班子思想觉悟高,政策水平高,贯彻上级指示坚定。可是这一次,我清楚地看到了你们领导班子存在的严重问题!有些人居高自傲、自以为是、盲目乐观!你们先遣队里有潜伏的内鬼,这在队伍从江滨出发的时候军分区领导就告诉了你们。这一路上,正是因为内鬼没有挖出来,才让敌人的阴谋一次次得逞,才给我们造成了难以估量的损失!这说明什么?这说明你们这个领导班子工作不得力,给了内鬼很多的可乘之机!才让他们活动得如此猖獗!彭浩的疑点,不是一天两天了,在卧云寺、在老龙口、在岭南寨以及唐静茵、宁嘉禾的逃跑,还有小李送信被杀,后来两名战士被杀,加上刚刚发生的军需物资被劫……这些都有重大嫌疑!”

甄世成和王友明窃窃私语。

高参谋:“为什么这么多的疑点都集中到他一个人身上?这是偶然吗?这是哪一个人拍拍胸脯就能担保得了的吗?”高参谋的目光,围着会议桌转了一圈,唯独不看刘前进。

刘前进面无表情,是一副读不懂、看不清的没心没肺的样子。

高参谋盯着侯仲文,侯仲文别过脸去。高参谋看着文捷和严爱华:“文捷同志,你是新锦屏医院的院长,是医生;还有严爱华同志,你是医院的主管副院长,你们俩说说看,彭浩的病情现在到底怎么样啦?是不是可以隔离审查?”

众人看着文捷和严爱华。文捷想了想:“彭书记现在虽然没有生命危险,可是他的腹腔在来新锦屏的路上做过手术,当时手术的条件有限,到现在后遗症还很严重。这次是急性发作,病情很不好。我认为……不适宜隔离审查!”众人议论。

严爱华:“我同意文捷同志的意见。”

高参谋无奈地:“那先让他治病吧!共产党人不是冷血动物,更不是法西斯!不过,他在住院期间的一切行动,都要密切注意,不能随便走动。”

文捷还要说什么,被刘前进拉住。

18–9 新锦屏刘前进住处 夜 内

刘前进穿着衣服躺在床上,目光空洞。响起敲门声,刘前进像是没听见。

侯仲文的画外音:“刘场长,你睡了吗?”刘前进不动。

侯仲文的画外音:“刘场长!刘场长!”刘前进下地,开了门,堵在门口。

侯仲文:“刘场长,我琢磨再三,咱俩应该找高参谋谈一谈!”

刘前进:“回去吧,老侯。我累了。”

刘前进要关门,侯仲文推着门,焦急地:“刘场长,高参谋这么对待彭书记是不对的!我们不能坐视不管哪!”

刘前进讨饶似的:“行了老侯,你让我消停消停好不好?”

侯仲文还想再说什么,忍住了。刘前进关上门。

18–10 新锦屏刘前进住处外 夜 外

侯仲文无奈地要走,走出一步,回身大声:“刘场长,我知道你现在心里乱,可再乱,咱们也不能看着有人把彭书记往火坑里推啊!”

18–11 新锦屏刘前进住处 夜 内

屋里,刘前进蹲在地上,眼神空洞……

18-12 新锦屏医院彭浩病房 日 内

彭浩还昏迷不醒。高参谋看着病床上的彭浩。刘前进、文捷在旁边。

凌若冰将彭浩的病历递上:“高参谋。”

高参谋看了看,还给凌若冰:“治疗情况随时跟我汇报,程部长对他的病情也很关心。另外,他治病期间,不准跟任何人见面。”

文捷:“高参谋,这样做——”

刘前进看了眼文捷:“听高参谋的。”文捷欲言又止。三人走出病房。

18-13 新锦屏医院走廊 日 内

凌若冰从走廊尽头走来。

18-14 新锦屏医院彭浩病房 日 内

冯小麦和柳春燕在床头捡着草药。彭浩慢慢地睁开眼睛,看着天花板。

冯小麦看见,轻声地:“彭书记,你醒啦?”

柳春燕看见,高兴地:“我的老天爷,你可醒了,你把我们都吓死了!”

彭浩苦笑:“我是不会死的。”柳春燕急忙跑了出去。

彭浩:“小麦,我睡多长时间啦?”

冯小麦:“两天两夜。”

彭浩:“真没想到,这一觉,睡这么长时间。”

柳春燕拉着凌若冰走进来。凌若冰向彭浩笑了笑:“你醒了,感觉怎么样?”

彭浩:“挺好。”

凌若冰:“头还晕吗?”彭浩摇头。

凌若冰:“胃呢?”

彭浩摇头:“没什么感觉了。”凌若冰用手摸了摸彭浩的额头,又扒开他的眼皮看了看,然后戴上听诊器,在他的肚腹上听着。

柳春燕:“彭书记,你睡了两天两宿,凌大夫两天两宿没睡,可把她累坏了。”

凌若冰摘下听诊器:“燕子!”

柳春燕:“我不说,领导怎么知道你的辛苦啊!”

彭浩看凌若冰的眼神里,多了一些复杂的东西。

凌若冰:“你已经没事了,就是肚子咕咕叫,吃点东西就好了。”

彭浩:“你这么一说,我还真有点饿了。”

凌若冰:“小麦,你去食堂做碗面条。”

彭浩:“等一等冯小麦,你先去把刘场长找来,说我要见他。”

凌若冰不安地看彭浩。冯小麦:“知道了。”冯小麦跑出去。

彭浩轻叹一声,温情脉脉地看着凌若冰。柳春燕朝凌若冰和彭浩笑笑,站起:“我和冯小麦一块儿去食堂……”

彭浩看着凌若冰:“凌大夫,谢谢你。”

凌若冰认真地:“我不想听你叫我凌大夫!”

彭浩看着凌若冰。凌若冰盯着彭浩。彭浩有点不自然:“……若冰……”

凌若冰笑了,她拢了把头发:“这两天,你一直睡着,我倒觉得你病了挺好,总算有时间好好歇歇……"

彭浩缓过神来:"是啊,睡了两天,不用去想别的事了。"凌若冰笑笑。

彭浩:"裘双喜醒没醒?"

凌若冰:"刚才还说不用想别的事了……"

彭浩:"不想不行啊,他醒不过来,我醒着有什么用。"

凌若冰:"裘双喜动的是大手术,一直昏睡不醒。估计还要过一两天才能醒过来吧。"

彭浩:"那我就再煎熬两天吧。"

凌若冰:"你才煎熬两天,刘场长可比你煎熬的时间长多了。他一天几遍来问裘双喜醒没醒,就等着问他的口供。看那架势,都要把哑巴逼着张嘴说话了。"

彭浩笑:"过去我可没发现你说话还挺有意思。"

凌若冰:"那是因为你没跟我说过几次话。"

彭浩:"这回好了,住在医院里,随时都能说话了。"

凌若冰:"你还是少说点吧。为了能让你在这儿安心休息,刘场长和文大姐对外面可把你的病说得挺悬乎。"

彭浩:"这两天,都谁来过啦?"

凌若冰:"来的人多了,有刘场长、文大姐、侯监区长、王队长、甄科长、严副院长……还有高参谋……"

彭浩:"高参谋还没走?"

凌若冰:"我听刘场长和文大姐的意思,他可能一时半会儿走不了。"

彭浩琢磨着。凌若冰想起什么:"对了,还有一个人来看过你。"

彭浩:"谁?"

凌若冰:"周圆。她还带了不少书。"

(凌若冰讲述的情景画面)

18-14A 病房外走廊 日 内

周圆提着一兜子书,在病房外的门玻璃上向里张望。

凌若冰过来:"周干事?你怎么来啦?"

周圆有些慌张,笑了笑:"我来……看看彭书记,他怎么样啦?有没有危险啊?"

凌若冰:"没有。他还得卧床休息一段时间。你回去吧,他一时半会醒不过来。"

周圆点头,递上那些书:"他要是醒了,你把这些书给他看看吧,就当解闷啦。"

凌若冰接过兜子抽出几本,有《家》《春》《秋》《阿Q正传》《乱世佳人》《西游记》。

凌若冰抽出那本《乱世佳人》翻了翻,周圆眼里闪过一丝不安。

凌若冰又翻了翻另外几本。最后,拿出《西游记》:"就留这本吧。"

(现实)

18-14B 医院彭浩病房 日 内

凌若冰:"这个周圆,真不知道她是怎么想的,居然拿了本《乱世佳人》,不可思议。"

彭浩笑笑:"你也够不可思议的了,怎么选了本《西游记》?搞不明白。"

凌若冰拉开桌头的抽屉,从里面拿出那本《西游记》:"这本书,是现在最适合你看的。"彭浩笑着接过书,莫名其妙的样子。

18–15 军区办公室 日 内

程部长手拿话筒，生气地："刘前进，你真是好样的！捅了这么大的窟窿你也不及时汇报！要不是高参谋去了，你是不是还想对我隐瞒下去？事情没查清，你给我接着查，一定要查个水落石出！彭浩怎么办……"程部长琢磨着，"他不是病了吗？就让他老老实实待在医院里……我还得在军区待两天，有什么事，你跟高参谋多商量商量，不要把关系弄得太僵，明白吗？你个臭小子！"

18–16 新锦屏场长办公室 日 内

刘前进手拿话筒："我明白了……你放心吧，我知道怎么做……"文捷看着。

刘前进放下话筒，思索着。文捷："程部长生气啦？"

刘前进："出这么大的事，能不生气吗？他生气，冲我发火！咳，这个彭浩，害得大家伙跟着吃锅烙！"

文捷："事情还要接着调查？"

刘前进："当然得查了！查不出来，谁都不好过呀！"

文捷："彭浩怎么办？"

刘前进："程部长指示，让他先待在医院里养病。"

文捷："这不是变相软禁吗？"

刘前进："也可以理解成是一种保护。"

文捷："这样保护，恐怕他理解不了。"

刘前进："我看，你也理解不了。"

文捷："你能理解？"

刘前进看着文捷，半天点了下头："能。"

冯小麦跑进来："刘场长，文大队长，彭书记醒了！"

文捷高兴地站起来："是吗？刚醒的？"

冯小麦："是，彭书记让我来找刘场长。"

文捷看着刘前进："快去吧。"刘前进不动。

文捷："想什么呢？快去吧你。"

刘前进看着冯小麦："别告诉别人彭书记醒了。你回去告诉他，让他安心养着，我有空就过去看他。"

文捷："那我去看看。"

刘前进："你去别跟他说别的。"

文捷："我知道。"

18–17 新锦屏场部小院 日 外

文捷和冯小麦出来，迎面碰上高参谋。高参谋："文捷，你去哪儿啊？"

文捷："……有个病号，冯小麦叫我赶快去看看。"

高参谋看着冯小麦："彭浩怎么样啦？醒没醒？"

冯小麦："没醒。"

文捷拉着冯小麦："高参谋，我们去了，病人等着呢。"两人走去，高参谋进了院子。

18-18 新锦屏医院彭浩病房 日 内

彭浩坐在病床上,端着大碗在狼吞虎咽地吃着面条。

文捷笑着:"你是要把这两天没吃的饭都补回来呀。"冯小麦站在床边看着。

彭浩喝完面条汤,把筷子和大碗交给冯小麦。冯小麦出去送碗筷。

彭浩:"刘前进不来看我,是怕高参谋说三道四吧?"

文捷:"这个他倒不怕,他是怕跟高参谋费口舌。想等裘双喜醒了,拿到他的口供给高参谋,就能证明他们逃跑的事跟你无关了……"

彭浩:"裘双喜一天不醒,我就在这里死等一天?他要是一辈子醒不过来,我还不用出去啦?"

文捷:"老彭,你还是先住在这儿吧。再说,你的病确实没好利落,我再给你看看。"

文捷从衣袋里掏出听诊器。彭浩只好躺在病床上,撩起上衣。文捷仔细地听着,听诊器在彭浩的身上移动着。凌若冰进来:"怎么样?文大姐。"

文捷收起听诊器:"问题还是不少,有症状……你别急着出去了。"

彭浩:"外面事那么多,我怎么躺得住!我觉得,有些话还是我跟高参谋说说比较好。"

文捷:"你什么也不用说,过两天什么都真相大白了,你再出院。这事听我的。若冰,你给我看着他!哪也不准他去!"

凌若冰看着彭浩:"行!"彭浩无奈地摇头。

18-19 新锦屏场长办公室 日 内

刘前进站在窗前,高参谋坐在椅子上打电话:"我这里的工作千头万绪,一时还回不去。新锦屏的内鬼不挖出来,那就是埋在我们身边的定时炸弹哪。我这次就是要顺着蛛丝马迹,挖出这个内鬼!还新锦屏一个太平!"

刘前进不耐烦地瞅了眼高参谋。高参谋放下电话:"分区的一大摊子事都等着我呢,真是分身乏术哇……"

刘前进:"高参谋,分区的工作比新锦屏重要多了,我看,要不是你就先回去,怎么着也不能让你这个大参谋一天到晚光为我们这个小小的新锦屏操心上火呀,那样,我可没法跟分区领导交代。"

高参谋:"确实呀,分区那边的不少工作都是我牵的头。"刘前进面有喜色。

高参谋:"可是——"刘前进挠头。

高参谋:"可是,新锦屏的工作到现在还没有实质性的进展,我哪能走啊。着急是着急,可工作还得一点点干……来,咱俩再分析分析郑运斤的这份交代材料,看看能不能找出点什么线索。"

刘前进佯装肚子痛:"哎哟,我中午可能吃什么东西不合适……"刘前进跑出去。

18-20 新锦屏农场医院囚犯病房 日 内

裘双喜被转到服刑人员重症病房。裘双喜依然昏迷不醒。

刘前进盯着裘双喜。文捷扒开眼皮看了看。

刘前进:"妈的,他再不醒,我好叫高参谋折磨死了。一天到晚跟我分析这分析那,够死我了!"文捷:"谁都可以火躁躁地急,前进你可得沉住气了——现在,洗清老彭、救老彭,我看……就靠我们了……"

18–21 新锦屏刘前进住处 日 内

刘前进右胳膊缠着绷带，用左手笨拙地穿着上衣。周圆提着布包走进来，见状："场长，我来帮你穿。"周圆放下布包，帮刘前进穿衣系扣，然后打开布包，是一个小瓷罐。

刘前进："是什么？这么香？"

周圆："乌鸡汤，我给你熬的。"

刘前进："受伤的同志那么多，我可不能搞特殊化呀！快，拿给重伤员喝去。"

周圆："乌鸡是我花钱买的，这不算特殊化。"

刘前进："不是特殊化，也是特殊化！"

周圆："……你……你喝不喝吧？"

刘前进："不喝！"

周圆："再说一句?!"

刘前进："不喝！——哎——你可又要挟我啦?! 你可知道我最不吃人家要挟的啊！"

周圆委屈的眼泪下来了，她一赌气，抱起小瓷罐就往外走。

刘前进也觉得自己有些过分。刘前进："哎——你干吗去？"

周圆："我、我喂狗！喂猪！我泼大街上去！"

刘前进："这么好的东西那不糟蹋了？你舍得我还舍不得呢！拿回来，拿回来放这儿，我喝！"周圆梗着脖子站着不动。

刘前进："嘿！你还来劲了！我数一、二、三，你要不拿回来，我马上就走！看你怎么下这个台阶！一！——二！——"

周圆快速地判断着可能的后果，她不等"三"说出口也见好就收了，但表面上还要气哼哼地走回来，把小瓷罐放在桌上，坐在一边不说话。刘前进坏笑着过来，掀开盖闻了闻。刘前进："哇！这么好的东西怎么能让猪吃了呢？"他顺手在一边拿了个碗倒了半碗，一边斜着眼睛看着周圆。

刘前进："猪也不会打仗……"

周圆"扑"地笑了："就你会打仗！瞧你那胳膊吧！"

刘前进："胳膊怎么啦？没挂过花的能当将军吗？少见多怪！说你们头发长见识短吧，还老不服气！"

周圆："吹吧你！又翘尾巴了！"说着，周圆飞快地把手转到背后做了一个夸张的翘尾巴动作。

柳春燕端着换药盘走进来，见状，紧皱眉头："场长，你该换药了。"

刘前进："周干事，你忙去吧。"周圆不走，刘前进朝她示意了一下，周圆不情愿地离开。

柳春燕给刘前进换药。刘前进向外喊："马大虎。"

马大虎跑进来："到。"

刘前进指指小瓷罐："你把它交给冯小麦……"

18–22 新锦屏医院彭浩病房 日 内

彭浩靠坐在病床，双手插在脑后思索着。凌若冰端着药盘走进来："吃药了。"凌若冰倒药，递给彭浩。

彭浩："你不是说我的病好了吗？"

凌若冰："听我的话，把药吃了吧好不好？"

彭浩把药片放进嘴里，接过凌若冰的水杯，喝了一口水。

冯小麦端着小瓷罐走进来："彭书记，这乌鸡汤还烫手呢，你快趁热喝了吧。"

彭浩："乌鸡汤？谁送来的？"

冯小麦："马大虎。你快喝吧……"

彭浩："是不是刘场长？"

冯小麦闪烁其词："……不是……是……"

彭浩突然火起来："刘前进他就这么怕见我吗——你去告诉他！照我的话说！一个字也不许差地告诉他！"

冯小麦："彭书记你……"彭浩不语，下地穿鞋。

凌若冰："干什么，我来吧。"

彭浩不理，硬撑着站起，身子摇晃了一下，去拉开病房门。

18-23 新锦屏医院彭浩病房外走廊 日 内

彭浩走出病房，愣住了。房门两边站着两名持枪的战士。

彭浩质问："你们俩站在这里干什么？"

战士甲敬礼："报告彭书记，我们在执行任务。"

彭浩："执行什么任务？"

战士乙敬礼："保证你的绝对安全。"

彭浩："扯淡！是谁下的命令，让你们在这儿看着我的？"

战士甲："是……"

彭浩仔细看甲乙两战士。彭浩："你们不是新锦屏的……你们是……谁派你们来的？"

战士乙敬礼："报告彭书记，我们是军分区机关警卫营的。"

彭浩大惊失色。凌若冰上前扶住彭浩。

彭浩："你们去……把高参谋给我找来！"二战士互相看看，不动。

彭浩走了几步，回头："你俩跟着我干什么？"

战士甲："彭书记走到哪里，我们就要保护到哪里。"

彭浩站住，回头盯着战士。两战士怯怯地站在原地。

彭浩突然声嘶力竭地喊："滚开！你们给我把刘前进找来！"

凌若冰默默地、旁若无人地把彭浩抱住，小声地："老彭，咱们回去。听话……"

18-24 新锦屏医院彭浩病房 日 内

桌上摆着药片和饭菜。彭浩躺在病床上，茫然地看着天花板。

冯小麦："彭书记，吃饭吧。"彭浩白了冯小麦一眼，没有言语。

冯小麦："吃了饭，好吃药哇……"冯小麦低头站在一旁。

凌若冰走了进来。冯小麦："凌大夫……"

凌若冰："你去吧。"冯小麦默默地走出病房。

凌若冰拉过小板凳，坐到病床前："来，先吃饭，吃了饭好吃药。"

凌若冰端过饭菜，送到彭浩的面前。彭浩："我不饿……"

凌若冰："不饿也少吃点，有饭菜垫底，免得吃药伤胃。"

彭浩不接饭菜。凌若冰放下饭菜，盯着彭浩看。彭浩闭着眼睛。

凌若冰:“其实……你不如我……”彭浩的眼睛动了一下。

凌若冰:“我要像你这样,恐怕早就死了……就不会有现在了,就不会有你……有你们这些人……”

彭浩慢慢睁开眼睛。凌若冰:“你在听吗?”

彭浩微微点头。凌若冰轻轻叹了一口气。彭浩坐起来,让出一个床边。

彭浩看着凌若冰。良久。彭浩拍拍床边:“你坐这里吧,小板凳坐久了蜷腿……”

凌若冰仍坐小凳,仰脸看彭浩——思绪,却似乎走得很远。

凌若冰:“你知道我为什么被捕入狱吗?”

彭浩:“渎职,私自挪用援藏军用药品。不过,这是起错案,组织上已经给你平反了。”

凌若冰轻轻地摇头:“你只知其一,不知其二。”

彭浩:“这话怎么讲?”

凌若冰:“挪用三箱军用药品给乡亲们治瘟疫,还不至于逮捕我。我们卫生局有位处长,挪用了八箱军用药品,也只给他一个党内记过、行政降职的处分。”

彭浩:“你觉得不公平?”

凌若冰:“那倒不是。真正抓我的原因,其实是有人怀疑我是美蒋特务。”

彭浩:“美蒋特务?”

凌若冰:“我从美国学成归来,一心要报效祖国,于是我就不顾家人反对,用报纸上那些话说——背叛了自己的家庭,回来了。后来就参加革命、入党,当了干部。这时,一个台湾的同学来策反我,劝我加入他们的组织,给他们提供情报,被我拒绝了。”

彭浩:“你做得对。”

凌若冰:“可是,大祸降临了。那个台湾特务给我们卫生局写了一封匿名举报信,说我是美国派遣来的特务。党组织一边让我工作,一边秘密审查我,始终也没有找到我是美蒋特务的罪证。这时,挪用军用药品的事情暴露了,我被逮捕入狱……我心里非常清楚,说我挪用军用药品而逮捕我,那只是一个借口而已。”

彭浩:“怀疑你是美蒋特务的调查,最后的结论是什么?”

凌若冰:“归结起来八个字——事出有因,查无实据。哪有什么结论……”

彭浩:“查无实据就应该无罪释放。”

凌若冰:“可事出有因呵。当然,现在组织上终于调查清楚了,只是‘无罪释放’这四个字我等了两年多……”

彭浩:“……若冰,你应该把真正的原因向组织上说明白……”

凌若冰摇摇头:“不想说了……待在狱中,对我来说,反倒成了一种变相的保护。后来我才知道,我那几个拒绝他们策反的同学、朋友当中,遭遇车祸的、神秘失踪的、意外病故的、跳楼自杀的……接连有好几个!”

18-25 新锦屏场长办公室 日 内

文捷坐在桌前,刘前进看完手上的名单,放下。

文捷:“是不是应该开个大会,公布一下提前释放的人员名单,这对在押的那些服刑犯人来说,也是一种教育手段。”

刘前进:“应该的事多了。现在这种情况……哪有那个心思。算了,把他们凑到一起,吃顿欢送饭吧，简单点得了。”

文捷：“……行吧。那什么，柳春燕想留在农场医院，你看行吗？”

刘前进：“你看着办吧。有愿意留在农场的，就让他们留下吧，这里也缺人手。”

文捷：“行。”

18-26 监区大食堂 日 内

十多个被提前释放的男犯女犯们分坐在两张桌子前，鲁震山、柳春燕相互远远看着，两人都有些激动。刘前进、文捷、侯仲文等人站在前面。

刘前进：“本来应该为你们开个全农场的欢送会，可最近农场里的事情特别多，你们在座的各位也都那啥，叫……有个词儿怎么说来着……”

刘前进转头看文捷，文捷提醒：“归心似箭。”

刘前进：“对，归心似箭。咱们就痛快地，让你们赶快回家跟亲人团聚。当然，有愿意继续留在新锦屏的，咱们也会帮着给找个工作，安个家。行了，啰唆的话我也不说了，吃完饭，咱们的车就在外头，马上送你们回家！”众人鼓掌。

刘前进大喊：“上酒！上菜！”甄世成带着食堂的战士上酒上菜。

关晓渝、王友明带着战士，将两个大箱子搬来，放在桌子上。关晓渝低声跟刘前进说着什么。刘前进拍拍手，吸引了众人的目光。刘前进指着两个大箱子：“这些都是你们入狱前身上带的东西，我们一直替大家保管着。现在大家先来把自己的东西领走，待会儿走的时候别忘了！”众人过来，王友明：“别着急，这上边都有名字，别领错了。”

刘前进对文捷和侯仲文：“你们在这儿，我先回去了。”文捷点头。刘前进出去。

众人领着自己的东西，柳春燕领回一个袋子，从里面掏出镯子戴在手上，高兴地看着。鲁震山拿过袋子，掏着里面的东西，他悄声问王友明：“王队长，我这里面……有把小腰刀。”

王友明：“腰刀属于凶器，你进来的时候就给没收了。”

鲁震山：“没收啦？那……”

关晓渝过来：“怎么啦？”

王友明：“他找进来时带的一把腰刀，凶器咱们不是都给没收了吗？”关晓渝点头。

鲁震山：“我那……我那东西就是好看的……”

王友明：“是刀就是凶器，再好看的刀也能杀人！”

关晓渝想着——

（闪回）临从江滨北校场监狱出发前，关晓渝等人在收拾服刑人员的东西。小李拿着腰刀：“这把刀……”他看着眼前的袋子。

王友明：“这属于凶器，得没收。”

刘前进拿过腰刀看了看：“这玩意不错，我先留着吧。”

（现实）

鲁震山无奈地走开，王友明低声对关晓渝说：“那把腰刀是不是叫支队长拿走啦？”

关晓渝不语。鲁震山没走远，似乎听到了王友明的话……

18-27 新锦屏医院彭浩病房 日 内

床头柜上摆着空碗和空药盒。彭浩坐在病床上，喝着水。

凌若冰进来：“感觉怎么样？”

彭浩:“好多了。”

冯小麦指指床头:“彭书记饭也吃了,药也吃了,表现可好了。凌大夫,你真会做思想工作。”

凌若冰:“我是大夫,懂得对症下药。”

冯小麦收拾完碗、药盒走了出去。凌若冰走到彭浩跟前:“睡觉吧。”

彭浩点头:“睡不着,你给我开点安眠药吧。”

凌若冰:“最好还是不要吃安眠药。”

彭浩:“你放心,我不会积攒那东西。你怕我自杀?”

凌若冰:“换了别人,都不排除这种可能。但是你,我相信你不会。”

彭浩盯凌若冰看。凌若冰转了话题:“……可是胡思乱想,影响睡眠,造成神经衰弱,也是一种慢性自杀。”

彭浩轻轻地舒了一口气:“怎么才能睡好觉呢?”

凌若冰:“襟怀坦荡,傻吃傻喝,心里没鬼半夜谁敲门都不怕……”

彭浩苦笑一下:“照你这说法……我是……私心杂念在作怪啦?”

凌若冰也笑了:“不对吗?”

凌若冰从彭浩枕头边拿起那本《西游记》:“看看这个吧,神仙鬼怪,上天入地的,挺有意思。听我的话。”

彭浩:“这书我从小就看过,孙悟空上天入地,呼风唤雨,太玄了……”

凌若冰:“其实孙悟空是名好战士。他火眼金睛,能识破妖魔鬼怪的伎俩,他不怕猪八戒同志的误会,善于团结反对自己的人一道工作。有时糊涂的唐僧错怪他,他也能理解领导的苦衷,忍辱负重,绝不放弃西天取经的理想和信念……还有哇,五台山压了他五百年,他还是铁骨铮铮、顶天立地……那个太上老君烧了他七七四十九天,反倒炼成了他两只金睛火眼,不管妖魔鬼怪要什么阴谋诡计,他都能一眼看到底……”

彭浩瞪:“你究竟想说什么?叫我向孙悟空学习?”

凌若冰笑了:“你觉得呢?”

18-28 监区大食堂 日 内

众人在热火朝天地吃饭,显得都很兴奋。窗前,鲁震山和柳春燕在说话。柳春燕喝得有点脸腮泛红:“回头我跟文副场长和凌医生说说,让你也留在医院里。”

鲁震山:“……这事,我也想过,我当然想留下来,可我……什么也不会干哪……”

柳春燕:“叫你说得了!跑跑颠颠,打个杂儿的活你还干不了?”

鲁震山:“我真想留在新锦屏,可我怕……”

文捷的画外音:“怕什么?你鲁震山还有怕的事?”

鲁震山、柳春燕回头,见文捷、侯仲文端着酒杯过来。

侯仲文:“鲁震山,你现在已经是堂堂正正的一个新人了,还有什么好怕的,啊?”

柳春燕:“文副场长、侯监区长,我想让他也留在新锦屏,留在医院,他怕你们不要。”

侯仲文看看文捷:“这——”

文捷思忖着:“……我看没什么不行的,刚才支队刘场长也说了,只要想留在新锦屏的人,我们都欢迎,都会帮着大家找到合适的岗位。”

柳春燕高兴地:“鲁大哥,这下你放心了吧……”鲁震山点了点头。

18-29 第十六监区 日 内

侯仲文带着王友明等人在查岗,两人不时在监舍外向里看看有没有什么异常情况,服刑人员或坐或躺。长长的走廊里,两人边走边说话。

侯仲文:“最近咱们监区出的这几件事影响很坏,性质恶劣。高参谋肯定要深究下去。最近一段时间,监区的戒备要升级,晚上巡查的次数再增加两次,千万不能在这个节骨眼上再出事。”

王友明:“监区长,你说高参谋对待彭书记的态度是不是有问题啊?”

侯仲文叹了口气:“我也这么觉得。可是,有些事,高参谋分析得也不是没有道理。不过不管怎么样,我都坚信这个内鬼不是彭书记。”

王友明看着侯仲文:“监区长,还是少顶撞点高参谋吧。这样对你,对彭书记都不好。”

侯仲文点头:“这个我也知道,我就是管不住自己。看到不对的事,非得说出来,不会曲里拐弯绕圈子,这样很得罪人。不过,我们既然信仰的都是共产主义,大目标一致,我想高参谋也不会计较的。他要连这点水平和修养都没有,还当什么军分区参谋。”

王友明:“但愿吧。”

18-30 新锦屏医院服刑人员病区走廊 夜 内

月光从窗户透进走廊,一个身着军装的身影靠近裘双喜的病房门前。

来人轻推房门,房门吱的一声轻开一条门缝,来人闪了进去。

18-31 新锦屏医院犯人房间 夜 内

病床上,白被子盖着的裘双喜依然昏迷不醒。来人用手电照了照输液瓶,瓶里的药液剩了一半。手电光束顺着针管照到扎在裘双喜手上的针头。来人揭开用来固定针头的胶布,将扎在手上血管的针头拔出,放在手上,又贴上胶布,盖住针头。又将控制流量的滚轮关上。

裘双喜痉挛了一下。手电光束在裘双喜脸上照了一下,灭掉。来人原路退出。

走廊上依然静悄悄的,来人疾步走开。经过医生监护室,可见灯下柳春燕正打着盹儿。

18-32 新锦屏医院病区监护室 夜 内

灯下,柳春燕还在打着盹儿。突然,马蹄表响起来,柳春燕惊醒。她一把捂住马蹄表,稳了稳神,起身,出去。

18-33 新锦屏医院犯人病区走廊 夜 内

柳春燕打着哈欠走来,她进了裘双喜的病房。她掏出手电看了看扎在裘双喜手上的针,胶布盖着的针头并无异样。她又看看瓶子里的药液,转身离开。走到门口,柳春燕突然意识到什么,忙回身,又用手电照着吊瓶,瓶子里还有一半的药液。手电照到裘双喜的脸上,裘双喜脸色暗紫,柳春燕吓得一声尖叫,划破了寂静的夜晚……

定格。

第十八集完。

第十九集

19-1 第十六监区侯仲文办公室 夜 内

灯下，侯仲文正在写一份材料，标题是“关于彭浩同志遭受不公正对待的情况反映”。

侯仲文写得极为流畅……

19-2 新锦屏医院抢救室 夜 内

手术台上，文捷和凌若冰在对裘双喜进行抢救。柳春燕站在一旁，紧张忙碌。

19-3 新锦屏医院抢救室外走廊 夜 内

走廊窗前，刘前进手里捻弄着一根烟，严峻地望着窗外。

高参谋从走廊尽头匆匆而来：“怎么搞的?！人活着还是死啦?”

高参谋要往手术室里闯，刘前进拉住：“高参谋，你冷静点！”

高参谋：“我冷静得了吗？我来新锦屏三天了，所有事情毫无进展！你一直让我等！等！等！你什么事都要等着这个裘双喜醒过来审问之后再开始。他要是开不了口，我是不是就什么都不用问，马上打道回军分区了？啊?”

刘前进火了：“叫什么叫？就你怕姓裘的死？你能耐现在就把他救活，让他开口说话！”

凌若冰出来，威严地低声：“干什么你们？这是医院！出去！都出去！去外面等着！一个也别留在这儿！走！都走！”

高参谋气呼呼地转过身。刘前进恼火地往前走，高参谋跟过去。

19-4 新锦屏医院外台阶 夜 外

刘前进蹲在台阶上，低着头，不理站在一旁的高参谋。马大虎拿着一件大衣送给刘前进，刘前进示意了一下，马大虎不动。刘前进瞪了下眼，马大虎不情愿地将衣服送给高参谋。高参谋正要接，马大虎突然赌气地收走衣服，抱在怀里。

高参谋尴尬地一愣，刘前进见状，从马大虎怀里扯过大衣，递给高参谋。高参谋“哼”了一声，别过头去。刘前进抖开衣服，要给高参谋披上，高参谋往前走了一步。刘前进还要给他披衣服，被马大虎一把夺走，气呼呼披到高参谋身上。

高参谋终于忍不住：“到底怎么样啦？有没有生命危险?”

刘前进：“没什么大问题，是正常病理反应。你要是不来，我这会儿都回去睡觉了。”

高参谋：“如果不是我的警卫知道了这里的事情，你是不是还要瞒着我?”

刘前进：“对。这本来就不是什么大事，何必惊动你？你那个警卫……小题大做嘛！”

高参谋还要说什么，文捷过来：“高参谋、刘场长，已经没事了。你们都回去吧。刘场长已经告诉我们，以后要二十四小时加强监护。”

高参谋：“如果再出什么问题，我处分你们！”

刘前进：“行！你回去休息吧。马大虎，送高参谋回去睡觉！回来把那警卫员给我叫来，他不能这么大惊小怪的，影响首长休息……”

高参谋看了眼刘前进：“我的警卫员不用你管！”走开。

凌若冰出来，看到高参谋走远。三人进了走廊。

19-5 新锦屏医院走廊 夜 内

刘前进盯着凌若冰："到底怎么回事？"

凌若冰："责任在我，裘双喜手上的针头脱落了，我们没有及时发现。如果再晚一点儿，他就……"

刘前进："他要死了，就要了彭浩的命！"

文捷："不对啊，如果针头脱落，吊瓶里的药液应该都流尽了啊……"

刘前进："怎么回事？……"

凌若冰想了想，一惊，转身往病房跑，文捷跟在后面。刘前进也跟着跑去。

19-6 新锦屏医院犯人病区病房 夜 内

柳春燕正在收拾那个吊瓶，凌若冰跑进来，看了看瓶子里剩的药液，检查着针头，目光落在控制流量的轮滚上。她用手一捻，轮滚没动。凌若冰目瞪口呆。身后的文捷也大惊失色。刘前进看看文捷，又看看凌若冰："到底怎么回事？"

文捷："有人要杀裘双喜……"

19-7 新锦屏医院彭浩病房 日 内

阳光照进病房。暖暖的太阳照在倚着被子睡着了的彭浩脸上，那本《西游记》翻开着，倒扣在床头上……

房门推开，进来的是高参谋。他的身后，跟着两名战士。三人像是飘进来的，全无声息。跟进来的冯小麦上前要叫醒彭浩，高参谋拦住。高参谋看着睡梦中的彭浩，拿起那本《西游记》看了看，扔到一边。

彭浩醒来，看着高参谋。高参谋冷笑，一挥手，战士上前提起彭浩，彭浩挣扎。

凌若冰冲进来，见此情景，扑上来："高参谋，你干什么？彭书记还在治病！"

高参谋："治病？他以为骗得了我？我一到新锦屏就知道他是内鬼！是内鬼！"

高参谋掏出手枪指着彭浩的头："内鬼——"

冯小麦拉着高参谋，被高参谋带来的两个战士拉开。凌若冰扑过来，可高参谋还是扣动扳机，一声沉闷的枪响！

凌若冰哭喊着到彭浩身上："彭书记——彭浩！"

——彭浩一下坐起来。原来是场噩梦。

凌若冰摇着彭浩："彭书记，彭浩！起来吃药。"

彭浩半天缓过劲来，看着凌若冰，擦了把头上的汗水……

19-8 新锦屏场长办公室 日 内

刘前进坐在桌前，手里捻着烟卷。

文捷："我们还是应该跟高参谋再好好谈谈，既然已经调查了冯小麦、侯仲文、王友明，也提审了郑运斤、苟敬堂、小痦子等人，都不能证明彭书记跟郑运斤、裘双喜的逃狱有关，就不应该停止彭书记的工作。"

刘前进："可这些情况也不能证明彭浩和犯人逃狱无关。所以，裘双喜的口供对彭浩至关重要啊。"

文捷："……要是万一裘双喜拒不交代呢？"

刘前进:“这个……我也想过……确实不能在一棵树上吊死啊。如果彭浩不是内鬼,那只有挖出这个内鬼,才能把他洗干净……”

文捷:“那……你觉得彭浩到底是不是?”

刘前进不语。

文捷:“刘场长,我觉得……我觉得你……”

刘前进:“高参谋的那些推断,确实都是我们能看到的实情,你能肯定地说彭浩不是吗?”

文捷:“其实,高参谋的那些推断,我也想过。你也不可能没那么想过,我们只是……都不愿面对,不敢面对……就像我们的家里人,他出了什么事,自己打啊骂啊恨啊怎么着都行,可别人一打一骂一恨,就受不了。”

刘前进:“你说的这些,我心里或多或少也有,不过,我不愿相信彭浩是内鬼的最大理由,还是一种直觉……是一种说不清的原因。总之,我就觉得他不是。现在的情况,事实上也就是‘事出有因,查无实据’……”

文捷:“就因为查无实据,才叫他先在医院养着,这也是程部长的意见吧?”

刘前进:“如果不是程部长在后面撑着,咱们也不可能让他像现在这么松快……”

马大虎敲敲门进来,给刘前进和文捷的水杯续水。

马大虎:“刘场长,刚才甄科长派人来,说给高参谋的晚饭炖了只鸡,你看行不行。”

刘前进:“行,这几天好吃好喝侍候着他,让他少找点碴,比什么都强。”

文捷笑了下:“你把高参谋当什么啦?好吃好喝就不找事了。人家也是工作嘛。”

刘前进:“不就是想换个顺心嘛。咱这也没什么菜,一天到晚吃辣椒,听说高参谋吃不惯那个。”马大虎出去。

文捷:“我就不明白了,既然程部长都是这个态度了,那为什么高参谋还不依不饶的。程部长把这层意思直接跟高参谋挑明不就得了?”

刘前进:“你想得太简单了,彭浩是不是内鬼,程部长比咱们俩还更想知道。”

文捷:“你是说……因为彭浩是程部长派来的?”

刘前进:“这只是一个方面。更主要的,在对待彭浩的问题上,程部长和咱们的矛盾心情是一样的。在情感上,他接受不了,可现实的情况,又让他不得不信。在证据不足的情况下,他也只能先采取缓兵之计……”

文捷点头:“那这样的话,我们就应该一边等着裘双喜醒过来,一边抓紧时间挖内鬼。”

刘前进:“是啊,可这个内鬼的障眼法把我们都搞糊涂了。这个时候,我就想,我要是天师钟馗就好了,擒魔捉鬼,易如反掌。就不用听高参谋的高谈阔论了。”

文捷:“高参谋的那通推论,谁听了都会认定彭浩是内鬼的。怪不得侯监区长坐不住了。他慷慨陈词那一通话,听得我也跟着热血沸腾。可是,侯监区长那些话解气是解气,可毕竟解决不了问题呀……”

刘前进看着文捷:“我还是头一回看到侯监区长发这么大火,昨天他那一通话,听着真是过瘾,你知道吗?刚听完的时候,我都想站起来给他鼓掌。可过后……”

文捷:“过后怎么了?他不是把咱们想说的话都说出来了吗?”

刘前进摇摇头:“他说得太多了……有点不像他了……”

文捷:“我不明白你的意思。”

19-9 新锦屏医院犯人病区走廊 日 内

流动哨战士持枪从裘双喜病房门前走过。

19-10 新锦屏医院彭浩病房 日 内

彭浩将体温计从腋下拿出,交给凌若冰。凌若冰看了看,收好。

彭浩:"裘双喜怎么样啦?"

凌若冰:"还是高烧不退。要不是昨天被折腾那一下,今天就应该醒过来了。"

彭浩琢磨着自语:"按你刚才说的,他的吊瓶应该是被谁做了手脚……"

凌若冰:"刘场长也是这么认为的。所以,从昨晚开始,已经对他实行二十四小时监护治疗。"

彭浩:"高参谋对这件事什么态度?"

凌若冰:"刘场长没告诉他实情,如果他知道裘双喜差点死了,你就不会这么太平了。"

彭浩:"你明天务必给我找来刘前进。他一天到晚避着我,还能永远不见我?"

凌若冰:"他不见就不见吧,这样对你好,对他……也好。"

彭浩看着凌若冰——

(闪回)青松翠柏,绿草山花。老班长丁长春的墓碑前,刘前进轻声:"老班长,这回你应该闭上眼了,彭浩还是原来的彭浩,他受委屈了……"

(现实)彭浩:"为了我,也为了他,我更应该见他。"

19-11 新锦屏场长办公室 日 内

高参谋从刘前进手里接过水杯,放在桌上:"彭浩……是不是该醒过来啦?"

刘前进:"我回头叫人去问问吧。"

高参谋:"不用了,咱们现在去看看吧。"

刘前进:"还是先叫人去看看,要不,白跑一趟……马大虎!"

马大虎应声:"到!"马大虎进来。

刘前进:"你去——"

高参谋打断:"不用,你跟我现在就去!"高参谋往外走,刘前进无奈地跟上。

19-12 新锦屏场部机要室 日 内

关晓渝正在整理文件。门开了,文捷走进来。

关晓渝:"文大姐。"

关晓渝将桌上的笔记本带到地上,里面掉出关晓渝和侯仲文在一起的一张照片。文捷捡起来,看着照片,笑了笑:"晓渝,是不是和侯监区长谈恋爱啦?"

关晓渝:"哪有啊。那天周干事的相机里就剩两张底片,不照浪费了,就拉我们俩充个人头儿。"

文捷:"这种事可瞒不过大姐。老实跟大姐交代,是恋上了吧?"

关晓渝不好意思地点了下头。

文捷:"你是机要员,这件事,应该跟组织上说一下。"

关晓渝点头:"你是大姐,我应该向你说心里话;你又是副场长,我也应该如实向组织汇报思想。等政审通过后,再和他谈恋爱。只是,这件事……我还没怎么意识到,就开始了。"

文捷点点头:"这倒是,谈恋爱不像发起总进攻,号声一响,就开始了。"文捷端详着照片。

关晓渝倒了杯水放在文捷面前:"从我认识他开始,就发现他政治上成熟,政策理论水平高，工作上踏实，待人也热情。我们俩在一起工作，还特别默契，也谈得来……”

文捷：“是呀，过去我只知道侯监区长的政策理论水平高，没想到他的辩论口才也那么好。你看他在分析会上的那通发言，把高参谋驳斥得哑口无言。”

关晓渝：“我也是第一次见到他那样激情四射、逻辑性那么强的发言，真是太精彩了！过去我还一直以为他是个老八股的政工干部呢。”

文捷：“老八股，你不也喜欢上他了。有了这次，我看你更喜欢他了！”

关晓渝不好意思地：“文大姐！”

文捷：“你俩什么时候好上的？”

关晓渝：“也说不上什么时候，是慢慢喜欢上的吧……”

文捷：“你们接触这么长时间，你对他……是种什么样儿的感觉啊？”

关晓渝：“就是喜欢跟他聊天儿，喜欢给他缝补浆洗。特别喜欢他吹笛子的样子，很像我父亲，觉得跟他在一起，特别踏实……”

文捷笑了笑：“你这丫头有点……恋父情结。不过现在，你这就是恋爱的感觉了。”

关晓渝低下头，不好意思地笑着，像是想起什么：“大姐，找我有事吧？”

文捷：“我过来，是想问问，那回特务小江烧档案的时候，都谁的档案被烧了。”

关晓渝：“我一直在整理呢，你等等，我有个名单。”

关晓渝回身去取，文捷拿起那张照片，看着……

照片上的关晓渝幸福地笑着，侯仲文很严肃。

19-13 新锦屏医院小院 日 外

凌若冰和护士们将洗好的床单往横在院里的绳子晾晒。

高参谋匆匆走进，刘前进跟在后面。刘前进：“凌医生！”

凌若冰回头，看到高参谋，一激灵。高参谋也不搭话，往管教病区走去，跨步进了走廊。

19-14 新锦屏医院管教病区走廊 日 内

凌若冰跟过来：“刘场长，高参谋……”

高参谋头也不回地：“彭浩怎么样啦？醒没醒？”

凌若冰看看刘前进：“他……还是不太好。”

高参谋站下，转身回头，严厉地盯着凌若冰：“我问你他醒没醒？”

凌若冰：“他——”

高参谋身后传来一声：“高参谋！”彭浩站在病房门口。

高参谋转身，看着彭浩，慢慢走过去。彭浩：“高参谋，我想跟你谈谈。”

高参谋：“谈什么？你现在还有资格跟我谈吗？刘前进！过来！”

刘前进无奈地上前。高参谋：“你怎么解释？”

刘前进：“这个——醒过来挺好，挺好……不过，还得让他恢复一下吧？”

高参谋：“还恢复什么？你没看他现在红光满面？他精神头好得很嘛！”

凌若冰要说什么，彭浩拦住：“高参谋，你想怎么办，我完全服从组织上的决定。”

高参谋看了眼彭浩，盯着刘前进：“我现在代表军分区，正式宣布撤销彭浩新锦屏书记职务，接受组织调查！在住院期间，按羁押处理！医院警卫人员，全部由我带的军分区警卫营的战士把守！”高参谋说完，匆匆往外走去。众人皆惊。

刘前进看一眼彭浩,朝外追去:“高参谋!高参谋!”

高参谋极快地走出去。

19–15 新锦屏医院小院 日 外

院子里整齐地挂着洗好的一排排床单,在轻风中飘舞。刘前进进院,一抬头,见彭浩、凌若冰等人站在病区台阶上。彭浩:“前进,我想跟你唠唠!”

刘前进往里走着。在彭浩和凌若冰的期待中,他往前走了几步,停下。只一瞬,刘前进扭头又往院外走去。彭浩:“刘前进,你回来!”

刘前进出了院子。

19–16 新锦屏机要室 日 外

文捷看着手里名单,抬起头:“这么多档案都烧啦?”

关晓渝:“犯人的烧了还好办,检察院、法院还有备份。难办的是我们管教人员的档案。”

文捷又低头看:“侯监区长的档案也被烧了……”

关晓渝点头:“也烧了。不过,他的档案我原来看过,基本还记得住……”

文捷:“什么时候看的?”

关晓渝脸一红:“队伍从江滨出发前就看过……文大姐,这不算假公济私吧?”

文捷笑了下:“当然算了。不过,想看看是正常的,谁让你早就对他有好感了!一个女人要把一辈子托付给一个男人,能不想了解了解他的过去吗?”

关晓渝:“谢谢文大姐。”

文捷:“那你说说看,都记住了些什么。有没有挺特别的。”

关晓渝想着:“侯监区长……参加革命以后,他的历史还是挺清楚的。是个老革命,立的功挺多的。不过……”

文捷:“不过什么?”

关晓渝:“……他有个当国民党军官的弟弟。当时,对组织上隐瞒过,为这,他还受过一个处分。对这个弟弟,他从没有跟我提过,可能是觉得丢人吧。其实,咱们队伍里的很多同志,都是跟反动家庭决裂后走上革命队伍的。侯监区长有一个这样的弟弟,并不代表他的革命立场有问题,他真的用不着惭愧。”

文捷点点头:“那份处分材料,也被烧啦?”

关晓渝点头:“那份材料是一野党组织当年审查侯仲文的询问记录。不过,大致内容我还记得挺清楚。”

(关晓渝讲述的情景画面)

19–16A 某部办公室 日 内

某部办公室。一身戎装的侯仲文坐在一条凳子上,他的对面桌后,坐着男女政审干部。

侯仲文:“我是1937年投奔延安抗日军政大学,后来入党,历史是清白的。”

男政审:“侯仲文,你的光荣历史档案上都有记载,组织上不会抹杀你的历史功绩,有关这方面的事情,你就不要再重复了。”

女政审:“我们俩找你谈话,是想让你交代问题!”

侯仲文:“交代问题?我自从参加革命,走的路一直挺顺,没有遇到什么大的挫折,也没有背叛党的言行。我是个规规矩矩的人,我没有什么问题可交代的。”

男政审:“你的弟弟是怎么当上了国民党上校?”

侯仲文:“自从我参加革命以后,就没跟他有过任何往来,更不知道他当了国民党军官。”

男政审:“你去延安之前,没和他打过照面吗?”

侯仲文:“我们俩吵过一架……”

女政审:“为什么吵架?”

侯仲文:“我说共产党好,是抗日的队伍;他说国民党好,是正规军。于是,我们俩大吵了一架,就分道扬镳了,我只身去了延安。”

男政审:“知道他后来都干了些什么吗?”

侯仲文:“我以党性担保,不知道!”

男政审:“想知道吗?”

侯仲文:“当然想。”

女政审:“为什么?”

侯仲文:“免得政审时一问三不知,落个对党组织不忠诚老实,隐瞒家庭历史……”

女政审:“把侯仲武的反革命罪行告诉他。”

男政审:“你的弟弟侯仲武是国民党上校军官……”

侯仲文:“他……他罪该万死!”

(现实)

19-16B 新锦屏机要室 日 内

关晓渝:“怎么?侯监区长有问题吗?”

文捷:“我就是了解了解……”

19-17 新锦屏医院彭浩病房外 日 内

冯小麦端着一个大搪瓷缸走来,被门口的两个警卫拦住。

冯小麦:“你们干什么?我是彭书记的通信员!”

警卫甲:“那也不行。没有高参谋的命令,谁也不准进去!”

冯小麦:“凭什么?我给彭书记送鸡汤!让我进去!躲开!”

警卫甲生硬地:“不行!”

警卫乙端着枪:“再不走,我们就执行纪律了!”

冯小麦:“你执行吧!来啊,来,有种你开枪!”冯小麦挺着胸膛,直逼得警卫乙连连后退。

19-18 新锦屏医院彭浩病房 日 内

躺在病床上的彭浩奔到门前,看到冯小麦正和两个警卫撕扯,警卫甲来拉冯小麦,冯小麦端着的鸡汤洒了一地,冯小麦和警卫争执起来,冯小麦抓住警卫乙的枪夺了过去。

彭浩断喝:“小麦,住手!”

19-19 新锦屏场长办公室 日 内

刘前进瞪着高参谋:“新锦屏有内鬼是个事实,可打倒一切,怀疑一切的做法,只能让亲者痛、仇者快!对彭浩调查可以,可你不能这么大张旗鼓,搞得满城风雨,草木皆兵!”

高参谋:“刘前进,你是新锦屏的负责人,出了这种事情你不认真反省,及时亡羊补牢,好好配合我的工作，还处处设置障碍，打马虎眼，影响调查进度！你以为你干的这些我都不知道？这些事我不追究责任也就罢了，你再执迷不悟，护着小头，那你就跟彭浩一样有问题！”

刘前进：“那你现在就撤了我的职！”

高参谋还要发火，深喘了口粗气，端起桌上的水杯，喝了一口，压抑着火气，努力平和地：“好了刘场长，我们不争了，你的火也发完了是不是？发完就回去吧。我再重申一遍，对彭浩的处理决定，不是我一个人的意见。”

刘前进：“程部长还没有回去，不是你的意见是谁的意见？”

高参谋：“军区领导一直在关注这件事的进展，目前停止彭浩的工作，让他接受调查，也是对程部长的爱护。就这样吧。另外，鉴于你对彭浩的问题态度上过于暧昧，我已经向军区领导做了反映，建议你还是回避为好。对彭浩的调查，你先不要参加了。”高参谋往外走去。

刘前进：“你……你……”

高参谋摔门而去。刘前进恼火地捶了下桌子，看到桌上的水杯，抓起来摔在地上。

19-20 新锦屏医院彭浩病房 日 内

彭浩在写申诉材料，写了几行，撕掉，扔在一旁。又写，扔了笔。

凌若冰端着药盘，悄然站在彭浩身后。彭浩站起，一回身，将凌若冰手里的药盘撞翻，药盘落地发出清脆的刺耳响声。彭浩刚想发作，忍住，走到门口，又站下，折回桌前坐下。

凌若冰俯身，一边捡着地上的药片，一边抬手悄悄地抹去泪水。

19-21 新锦屏场长办公室 日 内

马大虎躬身去拣地上的水杯碎片，显得心不在焉。

冯小麦正在哭诉刚才在医院的情况：“他们凭什么不让我在彭书记跟前，连鸡汤也给打洒了……”

刘前进：“行了，你一进来就哭个没完。这段时间你先在我这儿吧。”

冯小麦：“彭书记呢？他根本就不是在那儿养病，我看跟坐监狱没什么两样。”

刘前进：“你给我闭嘴！就你会说……”

冯小麦噘着嘴。

刘前进指着冯小麦，又指指马大虎：“你们这几个通信员啊，一个比一个脾气大，这农场都快装不下你们了！”

马大虎：“我怎么啦……”

刘前进瞪着马大虎：“你怎么啦？你怎么了你不知道啊？”

马大虎不服地瞅了眼刘前进。

刘前进对冯小麦和气地：“彭书记的事，组织上会管的。你别胡思乱想。这一阵儿，你先去……后勤科，跟着甄科长干，给我长点精神头，有什么事，可以直接跟我说。”

冯小麦不语。

刘前进突然大声：“听见没有？”

马大虎和冯小麦都被吓了一跳，冯小麦点点头。

马大虎有点胆怯地看着刘前进：“场长，晚上……还给高参谋加菜吗？”

刘前进：“……你说呢？”

马大虎小声：“……加吧……”

刘前进吼:“加个屁! 就让他吃辣椒! 让他辣嘴、辣心、辣肺、辣肝! 辣死他!”

19-22 新锦屏医院彭浩病房 日 内

凌若冰倒了水,轻放在桌上,又把药片放在一旁。彭浩看着,不动,

凌若冰收起药:“药不吃就不吃吧。看看这个。”她指指放在桌边的那本《西游记》。

凌若冰将药拿走,走到门口,背后响起彭浩平静的声音:“药给我吧。”

凌若冰站住,回身,将药给彭浩。彭浩服药,喝水。凌若冰看着。

19-23 新锦屏场长办公室 日 内

马大虎端着饭菜进来,放到桌上。刘前进在打电话:“程部长什么时候能回来? 啊? 他不是今天回来吗? 那他回来你一定让他给我来电话。我是新锦屏农场的刘前进!”

刘前进挂了电话。透过窗户,可见文捷走来。

马大虎掀开盖着的扣碗,里面有一只鸡。马大虎:“这本来是给高参谋做的,你说不给他加菜了,我就拿过来了。”

刘前进看着碗里的鸡,轻叹一声:“还是拿给他吧。”

19-24 新锦屏医院彭浩病房 日 内

彭浩坐在床上,无助地望着新锦屏的远山……

19-25 新锦屏医院走廊 日 内

凌若冰靠在门边,看着彭浩。

19-26 新锦屏场长办公室 日 内

刘前进看着文捷。文捷:“虽说侯仲文的档案烧了,可关晓渝对他档案上的情况可以说烂熟于心。你看啊——”文捷掏出一张纸:“这是晓渝写给我的。你看,青化砭伏击战,侯仲文是第一纵队尖刀排排长,立过一次三等功;羊马河伏击战,他任一纵突击连连长,立过一次三等功;蟠龙攻坚战,他是一纵教导旅独立营营长,立的是二等功。每次立功的光荣证书,晓渝也看过,白纸黑字大红印,都是货真价实的。”

刘前进:“按照晓渝和侯仲文现在的关系,晓渝的话有多少可信度?”

文捷:“这个你放心,不光是对侯仲文,对待工作,关晓渝肯定是认真负责的。我们俩曾经在一块我好几年,你了解她。”

刘前进苦笑:“我跟彭浩打小光屁股长大,他现在是人是鬼,我不也糊了巴涂的嘛。”

文捷:“别人听了你这话当不当真我不知道。可我清楚,你这句话是违心的。在老彭的问题上,我始终认为,就是没有任何证据证明他是清白的,我也相信,内鬼绝对不是他!”

刘前进:“这句话,在逃狱事件出现前,我也这么说过,可现在的情况……咱们还是都理智一些,抓紧时间挖出这个内鬼吧……”

19-27 新锦屏医院裘双喜病房 日 内

躺在病床上的裘双喜动了一下。他微微睁开眼,慢慢扫视着房间。随着他的视线移动,可以看到柳春燕正在换吊瓶。柳春燕习惯地往床上一看,目光与裘双喜相对,柳春燕吓得惊叫一声“啊——”裘双喜木然地看着柳春燕。

柳春燕跑出:“凌医生! 凌医生!”

裘双喜困乏地闭上眼睛。

同场景。裘双喜闭着眼。刘前进、文捷、凌若冰、严爱华等人围在病床前。

刘前进看着凌若冰:“今天晚上能提审吗?”

凌若冰摇摇头:“他的体力不行,最早也得明天。”

严爱华:“文大队长、凌医生,能不能配合刘场长一下,今天晚上就……”

文捷看看凌若冰。凌若冰:“不行,他身体太虚弱,今晚还开不了口。”

刘前进叹了口气:“那就明天吧,让他今晚睡个好觉。”刘前进往外走。

文捷:“是不是应该通知一下高参谋?”

刘前进:“明天上午我先审一遍,再告诉他不迟。”

19-28 新锦屏医院彭浩病房 日 内

彭浩惊喜地瞪着眼睛:“真的? 什么时候醒的?”

柳春燕:“刚醒没一会儿,刘场长也来了。”

凌若冰进来,瞅了眼柳春燕,柳春燕不自然地:“凌医生,我给彭书记送药……”

凌若冰伸开手:“药在我这儿,你送什么?”

柳春燕尴尬地出去。

彭浩:“怎么? 你还对我保密。”

凌若冰:“用不着。我倒巴不得他死了,永远也别醒过来。”

彭浩:“你这是什么意思?”

凌若冰:“你敢保他醒过来就对你有好处? 他如果一口咬定你就是内鬼,你怎么办?”

彭浩:“他……应该不会。”

凌若冰:“他要是会呢?”彭浩语塞。

凌若冰:“叫我说,他还不如永远躺在那里,你的希望还多一些。其实,说不说、说什么都不一定是最要紧的,大家心里相信你不是内鬼才至关重要。”

彭浩:“若冰,你太天真了。什么事确实都有个水落石出的时候,可眼下这个内鬼的恶名,我实在背不下去了。再这么不明不白地背着,我非疯了不可!”

19-29 新锦屏医院犯人病区小院 黄昏 外

一瘸一拐的老头推着泔水车过来,执勤战士打开门:“李大爷,今天怎么来这么晚啊。”

老李头:“老婆子病了,忙乎一天。”

老李头推着泔水车进院,停在一间小房旁边。小房前面墙上用白灰写着“太平间”三个字。老李头提着桶走去。

远处,侯仲文走来,手里提着水果。执勤的战士敬礼,侯仲文示意了一下,进去。

19-30 新锦屏医院彭浩病房 黄昏 内

彭浩躺在床上。侯仲文提着一袋子水果进来:“彭书记。”

彭浩坐起来:“你怎么来了老侯? 外面的警卫怎么让你进来啦?”

侯仲文:“我从犯人病房那边儿过来的,那边有个小门,是咱们监区的战士把着。”

彭浩:“再别过来看我了,让高参谋知道,挺麻烦的。”

侯仲文:“这个高参谋,我看他是有问题。处处跟你过不去,听风就是雨,什么事情还没调查清楚,就妄下结论。这种自以为是的冒进作风过去坑害过多少好同志呀。有些话,刘前进不好讲,他毕竟是场长。你是当事人,也不好讲。我不管他那一套,大不了这监区长不做了!”

19-31 新锦屏医院彭浩病房外走廊 夜 内

凌若冰拿着药走来，她从门玻璃上看到屋里有人，在门口站下。

19-32 新锦屏医院彭浩病房 夜 内

彭浩："老侯，你也冷静点。裘双喜、郑运斤逃狱的事，我的确是有不少疑点，组织上调查一下也正常。要是这样能把真凶查出来，对我也是件好事。"

侯仲文："难得你有这种胸怀和肚量啊彭书记。有什么需要我帮忙，你千万不要客气。"

彭浩："……如果可能……我想去见见刘前进。"

侯仲文："这……外区的战士好说，都是咱们农场的人，就是两个病区之间的警卫，是高参谋带来的人。"

彭浩："那不好办了。"

侯仲文："要不，我跟严爱华商量一下吧，她今天晚上值班。对你的事，她也很同情，跟我也说过抱不平的话。我想，她一定会帮我这个忙的。"

19-33 新锦屏医院彭浩病房外走廊 夜 内

凌若冰听着里面的谈话，敲敲门，推门进去。

侯仲文："凌医生。"

凌若冰点头："监区长过来了。"

侯仲文："那这样吧，我先走了。凌医生，我给彭书记带了点水果，回头麻烦你给洗洗。"

凌若冰："行。"

侯仲文离开。彭浩想着什么。

凌若冰："难得监区长这么对你，来看过你好几回了。刘场长怎么一直不来啊，你们俩应该好好谈谈，让他帮你出点主意。"

彭浩看着凌若冰："你什么意思？"

凌若冰："没什么……"凌若冰提着水果出去。

19-34 新锦屏医院犯人病区小院 夜 外

泔水车上的一个大桶动了动，一支枪先伸出来，看不清面孔的一个人警觉地四下看了看，钻出来，迅速打开旁边"太平间"房门，钻进去。门口，端着枪的战士毫无察觉。

老李头提着一大桶泔水从病区出来，倒入大桶中，推起车子，往外走。战士打开门："慢点啊，李大爷。"

19-35 新锦屏医院服刑人员病区小院 夜 外

侯仲文走来，战士敬礼。侯仲文跟战士说着什么，战士点头。

19-36 新锦屏医院太平间 夜 内

门被推开，院工推着一辆车子进来，车前放着一盏马灯，车上的尸体蒙着白布单。在马灯的照射下，更显阴冷恐怖。院工将马灯放在身旁的水泥台上，搬动尸体。

一张水泥台上，盖着白布单的"尸体"动了一下，白布单往下拉去，露出一张阴森的脸。

同场景。

19-37 新锦屏医院太平间 夜 内

院工听到什么异常，回身看到身后一张水泥台上的"尸体"不见了，院工正愣神，肩膀被碰了一下，院工还没来得及叫喊，被刺一刀，白布单蒙住了他的头……

19-38 新锦屏医院彭浩病房 夜 内

已经穿好衣服的彭浩在屋里不安地走动，侯仲文焦急地进来。

彭浩："可以了吗？"

侯仲文："嗯，快点。"

19-39 新锦屏医院犯人病区小院 夜 外

一个巡逻战士听到屋里的动静，叫着："陈师傅！陈师傅！"

战士推门而入，只见背对着他的一个人在搬着尸体，战士放下枪："陈师傅，叫你怎么不答应啊，我还以为出什么事了。"

背对着战士的人突然回身，一刀捅向战士，战士倒下。特务疾速出来。

19-40 新锦屏医院走廊 夜 内

侯仲文在前，彭浩在后，匆匆而来。两个病区之间的警卫战士冲侯仲文和彭浩点了下头。侯仲文："彭书记，你等等。我看看有没有情况。"

彭浩站下，侯仲文拐过走廊，朝另一头看着。等了会儿，他冲彭浩招手。两人过去。

两人急促而来，侯仲文朝一房间里看了看，走开，顺手指着病房："裘双喜就住在这儿。"

彭浩透过门玻璃朝里看了眼。彭浩："不是对裘双喜二十四小时监护吗？怎么屋里没人？"

侯仲文："刚才我还看见柳春燕和小护士呢，不会没人。快走吧。"

彭浩回身，推开裘双喜的房门。

19-41 新锦屏医院犯人病区小院 夜 外

特务持枪跑来，一战士发现，大喊："有敌人！"

特务飞出一刀，将战士杀死。特务向病区跑来。

19-42 新锦屏医院裘双喜病房 夜 内

盖在裘双喜身上的被子已经掀开，胸口一片殷红，小护士倒在床角，地上一片血迹，记录病情的病历散落一地。彭浩惊慌地试了试裘双喜的鼻息……

外面枪声大作……

19-43 新锦屏医院走廊 夜 内

特务逃奔，严爱华持枪从值班室跑出。严爱华瞄准特务，扣动扳机，特务应声倒下。众战士跑来，扑向裘双喜病房。房门"嘭"地被推开，血迹斑斑的杀人现场，站着惊愣着的彭浩……

19-44 新锦屏医院办公室 夜 内

高参谋恼火地拍着桌子："把侯仲文给我抓起来！"

文捷焦急地看着眼前的一切。站在窗前的刘前进回过身。

加强班战士上前，缴了侯仲文的枪。严爱华："高参谋，你不能——"

高参谋指着严爱华："还有你！"

严爱华："我——"

侯仲文："这件事跟严爱华无关。是我让警卫战士放的通行，严副院长不知道！"

严爱华："不，我知道！"

侯仲文："你给我闭嘴！"

高参谋："抓起来，都给我抓起来！"

文捷："不行！"

高参谋:“抓!抓起来!”战士上前缴下严爱华的枪。

文捷焦急地看刘前进,刘前进没有反应,文捷上前拦着战士:“不能抓!”

高参谋:“文捷同志!你糊涂!他们放出彭浩,让他杀死裘双喜灭口,死无对证!难道不应该抓吗?啊?”

文捷:“高参谋,你还没有把情况调查清楚,怎么就能乱下结论!”

高参谋:“乱下结论?事实都摆在这里!彭浩杀了裘双喜,他要从医院逃跑!”

严爱华:“彭书记不是逃跑,他是要——”

侯仲文:“严爱华,你给我闭嘴!你还嫌新锦屏不乱吗?”

严爱华沉默。

高参谋盯着侯仲文:“好啊你,侯监区长,事已至此,你还在包庇彭浩,恐吓严爱华!我看你即使不是内鬼,也是个混在革命队伍里的浑蛋!”

侯仲文:“高参谋,你怎么骂我都行。可这件事确实不关严副院长的事,是我干的!跟她没关系!你放了她!放了她!刘前进,你说句话!别像死人一样,一个屁不放!”

刘前进:“都带走!”

战士看高参谋。高参谋:“押下去。”侯仲文、严爱华被带走。

侯仲文被押到门口,挣扎着回头大喊:“刘场长,你要救彭书记!他不是内鬼!他不是!”

19-45 新锦屏医院走廊 夜 内

凌若冰和柳春燕焦急地盯着屋门。门口,有战士持枪把守。

柳春燕抓住凌若冰的手:“凌医生,这到底是怎么回事啊?”

门推开,侯仲文、严爱华被押出来。凌若冰和柳春燕冲上前:“监区长、严副院长!”

两人被押走。凌若冰和柳春燕上前,被战士制止。

19-46 新锦屏医院办公室 晨 内

(渐显)高参谋:“刘前进,这回你有什么话可说?”刘前进摇摇头。

高参谋:“你以为你装聋作哑,我就没办法了,是不是?”他冲着战士喊:“带彭浩!”

刘前进木然的表情。

19-47 新锦屏医院走廊 晨 内

一阵放慢的“丁当”做响声从走廊尽头传来,凌若冰和柳春燕回头——彭浩被押着走来,他的手上、脚上都戴了镣铐。凌若冰一阵眩晕,昏了过去。

柳春燕撕心裂肺的一声叫喊:“凌医生——”彭浩抬头望过来……

19-48 新锦屏医院办公室 晨 内

彭浩坐在椅子上,面对高参谋和刘前进。文捷坐在一旁。

高参谋平静地:“说吧,你逃出去的目的是什么?侯仲文、严爱华是怎么样帮助你出逃,你是如何杀死裘双喜灭口的?特务跟你里应外合的计划是什么时候开始的?”

彭浩:“我没有想逃跑,裘双喜也不是我杀的,我进到裘双彭病房的时候——”

(彭浩讲述情景画面)

19-48A 医院犯人病区裘双喜病房 夜 内

彭浩推开裘双喜的病房,床上躺着盖着被子的裘双喜,屋里再无旁人。

彭浩快步走到裘双喜床头,裘双喜头歪向一边,面色苍白,彭浩掀开盖在裘双喜身上的被子,裘双喜胸口一片殷红。彭浩再看床角,小护士躺在地上,胸口流着鲜血,记录病情的病历散落一地。

(现实)

19-48B 新锦屏医院办公室 日 内

高参谋冷笑:"彭浩,如果你不是去杀裘双喜灭口,那么你怎么会走进裘双喜的病房?"

彭浩:"我经过病房的时候,看到里面——"

(闪回)彭浩透过玻璃朝裘双喜病房看了眼,走开。走了几步,彭浩:"老侯,不是对裘双喜二十四小时监护吗?怎么屋里没人?"

侯仲文:"刚才我还看见柳春燕和小护士呢,不会没人。快走吧。"

彭浩回身,推开裘双喜的房门——

(现实)高参谋:"你说房间里没有护士?你进去把护士杀了,当然不会有人!你在知道裘双喜醒来后,感到万分恐惧,生怕裘双喜醒来后揭开你的内鬼真面目。于是,你便企图杀死裘双喜灭口,之后让外面的特务接应你逃出新锦屏。今天晚上,你和侯仲文狼狈为奸的计划开始了——"

(高参谋推理情形画面1,同时伴着高参谋的画外音)

19-48C 医院服刑人员病区走廊裘双喜病房外 夜 内

"侯仲文领着你,骗取了警卫战士的同意后,他在门口为你放风,你潜入裘双喜的病房——"

侯仲文带着彭浩急匆匆跑来,到裘双喜房间门口站下。侯仲文在门口观望,彭浩从怀里掏出一把尖刀,悄然推开房门。小护士背对房门,正在病床前做病理记录,彭浩悄然摸进门,小护士觉出背后有异,回头,发现彭浩,还没来得及反应,彭浩一刀扎进小护士胸中,小护士倒在地上,记录病情的夹子掉在地上,病情记录散落一地。

已经醒来的裘双喜看到眼前的一幕,惊恐地看着彭浩,摇头。彭浩看着裘双喜冷笑着,掀开他的被子,举起刀来,刺向裘双喜的胸口,立时,裘双喜的胸口殷红一片血迹……

(现实)

19-48D 医院办公室 日 内

高参谋:"你本来想杀完裘双喜之后,迅速到院里与接应你的特务会合,逃出新锦屏,可是让你没想到的是,躲在太平间里的特务失手了——"

(高参谋推理情形画面2)

19-48E 医院太平间 夜 内

太平间里,特务隐藏在门后。门推开,一院工推着车子进来,车子上放着一盏马灯,马灯发出幽暗的光,将太平间里的几具尸体照得更加惊悚。

院工正将尸体搬运到水泥台上,特务从门后闪出,举起匕首刺向院工。

屋里的动静被外面巡逻的战士听到,战士拉起枪栓,进来,嘴里高喊着:"什么人?"

特务从门后闪出,搂住战士的脖子,挥动匕首,战士放了一枪。战士被杀,特务换上院工的衣服,提着枪从太平间出来。枪声惊动了众战士,特务无处可逃,钻进病区医院。

严爱华从值班室出来,用枪瞄准逃跑的特务,开枪,特务倒地。

(现实)

19-48F 医院办公室 日 内

高参谋："彭浩，你还有什么话可说吗？"

彭浩摇摇头，起身，疲惫地："送我回去吧，我想歇一歇。"

警卫看高参谋，高参谋点头："要严加看管！"

警卫："是！"

刘前进和文捷看着彭浩被押走。文捷："高参谋，这些都是你的推理，并不是真的啊！"

高参谋："我来问你，彭浩逃出来是不是真的？裘双喜死了是不是真的？裘双喜死的时候，只有彭浩一人在场是不是真的？你回答我！"

文捷："这——"

刘前进："高参谋，按照你刚才的推理，侯仲文也是内鬼啦？"

高参谋："当然，就是他放出的彭浩嘛。"

文捷："那严副院长呢？"

高参谋："她只是被侯仲文利用了。这个我还是能辨别清楚的。她现在虽然被押起来了，我只是让她冷静冷静。她和侯仲文的性质不一样。这个侯仲文，我早看出他有问题了！"

刘前进看着高参谋。高参谋："彭浩刚住院时，他跳出来的那通表演，就很说明问题！那番话什么意思？归根结底就是不希望彭浩被停止工作，这样一来，他们两个人就能够狼狈为奸，干更多危害革命队伍、危害我们建设新锦屏的坏事！再让他们的阴谋得逞下去，关押在新锦屏的成千上万囚犯就会让他们解救出去，成为破坏新中国、破坏社会主义建设的定时炸弹！"

文捷："高参谋，我还有一个关键问题一直没有搞明白，那就是彭浩到底要出来干什么？"

高参谋："这个我不是已经说过几遍了吗？就是要杀裘灭口，然后里应外合逃跑。"

文捷："他如果真想逃跑，还用得着杀裘双喜吗？"

高参谋："这个……"

刘前进："高参谋，今晚就这样吧，我头痛得厉害。"他起身往外走，文捷也起身。

高参谋："这个情况，我今晚就要向军区汇报！"

19-49 新锦屏医院病房 日 内

凌若冰苏醒过来。柳春燕哭着："凌医生……"

凌若冰："燕子，彭书记怎么样啦？我去看看他。"

柳春燕哭得更厉害了："彭书记被抓到监狱里了……"凌若冰大惊……

19-50 监区囚室 日 内

侯仲文坐在木床上，想着什么。

19-51 监区另一囚室 日 内

彭浩面壁而坐，手上、脚上戴着镣铐。

19-52 监区走廊 日 内

王友明过来。已经换上加强班战士的警卫持枪："王队长，高参谋有令，任何人不得进去。"王友明回身走去。

19-53 新锦屏刘前进住处 日 内

屋里挡上窗帘。刘前进靠在被子上，眼神空洞地思忖着。刘前进心声："彭浩呀彭浩，你为什么要进裘双喜的病房？如果不进去，这个疑点就落不到你头上了！难道是——侯仲文？"

（闪回）彭浩透过玻璃朝裘双喜病房看了眼，走开。走了几步，彭浩："老侯，不是对裘双喜二十四小时监护吗？怎么屋里没人？"

侯仲文："刚才我还看见柳春燕和小护士呢，不会没人。快走吧。"

彭浩回身，推开裘双喜的房门——

（现实）刘前进摇了下头，心声："不对，侯仲文没有让彭浩进去。如果裘双喜不是彭浩杀的，那彭浩进去之前，裘双喜就应该死了。彭浩讲述的情形就应该是真实的。"

（闪回彭浩讲述情景画面）

彭浩推开裘双喜的病房，床上躺着盖着被子的裘双喜，屋里再无旁人。彭浩快步走到裘双喜床头，裘双喜头歪向一边，面色苍白，彭浩掀开盖在裘双喜身上的被子，裘双喜胸口一片殷红。彭浩再看床角，小护士躺在地上，胸口流着鲜血，记录病情的病历散落一地。

（刘前进想象情景画面1）

19-53A 医院犯人病区走廊　夜　内

侯仲文从小院进走廊，走到裘双喜病房前，停下来。他四下看了看，走廊里空无一人。病房里，只有小护士背对房门，正在病床前做病理记录。侯仲文从怀里掏出一把尖刀，悄然推开房门。小护士觉出背后有异，回头，发现是侯仲文，并没有提防。侯仲文装作看躺在病床上的裘双喜，趁小护士不备，一刀扎向小护士胸口，小护士倒在地上，记录病情的夹子掉在地上，病情记录散落一地。

已经醒来的裘双喜看到眼前的一幕，惊恐地看着侯仲文，摇头。侯仲文看着裘双喜冷笑着，掀开他的被子，举起刀来，刺向裘双喜的胸口，立时，裘双喜的胸口殷红一片血迹……

（现实）

19-53B 新锦屏刘前进住处　日　内

刘前进心声："如果是这样，侯仲文他……"

19-53C 医院犯人病区裘双喜病房外　夜　内

（刘前进想象情景画面2）

侯仲文带着彭浩急匆匆从走廊一头跑来，侯仲文跑到裘双喜的病房，朝里看了看，回头告诉彭浩："裘双喜就在这里。"

彭浩透过玻璃朝裘双喜病房看了眼，走开。走了几步，彭浩："老侯，不是对裘双喜二十四小时监护吗？怎么屋里没人？"

侯仲文："刚才我还看见柳春燕和小护士呢，不会没人。快走吧。"

彭浩回身，推开裘双喜的房门。侯仲文在外面露出得意的神情。

（现实）

19-53D 新锦屏刘前进住处　日　内

刘前进心声："如果是这样，那侯仲文——不对，裘双喜的病房是二十四小时有人监护，他如果此前先杀了裘双喜，应该会被人发现……"刘前进起身，开门："马大虎！"

马大虎："到！"马大虎急呼呼跑来。

刘前进："去医院！"

定格。

第十九集完。

第二十集

20-1 新锦屏医院病房 日 内

凌若冰坐在床上，收拾彭浩的东西，眼圈含着泪。

柳春燕："彭书记肯定是被冤枉的，凌医生，你不用难过上火。明天咱们去找刘场长，让他帮着想办法，他肯定有的是办法。他要办不了，再就去找程部长。你不是说，彭书记是程部长派来的吗？程部长一定会管。"

凌若冰："燕子，你去睡吧。"

柳春燕："那你也去睡。为那个死鬼裘双喜熬了几宿，太不值了。早知道他要死，当初就不应该救他！"

刘前进敲了敲门。柳春燕："是刘场长！"

凌若冰站起来，眼泪突然流下来，她别过身去。

刘前进坐在椅子上。

柳春燕："刘场长，你快救救彭书记吧！"

刘前进："凌医生、柳春燕，你们别难过，彭浩如果没有问题，我们总会揪出真正的内鬼。"

凌若冰琢磨着刘前进的话。柳春燕："彭书记肯定不是！"

刘前进："你说不是不好使，我说也不好使。现在得有证据。用证据说话，比什么都好使。"

凌若冰点头。刘前进："我想问一问，你们知不知道侯仲文来医院的时候是几点，那个期间值班的警卫是谁？给我找一下。"

柳春燕："这个不用找别人，侯监区长来的时候我还看见他了——"

（柳春燕讲述情景）

20-1A 医院犯人病区裘双喜房间 夜 内

裘双喜房间里，柳春燕跟小护士在查看病情记录。柳春燕下意识地抬头往门口一看，侯仲文正朝里面张望。柳春燕出来。

柳春燕："监区长，这么晚了，你怎么……"

侯仲文："我来看看彭书记。"

侯仲文走开，柳春燕看着侯仲文的背影穿过犯人病区，跟两个病区间的执勤巡逻战士说了句什么。

（现实）

20-1B 新锦屏医院病房 日 内

刘前进若有所思地点头："你看着他走过犯人病区的？还跟执勤的战士说了话？"

柳春燕："对呀。那个时间我和小梁护士刚给裘双喜测完体温。怎么啦？"

刘前进："……没什么。柳春燕，我跟凌医生说几句话，别让别人进来打扰。"

柳春燕："嗯。"出去。

刘前进："凌医生，我知道你为彭浩很难过……彭浩他这两天老想要出去，他没和你说起过他想出去的事吗?”

凌若冰不语。

刘前进:“你如果知道什么,一定要告诉我……”

凌若冰哭了:“他……他出去是为了见你!”

泪水模糊了凌若冰视线里刘前进的身影……

刘前进复杂莫测……

20-2 新锦屏病房外走廊 日 内

刘前进若有所思。

(闪回)彭浩坐在椅子上,面对高参谋和刘前进。高参谋平静地:“说吧,你逃出去的目的是什么?”

(闪回)凌若冰哭了:“他……他出去是为了见你!”(重复“他出去是为了见你!”“为了见你!”)

(现实)

刘前进心声:“彭浩哇,你不说出来,我知道你是为保护我。可是侯仲文不说,他也是为了保护我、保护你彭浩吗?侯仲文,你真是让我越来越看不懂啦?这趟浑水你搅得太深了……”

20-3 新锦屏场长办公室 日 内

高参谋看着刘前进:“你要见彭浩?”

刘前进点头。

高参谋:“我和你一起见吧。”

刘前进:“你如果信得过我,就让我单独见一见他。”

高参谋:“我能信得过你吗?我敢信得过你吗?看你原来对他的暧昧态度,我都担心你能把他再放跑了。”

刘前进:“……行啊,那就一块见吧。”

二人出门。

20-4 新锦屏场长办公室外 日 内

凌若冰站在门口,似已等候多时了。凌若冰面无表情:“高参谋、刘场长,我觉得……不应该让彭浩再戴着镣铐,他一直高烧、病得很厉害……”

高参谋冷峻地:“这事该你管吗?”

凌若冰:“我是医生。”

刘前进:“你还是回去吧凌医生,这事我和高参谋再研究一下……”

20-5 新锦屏监狱禁闭室门口 日 内

军区警卫营战士持枪守在门口,刘前进和高参谋走来。高参谋示意,战士开门。刘前进站在门口,可见彭浩面壁而坐。刘前进回头看高参谋,高参谋还站在后面,看了刘前进一眼,转身走了。

刘前进进去。

20-6 新锦屏监狱禁闭室 日 内

刘前进进来,目光慢慢扫过禁闭室,悄然坐在彭浩旁边,面朝门口。

沉默。

彭浩咳嗽起来，咳得越来越厉害。刘前进：“来人，快去找大夫！”“他病成这样，你们怎么不找大夫来？”

警卫：“他不让找，他已经咳了半宿……”

刘前进：“快去找！”

“好了！我说不要就不要！”彭浩声嘶力竭。

刘前进转过身，大吃一惊——一夜不见，彭浩须发尽白，竟苍老得脱了相！彭浩看了眼刘前进，疲惫地合上眼。

刘前进擦去已经流到腮边的泪水：“老彭，你到底是人是鬼？你给我个痛快话好不好？看在咱们多少年的交情上，你别再折磨我、折腾你自己啦！你这样——我看着心疼啊！”

彭浩睁开眼：“心疼？”彭浩笑了下，“是痛心啊！被自己同志误解成内鬼，生不如死啊！”

刘前进：“彭浩，有这句话，我心里敞亮多了，你要还是条汉子，就不要再说生不如死的鬼话！现在没有谁比内鬼更盼着你死，盼着你去背这个内鬼的黑锅！”

彭浩看着刘前进，微微点了下头。刘前进：“昨晚为什么你不说，出来是为找我？是怕连累我？”彭浩：“我已经这样了，再把你扯进来，值吗？那不更是内鬼希望的？咱们俩都完了，内鬼的阴谋就得逞了……”

20-7 新锦屏监狱另一禁闭室 日 内

侯仲文的牢门打开，侯仲文诧异地看着外面。高参谋出现，侯仲文别过脸去。

高参谋：“仲文同志，昨天我的态度是粗暴了些，请你能够理解我。”

侯仲文不语。

高参谋：“这样对你，可能是不太合适。不过，我昨晚考虑了一宿，也想明白了。你是彭浩介绍过来的，我对他的处理，你在感情上一时难以接受，可以理解。我听军区的领导说，你过去为革命出过不少力，立功表现、工作态度，都是令人钦佩的。针对昨晚的事情，我希望能看到你写一份情况报告给我。这样，也是对你自己负责。你看，你还有什么意见？”

侯仲文：“你是想让我写材料证明彭书记是内鬼？”

高参谋：“仲文同志，我也不愿看到彭浩是内鬼的事实。现在这样处理，也是没有办法的办法。在他身上不是接二连三，而是再三再四出问题，组织上怀疑一下，排查一下，也是对他负责任。这一点，你这个老革命还不明白吗？”

侯仲文：“我写，只能写事实，但不能无中生有！”

20-8 新锦屏医院办公室 日 内

文捷和严爱华在谈话。文捷：“监区长确实跟你说过，彭书记是想去见刘场长吗？”

严爱华点头：“我也觉得高参谋的处理方式有点过分，所以监区长跟我一说，我就同意了。在这件事上，我觉得监区长做得有情有义……”

文捷点点头，又突然想起什么：“对了，刚才凌若冰来找我，说彭书记一直高烧，病得很厉害……”

严爱华：“我马上找高参谋去！还有手铐脚镣的事，彭书记都病成那样了，用得着老给他戴着吗……”

20-9 新锦屏监狱禁闭室 日 内

高参谋：“仲文同志，今天咱们终于可以这样心平气和地谈工作了，我觉得很欣慰。你刚才又说到我对彭浩同志因为有成见，可能影响了对一些问题的看法，这个意见……我认真听取。你也可以把你的想法告诉我，这样对下一步的调查工作，也会有好处。”

侯仲文：“我有一个建议，如果组织上开始对彭书记进行调查，我认为不应该让彭书记继续留在新锦屏。在事实没有澄清以前，这样做对彭书记影响不好，也容易使问题扩大化，让新锦屏的干部人心惶惶，不利于工作的开展。”

高参谋：“你这个建议，我可以向军区领导汇报。还有呢？”

侯仲文：“还有就是希望调查工作抓紧进行，早日还彭书记一个清白！”

高参谋想发作，见严爱华急急地走来，还是努力忍住。

高参谋：“有事呵，严副院长……”

20–10 新锦屏监狱禁闭室　日　内

彭浩和刘前进并肩而坐。彭浩的手铐脚镣已经解去。

刘前进：“……不说那些了。你昨天那么急着要见我，想说什么？内鬼的事？”

彭浩责怪地：“又提内鬼！咱不是说好了，内鬼的事，今天先搁下……”

刘前进：“那你要说啥？”

彭浩：“憋得难受，就是想和你说说话，想找个亲近的人骂一通，吵一架，打一仗……”

刘前进：“扯淡！都什么时候了，你还说这些没用的。告诉你，我来见你一面可不容易。”

彭浩：“是啊，兴许往后坐不到一块瞎扯了——”彭浩又咳嗽。

“净瞎说！”刘前进要给彭浩捶背，彭浩摆手。

刘前进：“我这会儿送到你面前了，想骂、想吵、想打……想咋着都行。”刘前进眼圈泛红。

彭浩苦笑了下，摇摇头：“从昨晚关进这里就不想了。”

刘前进抓过彭浩的手：“想打就打吧，只要你心里痛快了……”

刘前进握着彭浩的手捶打自己。

彭浩疲惫地又闭上眼，腾出一只手轻轻抱住刘前进……

20–11 新锦屏监狱禁闭室外　日　内

门外，高参谋走来，警卫敬礼，高参谋示意了下，在门外站下。

20–12 新锦屏监狱禁闭室　日　内

彭浩抽出手，看见刘前进泪挂两腮：“别给我在这儿猫哭耗子。你那猫尿我可不是没看过……”

刘前进点点头：“是啊，那回打阻击战，打得全连就剩下咱们两个人了，咱们把战友的尸首都抬到了一口枯井里，推倒矮墙的时候，我哭得一塌糊涂，啥都不顾地疯跑，中了敌人的流弹……为了救我的命，你背着我跑了好几十里地，一道上我都昏迷不醒，喊着‘水’、‘水’的，你就跑到河边，嘴里灌上一大口水，回来嘴对嘴喂给我……”

刘前进别过头去擦拭泪水。

彭浩：“我可不是想恶心你，那河套太深，用手捧一捧水回来，都撒没了。当时要不是大冷的天，我都想把你扔进河套里，灌你个水饱……”

刘前进：“你把我背到战区医院的时候，人家大夫还以为我死了，你把人家大夫臭骂了一顿，还对我连打带踢，也怪了，我还真倒上一口气来了……”

彭浩：“你就那么死了，我不白背你回来了……”

刘前进抽泣着。

彭浩从后面抱住刘前进,泪水无声流下……

20-13 新锦屏监狱禁闭室外 日 内

门外,高参谋听得有些动容……

20-14 新锦屏监狱禁闭室 日 内

彭浩:“……有个人,你得注意了。”

刘前进:“谁?”

彭浩:“给你送毛袜子的。”

刘前进:“周圆?”

彭浩:“你也说过,你对这姑娘的印象不错。她对你也好。开始我也觉得没什么,你也老大不小了,这事挺正常。可我刚听说你把一间仓库批给她做了暗室,她也一直住在暗室里……”

刘前进一愣。

彭浩压低声音:“她现在的一切活动都在关晓渝的视线之外,你不明白吗?”

刘前进:“对周圆的怀疑不是解除了吗?要不我也不能给她个暗室呀。”

彭浩:“特务小江跳出来以后,对周圆的怀疑是解除了,但不能放松对她的警惕。周圆要真是个潜伏特务,她和你的交往就是别有用心,你的错误就犯大了!”

刘前进一惊,愣愣地看着彭浩。

20-15 新锦屏监狱禁闭室外 日 内

高参谋听不清,想了想,转身走开……

20-16 新锦屏医院办公室 日 内

高参谋和文捷、严爱华谈话。

高参谋:“……她一个新锦屏的服刑期满人员,当然,她和别的服刑人员不一样,是冤案,但毕竟还是服过刑的。现在又直接留在新锦屏的医院里使用,我觉得不太合适。你们在锦屏镇不是新建了个诊所吗,我听说那里还缺医生,叫她上那儿去。”

文捷:“这……”

高参谋:“不用这个那个了,明天就去!越早越好!她现在居然也要替彭浩说话……”

刘前进站在门口:“高参谋,你在这正好,我也是来替彭浩说句话的!”

高参谋看着刘前进。

刘前进:“彭浩现在病得很厉害,我希望你能从人道主义的立场考虑一下,把他送回医院,让他接受治疗!”

高参谋:“怎么,你和他叙够战友情啦?”

刘前进:“高参谋,我和他的战友情不是让别人拿来嚼舌头的。我跟你说的是正事,我请你同意马上让彭浩同志回来治病!”

刘前进的目光冰冷……

20-17 新锦屏医院病房外 日 内

门口警卫把守。从门玻璃上可以看到凌若冰正在给彭浩挂吊瓶。

20-18 新锦屏医院病房 日 内

凌若冰给彭浩往手上扎针头,彭浩痛得痉挛一下。凌若冰:“痛吗?”

彭浩摇摇头。凌若冰眼里滚着泪水,落在彭浩手上。

彭浩:"若冰,别这样。你要相信我,总有一天组织会还我一个清白的。"

凌若冰点头:"要调我到锦屏镇去,叫我尽快收拾、准备一下,说要尽快去……我们以后……就不能经常见面了。"

彭浩:"到锦屏镇?那么急呀……也好……去吧。锦屏镇的诊所建起来就一直没有个正经大夫,你去了,可就是坐堂神医啦。"

凌若冰:"都什么时候了,你还有心思开玩笑。"

彭浩笑笑:"这还得感谢你啊,向孙悟空同志学习嘛,可是你告诉我的。"

20-19 新锦屏场长办公室 日 内

高参谋在屋里踱着步。刘前进面色冰冷坐在桌前。

高参谋走到刘前进面前:"刘前进同志,我现在是代表军分区在跟你谈话,你不要拿这种态度来抵触我!"

刘前进:"跟他谈过这次话之后,我更觉得,他确实是被内鬼暗算了。"

高参谋叹了口气:"你呀你……看来,侯仲文同志说得对。确实不应该把彭浩留在新锦屏了。"

刘前进转过脸,盯着高参谋:"什么?"

20-20 第十六监区办公室 日 内

刘前进逼视着侯仲文:"你确实说过?"

侯仲文点头:"是我说的。"

刘前进:"为什么?"

侯仲文:"当时我提出,高参谋这样对待彭书记,是因为他对彭书记的成见太深。他明显不高兴,不过,他还是接受了我的批评。"

刘前进琢磨着侯仲文的话。侯仲文:"这是我的真实想法,为保全彭书记的声名和尊严,我认为这样可能更好一些。"

20-21 新锦屏场长办公室 日 内

凌若冰将一张单子交给刘前进:"给你添麻烦了,刘场长。"

刘前进:"还想要什么药,都写清楚,多写点,尽量让军区多支持一下。"

凌若冰:"差不多了,有些药品存多了,过期就失效。还有一些,从锦屏镇也可以买到。"

刘前进:"那行,这个你掌握吧。"

刘前进把单子放在桌上,又看凌若冰。

凌若冰:"刘场长,彭书记……"

刘前进:"彭浩……怎么样啦?"

凌若冰:"好一些了,不过,烧还没有完全退,应该再观察观察。"

刘前进:"最近一段时间,你帮我这里分担了不少……那个啥,我得谢谢你。"

凌若冰轻声:"我没做什么。"

刘前进:"你做的,我心里有数,是谁都替代不了的。我也不多说啥了,不过你相信,组织上会认真对待彭浩的问题。"

凌若冰:"刘场长,我一直想问一句,你觉得,彭书记真的能是内鬼吗?"

刘前进看着凌若冰:“以你对他的了解,他是不是?”

凌若冰:“不是! 以我的感觉,他肯定不是!”

刘前进:“感觉……”

同场景。

文捷想着什么。

刘前进:“我反复琢磨过了,侯仲文的话……应该说有道理。像现在这样把彭浩关在关押囚犯的监狱里接受审查,我也接受不了。对他,一定更是一种折磨。”

文捷点头:“刚才你跟程部长通电话,他什么意见?”

刘前进:“他也同意。他让我和高参谋马上到军区,向他汇报彭浩的情况。”

文捷:“彭书记不和你们一起走吗?”

刘前进:“他昨晚受了凉,又开始发高烧。凌医生在给他治病,等他高烧退了,就走。高参谋留下他军区警卫营的一个加强班押送。”

文捷:“一个加强班? 这是押送重犯吗? 太过分了!”

刘前进:“那就看成是对彭浩的保护吧,这样,我们的心里都能好受些。”

文捷:“彭书记一走,你肩上的担子更重了。我看外调侯仲文的事,是不是再拖一拖。”

刘前进:“不能拖。对侯仲文身上的疑点,彭浩也不止一次两次提过,他好像觉得这次……是钻进了侯仲文设置的一个圈套里……对他怀疑更多了。”

文捷:“我今天又跟关晓渝了解了些侯仲文的情况。他的档案虽然烧了,可有关侯仲文的历史,关晓渝可是都记在心里。她说,档案记载的,一野证明的,都完全一致,这说明侯仲文应该是绝对没有问题的。听了她的话,我有点怀疑……”

刘前进:“怀疑什么?”

文捷欲言又止。

刘前进:“你说嘛,这些天出的事都云山雾罩的,你还怕我不头晕?”

文捷:“我怀疑,彭浩会不会是拿侯仲文在转移我们的视线。”

刘前进看着文捷,良久,叹了口气:“也不是没有这种可能。不过,侯仲文的外调必须早去。档案记载、一野证明都是真的,可他这个人……这个侯仲文,他万一是个假的呢?”

文捷一惊:“侯仲文是……假的?”

刘前进:“你再好好想想。”

文捷:“那我今天就出发。”

刘前进点头:“这样,你完成了侯仲文的外调之后,彭浩在巴东当敌工部长的一段情况,顺便也详细去了解一下。那里离侯仲文老家不远,请地方上的同志协助协助。”

文捷:“还要外调彭书记?”

刘前进:“嗯,他那一段,军区的调查虽然下了结论,说是‘清楚、清白’的,但从最早的匿名信,到近期高参谋对老彭的质疑来看,他要真是内鬼,问题可能就出在那一段时间里。”

文捷:“好。”

刘前进:“让马大虎跟你去吧,路上有个照应。”

文捷:“行。”

刘前进:“对了,凌若冰还没走吧?”

文捷:“没有。高参谋本来想让她今天就走。正好彭书记的烧还没退,让她再跟彭书记多待待吧。”

刘前进:“我看,俩人都有点那个意思……”

文捷:“是啊,挺好的一对儿啊！可眼下老彭的事……什么时候是个头啊!”

刘前进:“但愿早点有个了断吧……这么拖,太折磨人了……”

20-22 新锦屏场部外 日 外

门口停着一辆卡车。高参谋正在跟全副武装的班长交代情况:“我和刘场长先回军区向程部长汇报工作。你随时跟医院了解彭浩的身体情况。明天……最晚后天吧,争取不晚于后天出发上路,把他带往军区。押解路上,一定不能出问题!”

班长:“是!”

高参谋在斟酌什么。班长:“高参谋还有什么指示?”

高参谋仍在斟酌,少顷:“彭浩的手铐脚镣……你酌情吧……该戴还是要戴。”

班长:“我明白。”

20-23 新锦屏场长办公室 日 内

刘前进在对张连长布置工作。刘前进:“现在的形势很严峻,可以说正经受着我们到新锦屏以来最大的一次考验。在我去军区的这两天里,你随时都要有做一级战备的准备。有紧急情况,就按咱俩刚才商定的方案去应对。”

张连长:“是。”离开。

马大虎:“场长,我跟你去军区吧。”

刘前进:“去干什么?你当打群架啊。老实给我看家,跟文副场长外调,正好用得上你的武艺。一定给我保护好她,出了事,我饶不了你。”

马大虎:“是。”

刘前进:“你和文副场长出去外调的事,不要和任何人说。”

马大虎:“明白。”

刘前进:“这两天要是有谁来找我,你不要说我去军区了。”

马大虎:“那我说你去哪儿了?”

刘前进:“就说我还在新锦屏,或者不知道。怎么这么死心眼哪你!”

马大虎:“那人家不把我当傻子了……”

刘前进:“傻子就傻子,你以为你还不傻?”

马大虎嘟囔:“我不傻!”

刘前进:“好好,你不傻,你比孙猴子还精!”

马大虎噘着嘴走开。

20-24 山路 日 外

一辆吉普车疾驶而去,前座副驾驶位置上坐着高参谋。后排坐着刘前进,刘前进望着窗外。

20-25 新锦屏机要室 日 内

关晓渝在给文捷开介绍信:“真想不到呵,彭书记成了重大嫌疑人……”

文捷:“本来这次外调应该咱们俩去,刘场长说你这边事情太多……”

关晓渝撕下介绍信,看着介绍信思忖:“刘场长知道我和侯监区长的事啦?”

文捷点点头:“我跟他说了。你是机要秘书,这件事哪能不跟他说。”

关晓渝:“他什么态度?”

文捷收起介绍信:“恋爱自由,谁也无法干涉。不过,我觉得……你跟监区长的事……不要发展太快了。”

关晓渝看着文捷:“文大姐,你的意思……”

文捷:“没什么,我想,你会自己把握住的。一切……等我外调回来再说,好吗?”

关晓渝:“监区长他……”

文捷:“有什么问题,我会告诉你的。”

文捷起身:“对了,刘场长还让我跟你说一下周圆的事。现在你们俩不住在一起,她的情况,你要多注意一些。”

关晓渝点头……

20-26 新锦屏医院彭浩病房 日 内

凌若冰在给彭浩测体温,她摸了摸彭浩的头,从床头一个小瓶里倒出药。

彭浩:“我都不烧了,还吃药啊。”

凌若冰:“烧是退了,可你身上还有炎症。”

凌若冰突然笑了一下。彭浩:“你笑什么?”

凌若冰:“教你个消愁解闷,还能健身的‘偏方’……”

彭浩:“消愁解闷,还能健身?”

凌若冰:“从今晚开始,每天一次,每次数二百个数的时间——打倒立……”彭浩:“打倒立? 往那墙上……”

严爱华进来:“彭书记!”

彭浩要起来。严爱华:“快躺着。凌医生,彭书记怎么样啦?”

凌医生低声:“退烧了,应该没什么事了。”

严爱华朝门口看了眼,低声:“不要告诉他们。今晚再恢复恢复,能拖个一天两天就再拖拖,好好养一养。”

彭浩:“严副院长,不用了。这样吧,你去告诉他们,明天一早就走。长痛不如短痛,这件事早一天有个结果,大家也都跟着轻松了。”

20-27 新锦屏旧仓库 日 内

周圆锁好门,转身走去。

关晓渝从不远处树下闪出身。

关晓渝望着走进荒野的周圆,思忖着。

20-28 新锦屏附近山路 日 外

周圆身挎采访包,只身走在荒山野地里。远远地,一个人影悄然跟踪着周圆。周圆走到山洞前,惊起了一只野鸡。

嘭的一声枪响,飞翔的野鸡应声落地,恰好落在周圆的面前。

周圆停步,蓦地抬头。远远地,人影闪到一棵树后。周圆一愣,思索片刻,转身走回去。那个人影又远远地跟踪而去。

周圆走走停停。跟踪她的人索性不走了。

20-29 新锦屏医院走廊 黄昏 内

院工老李头一瘸一拐地提着一个垃圾桶，挨个房间收垃圾。

他从值班室将桶里的垃圾倒进袋子，又走到处置室，柳春燕也将垃圾倒进桶里。

老李头提着桶走到彭浩的病房门口，指了指里面，警卫推门。

20-30 新锦屏医院彭浩病房 黄昏 内

彭浩听到门响，回身，看到站在门外的老李头。

老李头跟他点着头，笑了笑。警卫拿出袋子里的垃圾，倒进老李头的桶里。

20-31 新锦屏医院垃圾房 黄昏 内

老李头提着垃圾桶进来，他关上房门，将垃圾倒出，用根木棍拨拉着……

一个装药的小瓶子露出来，老李头捡起来，打开瓶盖，里面现出的是一张纸条……

20-32 新锦屏旧仓库 夜 内

关晓渝看着铁丝上挂着的一张张刚冲洗出的照片，回头："小周，我想跟你商量个事。"

周圆翻动着定影液里的照片："什么事儿？"

关晓渝："你搬过来以后，我觉得挺孤单的，你还是搬回宿舍住吧。"

周圆定定地看着关晓渝。

关晓渝平静地："这儿太偏僻了，你一个单身女孩子也让人担心。你不害怕呵？"

周圆："没事。这里挺清静，方便我的工作。"

20-33 新锦屏旧仓库门外 夜 外

关晓渝走去。

周圆跟出门来，傍依在门框边，若有所思地望着关晓渝的背影。

20-34 新锦屏场长办公室 夜 内

马大虎在收拾着衣服。

侯仲文进来："小马，刘场长呢？"

马大虎："不知道。"

侯仲文："你这警卫员怎么当的，场长去哪儿了都不知道。"

马大虎："他没说我也不敢问哪。"

侯仲文："他没去送高参谋走啊？"

马大虎："刘场长烦都烦死了，还能去送啊？"

侯仲文："小马，这话可不能乱说，传出去对刘场长影响不好。"

马大虎："监区长你不也烦高参谋吗？大家都说你把高参谋骂得可过瘾了。高参谋在新锦屏最怕你！"

侯仲文："不许乱讲！高参谋是军区领导，我们之间的争论，那是因为对待工作有不同的见解，不是吵架骂街。"

马大虎："我知道了，监区长。"

20-35 新锦屏医院彭浩病房门外 夜 内

警卫在门玻璃前向病房张望。一道闪电划破夜空，将病床突然照亮，瞬间又暗淡下来。

床上空无一人。警卫大惊，端枪撞门而入，枪口瞄向空荡荡的病床……

20-36 新锦屏医院彭浩病房 夜(雨) 内

电闪雷鸣中,警卫端枪巡视病房。

房间一角,彭浩正倒立在墙,微闭两眼……

警卫退出,轻轻关上房门。

20-37 倒木沟山洞唐静茵住处 夜(雨) 内

洞外大雨倾盆。

阿慧头戴耳机,守在收发报机前。宁嘉禾:"外边又下雨了,把机器关了吧。"

阿慧看了看唐静茵。

唐静茵:"再等等。"

突然,收发报机发出了联络信号,在寂静的山洞里分外刺耳。

阿慧不顾洞外的风雨雷电,按动电键进行联系。

宁嘉禾听着电键声。

阿慧收完电码,译成文字,递向叼着雪茄烟的宁嘉禾。

宁嘉禾:"你念给我听。"

阿慧轻声念道:"凉山反共游击军司令部并宁特派员勋鉴:凉山反共游击军之枪声,已然震惊自由世界。现通令嘉奖犒赏三军。望卧薪尝胆,坚持与共党游击周旋,静候转机。速与鹤顶红联系,当以新锦屏暴狱成功之捷报为双十节献礼。"

宁嘉禾默默地念叨:"双十节……"

唐静茵:"应该再提前些,给他们的国庆节增加点儿鞭炮声!"

宁嘉禾点头:"提前的想法很好。"

阿慧将电文递给了宁嘉禾。

宁嘉禾看了看:"搞掉新锦屏监狱,也许是我今生最大的赌注了……"

20-38 军分区指挥部办公室 夜 内

程部长抽着烟,刚听完刘前进和高参谋的汇报。他面前的烟灰缸里,烟头已经铺满。

程部长:"彭浩明天能到吗?"

刘前进:"如果他的病情好转,应该能到。"

高参谋:"在彭浩的问题上,刘场长的态度暧昧,动作迟缓,如果不是因为新锦屏的领导不配合我的工作,这件事现在应该已经水落石出,有个结果了。"

程部长:"这次在省军区开会,我还碰到过曾经跟彭浩一起工作过的领导,他们对彭浩的印象,还是不错的。"

高参谋:"我原来对彭浩的印象也不错,办事认真,工作踏实,有政策水平。可是,这些长处都不能代表现在的彭浩。就目前掌握的情况,彭浩就是一个安插在我们队伍里的内鬼。"

刘前进:"该说的,我都说了。我还是那句话,判定彭浩究竟是不是内鬼,还要在审查之后才能下定论。现在就下结论,还为时尚早。对彭浩同志,对党的工作,都是不负责任的。"

高参谋:"你——"

程部长朝高参谋示意了一下:"这件事,既然刘前进提出的一些问题,在彭浩身上找不出合理的解释,高参谋也承认有些疑点不能证明问题就出在彭浩身上,就说明其中还是大有蹊跷的。明天彭浩到了之后,咱们也来个三堂会审。对内鬼的问题,我们绝不能冤枉一个同志,也不能放过一个敌人。明天审完彭浩之后,前进哪,你得赶快回去。在这个特殊时期,新锦屏更不能一日没有主心骨。”

20-39 新锦屏文捷办公室 雨(夜) 内

文捷在收拾桌上散放着的各种文件。凌若冰进来。

文捷:“我还想一会去医院哪,老彭怎么样了?”

凌若冰站在桌旁:“烧倒是退了,就是身上还有炎症。”

文件旁有两张外调介绍信。凌若冰看到一张外调介绍信上有“侯仲文”三个字,还有一张介绍信上,“彭浩”二字赫然入目。

文捷意识到什么,忙将外调介绍信折起来。

20-40 新锦屏医院走廊 晨 内

战士押着重又戴上脚镣手铐的彭浩走向门口。

20-41 新锦屏医院外 晨 外

医院门前,停着一辆卡车,几个持枪的战士站在门口。

凌若冰突地冲到班长跟前:“为什么又给他铐上戴上啦! 你们不知道他病着吗?”

班长:“你妨碍我们执行任务了,走开!”

柳春燕不忍看下去,转过身抹眼泪……

彭浩转身望凌若冰。凌若冰捂住嘴,早已是涕泪满面了……

20-42 第十六监区操场 日 外

操场上,服刑人员在放风。荷枪实弹的战士在警戒。

侯仲文和王友明在交代着什么工作,一回头,见苟敬堂正讨好地朝他笑。

侯仲文:“苟敬堂,你干什么?”

苟敬堂:“我有个情况,想报告。”

侯仲文:“什么情况?”

苟敬堂看了眼王友明:“我……我知道是谁帮着裘双喜和郑运斤逃跑的。”

王友明一步跨上前:“谁?”

侯仲文盯着苟敬堂。

苟敬堂小心翼翼地:“刘……场长……”

王友明回头看侯仲文,侯仲文:“苟敬堂,你再胡说八道,我关你禁闭!”

王友明:“滚!”

苟敬堂:“哎,这不是我说的,是郑运斤说的!”

远处,郑运斤看过来,蔑视地笑了笑。

小痦子凑过来:“郑长官,苟敬堂是立功心切,你随便说一句,他就当真了。”

郑运斤:“谁说我是随便说的? 就是刘前进放的我和监狱长!”

苟敬堂蔫头耷脑地走到一个石台上坐下,小痦子过去。

小痦子:“怎么? 你的功立不着啦?”

苟敬堂看了眼小痦子:“你滚远点!”

小痦子:“你呀,郑运斤那话一听就是假的,你也信! 太没有脑子了,想立功,你手里不是还有个筹码吗?”

苟敬堂:“什么筹码?”

小痞子:“我哪知道啊,你自己心里清楚。”

苟敬堂盯着小痞子,脑子里“轰”的一闪。

(闪回)新锦屏采石场。苟敬堂躲在一块大石头后撒完尿,提着裤子,向一边望去。

大菊推着一车碎石,到了崖边。车子一歪,碎石撒了一地。

大菊放下车子,捡着碎石。

车子被人推起,冲着向在悬崖边捡碎石的大菊飞来,大菊惊叫一声……

石头后的苟敬堂看到这一幕,吃惊地张大嘴巴……

(现实)

小痞子:“怎么,那个也是假的吧?”

苟敬堂:“你放屁,那是我亲眼看见的!”

20-43 山路 日 外

蜿蜒的山路上,一辆卡车开来。卡车上面,坐了两排威严的持枪战士,彭浩坐在他们当中。汽车颠簸着,车上的人也跟着一上一下。班长扶着驾驶楼上的栏杆,四下瞭望。

20-44 山路 日 外

卡车从远处驶来,驶入一段平坦山路。车上。彭浩双手捧腹汗流满面地向警卫战士招手。战士警觉地盯住彭浩,班长回头看了一眼。一个满脸是血、衣裤残破的瘦高彝家汉子慌里慌张地从沟壑里爬上山路,站在山路中间,面向卡车不停地摇晃着双臂。

彭浩:“我的肚子……我憋不住啦……”

班长看了彭浩一眼,又望向车前方。

20-45 卡车上 日 外

司机发现情况,车减速。他从敞开的车窗探出头:“林班长,这个老乡要干什么?”

林班长看了看:“可能出什么事了吧?”

司机:“怎么办?”

林班长思索着。

司机:“他站在路中间,我们的车也过不去啊!”

林班长:“停车吧,我下去看看。”

警卫战士指指彭浩:“班长,他怎么办?他……他说他憋不住了……”

班长已跳下车:“你说怎么办?还能叫他拉车上吗?给他解开镣铐,下来,就在道边上,不要走太远。你看着他……”

定格。

第二十集完。

第二十一集

21-1 山路 日 外

卡车驶到瘦高彝家汉子跟前,刹住了车。瘦高彝家汉子跑到车前,哇里哇啦地说着什么,手指着山沟里。彭浩已经下来,警卫战士半揪半扯半搀扶地把彭浩送到山路边上……

林班长:"老乡,到底发生什么事啦?"瘦高彝家汉子仍然哇里哇啦地说着,显然他是个哑巴。林班长无奈地走到山沟前,向下看着。

山沟里,一辆马车翻倒,沟里躺着七八个人,身上血迹斑斑。

林班长向卡车喊:"老乡的马车翻到沟里了,车上留两个人,其余的都下来。"

众战士下车。

21-2 山路边 日 外

不远处是一片浓密的树林。彭浩痛苦不堪地蹲在路边草丛里,一只手还扶着旁边的小树。战士站在一旁,背对彭浩望向卡车。

21-3 山路 日 外

林班长带领众战士跑到沟前,下沟。刚下到沟里,回头一看,不见了瘦高的彝家汉子。林班长还没反应过来,躺在马车前的人突然爬起,开枪射向毫无准备的战士,战士们纷纷倒下。林班长举枪还击,击毙一个匪徒。他自己身中一枪,猝然倒地牺牲。

彭浩身旁那战士从山路跑来,边跑边开枪。花子瞄准了,"砰"的一声枪响,战士倒地身亡。

21-4 卡车上 日 外

花子带着一伙匪徒朝汽车围拢过来。司机见状,发动汽车,车上的两名战士向匪徒开枪,匪徒应声倒下。

一个战士中枪,牺牲。花子举枪对准司机,扣动扳机。司机中枪,汽车失去控制,冲向山沟……沟下,响起"轰"的一声,卡车燃烧起来。花子等匪徒朝沟里看着……花子:"下去看看,看仔细了,还有没有喘气的!"

众匪徒走下沟,四处查看……

21-5 军分区指挥部 日 内

程部长焦急地看着手表。高参谋:"早就应该到了啊,林班长说他们一早就出发呀。"

程部长示意他悄声。刘前进在打电话:"什么?张连长,农场那边安排好,你赶快带人沿公路搜寻。我这就往回赶。对了,让凌医生也去。"

刘前进挂上电话:"程部长,可能出事了……"

三人往门口急奔。

21-6 新锦屏医院大院 日 外

卡车停在门口,车后已经站了众多持枪的战士。张连长带着提着药箱的凌若冰、柳春燕跑来。侯仲文正往医院走,看到凌若冰等人,急跑上前,堵在车门口:"出什么事啦?"

张连长开门:"快上车。"凌若冰、柳春燕上车。

侯仲文拉住车门:“到底怎么啦?”

柳春燕:“你快松手,彭书记出事了! 我们赶着救人!”

侯仲文也钻进车里。张连长:“你别去了!”

侯仲文:“不行!”

张连长还要说什么,凌若冰:“快走! 救人要紧,不能耽搁了!”卡车绝尘而去……

严爱华跑出来,望着远去的汽车,问站岗的哨兵:“出什么事啦?”

哨兵:“好像是彭书记出事了……”

21-7 山路 日 外

一辆吉普车飞速疾奔。吉普车上,刘前进催促着司机:“快点! 再快点!”

21-8 山路 日 外

一辆卡车飞速疾奔。

21-9 卡车上 日 外

张连长:“再快点!”

侯仲文:“幸亏有了这条新修的路啊! 张连长,没通知刘场长吗?”

张连长:“放心吧监区长,刘场长已经赶去了。”

侯仲文:“哦……那就好,那就好。文副场长怎么也没见到? 他们都去哪儿了?”

张连长像是没听见,只顾盯着前方。柳春燕抓着凌若冰的胳膊,嘤嘤地哭起来。凌若冰焦急地望着前面。

21-10 小镇镇街 日 外

两个彝家青年各背一个大包袱走出杂货店。一个管事模样的人在后面跟着。

文捷和马大虎走来。马大虎碰了下文捷:“文副场长,你看——”

文捷看去。马大虎:“他们买的什么,那么多!”

文捷看去:“是有问题……”

马大虎:“我去跟着他们。”

马大虎要走,文捷一把拉住:“我们有要紧的事去办,走吧。”

马大虎跟着文捷走去。

文捷:“记住,咱们俩这是在执行特殊任务,管我叫姐,不准再叫别的。”

马大虎:“嗯。”

文捷笑笑:“你真不应该叫马大虎,这精神头……”

马大虎不好意思地挠挠头:“谁说的。刘场长还叫我大马虎呢。”

文捷:“回去我找他,给你平反。”两人走去。

21-11 山路 日 外

公路上躺了几具尸体。卡车越来越近,一个急刹车,停在山沟前。众人忙乱地下车。

同场景。

凌若冰、侯仲文、柳春燕焦急地查看牺牲的战士,没有彭浩。

侯仲文:“彭书记不在,应该在车上!”他带头跑到山沟边,朝沟下张望。

凌若冰、柳春燕跑来,朝沟下张望。山下,汽车已经被烧得面目全非。

张连长观察了一下地形,一挥手枪:“从前边下去看看。”

21-12 山沟 日 外

众人围着汽车看着，张连长从车里抱出一名牺牲的战士。凌若冰有些支持不住，柳春燕扶住凌若冰。凌若冰推开她，自顾在车上车下搜寻。侯仲文看到远处有几具尸体，过去查看。

张连长："车里没有人了。"

凌若冰："怎么会呢？彭书记在哪儿？"

侯仲文："过来！"凌若冰吓得一慌，站立不稳。扶住卡车。

侯仲文："这些都是我们的人！"

张连长过去。柳春燕走了几步，看凌若冰还站在原地，回身："凌姐！"

凌若冰："……你去看看……"柳春燕跑过去。

侯仲文和张连长在一一查看，没有彭浩。

柳春燕回头："凌姐，没有彭书记！"凌若冰慢慢地走过去。

侯仲文："彭书记怎么能不见了呢？"

张连长："让土匪抓走啦？"凌若冰又是一惊。

侯仲文："抓走了就有营救的希望，这至少还说明彭书记活着！"

21-13 山沟 日 外

吉普车停在路边。刘前进、程部长、高参谋站在烧毁的汽车前听张连长、侯仲文介绍情况。刘前进看看疲惫不堪的凌若冰："柳春燕，陪凌医生回车上等着。"柳春燕扶着凌若冰离开。

张连长："公路上、沟里，还有附近的山上，都仔细搜查过了，没有发现彭书记的遗体。我和侯监区长分析，他被敌人抓走的可能性极大。"程部长点头。

高参谋："怎么就能断定是让土匪抓走了。我看，这更像土匪来营救他！一个加强班的战士都牺牲了，遗体都在现场，为什么就他活不见人，死不见尸？依我看，彭浩这是感到自己已经败露，再也隐藏不下去了，是做贼心虚，才要逃走。土匪劫车，完全是有预谋、有计划的行动！"

刘前进睃了一眼高参谋转过身去，看着不远处的那片树林。

高参谋："程部长，你看我分析的是不是有道理？"

侯仲文："高参谋，土匪要是劫车，车不应该翻到沟里去呀？这样，彭书记也活不成啊！"

高参谋："有这种可能，不过，如果彭浩死了，为什么现场没有他的尸体？答案只有一个，他没死，他被土匪救走了！"众人无语。

刘前进拉过张连长，指着不远处的树林："那里，搜过了吗？"

张连长点头："搜过了，没有。"

程部长过来："你是说，彭浩有可能逃走啦？"

刘前进叹了口气："这是最好的结果了……"

21-14 新锦屏农场会议室 黄昏 内

程部长、刘前进、高参谋、侯仲文在开会。

程部长："我怎么没看见文捷？"

刘前进犹豫了一下："锦屏镇新开了个诊所，她去打理一下那边的事情。"

程部长："那那个……凌若冰不是去了吗？"

刘前进："她是刚才过去的呀，文捷忙完了那边的事就回来。"

程部长点头。

“彭浩现在——”高参谋下意识地看了眼刘前进，刘前进果然正盯着他。高参谋顿了顿，“至少是下落不明。新锦屏的领导班子是不是应该调整一下？”

程部长：“不是还有几个副书记副场长吗？暂时不动了。让文捷多担着点，仲文也分担点。”

高参谋：“彭浩……”

程部长：“对彭浩……一方面要继续派人查找，另一方面，如果他真的被土匪抓走……或者他就是……”

刘前进：“程部长，他如果真是逃跑的内鬼，我一定会亲手毙了他！”

侯仲文忽地站起来：“刘场长……你也不相信彭书记啦？”

高参谋：“侯仲文同志，就你到现在还执迷不悟！彭浩的下落不明，你是有责任的！”

侯仲文：“高参谋？你什么意思？”

高参谋：“什么意思？你说什么意思！建议把他带到军分区提审的人，不是你吗？”

侯仲文：“这……这能说明什么？”

高参谋：“我看你最起码是让彭浩收买了！他把你介绍到先遣队，你就成了他的影子、他说话的嘴巴，江湖义气代替了党性原则！你真打算和他一荣俱荣、一耻俱耻吗？你说，你要把他转到军分区审查的建议，是不是他让你提的？啊？”侯仲文不语。

高参谋：“你说话！你如果再袒护包庇彭浩，我把你再抓起来！就关到十六监区！”

侯仲文咆哮：“好啊，你抓吧！你现在就抓！你现在就把我枪毙了！我早看出来了，你就是想把彭书记打成内鬼！你根本就是一言堂！自以为是！别有用心！”

程部长：“侯仲文，你给我闭嘴！”

高参谋气得直哆嗦。侯仲文气呼呼地坐下。

程部长：“侯仲文，你正面回答刚才高参谋的问题！”侯仲文脖子扭至一边。

程部长一拍桌子：“你给我说话！”侯仲文还是不语。

刘前进威严地：“老侯！”

三人的目光都射向侯仲文。侯仲文看了眼刘前进，点了下头。

高参谋坐下。沉默。

刘前进：“这个建议即使是彭浩提的，我认为也有道理。当时的情况，确实不应该在新锦屏继续对他审查了。”

程部长点头：“这个方案我也同意了。”

高参谋：“那就是说，我们都上了彭浩的当，包括我在内。”

程部长：“今天到这儿吧，都回去吧。”高参谋、刘前进、侯仲文起身往外走。

程部长：“高参谋，你留一下。”

刘前进和侯仲文看了眼程部长，出去。

21–15 江边某船站 黄昏 内

马大虎蜷缩在角落里，昏昏欲睡。文捷用大茶缸打来热水，轻轻推着马大虎：“大虎，大虎。”马大虎醒来。

文捷：“就着热水，把大饼吃了。”

马大虎接过大饼和热水:“什么时候能熬到天亮啊……”。

文捷坐在旁边,从挎在胸前的包里拿出一个大饼吃起来。

文捷:“吃完了一觉睡到天亮。天亮上了小火轮就快了……”

对面,一个穿着破落的男人盯着文捷的挎包。

21-16 新锦屏场部大院 黄昏 外

侯仲文在前,刘前进在后,两人出来。侯仲文回身:“刘场长,你应该好好跟程部长谈谈,让他查查这个高参谋,我看他对彭书记的态度,肯定有问题。他这么做就是别有用心,是冲着程部长去的。”

刘前进看了眼侯仲文。侯仲文:“我也算阅人无数了,他肯定是有问题!”

21-17 新锦屏场部会议室 黄昏 内

高参谋:“他肯定是有问题！如果不是考虑到新锦屏的稳定,侯仲文早该撤下去啦!”

程部长:“高参谋,你也冷静点,不要动不动就撤这个,撤那个,把他们都撤了,工作谁来干？在彭浩这个问题上,最需要冷静的我看是你!”

21-18 锦屏镇诊所 夜 内

柳春燕在收拾房间,凌若冰坐在床上,床上的被单整理了一半。

柳春燕过来整理床单:“凌姐,你别太难过了。不管怎么说,彭书记还活着是最重要的。他活着就肯定能来找你,这个,我都敢给你打包票。”

凌若冰:“如果他被土匪抓到山上,那他也难活呀。”

柳春燕:“那咱们就想法救他。刘场长肯定有办法。我估摸,他就是真被土匪抓去了,他们也不敢轻易杀他。”

鲁震山推门进来,端着托盘:“凌医生,吃点吧,我刚刚又热了下。”

凌若冰:“燕子,你吃吧。”

柳春燕:“鲁大哥,我也不想吃。”

21-19 新锦屏刘前进住处 夜 内

黑暗中,刘前进躺在床上,望着什么。外面有人敲门,刘前进没听见,敲门声又响,刘前进坐起来,下地:“谁啊?”外面无语。

刘前进开了门,程部长站在外面:“睡了吗?”

刘前进:“能睡着就好了。”

程部长进屋。刘前进拉过椅子,程部长坐到床上,靠着被子。刘前进点上灯,坐到椅子上。

彭部长:“倒杯水给我。”

刘前进倒了水,递给程部长,程部长喝了口:“怎么是凉的!”

刘前进:“没热水,我没烧。”

程部长:“怎么你烧,警卫员呢?”

刘前进:“……我派出去执行任务了。”

程部长:“嗯？执行什么任务还非得派你的警卫员去。”

刘前进:“一是没有人手,再……是我信不过别人。”

程部长:“你呀,现在是草木皆兵,谁都信不过了!”

刘前进:“你不也是吗?”

程部长:“我信不过谁啦?”

刘前进:“……彭浩。你不也怀疑他是内鬼吗?”

程部长:“怀疑是怀疑,可我说过他就是内鬼吗?”

刘前进:“不过,看现在这个局面……他……他确实太像了。”

程部长:“所以我们要抓紧时间调查,给彭浩一个说法,也给我们自己一个说法!”

刘前进:“我现在是糊涂了,不知道下一步应该怎么办。”

程部长:“你一点不糊涂,你不是说彭浩逃走了吗?”

程部长看着刘前进。

刘前进:“我那也是猜测。他万一真是叫敌人营救……弄走了呢?”

程部长:“这两个都是假设,你不是说前者是最好的结果吗?那为什么不往好一些的结果上去想?他要不是内鬼,就能自己回来。”

刘前进不语。

程部长:“连侯仲文同志都能拍着胸脯那么肯定地断言彭浩不是内鬼,你跟他光屁股长大,连这么点信任还没有吗?”

刘前进盯着程部长。程部长:“我是万万没想到侯仲文同志这么护着彭浩,难得呀!”

刘前进:“他的态度一直这么坚决,我是挺意外的……不过,说实话,他说的很多话,也都是我想说,而没说出来的。”

程部长:“那你为什么不说?”

刘前进:“……还是有些顾虑,我怕万一……”

程部长:“万一彭浩是内鬼——我猜得对不对?你都怕万一,那为什么侯仲文不怕呢?这个问题,你肯定也在想……”

刘前进:“这个,我也想过,可能因为他是彭浩介绍来的,所以……”

程部长端起水杯,指着水杯:“如果我没有猜错,你的警卫员去执行的任务,一定是跟这个侯仲文有关,跟彭浩有关,而且,你的警卫员是跟文捷一起去的。”

刘前进:“你怎么知道?”

程部长脸拉下来:“刘前进!你胆子越来越大了!派文捷出去执行任务还瞒着我。我还纳闷,新锦屏出了这么大的事,文捷怎么还能去锦屏镇……我派人查了下,文捷根本就没去锦屏镇!”

刘前进:“程部长——”

程部长:“都骗到我头上了!你说你这警惕性有多高!”

刘前进:“我想过回头跟你解释……”

程部长:“不用解释,你只要给我查出内鬼,别说骗我这一回,就是打我一顿,我也愿意!”

21-20 江边某船站 夜 内

旅客们昏昏欲睡,坐在文捷对面的男人探起身子靠近文捷,手伸向文捷怀里的背包……马大虎突然睁开眼睛:“干什么?”马大虎就势飞起一脚,将男人踢倒在地。

男人的手里抓着一张大饼。马大虎抓起男人,挥拳要打,文捷拦下,看着男人。

男人看着文捷:“大姐,我一天没吃饭了……”

马大虎:“没吃饭你就偷!”

男人往嘴里塞着大饼:“我……我没钱。”

文捷又拿出一张饼,递给男人。男人顿了顿,接过,眼里满是感激。

21-21 新锦屏场长办公室 晨 内

程部长看着刘前进:“看你那眼圈,成熊猫眼了,昨晚翻了一宿烙饼吧?”

刘前进:“你不也是,还说我。”

程部长:“睡不着就对了。彭浩的事情不解决,想睡个好觉,难哪!”

刘前进:“我想请军区那边帮着撒撒网,光靠我们自己的能力,实在太有限了。”

程部长:“行吧,我回去跟军区首长汇报一下。怎么着,也应该活着见人,死了见尸。不过,你们自己还得下下功夫,再开动开动脑筋,想想他如果躲起来,能躲到哪儿去。”

刘前进:“他老家也没人了,没什么想头儿了。川东那些他工作过的地方,现在这个状况……他也不会去……最主要的,他如果不是内鬼,绝不会背着这么个黑锅去那些地方……”

高参谋进来:“程部长,可以走了。”程部长往外走,刘前进相送。

21-22 新锦屏场部外大院 晨 外

几个人出了院子。高参谋:“程部长,我让军分区通知周边所有交通要道口,贴上缉拿彭浩的告示了。”

刘前进:“你怎么——”

程部长制止刘前进:“这是我的意见,不管他是人是鬼,必须见到他!”

程部长、高参谋上吉普车。汽车驶去。

刘前进看着远去的吉普车,不解的心声:“程部长,你什么意思吗?”

21-23 江边公路卡车上 日 外

路况不好的江边公路。一辆客货混用的卡车,艰难地在路上跑。有人不时地往卡车背包的火炉里续柴加炭。

爱说话的男乘客:“……这烂车也不晓得好多岁数了,跑起路来又咳又喘,早知这样,不如先到江滨那边乘船了……”

男乘客:“这路上不太平啊。头两天有辆解放军的车还遭了土匪的袭击,听说死了不少战士,好惨哪……”

文捷略显惊愣,看看男乘客又看看马大虎。

马大虎:“军车被袭击啦?”

男乘客:“听说是从新锦屏开出的军车……”

文捷:“新锦屏?”

男乘客:“大姐不用怕。那些土匪早叫解放军打跑了,现在这路上,各个关口隘口都设的卡,严得很!听说还贴出了通缉告示,说是特务装扮成解放军的干部……是个‘卧底’……他逃掉了……”

马大虎、文捷一下都面无表情。

男乘客:“小兄弟、大姐,你们不用怕,现在没事了,信我的话好了。前边到大山铺下车看看就知道了,解放军把关、巡查,严得很……我们老百姓安全得很……”

21-24 大山铺隘口 日 外

地势险要的大山铺隘口。车马行人缓慢地通过隘口,隘口有解放军战士把守,周边有解放军战士在巡察。

马大虎、文捷和那男乘客在看隘口旁的告示牌。通缉彭浩的大字告示赫然张贴在那个木牌上……身着解放军军装的彭浩的照片,慢慢逼向文捷、马大虎……

照片上:端庄、严肃却不失亲和力的彭浩,略带微笑地看着目瞪口呆的马大虎、文捷——

爱说话的男乘客指手画脚在大声讲什么;隘口里外,熙来攘往、嘈杂的车马行人制造出的各种声响,瞬间,全部凝结消失了!

彭浩的面容生动起来……彭浩亲切的声音响起:"文捷、大虎,你们这是去哪儿啊……"

21-25 火车站候车室 夜 内

文捷闭眼靠在椅上,泪水从脸颊缓缓流下。

马大虎:"姐……"

文捷睁眼,抹去泪水:"我没事了……我就是心里急,我们得抓紧时间……得快点……"

马大虎流着泪:"……姐,我心里堵得难受!我们先不去侯家坝子了,先去彭……"

文捷捂住马大虎嘴,顺手擦去他的眼泪。

文捷:"这两件事,其实是一码事,是为一个目的……我们抓紧办就是。"

21-26 锦屏镇街道 晨 外

一个头戴破草帽、穿着破败的男人低着头慢慢地走来。迎面,一队解放军在巡街,男人停下,佯装提鞋,解放军过去,男人起来,向前走去。

21-27 锦屏镇大车店大院 晨 外

水井旁,客人在打水洗脸。甄世成肩膀上搭着毛巾,哼着小调从屋里出来。

阿宽上前:"甄科长,你屋里等着就行,我一会儿把热水给你送进屋。"

甄世成:"不用,不用。"

阿宽:"甄科长,你别客气。这是老板吩咐的,你要在这儿——"阿宽指了下井台,"她看见该骂我了。"

甄世成:"那——那行吧。我去趟茅房。"

21-28 新锦屏机要室 日 内

关晓渝正在整理档案,侯仲文推门进来。侯仲文:"晓渝,忙呢?"

关晓渝:"我把档案归归类。你怎么有时间过来了,好几天也没看见你。"

侯仲文:"这阵儿的事儿挺多。那个高参谋来调查彭书记的事,你知道吧?"

关晓渝:"当然知道,第一次的分析会我还参加了呢,你是太想着为彭书记据理力争了,都忘记我也参加了那个会。"

侯仲文:"对对,看我这脑子,赶上糨糊了。那天,我是有点失态。"

关晓渝:"才不是呢!你那天把大家想说的话都说出来了。事实还没有搞清楚,高参谋凭什么那么说彭书记,你把他质问得哑口无言那就对了!"

侯仲文:"没那么夸张,我只是说了一下自己对高参谋在处理这件事上的不同意见。知无不言,言无不尽嘛。我是对事不对人。"

关晓渝:"你可能还不知道。你那通精彩发言,有理有力有节,让很多同志都大感惊讶,说平时只知道侯监区长的政策理论水平高,没想到你的辩论口才也这么好。"

侯仲文:"你说得我快不知道自己是谁了?谁给了我这么高的评价?"

关晓渝:“算了,不告诉你了,告诉你你好翘尾巴了。”

侯仲文:“是谁?”

关晓渝:“文大姐。”

侯仲文:“那我得找她去问问。”

关晓渝:“你上哪去问啊? 她外调去了……”关晓渝意识到不该说,忙打住话头。

侯仲文:“我开句玩笑,问什么问,我那样也太不知好歹了。”

关晓渝:“……你来,没别的事吗?”

侯仲文:“当然有事,要不,咱俩这不成了利用工作之便谈私情了嘛。”

关晓渝笑笑。

侯仲文掏出一份材料:“我给军区领导写了份情况汇报,是关于高参谋处理彭浩的。”

关晓渝:“行,我拿信封给你。”

21-29 山路 日 外

文捷和马大虎顺着一条羊肠小路下山。山下是疏疏密密,错落有致的一片房舍。

文捷:“这里应该就是侯家坝子了。”

21-30 锦屏镇诊所 日 内

柳春燕在接待病人,不时有人进出。凌若冰在给病人诊断。

21-31 新锦屏场部会议室 日 内

刘前进拉开了墙壁上的帷幔,若有所思地看着那张新锦屏地图。

周圆走进来:“刘场长。”

刘前进:“周圆啊,有事吗?”

周圆从怀里掏出一个纸包:“送给你的。”

刘前进:“什么?”

周圆:“你打开看看。”

刘前进接过纸包,打开,是一块香皂,一个蛤蜊油。

刘前进:“这是女人用的东西,送给我干什么?”

周圆:“男人也可以用啊! 你看你,洗脸用的是猪胰子,洗完脸,也不擦雪花膏,手都裂出口子了,脸上灰突突的,三十来岁的人,像个小老头儿啦!”

刘前进:“用上这东西,我就年轻啦?”

周圆:“当然了! 你是咱们新锦屏的代表,应该容光焕发,精神抖擞!”

刘前进:“好,为了咱们新锦屏,我收下。说吧,你找我什么事?”

周圆笑了笑:“……我想看看这张图。”

刘前进走上前,挡住周圆的视线:“你看它干什么?”

周圆:“我想在这张图上做文章。”

刘前进:“做什么文章?”

周圆:“我把凌若冰的事迹写成报告文学,省报副刊要用。”

刘前进:“那就用吧。”

周圆:“但是,不管是编辑还是我个人,对报告文学的题目都不满意,如果再大气些、宏观些,再强调一下地域特征就好了。我想到这张新锦屏的地图前找找灵感。”

刘前进:“大气些、宏观点……你想从新锦屏的地图上找点灵感?”

周圆点头:“这篇文章就叫……《新锦屏绽放的索玛花》。”

刘前进:“索玛花?”

周圆:“就是杜鹃花啊!”

刘前进琢磨着。刘前进望着周圆的背影,皱起了眉头,思索着。刘前进抬头看着新锦屏地形图,像是在琢磨什么。良久,他走到墙前,伸手去摘地图……

21-32 新锦屏旧仓库 日 外

周圆高兴地哼着歌回来。她走到门前,欲开门,一愣。窗台花盆上系着一条红布带。周圆四下看看,见无人,急忙走过去移开花盆,拿起一个密封的竹管和一张折叠的纸条。

21-33 侯家坝子镇政府外 日 外

镇政府门前。马大虎、文捷一前一后走来。

马大虎:“可算到了!”马大虎一步跨进门里,文捷跟进。

21-34 侯家坝子镇政府传达室 日 内

传达室门卫放下正接着的电话,拉开小拉窗:“哎小同志!小同志!来办事得先登记——”

文捷看看那电话和登记册一顿,似是有事突然想起。文捷抓住马大虎准备往登记册上写字的手。文捷:“姐忘了件要紧的事,得先去办……”

马大虎反应过来,放下笔:“要得,要得。我们等一下再来啊……”二人出门。

21-35 侯家坝子镇政府外 日 外

马大虎:“怎么回事……”

文捷:“我们来外调……这件事,知道的人越少越好。”

马大虎:“那,下一步怎么办?找谁去?”

文捷:“一竿子插到底,到村里去!”

二人急匆匆走去。

21-36 锦屏镇街道 日 外

周圆、关晓渝在找饭馆。阿宽远远地跟着二人。

21-37 锦屏镇马家吊炉饼店 日 内

饭店里客人不少。关晓渝和周圆进来,关晓渝:“这么多人,咱们换个地方吃吧。”

周圆:“这里的吊炉饼好吃,那回你给侯监区长捎回去几个,他不也爱吃吗?”关晓渝捅了周圆一下:“你什么意思啊。”

周圆:“让你再给他捎几个回去呗,你不就是这么想的吗?”

关晓渝:“去你的。”

周圆指着一个桌子:“那有位子。”两人过去,坐下。阿宽在门口,往里看了看,走进来。

关晓渝招呼:“伙计!”

小伙计过来:“你二位来几个?”

关晓渝:“10个吧。再来两碗粥。”

关晓渝掏钱,周圆:“今天我请客吧。”

关晓渝:“不用不用,我带钱了。”两人争着。

阿宽在周圆身后的椅子上坐下。

周圆："那你来吧，不和你争了，下回我请啊。"关晓渝掏钱。

周圆将椅子往前挪了挪，手向后伸去，阿宽接过周圆手里的竹管。

21-38 锦屏镇大车店账房 日 内

周大姑揭开密封的竹管，从里面抽出一张纸条看着。阿宽站在一旁。

周大姑看完纸条："阿宽，快收拾一下，你得跟我出趟远门了。"

21-39 倒木沟山洞唐静茵住处 日 内

收发报机前，阿慧译完电文，递给宁嘉禾，出去。

宁嘉禾看着电文。唐静茵走过来："有什么新动静？"

宁嘉禾把电文交给唐静茵。唐静茵看着电文。

（特写）"近日风紧电台关闭，消息情报均通过情报站交换。"

宁嘉禾："鹤顶红现在的日子越来越不好过啦！好在打了他们一个干净利落的伏击，劫杀了新锦屏押送彭浩的人……这等于在他们的胸口捅进一刀、又使劲搅了一下……"

唐静茵："你也不要高兴太早，嘉禾！那个彭浩不是到现在也活不见人，死不见尸吗？"

宁嘉禾："让锦屏镇的人再查查。"

唐静茵："得快点儿查……"

宁嘉禾："那个周大姑……她也不容易啊。弄个大车店隐身盖脸儿，人手不济、经费还得靠偷着卖点大烟补贴着……不过这老太太的确能耐，身手不凡哪……"

唐静茵："叫周大姑从新锦屏那边策反个人过来。"

宁嘉禾："好主意，这事她肯定做得漂亮！"

21-40 锦屏镇街道 日 外

甄世成身上挎着黄布挎包，带着冯小麦在人声鼎沸的菜场上购买肉蛋和蔬菜，一帮子挑着箩筐的脚夫紧随其后，在菜市场上出尽了风头。

关晓渝和周圆也在逛着市场。关晓渝在看一个艺人吹糖人。

周圆看到甄世成，兴奋地跑过去："甄科长！"甄世成闻声，在人群中寻觅。

周圆从人群中挤过来，在甄世成肩膀上拍了一下："往哪儿看呢？"

甄世成喜出望外地："是你呀，周干事？哪阵风把你吹到锦屏镇来啦？"

周圆："怎么，锦屏镇就兴你来啊。冯小麦，你怎么来了，你不跟彭书记啦？"

冯小麦尴尬地看了眼周圆，眼睛看着别处。

甄世成："吃饭了吗？我请客。"

周圆："吃过了！知道你在这儿就不吃了，肯定饶不了你。"

甄世成："你一个人来的？"

周圆："还有一个，你最想见的人。"

甄世成："谁啊？"

周圆："谁是你最想见的啊？"

甄世成一喜："晓渝来了？在哪儿？"

周圆往后面指着。人影中，可见关晓渝拿起一个糖人。甄世成挤过去，周圆和冯小麦跟在后面。

关晓渝手拿两个糖人："这两个我都要了。"关晓渝掏钱，已经有人把钱替她交上了，关晓渝回头:“呀,甄世成!”周圆和冯小麦过来。

甄世成:“太巧了,我刚才还跟周圆说,早碰上你们就好了。”

周圆:“他说请咱们吃饭。”

关晓渝:“你们这是——”

甄世成:“买点菜和干货。哎,我明天回新锦屏,你们跟我一块回去吧,我雇了十几匹马的驮子呢。”

关晓渝:“不了。凌医生还和我们一块回新锦屏去拿药哪。时间不早了,我们走了。再见啊,冯小麦。”

冯小麦:“嗯。”

甄世成看着关晓渝和周圆挤进人堆,关晓渝将一个糖人给了周圆。

周圆:“看来彭书记真出事了,你看冯小麦都另外安排任务了。”

关晓渝:“小周,你觉得彭书记能是坏人吗?”

周圆:“这……我说不好……不过,反正他人已经不在了,是好人还是坏人都已经没有意义了……”

关晓渝:“怎么能没有意义?政治生命比一个人的生命还重要啊!”

21-41 锦屏镇诊所门前 日 外

诊所门前停着吉普车,凌若冰、鲁震山朝远处望着。

柳春燕从诊所出来,拿着两件衣服,给凌若冰和鲁震山人手一件衣服:“新锦屏那儿凉,你们多穿点。”

鲁震山:“明天就回来了,没事。”

凌若冰:“穿着吧,还在那儿住一宿呢。”

关晓渝、周圆匆匆走来。

21-42 山路 日 内

吉普车里,鲁震山坐在前面,凌若冰、周圆、关晓渝坐在后排。凌若冰看着山外的景色,想着心事。鲁震山:“关干事,有件事,我想麻烦你……”

关晓渝:“什么事?”

鲁震山:“我出狱的时候,问过王大队长,我有把腰刀不见了,王大队长说那东西属于凶器,进来的时候给没收了。那是我父亲临死的时候传给我的,怎么着也算是个念想。”

关晓渝:“咱们有规定,是凶器都得没收,你这个情况……”

汽车一颠簸,几个人东倒西歪,周圆头撞到车棚顶上,大叫了一声,关晓渝:“没事吧你?”

周圆揉着头,痛得叫起来……

21-43 新锦屏医院 日 内

凌若冰在挑选药品,鲁震山在帮着装箱。凌若冰:“咱们抓点紧,我看赶回去还来得及。”

鲁震山:“不是说明天回去吗?”

凌若冰:“我怕诊所里有病人,还是早点回去吧。你先装着,我去找刘场长问点事。”

鲁震山:“你去吧。”

凌若冰:“那我去了。”

21-44 新锦屏场长办公室 日 内

凌若冰站在桌前,刘前进倒水:“坐啊,凌医生。还是明天再走吧。”

凌若冰:“不了,趁天还没黑,赶回去还来得及。我就是想问问……彭书记有没有消息。”

刘前进看了眼凌若冰,摇摇头。凌若冰:“刘场长……要是有什么消息了,能不能……”

刘前进:“你放心,一有消息我就立即告诉你。当然啦,你在锦屏镇那边要是也有了老彭的啥消息……也得快点告诉我啊。”

凌若冰沉默良久,点点头。

凌若冰出去。刘前进突然想起什么:“凌医生!等等!”凌若冰站下,回头。

刘前进从抽屉里拿出一把手枪:“这个……你拿着。”

凌若冰看着刘前进。刘前进意味颇深地:“拿着吧,说不定会有大用处的……”

21-45 侯家坝子村长家 日 内

文捷坐在炕上,马大虎坐在高凳上,村长介绍着情况。

村长:“侯家的这两兄弟,走的可是两股道,一个共产党,一个国民党,这天上地下呀。你们说说,要是没有大儿子仲文,他老娘这日子还有法过吗?这老侯婆子,命也够苦的,都是那个死鬼小儿子害的!”

文捷:“村长,你带我们去看看仲文同志的母亲吧。”

林村长:“行。”

三人起身。

定格。

第二十一集完。

第二十二集

22-1 公路 夜 外

一道耀眼的光束射来，一辆吉普车驶来。

路上，一个男人一瘸一拐地走着。男人像是被后面的灯光吓了，忙躲到路边。吉普车疾驶而过。车上，凌若冰回头望着：“唉，路上好像有个人，走路一瘸一拐的……”

鲁震山：“别管了，万一碰上土匪怎么办。”

司机：“是啊，上回军分区一个加强班在这路上还出事了呢。”

凌若冰：“他要是土匪就劫车了，停车，我下去看看！”

鲁震山：“算了吧，凌医生，万一……”

凌若冰厉声：“停车！”

司机只好无奈地停车，凌若冰下车，鲁震山也下去。司机和押车战士一起提枪下去。

四个人往回走着，战士和司机拿手电照着。漆黑的夜里，不见人影。

鲁震山：“凌医生，你是不是看差啦？”

凌若冰：“我明明看到了……”

战士：“这路上经常有动物什么的跑过去……”

鲁震山：“快走吧凌医生，这里太危险了！”

战士：“是啊凌医生，刘场长让我们一定把你保护好，快走吧，别出什么事了！”

凌若冰无奈地停下脚步，鲁震山过来拉着：“走吧！”

22-2 公路下 夜 外

一个男人的身影从公路石基下缓缓闪出身，盯视着远去的几个人……

22-3 新锦屏场长办公室 夜 内

刘前进在整理卷柜，一把蒙古腰刀从杂物里滑出，落地。刘前进捡起，拉开刀鞘，抽出刀把玩儿着，做刺杀状：“内鬼拿命来——！”

22-4 小镇街道 日 外

墙上贴着缉拿彭浩的布告，几个人围在前面观看。甄世成走过去，意识到什么，回头看了看，上前将布告揭下来，人们看着他议论纷纷、指指戳戳。甄世成像没事人一样卷好布告走开。

22-5 侯家坝子侯母门前 日 外

村长带着文捷、马大虎走来。村长拍门，拍了半天 ，才看到门上上着锁。

村长：“这老侯婆子，上哪儿去了。”

一老太太背着一捆柴过来。村长：“仲文他娘不在家啊？”

老太太：“去解水营她三妹妹家去了，今儿晌午她外甥来接走的。”

村长：“她啥时候能回来呀。”

老太太：“没个准儿，她一个孤老婆子，回来也没个念想，住哪儿不一样。跟她三妹妹还能说个话，省得在家里一天到晚老是跑坟上哭天抹泪的。”老太太走开。

文捷:“村长,解水营子离这儿远吗?”

老太太:“十多里地。要不你们在村里住一宿,明天再说。”

文捷:“不了,我们现在就去。村长你告诉我们怎么走就行。”

村长:“天晚了路不好走,还是我送你们去吧。”

22-6 锦屏镇诊所 日 外

那个穿着破败的男人看病人走去,门里门外,正犹豫在进退之间……

鲁震山在给诊所上门板,看了一眼那男人。鲁震山:“老乡,看病吗?”

男人点头:“嗯。”

鲁震山:“那进去吧。”男人低着头进去。

22-7 锦屏镇诊所门前 日 内

男人进来。柳春燕正在收拾器械。凌若冰从楼上下来,看到男人:“老乡,你哪儿不舒服啊?”男人顺着凌若冰的声音抬头,摘下帽子,乱糟糟的头发里,露出胡子拉碴的一张脸。

凌若冰大惊:“……是你!”凌若冰一下抱紧男人……

22-8 新锦屏场长办公室 日 内

刘前进看着手里一张彭浩的半身照片。照片上,端庄严肃却不失亲和力的彭浩,略带微笑——彭浩的微笑幻化成一种有嘲讽意味的笑,望着刘前进。

(闪回)彭浩:“你既然这么肯定我是内鬼,把我抓起来算了!”

(闪回)文捷:“怎么?你真的怀疑他是内鬼?”

(闪回)高参谋:“还调查?还调查什么?刘前进,你是不是以为我是吃干饭的?我一到新锦屏就知道谁是内鬼的嫌疑人了!”

(闪回)侯仲文慷慨激昂:“现在如果谁说他是内鬼,我第一个不答应!我以我20多年的党龄做担保,彭浩同志绝不是内鬼!如果组织上认为我的说法有问题,我的革命警惕性有问题,认为我侯仲文有问题,可以停止我的工作!”

(闪回)高参谋:“彭浩要是块真金,就应该不怕火烧油炸;他要真的是内鬼,这次就让他原形毕露!”

(闪回)程部长:“连侯仲文同志都能拍着胸脯那么肯定地断言彭浩不是内鬼,你跟他光屁股长大,连这么点信任还没有吗?”

(闪回)凌若冰:“刘场长,我一直想问一句,你觉得,彭书记真的能是内鬼吗?”

(现实)刘前进轻轻地放下照片,自语:“老彭啊老彭,你到底躲在哪儿啊?”

22-9 锦屏镇诊所 夜 内

彭浩的衣着、脸面焕然一新,但仍显疲惫孱弱。彭浩从衣袋里掏出一个小药瓶,擎在手上,药瓶已经空了。

彭浩:“这一瓶子黄连素药片救了我的命……若冰,没有你这一瓶药,我还不知道会拉成个什么样……”药瓶上贴着一圈白纸。纸上是手写的铅笔字——关于药名、剂量、服法……那些字,是凌若冰写的。

凌若冰从彭浩手上抓过空药瓶,“尽瞎说。其实,真正救了你命的……”凌若冰斟酌着。

柳春燕:“是彭书记蹲路边拉肚子救了自己一命!我说的对不对,凌医生……”

鲁震山:“就你嘴快,燕子。”

凌若冰看着彭浩,若有所思。

彭浩:“你想说什么,若冰?”

凌若冰把玩着小药瓶:“燕子说得对,是……人家给你解开了手铐脚镣,在路边的那一蹲,叫你躲过了一个大劫。可是……”

彭浩苦笑了一下:“若冰,我知道你要说什么了……”

柳春燕:“凌姐要说什么,你让她说呀彭书记……”

鲁震山:“彭书记你大难不死,多好啊你……”

彭浩:“我大难不死……可是,押解我的那整整一个加强班的警卫战士……可能……全都牺牲了。我逃出来了,我从那片林子逃进山,昼伏夜出,又跑到这里……我大难不死,躲过了一劫……可谁能听我解释我的大难不死……我解释得清吗……那一个班的战士牺牲了,而我,却不见了……活不见人,死不见尸……”

22-10 村路 夜 外

月色中,村长、文捷和马大虎走来。村长:“就是前面那个院子……”

22-11 农家 夜 内

村长推开院门,文捷和马大虎跟在后面。

村长:“三嫂子,仲文队伍里来了两个同志,侯家坝子人说,仲文他娘叫你接过来了。”

三嫂子:“……仲文他娘……他娘……你们找他娘有事啊?”

文捷:“我们来看看老人家,大妈。”

三嫂子:“有啥事跟我说吧,仲文他娘不愿见生人……”

村长:“这叫啥事! 人家大老远跑过来,能不见见嘛,他们回去也好跟仲文有个交代。”

三嫂子:“那……”三嫂子为难地回头看看屋里。

文捷示意:“村长,有事你先忙去吧。谢谢你呀。”

村长:“那行,我去了。”村长往外走。

22-12 农家 夜 内

侯母坐在炕里头,神情呆滞。文捷:“大妈,仲文在队伍里挺好的,他现在是我们新锦屏十六监区的监区长。”

侯母看一眼文捷,点点头,挤出一丝笑,又很快消失了。

三嫂子看看侯母,接过话茬:“啥叫……监区长。”

文捷:“就是管理犯人的领导。”

侯母一阵惊慌,看着文捷:“啥? 犯人?”

文捷:“对,是管犯人的领导!”侯母点头。

文捷:“大妈,仲文同志是哪一年参加革命的,您还记得吗?”

侯母停顿了一会儿,摇摇头。抬起手揉着太阳穴。

三嫂子:“咋着,头又痛啦?”侯母点头。

三嫂子:“快躺着。”侯母不躺。

三嫂子:“躺着吧,我姐有头痛病,一痛起来啊,挠心抓肝的。同志啊,你们看,没啥事就这样吧,回去告诉仲文一声,他娘挺好,就行了。啊……”

马大虎还想问什么,文捷示意了一下:“那行,让大妈先休息吧,我们明天再过来。”

侯母看看三嫂子,三嫂子点头:"行,行……"

文捷和马大虎往外走,文捷回头看,侯母闭着眼睛。

22-13 村长家 夜 内

宽敞的堂屋,饭桌上有几样简单饭菜。三人边吃边说话。

村长:"自打仲文那个弟弟死了以后,三嫂子经常把她这个老姐姐接过去住……"

文捷:"仲文同志的母亲,过去是不是也常去她妹妹那儿住?"

村长:"过去……不大去。就是她二儿子死了以后,精神不好,老往二儿子的坟上跑,一坐就是大半天,三嫂子才把她接过去住。"

马大虎:"一个反革命儿子……大妈也太没有觉悟了……"

村长:"小伙子,你是没当爹娘,在爹娘心里,啥样的孩子那也是孩子呢!"

文捷点点头:"是啊,大妈也不容易……"

马大虎不以为然地晃晃脑袋。

22-14 锦屏镇诊所阁楼 晨 内

小阁楼的小窗敞着,仰可看寂寥苍天,俯可观喧腾的金沙江……彭浩凭窗坐在小床上。凌若冰端了饭菜放在小桌上:"吃早饭吧。"

彭浩看着凌若冰:"在这小鸽子笼里囚着,我会发疯啊若冰……"

凌若冰:"你必须静下心来,待在这儿等……等文捷外调回来——"

彭浩:"文捷去外调了? 调谁?"

凌若冰:"调侯仲文,还有……你。"

阁楼下面,柳春燕的喊声传上来。

柳春燕:"凌医生! 凌姐! 你下来! 快点……"

凌若冰稍显张皇地看一眼彭浩:"你等一下,先吃饭……可能有急诊了。"

凌若冰仄着身子从小木梯走下阁楼。

柳春燕站在木梯旁,急不可待地:"我拿到了……"柳春燕把一个皱皱巴巴残损的纸卷递到凌若冰手上,说:"上面还有彭书记的相片……"

凌若冰指指上面阁楼,柳春燕急忙捂住嘴。

彭浩从阁楼木梯口探出头:"那是什么……"

22-15 新锦屏场长办公室 日 内

门开着,刘前进坐在桌前看材料。甄世成抱着一堆纸卷进来:"刘场长……"

刘前进抬头:"又在哪划拉这么多……"

甄世成:"大山铺、观音镇,还有锦屏镇。"

刘前进:"没人管你吗?"

甄世成:"基本没有。谁管这些闲事啊,风吹雨淋、娃娃们撕扯着玩儿……各道口、镇子上见不着几张了。"

刘前进:"好。要是碰上有人干涉,不让你揭……还是那句话……"

甄世成兴奋起来:"我把我的证件亮出来,就照刘场长你教我的那几句话那么一说——'我们是在执行军区首长的指示',巡逻、站岗的一听,谁还敢拦我管我!"

刘前进笑笑,用脚把甄世成放在地上的纸卷,一下一下划拉到墙角垃圾桶跟前。

刘前进自言自语:“贴两天意思意思行了,还没完没了了……”

甄世成突然想起:“我差点忘了!刘场长你猜我看见谁了?柳春燕!柳春燕也偷偷揭走了一张,就在锦屏镇她们诊所跟前,那面墙上……”

刘前进:“凌氏诊所?”刘前进又坐回桌前,思索着。

22-16 山村农家外 日 外

文捷和马大虎敲门。院门打开,文捷刚要说什么,三嫂子苦着脸:“同志,你们再这么折腾,好把我老姐姐的命折腾进去了!仲文他娘,回侯家坝子去了。”

22-17 锦屏镇诊所房间 夜 内

那张皱巴巴、残损的纸卷展平了,放在桌上。彭浩坐在桌边。

凌若冰看着桌上的东西:“从表面上看……现在全新锦屏的人,还有所有知道你、认识你的人,恐怕全都不能不怀疑你了。只有一个人……例外。”

彭浩:“侯仲文?”

凌若冰:“我听说,只有侯监区长他坚定不移、始终如一地坚持‘彭浩不是内鬼’……但我感觉,那,也是……从表面上看。”

柳春燕站起来:“我也觉得……那个侯监区长哪里有点不对头……我跟凌医生说过,大菊跳了崖莫名其妙地就那么死了,好像跟侯监区长有关系……大菊有一回悄悄地对我说,她嫁到侯家坝子里的时候,看见过侯监区长的一张……相片。”

彭浩:“是什么样的相片?”

柳春燕:“我也问过大菊,她硬是不肯再多说了。可从那以后,对了,从侯监区长找她说了一次话以后她就老是满脑子心事,不爱说话,老偷着看侯监区长……再后来就跳了崖。”

彭浩:“侯家坝子……离我后来工作过的一个地方不太远……若冰,我想回去一趟……”

22-18 锦屏镇诊所房间 夜 内

凌若冰手忙脚乱地整理衣物,往包袱里装。彭浩:“行了,哪能带这么大个包袱……”

凌若冰犹豫了一下,从抽屉里掏出一把枪:“……你带上这个吧。”

彭浩接过,看着枪:“哪来的,是刘前进给你的吧?”

凌若冰莫名惊诧地看彭浩,眼里慢慢涌上泪水……

22-19 锦屏镇诊所阁楼 夜 内

月亮从小窗照进来。一对相拥着的男人女人的剪影印在窗上。

凌若冰:“你为什么从来不问我,为什么信任你?……”

彭浩松开凌若冰,抓起烟盒抽出一支烟,手抖着。凌若冰擦燃火柴……凌若冰现出一个前所没有的清俏的笑靥。

烟气氤氲,模糊了彭浩的脸……

凌若冰:“你还没回答我……”

彭浩缓过神来:“噢……你这个问题,弯子转得太大啦。我为什么从来不问你,你为什么信任我——是这样吧?”

凌若冰点点头。

彭浩:“其实……是没想问,是不知道该怎么问,也是怕……不敢问。说到底,是……为什么要问呢?”

凌若冰拿过彭浩的一只手，握着。彭浩的手翻转过来，握着凌若冰的两只手。凌若冰站起来，把彭浩轻轻地拢进怀里。

凌若冰："你说你要……回去一趟……我就知道你的心思了……"

彭浩："文捷他们去外调的事，万一内鬼……敌人知道了，他们会非常危险……"

二人重又紧紧相拥。如水月光衬映中，小阁楼的小窗里又现出那幅动人的剪影……

金沙江水喧腾不息，江声浩荡……

22-20 锦屏镇菜摊前 日 外

道路两边是鲜菜摊地，水萝卜、白菜、山芋等各种蔬菜摆成两排。买菜的人很多，有人在挑拣，有人在讨价还价，一片嘈杂。化装成彝族老木苏和阿咪子的唐静茵、阿慧混在人群中。

甄世成、冯小麦领着采购大军，风风光光地进了鲜菜摊地。卖主们把目光投向甄世成，有喊他老弟的，有喊他大哥的，那吆喝声令人羡慕。甄世成充耳不闻，径直在一筐新鲜水灵的水萝卜菜摊前驻步，弯下身去拿一把小水萝卜，仔细看着。

菜主是一位老妪，她蹲在地上仰视着甄世成："买吧，价钱便宜，又新鲜又水灵。"

未等甄世成答话，邻近一个卖菜的姑娘急三火四地跨过菜摊，上前拉着甄世成的手："大哥，我的比她的新鲜。不信，你跟我过来看看。"

卖菜的老妪见状，用鼻子哼了一声。

姑娘泼辣地拽住甄世成："大哥，过来看看嘛！看好了买，看不好你就不买嘛！"

甄世成身不由已地被那姑娘拉走了，随行们也跟着过去了。

老妪："唉，人老了，菜也跟着老了……"

唐静茵看在眼里，向阿慧使了一个眼神。阿慧盯视着甄世成。

22-21 锦屏镇附近镇口 日 外

吉普车缓缓停下，穿着便衣的刘前进下车。刘前进看看四周，指着一处树林对开车的战士说："把车开到那边儿吧，走的时候我去找你们。"

战士："是。"

22-22 锦屏镇大车店客房 日 内

唐静茵坐在椅子上，账房伙计在给她捏着肩头，阿慧在桌旁嗑着瓜子。

唐静茵："出趟远门……周大姑没说去几天？"

伙计："没说。"

唐静茵："山上要的粮食都备齐了吗？

伙计："准备好了，大姑走的时候都跟我交代过了，后天就能送到山上。放心吧。"

唐静茵："刚才你说，新锦屏那个姓甄的常住这儿？"

小伙计："他只要来锦屏镇，都住在这里。"

唐静茵看着阿慧："那小子，看模样长相，还不太招人烦呢……"

阿慧不置可否地笑了下。

22-23 锦屏镇镇街 日 外

镇街上热闹起来了。穿着便装的刘前进不急不忙地走来，很快便融进人群中……

22-24 锦屏镇诊所楼下 日 外

柳春燕在低头填写诊单。刘前进敲了敲桌子，柳春燕一抬头，大惊："刘……刘场长！"

刘前进:“眼瞪那么大干什么? 凌医生在吗?”

柳春燕:“……在,在楼上,你等着,我去找。”

刘前进:“不用,我自己去找吧。”刘前进上楼,柳春燕慌张地跟到楼梯前。

刘前进上了二楼。柳春燕喊:“凌医生! 凌医生!”

刘前进意识到柳春燕在报信,加快了上楼的速度……

22-25 锦屏镇诊所走廊 日 内

刘前进马上就要到诊室了,正要推门,门开了,凌若冰出来。

凌若冰也是一惊,回手带上门:“……刘场长,你怎么来啦? 怎么穿这么一身?”

刘前进:“我办点事……咋着,有病人?”

凌若冰点点头,指着旁边的屋:“过来吧。”

凌若冰引着刘前进往旁边屋走,刘前进下意识地往病室看了眼,跟着进了旁边的小屋。

22-26 锦屏镇诊所另一间诊室 日 内

刘前进坐下。凌若冰倒了杯水放在桌上。

刘前进:“诊所的病人多吗?”

凌若冰:“还可以。”

刘前进:“这里人来人往,有没有什么情况?”

凌若冰:“挺正常的,没什么情况。”

刘前进:“彭浩……也没什么动静?”

凌若冰:“……但愿他没事吧。”

刘前进:“他知不知道你到锦屏镇来啦?”

凌若冰:“知道吧……”

刘前进:“这就好……他知道你在这儿就好了。”

凌若冰:“怎么就好啦?”

刘前进:“那他一定会来找你。”

凌若冰:“……会吗?”

刘前进:“会。目前这种情况,在他心里,你是最能够让他信赖的。”

凌若冰若有所思。

刘前进站起来:“那就这样吧,我回去了。你照顾好自己,有什么事,随时找我吧。”

22-27 锦屏镇诊所走廊 日 内

刘前进走过先前路过的那间诊室。凌若冰下意识地看了眼诊室。

刘前进下楼。刘前进的脚步放慢了,一级一级地越来越慢……刘前进突然停下,转身看着站在楼梯口的凌若冰。刘前进:“凌若冰同志……我以新锦屏农场场长的身份和名义,还以我彭浩大哥兄弟的名分,请你和我说句实话——”

22-28 锦屏镇诊所阁楼 日 内

凌若冰、刘前进一前一后走上阁楼。人去楼空。小小床头几上,放着一只烟灰缸,还有一盒火柴:仍是那种“火人”牌商标图案的火柴。

凌若冰:“坐吧,刘场长。”

刘前进坐下:“他……什么时候离开这里的?”

凌若冰："昨天夜里。"

刘前进："没说去哪儿？"

凌若冰斟酌有顷。凌若冰："他说要回一趟他工作过的地方去看看……"

刘前进站起来："他工作过的地方？"

22-29 侯家坝侯母家门前 日 外

村长带着文捷和马大虎又来到侯母门前，门上挂着锁。马大虎："她没回来？"

村长："回来了，我还在坝子前头碰上她了。"

文捷："她是故意躲着我们，村长……"

村长叹了口气："她是不愿跟人谈她儿子的事……这会儿，一准又去儿子坟上了……"

22-30 新锦屏附近公路 日 外

吉普车急驰。坐在副驾驶座上的刘前进面色冷峻。

刘前进的心声："……你到底想要干什么，老彭！"

刘前进向开车的冯小麦示意了下，吉普车缓缓地靠向路边。刘前进下车，茫然地望向落日下的远山。

刘前进的心声："老彭，你如果不是内鬼，绝对不会背着这么个黑锅去那些地方……那你现在……你究竟要干什么？你告诉我好不好！"

太阳落进远山。远山、树丛和路边的吉普车，渐成剪影。

22-31 江边山路 日 外

一个彝家汉子和一个孩子赶着一群羊走来，一队巡逻的解放军相向走过。正在比画着和孩子交谈的汉子回头望望走远的解放军，转过脸——是彭浩很是沧桑和疲惫的一张脸。

22-32 侯家坝子村外山坡 日 外

向阳坡上一座孤坟，坟前竖着一块无字的墓碑。坟前，烧过的纸灰在晚风中四处飘散……村长、文捷、马大虎又扑了一个空。文捷怅然地向远处望去。

远处，一个老太太佝偻的背影融进黄昏的树林里……

22-33 倒木沟唐静茵住处 日 内

宁嘉禾从火堆里取出带火的树枝，点燃嘴上的雪茄，思索着。

唐静茵走了过来："想什么呢？"宁嘉禾指指桌上那张通缉彭浩的告示。

唐静茵看了看："活不见人，死不见尸，是个麻烦哪……"唐静茵看着告示上彭浩的照片。彭浩端然又不失亲和力地对唐静茵微笑。

唐静茵："……叫情报站和花子他们仔细访查访查。我让阿慧多打几个电报试试……"

宁嘉禾："以后还是少用电报吧。最近共党破获了不少电报讯号。情报还是通过锦屏镇的情报站转吧。"

唐静茵点点头："是啊，这件事鹤顶红也特别提醒过……"

22-34 山路旁哨卡 日 外

山路旁是茂密的树林。山路不远处设着检查站，木杆拦路，几名解放军战士持枪站岗。检查站旁的雨檐下，贴着那张通缉令。有几个行人走过来，被拦住。值班战士对照了一下通缉令上的彭浩照片，挥手放行。

头戴草帽的彭浩闪出，他犹豫着。五六个扛着木头的山民走来，一个扛着木头的山民有些吃力，彭浩过去，用肩头顶起木头，山民回头朝他点头致谢，彭浩点头。两人随着其他山民走向哨卡。一个个山民走过哨卡，彭浩经过哨卡，木头挡住了他的脸。

一个解放军战士从另一侧过来，与彭浩擦肩而过。彭浩的额头沁出冷汗……

彭浩过了哨卡。

22-35 侯家坝子山路 日 外

一辆马车小跑着而来。车上坐着周大姑和阿宽。车老板指着远处："那就是侯家坝子。"

周大姑从兜里掏出钱给车老板，车老板："哟，不用这么多。"

周大姑："拿着，在外面跑不容易。"

车老板："谢谢啊。"

周大姑："大兄弟，你在村口等我们就行。"

车老板："行。"

22-36 汽车站 日 外

路边停着一辆烧木炭的老式汽车。汽车机盖掀起来，司机手拿扳手在修理着发动机。

卖水果、小吃的小贩在摆摊叫卖。头戴草帽的彭浩坐在小吃摊旁吃东西。

司机盖上车盖："有没有人啦？开车喽！"

卖票员爬上车厢，往炉子里添了几块木炭。司机发动汽车，发出吭哧吭哧的声音，汽车慢慢开动。彭浩忙放下碗筷，跑过去上车。

22-37 侯家坝子侯母屋外 日 外

村子里炊烟袅袅。周大姑和阿宽走来。阿宽跟一个蹲在门口、捧着饭碗的中年村民打听什么，村民向村外山上指点着。

22-38 侯家坝子附近山坡 日 外

孤坟。坟前竖着一块无字的墓碑。墓碑前的石桌上摆着馒头、菜碗等供品。侯母坐在坟前，在默默烧纸。

周大姑和阿宽走来，两人低声说着什么，周大姑上前。侯母没有理会，依然烧着纸。

周大姑看看墓碑，蹲下，拿了几张纸烧着："老嫂子，这是什么人啊？"

侯母："……儿子。"

周大姑："唉，老年丧子，咱姐俩的命都不好啊。"

侯母看着周大姑。周大姑："你说咱土埋脖梗子的人了，没了就没了吧，这当小的说走就走，咱还有法子活吗？"周大姑提起袖子抹眼泪。侯母无语抽泣。

周大姑："这孩子没了，咋碑上连个字儿也没有啊？没名没姓，阎王爷能让转世投胎吗？"

侯母哽咽着："……我对不住孩子，对不住侯家老祖宗啊……"

周大姑看着站在侯母身后的阿宽，点了下头。

周大姑："老嫂子，快回家吧，这么晚了。"周大姑起身，四下看了看，走去。

阿宽掏出匕首，一步步逼向背对着自己的侯母……

22-39 新锦屏农场办公室 日 内

刘前进坐在桌前出神。有人敲门，刘前进回头，门推开，关晓渝推门进来："刘场长。"

关晓渝将材料放在桌上，刘前进签字，签了两份，他看着关晓渝："你坐。"

关晓渝坐下。刘前进放下笔："晓渝，我这个场长不称职，一直没问问你……听说你跟老侯谈恋爱啦?”

关晓渝不好意思地红了脸,顿了顿,点头。

刘前进:“你们处得……怎么样?”

关晓渝:“挺好的呀。怎么啦?”

刘前进:“没怎么,我就觉得……觉得……你俩岁数差得大了点,会不会……有隔阂啊,说话啥的……毕竟差了那么多,是不是说不到一块去……”

关晓渝:“……那倒没有,我们处得挺好的。”

刘前进:“……一辈子的大事,还是不要操之过急。”

22-40 第十六监区山坡 日 外

远离监区的山坡上,侯仲文和关晓渝在散步。

侯仲文:“农场‘十一’要举办一场婚礼……”

关晓渝:“嗯,听说有十来对呢。”

侯仲文:“你怎么想啊? 晓渝。”

关晓渝:“……这……这是好事啊,应该祝贺他们。”

侯仲文:“那……我们俩呢?”

关晓渝:“我们俩……”

侯仲文站住,搓着眼。

关晓渝:“怎么啦?”

侯仲文:“好像是沙子眯眼了……”

关晓渝:“别搓了,我看看。”

关晓渝翻看着侯仲文的眼睛,吹了吹:“闭一会儿眼就好了。看叫你搓的,都红了……”

关晓渝掏出小镜子,“你看看。”

侯仲文接过小圆镜，照了照，翻过镜子，看到背面两人的合影："照片放这儿，你不怕别人说三道四啊……"

关晓渝一把夺过小镜子："这有什么好怕的！"

侯仲文："既然这样……晓渝，我有个想法，'十一'我们也结婚吧。"

关晓渝低头不语。

文捷的画外音："……我觉得，你跟监区长的事……不要发展太快了。"

文捷的画外音："一切，等我'外调'回来再说，好吗？"

刘前进的画外音："……一辈子的大事，还是不要操之过急。"

侯仲文："晓渝——你对我……是不是还不太了解……"

关晓渝："怎么不了解？从江滨出发，我们就在一道，长途跋涉，风风雨雨，并肩战斗，出生入死……这么长的时间过来了，我能对你还不了解吗？只是……我想……"

侯仲文拉起关晓渝的手，亲昵地："也是啊，新锦屏最近出了这么多的事，彭政委到现在还下落不明，我俩这个时候谈婚论嫁，是有些不合时宜……"

关晓渝抱住侯仲文。午间的山坡静悄悄的。侯仲文低头轻轻吻着关晓渝。

关晓渝松开侯仲文，有些激动地："仲文……仲文你听我说……"

侯仲文："我知道你要说什么，晓渝，这两天咱们就打个申请结婚报告，也参加'十一'的集体婚礼。"

22-41 江边公路 日 外

一辆老式客车停下，旅客们提着大包小卷涌下客车。人群中出现身着便装的彭浩。

揽客捎脚的人招呼着生意，彭浩向一辆马车走去。马车上已经坐了几个人。车夫看到彭浩，扯着嗓子："这位大哥，你往哪儿去啊？"

22-42 侯家坝子乡政府办公室 日 内

文捷合上笔记本，站起来："乡长，谢谢你介绍的情况，我回部队以后会跟领导汇报的。这边的情况……暂时还要保密。"

马大虎看着乡长。乡长："我明白，我明白。还需要了解什么情况，你给我来电话吧。电话线过几天就能修好。"

文捷："这里的电话都坏了吗？"

乡长："可不是嘛，这方圆几十里地的电话线，昨天都被土匪割断了，害得好些工作都没法进行。"

22-43 侯家坝子村长家 夜 内

村长警惕地打量着彭浩："你也找仲文他娘？"

彭浩："对呀，我跟侯仲文同志在一个部队上。这几天，是不是有位叫文捷的女同志来过？"

村长："对，是叫文捷，还有个年轻后生，姓……姓马，叫——"

彭浩："叫马大虎。"

村长："对，对，是这个名，他们的介绍信我都看了，一点不错。可是，你来晚了一步，仲文他娘已经死了……"

彭浩大惊："死了！怎么死的？"

村长叹了口气："在她儿子坟前死的，乡武装部的同志来看过，说是叫人攮死的……"

彭浩:“……这件事,乡武装部没通知部队上吗?”

村长摇摇头:“电话全都打不出去了……再说,这还不知道该怎么说呢!这几年,光看着仲文他娘三天两头到坟上哭鼻子抹泪,一提到她死去的那个儿子仲武,老婆子就受不了。你们文捷同志来外调,她也一直躲着。这个文捷同志也是了不得,要不是她,我们怎么也想不到,侯仲文……其实已经死了三年多了……”

彭浩大惊:“啊?……”

(村长讲述情景两面,同时伴有画外音)

22-44 侯家坝子村外山坡 日 外

“你们那个文捷和马……马大虎,追到解水坝子,仲文他娘为躲他俩,又回来了。你们那俩同志,跟着追回来,我就领着他俩去坟地上找仲文他娘。谁知老太太上完坟往回走了,我们仨又追到村口才追上。”

文捷、马大虎和村长追上侯母。

村长:“婶子,队伍上的同志替仲文来看你,你躲什么呀?”

侯母站住,三人上前。

文捷:“侯妈妈,我们想跟你唠唠,能去家里坐坐吗?”侯母不语。

村长:“婶子,人家大老远来看你,怎么着也不能让人家站在这大荒地里跟你说话吧……”侯母往前走,三人跟上。

文捷:“侯妈妈,那墓碑上……怎么也不刻个字呀?”

侯母:“人都没了,还刻什么字。”侯母低头快步走了。

文捷看看村长,村长示意跟上。

文捷:“侯妈妈对我们这么冷淡,是不是有什么原因呢?”

村长叹了口气:“儿子是国民党,跑到台湾躲起来了,换谁也觉得丢脸,怕见人。”

文捷:“道理是这个道理,可是……我们和她儿子在一起工作,侯仲文又这么长时间没回来看望过她老人家,如果换了你,是不是希望多从我们嘴里知道些儿子的情况?”

村长琢磨着:“是这个理啊……”

前面,侯母已经离他们有一段距离……

22-45 侯家坝子村长家 夜 内

彭浩看着村长,焦急地:“那你们去侯妈妈家了没有?”

村长点头:“去了,文捷同志说这件事她必须得弄明白,要不然,他们一个……什么同志,就要背一辈子黑锅了。”

彭浩的眼圈潮润了。

(村长讲述情景画面,同时伴有画外音)

22-46 侯母家 日 内

“我们几个跟到仲文他娘家里,老婆子也不说话,也不理我们。那个文捷同志也真行——”

屋子里有些发暗,侯母坐在椅子上,一言不发。

村长:“婶子,文同志看看你就要走了,你看看有没有什么口信啊东西啊捎给仲文的。”侯母摇摇头。

文捷:“侯妈妈,临走前,我请村长帮个忙,找了个石匠,在你儿子的墓碑上刻个字……”

侯母一震，蓦地抬头："仲……仲武是国民党反动派，你还是……还是给我这老婆子留个面子吧……"侯母老泪滚下，她用衣袖擦着泪水。

文捷："侯妈妈，侯仲武是坏人，可他已经不在了，人死为大，总应该让他入土为安，在九泉之下能闭上眼吧。他活着东躲西藏不敢见人，不能让他死了还不得安宁，找不着家。"

侯母哭得更厉害了。

文捷："就这样吧侯妈妈，我跟仲文同志是并肩战斗过的战友，就让我帮他做点事吧。再怎么，躺在地下的人也是他的亲兄弟啊。"

侯母："仲武，我的儿，娘对不起你……"侯母恸哭着……

22-47 侯家坝子村长家 夜 内

村长拉开抽屉，从里面拿出一张已经泛黄的黑白照片，递给彭浩。

彭浩接过一看，照片上是一个酷似侯仲文的国民党军官。

彭浩："这是——"

材长："这是侯仲武，仲文的双胞胎弟弟。"

彭浩："双胞胎？"彭浩仔细看着。

村长又拿出一张泛黄的黑白照片："你再看看这个。"

彭浩接过。照片上，一个酷似侯仲文的解放军微笑着。彭浩将两张照片对照着。

村长指着照片："这哥俩啊长得那个像，别说生人认不出来，就是他娘有时还认错了呢。"

彭浩："那怎么办呢？"

村长指着侯仲武的照片："你看他下巴这儿，这个坏蛋小时候就淘，这是八九岁的时候，在山上放羊摔在石头上磕的。这以后，坝子上的人认他们哥俩，就看谁嘴巴子上有疤。"

彭浩看着照片。侯仲文下巴上形同弯月的疤痕。定格。

（闪回）关晓渝："甄科长说侯大队长下巴上的那块疤，像个弯月亮……"

侯仲文摸着下巴上的疤痕，尴尬地："这怎么还扯到这儿来了……"

彭浩："侯大队长下巴上这块疤，是在战场上留下来的纪念，是吧老侯，我记得在党校的时候你跟我说过这事。"

关晓渝瞅了眼甄世成："听见没，这是块光荣的疤！"

侯仲文："不说这个，不说这个……开会，开会……"

（现实）

村长指着侯仲文戴光荣花的一张："这张像，仲文他娘一直挂在老屋墙上显眼的地方，不晓得这几天为啥子给摘下，放起来了。这一张——"

村长指着侯仲武的照片，"我还从来没见过。这是仲文娘死了后，我在她家收拾东西时找出来的，和仲文这张一起找到的。我还寻思这两天送到乡政府去呢。"

彭浩："侯仲武当了国民党以后，回来过吗？"

村长："回来过！三年前吧，仲文他爹周年祭日那年，这个兔崽子偷摸回来了。就是那天晚上，我这右膀子，还挨了那狗日的一枪，一到阴天下雨，就钻心地疼……"

定格。

第二十二集完。

第二十三集

（村长讲述情景画面，并伴有画外音）

23-1 侯母家 夜 内-外

“那天我听说仲文回家了，就去他家看看，天擦黑的时候，我就出来了。在他家茅房解了个手，突然就看见一个人影闪身进了东厢房。我就纳闷了，那人怎么看着像仲文哪，可仲文刚才还在屋呢，莫不是仲武也偷着回来啦？我不信，就趴到窗上去看——”

村长在窗外朝屋里张望。侯母家东厢房里，侯仲文正给侯母揉着肩膀。侯母爱怜地抓着儿子的手。

侯仲文：“十多年没回家了，娘，您的头发白了这么多……儿不孝啊……”

侯母：“多亏我生了你这么个好儿子啊！不叫你左一个立功，右一个受奖的，娘这老脸都没地方搁啊！”

侯仲文：“娘，自打上回仲武和我吵架走了以后，他回过家吗？”

侯仲武的画外音：“我和你一样，十多年了，今天是头一次回家。”

侯母蓦地一怔：“仲武！”

侯仲文惊愕地：“仲武？”

侯仲武进来：“哥，十多年前咱俩就是在这院里分的手……”

侯仲文：“我不想把今天的见面变成最后一次！”

侯仲武：“这话是什么意思？”

侯仲文伸手掏枪。侯仲武上前一步，倏地夺下侯仲文的枪：“兄弟之间最好别玩儿这个！我这次回来，是祭祀咱爹，看看咱娘的。”

侯仲文：“咱爹有你这么个国民党儿子，他在九泉之下也不会安生的！”

侯仲武：“我今天不想跟你争执这些，刚才我已经上咱爹的坟拜过了，我看看娘就走。”

侯仲文：“你走不了啦！马上跟我去人民政府自首！政府会宽大你的，现在有这个政策。”

侯仲武冷笑：“自首？哥啊，你怎么说话还像个孩子……”

侯母上前护住侯仲文：“仲武，你们在娘面前不能拿着枪说话！”

侯仲武：“娘，这是我和哥的事，你别管，别让枪走火伤着你。”

侯仲文：“仲武，我带你去自首！政府说话算数，会宽大你的！”

侯仲武：“哥，共产党给了你什么好处？你冒着枪林弹雨，出生入死十多年，到头来，还不是因为有我这个国民党少校的弟弟，他们不信任你，你的职位老也提不上去吗？你还不如跟了蒋总统，咱们一起共谋反攻大陆的大计！到那时——”

侯仲文：“你闭嘴！现在都什么时候了？你还在白日做梦！告诉你仲武，组织上要是对我不信任，这次就不会召我回去工作。”

侯仲武：“召你回去……工作？能有什么工作让你做，没完没了地吃苦受累，你图个什么？哥，你三十多岁的人了，想想你跟他们的这十多年捞到过什么好处……”

侯仲文:“不要再啰唆！你的活路只有一条,向人民政府投诚!”

侯仲武:“我要是不呢?”

侯仲文:“我就把你捆起来,送给人民政府,让正义审判你!”

侯仲武举起枪:“哥,我现在还叫你一声哥,如果你真的六亲不认,就别怪我下黑手了!”

侯母:“仲武,你把枪放下!”

侯仲武:“我想,你不会拿咱娘挡着我的枪子儿吧?”

侯仲文将母亲推开,挺身对着侯仲武的枪口:“你再这么执迷不悟,谁也救不了你!”

侯仲武:“我是谁你知道吗？告诉你,我是中统高级特务,一个会叫你们共产党毛骨悚然的杀手——”

村长破门而入,指着侯仲武:“侯仲武,你这个坏蛋,还有脸回来！你要想活命,只有一条路,向人民政府自首去!”

侯仲武一笑:“叔啊,你跑到这儿来干什么？送死啊!”

侯仲武用枪逼着村长。侯仲文上前挡在村长前面:“把枪放下！放下!”

村长:“你跑不了!”

侯母上前抱住侯仲武的胳膊,侯仲武甩开侯母,侯母撞到桌子角,额头流血。侯仲武下意识地想去拉侯母,侯仲文和村长要上前抓侯仲武,侯仲武用枪指着村长和侯仲文,突然开了一枪,击中村长右肩膀。侯仲文回身救村长,侯仲武喊了声:“娘,你要保重!”逃出屋门。

侯仲文也追出门外。村长捂着肩膀,跌倒在地上。侯母要来扶村长,村长挥着手:“去追他俩!”侯母迟疑了一下,追出去……

23-2 侯家坝子村长家 夜 内

彭浩:“那抓住侯仲武了吗?”

村长摇摇头:“后来,我们听说仲文追出去以后,撵上仲武,两人厮打起来,仲文用枪把仲武打死了。这个说法谁也没去怀疑,那天听到仲文他娘说了以后,才知道事情不是那么回事——

(村长复述侯母讲述情景画面,并伴有画外音)

“仲文他娘追出了村子,发现哥俩在油菜地里厮巴到一块了——”

23-3 侯家坝子村外菜地 夜 外

月光下,侯母跟头把式地跑过来。菜地里,侯仲武举枪盯住侯仲文。

侯母大呼:“仲武,把枪放下!”

侯仲文:“娘,你别过来……”

侯仲武转头看侯母,侯仲文一把抓住枪,两人争执,侯仲武的枪口朝向侯仲文:“哥,你别逼我……放开手！松开呀!”

侯仲文死死拉着侯仲武的手,侯仲武试图将枪口移开,侯仲文却拉住枪不放,一下触动了扳机。枪声凄厉,震荡夜空。

侯仲武一惊愣,声嘶力竭地:“哥——你抢什么啊……”侯仲武扶住侯仲文,惊慌失措地看着侯仲文胸口汩汩流出的鲜血,失声痛哭:“哥,哥……”

侯仲文慢慢倒地,压倒了一片油菜花。鲜血染红了身下的油菜花。侯母昏死过去。

侯仲武过去拉起侯母:“娘……是哥逼我的啊,是你们逼我的啊……不是我杀了哥……”

（村长讲述情景画面，并伴有画外音）

23-4 侯家坝子村长家　夜　内

"仲武顶替了仲文以后，就进了队伍里，这个秘密，仲文他娘一直憋在心里，可一想到死了的仲文，她就觉得对不住孩子……哎，她这个娘当得苦啊！"

侯母握着文捷的手，泪流满面。

侯母："孩子，这些话我不说出来，对不住死去的仲文，也会憋闷死我啊……"

（现实）村长："怕惊了侯仲武那个狗特务，文捷同志临走时，再三嘱咐我这件事要保密，她说回去跟部队上汇报以后，再做打算。谁知道，他们刚走了没一天，仲文他娘就出事了，我就弄不明白了，难道能是侯仲武派人来杀了他自己的娘，要灭口？"

彭浩沉思着。

村长："同志，既然已经这样了，那咱赶快告诉部队，让他们把侯仲武抓了吧。再不抓，还不定出多大事呐！"

彭浩："是要抓紧……"

23-5 新锦屏第十六监区侯仲武住处　夜　内

侯仲武坐在桌前，仔细看着关晓渝写的结婚申请，关晓渝坐在旁边。幸福地看着侯仲武的脸色。侯仲武放下结婚申请，关晓渝："这么写行吗？"

侯仲武："……应该行吧，这东西，我也没写过。"

关晓渝起身："那明天就去找刘场长签字。"

23-6 小旅店房间　夜　内

屋里住着四五个妇女，屋当中的绳子上挂着七七八八的物件。

文捷在靠窗的床前整理东西上，马大虎端着个脸盆在门口探头，文捷看见，出去。

文捷低声："怎么还没睡，明天一大早还得赶船呢。"

马大虎："彭书记的事不都弄清楚了吗？还去干什么？"

文捷犹豫了一下："这边的情况虽然清楚了，可彭书记的事……还是得去一趟。休息吧。"

马大虎："我洗洗就睡。"马大虎端着脸盆走开。

23-7 小旅店前堂　夜　内

周大姑和阿宽进来，店老板迎出来："二位，住店呢？"

阿宽："屁话！这时候不住店跑你这儿来干什么！"

周大姑厉声："阿宽，怎么说话呢！没教养的东西！"

阿宽站到一旁，周大姑和颜悦色看着老板："大兄弟，我这孩子不懂事，您别在意。"

老板："没事，没事……"

周大姑："老板，有上好的房间吗？"

老板："有，有，老太太，您跟我来。"老板在前引路，周大姑和阿宽随后。

23-8 小旅店水房　夜　内

马大虎端着脸盆进来，水房里的两个人说笑着出去。

23-9 小旅店走廊　夜　内

店老板引着周大姑和阿宽走来。

23-10 小旅店水房 夜 内

马大虎拿着脸盆接水。周大姑和阿宽从门口走过，阿宽朝里望了一眼，过去。

没一会儿，阿宽的身影又在门口一闪，盯着马大虎看了眼，闪出。

23-11 小旅店走廊 夜 内

店老板开了一间房，推开房门："老太太，您看看，这间行吗？里外套间。不行，我再领您去别的房间看看。"

周大姑："行，行，不错。"店老板走开。

23-12 小旅店房间 夜 内

阿宽："大姑，你猜我刚才看见谁啦？"

周大姑："谁？"

23-13 小旅店水房 夜 内

水槽前，马大虎在洗着袜子。

阿宽手里拿着毛巾进来，脸侧到一旁。马大虎看了一眼，没在意。

阿宽站在马大虎身后，毛巾里包着匕首。

周大姑出现在门口："哟，小兄弟，还有热水吗？"周大姑脸上挂着笑。

马大虎看去："大婶，房间里也有热水。"

周大姑："是嘛。"

马大虎脸冲着门口。站在身后的阿宽突然一手捂住马大虎的嘴，举起匕首扎下去……

23-14 小旅店走廊 夜 内

周大姑来到文捷住的房间外，阿宽持刀站在隐蔽处。

周大姑镇静了一下，拉开门。屋里的人望向周大姑，周大姑看到了靠窗床上的文捷。

满脸是笑的周大姑扫了眼屋子里的人："对不住，对不住，走错门了……"周大姑退出。

23-14A 倒木沟山洞宁嘉禾住处 夜 内

留声机里的音乐已经走到尽头，空转着。坐在椅子里的宁嘉禾想着心事，全然不觉。

阿慧进来："姐夫……"

宁嘉禾："哟，阿慧。进来进来。"

阿慧："阿姐不在啊？"

宁嘉禾轻叹一口气："最近这段时间我们处处不顺，很是被动，你阿姐的心情一直不太好啊……"

阿慧："这个我也看出来了。姐夫，你得赶快想个什么办法呀。"

宁嘉禾："我和你阿姐琢磨来琢磨去，我们的很多行动频频受挫失败，还是因为对新锦屏农场的情况知之甚少啊。"

阿慧："我们的内线不是做了很多事情吗？"

宁嘉禾："这个不假。可光靠内线毕竟势单力薄，还容易暴露。如果我们能策反一个半个农场的人过来……"宁嘉禾走到阿慧身旁。

阿慧："这个可不容易。"

宁嘉禾突然一搂阿慧的脖子，与阿慧四目相对。阿慧拉扯宁嘉禾的手，慌乱地："姐夫——姐夫，你干什么？"

宁嘉禾的脸上露出少见的淫意:“怎么?连勾引个男人还得我教你吗?忘了你受过的那些训练了?”说着,强吻阿慧。

阿慧躲闪着:“姐夫,不要!不要啊……”

宁嘉禾:“我不是你姐夫,我现在就是一个男人!”

阿慧:“姐夫,别这样,别让阿姐看见……”阿慧挣扎。

宁嘉禾突然推开阿慧,脸上现出一脸正色:“勾引男人,正是你阿姐想叫你做的。只是,她开不了口……”

阿慧:“不,阿姐不会的……”

“会的!”唐静茵的声音传来,阿慧一回头,见唐静茵站在门口。

23-15 小旅店房间 夜 内

阿宽:“就那几个娘们,我还收拾不了?”

周大姑:“把那一屋子人都杀了,弄不好咱俩都得搭上。赶快睡吧,明早赶快上路,在路上除掉她也不迟。”

23-16 倒木沟山洞宁嘉禾、唐静茵住处 夜 内

阿慧生气地转过身去:“去勾引男人,我不成妓女啦?”

宁嘉禾:“你不是妓女,是圣女。”

宁嘉禾走过来,站在阿慧身后:“女人为了钱财而出卖自己,那是妓女,为人所不齿;女人为了神圣的理想而贡献自己,那就是圣女,会令人敬仰!”

阿慧:“我不想做什么圣女。我这辈子只想跟着唐司令,不想去碰任何男人!”

宁嘉禾:“跟着唐司令,你就要为她排忧解难。让你去接触这个男人,就是实现唐司令反共救国理想的一个具体行动。”

阿慧看着唐静茵:“阿姐——”

唐静茵拉阿慧坐下:“阿慧,你虽然接受过色情方面的训练,但我从来没有派你去执行过这样的任务,姐姐于心不忍啊!现在实在是形势所迫,我别无选择,只好委屈你了。”

阿慧:“这个人……能就范吗?”

唐静茵:“那就得看你了。不过,从周站长那边说的情况看,这个人还是应该没问题的。此前,有些工作,周站长已经铺垫好了。”

阿慧:“好吧,我服从命令就是。”

唐静茵拥住阿慧:“阿慧,委屈你了!”

23-17 旅馆前堂 晨 内

笑吟吟的周大姑和阿宽走来,店老板看到:“哟,这么早就走啊?老太太,睡得好吗?”

周大姑:“挺好,这几天也没睡个好觉了。”周大姑递钱。

店老板:“用不着这么多。”

周大姑佯装生气:“拿着,开店不容易!”

店老板:“那谢谢老太太了。”店老板相送出门外。周大姑和阿宽走去。

店里伙计急三火四地跑来:“老板,出事了……”

23-18 小旅馆水房 晨 内

马大虎的遗体上盖了块床单,文捷失神地握着马大虎冰凉的手。

店老板气喘吁吁地跑来："怎么就出人命了……啊？快报官……"

23-19 山路　日　外

一辆马车晃荡着走来。彭浩坐在车上，掏出那张侯仲武穿着国民党军装的照片看着，照片里的侯仲武显得颇为得志。

（闪回）凌若冰在跟彭浩讲大菊的事："燕子跟我说过，好像……大菊嫁到侯仲文他们村里的时候，见过侯仲文的一张相片……"

（闪回）柳春燕："侯监区长跟她谈话没过几天，大菊就跳崖了……"

（闪回）柳春燕："彭书记，莫不是侯监区长……害死了大菊？"

凌若冰："我想起来了，不可能。当时侯监区长在工地让石头砸伤了脚，出事的时候，他还在新锦屏医院里住着呢。"

彭浩："对，他是在住院……"

柳春燕："那……那她不还是想不开，自己跳的崖吗？"

（现实）几个解放军战士迎面走来，彭浩警觉地抬头，战士正看着他，彭浩转过头，揣好照片，将帽子往下拉了拉，遮住了一张脸。

23-20 侯家坝子乡政府办公室　日　内

乡长看着文捷："放心吧文同志，我们一定把这件事妥善处理好。"

文捷："部队也会派人过来，希望你们能协助尽快查明真相。"

23-21 镇邮电所门前　日　内

工作人员对彭浩："……这周遭几十里你都不用问了，电话都打不得……要三五天才修得好……"彭浩走去，满面焦灼。

23-22 街口小饭店　日　内

周大姑和阿宽在吃饭，小伙计倒水，周大姑很是谦恭地谢着。

小伙计走开，阿宽看着窗外街道。周大姑给阿宽搛菜："快吃，这菜凉了不好吃。"

阿宽："那个女的咋办？"

周大姑："当然得做掉！她要不能插翅飞出去，也得走这个车站。"

23-23 车站小候车厅　日　内

文捷买了车票，低头朝一排座椅走去。排在后面的阿宽递钱。

文捷坐到靠角落的一处，周大姑在不远处望着。

23-24 小候车厅外　日　外

路旁有不少小吃摊子。彭浩走来，掏兜拿出钱看了看，咽了口唾液，走进候车厅。

23-25 小候车厅　日　内

茶水炉前，旅客在接开水，文捷拿出搪瓷缸子。周大姑坐到文捷旁边。

文捷将缸子放在身旁，缸子里的水冒着热气。周大姑手里握着一个小纸袋。

一个小孩儿蹒跚着走来，周大姑一伸脚，孩子被绊倒，"哇"的一声大哭起来，文捷忙去拉扶孩子。周大姑悄然将小纸袋里的药粉倒进缸子里。

文捷拍着孩子，孩子妈妈跑过来。周大姑帮着哄孩子："哟，哟，快看看摔坏了娃儿没，看这娃儿多乖……"

孩子妈抱走孩子，周大姑笑吟吟地看着孩子走开。

周大姑自语："这孩子，亲死个人咧。"周大姑走开。

文捷端起茶缸，吹着上面的水汽，往嘴里送去……

23-26 小候车厅 日 内

文捷端着茶缸，吹着上面的水汽。周大姑、阿宽紧张地盯着。

文捷正要喝水，彭浩画外音："文捷！"文捷一愣，朝喊声看去，一惊，放下茶缸。

彭浩过来，拽起文捷，匆匆穿过候车厅，走出门外。

阿宽起身欲跟出去，周大姑拉住阿宽。

阿宽："不管他们了？"

周大姑悠悠然："哪能不管哪，人家送上门来了……"

文捷的那个缸子留在了座位上，有人去捡，周大姑上前抢过缸子："这是我的。"

阿宽："大姑，你心眼真好使。"

周大姑低声："放屁！喝出人命不是给咱添乱吗？"周大姑将缸子里的水泼掉，将缸子扔到一旁……

23-27 候车厅外僻静处 日 外

候车厅门前，商贩在吆喝杂七杂八的买卖。有卖瓜子、香烟的，还有卖鸡、鸭、猪仔的。僻静处。文捷打量着彭浩："……老彭——"

彭浩："总算找到你了，就你一个人？"

文捷的眼圈红了："马大虎他被人暗害了……"

彭浩："一定是敌人想杀人灭口！你的处境也很危险！"

彭浩警觉地四下看着："敌人一直跟踪你们。他们已经知道你和大虎来外调的事了。"

文捷："不会吧……我来的消息只有刘场长和晓渝知道，他们两个绝对不会有问题！"

彭浩："你和马大虎突然消失不见了，那个隐藏的鹤顶红不会毫无察觉。"

文捷："你知道鹤顶红是谁啦？"

彭浩："我刚去过侯家坝子，跟你们前后脚。"

文捷一惊。文捷打量着彭浩，眼神里闪过一丝不信任。

彭浩："有人比我还早到了一步，他们把侯妈妈杀害了……"

文捷下意识地往后一退："怎么会……"

彭浩逼过来："你是不是怀疑我？"

文捷伸手摸枪，彭浩一把抓住文捷的手："你现在可以不相信我，不过，只要回到新锦屏。到时候我是人是鬼，一切都会大白于天下！"

文捷不语。

彭浩："你要相信我，我会保护你的。"

文捷："如果真有敌人一直跟着我，你拿什么保护我？"

彭浩下意识地摸了把怀里："我有枪。"

文捷四下看着。彭浩："我知道了情况后，本来想给前进挂个电话，把鹤顶红的事告诉他，可是，这里的电话线全被敌人破坏了。你打上电话了吗？"

文捷沉默。

彭浩苦笑着摇了下头："本来想拍封电报，可琢磨再三，还是谨慎一点吧，你也是这么想的,对不对?"

文捷:"老彭,对不起……侯妈妈和马大虎的死……都太突然了……现在,我真的不能相信你。请你原谅,如果你不是内鬼,你就把你的枪交出来。"

彭浩:"文捷,我说过,我要用这个保护你!"

文捷:"交出来!"

彭浩无奈地掏出枪,迅速塞给文捷。

23-28 小候车厅 日 内

许多人在排队买票,文捷和彭浩站在队伍中。隔了两个人,阿宽排在后面。

文捷买票:"两张,新锦屏。"售票员递出两张票,阿宽闪出来。

23-29 候车厅外 日 外

周大姑领着阿宽边走边看小摊上的货物,目光被筐子里的猪仔吸引。

周大姑:"老弟,这个猪娃子咋个卖?"

老乡伸出一个巴掌比画了一下。

周大姑掏钱,阿宽:"大姑,买这个做什么?"

周大姑不理,高兴地看着小贩将猪仔装进筐子里。阿宽接过筐:"这……这东西还能在咱店里养着?"

周大姑带着阿宽走到僻静处站下,从手提箱里掏出一个小方盒子摆弄了一下,用布包了包,放进筐底,又用稻草盖了盖。阿宽明白过来。

阿宽:"那一车人……"

周大姑:"顾不了啦……要怨就怨他们自己命不好,碰上灾星了,去吧。"

阿宽提着猪笼子走去。

23-30 车站 日 外

买了票的乘客等着发车。车门打开,人们蜂拥而上,阿宽过来,看到文捷和彭浩上了车。也跟着上去。

23-31 客车上 日 外

文捷和彭浩找了个座位,彭浩打量着周围的人。阿宽提着猪笼子上车,随手将猪笼子放下。

司机:"往里走,往里走,马上开车!"

阿宽往里走了几步,像是想起什么,回身匆匆下车。

23-32 车站 日 外

阿宽走来,冲周大姑点了下头。周大姑:"咱把他们送上路吧。"

汽车门关上,司机伸头朝着车前挡路的行人大喊:"闪开闪开! 车走了!"

司机用力按着喇叭,很是刺耳,人们让开……周大姑、阿宽都松了口气。

汽车驶出车站,周大姑惋惜地:"好戏看不上了,留给别人看吧……"

汽车拐过街角,驶去。

周大姑舒了口气:"这几天脏死了,找个地方洗个澡,睡个觉,明天回家!"

23-33 客车上 日 内

文捷看着窗外闪过的风景,面无表情。彭浩坐在她旁边,正盯着面对自己的一个男人吃东西。文捷见状,从包里拿出块大饼,碰了碰彭浩,彭浩接过,看了眼文捷,狼吞虎咽地吃起来，一块大饼转眼不见了。文捷又拿出一块，彭浩犹豫了下，接过。

文捷："怎么饿成这样？"

彭浩："我留了点钱给侯家坝子的村长，让他帮着处理一下侯妈妈的后事，兜里就……"

文捷："你怎么会知道我外调的事？"

彭浩："这个……等回到新锦屏，我会告诉你。"

文捷盯着彭浩看了看，转过头望向窗外。汽车驶进一个山洞，一片漆黑……

23-34 车站 日 外

周大姑和阿宽刚走出车站，爆炸声清晰可辨地传来。

阿宽看周大姑，周大姑低语："阿弥陀佛，可惜了那一车的人……"

23-35 新锦屏农场机要室 晨 内

关晓渝正在整理刚印出的材料。侯仲武推门进来："一大早就上班了。我还怕你没来呢。"

关晓渝："有事啊？"

侯仲武："我是公私兼顾。一是过来再研究研究几个犯人的卷宗，看看从哪一方面入手，对他们的改造更有利。再是，想跟你商量一下，趁着明天休息，咱俩去趟锦屏镇，看看买点什么。别等刘场长大笔一挥，批准侯仲文、关晓渝同志结婚——给咱们弄个措手不及啊！"

关晓渝笑笑："看把你美的！"

23-36 第十六监区走廊 日 内

小痞子和几个犯人在扫走廊，一双脚出现在小痞子面前。小痞子顺着脚往上看，是侯仲武。小痞子讨好地："报告政府，这走廊已经扫了两遍了。"

侯仲武："你跟我来一下。"侯仲武走去，小痞子跟在后面。

郑运斤从铁门里看着小痞子走去……

23-37 第十六监区侯仲武办公室 日 内

桌上摆着几个犯人的卷宗，最上面是的是小痞子，旁边还有郑运斤的。

小痞子谦恭地站在桌前，侯仲武："小痞子，你近来表现不错，才让你出来在监区内干些杂活，这个，你应该清楚吧？"

小痞子："清楚，清楚，谢谢侯监区长厚爱。我一定好好改造，争取早日出狱。"

侯仲武拿过一份"主动坦白问题，争取得到宽大"的材料推到小痞子面前："这个，你好好看看。"小痞子接过，认真看着。

侯仲武："在十六监区里，你的身份……很特殊啊……"侯仲武盯着小痞子。

小痞子："报告政府，您的话……我听不懂……"

侯仲武："你不是听不懂，是不想听懂吧？"小痞子一头雾水。

侯仲武一拍桌子："行了，你还要给我装到什么时候！"侯仲武拿过卷宗，"你不要以为这上面写的东西我都会信以为真，有更重要的问题，你这上面可是一个字没写！"

小痞子："我可是什么都交代了！ 报告政府，我说得句句是实话呀！"

侯仲武直指小痞子的鼻子："你小子……我看你是不想好了！"

23-38 新锦屏农场机要室 日 内

关晓渝看着小镜子背面自己和侯仲武的合影，神态恍惚表情复杂……

文捷的画外音:"……我觉得,你跟监区长的事……不要发展太快了。"

文捷的画外音:"一切,等我'外调'回来再说,好吗?"

刘前进的画外音:"……一辈子的大事,还是不要操之过急。"

(闪回)侯仲文:"……这两天咱们就打个申请结婚报告,也参加'十一'的集体婚礼。"

23-39 第十六监区监室 日 内

监室门打开,小痦子进来,一屁股坐在床铺上,顺势倒下。

苟敬堂过来:"怎么垂头丧气的?你可是管教眼里的红人。什么时候侯监区长放你出去?"

小痦子闭着眼:"侯监区长看错人了,偏要说我有什么事情没交代。"

苟敬堂:"他那是诈你!那一套我早领教过了。"苟敬堂走开。

郑运斤过来,坐在小痦子身旁,低声:"那你到底有没有没交代的事情?"

小痦子睁开眼,看着郑运斤:"督战官大人,你不也有没交代的事吗?"

郑运斤:"你要知道什么,尽管揭发好了,没准还能减个几年刑期,也算我郑某人为你做了点好事。"

小痦子:"郑长官,你别拿我穷开心好不好?我这号人,只要有人管吃管住,在哪都一样。咱可比不了你这位督战官,在这里身份比我们高,等到出去的那一天,就更成了香饽饽了。"

郑运斤低声:"只要你听我的,我出去以后绝不会亏待你!"

23-40 锦屏镇大车店 日 外

周大姑和阿宽进来,小伙计兴奋地朝店里大喊:"掌柜的回来了!"

小伙计接过周大姑手里的小包袱,周大姑笑吟吟地:"这几天店里没事吧?"

小伙计:"没事,都挺好的。"

周大姑:"没事就好。快给我烧水,好好洗个澡,这趟门出的,累死个人!"

周大姑、阿宽进店。甄世成从店里出来,后面跟着冯小麦等人。

周大姑:"哟,甄大科长,又来进货啦?"

甄世成点头:"周大姑,听说你串门去啦?"

周大姑:"看我个老姐姐,多少年没见着了,见着那个亲哪!说什么也不让我走,那话儿呀,一说起来就没完没了。我哪能不走啊,这店里还一大摊子事呢。"

甄世成笑笑:"是啊。"

甄世成从院外走去,冯小麦等人跟在后面。周大姑看着甄世成的背影,轻笑了下。

23-41 倒木沟山洞客厅 日 内

宁嘉禾看完电报,递给唐静茵,唐静茵看。阿慧站在一旁。

唐静茵:"台湾方面到现在还没有查出参谋次长是不是郑运斤,这太慢了……"

宁嘉禾:"看来,这个活儿还得靠'鹤顶红'啊。"

唐静茵:"'鹤顶红'那面不是也没有动静?"

宁嘉禾:"'鹤顶红'也不容易,他的耳朵不能竖得太长,否则也自身难保。"

唐静茵:"逃跑的事发生后,现在新锦屏看管的是越来越严了……"

宁嘉禾看着阿慧:"那个甄世成……不是有拉过来的希望吗?现在有什么进展?"

阿慧低头不语。

23-42 第十六监区侯仲武住处 夜 内

侯仲武在抽着烟,心事重重。侯仲武冷笑一声,将烟死死地按在烟灰缸里。

23-43 新锦屏农场关晓渝住处 夜 内

关晓渝在擦拭着短笛,她的眼睛一直盯着小镜子背面那张她和侯仲武的合影……

23-44 锦屏镇街市 日 外

侯仲武和关晓渝的那张合影,变成了在逛街的侯仲武和关晓渝,侯仲武的手上拿着新买的脸盆、毛巾等物品。侯仲武关切地:"你有心思,是不是晓渝?"

关晓渝笑笑:"没有,我有点累……"关晓渝看着货摊上五彩缤纷的物品。

23-45 锦屏镇大道 日 外

一辆客车缓缓停下。下车的客流中,现出彭浩和文捷的身影。

彭浩:"咱们不能直接回农场,那样会打草惊蛇。"

文捷:"先给刘场长挂个电话,把情况说明一下……"

彭浩:"到镇邮电所吧,前面就是。"

文捷点点头:"老彭,这一路上多亏了你,要不然,我早被特务暗杀了。起初,我还怀疑你……"

彭浩:"我们没被特务炸死,算是万幸了……"

(回忆当时情形画面)

23-46 汽车上 日 外

汽车从山洞里出来,驶上土路。跑了没多远,却慢慢停下了。司机打着火,汽车没有发动起来,他关了开关后又重新打火,却还是怎么也打不起来。司机揭开车盖检查着,看到一个管路烧焦,无奈地:"对不住了,都下车吧!车坏了!"

旅客:"咋回事嘛!"

司机下车:"开不了了。下车,下车!把自己的东西带起!"众人不满地下车,彭浩和文捷挤在人群里下车。很快,车上空空荡荡。

司机看到那个猪笼,朝下车的旅客喊着:"谁的猪娃子?啊?"

司机追着走开的旅客:"谁的猪娃子忘了拿?啊——"身后突然"轰"的一声炸响……

(回忆当时情形画面)

23-47 山路 黄昏 外

彭浩和文捷边走边回头张望,两人都气喘吁吁。

文捷打量天色:"老彭,光靠两条腿,咱们走不回新锦屏啊。"

彭浩:"走哪儿算哪儿吧。土匪知道咱们活着,他们不会甘心的。现在,哪里也不安全。"

文捷:"那倒是,内鬼早挖出一天,我们就能心安一天。"

彭浩:"快走吧。"

文捷想起什么:"老彭——"文捷掏出手枪,递给彭浩。

彭浩看了眼文捷,接过枪:"我手里还有个证据,一直没给你看,是怕路上的眼线太多。"

文捷:"什么证据?"

后面传来汽车的轰鸣声,一辆大卡车远远开来。两人回头张望……

(现实)

23-48 锦屏镇街市 日 外

彭浩:"幸亏堵了个当地驻军的车,否则,咱们还不知道什么时候能到锦屏镇哪。"

文捷:"鹤顶红现在是狗急跳墙了,再不赶快抓住他,还不知道他能干出什么坏事来。"

23-49 锦屏镇街道 日 外

邮电所不远处,侯仲武和关晓渝走来,关晓渝被货摊上的各色被单吸引,上前看着。侯仲武在一边四下看着。

邮电所门前。彭浩拉开门先进去,文捷手里的什么东西掉在地上,她弯腰捡起,两个年轻人抢在文捷前面进去,文捷让着。

侯仲武看到邮电所门前的文捷,大惊。文捷走进邮电所。侯仲武怔愣了片刻,将手上的东西放在货摊上,对关晓渝:"我去趟茅房,一会儿回来。"

侯仲武朝邮电所跑去,边跑边摸出什么东西藏在衣袖里。

23-50 锦屏镇邮电所 日 内

四个电话间被分割开来,彭浩和文捷站在靠墙的电话间外。一个女人打完电话出来,彭浩:"我去交钱,你进去吧。"彭浩走开,文捷进去。

23-51 锦屏镇邮电所电话间 日 内

文捷拿起听筒,里面没有声音。她放下电话,过了一会儿,又拿起电话,里面有了声音,文捷:"请转新锦屏农场场长办公室。"

23-52 新锦屏农场办公室 日 内

刘前进正在接电话:"各监区的排水沟一定要通畅,有问题的该修就快修,需要什么东西,要多少,赶快告诉我……"

23-53 锦屏镇邮电所电话间 日 内

文捷焦急地听着电话,电话里传来接线员的声音:"请稍等一会儿,对方还在占线。"

侯仲武出现在电话间外,他盯着电话间里打电话的文捷,目光露出前所未有的凶残。他左右看看,轻轻推开门。

文捷拿着话筒,里面传来接线员的声音:"电话接通,请通话——"

侯仲武站在文捷身后,从袖口顺出匕首……

23-54 新锦屏农场办公室 日 内

刘前进刚放下电话,电话铃声又响起,刘前进抓起电话:"喂,我是刘前进,讲话。"

23-55 锦屏镇邮电所电话间 日 内

文捷:"喂,刘场长——"一只手伸过来,按下了电话叉。文捷一抬头,玻璃上露出侯仲武一张极度扭曲、嘲讽的笑脸……

23-56 新锦屏农场办公室 日 内

刘前进握着话筒大叫着:"喂——"

刘前进看看话筒,又放到耳边——

23-57 锦屏镇邮电所电话间 日 内

侯仲武拉开电话间的门出来,险些与一戴眼镜的年轻人撞上,年轻人看着他匆匆跑去。

彭浩跑来,让过年轻人,年轻人看着彭浩进去。

23-58 锦屏镇邮电所电话间外 日 内

彭浩见文捷正倚靠在墙,焦急地问:"联系上啦?"

电话听筒悬在半空。文捷早已气息全无,脊背上有鲜血汩汩流出……

彭浩抱住文捷，声嘶力竭地叫喊："文捷——"

23-59 锦屏镇街市 日 外

关晓渝已经挑好一床被单，侯仲武气喘吁吁地跑来，面带微笑："挑好啦？"

关晓渝展开床单："怎么样？"

侯仲武："眼光不错。"

侯仲武要掏钱，关晓渝："我都交过了。"

关晓渝收拾好被单，侯仲武提起脸盆等物品，两人走去，侯仲武回头朝邮电所望去。

23-60 新锦屏农场办公室 日 内

刘前进在打电话，焦急地："快给我查一查，刚才的电话是从哪儿打的！"

23-61 军分区程部长办公室 日 内

程部长正在看文件，门"嘭"地推开，高参谋冲进来："程部长，彭浩抓住了！他在锦屏镇还杀了人！杀了文捷！"

程部长："啊！彭浩杀了文捷？"

高参谋："我已经派人把他押过来了。这次派了两个班，他是插翅也难逃了！"

程部长："他是要逃出去？"

高参谋："不是，他是从外面回来，好像是要回新锦屏。"

程部长意识到什么："他已经逃出去了，为什么还要回来？"

高参谋："……是不是……有更大的阴谋？"

程部长思忖着，突然下令："打电话给刘前进，让他现在就赶到军分区。"

高参谋："有这个必要吗？"

程部长未予理睬，点起一支烟，又指了指电话。高参谋不情愿地抓起电话："接新锦屏农场办公室。"电话接通，高参谋："刘场长，我——"

程部长："给我。"程部长接过电话："刘前进，彭浩有消息了——"

23-62 新锦屏农场办公室 日 内

正接电话的刘前进莫名惊诧："……什——么？他杀了文捷？"

23-63 山路 日 外

吉普车在前、大卡车在后，两辆车一前一后疾驶而去。

卡车上，坐着戴手铐的彭浩，他的两旁，是持枪的战士。

吉普车上，坐着见证侯仲武行凶后逃走的那个戴眼镜的年轻人。

23-64 山路 日 外

刘前进疯了一样的开着车……

23-65 新锦屏农场场部附近 日 外

关晓渝和侯仲武提着东西走来。

严爱华和一个女人说着话走来。严爱华老远打招呼："关干事、侯监区长，你们大包小包这是……"

侯仲武满脸喜悦："我跟晓渝去买了点东西。"

严爱华："哟，这么喜庆……你们……要结婚啦？"

关晓渝不好意思地笑着："我们想参加'十一'集体婚礼。"

严爱华:“好啊,到时候可得多吃几块你俩的喜糖,我跟老领导的交情可不浅哪。”

侯仲武笑着:“到时候你可一定去啊!”

严爱华喜眉笑眼地走开。

关晓渝:“严院长挺有意思。”

前面不远处是农场办公区。侯仲武把手里的东西递给关晓渝:“你先回去吧,我去跟刘场长汇报点事。”关晓渝接过东西,侯仲武走去。

23-66 新锦屏农场场部 日 内

侯仲武跑来,门岗战士敬礼。侯仲武:“刘场长在吗?”

战士:“场长中午就走了。”侯仲武若有所思。

23-67 军分区大院 日 外

吉普车在前、大卡车在后,两辆车一前一后驶进大院。全副武装的战士上前打开车门,戴手铐的彭浩被押下车……

23-68 军分区程部长办公室 日 内

屋里浓烟滚滚,大号烟灰缸里已积满了烟蒂。程部长一根根抽着烟。

高参谋进来:“程部长,人总算押到了!我真怕再出个什么意外,又让彭浩溜掉了!”

程部长抬起头,眯着眼睛打量高参谋,高参谋有些不自在地:“我已经安排好了,马上提审吧!”

程部长:“等会儿吧,等刘前进来了再说。”

高参谋欲言又止,程部长朝他挥挥手:“我一个人待会儿……”高参谋退下。

23-69 军分区大院 日 外

吉普车疾速驶进大院,车刚停稳,刘前进跳下车朝楼里跑去。

23-70 军分区程部长办公室 日 内

刘前进狂喘不止地站在门边。

程部长瞪着刘前进:“你早知道彭浩去了侯家坝子,为什么不报告?”

刘前进:“我是怕……万一这个彭浩再耍啥花样……”

程部长:“撒谎!你守住秘密就是想等他回来拿到证据再说!你以为我不知道你!”

刘前进:“这个……我是这么想过。不过,我也担心文捷和马大虎的安全。就琢磨着如果他不是内鬼,去了也能保护文捷他们……”

程部长:“保护文捷?现在文捷就是被他杀的!”

刘前进:“这不可能!他要是想杀文捷,一路上早就动手了,用不着到了锦屏镇再杀。这个道理,你应该明白!我把这事先瞒下来了,还有一个……更重要的原因,彭浩紧随文捷去侯家坝子的事要是让你那个高参谋知道了,还不定会分析到什么吓人的程度……”

程部长:“彭浩的身份没弄明白以前,我们在找他,敌人也在找他——彭浩一旦掉到他们手上,你小子想过没有,那会是什么结果!啊?”

刘前进走到办公桌前,坐下:“你当彭浩是傻大兵啊,敌人劫杀他们那回——就是高参谋叫人押他那回,那是真悬、真危险!可以想象,彭浩那一回可真是不易:好人坏人都惦记抓他……这一把不一样,彭浩如果不是内鬼,他一定急奔着回来,越快越早越好……最不希望文捷有意外的人,就应该是他!”

高参谋推门进来:“程部长,彭浩说有重要情况跟你说!”

刘前进“呼”地站起来。

23-71 军分区提审室 日 内

刘前进推开提审室的门,一眼看到坐在凳子上已经完全变了样的彭浩。四目相对,刘前进激动不已。

程部长进来,彭浩要站起来,被他身后的押解战士按下。程部长也很激动。

高参谋已经站在一张桌子后,旁边有几个空座位。

程部长:“给他松绑。”

战士给彭浩松绑,怎么也解不开背后绳子的疙瘩。刘前进掏出腰刀,过去一刀挑断绳子。高参谋不满地看了眼刘前进,又看程部长。程部长佯装没看见,咳嗽了一声。刘前进坐到程部长身旁。

高参谋:“彭浩,你跑了一大圈,还是没有跑出人民武装布下的天罗地网。现在,你还想说什么?”

彭浩活动着手腕,摇摇头。高参谋:“这就对了,你再巧舌如簧,也是诡辩!”

刘前进:“行了高参谋,你也不用跟彭浩斗智斗勇了。彭浩,到底怎么回事,你赶快都给我说出来!你还想把人急死啊!”

彭浩慢吞吞把手伸向兜里,掏出一张油纸包着的东西,刘前进接过,打开,里面两张照片:一张是侯仲武身着国民党军装的照片,一张是侯仲文穿着解放军军装、披红戴花的照片。

刘前进对照两张照片看着:“这……这都一样嘛……”

彭浩点着侯仲武的照片:“你看看这儿……”刘前进看着照片。侯仲武的下巴特写。

刘前进逼视着彭浩:“你在党校见到的人,是侯仲文还是侯仲武?他下巴上有没有疤?”

彭浩轻叹一口气:“那已经是侯仲武了,他把侯仲文打死后,冒名顶替去的党校……”

程部长和高参谋起身。程部长接过照片,将两张照片并列在一起。

两张泛黄的照片特写。高参谋伸过头,看到照片,大惊……

23-72 军分区指挥部办公室 日 内

看见侯仲武从电话间出来的年轻人坐在程部长、高参谋、刘前进面前。

刘前进:“那个人长什么样?”

年轻人:“个子挺高,眼睛挺大,别的我没大注意,对了,他下巴上好像有块疤……”

刘前进:“是侯仲文,没跑了。不对,应该叫他侯仲武了……”

23-73 军分区指挥部办公室 黄昏 内

刘前进坐在桌前,敲着脑袋。

程部长:“这条鹤顶红潜伏到现在,一定是有更大的阴谋!”

刘前进:“那就让他再活些日子,看看还能玩出什么招数。”

程部长:“放长线钓大鱼?”

刘前进点点头:“只是这样一来,关晓渝咋办呢……”

程部长:“关晓渝怎么啦?”

刘前进:“他们两个……好上了……”

定格。

第二十三集完。

第二十四集

24-1 第十六监区侯仲武住处　夜　内

侯仲武看着手里的结婚申请,脸上的表情难以捉摸。面前的烟灰缸已经装满,他摁灭烟头,起身出去。

24-2 新锦屏农场关晓渝住处　夜　内

一床色泽艳丽的大床单扑面而来。关晓渝坐在桌旁,神情落寞地看着白天从锦屏镇买回的床单。桌上,堆放着其他结婚用品。

文捷微笑着走进关晓渝的视线。文捷的画外音:“……等我外调回来再说,好吗?”

关晓渝披衣靠在床头。内心独白:“文捷大姐,你快点回来吧……”

24-3 新锦屏农场刘前进住处　夜　内

侯仲武走来,持枪的战士敬礼:“监区长!”

侯仲武:“刘场长还没回来吗?”

战士:“没有。”

侯仲武点头,走开,战士看着侯仲武的背影。

24-4 路上　日　外

吉普车飞驰。刘前进的耳边响着程部长的画外音:“一定要做好关晓渝的工作,保护好她的安全,明天就让她到军分区报到。”

24-5 新锦屏农场场长办公室　日　内

门开着。刘前进端起水缸喝水,水缸子空了。他一回身,冯小麦捧着暖瓶走来。

冯小麦:“刘场长……”

刘前进:“你怎么在这儿?”

冯小麦:“我跟甄科长回来,他那边没什么事。我就过来了。马大虎临走时,告诉我他出去几天,让我没事就过来,帮着他照顾照顾场长。”

刘前进的心一沉。刘前进:“甄科长那边……怎么样?”

冯小麦:“没什么,甄科长对谁都不错,感觉像个生意人。”

刘前进琢磨着:“……小麦,你还别说,你这个评价还真挺对。”

冯小麦:“场长,彭书记……真的出事了吗?我听别人说……”

刘前进:“你管别人说什么!彭书记的事,以后会有个说法的。你不要听别人瞎说。”

冯小麦点点头。

刘前进:“甄科长那边,小麦,你还要给我长点精神头。听到没有?”

冯小麦:“我知道。”

刘前进:“没事不用老往我这儿跑。”

冯小麦:“等马大虎回来,我就不跑了。”

刘前进想要说什么,忍住了。

屋外传来说话声和脚步声，冯小麦刚出去，侯仲武和关晓渝走进来。刘前进脸上闪过一丝异样："……你俩……坐，坐。"

侯仲武看了眼冯小麦，问刘前进："这怎么……马大虎呢？"

刘前进："马大虎……我让他去干点别的事，特殊任务！"刘前进将"特殊任务"说得一字一板。刘前进看着侯仲武，侯仲武沉静如常。

刘前进："坐吧。"

侯仲武坐下："刘场长，彭书记有消息吗？"

刘前进摇摇头："还没有。你听到什么啦？"

侯仲武："没有。不过，凭我的直觉，彭书记应该还活着！"

刘前进："活着？在哪儿活着，你不会说他跑到山上土匪窝了吧？"

侯仲武："那怎么会？我直到现在都深信彭书记绝对不是内鬼！他现在一定是躲在什么地方卧薪尝胆，等待时机，等洗清冤情后，重新出来为革命、为党工作。"

刘前进："老侯啊，你想得太不切实际了。行了，这事以后再说，你们俩一大早一起跑来，有什么事吗？"

关晓渝："刘场长，是有件事要麻烦您。"

刘前进看着关晓渝："什么事？神神秘秘的。"

关晓渝掏出结婚申请："场长，这是我和侯仲文同志的结婚申请，你看看——"

24-6 新锦屏农场场长办公室 晨 内

关晓渝递过结婚申请，刘前进一时有些发蒙，看看关晓渝，又看看一直盯着自己的侯仲武。侯仲武有些不好意思："这件事……我应该……早跟刘场长说一声……"

刘前进接过结婚申请。

侯仲武："刘场长，其实……我知道这个时候提出结婚，有点不太合适，农场工作千头万绪，彭书记又……要不然，再等等吧。"

刘前进放下水缸子："……这个，我回头看看再说。那什么——"刘前进拿过桌上的文件，"我正想找你呢晓渝，有几份急件，我觉得写得有点问题，咱俩得碰碰……"

关晓渝："什么问题？"

刘前进："一些提法上不大妥当，我没想好怎么提，你坐下，咱俩先碰碰。"

关晓渝看侯仲武。刘前进像想起什么："老侯，要不然……"

侯仲武："……那行，我先回去了。"侯仲武起身，看看晓渝，出去。

刘前进："……那个谁，冯小麦，替我送送监区长。"

冯小麦："是！"侯仲武在前，若有所思。冯小麦在后面慢吞吞地跟着。

刘前进送到门口，看着两人离开。

24-7 新锦屏农场场部外 晨 外

侯仲武在前，冯小麦跟在后面。侯仲武停下，冯小麦赶上。

侯仲武："你知道马大虎去执行什么任务了吗？"

冯小麦："刘场长刚才不是说'特殊任务'吗？具体的，我也不知道。"

侯仲武头也不回地走去……

24-8 新锦屏农场场长办公室 晨 内

刘前进踱着步子，显然不知怎么开口。关晓渝："场长，你……有什么话，就说吧……"

刘前进："我把老侯支走，是想跟你说说……你们结婚的事。"

关晓渝："这……有问题吗场长？"

刘前进看着关晓渝，点了下头："有问题。"

关晓渝似乎已经意识到什么，沉静地看着刘前进。

刘前进："侯仲文……不是侯仲文！"

关晓渝："侯仲文……不是侯仲文？……场长，我听不明白……"

刘前进："这个侯仲文的真名叫侯仲武，是国民党特务！"

关晓渝一下子定住了，半天，她缓过劲来："不对，侯仲武是他弟弟，这个我知道，侯仲武是国民党少校军官，还是侯仲文大义灭亲，亲手把他击毙了呢！这个问题侯仲文早向组织上说明清楚了。组织上对这件事也专门进行过调查，不会有问题的。"

刘前进："晓渝，你冷静点！你听我说，真的侯仲文同志，已经被他杀害了……"

关晓渝怔愣着："那这个人……是冒名顶替？"

刘前进点头："是。"

关晓渝："那他长得……"

刘前进："侯家这两兄弟是长得一模一样的双棒儿。"

关晓渝："双胞胎？"

刘前进："事实的真相，是侯仲武开枪杀死了他的哥哥侯仲文，然后借侯仲文的名字潜伏到革命队伍里，妄图配合土匪救出关在监狱里的敌人！"

关晓渝："这是……文大姐外调的……结论？"

刘前进："文捷同志……昨天已经回到锦屏镇了，可就是昨天，侯仲武在锦屏镇把她杀害了……"

关晓渝目瞪口呆，浑身战栗起来……

刘前进把茶缸子放在关晓渝面前："晓渝，喝口水……"

关晓渝慢慢抬起头，盯着刘前进，眼里涌出泪水……关晓渝不堪其苦的声音："是我……害了文大姐……"

24-9 第十六监区侯仲武办公室 日 内

屋子里，侯仲武焦躁不安。他冷笑了下，恶狠狠地自语："刘前进，我倒要看看，这下一步棋，你们怎么走！"

24-10 新锦屏农场场长办公室 日 内

刘前进将那张结婚申请推到关晓渝面前："……这件事，就到此为止吧。程部长让你尽快去军分区报到。对侯仲……武，就说是临时任务。这样，他就见不着你了。"

关晓渝眼神空洞，拿过那张结婚申请，一条条机械地撕着。

刘前进："晓渝——你要是想哭，就哭出来——"

关晓渝慢吞吞起身，朝外走。

刘前进："你马上回去收拾一下准备走，明天一早，我让冯小麦送你！"

关晓渝茫然地往外走去……

24-11 新锦屏农场关晓渝住处 夜 内

关晓渝坐在床上,泪流满面,目光呆滞……

刘前进的画外音:"侯仲文……不是侯仲文!……他是侯仲武!国民党特务侯仲武!国民党特务侯仲武!"

刘前进的画外音:"……侯家这两兄弟是长得一模一样的双棒儿。"

刘前进的画外音:"事实的真相,是侯仲武开枪杀死了他的哥哥侯仲文,然后借侯仲文的名字潜伏到革命队伍里收集情报,妄图配合土匪救出关在监狱里的敌人!"

刘前进的画外音:"文捷同志……昨天已经回到锦屏镇了,可就是昨天,侯仲武在锦屏镇把她杀害了……"

关晓渝拉过被子捂住了哭声……

24-12 新锦屏农场场长办公室 夜 内

刘前进在打电话,声音低沉:"……我已经跟晓渝谈完了,她的情绪……程部长……明天一早我派车把她送到军分区,先让她好好休息一下吧……"

24-13 新锦屏机要室 晨 内

一个年轻的女机要员在伏案整理材料。侯仲武进来,他四下看看:"小孙,晓渝呢?"

小孙:"关主任还没过来……你有事啊监区长?"

侯仲武:"没什么?回头你告诉她我来过就行了。"侯仲武笑笑,走开,关上门。

24-14 新锦屏农场关晓渝住处门外 晨 外

一辆吉普车停在门口,冯小麦下车,敲门。片刻,门打开,关晓渝空着手出现。

冯小麦:"关主任,你的行李……"冯小麦朝屋里望着。

关晓渝:"到场部去吧……"

24-15 新锦屏农场场长办公室 日 内

那张被关晓渝撕成一条条的结婚申请又被刘前进一条条地对好,他坐在椅子上,看着一条条的纸想着心事。刘前进的心声:"彭浩、文捷、老班长,你们都不在,我跟谁商量商量啊。侯仲武潜伏到现在,他一定有更大的阴谋……我们现在还不能动他……可晓渝一走,侯仲武一定会警觉……这道难题,我怎么解啊……"

刘前进叹了口气,纸条在气息中扭动、错乱了位置……

24-16 新锦屏农场场长办公室 日 内

刘前进失神地坐在椅子上。冯小麦的画外音:"刘场长,关主任来了。"

刘前进回过神儿来,刘前进看着关晓渝走进门。关晓渝走过来,坐在桌旁。

沉默……

同场景。

两人还在沉默着。刘前进:"晓渝……"

关晓渝看着刘前进:"刘场长,我想清楚了,我还留在新锦屏,还和侯仲……和侯仲武结婚……"

刘前进:"这太残酷了,晓渝……"

关晓渝抬起头看着刘前进。良久。关晓渝眼里闪着泪光:"……刘场长,我已经决定了,你不用劝我。我要和这只恶狼……周旋下去——直到剥下他的画皮!"

刘前进站起来："不行！既然已经知道他是魔鬼，我说啥也不能让你落入他的魔爪……"

关晓渝郑重地："场长，这件事容不得我们去多想了。事情到了现在，已经不容我有半步的退缩了。我必须去完成这个特殊任务……"

刘前进看着关晓渝。刘前进在办公室走来走去……

关晓渝："刘场长，你是看着我长大的，从部队到地方又回到部队……我走过的每一步，哪步走好了、哪步走偏了，你都看得清清楚楚……我跟侯仲武走到谈婚论嫁的地步了，你还能把实情告诉我……我心里清楚：这是对我的信任，是对我这个年轻的老战士的高度信任……刘场长，请你继续对我的这种信任吧。我保证完成任务……"

刘前进注视着关晓渝。刘前进："这样做……晓渝你听我的话。你还是先到军分区那边，我们再想别的办法……"

关晓渝："不要再想了，没有什么可再想的了，眼下，这肯定是最稳妥的办法。我现在有任何变故、一点点的风吹草动，他都会觉察得到。这一路走来，有那么多的战友连生命都搭上了，我做出这点儿牺牲，实在不算什么……"

关晓渝掏出又重新写的一份结婚申请："我重新写了一份，你签字吧，场长！"

刘前进久久地看着那张纸……刘前进推开那张纸，别过头去。

关晓渝拿过那张纸："场长，你就签了吧……"

刘前进慢慢回过头，眼圈里有泪光在闪……

24-17 第十六监区办公室 日 内

侯仲武接过那张结婚申请，看了看，抬头看着关晓渝："你又新写了一份？"

关晓渝："重新写的，你不是说那份写得不好吗？"

侯仲武："我那就是随便说说，你还当真了。这种东西，不过是跟组织上招呼一下。"

关晓渝："一辈子的大事，你不满意哪行？我可不想敷衍。"

侯仲武："你眼睛怎么啦？这么红，还有点儿肿……"

关晓渝："刘场长不是说那几份材料不行，我昨晚重新写了，差不多忙活到天亮，可能熬得太晚了。"

侯仲武点头："以后可别这么辛苦了，结了婚，我会更疼你的。"

关晓渝看了眼侯仲武，羞涩地一笑，可眼里的一丝苦涩还是没能藏住。

侯仲武不动声色地看着关晓渝，轻叹一声，把关晓渝揽在怀里。

24-18 新锦屏指挥部 日 内

刘前进站在工程进度表前查看。侯仲武手拿油纸包走进来："刘场长——"

刘前进："老侯，你怎么来啦？"

侯仲武把纸包放到桌上："今晚别打夜班了，咱俩喝酒！"

刘前进："喝酒？"

侯仲武打开纸包，是一只烤山鸡。他又从口袋里掏出两瓶白酒，放到桌上。刘前进不解地看着。侯仲武："怎么，咱俩就不能坐在一起喝酒吗？"

刘前进："能，当然能。不过，喝酒总得有个由头啊！"

侯仲武笑道："请你喝酒，是让你多给我们工区批点儿细粮，改善改善生活。"

刘前进："批点儿细粮没问题。你们工区提前完成了任务，应该奖励嘛！"

侯仲武坐到桌边。

刘前进:“小麦,拿两个碗来。”

24-19 倒木沟唐静茵住处 日 内

宁嘉禾坐在太师椅上看报纸。唐静茵抽着烟:“鹤顶红这么长时间没有动静,会不会出什么事?”

宁嘉禾:“彭浩是死是活,他和咱们都弄不清楚,这时候他不会轻举妄动。”

唐静茵:“时间不等人,总不能因为一个不知是死是活的人,就什么事情都不干了吧。”

宁嘉禾:“以我的判断,那个彭浩……没死……可他能躲到哪儿呢?”

24-20 新锦屏指挥部 日 内

桌上有吃完的山鸡骨头和没吃完的山鸡肉。一瓶白酒所剩不多,另一瓶没有开封,两只碗里盛满白酒。侯仲武:“前进啊,你是领导,一队之长,一场之长……”

刘前进:“你是老革命,老同志……”

侯仲武:“我这个老同志经常批评你,指责你,对你这位领导不够尊重,我向你道歉。来,敬你!”他端起酒碗。

刘前进没端酒碗:“同志之间,开展批评与自我批评正常,你不用道歉。”

侯仲武:“你不接受我的道歉,是不给我面子,我自罚!”他喝了一大口酒。

刘前进递过一条山鸡腿:“你吃口菜,压压酒。”

侯仲武:“你也喝呀……”

刘前进:“我喝,我喝。”刘前进一碗酒下肚,看着侯仲武,伸出手。

刘前进:“给我支烟,老同志……”

侯仲武:“咦——对了,我一直就想问问你,你不抽烟,可是老爱弄支烟在手上搓弄着玩……怎么回事呵你?”

刘前进接过侯仲武递来的烟。刘前进:“我和彭浩……对,是和彭浩,那是咱们在江滨出发前,程部长说我,‘你小子又抽又喝,快五毒俱全了……’他要我把烟酒都戒了,还叫老彭监督我……这玩意儿,我得一点点来呀。”

侯仲武:“烟戒就戒了吧,酒不能戒。你说这彭浩……”

刘前进:“咱今天不说他。来,喝酒……”

24-21 新锦屏指挥部 黄昏 内

桌上的烤山鸡已经吃光,只有一堆鸡骨头。一瓶酒已经喝光,另一瓶也所剩不多。

侯仲武似有醉意:“今天我借酒壮胆,还要给你提意见……”

刘前进也有几分醉意:“有意见尽管提!‘言者无罪,闻者足戒。有则改之,无则加勉’嘛!”

侯仲武:“你对部队来的同志和对地方来的同志不一视同仁,一碗水没端平!”

刘前进:“你指出来,我怎么不一视同仁啦?一碗水怎么没端平?”

侯仲武:“我向组织反映过咱们内部有问题,可能有内鬼,你就开始调查,可调查来调查去,调查到我们几个从地方来的同志头上了!”

刘前进刚要说什么,侯仲武伸手做了个制止的手势。

侯仲武:“你别管我是怎么知道的,你就说有没有这事吧?”

刘前进:“我成天忙修路,忙完公事忙私事,忙得我脚打后脑勺,根本就腾不出工夫搞什么调查!”

侯仲武:“你不说真话。谁是内鬼,我不知道,可我感觉到,你怀疑我是内鬼,可不是一天两天了!彭书记出了事之后,我看你这根弦绷得更紧了!”

刘前进:“你怎么能有这样的感觉?高参谋不是已经认定彭浩是内鬼了吗?”

侯仲武一笑:“你蒙我?你信彭书记是内鬼吗?我的感觉不会错!我告诉你,我虽然是从地方来的,转业前我也是部队干部。保卫延安,我参加过青化砭伏击战,羊马河伏击战,蟠龙攻坚战,立过两个三等功一个二等功,从排长、连长一直升到独立营营长。你说,我这个跟国民党反动派拼过刺刀的钢铁战士,立过赫赫战功的人民功臣,能是内鬼吗?”

刘前进:“是你多心了,没有人怀疑你……”

侯仲武:“那一回,我救人受了伤,你派人给我写材料,树我典型,群众都以为我该升职了。可是,忙乎了一阵子,后来什么事也没有了。你要不怀疑我是内鬼,怎么能没有下文呢?”

刘前进哈哈大笑。

侯仲武:“你笑什么?”

刘前进:“没想到,你这么成熟的老同志还犯这种常识性的错误……”

侯仲武:“常识性错误?”

刘前进:“你的升职问题,那是组织机密,在党委没有讨论上报、上级组织部门没有批准之前,谁也不会向外透露,你也听不到风声。这是常识,你应该懂得呀!”

侯仲武:“文捷同志当了副场长,连严爱华都是副院长了,可是我……对了,文副场长怎么还不回来呀?”

刘前进:“你怎么回事啊老侯!说好了的,今天咱俩喝酒——只说咱俩,你怎么老是东拉西扯个没完了你!”

侯仲武:“好,咱俩喝酒!”

二人端起酒碗。

24-22 新锦屏筑路指挥部门口 夜 外

关晓渝站在门口,听着里面的动静。

冯小麦过来:“关主任,你回去睡吧,这里有我呢。”关晓渝点点头。

24-23 新锦屏筑路指挥部 夜 内

桌上摆着两个空酒瓶。侯仲武伏在桌上睡觉,打着响亮的鼾声。刘前进也趴在桌上睡觉,鼾声比侯仲武更响。

冯小麦走进来,看了看,从屋角拿过折叠行军床,打开。他又从卷柜里拿出枕头和毛毯,放到床上。

冯小麦推搡着刘前进:“场长,醒醒!”

刘前进被推醒:“干什么?”

冯小麦:“上床睡吧!”

刘前进看了看侯仲武:“监区长……怎么在这儿?”

冯小麦:“他喝多了。”

刘前进:“啊,我想起来了……他是老同志,让他上床睡吧。”

冯小麦迟疑着。

刘前进:“快扶他上床睡!”

冯小麦只好拉起侯仲武,放到床上,拿过毛毯盖上。

鼾声响着,刘前进伏在桌上睡着了。

冯小麦从衣架上拿过军大衣,披在刘前进的身上,悄悄地走出去。

24-24 关晓渝住处 黎明 内

天已经放亮,关晓渝倚坐在床上,神色枯槁。

24-25 新锦屏筑路指挥部 晨 内

屋角还摆着那张行军床,床上有枕头和毛毯。桌上摆着几个馒头、两碟咸菜和一盆稀饭。刘前进和侯仲武对坐桌前闷头吃饭,冯小麦站在一边。

侯仲武放下碗筷,掏出手绢擦了擦嘴,揣起手绢,拿出一张纸。

刘前进也放下碗筷,用手掌抹了一下嘴巴,看着侯仲武。

侯仲武递过那张纸:“这是我们工区申请增加细粮的报告,请场长给我们批一下。”

刘前进从上衣口袋里拔出一支缠了胶布、渗出墨水的旧钢笔,拧下笔帽,在纸上签名。侯仲武看着刘前进手里的旧钢笔,刘前进把纸递给侯仲武。

侯仲武看了看:“得写上日期啊。”

刘前进递出钢笔:“你添上就行了。”

侯仲武接过钢笔写上日期,拧上笔帽。

侯仲武站了起来:“刘场长,我回去了。”

刘前进也站起来:“我还要下工地,不送你了。”

侯仲武走到门口,站住,转过身来:“刘场长,昨晚我喝多了,大概胡说了一些酒言酒语,你不要介意。”

刘前进:“我也喝多了,你说的话我一句也想不起来了。”

侯仲武:“你迟早会想起来的。”

刘前进笑道:“想起来也不会当回事,酒话是从来不算数的。”

侯仲武:“不算数就好。”说完,他转身走出门。

刘前进望着侯仲武走去的背影。

刘前进朝门外喊:“冯小麦,你给我要车去。”

冯小麦:“下工地吗?”

刘前进:“不,回场部。”

24-26 新锦屏关晓渝办公室 日 内

关晓渝坐在桌边,看着刘前进。

关晓渝:“侯仲武为什么突然来这么一手?是不是我有什么地方出了破绽?”

刘前进:“不应该。他是做贼心虚。他一会儿问彭浩,一会儿又问马大虎、问文捷,他是借酒说事儿,搞火力侦察,以攻为守。”关晓渝沉默。

刘前进:“晓渝,你找机会到侯仲武的宿舍,去看看有没有什么可疑的东西。”

关晓渝犹豫了一下,点头。

24-27 第十六监区侯仲武办公室 日 内

侯仲武在抽烟,手上的烟灰燃了很长。王友明进来:“监区长,怎么了你?”

侯仲武下意识地:“啊?”

王友明:“你的脸色不大好,昨晚没睡好吧。”

侯仲武将烟按到烟缸里:“睡好了,睡好了……”

24-28 新锦屏场长办公室 日 内

桌上摆着贴有驻防标志的地形图。刘前进打开卷柜,又拿出一张没有驻防标志的新锦屏监狱地形图挂到墙上,拿过部队标志,往上贴着。

冯小麦提着暖瓶进来,放下后,站在一旁看着,不解地眨着眼睛。

刘前进:“你看什么?”

冯小麦:“场长……不太对吧?”

刘前进:“咋不对了?”

冯小麦指着地形图:“我们三中队驻守青石坪,你怎么把我们贴到乱石山顶上去啦?”

刘前进:“你小子的眼睛还挺管用的。”

冯小麦:“我来场部前就在那儿驻守嘛。”

刘前进一本正经地:“你眼睛管用,脑袋不够用! 这是新的防御计划,三中队换防了。”

刘前进又拿起一个部队标志贴到地形图上:“这可是军事秘密,不准对外人说!”

冯小麦:“我知道了。”

刘前进把桌上原先那张图卷起来放进柜里,上锁。

冯小麦:“场长,今天甄科长要去锦屏镇。”

刘前进:“你去吧,还是那句话,给我长着点精神头!”

24-29 锦屏镇大车店饭堂 黄昏 内

桌子上摆了不少菜,甄世成和冯小麦在吃饭。

甄世成:“怎么样小麦,跟着我是不是不错。”冯小麦笑笑。

甄世成:“我看你小子挺会来事。一回去就往场长那儿跑。”

冯小麦:“马大虎出差了,他那没有通信员,我去帮个忙。”

甄世成自己倒了杯酒,又倒了杯送到冯小麦面前:“来,喝一杯。”

冯小麦推辞:“我不会。”

甄世成:“男人哪有不喝酒的? 不喝酒你能做大事啊! 来,满上!”

冯小麦拦着:“我真不喝!”

甄世成:“行行,不喝算了,省着场长说我把你教坏了。”

一身彝族姑娘装束的阿慧端着盘菜上来,甄世成看着,阿慧朝他嫣然一笑,走开。

甄世成一直盯着阿慧进了里间。柜台后的周大姑看着这一切。

24-30 大车店房间 夜 内

屋门敞着,可以看见外面有人走过。阿慧提着热水在门口朝里张望,敲了敲门。甄世成坐在桌前,面对满桌的账单,“噼里啪啦”地打着算盘。冯小麦躺在铺上休息。

阿慧进来,从铺底拖出木盆,碰了碰还在专心打算盘的甄世成:“大哥,烫烫脚吧。”

甄世成抬头:“……你,你是新来的?”

阿慧:“我是店老板的女儿,刚从乡下来。”

甄世成:“我说以前没见过你嘛!”

阿慧妩媚地一笑："以后可以天天看见我了。客官，烫烫脚吧，可解乏了。"阿慧端过盆，放在甄世成脚下。

甄世成："我自己来，自己来。"

阿慧："没关系，阿妈让我好好照顾大哥，说大哥是部队上的人。对我们小店可照顾了。"阿慧伏身给脚盆加水，有意将胸部展示给甄世成。甄世成的两眼盯视着阿慧袒露的乳沟。阿慧抬头，与甄世成色眯眯的眼神相撞，甄世成有些慌乱。阿慧随手将发卡放在桌上，拿起算盘："大哥，这个东西……怎么打啊，我看你打得那么好。"

甄世成："常打就行了，熟能生巧嘛。你叫什么名字？今年多大啦？"

阿慧："我叫阿慧，今年21了。"

甄世成："阿慧，噢……阿慧，我怎么没听周大姑说起你呀？"

阿慧："阿妈管我管得严，平时不让我见生人。"

阿慧抚摸着算盘："阿妈一直说你是好人，大哥，能教我打算盘吗？"

甄世成觑了一眼冯小麦："我的算盘打得一般化。"

阿慧："别客套了。听我阿妈说，你在锦屏镇可是出了名的铁算盘。"

冯小麦爬起来："锦屏镇算啥？甄科长算盘技术高超，在整个新锦屏也坐头把交椅！"

阿慧兴奋地："甄大哥，你教教我呗。"

甄世成："我……我还从来没带过徒弟。"

阿慧："那我就做你的开门弟子吧！"

店客甲从门口经过，伸进头打趣地："我说阿咪子，汉人有个拜师的规矩，你懂不懂？"

阿慧："什么规矩呀？"

店客甲："要想学得会，得跟师傅睡！"

阿慧："你——你再胡说！"

店客甲跑开，阿慧看一眼甄世成，羞涩地跑开。甄世成看着阿慧的背影，把脚放进盆里，热水把他烫得一激灵，他下意识地抬起脚，又慢慢地放进去，嘴里发出"丝丝"声……

24-31 锦屏镇大车店马厩 夜 内

几十头骡马咀嚼着槽子里的草料，不时地喷着响鼻。阿慧拎着料桶走来，往槽中添草，加料，用料叉搅拌着，做得麻利而内行。周大姑的画外音："阿慧，添完草料过来帮我铡草。"

阿慧响脆地答应："知道了，阿妈！"

24-32 锦屏镇大车店房间 夜 内

冯小麦躺在铺上睡觉，打着鼾声。甄世成把账本装进背包里，拿过那枚发卡看着。

甄世成轻轻推了推冯小麦。冯小麦翻了个身，又睡着了。

甄世成揣起算盘，拿起发卡，悄悄下地，出去。

24-33 锦屏镇大车店草垛旁 夜 外

刀起刀落，寸草从刀口上一茬一茬切了下来——周大姑手握刀把，一下一下地铡草。甄世成手里拿着那枚发卡悄悄走来。

阿慧在铡刀旁，一边续草一边说："阿妈，你去找甄大哥，替我求求情嘛！"

周大姑一边铡草一边说："阿慧，你要真把算盘学会了，我就把这大车店交给你来管。"

阿慧："那他不收我这个徒弟怎么办啊？"

周大姑停止了铡草，拍了拍身上的草屑："我这就向甄科长求情去。"

甄世成走出来。周大姑抬头看见了甄世成，顿时眉开眼笑："哎呀，真是说曹操，曹操到。"

甄世成支支吾吾地："嗯，你女儿打洗脚水的时候，把发卡掉在我那儿了。"

周大姑："就为送个发卡，这小半夜的还跑一趟？"

甄世成："你女儿说要跟我学打算盘，我就来了。"

周大姑："哦，是这样啊……"

甄世成从兜里掏出袖珍算盘："这不，算盘我都带来了。"

周大姑喜出望外地："我正要去求你呢，没想到你来了。"

阿慧站起来，抿嘴害羞地一笑。甄世成见阿慧妩媚迷人的笑容，下意识地低下头。

周大姑："阿慧，还傻站在这儿干啥？这师傅都找上门了，还不快过来拜师？"她伸手去拉阿慧，"你可得用心学，过了这个村，可就没这个店了！"

阿慧："阿妈，你就放心吧。"

周大姑离去。阿慧与甄世成相对无语。槽头的牲口贪婪地吃着草料，惬意地喷着响鼻。

24-34 锦屏镇大车店房间 夜 内

冯小麦从被窝里拱出来，坐在铺上，拎起外衣往身上套着。冯小麦穿上鞋，开门出来。周大姑提着灯笼过来。周大姑："起夜吗？"

冯小麦应了一声："啊。"

24-35 锦屏镇大车店草垛旁 夜 外

甄世成拉住阿慧的手，阿慧顺势依偎上去，甄世成猛然把阿慧搂住，二人倒在草垛上。阿慧："甄大哥，让我阿妈看见，她能打死我……去我房间吧……"

24-36 锦屏镇大车店大院 夜 外

冯小麦系着裤带从厕所出来，走过一个草垛，脚下一滑，差点摔倒，他弯腰捡起一个东西，是甄世成的算盘。冯小麦一惊，他四下看着，大车店一间房里亮着灯。

24-37 大车店阿慧住处 夜 内

屋里的摆设精心、温馨。甄世成和阿慧躺在床上，甄世成惊喜地："真没想到，你这个开店的女人还是个——"

阿慧紧抱着甄世成，用手按住他的嘴："开店的女人就不知守妇道了？从今晚起，我就是你的女人了，你可要对我好啊！"

甄世成："我会对你好，一辈子对你好……"

阿慧起身系着衣扣："你该回去了，别叫你的伙计发现了。"

光着上身的甄世成哭着："师傅还没教你打算盘呢。"

阿慧："今天太晚了，以后……"

甄世成用嘴把阿慧的嘴堵上了。

24-38 大车店阿慧住处走廊 夜 内

冯小麦看见阿慧的屋门打开，甄世成出来，阿慧半敞着怀相送。冯小麦忙闪开，跑去。

24-39 锦屏镇大车店房间 夜 内

冯小麦爬上床铺，钻进被窝，瞪着眼睛看天棚……

脚步声渐近，甄世成蹑手蹑脚地走来。冯小麦翻了个身，打起鼾来。

甄世成进屋。

24-40 锦屏镇大车店饭堂包间 日 内

桌上摆着猪蹄、熏鸡、酒瓶等。甄世成和冯小麦坐在桌边。甄世成拿起一只猪蹄，塞给冯小麦："冯小麦，吃！"冯小麦犹豫了下，接过。

甄世成又倒出一杯酒，"小麦，你跟我出来很辛苦，我给你改善改善伙食。"

冯小麦："甄科长，这样大吃二喝的，不犯纪律吗？"

甄世成："领导不知道，就不算违反纪律。"

冯小麦："甄科长，今天咱们回不回新锦屏？"

甄世成："东西还没买齐，再住一晚上，明天一早回去。"

冯小麦看了看甄世成，没有说话。甄世成连吃带喝："小麦，我待你怎样？"

冯小麦："一清早就又吃肉，又喝酒，当然好了。"

甄世成："我可拿你当兄弟，咱们在锦屏镇的事，吃啊喝啊啥的，你嘴要严点儿，不能跟别人说，更不能向领导汇报。要是叫领导知道了，你我都得受处分。"

冯小麦点头。甄世成："别害怕，你不说，我不说，就不会有人知道。"

冯小麦起身："我去趟厕所。"离开。

24-41 锦屏镇大车店大院 日 外

冯小麦走过草垛，见四下无人，从兜里掏出那个算盘，放在地上，用草料盖住。

24-42 锦屏镇大车店饭堂包间 日 内

甄世成正在喝酒，阿慧端着一盘菜进来，一下夺去甄世成手里的酒杯，嗔怪道："怎么一大早就喝酒，你不要身体我还要哪！"

甄世成："我现在就给你！"甄世成站起来要抱阿慧，被阿慧推开："让人看见！"

甄世成："那我教你打算盘，名正言顺。"

甄世成一摸兜，愣了下："我算盘呢……"

阿慧："是不是昨晚掉了……"

甄世成一拍脑袋，跑出去。

24-43 锦屏镇大车店大院 日 外

冯小麦从厕所出来，见甄世成跑到草垛旁，正在翻着草料找算盘。

甄世成拿起算盘，将上面的浮草摘掉。冯小麦走过来，甄世成心揣起算盘，讪讪地冲冯小麦一笑。门口，阿慧看着两人。

24-44 锦屏镇大车店阿慧房间 夜 内

桌上有一盏灯，灯光幽幽。灯旁有花瓶，摆着酒菜和水果。

窗边挂着花布窗帘。窗下是一个双人大床，床上是锦缎被褥和绣花枕头。

阿慧拉着甄世成走进来，随手关上房门。

24-45 锦屏镇大车店房间 夜 内

冯小麦睁开眼睛，看了看身边空着的被窝，爬起来。

24-46 锦屏镇大车店阿慧房间 夜 内

甄世成和阿慧心满意足地躺在大床上。阿慧："你什么时候回新锦屏？"

甄世成："过两天吧，我舍不得离开你。"

阿慧:“以后别这样了,该回去就回去,别因为我把工作丢了。你要是不挣钱,咱俩以后怎么过日子啊?”

甄世成:“咱俩还没结婚,你就想到过日子的事啦?”

阿慧:“结婚,那还不就是摆摆样子,做给别人看的事?没有那些花里胡哨的玩意儿,这辈子我也跟你过了!”

甄世成把阿慧搂到怀里:“你真好,我愿为你当牛做马……”

门被撞开,周大姑和手拿绳子、柴刀、木棒的二伙计闯进屋来。

甄世成和阿慧惊慌,急忙穿着衣裤。周大姑上前拉过阿慧,不由分说就给她两个嘴巴:“你这个不要脸的骚货!”二伙计上前,把甄世成拉下床来,用绳子捆绑起来。

阿慧嘴角流血:“你就饶了我们吧,我和他是真心实意相爱的……”

周大姑转过身,问甄世成:“你真的想娶我的女儿吗?”甄世成不语。

阿慧推搡着甄世成:“你说话呀……”甄世成仍然不语。

周大姑冷笑道:“哼哼,我就知道你们这些常年跑外的臭男人,寻花问柳,拈花惹草,到了关键时刻,像个缩头乌龟,鞋底抹油,一溜了之。”

阿慧:“阿妈,他不是那样的人!”

周大姑:“他不是那样的人,为什么不说话?你这个傻丫头,被他骗了还替他说话。对这种无情无义的男人,只能惩治,不能可怜!”

伙计甲:“老板,你说吧,怎么惩治,是用刀砍,还是用棒打?”

甄世成胆怯地看着伙计手里的刀棒。

阿慧:“阿妈,我求求你了,你不能伤害他呀!”

周大姑冷冷一笑:“咱们不用动手,有人会惩治他。把这个坏分子送到区公所去!”

甄世成大惊,额头沁出汗来。阿慧哭求:“阿妈,把他送到区公所,他就会挨处分,丢工作,他这辈子就完了,女儿这辈子也完了……”

周大姑想了想:“不送区公所也行,只要他答应为我办一件事,我就饶了他。”

阿慧:“别说一件事,就是十件、百件,他都会答应的!”

周大姑逼视着甄世成。甄世成低下了头。

阿慧推着甄世成:“你快说,你答应……”

甄世成仍然琢磨着。

周大姑怒吼:“把他送走!”

二伙计上前,拖着甄世成就往外拉。甄世成大叫一声:“等等。”

24-47 军分区程部长办公室 日 内

程部长在打电话:“彭浩的事情,他的下落……你那边会有人特别关注。你知道该怎样处理好这件事,一定要处理好!你听明白了吗?”

24-48 新锦屏场长办公室 日 内

刘前进坐:“放心吧老首长,我知道怎么处理好这件事。你说对了,这边的鬼一直在搞火力侦察。彭浩的事情也让他们大伤脑筋呵!”

定格。

第二十四集完。

第二十五集

25-1 茶马古道 日 外

深山密林，林间一条蜿蜒的羊肠山路。几十头骡马驮着粮食、蔬菜、药品等物行进在山路上。赶马的马脚子，还有甄世成、冯小麦都默默地走着。

马铃声在山林间回响着。甄世成神情沮丧，心事重重，慢腾腾地走着。

（甄世成回想情景画面）

25-2 锦屏镇大车店阿慧房间 日 内

甄世成坐在桌边，阿慧依在甄世成的身边。周大姑拿过一个打火机，点燃一支香烟，然后把打火机放到甄世成的面前。甄世成不解地看着。

周大姑："这个打火机是个微型照相机，只要你对着那张地形图，用它点上一支烟，事情就算办完了。"

甄世成拿起打火机看着。周大姑指点："这是镜头，点烟的时候，镜头一定要对准地形图。"

25-3 茶马古道 日 外

冯小麦偷偷地看着甄世成。甄世成重重地叹了一口气。

冯小麦跑上前来："甄科长，你怎么啦？是不是病啦？"

甄世成强颜欢笑："我没病，挺好的。"

长长的马帮，在山林间继续行进着。

25-4 第十六监区附近 日 外

关晓渝疾步走向十六监区，严爱华和一个大夫迎面走来。

严爱华："晓渝，这么急匆匆地去哪儿啊？"

关晓渝："严副院长，我给十六监区送个文件。"

关晓渝走进十六监区，严爱华和大夫朝医院走去。

25-5 新锦屏医院诊室 日 内

诊室前，侯仲武在等着看病。

25-6 第十六监区办公室 日 内

关晓渝走过办公室。关晓渝从窗户看见，里边只有王友明在低头看什么东西。关晓渝思忖了一下，回身往外走。

25-7 新锦屏医院诊室 日 内

侯仲武放下衣袖，大夫收起血压计："血压有点高，可能是晚上觉睡的问题。好好睡一觉，应该没什么事了。"

侯仲武："没事我就放心了，这脑袋昏昏忽忽，老迷糊。"

大夫在开药。

25-8 新锦屏侯仲武宿舍窗外 日 外

宿舍门锁着。关晓渝走来,左右看了看,推开虚掩的窗户,跳进屋去。

25-9 新锦屏侯仲武宿舍 日 内

关晓渝走到墙壁前,用手敲着墙,听着……

25-10 新锦屏医院走廊 日 内

侯仲武拿了药,边走边看。值班室里,严爱华看到侯仲武,出来:"监区长,你怎么啦?"

侯仲武:"没事儿,严副院长,大夫说我有点血压高,给开了点药。"

严爱华:"我刚才看见晓渝上十六监区了,你快回去吧。"

侯仲武:"是吗? 那我走了。"侯仲武匆匆跑去。

25-11 新锦屏侯仲武宿舍 日 内

关晓渝没有发现什么,站在屋地仔细打量着每个角落。外面传来脚步声,关晓渝闻声一惊,悄悄走到窗前向外看,大惊,转身钻进床底下。

门开了,侯仲武走了进来。晓渝趴在皮箱旁,屏住呼吸,注视着侯仲武走动的腿脚。

侯仲武四下看了看,并无异常,关上窗户,匆匆走出屋门。

锁门的声音。

25-12 新锦屏侯仲武宿舍外 日 外

侯仲武锁上屋门,四下看了看,匆匆按来路返回跑去。

25-13 新锦屏侯仲武宿舍 日 内

关晓渝抹了一把额头上的冷汗,她想爬出来,挪动了一下皮箱,皮箱下面竟是一个地道口。关晓渝一愣,退身钻进地道口,随手拉过皮箱,掩上地道口。

小圆镜静静地留在床边地上。

25-14 十六监区办公室 日 内

侯仲武回来,一推门,见王友明正坐到桌前看报纸。侯仲武:"晓渝没来啊?"

王友明:"没有啊? 她什么时候来的?"

侯仲武:"刚才严爱华说在门口看见她了。"侯仲武回身出去。

25-15 暗道 日 内

地道内不远处有一束光柱,将黑暗的地道照得明亮。关晓渝顺着天然石阶朝光亮的地方走去。扑棱棱,一群蝙蝠飞起来。关晓渝吓了一跳,继续摸索前行……

25-16 暗道 日 外

一群蝙蝠飞出洞口。关晓渝走出洞口,用手摸了摸脸,又看看手,手上有黑灰。关晓渝把手伸到口袋里掏小镜,一惊……

25-17 新锦屏侯仲武宿舍 日 内

房门开锁的声音,侯仲武进来,四下查看着。一道亮光一闪,侯仲武一愣,顺着亮光看到小圆镜,他俯身拾起。小圆镜背面镶嵌着侯仲武和关晓渝的合影。侯仲武蹲下,推了把放在床底的箱子,露出了那个洞口。侯仲武思忖着……

25-18 新锦屏农场山坡 日 外

关晓渝焦灼地看着刘前进:"那个小圆镜如果真掉在他房间或是地道里,我和他的事就彻底暴露了。"

刘前进:“你别急晓渝,先设法套套他,咱们再做打算。”

关晓渝:“……今晚十六监区有个犯人学习会,我去看看吧。”

刘前进:“我和你一起去。”

关晓渝:“你去太显眼了,还是我自己去吧。”

刘前进:“对了,刚才我跟程部长通了个电话,鉴于新锦屏目前的情况,上级任命你为公安一支队的副场长。公文过几天下来。程部长的意见,让你赶快进入角色开始工作。”

关晓渝:“那彭书记的事呢?有没有什么说法。”

刘前进:“现在还没有……很快会有的。”

关晓渝:“既然上级领导迟迟没有对彭书记的意见,这是不是说彭书记的事还在调查?”

刘前进:“应该是吧。”

关晓渝沉吟:“……那文大姐牺牲的事,跟不跟侯仲武说?”

刘前进斟酌着:“……说吧,让他彻底放放心,这样,他的狐狸尾巴也能露得更长些。其实,文捷和马大虎的事……我和你说过的,侯仲武他是早就有数了的。”

25-19 新锦屏场长办公室 日 内

冯小麦在桌前整理报纸。甄世成拿着一包煎饼进来:“刘场长不在?”

冯小麦:“我来的时候就没看见。你要有什么事,回头我跟他说吧。”

甄世成把煎饼放在桌上:“也没什么事。刘场长爱吃这一口,我给他捎了点……”

冯小麦:“我捎给他不就得了,你还专门跑一趟。”

甄世成笑了下。

冯小麦:“你还说我会来事,我看甄科长比谁都会来事。”

甄世成尴尬地摇摇头:“一点破煎饼……”

甄世成说着,掏出一盒香烟来,抽出一支,栽到嘴里,掏出打火机,看了墙上一眼。

墙上贴着有驻防标志的新锦屏劳改农场监狱分布地形图。

甄世成走到地形图前,调整一下打火机的角度,“啪”的一声,打火机冒火。

甄世成点着了香烟,吸了一口,吐出一缕烟雾。

冯小麦:“听说刘场长去医院了,还不知道什么时候回来呢。”

甄世成:“那我走了,我没事……走了啊……好好干,替我说几句好话啊……”

冯小麦:“我知道……”

25-20 新锦屏场长办公室 日 内

冯小麦向刘前进、关晓渝汇报完情况。

关晓渝:“小麦,你反映的这些情况很重要。甄世成那边,你再留心观察着点。”

刘前进:“你先回去吧。”冯小麦敬礼,出去。

刘前进:“这个甄世成,我早就看他不是个好鸟,乱搞男女关系,败坏部队声誉……得给他纪律处分,不能再叫他当后勤科长了!”

关晓渝想了想:“我觉得,还是先批评教育一下吧。这个人……依我对他的了解和这一阶段的接触来看,他并不是个很复杂的人。我先摸摸情况再说吧。”

刘前进看着关晓渝,耳边响起老班长的声音——

(闪回)老班长在对刘前进和彭浩讲自己对甄世成的看法:“……甄世成这个人我观察好

久了，工作还是蛮不错的，也认真负责。不过我一直还是觉得他是个问题人，哪里的问题我还理不清楚……"

（现实）刘前进点点头："也好，你先跟他谈谈吧。他的问题也许还不只是乱搞男女关系。你跟他的谈话要抓紧，别让他越滑越远了。"

关晓渝点头，起身要走。

刘前进："晚上的事，你自己要多加小心。如果有什么意外，你可以对侯仲武采取行动。"

25-21 第十六监区办公室 日 内

侯仲武坐在办公桌前抽烟。传来轻轻的敲门声。侯仲武头也不抬地："进来。"关晓渝推门而入。

侯仲武："怎么这时候来啦？"

关晓渝："本来没想来，后来想想，还是该来和你说说……"

侯仲武看着关晓渝。关晓渝神情黯然地："今天上级任命我为一支队的政委，接替文大姐的工作。"

侯仲武："好事啊！那文捷呢？"

关晓渝："文大姐牺牲了……"

侯仲武一下站起来："牺牲啦？怎么牺牲的？你什么时候知道的？"

关晓渝："我刚刚才知道……文大姐……被特务暗杀了……"

关晓渝强忍着，泪水还是流了下来。侯仲武走过去抱住关晓渝："一个多么好的同志啊……晓渝，坚强点！咱们一定要把文捷同志没有完成的使命负起来！"

侯仲武给关晓渝擦拭着泪水："看你，眼睛都哭肿了……"

关晓渝伸手在口袋里摸着。侯仲武："找什么？"

关晓渝："我的小镜子……"

侯仲武犹豫了下，从口袋里掏出小圆镜："在我这儿。"

关晓渝："怎么在你这儿？"

侯仲武直视着关晓渝："我在宿舍捡到的。"

关晓渝拿过小圆镜，自语："怎么会掉在你那儿……"

侯仲武："我还想问你呢……"

关晓渝想了想："哦，我想起来了……上午我来送材料，你不在办公室，就去你宿舍了。见你宿舍的窗户开着，就跳进去，想看看你有没有脏衣服要洗……没承想，把小镜掉了。"

侯仲武点点头："我想告诉你件事。"

关晓渝盯着侯仲武。侯仲武："我发现了一个暗道口，就在我宿舍里。下次你来，咱俩下去看看。"

关晓渝："暗道口？……"

侯仲武郑重地点头，盯着关晓渝……

25-22 新锦屏场长办公室 日 内

关晓渝说完，拿起桌上的茶缸喝了一口水。

刘前进皱眉思考："他能说出宿舍里有地道口，这个举动不一般……"

关晓渝："他是不是识破了我的动机？"

刘前进:“以后……不管再做什么,晓渝你必须步步小心了!”

25-23 新锦屏侯仲武住处 日 内

侯仲武疲倦地走了进来,关上房门,解下腰带和手枪,丢到桌上。

桌上,有一幅侯仲武和关晓渝的合影照片。侯仲武拿过照片,躺在床上看着。

(特写)照片上的关晓渝,笑得很灿烂。

侯仲武把照片翻扣过去,望着房梁,想着心事。

25-24 公路上 日 外

吉普车上,甄世成和冯小麦坐在后面座位上。

冯小麦看着外面的风景。甄世成:“小麦,刘场长没说煎饼好不好吃?”

冯小麦:“好吃,他吃了好几张呢。他还让我谢谢你呢。”

甄世成:“谢什么,几张破煎饼……”

25-25 锦屏镇大车店阿慧房间 日 内

甄世成把打火机交给了周大姑。周大姑举了举打火机:“东西在里面吗?”甄世成点了点头。

周大姑:“干得好!”

甄世成:“只此一次,以后我再不干了。”

周大姑:“以后的事以后再说。阿慧,拿上来!”

阿慧端着有盖的盘子笑盈盈地走进来,把盘子放到甄世成面前。周大姑伸手拿开盘盖,盘子里是一堆闪光的银圆。甄世成吃惊地看着。周大姑:“这是给你的奖赏。”

甄世成看了看银圆,又看了看周大姑和阿慧,将盘子推开。周大姑向阿慧递了一个眼色,拿着打火机走出门去。

阿慧关上房门,走到甄世成身边,把他搂在怀里:“还愣着干什么?这些钱都是你的了,我这个人也是你的了……”

甄世成叹了口气。阿慧撩弄着甄世成,两人倒在床上……

25-26 锦屏镇诊所门前 日 外

冯小麦和鲁震山往吉普车后装药材,柳春燕帮忙装车。柳春燕:“怎么这么着急回去?”

冯小麦:“农场医院等着这些消炎药用哪。”

凌若冰拿着一袋水果出来:“小麦,留着路上吃。”

冯小麦接过:“凌大夫……”

凌若冰:“最近有没有听刘场长说起彭书记的事?”

冯小麦摇摇头。凌若冰:“刘场长打算让你一直和甄科长干后勤吗?”

冯小麦:“那倒没有,不过,如果一直没有彭书记的消息,也说不准……”

凌若冰叹了口气。

柳春燕:“怎么没见着甄科长?”

冯小麦:“应该在大车店。真是的,我这还着急走呢,他还不来。”

柳春燕:“我去给你找。”

25-27 锦屏镇大车店阿慧房间 日 内

甄世成光着上半身,斜躺在床上,心事重重。阿慧在镜子前理着头发,看着镜子里的甄世成:“你今天怎么啦？是不是不喜欢我啦?”

甄世成:“你和你阿妈说,这件事过去就过去了,我不会再干啦。”

阿慧:“她不过就是觉得你欺负了我,让你帮着做点事……”

甄世成急了:“什么做点事,你们想得轻巧！真以为我什么都不知道？你们这是逼着我往火坑里跳!”

阿慧:“世成,你要这样说就没意思了。咱俩走到现在这一步,就是你情我愿的事,根本没你想的那么复杂。你急什么?”

甄世成坐起来:“急什么？我脑袋都快保不住了能不急吗？啊？能不急吗?”

阿慧转过身:“世成,你冷静点！你要这样,就把咱俩都害了。”

甄世成突然大声:“什么咱俩？是你把我害了!”

阿慧一愣,甩手给了甄世成一记耳光:“我的第一次都给你了,我还害你？啊？你还这么说！你真是个正人君子,谁害得了你?”

甄世成一下蒙了,回头伏在被子上哭起来,手捶着被子。

阿慧过去轻抚着甄世成的后背:“行啦,别哭了,我知道你委屈,我也不愿你这样。有我在,以后我妈不会再逼你了,啊……”

25-28 锦屏镇大车店阿慧房间外走廊　日　内

阿宽贴在门上,听着屋里的动静,离开。

25-29 锦屏镇大车店门口　日　外

柳春燕匆匆跑来,跑进大车店。

25-30 锦屏镇大车店大厅　日　内

柳春燕跑进来,四下看看,向走廊深处喊着:“甄科长！甄科长!”

周大姑出来,冷眼看着柳春燕:“找谁啊你？这么嚷嚷……”

柳春燕不理,继续叫着:“甄世成！你在哪儿?”

25-31 锦屏镇大车店阿慧房间　日　内

甄世成一把推开阿慧:“我得走了……”甄世成抓起衣服,套在身上。

阿慧:“你慌什么？等会儿再走。”阿慧帮甄世成系着扣子。

25-32 锦屏镇大车店大厅　日　内

周大姑见柳春燕要往走廊深处走,大声:“甄科长可能在楼上。”

柳春燕回头看看周大姑,上楼。

25-33 锦屏镇大车店阿慧房间外　日　内

甄世成出来,提着鞋跑来。

周大姑见柳春燕上了楼,示意甄世成出来。甄世成慌乱地跑出大厅。

25-34 锦屏镇大车店大厅　日　内

柳春燕从楼上下来:“没有啊。”

周大姑看到院子里的甄世成:“哟,那不在院子里嘛,是刚回来吧?”

柳春燕出去:“甄科长,你去哪儿啦？冯小麦等着你回去呢。”

甄世成慌乱地:“我……出去转转。药拿到啦?”

柳春燕:“拿到了。”

柳春燕:“甄科长,你的脸色不大好……”

阿慧走来,倚在门口,看着甄世成跟着柳春燕走出大车店。

门口,冯小麦的车正好驶来。

25-35 新锦屏山路 日 外

关晓渝和甄世成并肩走来。关晓渝看着甄世成,若有所思。甄世成尽量轻松愉快的样子里,显出些造作和不自然的成分。他掩饰地咳嗽了一声:“主动来找我谈话,你这可是第一次啊。”

关晓渝:“要是没事,我可不希望找你谈什么话。”

甄世成:“说得这么绝情?谈什么?直说吧。”

关晓渝:“我也不绕弯子了,你和大车店那个女人怎么回事?”

甄世成:“是冯小麦说的吧?他根本不了解情况。”

关晓渝:“甄世成,我是代表刘场长来跟你谈话的。你要这样,我就不谈了。”

甄世成:“其实也没什么。谈就谈吧,挺正常的,军民鱼水情嘛。”

关晓渝盯着甄世成:“……鱼水情?甄世成,我说话是有根据的!大车店这湾水,你再这么蹚下去……弄不好会要了你的命!”

甄世成顿时无语。

关晓渝:“现在的斗争形势很复杂,有些事你可能知道,有些事你可能不知道。如果你一时糊涂做了错事,甚至犯了罪,组织上希望你能悬崖勒马,别在错误的道路上越走越远,滑进罪恶的深渊,到时候说什么都晚了。”

甄世成站住,关晓渝也站下盯着他。

甄世成:“关晓渝,你吓唬我?”

关晓渝:“因为我们是老同学,我和你说话才直来直去。我不希望在这么好的阳光下,在这条小路上,这是我们最后一次谈话……世成,我希望你好好考虑一下,也许有句老话你现在还用得上——”

甄世成盯住关晓渝:“什么话?”

关晓渝:“——回头是岸!”

25-36 新锦屏后勤办公室 日 内

桌子上,摆着各种大小账本、报表、纸笔……一把大算盘放在桌子中间。满盘大算珠油光锃亮,泛出一股如蒸的紫气……桌子一角有一支烟灰缸,缸里已经盛满烟蒂。小小办公室里烟雾弥漫。

甄世成又拿出根烟,叼在嘴上,他手颤抖着擦了根火柴,没点着,又拿了一根,颤抖着擦着,点上烟,烟气将甄世成的脸吞食得扭曲起来……

甄世成下意识地拨弄着算盘珠子……

25-37 倒木沟山洞唐静茵住处 日 外

阿慧将一张照片递给宁嘉禾。宁嘉禾细看照片。

(照片特写)新锦屏劳改农场监区分布地形图。

宁嘉禾惊喜,递给唐静茵。唐静茵看后,满意地:“这张图不但有监区分布,还有共军的驻守标志,太好了!有了它,新锦屏了如指掌,我们的行动就能确保成功!”

宁嘉禾："你辛苦啦！"阿慧淡然地一笑。

25-38 新锦屏场长办公室 日 内

刘前进、关晓渝、严爱华、侯仲武、王友明、周圆等人在开会。

周圆一直在翻看报纸。报纸上的一张黑白照片"公路通车典礼"的大彩门及彩门附近欢乐的人群。桌上摆满的几份报刊上登着雷新公路通车典礼的照片和文章。

王友明："这公路一开通，咱们新锦屏的山门就打开了！"

刘前进："省委通知我们组织一个英模报告团，推了半天也推不掉，为这事，程部长还臭骂了我一通。说我不知好歹。这事……"

侯仲武："程部长骂得对，往脸上贴金的事，哪有往外推的。"

严爱华："对呀刘场长，你应该去。"

周圆没头没脑地冒出一句话："谦虚使人进步啊！这种事刘场长要是能拒绝……我看也是一种高姿态！"

众人反应各异，都不言声地看向刘前进。周圆放下报纸，也看着刘前进。周圆的内心独白："我喜欢你，你知不知道？那种场合太不安全了！"

关晓渝把手上的铅笔调了一个头，伸到周圆下巴底下轻轻戳了一下，又往桌上敲敲："喂，大文人，你什么意思嘛，你不能用……用大家一下都能听明白的话说呀？"

周圆笑了："我说的还不明白啊……"

刘前进站起来："我是听明白了，小周我谢谢你……"

周圆看着刘前进，满足地抿嘴一笑。

刘前进："刚才我给大家说程部长骂我不知好歹……其实呢，说实在话，我心里是美滋滋地在骄傲，在自满，还挺享受的……"

众人笑。

刘前进："周圆同志可是一下就看明白我了，还指出来了，只不过她并不是直截了当，而是转了个弯儿，她是在批评我呀……"

周圆忙说："我不是——"

刘前进："啥不是啊？你说得对！不过，我不想去，那是因为……在那么些人的场合下讲话，我不知该咋说……"

周圆目不转睛地盯着刘前进。

刘前进笑笑："我这人最打怵讲话，一说就跑到南朝北国去了，还不把人家都给说睡着啦？小周，当着同志们的面，我得求你帮我写个发言稿。"

25-39 新锦屏场长办公室 日 内

看得出，会刚散，刘前进正在整理着什么。周圆进来。

刘前进："哎，怎么又回来啦？"

周圆："这话说的，走了就不能回来啦？"

刘前进："能，你能，说吧，有什么事？"

周圆："又开始这么严肃了，你这脸这么一绷，我有什么话也吓回去了！"

刘前进赶紧一松脸，调整着肌肉。

刘前进："是吗？这样行了吗？"

周圆笑了:“这还差不多!你那发言稿怎么写呀?都写什么呀?”

刘前进:“啊!写什么还要我教你?我要会写还找你写?”

周圆:“那当然,领导让人家写发言稿,就得自己提思路!我要乱写一气,写成了我自己的想法,领导一看不是他想说的,那我不白写了?关键是耽误事呀?”

刘前进:“哦……那倒是……这写什么呢?”

周圆:“你就跟我说说,你原来怎么样,现在怎么样,未来怎么样……”

刘前进:“原来呀……我从小没爹没娘,是个吃百家奶长大的孩子……那年老班长随着队伍到我们村征军粮,我跑前跑后跟了他五天。最后老班长跟首长说我没家,人又机灵,就让我进了部队。在部队上我炊事班、连长的勤务员什么都干过……那年我跟连长说,我要上战场打仗!连长给我一脖溜子说,还没枪高呢,打仗?一边去!我说,连长你别小看人,你让我打一枪五十步外的那棵树,打不着,我再也不提上战场的事!连长不理我,我就一个劲儿磨他。连长烦了说,警卫员把你的枪给他打一枪!我拿过警卫员的枪照着五十步开外那棵树就是一枪。连长说,警卫员过去看看!警卫员跑过去就喊,连长,这小子还真打着了!连长眨么着眼,不信,说,蒙上的吧?再给他一颗子弹!我拿过枪又打中了!连长说,再给他一颗!”

周圆急着插话:“又打中了?”

刘前进:“那还用说!连长说,小子!什么时候练的?跟谁练的?我说,连长,你先别急,看我下面还有节目呢!我三下五除二就把警卫员那杆枪拆了,又一眨眼工夫装上了!连长那回可看傻眼了,连着说,当兵的料、当兵的料!我明天要不发你枪,我就埋没人才了!”

周圆敬佩且饶有兴趣地听着刘前进的叙说。周圆:“那你这一套到底跟谁学的?”

刘前进:“哪个队伍里没有个把神枪手哇!我没事就缠着他们教我打枪,看他们拆枪、擦枪、装枪!”

周圆:“后来呢?连长第二天真发你枪了?”

刘前进:“当然了!……嫌我太矮,发了我一只小马枪!战场上,连长不让我离他左右,他让我打哪儿,我就打哪儿。他不在,就把我托付给老班长……我的枪法越打越棒。”刘前进一边炫耀着一边竖起大拇指。

周圆心里敬佩,但却撇着嘴。

刘前进:“咱不光枪法好,打起仗来还勇猛顽强。老班长老说,前进那小子,一听见枪炮声,眼珠子就瞪红了!小牛犊子似的往前冲!”

周圆:“老班长说,你也没少犯错误呢!”

刘前进:“嘿!你怎么老提人家走麦城的事呢!我这过五关斩六将刚说到兴头上——你这不打击我的积极性吗?”

周圆:“公正地看待自己,你的报告才真实可信!”

刘前进:“……噢,那倒是——下面该说什么啦?”

周圆:“现在!你这个出生入死的战斗英雄现在怎么想。”

刘前进:“现在?现在嘛——英雄无用武之地呗!(刘前进有些黯然神伤)你说,我这百步穿杨的枪法,总不能对着这些犯人使吧?……更不能对你这样手无缚鸡之力的女孩儿——洋学生使吧?每天我的手都痒痒的!——可程部长说了,解放了!千万个像我一样的战斗英雄都无用武之地了!难道还不活了?解放了,先是整顿社会治安,然后是祖国建设!所以，我很快就想通了。首先我就把到监狱工作当成另一场战役打了！你看我们费尽千辛万苦流血牺牲把这一万多犯人转移到这么远的上不着天、下不着地的新锦屏，程部长说这是创造了人类史上的奇迹！我听着，那叫高兴！这比打一场前进仗不差吧？”

周圆：“当然不差！——那，你的未来怎么想？”

刘前进：“未来……这未来还真不好说……哎！《国际歌》你会唱吧？”

周圆点头：“会呀！”

刘前进：“跟你说吧，我们老家山东的戏呀，我爱听也爱唱。可我到了队伍上后，第一次听文化教员教我们这首歌时，把我给镇住了……（小声唱了起来）起来，饥寒交迫的奴隶！——（停下对周圆）饥寒交迫，啥叫饥寒交迫？你懂吗？我可懂啊。饿和冷是啥滋味？我可太懂了！（又接唱）起来，全世界受苦的人！（停下，对周圆）你没受过苦吧？因为你们家是有钱人，不可能受苦！就这两句，那调儿、那词儿出奇的好，听得我汗毛都奓起来了！血就往脑门上冲啊！——嘿！你说奇不奇！这第三句就是：（唱）满腔的热血已经沸腾！（停下，对周圆）这写歌的就像摸着我的脉在写！（接唱）要为真理而斗争，旧世界打个落花流水，奴隶们起来起来！不要说我们一无所有，我们要做天下的主人！这是最后的斗争，团结起来到明天，英特纳雄耐尔就一定要实现！——那天，文化教员一边教我们唱，一边讲，我哭得鼻涕眼泪的。不知咋的，太喜欢这歌了！我不明白最后一句‘英特纳雄耐尔’是啥意思，文化教员告诉我，是共产主义！我又说共产主义是啥意思？文化教员说，人人平等，人人都有房子住，都有土豆烧牛肉吃！——当时我听了，倒是明白，可没太在意。这些年打仗，南征北战地到处走，看到眼里的到处都是吃不饱、穿不暖、没房子住的穷人，可怜呐！穷人多富人少！我这叫生气呀！这我才慢慢体会到，英特纳雄耐尔就一定要实现是太不容易的事了！我得当一个最大的战役去打了！——打一辈子！”

刘前进最后一句话说得很坚定！眼里冒出一种异样的光。

周圆自始至终在听着刘前进的滔滔不绝，也被刘前进朴素率真的情绪所感染……

她暗暗地做出了一个重大的决定……

25-40 锦屏镇大车店 日 内

周大姑伏在柜台上，熟练地拨拉算盘，核对着账簿。甄世成恹恹地走进门来，左右查看着。

周大姑抬头：“哎呀，你来了，快坐下。”

甄世成坐下：“阿慧呢？”

周大姑：“她去成都办点事，顺便上医院看看妇科。”

甄世成叹了一口气，起身欲走。

周大姑：“别长吁短叹了。我告诉你个喜事，阿慧怀上你的孩子了！”

甄世成刚要出门，又转回身子。甄世成：“这事……阿慧回来了就知真假，你别想再蒙我！”

周大姑扔过一把钥匙：“你自己上屋里待着去！我没工夫儿和你闲磨牙……”

甄世成抓起钥匙，看了看，表情复杂地朝阿慧的房间走去。

周大姑抬头颇有深意地睃一眼甄世成。

25-41 锦屏镇大车店阿慧房间 日 内

甄世成闭着眼,飞快娴熟地在拨弄着小算盘:625……625……625……

甄世成出汗了,一手摘下帽子,另一只手却仍然不停地在拨弄算盘。

甄世成急躁的样子,与这小屋里被刻意打造出的闺房气息极不相符。

以下是甄世成始终伴随着拨弄小算盘声响发出的内心独白——“这个特务老婆子……打我一巴掌又丢颗甜枣给我……她是想一直拽住我、拖住我……往死里拽我、拖我呀……这个特务老婆子,她杀个人就像捏死只蚂蚁……”

甄世成睁开眼,擦了把汗,习惯地一晃算盘。门突然被拉开,现出周大姑一张笑脸,手上端着一盘水果。

周大姑放下水果:“快吃点,这都是今天才从园子里摘的。”

甄世成下意识地拿起算盘,又放下。

周大姑:“甄科长,这又是在算计哪笔账啊?”

甄世成冷着脸子。周大姑:“不用算计啦,这回你是赚大了！又是老婆又是孩儿……”

甄世成:“好了！用不着拿这事蒙我!”

周大姑立即阴了脸:“别给脸你不要脸！一遍一遍地‘蒙我’‘蒙我’,你还没完啦!”

甄世成内心独白:“死特务老婆子,翻脸比脱裤子还快。再不跟他们一刀两断,我就彻底完了……”

甄世成偷看了一眼周大姑,周大姑正阴冷地盯着他……

周大姑出了屋。甄世成拨拉算盘子。算盘声越来越大,像铺天盖地的洪水要把这个世界淹没!

25-42 锦屏镇大车店外 黄昏 外

一辆黄包车停在门口,从车上下来一个人,居然是新锦屏医院的院工老李头。老李头给了拉车人车钱,四下看看,进去。

25-43 锦屏镇大车店 黄昏 内

周大姑在算账,阿宽进来:“外面有个瘸老头,说要找大姑。”

周大姑:“瘸老头?……他怎么来啦?不到万一,他不会出来呀……”

周大姑出去。

25-44 锦屏镇大车店大厅 黄昏 内

大厅一角,老李头要了一壶酒,正在独饮。周大姑过来:“这位大哥——”

老李头抬头。周大姑:“哟,快里面请——”

25-45 倒木沟唐静茵住处 夜 内

阿慧走进来,把一纸电文递给唐静茵。唐静茵看完电文,交给宁嘉禾。

宁嘉禾把电文递给阿慧:“这是你的任务,去执行吧。”

阿慧:“暗杀刘前进……”

唐静茵:“一个什么通车典礼的乱哄哄的会,刘前进要去做报告……正好趁乱下手。”

25-46 大礼堂 日 内

刘前进在雷鸣般的掌声中英武地走上讲台。刘前进冲着话筒大声地:“喂!”四周的高音喇叭发出了刺耳的噪声,听众们下意识地双手捂上了耳朵。当刘前进想再试声时,听众们未闻其声,先用手把耳朵捂上了。

台下,侯仲武、王友明等人在听报告。冯小麦站在台口边上,警觉地望着台下。

刘前进指着麦克风粗门大嗓地:“我用不着那个玩意儿。我也不说广播电台里京腔京调的啥普通话了。我就说我们老家山东的普通话,你们能够听得懂,肯定。我转转文吧,怎么说呢,你们听着会觉得——亲切。是不是啊同志们?”

众人笑。听众中有两个人的眼神很特别:阿慧和周大姑。

刘前进:“现在,我开讲啦。我是个山东人,是吃地瓜梗子长大的。地瓜就是你们四川的红苕,山东叫地瓜。这吃地瓜梗拉嗓子,把嗓子拉粗咧,声大传得远,你们都能听得到。就是不好听,像破锣似的。”

台下听众哄笑。刘前进从兜里掏出演讲稿,照本宣科:“尊敬的各位领导,各位同志,你们好!”听众热烈鼓掌。

刘前进继续念:“我叫刘前进,是修筑新锦屏有史以来第一条公路的现场总指挥……”

刘前进念着稿子自觉不舒服:“这个……我念得别扭是吧?”

台下出现笑声。刘前进看到台下的周圆,迟疑着把讲稿揣进兜里:“活了三十来年咧,头一回照着一张纸儿来说话,怪别扭的。我不照它念了,肚子里有什么就往外掏什么,大家说行不行啊?”

听众鼓起掌来。坐在前排位的周圆和各报记者都不失时机地抢拍,阿慧混迹其中。不远处,周大姑在观察情况。闪光灯不停地闪烁。

周圆看到阿慧,阿慧也发现她,一愣。

25-47 锦屏镇大车店 日 内

甄世成在问阿宽话:“阿慧真回成都啦?”

阿宽:“是回去了,大姑还给送到车站了。”

甄世成:“她没说什么时候回来?”

阿宽笑:“甄大科长,这个……她能跟我说吗?你还是先回新锦屏吧。”

甄世成有点失神:“回去?”

25-48 大礼堂 日 内

刘前进:“在我头里那几位英雄讲得挺精彩,轮到我这个压轴儿的报告团团长来讲呢,还难为咧。照着稿子讲吧,嘴笨得像我们山东人穿的棉裤腰似的;不照着稿子讲吧,叫记者手里的照相机‘呼啦’一闪,肚子里的词儿全闪乎没哩。我现在是下又下不去台,讲还讲不出来,难为死我哩……”听众席又传出笑声。

刘前进:“看这么行不行,我就不自个瞎白话哩,同志们有什么要问的,你们就问,我来答,看这样中不中?”听众们赞同地鼓掌喝彩。

阿慧沉着地鼓掌。周圆注意着阿慧。

大礼堂侧厅,几名穿便衣的战士在走动着。冯小麦不经意间看了眼阿慧,阿慧低头。冯小麦走过去。

周大姑挡住便衣战士的目光。阿慧把手伸进提包里,摸索着……

周大姑警觉地左右张望。周圆紧张起来,过来碰了下周大姑,周大姑将周圆挡到一旁,示意她躲开。周圆还是从周大姑旁边过去,眼睛一直盯着阿慧。周圆甩开周大姑。

25-49 锦屏镇大车店 日 内

甄世成掏出一块银圆，扔在桌上。银圆跳了几跳，躺下。阿宽拿起来看看。

甄世成："阿慧她到底去哪儿啦？"

阿宽摇摇头，将银圆推给甄世成。甄世成："你——"

25-50 大礼堂 日 内

掌声中，刘前进起身敬礼。

阿慧望着台上的刘前进，右手插进提包里，手枪抽出了一大截……

突然闪光灯一亮，阿慧下意识地一怔。阿慧慌张的神情定格。周圆举起照相机，正对准阿慧拍照。

侯仲武恼火的神情。阿慧从包里抽出手，看着周圆。

刘前进在掌声中走下主席台。周圆望着兴高采烈的刘前进。

阿慧起身朝外挤去。周圆看着阿慧的背影。

周大姑走到周圆身旁，低声："你活腻啦！"

25-51 新锦屏场部小食堂 日 内

一桌酒席，桌边坐着刘前进、关晓渝、甄世成、严爱华、周圆、王友明等人。甄世成坐在关晓渝对面，一直冷着脸。

关晓渝："咱们英模报告团的演讲反响很大，好几个单位都想请刘场长去做报告。"

周圆："刘场长演讲不拿稿，连麦克风都不用，现场问答，妙语连珠。他说到情真处，让许多人流下眼泪……我就不该替刘场长写什么演讲稿，害得我白忙乎了大半宿！"

严爱华笑了："刘场长是天生有才……"

刘前进："拉倒吧，我现在才发现，这卖嘴皮子的活，也不轻快。"

刘前进像是突然发现了甄世成的存在："哎，世成，你啥时候回来的？不是上锦屏镇了吗？刚刚我还打听你回来了没有，今天高兴，我还想听你唱两嗓子呢……”

甄世成掩饰地摸摸嗓子：“着凉了，嗓子疼，唱不了了……”甄世成站起来，“场长，我有点发烧，先回去了……”

刘前进：“发烧赶快找大夫去。”

甄世成：“没事儿，我有药……”

关晓渝：“我送你回去吧……”

甄世成：“不用了。”

侯仲武拿着两瓶酒进来：“都在呀……看我整什么来了……哎，甄科长，你怎么走啦？”

甄世成：“我有点发烧，你们喝吧。”甄世成走开，关晓渝想了想，跟出去。

25-52 新锦屏场部小食堂外 日 外

甄世成匆匆出来，关晓渝跟出来：“甄世成！”

甄世成停下，回头看着关晓渝跑过来。甄世成：“又要跟我谈话？”

关晓渝将一本小册子塞给甄世成：“这个给你！”关晓渝回身跑去。

25-53 新锦屏场部小食堂 日 内

侯仲武又在给众人倒酒。关晓渝看着侯仲武，脸上有些异样，她下意识地看了看刘前进，刘前进吆喝着：“老侯，都满上，满上。”

周圆起来：“场长，你少喝点吧，酒可不是什么好东西……”

侯仲武：“哟！刘场长，有人给你保驾护航了……来，来，小周，你替刘场长多喝点吧……”

周圆拿起杯子送到侯仲武跟前：“喝就喝！我豁出去了！”

刘前进：“拉倒吧你，你当这是甜水儿啊……”

周圆：“少给点嘛，人家高兴喝。”众人笑。

侯仲武：“那就少来点，刘场长怕你喝了对身体不好。”

周圆看了眼刘前进：“我知道。”

侯仲武给大家倒酒，倒到关晓渝处，只点了一下。

25-54 倒木沟唐静茵住处 黄昏 内

阿慧：“……如果不是那个可恶的小女子，他们这会儿正给刘前进收尸呢。”

唐静茵：“她不是从你手里取过情报吗？她怎么……是不是她怕你得不了手，人还暴露啦？”

阿慧：“……不像，我倒觉得她是在保护那个刘前进……”

唐静茵：“保护？”阿慧点点头。

唐静茵思忖着：“……要是这样，内线的处境可就危险了……”

阿慧：“做了她？”

唐静茵：“让周大姑先敲打敲打她吧。”

25-55 新锦屏后勤宿舍 夜 内

灯下，甄世成掏出关晓渝给他的那本书，居然是《“三反”运动事例汇编》，甄世成恼火地将书摔在地上，狠狠踩了两下，他似乎不解渴，又抬脚将书踢到角落。

甄世成将身子扔在床上，大瞪着两眼，出神。

片刻，他突然坐起，急三火四地从角落捡起那本书，坐在床上翻看着。

25-56 新锦屏场部小食堂 夜 内

侯仲武给众人倒酒，倒到关晓渝处，犹豫了下，将酒瓶拿走，已经满脸通红的关晓渝一把握住酒瓶："倒啊！"

侯仲武："晓渝，你喝了不少了……"

关晓渝抬头，盯着侯仲武。侯仲武倒了一点，关晓渝："倒，再倒……"

刘前进："晓渝，你行吗？"

关晓渝看了眼刘前进，点点头。侯仲武又倒了一点酒。

众人看着关晓渝，关晓渝端起酒杯："这杯酒，我是替……替文捷大姐喝的。"

关晓渝一仰脖，将一盅酒倒进嘴里。关晓渝扬着的头一直没有放下，再放下时，她已经泪流满面……

众人惊讶，关晓渝操起酒瓶还要倒，被刘前进一把抢过去，厉声："关晓渝！"

侯仲武过去抓住关晓渝胳膊："晓渝，不要难过了，文捷同志不会白白牺牲的……"

关晓渝推开侯仲武，哭着跑去。周圆要去追，被严爱华悄悄拽住。

侯仲武要去追，刘前进："老侯！"侯仲武站下。

刘前进："让她一个人待会儿，她心里……放不下文捷……"

刘前进招手让冯小麦过来。刘前进："去看看关主任……"

25-57 新锦屏关晓渝住处 夜 内

关晓渝踉跄着进屋，靠在门上，放声大哭……

25-58 新锦屏场部小食堂 夜 内

侯仲武端起酒杯："来，我替晓渝敬大家一杯，她刚才有点失态了。"

已经满脸涨红的刘前进一仰脖又喝下一杯，将酒杯往桌上一墩，指着侯仲武："侯仲文！你……你放屁！"

众人一惊，刘前进醉眼蒙眬地："晓渝……那……能叫失态吗？她是为……为文捷掉的泪，她和文捷……那是姐妹……情，战友……情。你……你知……知不知道……啊？你……你懂……不懂……"

严爱华："刘场长，你喝多了……"

刘前进："不多，我……没……没喝多！"

侯仲武："刘场长，你冷静点！我和晓渝就快结婚了，我是最了解她的人，她今天确实喝多了，有点失态，让大家见笑了……"

刘前进："谁见笑？谁见笑？啊……谁？"

刘前进一下摔了酒杯，起身一把抓住侯仲武，朝侯仲武脸上就是一拳……

25-59 新锦屏刘前进住处 夜 内

王友明、侯仲武扶着刘前进坐在椅子上，刘前进坐不稳，滑到地上，趴在地上干呕起来。两人将刘前进往床上抬，刘前进却死活不让动，嘴里含糊着："……老侯，你走，你们都走，别踩我的床……"

侯仲武恼火地："这个刘前进，酒德太差！就让他睡地上吧，醒醒酒！"

两人出去，带上门。

25-60 新锦屏刘前进住处门外 夜 外

侯仲武和王友明出来，王友明带上房门。

侯仲武摸着半边脸："真是个酒疯子！这如果传出去……他还像个领导干部嘛！"

王友明："今晚喝得确实太多了，你拿的那老白干也太冲了！"

侯仲武："你先回去吧，我看晓渝去。"

王友明："我跟你去吧。"

侯仲武："不用。"

侯仲武融进夜色中，王友明琢磨了下，还是跟去。

25-61 新锦屏刘前进住处 夜 内

脚步声远去，趴在地上的刘前进起来，他抓过桌上的水杯大口喝起来。

25-62 新锦屏关晓渝住处 夜 内

关晓渝和衣躺在床上，脸上泪痕未干。

外面突然响起敲门声，侯仲武的画外音："晓渝，你睡了吗？晓渝。"

25-63 新锦屏关晓渝住处外 夜 外

侯仲武听着门里的动静。

王友明过来拉侯仲武："监区长，回去吧，这么晚了。关主任喝了那么多酒，别打扰她了。"

侯仲武叹了口气，跟着王友明走去。

25-64 新锦屏关晓渝住处 夜 内

关晓渝还是躺在床上，她摸过枕头旁边的小镜子，摔了出去……

25-65 新锦屏场长办公室 日 内

关晓渝坐在桌前："场长，昨天晚上我不该那样……"

刘前进："过去就过去了，没什么了不起的。不过……晓渝，要不然……你还是离开新锦屏一段时间吧。"

关晓渝一下站起来："我不！你放心吧场长，以后……我不会再失态了！"

刘前进："失态……失态——这真是个好词儿啊，你可能还不知道，昨晚上，我比你还失态了，这得感谢一样好东西。"

关晓渝："什么？"

刘前进："酒！"

25-66 第十六监区 日 内

刘前进在检查工作，侯仲武、王友明跟在旁边。

刘前进："老侯，昨晚你拿的那酒多少度啊？我喝了不少吧，怎么今早醒过来我睡在地上了……"

侯仲武："65度老白干，你喝了……至少七八两有了。"

王友明："我看一斤也有了。你还说哪呢，昨晚我跟监区长送你回去，怎么把你往床上抬你也不干！"

刘前进："啊，有这事？"刘前进看到侯仲武脸上一块伤，"老侯，你这脸怎么啦？是不是昨晚喝多了，跟谁干起来了？"

王友明要说，侯仲武拦住，摸着脸，看着刘前进："不错，是让人打的！"

刘前进站下："谁？"

侯仲武不语，逼视着刘前进。

刘前进："……我？"

侯仲武一笑："当然是你！"

刘前进："啊，我犯浑啦？你……你打没打我啊，是不是打我腰了，我这腰现在还痛呢……"

王友明："场长，人家侯监区长可是一指头没动你。"

刘前进："不可能，没动我……这腰怎么……哎哟，"刘前进扭着腰，"一动这么痛……"

王友明："你在凉地上睡一宿，不痛才怪了。"

刘前进："你们也是，明知道凉地不能睡人，就那么扔了我一宿？啊？"

刘前进瞪着两人……

25-67 新锦屏旧仓库外 日 外

山坡上的破仓库阴冷神秘。侯仲武从小路走来，他躲在一棵树后，朝屋里看去。从窗户上可以看到周圆忙碌的身影。

侯仲武左右望了望，悄悄靠近屋前，将一个纸卷儿放在窗台上，又在地上找块碎瓦片压在上边，听听屋里没有动静，然后有节奏地敲了敲窗户。

25-68 新锦屏旧仓库暗室 日 内

周圆正在定影池前洗着照片，听到外面响起有节奏的敲窗声，心里一慌，手里的照片掉进定影池里。周圆小心地走到窗前，压低声音："谁？"

外面没有声音，只有风吹在窗上的呼呼声。

25-69 新锦屏旧仓库外 日 外

周圆拉开门闩出来，见四下无人，到窗台前取走纸卷儿，迅速回屋。

25-70 新锦屏旧仓库 日 内

周圆插上门闩。纸卷儿展开，里面是一节蜡封的竹管。纸上写道：速交情报站。

周圆紧张地收好纸条和竹管。这时，外面响起敲门声，周圆吓得一激灵。

外面的敲门声又响起，周圆颤抖着："谁？"

关晓渝的画外音："开门周圆，是我。"

周圆："哦，等等。"周圆定了定神，过去开门，门外站着关晓渝。

关晓渝："今晚儿想跟你在这儿挤一挤，说说话……"

周圆："好啊。"

关晓渝看着定影池边绳子上夹着的照片。照片上，是刘前进演讲中的各种姿态。

关晓渝："这些照片都不错，看刘场长，多威风……"

关晓渝看到一张阿慧神色慌张、手伸在提包里掏枪的照片："这个人……"周圆的脸色变得难看起来。

关晓渝看着照片：阿慧的手里露出一截枪把。

关晓渝惊愕地："她在掏枪！……她要暗杀刘场长？"

周圆："……我看着也像……不过……"

关晓渝："你把这张照片给我吧。"

定格。

第二十五集完。

第二十六集

26-1 军分区指挥部 夜 内

程部长在打电话："你这脸露得不错嘛！我听说反应还挺强烈……"

26-2 新锦屏场长办公室 夜 内

刘前进在接程部长的电话："那是。我刘前进也不是白给的，战场上拼刺刀都不怕，动动嘴皮子的活儿有什么好怕的。"

程部长的声音："臭小子，吹牛吹到我这儿了！'鹤顶红'有没有什么动静？"

刘前进："现在还没有。"

程部长的声音："那更得小心了……还有那个参谋次长的事，要抓紧快办……"

26-3 新锦屏旧仓库 夜 内

关晓渝已经躺下，周圆坐在床前，看着洗出来的照片上刘前进演讲时的各种姿态，还有那张阿慧掏枪的照片，有些走神。

关晓渝含糊着："周圆，快睡吧，都几点了。"

周圆像是没听见，看着照片，眼里噙着泪，泪水滴在照片上……

周圆的内心独白："我到底该怎么办啊……"

26-4 新锦屏场长办公室 晨 内

刘前进看完那张阿慧准备暗杀自己的照片，放在桌上。

刘前进疑惑地看着关晓渝："这个照片……你跟她要的？"

关晓渝摇摇头："是我看见硬要的。听她说，这是无意中照的。"

刘前进又拿起相片仔细端量："看这个女人的神态，像是被周圆突然打扰了……难道是——她正准备掏枪的时候被周圆发现了，怕她暴露？或者……周圆是故意来阻止她、保护我的？"

关晓渝："可能是保护。周圆对你不是一直……"

刘前进："啥一直？我和她接触，都是工作关系。"

关晓渝笑了下："周圆亲口对我说过，她，一直敬重你……"

刘前进："我成什么啦？谁都喜欢……晓渝，你多跟周圆接触接触，力争把她挽救过来。"

关晓渝点点头："她今天一早去锦屏镇了，说是要添置一些办公用品。"

刘前进："她自己？"

关晓渝："小冯跟她去了。"

刘前进："甄世成那面，你和他谈得怎么样？"

关晓渝："谈了两次，对他的触动……应该有一些。"关晓渝拿出一瓶药，"我刚去医院拿了瓶胃药，琢磨今天什么时候给他送去，再跟他谈谈。"

刘前进："给我吧，我给他送去。对了，参谋次长的事，程部长又来电话催问了……这件事,我们太被动了……”

关晓渝:“关键是无从下手,没有头绪……”

刘前进:“是啊,不过这不是个理由啊……回头咱俩碰碰。不能听其自然,要主动出击……”

26-5 锦屏镇大车店饭堂 日 内

周圆和冯小麦走进饭堂。周大姑给阿宽递了个眼色。伙计迎上去:“哎呀二位,吃饭呢还是住店?”

冯小麦:“吃饭,来两碗担担面。快点啊。”

伙计:“好喽。担担面两碗!”伙计朝后喊着,引周圆和冯小麦到桌前坐下。

周圆看看柜台后的周大姑,又瞅了瞅一旁的冯小麦。

周大姑点头,喊住阿宽,在他耳边嘀咕着什么,阿宽点头。

伙计端着托盘走来,阿宽接过,托着托盘从冯小麦身后过去,伙计故意手一歪,托碗里的面汤洒出,溅到冯小麦身上,冯小麦被烫得一激灵,“哎呀”一声跳起来。

周大姑慌忙过来,嘴里骂着阿宽:“怎么干的活,烫坏了同志我要你的命!”一边对冯小麦赔着笑脸:“冯同志,对不住。烫着了吧?”

冯小麦抖着衣服,周圆不满地瞪着阿宽:“眼长哪儿了你?不知道小心点?”

周大姑:“对不住,对不住。来来,先脱下来,我再给你找身衣服。”又怒骂阿宽:“这个月的工钱扣了,赔给冯同志买衣裳!”

冯小麦:“别别,他也不是故意的。下回注意啊。我去水房搓两把就得。”

周圆帮着冯小麦脱衣服:“我去吧。”

冯小麦:“不用,我自己来。”

周大姑:“那哪行,我找人给你洗。”

冯小麦:“真不用,我就把这块洗洗就得,还能穿。”

冯小麦往外走,周大姑:“院子西头就是水房。阿宽,领冯同志过去,你给洗!听到没?”

阿宽点头:“嗯。”周大姑看着伙计带冯小麦朝院子西头走去,回过身。

又一个伙计端来两碗面,放到周圆面前,周圆:“多少钱?”

周大姑过来:“不要钱,刚才烫了冯同志已经是罪过了,哪还能要饭钱呢!”

周圆:“吃饭付钱天经地义,何况我们解放军还有纪律,不拿群众一针一线。”

周圆掏出那支蜡封竹管,悄然递给周大姑。

周大姑压低声音:“上回的事唐司令很生气,再出这种事,你我都别想活啦!”周圆面无表情。

周大姑从柜子下边拿出一个盒子赶快塞给周圆:“交给‘鹤顶红’。”

周圆看了眼盒子,麻利地塞进书包里:“干什么用的?”

周大姑:“知道的太多对你没好处。你听清楚了,不许拆封乱动。绝对不许!”周圆点点头。

周大姑:“不早了,吃完饭早点回去吧,那个盒子……不能有闪失。”

周圆快快不快地低头吃面了。

26-6 锦屏镇大车店楼上 日 内

周大姑上楼,从竹管里面拿出一张纸条展开看:甄的男女事已露。

周大姑想了一下,把纸条收好。

26-7 锦屏镇大车店 日 内

周大姑从院里出来，阿宽推着一辆自行车。阿宽嘟嘟囔囔："……发个报不行吗，非跑一趟？"周大姑："不行。一是人家唐司令那回亲自上门造访，没见着咱；二是这姓甄的出了事，得合计合计……"

周大姑坐在车后。车子拐上大道，向镇外跑去。

周大姑："出了镇就快点蹬。前边寨子把马给我预备好了吗？"

阿宽："都预备好了，还是那两匹快马……"

26-8 新锦屏附近山路 日 内

一辆吉普车开来，车上坐着周圆和冯小麦。冯小麦开车。

周圆："小冯，在路边停一停。"

冯小麦："干什么？"

周圆："在这停，你说能干什么？喝那么多茶水……"

冯小麦停下车。周圆背着包下车。

冯小麦从倒车镜里看着周圆拐到山后，冯小麦犹豫了一下，也下车。

冯小麦跑到山后一块石头躲起来，不见周圆。不远处，是片树林。冯小麦向小树林摸去。

26-9 新锦屏附近树林 日 内

冯小麦提枪四下查看，前面草丛一动，冯小麦躲在一棵矮树后，跑出的却是一只野兔。树林后，是一座小山。

26-10 新锦屏附近小山 日 内

一块石头后面，周圆将盒子放到隐蔽处，揪了些野草掩盖住盒子，又做了一个记号。

26-11 新锦屏附近山下 日 内

冯小麦提枪来到山下，四下查看。

远处传来喊声："小冯！小冯！"冯小麦听到喊声，回身返回树林。

26-12 新锦屏附近山路 日 内

冯小麦从树林里跑出，拐过小山坡，见周圆正在车前四下张望。

周圆看到跑来的冯小麦，扬着手："小麦！冯小麦！"

冯小麦跑来，看到周圆身上的包没有了。

周圆："你去哪儿了，我等了半天。"

冯小麦："我也解个手。"

冯小麦上车，见周圆喘得厉害。她的身旁，放着那个背包，里面还是鼓鼓的。

冯小麦开车。

26-13 倒木沟山洞唐静茵住处 日 内

周大姑在一旁坐着。

宁嘉禾一手把玩着那支蜡封竹管，眼睛还盯着另一只手上的纸条，沉思着。

宁嘉禾沉吟着："这个甄世成怎么办？……"

唐静茵："办他还难吗？该怎么办，到时候周站长那边办就是了……"

周大姑点点头。周大姑："那个姓甄的露出来的，现在不过是'男女事'……等我访查访查，看还有没有别的什么……"

26-14 新锦屏旧仓库前 日 外

吉普车停下，周圆下车，冯小麦要帮着她拿那个背包，周圆抢着拿下。

周圆："小冯，谢谢你啊。"冯小麦笑了下，将车开走。周圆看着吉普车远去。

26-15 新锦屏旧仓库 日 内

周圆疲惫地进屋，将背包放在桌上，抓起搪瓷水杯喝水。周圆坐在椅子上，瞪着两眼，出神。周圆站起，拎过那个背包，打开，包里面是些野草掺和着的碎石块。

26-16 倒木沟山洞唐静茵住处 日 内

唐静茵抽着烟："阿慧最近是不是有什么问题？以她的身手，大庭广众之下，暗杀毫无设防的刘前进，不应该出问题呀！"

周大姑："暗杀未遂，不能怪阿慧。省委礼堂保卫森严，也实在是在难以下手……"

唐静茵："不过，阿慧那天的失手，是因为有个人妨碍了她的行动。"

周大姑："……谁？"

唐静茵看着周大姑："你的侄女！"

周大姑："那天我也在场，确实是不太得手，这事……应该跟周圆没有多少关系……"

唐静茵摆了下手，咄咄逼人地："行了，不要说了。看在你对党国一向忠诚的份儿上，我这次就不追究你们姑侄的罪过了，换了别人……哼！不过，以后再发生这样的事，后果你应该知道。"周大姑站起来，沉静应对："谢谢唐司令开恩，我会好好管教我侄女，我还要以唐司令为榜样，严格治军……噢，对不起我忘了，我已经无军可治，只是一个小小的情报站站长了……不过论起你我在国军里的阶级，好像都授的是上校军衔吧？当此国难当头之时，大家该精诚团结、同舟共济才是，唐司令不要动辄对什么人都火气冲天……"

唐静茵又要发火，宁嘉禾递过一个眼神。宁嘉禾打着圆场："周站长，你的辛苦，我已多次向台湾报告过。周站长是党国不可多得的谍战俊才，往后我们要得到新锦屏更多的情报和消息，还需要周站长鼎力配合呀！把阿慧派到你那里，没有收到什么大的成效，你对她也要多一个心眼，别让她假戏真做，让甄世成给赤化了。"

周大姑："阿慧干的那些事儿，共产党饶不了她，总指挥放心，她是不会反水的……至于我那侄女，她的心思……绳头儿在我手上把着，我会好好牵住她！"

宁嘉禾想起什么："给'鹤顶红'的东西……"

周大姑："转去了。"

唐静茵："那可是美国中央情报局的新玩意儿啊，'鹤顶红'收到后，会派上大用场了！"

宁嘉禾点头。

周大姑："总指挥，唐司令，没有别的事情，我先回去了。"

宁嘉禾："我叫人送送你。"

周大姑："不用。"走出。

宁嘉禾看着周大姑出去，一回头，见唐静茵正盯着自己。

唐静茵："你对她……可是照顾有加呀……"

宁嘉禾："静茵，有一句话你应该知道，得人心者得天下。我们现在正处困境，要利用一切可以利用的人才，把他们的作用发挥到极致。这样才能更有效地打击共党……"

26-17 新锦屏场长办公室 日 内

冯小麦在向刘前进汇报:“没有发现什么特别的情况,基本上……还挺正常的。”

刘前进:“基本?啥叫基本?不基本的呢?”

冯小麦:“就是快到新锦屏时,她要……方便一下,就下车了。不过,她还背着那个包。”

刘前进:“她是真去方便啦?”

冯小麦:“这个……我没看见。不过,她回来的时候,那个包还在身上。反正这一路上,她都挺护着那个背包。”

刘前进思索着。

26-18 新锦屏路边 日 外

路上没有行人,路边竖着一个绿色邮筒。侯仲武走来,从怀里拿出信封,投进邮筒里。后面的冯小麦在悄悄地跟踪侯仲武。侯仲武向后看看,朝山路走去。冯小麦小心跟踪。

26-19 新锦屏附近山路 日 外

此处,正是冯小麦之前来过的地方。侯仲武向后看看,下了山路,进了小树林。

冯小麦躲在石头后,不一会儿,也进了树林。

26-20 新锦屏附近小山 日 外

侯仲武从山后拿出盒子,四下看看,走向一处崖壁。

26-21 新锦屏附近小树林 日 外

树林里静悄悄的,冯小麦穿过树林,来到山下;冯小麦上山,穿过石头砬子……

山上是一块开阔地,冯小麦四下张望,不见了侯仲武身影……

26-22 新锦屏场长办公室 夜 内

刘前进:“什么?一个大活人能跟没了?他是土行孙?还能钻到地里去?”

冯小麦:“他进了树林,就再没看见他。”

刘前进:“妈的,他还真成精了……”

26-23 新锦屏侯仲武住处 夜 外

侯仲武插上门闩,从书包里掏出个盒子,打开。盒子里是一支钢笔和一个带天线的耳机。侯仲武把钢笔和耳机拿出来,放到桌上,又发现盒底还有一张照片,拿出一看,照片上是两个拿着刀枪的人挟持着周母。

侯仲武放下照片,拿起耳机戴到头上,又拿起钢笔,拧开笔帽,向笔头吹了几口气。耳机里立即传来了吹气声。侯仲武的脸上立即浮现出阴险的笑容,他慢慢地拧上笔帽,两眼直视着手里的钢笔。

26-24 新锦屏侯仲武住处 夜 内

一封两页纸的信,信上的字全是从报纸上剪下来的字粘贴的。

信的标题是:检举揭发乱搞男女关系的腐化分子刘前进

侯仲武坐在桌前,把事先从报纸上剪下来的字,一个个粘贴在信封上。

26-25 新锦屏旧仓库 夜 内

周圆开门走进,回头划上门扣。周圆走到桌前,亮灯,从口袋里掏出报纸卷,小心地打开……是一支钢笔,笔帽上的卡子夹着一个折叠好的小纸条。周圆展开纸条:送给刘前进!

周圆小心翼翼地拿起笔,在灯下看着,内心独白:“这种恶事,我不能再做了……”

周圆放下钢笔,内心的独白继续:“我手上……已经沾了太多好人的鲜血,我不能再这么下去了……”

周圆盯着灯下的钢笔,手抱着头,闭上眼,自语:“我该怎么办啊……”

周圆突然睁开眼,内心独白:“我得让这支笔,为好人做点事……”

26-26 新锦屏场长办公室 夜 内

敲门声。刘前进:“进来!”

甄世成进来。甄世成:“场长,还没睡?”

刘前进:“快了,快了! 这么晚,有事?”

甄世成:“跟您谈点私事。”

刘前进:“私事? ……啥私事? ……好,那你说吧!”

甄世成掏出烟递给刘前进一根,然后点着,低头吸着烟,半晌不吭声。

刘前进:“咋啦? 遇到难题啦? 还挺难开口?”

甄世成猛吸了两口烟,一狠心似的。甄世成:“场长,我犯罪了! 我中了敌人的美人计,被他们拉下了水,而且我把咱们这张军事布防图拍了下来,给了敌人! 我色胆包天! 我他妈昏了头! 我罪该万死、我死有余辜! 要杀要剐您一句话……”仿佛是怕自己没有勇气说下去,甄世成越说越快,一口气全倒了出来。说完,他猛地站起,一撩衣服,掏出一副手铐,只听咔嚓、咔嚓两声脆响,他把自己的双手铐住,扑通一声跪在了刘前进脚前。

面对眼前这突然、急速发生的一切,刘前进有点愣住了,他眨着双眼一时反应不过来……刘前进:“这……这是真的?”

他看了看跪在眼前已是满头大汗的甄世成,他明白这不会是闹着玩,但嘴里仍然语无伦次。刘前进:“你没跟我闹着玩吧? ……可也是,没有这么闹着玩的……”

甄世成:“场长,你别折磨我了,你说怎么处置我吧!”

刘前进:“起来吧! 坐那儿慢慢说。”刘前进倒了杯水,他喝了一口。

甄世成在叙说着犯罪经过(画面无声),刘前进认真地听着……

刘前进:“那你说,你既然犯了这么重的罪,为什么还来告诉我? 跟他们跑了不就得啦? 那边不是有那么个勾人魂的女人吗?”

甄世成:“我反复掂量了好几天,我想,八百万军队都被我们打败了,这么几个散兵游勇,国民党也蹦跶不了几天,我跟他们跑就是敌我矛盾了,一定是死罪!”

刘前进:“那就是说,如果现在国民党依然强大你就跟他们跑了,是吗?”

甄世成尴尬地看了一眼刘前进,没言语。

刘前进:“接着说。”

甄世成:“但是我要是向您向组织交代了罪行,或者戴罪立功什么的,可能就是人民内部矛盾了,大不了我坐几年牢!”

刘前进:“甄世成啊,甄世成! 你可真坦白! 也可以说真实在! 我从来还没遇到或听说过,一个交代罪行的人这么和盘托出自己真实想法的罪犯! 你让我不得不相信这是真的,从这一点上来看,你又真聪明!”

甄世成:“聪明个屁！我昏了头！我是个大傻瓜!”

刘前进:“一个犯了死罪的人,又自己把自己救回来,这人不聪明？这是大聪明啊!”

甄世成长出了一口气:“听场长这么一说我还有救。”

刘前进:“那就看你自己了!”

甄世成:“刘场长您下命令吧,我该怎么办?”

刘前进:“你先回到他们那儿。”

甄世成:“刘场长是想将计就计?”

刘前进:“哎呀！甄世成！真没看出来你还懂得兵法!”

甄世成:“这点事我都翻来覆去想好几天了!”

刘前进:“你先回去,装作没事似的,我们先研究一下你的问题。”

甄世成点点头,抹了把汗转身就走,未到门口,他站住了,转回身。

甄世成:“刘场长,我还有句话要说!”

刘前进:“怎么你这么坦白,竟然还没说完?”

甄世成:“我……我……真爱上了阿慧……就是那个女特务……她也爱上了我……”

刘前进:“你爱上她,可能。但她真的也爱上了你？那可是经过色情训练的女特务!”

甄世成:“直觉告诉我,她的感情有了变化,最重要的是她……她怀了我的孩子……”

刘前进:“噢！……这可复杂了!”

甄世成:“请您相信我,我一定尽最大努力把她策反过来。”

刘前进:“她手上可有我们战友的鲜血!”

甄世成:“我让她立大功！我就不信阿慧如果立了大功我们还定她死罪！您最多让她坐几年牢吧?”

刘前进:“坐几年牢？那你怎么办?”

甄世成:“我陪她坐牢,或者我在外面等她!”甄世成说到这儿眼泪流了下来,但目光似乎很坚定。

刘前进被感染了,他拿起水杯掩饰自己。刘前进:“行了,你先回去吧。”

甄世成:“谢谢刘场长,谢谢刘场长……”甄世成对刘前进鞠了个躬向门口走去,刚走到门口又站住了。

刘前进:“咋？又想起什么了？对了！这回一定是手铐子的事了吧?”

甄世成回过身来抬了抬戴手铐的双手,尴尬地点着头。甄世成:“场长真聪明!”

刘前进:“还是你更聪明！你是大聪明!”刘前进过去为甄世成打开手铐。

刘前进:“是呀！不能这样出去呀!”刘前进把手铐递给了甄世成,甄世成接过装进兜里。

甄世成:“谢谢场长,我走了。”

刘前进看着远去的甄世成的身影消失在夜色里……

26-27 新锦屏农场场长办公室 晨 内

周圆背着手,站在刘前进的办公桌前,很严肃的样子。

刘前进指指椅子:“有啥事坐下说,坐吧。”

周圆仍背手站着,稍显不安。周圆背着的手里握着那支钢笔。

刘前进把身子靠在椅背上,盯着周圆看。

周圆稍显紧张地:"……刘场长,我送你一个礼物……"

刘前进一下把身子又靠到前面,笑起来:"送我一个礼物,你还用这么严肃啊小周!我还当是出了啥了不得的事哪……啥礼物,拿出来吧……"

周圆拿出那个钢笔,脸上仍无表情,慢慢递过来。

周圆:"这是别人……送我的,要我……要我把它转送给你……"

刘前进意识到什么,伸手去接。

周圆抽回手:"你……刘场长,这支笔……你要好好看看才能用……"周圆盯着刘前进,把钢笔放在刘前进面前。

刘前进疑惑地拿起笔,看了会,他刚要拧开笔帽,周圆突然按住他的手:"别动——"

刘前进:"怎么了……"

周圆:"……没什么……"

刘前进:"小周,到底怎么回事……"

周圆:"这个笔帽……不能随便拧开……"

刘前进站起来:"小周,你是不是有啥话想说,你直接说出来好了……"

周圆突然跑过来,一下抱住、抱紧了刘前进……

刘前进惊慌地:"小周,周干事……周圆,你松开,松开我……"

周圆:"我不!支队长……前进哥……让我抱你一回吧……"

刘前进挣扎,周圆抱得死死的。周圆的眼里流出泪水,"就抱这一回……"

刘前进手足无措:"你这是干啥,小周……别这样……"周圆抱得更紧了。

房门突然被推开,关晓渝看着眼前的一切,有些惊愣……

刘前进:"……晓渝……"

周圆像是突然醒悟过来,慌忙松开,看看关晓渝,突然跑去……

26-28 新锦屏旧仓库门外 日 外

周圆抹着眼泪,气喘吁吁从远处跑来,她打开门,进去。

26-29 屏旧仓库 日 内

周圆踉跄着进屋,把自己放倒在床上,放松地躺着,望着天棚……

26-30 新锦屏农场场长办公室 日 内

一位戴眼镜的工程师将钢笔放下。刘前进:"窃听器?"工程师点点头。

刘前进:"我在江滨军管会当公安局长的时候,听人说过安装在电话里的窃听器,现在……没想到这东西还能安在钢笔里……这个东西,不拧笔帽没事吧?"

工程师:"没事。这笔帽是个开关。"

刘前进点头:"行,我知道了,你回去吧。"工程师离开。

关晓渝:"看来,'鹤顶红'是想利用周圆和你的关系,从你这儿窃听到他想要的秘密。幸亏周圆暗示了你,要不然……"

刘前进:"是啊,看来这个周圆还是应该挽救一下的。晓渝,你先和她谈谈……"

关晓渝:"现在,谁谈也不如你跟她谈效果好。"

刘前进："……我……我是有点打怵她了。刚才……你也见到了，这丫头现在有点不管不顾了。我跟她谈……咋谈……"

关晓渝："她现在最需要你拉一把，她的心里……太苦了……"

刘前进："我琢磨琢磨再说吧……对她的安全问题，我们一定要负责任，一定要保护好她！"

26-31 新锦屏机要室 日 内

机要员小孙在整理文件。侯仲武进来，手里拿着一袋水果。

侯仲武将水果放在桌上："小孙，忙呢？"

小孙："监区长，关主任给刘场长送文件去了。"

侯仲武："我没事，你给她就行，你们一块儿吃啊。"

小孙："谢谢，监区长。"

26-32 新锦屏农场场长办公室 日 内

刘前进看着手里的那支钢笔："这个东西，咱们得好好研究研究……"

关晓渝："你的意思……要'将计就计'？"

刘前进点点头："我想让美国中央情报局送的这个新玩意儿，为保卫咱的新锦屏做做贡献……"

26-33 新锦屏侯仲武住处 日 内

侯仲武躺在床上抽烟。侯仲武想了想，丢掉烟蒂，从枕头底下拿出带天线的耳机戴上。侯仲武认真地听着，耳机里没有任何声音。

侯仲武默默地把耳机摘了下来，拿在手里，把玩着。

26-34 新锦屏农场场长办公室 日 内

桌上一堆文件，刘前进在处理相关文件。关晓渝拿着一份报纸进来："刘场长。"

刘前进："晓渝，你来得正好，咱俩的戏得好好演练演练……"

26-35 新锦屏小食堂 日 内

侯仲武在吃饭，眼睛一直睃着门口。门口，里出外进的人说说笑笑。

关晓渝端着饭菜走来。侯仲武："晓渝，来坐这边。"

关晓渝坐到侯仲武身边。侯仲武："吃完饭一起散散步吧。"

关晓渝看看表："不行，一会儿我还得和刘场长碰点事……"

26-36 新锦屏侯仲武住处 黄昏 内

侯仲武手里的耳机发出一阵沙沙声。侯仲武一惊，急忙把耳机戴上，皱眉倾听着。

关晓渝的电子声："哟，换新笔了！哪来的？"

刘前进的电子声："周圆送我的……"

关晓渝的电子声："这小丫头挺会来事的啊……"

刘前进的电子声："不许背后瞎议论人！从现在起……我得学学咱老班长，随时随地记点什么……"

关晓渝："这习惯不错。对了，刚才接到一份电话通知……"

刘前进的电子声:“啥事?”

关晓渝的电子声:“你当选凉山彝族自治州的委员了……”

26-37 新锦屏农场场长办公室 黄昏 内

关晓渝:“程部长来新锦屏的事,怎么定的?”

刘前进:“高参谋来电话了,说程部长从军分区直接来新锦屏。后天到,轻车简从,走公路,不坐船了……”

关晓渝:“他不是说先去锦屏镇看看?”

刘前进:“走水路太慢,再说最近江上啊码头上啊,老有土匪闹事,不安全……对了,你强调一下,各部门一定要做好保密工作,要确保程部长此行的安全……”

刘前进:“那个甄世成……”

关晓渝:“我已经和他谈了……”

刘前进:“要好好注意他……”

屋外响起一声炸雷,转眼间,窗外响起雨声。

26-38 新锦屏旧仓库 夜 外——内

周圆在门口左右张望,肆虐的风雨一阵接一阵地溯进窗口。周圆舒了一口气,返身进屋,关上了门窗。周圆坐到桌前,看着镜子里惊慌失措的自己,伸手去拿搪瓷水缸。

“吱嘎嘎”的木门移动的声响。周圆惊惧地一哆嗦,桌上搪瓷水缸里的水溅出来。

镜子里,屋角的地道门开了,一个脸蒙黑纱的人钻了出来。周圆掏出手枪:“谁?”

脸蒙黑纱的人:“把枪放下说话……”是非常熟悉的男声!周圆被定住了。

风雨猛吹乱卷,窗户被拍打得啪啪直响。一个滚地雷从天而降,电光闪烁。

周圆紧张地握着手枪,对着脸蒙黑纱的人:“你到底是什么人?再不说话,我开枪啦!”

蒙面人慢慢摘下了面纱。周圆:“是你?”

侯仲武轻巧地从周圆手上拿过枪,随便放到桌上:“佳人有约,我是‘鹤顶红’!”

周圆:“你……侯监区长?!”

侯仲武笑着,坐到桌旁,拿起冒着热气的搪瓷水缸晃了晃,喝了一口,又放下,拿出一支周圆非常熟悉的那种竹管,轻轻地放到桌上:“明天一早,你去趟锦屏镇。”

周圆:“干……干什么?”

侯仲武:“不要多问,你把这个情报送到周站长那里。中午之前,这个情报一定要送到!”

周圆看了看蜡封好的竹管:“我……我还是叫你侯监区长比较习惯。我已经跟周站长说了,我不想再这么提心吊胆过日子了……”

侯仲武露出凶残的面目,慢慢从怀里掏出一张照片,拍到桌上。

周圆扫了眼桌上的照片,大惊。(照片特写)两名土匪手拿刀枪挟持着周母。

周圆惊恐:“你——你们对我妈怎么啦?她在哪里?”

侯仲武:“她现在还很好,以后还会不会这么好,就看你了!”侯仲武恶狠狠地点了点照片。

26-39 新锦屏农场场部走廊 晨 内

走廊里很清静。周圆走到场长办公室门前,见门已上锁。关晓渝看到周圆:“周圆——”

周圆有点不自在地:“关副书记——”

关晓渝:“找刘场长啊?”周圆点点头。

关晓渝:“你记住啊小周,要和过去一样,还叫我晓渝姐。听到没?”周圆点头。

关晓渝:“刘场长一大早就出去了,有什么事……你跟我说吧。你的事,刘场长已经跟我谈了。钢笔的事,刘场长说你做得很好,本来,他想跟你了解更多有关内鬼的情况,今天突然有任务,就走了。你放心小周,刘场长已经安排人开始对你24小时实施保护……来吧,进我办公室说。”周圆跟着关晓渝进了办公室。

26-40 新锦屏公路 日 外

刘前进驾驶着吉普车在路上疾驰。

26-41 新锦屏农场关晓渝办公室 日 内

周圆将那个竹管递给关晓渝:“这是昨晚‘鹤顶红’从仓库暗道里送给我的情报,让我今天中午前一定要送到锦屏镇。”

关晓渝:“是送到大车店吗?”

周圆点头:“这里的情报我看过了,他们要刺杀程部长……”

关晓渝接过竹管看,蜡封的竹管完好如初。

关晓渝:“你去吧。让冯小麦开车送你。不要让鹤顶红起疑心。”

周圆警觉地朝门口望了眼:“晓渝姐,你知道……‘鹤顶红’是谁吗?”

关晓渝点点头。周圆惊诧地:“那……那你‘十一’还要和他结婚?”

26-42 第十六监区监室 日 内

郑运斤把手里的一份宣传单扔给苟敬堂:“小子,这上面又有立功减刑的好消息,你好好学学,没准儿明天你就出去了。”

苟敬堂:“行了吧郑长官,别老拿这事吊我胃口,上回我可是让你害得不轻,侯监区长都差点拿枪崩了我!”

小痦子捡起那张宣传单,看起来。苟敬堂好奇,还是凑过来:“嗳,真的假的?”

小痦子:“真假你自己看嘛!”

小痦子将那张宣传单塞进苟敬堂怀里。苟敬堂看起来……

26-43 锦屏镇街道 日 外

街上行人熙来攘往,冯小麦开着吉普车缓缓行驶,周圆坐在车里,看着车外。

路旁,周大姑带着一个小伙计注视着吉普车,车里的周圆看到周大姑,一愣。

周大姑对小伙计耳语着什么,小伙计点头,穿过行人。

周圆看着周大姑,周大姑指了指小伙计的背影。

冯小麦小心翼翼地开着车,小伙计突然从前面穿过,一下碰到车头,倒地。

冯小麦急忙刹车。小伙计躺在车前,做痛苦状。

冯小麦忙下车:“老乡,对不起。撞到哪儿啦?”

很多乡民围过来,周大姑也凑到车旁,周圆下车,将手里的竹管塞到周大姑手里。

周圆挤到车前,关切地:“老乡,没事吧?”

小伙计看看周大姑,周大姑点点头,离开。

小伙计艰难地爬起来,“哎哟哎哟”地叫着,摆摆手:“……没事。”

26-44 锦屏镇大车店后院 日 外

阿慧手拿扫帚,在清扫后院。周大姑走过来,左右看了看,低声地:“跟我来。”

26-45 锦屏镇大车店账房 日 内

门开了,周大姑走进来,阿慧跟进来。

周大姑关上房门,从竹管里抽出纸条,看了看,递给阿慧。

阿慧看罢:“刺杀共党要员……在雷新公路三号路口动手?”

周大姑:“在公路上动手,你一个人可有点悬,得上山带几个人……”

阿慧看看表:“来不及了,你让阿宽跟着我吧!”

26-46 锦屏镇诊所 日 内

鲁震山和柳春燕在扫地擦桌子。凌若冰走过来:“鲁震山,一会儿跟我出去一趟。”

鲁震山:“凌大夫,出急诊吗?”

凌若冰:“去接人。”

鲁震山:“接人? 接谁呀?”

柳春燕:“问那么多干什么,你跟着去就是了!”

26-47 锦屏镇入口 日 外

刘前进的车驶向锦屏镇。

26-48 锦屏镇一出口 日 外

甄世成一个人在街上走着。阿慧在前,阿宽在后,两匹快马和甄世成倏然错过。

甄世成脱口而出:“阿慧……”

26-49 锦屏镇诊所门前 日 外

吉普车停在门前。刘前进下车,柳春燕开门迎出。

柳春燕:“你来啦刘场长! 凌大夫去接程部长了,他们快回来了……”

刘前进走进诊所。刘前进:“鲁震山和凌大夫一块去的?”

柳春燕:“要不是留下看家,我也去了。”

刘前进看看表,又回身走到门口,张望。

26-50 锦屏镇诊所门前 日 外

刘前进在门口张望,一辆吉普车驶来,停在门前。刘前进迎上去。

刘前进开门,程部长下车。刘前进:“我这紧赶慢赶,还是来晚了。”

凌若冰、鲁震山下车。程部长:“告诉你不用接,你就是不听!”

刘前进:“你是不知道,狗特务已经在算计你啦!”

凌若冰:“有特务暗杀程部长?”

刘前进:“进屋说,进屋听我慢慢道来……”

程部长看了看门上的牌匾,走进门去。刘前进跟在后面,满腹疑惑。

26-51 锦屏镇门诊 日 内

刘前进:“……就这样,程部长你的行程,让我和晓渝给改了改……敌人这会儿正在公路上玩命地赶,准备在三号路口向你动手呢……”

程部长:“树欲静而风不止呀！这件事,又是一个提醒,内外敌人相互勾结,越来越疯狂了啊!”

凌若冰:“锦屏镇这边……”

刘前进:“对了若冰同志,我正想和你说说镇子上的事。那个大车店……水不浅哪。甄世成反映的情况是对的,我们对这个大车店不仅仅是个严加防范的问题了……”

鲁震山推门进来:“吃饭了。”

26-52 锦屏镇诊门小饭厅 日 内

桌上摆了几个菜,还有两听罐头。刘前进、程部长、凌若冰进来,在桌前坐下。

鲁震山捧着几听罐头走来。程部长:“哟,还有罐头?”

柳春燕拿起罐头,对鲁震山:“拿把刀来,这怎么开?”

鲁震山转身要走,刘前进:“不用了,我这儿有。”

刘前进撩起衣襟从腰上抽出把小腰刀,动作麻利地从刀鞘里抽出刀具,对着罐头一插,一转,起开。

程部长:“动作还挺利落,当年在战场上没少吃这东西吧。”

刘前进笑:“都是从敌人那儿缴获的,这东西解馋着哪。”众人笑。

刘前进擦了擦腰刀,挂回腰上。鲁震山的眼睛一直盯着那把腰刀……

26-53 锦屏镇大车店账房 日 内

甄世成推门而入。正打算盘的周大姑抬头看见,不悦地:“怎么,火上房了,连门都不敲?”

甄世成一屁股坐在椅子上:“我看见阿慧了!”

周大姑:“你是太想阿慧了,看走眼了吧?”

甄世成:“阿慧根本没去成都,你骗我!”

周大姑冷眼看着甄世成。

甄世成:“我要上山找阿慧。”

周大姑:“上山?”

甄世成:“你告诉我怎么上山。”

周大姑想了想:“好吧,你等一下……你怎么上山,我还真得好好和你说仔细了……”

周大姑坐到桌前,拿起笔先划了一个路线图,又写了一个短柬。

甄世成看着,耳边又反复响起刘前进的话:“……世成……你还有救……有救……”

周大姑将短柬装进信封里,封好:“把这个重要情报面呈唐司令,她会嘉奖你的。”周大姑又坐到甄世成旁边:“小子哎,我看你要时来运转了……”

甄世成没好气地一把抓过那封信和图:“还时来运转……是好是歹,是吉是凶,我还不知道?”甄世成站起来,头也不回地走出。

周大姑盯着甄世成的背影,思忖着……

26-54 新锦屏街道 日 外

甄世成匆匆走着。周大姑阴险的声音响起:“小子哎,我看你要时来运转了……”

周大姑各种表情的脸在反复出现,这张脸被吹来的山风吹得扭曲又夸张……

26-55 倒木沟山洞唐静茵住处 日 内

电报员头戴耳机,把刚抄收的电文递给唐静茵。宁嘉禾抽着烟走过来,唐静茵把电文递给了宁嘉禾:“那个甄世成……要上山找阿慧……”

宁嘉禾看了看电文,想了一下:“他已经暴露了,留着是祸患。我看,他来得正好,干脆……”宁嘉禾将手里的烟头摁灭。

唐静茵不语,半天才说:“杀他倒是简单,我担心阿慧……”

唐静茵把电文丢到火堆里烧掉:“……这丫头对那个姓甄的,好像认了真了。”

宁嘉禾:“这可是犯大忌的事!必须马上处理!”

唐静茵踱来踱去,宁嘉禾看着她。宁嘉禾:“你觉得不好说,我来唱这个黑脸吧。”

敲门声。唐静茵:“进来吧。”

阿慧风尘仆仆地走进来。阿慧气急败坏地:“那个共党头头,根本就没走公路……”

26-56 新锦屏邮电所 日 内

甄世成在拨电话。

26-57 新锦屏农场场部 日 内

刘前进接电话:“怎么了这是……火烧火燎的……喂?甄世成啊?你在哪儿?”

甄世成的声音:“刘场长,你得赶快去把锦屏镇那个大车店端了!那是个特务窝!那个店老板是个杀人不眨眼的女魔头……你在听吗刘场长?”

刘前进:“我在听。你在哪儿呢世成?”

甄世成的声音有些哽咽:“……场长,我做了糊涂事……我是没脸见你了……”

刘前进:“你到底在哪儿?啊?”

甄世成的声音:“……刘场长,你别管我了,赶快叫人把大车店的坏蛋抓起来吧……以前我做过坏事,卖过军粮,帮他们搞过情报……这回,刘场长,我要赎罪,要不然,我死也闭不上眼哪……”

刘前进厉声打断甄世成的哭诉:“甄世成!我知道你小子在哪儿了!你现在是在去倒木沟的那个镇子上对不对?我不许你轻举妄动!你听我一句话——听好了——你马上给我回来!听到没有?给我回来!”

甄世成的声音:“刘场长……我向你保证,我以后再也不会做对不起新锦屏,对不起你的事了……”

刘前进:“好了,你赶紧回来!你说的话我相信,你赶紧回来!马上回来!”

甄世成的哭声。

26-58 锦屏镇邮电所 日 内

甄世成挂断电话,抹了把眼泪,踉跄着朝门外走去。

26-59 新锦屏农场场部 日 内

刘前进慢慢放下电话。

关晓渝:“怎么……甄世成要上倒木沟?”

刘前进点点头:“他这一去,恐怕就很难活着回来了……这个糊涂蛋,到现在还惦记着那个跟他‘好‘了一场的女特务……”

26-60 倒木沟山洞阿慧住处 日 内

阿慧坐在梳妆台前,看着镜子里的自己,伸手摸了摸面颊。

(特写)镜子里的阿慧,面浮蝴蝶斑。阿慧一阵恶心,急忙拿过手绢,捂住了嘴。

宁嘉禾走进来。阿慧从镜子里看见宁嘉禾,急忙站了起来:“特派员……”

宁嘉禾:“你病啦?”

阿慧:“没有。”

宁嘉禾:“我跟你……说个事……阿慧啊,甄世成已经暴露了,他要是被共党抓去,不用动刑,就把我们全咬出来了。当断不断,反受其乱,你还是割爱吧!”

阿慧:“割……爱?特派员是说……除掉他?”宁嘉禾点头。

阿慧:“可他毕竟……毕竟为我们立了大功!”

宁嘉禾:“干我们这一行,最忌讳的就是儿女情长!”

阿慧:“特派员,我认为,干我们这一行,最忌讳的是过河拆桥!”

宁嘉禾:“阿慧,你才下山几天,怎么就变啦?”

阿慧:“我没有变,我还是我,我怎么想的就怎么说!”

宁嘉禾:“我提醒你,你是党国军人,应该以党国利益为重,一切儿女私情都应该抛弃!”

阿慧:“照特派员的意思,党国的军人为了达到目的,可以六亲不认?可以骨肉相残?不管你冒过多少险,出过多少力,立过多少功,一旦有闪失,就会人头落地……这不让人寒心吗?”

宁嘉禾仔细审视着阿慧。

阿慧:“特派员,今后我要是出了什么纰漏,也会招来杀身之祸……是吧?”

宁嘉禾嗔怪地:“你这话说的……你是唐司令的好姐妹,党国的有功之臣,到什么时候,都不会伤害到你,你放心好了。”

阿慧:“为了党国的大业,我把自己都豁出去了,现在,我没有别的奢求,只想请你和司令放甄世成一条生路……”

宁嘉禾:“阿慧,这么不理智,你会害了你自己!”

阿慧看了眼宁嘉禾,匆忙出去。

定格。

第二十六集完。

第二十七集

27-1 倒木沟山洞唐静茵住处 日 内

阿慧走了进来，脸色阴沉。唐静茵不看阿慧，拿过杯子喝水："有话你就说吧。"

阿慧："阿姐，为了我，就放了甄世成吧……"

唐静茵看了眼阿慧，放下杯子："阿慧，你呀……陷得太深了。开始我是提醒过你的……"

阿慧："阿姐，为了追随你，我曾经下过决心、发过毒誓，这辈子不接触任何男人！可是，为了党国的大业，我奉命引诱了甄世成。他是我的第一个男人，也许是我今生今世唯一的男人。我真的没有想到，男人的爱会是那么的火热，更没有想到，女人被爱的感觉是那么的美好。生为女人，能遇到一个深深爱恋自己的男人，她的一生就没有白活……我说的对吧，阿姐……"

唐静茵："阿慧，你真的爱上甄世成啦？"

阿慧："从引诱、利用到思念，如果这也算是爱，那就是了吧？"

唐静茵抽出根烟，点上，吸了一口，吐出去。

唐静茵："你和他根本就是两种人，这样的爱是靠不住的，阿慧。"

阿慧："阿姐，我们是无话不谈的好姐妹，我跟你说句真心的话，我舍不得离开甄世成，我不想让我们的孩子一生下来就没有爸爸！"

唐静茵："怎么？你——"唐静茵打量着阿慧。

阿慧："阿姐，我怀上甄世成的孩子了……"

唐静茵一愣，盯着阿慧半天不语，突然甩手给了阿慧一记耳光。阿慧木然不动。

唐静茵："这个孩子不能要，马上做掉！"

阿慧："不！我想要这个孩子！"

唐静茵："不行！我陪你下山找医生，明天一早就去做掉！"

阿慧："阿姐，这个孩子我一定要留下！再过几个月，孩子就要出生了，无论是男是女，我都会特别开心……"

唐静茵似乎被阿慧的情绪感染了。阿慧："阿姐，看在你我姐妹一场的情分上，看在我未来孩子的情面上，你就饶过甄世成吧！"

唐静茵不语。阿慧扑通一声跪到唐静茵的面前："阿姐，慧儿求你了！"

唐静茵看着阿慧。阿慧满脸泪水，仰望着唐静茵。

唐静茵伸手去拉阿慧："起来吧……"

阿慧："阿姐不答应，我就不起来！"

唐静茵叹了一口气。唐静茵："这样吧，甄世成一会儿就来，你和他好好谈谈，他要愿意留在山上，和你在一起，我可以让他活下来；要是他不愿意留在山上，就对我们构成了威胁，那他就是自取灭亡了！"

阿慧起来："我一定让他留下来，一定！"

唐静茵逼视着："他要是不留下呢？"

阿慧:“不会,不会的,为了我,为了孩子,他会留下……”

27-2 倒木沟山洞唐静茵住处 夜 内

甄世成站在唐静茵的面前。唐静茵将那封信看完,随即丢到火堆里:“你送来的情报非常重要,我们要抓住这个时机,狠狠敲共产党一榔头!”

甄世成:“唐司令,我想……”

唐静茵:“你想见阿慧?”甄世成赶忙点头。

唐静茵点上一支烟:“为了钟爱的女人,命都豁上了……好啊,你去吧。”

27-3 倒木沟山洞阿慧住处 夜 内

阿慧在焦急不安地等待着。甄世成急慌慌地走进来:“阿慧!”

阿慧:“世成……”二人紧紧地拥在一起……

27-4 倒木沟山洞唐静茵住处 夜 内

唐静茵面对火堆,皱眉思索着。宁嘉禾:“要是甄世成不想留在山上呢?”

唐静茵:“干掉他!”

宁嘉禾:“可阿慧……”

唐静茵:“她是党国军人,是我调教出来的人,大的是非她还分得清!”

27-5 倒木沟山洞阿慧住处 夜 内

甄世成:“周大姑骗我,说你去了成都,还说你在医院查出怀孕了。”

阿慧:“去成都是假,怀孕却是真的。”甄世成打量着阿慧。

阿慧:“世成,留在山上吧,咱们再也不分开了。等咱们的孩子出世了,一家三口永远在一起,多好啊!”甄世成沉默。

阿慧:“答应我,留在山上吧,我求你了!”

甄世成轻轻地摇了摇头。甄世成:“山上缺衣少食,生活不便,根本不是久居之地。再说,解放军进山剿匪,你想藏在山上也不可能了。”

阿慧:“你以为我们会永远待在山上吗？我们就要去攻占新锦屏了,那里将是我们的天下,我们可以扬眉吐气地过日子!”甄世成冷笑。

阿慧:“你笑什么?”

甄世成:“你太天真了！蒋介石八百万军队都没能保住江山,你们几千土匪就能打下新锦屏？别做梦了……”

27-6 倒木沟山洞阿慧住处 夜 内

阿慧:“你是来当共产党的说客,劝我投降吗?”

甄世成:“我不是说客,我是你男人,我要帮你选择一条活路。”

阿慧:“下山就是死路,你知道吗?”

甄世成苦笑:“我知道,唐静茵和宁嘉禾是不会让我活着下山的。阿慧你知道吗？我冒死上山,就是为见你,想叫你和我一起,去找条活路……”

阿慧:“那你就给我乖乖地待在山上！只有这一条路了……”

甄世成:“待在山上,不是困死,冻死,饿死,就是被剿匪的解放军打死……与其死在山上,不如死里逃生!”

阿慧突然掏出手枪,逼向甄世成:“你想逃生是不可能的!”

甄世成大惊失色:"你……你拿枪对着我?"

阿慧:"再说'下山'二字,我立即崩了你!"

甄世成苦笑一下:"没想到,你竟这样待我!"

阿慧:"我是不想让你死在别人的枪下!"

甄世成:"好,死在你的枪下,我心甘情愿!开枪吧!"

阿慧双手握枪,对准甄世成的脑袋。甄世成闭上眼睛,沉着地等待着。

阿慧的眼里流出了泪,手里的枪在颤抖。砰的一声枪响!甄世成大惊失色!

阿慧垂下枪,泪流满面甄世成上前抱住阿慧:"阿慧!"二人抱头痛哭。

唐静茵、宁嘉禾进来,花子跟在后面,默默地看着。阿慧推开甄世成,扭过脸去,背对他们。

唐静茵伸出大拇指:"阿慧,面对有情人,你能举起枪,说到做到,了不起!"

宁嘉禾:"遗憾的是,枪打偏了。那只好请别人代劳了。花子!"

花子:"总指挥……"

宁嘉禾:"把这个共党拉出去,崩了!"

花子:"是!"花子上前,拉扯甄世成。

阿慧上前一步,护住甄世成:"给我滚!"花子放手,看宁嘉禾。

唐静茵:"阿慧,你的枪法……我比谁都清楚。不杀他也可以,你和他去办一件事吧。"

阿慧盯着唐静茵。唐静茵:"周大姑上次来说,锦屏镇那个诊所有点碍事,你跟甄世成一起下山除掉它,也算甄世成上山入伙的一份见面礼!"阿慧不语。

唐静茵逼视着甄世成:"行不行啊,甄大科长?"甄世成转过脸去。

阿慧拉着甄世成的胳膊:"世成,这是最后的机会了……"

唐静茵:"为了心爱的女人和没出世的孩子,你应该去做。"

甄世成看看阿慧,又看看唐静茵,点点头。

宁嘉禾盯着甄世成看了看,又看看阿慧。

阿慧:"特派员请放心,我跟着他,他要敢逃跑,我就开枪崩了他!"

甄世成惊诧地看阿慧。阿慧面无表情。

27-7 倒木沟山洞宁嘉禾住处 夜 内

花子站在一旁恭听着。宁嘉禾:"你跟阿慧和甄世成一起去,他们胆敢反水,你就杀了他们!"

花子有所顾忌地:"阿慧可是唐司令的姐妹……"

宁嘉禾冷冷地:"她现在变了,变成甄世成的女人了!"

花子:"我知道该怎么做了……"

27-8 锦屏镇诊所门前胡同 晨 外

天微微放亮。胡同里外,了无人迹。甄世成、阿慧、花子等土匪埋伏在诊所对面一个胡同里,向诊所窥视。

阿慧看着甄世成:"你先进去摸摸情况……"

甄世成低声:"阿慧,咱们跑来杀一个手无寸铁的女大夫,这——这算什么事啊?"

阿慧:"不杀了她,你就得死!快去!"阿慧一把将甄世成推出去。

27-9 锦屏镇诊所门前 晨 外

甄世成走到门前,良久,抬手敲门。门里传来柳春燕的声音:"等会儿啊。"

门开了。柳春燕："哟，甄科长，这一大早……你怎么啦？"

甄世成捂着肚子："……我这肚子，昨晚痛了一宿……"

柳春燕往里让着："快进来吧，我叫凌大夫去。"

甄世成进来，回头向对面看了眼。阿慧等人盯着他。

27-10 锦屏镇诊所 晨 内

柳春燕推开一间诊室："你先进去等会儿。"柳春燕匆匆上楼。甄世成欲言又止。

27-11 锦屏镇诊所门前胡同 晨 外

阿慧紧盯着诊所。花子："费这事干什么，直接冲进去送里边的人上西天不就得了。"

阿慧："少废话！"

花子看了眼阿慧："唐副官现在是慈悲为怀，给肚子里的孩子积德，对吧？"

阿慧用枪抵住花子："你再胡说，我崩了你！"

27-12 锦屏镇诊所 晨 内

甄世成焦急地踱着步。诊室外响起凌若冰和柳春燕的声音，甄世成欲出要进，不知所向。

柳春燕："你怎么……要走啊？"

凌若冰："甄科长，你怎么啦？"

甄世成终下决心："凌大夫，土匪要来杀你们，你们快逃吧！"凌若冰、柳春燕大惊。

27-13 锦屏镇诊所门前胡同 晨 外

花子："怎么还没有动静？甄世成是不是反水啦？"

阿慧："你去看看！"花子收起枪，出了胡同。

27-14 锦屏镇诊所 晨 内

柳春燕叫来了鲁震山。鲁震山手提猎枪要去开门，甄世成一把拉住："不行，他们人多势众，你们赶快从后面跑吧。"

甄世成："凌大夫，你快跑吧，他们要杀的是你！"

凌若冰："要走一起走！"

屋外，响起敲门声。甄世成紧张地看凌若冰。

27-15 锦屏镇诊所门外 晨 外

花子敲着门，不安地回头朝胡同望着，摇摇头。

27-16 锦屏镇诊所 晨 内

柳春燕推着凌若冰："快走吧！"

甄世成："你们走，我顶着！"柳春燕拖着凌若冰朝后去了。

屋外，花子将门拍得山响："大夫，开开门啊！"甄世成端起枪，扣响扳机。

27-17 锦屏镇诊所门外 晨 外

一枪打了出来，花子胳膊受伤，回头大喊："姓甄的反水了！"

花子提枪朝房门射击。阿慧带着土匪冲过来。

27-18 锦屏镇诊所 晨 内

鲁震山躲向靠窗的隐蔽处，向外面开枪，土匪应声倒下。甄世成啪啪两枪，一土匪倒地。甄世成对鲁震山喊："你快走，保护好他们！"鲁震山不听，继续朝外射击。

甄世成火了："快滚！"鲁震山收起枪，向后跑去。

甄世成跑上二楼。花子一脚踹开门,朝里面扫射。

27-19 锦屏镇诊所后门 晨 外

柳春燕和凌若冰跑出。柳春燕带着哭音:“他俩会不会死啊……”

凌若冰:“你快到镇政府找人……”柳春燕跑开。

27-20 锦屏镇诊所 晨 内

阿慧带着土匪冲进诊所。花子发现后门半开着,追出去。

阿慧持枪上了二楼,谨慎地四下查看……甄世成躲在门后,一把将阿慧拉过来。

阿慧持枪逼住甄世成,怒喝:“你要干什么?”

甄世成:“阿慧,咱们逃走吧！我已经想好一条活路了……”

阿慧:“你做梦！到处是唐司令的人,咱们是逃不掉的,杀掉他们,跟我回山!”

甄世成:“我杀了你们的人,回不去了,咱们还是走吧。”

阿慧:“我们,世成……我们已经没办法支配自己的生活了……”

甄世成:“那你就留下来送死吧!”

阿慧慢慢举起了枪。甄世成笑着摇摇头:“你不会杀我的……不会……”甄世成倒退着慢慢下楼。

阿慧坚定地:“你不能走!”

甄世成盯着她。甄世成无奈地:“想好了,你来追我吧。”甄世成说完,转身下楼,出了诊所。

阿慧跟下来,站在门口。

27-21 锦屏镇诊所门前 晨 外

甄世成跑开。阿慧双手举枪,悲怆凄厉地哭喊:“世成,你别走！我求你了!”枪口下的甄世成越跑越远。

阿慧眼里流泪,咬牙,扣动了扳机。一声清脆的枪声,在小镇的上空震响、回荡……

甄世成摇晃了一下,转过身来,鲜血从前胸透出,他用手指着阿慧,慢慢地倒下了……

花子带人从诊所出来,见此情景,愣住了。

阿慧哭喊着跑了过去:“世成……”阿慧跑到甄世成跟前,跪倒在地,抱起他的尸体。

甄世成大睁两眼,阿慧恸哭着,用手将他的眼睛合上。

远处,传来枪声。柳春燕带人从镇口跑来。

花子:“快跑,共军援兵到了!”阿慧还是抱着甄世成的尸体,还在恸哭不已。

花子去拉阿慧:“快跑啊!”阿慧不动,花子跟几个匪徒跑向胡同。

阿慧还跪在地上,抱着甄世成的尸体恸哭。

花子停下,回头大喊:“再不跑就来不及啦!”

阿慧缓缓抬头看着花子,把花子看得有些发毛。

阿慧木然地松手,手里的枪慢慢落到地上,弹了两下,落地……

花子无奈地走开,走了几步,头也不回地“砰”地打了一枪。

阿慧身子一震,倒在地上。花子叹了口气,手一挥,带着匪徒跑去……

倒在地上的阿慧吃力地转过头,看着躺在那里的甄世成,她伸手想抓住甄世成的手,却怎么也够不着,她试图向前爬,血迹在她的身上流淌,阿慧呻吟着:“……世成,等着我……”

阿慧的手眼瞅着要够到甄世成的手,可她的胳膊一软,还是没够着。

阿慧死去，她大睁着的两眼现出少见的渴望……

27-22 倒木沟山洞唐静茵住处 日 内

花子浑身尘土地站在一旁。唐静茵惊讶地："她打死了姓甄的？"

花子点头："姓甄的突然反水，阿慧副官就毙了他……"

唐静茵叹了口气。宁嘉禾："甄世成死不足惜！可阿慧……"

花子："她让共党打死了，我们也是好不容易才跑出来……"花子瞟了眼宁嘉禾。

唐静茵凝望着嵌在洞壁上的那盏灯。

灯光在唐静茵含泪的眼睛里，明明灭灭地闪烁着……

27-23 新锦屏农场场长办公室 日 内

关晓渝把一份电话记录放在刘前进面前。

关晓渝："军区调查组已经查明了周圆的真实身份。她原名叫周丽娜，是国民党上将、总统府战略顾问周世济二姨太的独生女。她原在郑州女子师范读书，在学校参加了三青团，1950年她考入成都地方干部训练班，显然是奉命打进我军内部。"

刘前进："她父亲现在哪里？"

关晓渝："1949年逃往香港，有人说他转道去了台湾，有人说他流浪在海外。具体情况还在核实中。"

刘前进："父亲下落不明，母亲在敌人手里攥着，这个周圆……"

关晓渝："周圆的情况，我跟程部长汇报过了，程部长说，像周圆这样家庭出身的女孩子，很容易被敌人拉下水。但她思想敏锐，能认清形势，也容易被我们教育过来。她那次破坏了敌人对你的暗杀计划，还有这次主动说出鹤顶红和敌人刺杀程部长的情报，这几件事就是最好的证明。"

刘前进："周圆的事……其实老彭原来也跟我说过……"

(闪回)彭浩："特务小江跳出来后，我们对周圆的怀疑是解除了，但我们不能放松对她的警惕……"

(现实)刘前进叹了口气。

关晓渝："周圆的挽救工作有一个人去做最合适。"

刘前进："谁？"

关晓渝："你。"

27-24 第十六监区操场 日 外

服刑人员在放风，苟敬堂不时盯着远处的管教。小痞子过来，拍了苟敬堂一掌："又想什么坏点子？"

苟敬堂瞅了眼小痞子："离我远点！"

小痞子："哟，长脾气了！"苟敬堂躲开。

远处，侯仲武拿着一摞报纸走来。

苟敬堂见状，紧跑了几步上前："监区长。"

侯仲武站下，厌恶地看着苟敬堂："干什么？"

苟敬堂从怀里掏出一张皱巴巴的宣传单，指着上面写有"立功减刑，早日回家"的宣传材料。

苟敬堂："我想立功！"

侯仲武："你立什么功？"

苟敬堂："我这个功可不小，比这上面'减刑回家'的条条可硬得多。"

侯仲武认真地："说说看，到底是个什么功？"

苟敬堂悄声："我知道谁害死的大菊！"

侯仲武一惊。

27-25 第十六监区走廊 日 内

侯仲武盯着苟敬堂："大菊的事……你还跟谁说过？"

苟敬堂得意地一笑："这哪能随便说！跟别人说了，还有我立功的份吗？"

侯仲武："你倒不傻！"

苟敬堂："那是！"

侯仲武："怎么现在才想起跟我说这件事。"

苟敬堂："原来立功的条条……不是没有这回宽大嘛！监区长，你说，就我说的这个事，够'立功减刑，早日回家'了吧？"

侯仲武琢磨着："应该够。这样吧，你交代的这件事是真是假我还要调查一下，如果是真的——"

苟敬堂着急地："真的，肯定是真的！要是有一点假的地方，你就毙了我！"

侯仲武："这样吧，对检举人的人身安全，我们要保护好——"

苟敬堂："对对，可别再让我在牢里待着了，你看看那些人，还有那个郑运斤、小痞子，一个国民党，一个偷鸡摸狗的毛贼，哪有个好东西……"

侯仲武："这样吧，今晚吃完饭以后，你就说肚子疼，我先让你到医院去住几天，等你的立功报告批下来了，你就可以直接回家了。"

苟敬堂兴奋地："好！太好了！我吃完饭就疼！"

侯仲武逼视着苟敬堂："你要敢胡说八道——"

苟敬堂："不敢，我绝对不敢！"

27-26 第十六监区操场 日 外

小痞子焦急地朝监室门口张望，苟敬堂出来，吹着口哨走过来。

小痞子："怎么，跑到监区长那儿告谁的黑状啦？"

苟敬堂白了小痞子一眼，走开。

一阵铃声响起，放风到了时间，囚犯们向监室走去。

27-27 第十六监区大食堂 日 内

囚犯们在吃饭，苟敬堂一边往嘴里扒拉着饭，一边四下张望。

王友明在几排长饭桌前巡视着。苟敬堂见王友明走到跟前，突然捂着肚子大叫起来："哎哟，疼，疼死我了……"

王友明："怎么啦？"

苟敬堂"疼"得倒在地上："我的妈呀，疼死我了！哎哟——"

王友明招呼两个警卫："快点，扶他去医院看看！"

跑过来的警卫扶起苟敬堂，苟敬堂还在高一声低一声地叫着……

小痞子看着警卫架走苟敬堂……

27-28 新锦屏医院抢救室 日 内

大夫在给苟敬堂做检查，侯仲武、王友明在旁边。

严爱华进来："怎么样啦?"

苟敬堂还在叫着。侯仲武："严副院长，这到底怎么回事啊?"

严爱华："江大夫……"

江大夫："这个症状……有点不大对劲儿。"

苟敬堂叫得更厉害了。

严爱华看着苟敬堂，又看看侯仲武："监区长，这——"

侯仲武厉声："苟敬堂，你是不是装病?"

苟敬堂喘着粗气："监区长……我要是装……病……就不得好死……哎哟，疼死我了……"

大夫："要不然，先住院观察观察吧。"

严爱华看侯仲武，侯仲武无奈地："那先这样吧……"

苟敬堂又叫起来……

27-29 新锦屏农场场长办公室 日 内

程部长坐在桌边，抽着烟。程部长："……甄世成的事，对大家是一个进行思想教育的反面教材呀。"

刘前进沉重地点点头。

程部长掏出一封信："这个你看看吧，内鬼也会拿这种事做文章啊。"

刘前进在看信。(标题特写)检举揭发乱搞男女关系的腐化分子刘前进

刘前进放下信："侯仲武是狗急跳墙，想做我的文章……"

程部长："中央要求党员领导干部以刘青山、张子善为反面教员进行自我检查，开展批评和自我批评。同时，也要求每个党员对领导干部实施监督，对有问题的领导干部要检举揭发。侯仲武就是利用这个机会，公然跳出来。"

刘前进："我和周圆的来往也没什么，这个我请组织上尽快进行调查。"

程部长："侯仲武棒打你刘前进，是想削弱新锦屏的领导力量，是想搅浑水，达到他不可告人的罪恶目的。为了取得对敌斗争的最后胜利，前进，你得配合组织，暂时委屈一下。对侯仲武那边儿，就说把你送党校学习去了。"

刘前进："只要组织信得过我，受点委屈不怕，不过，这事……可别传扬出去，要是让同志们知道了，我还真是说不清啊!"

程部长笑了："没想到哇，你还这么看重这事啊!"

刘前进："那当然! 我还是个未婚……老青年嘛!"

程部长："行了，别给我耍贫嘴了，说一说周圆的情况吧。"

刘前进："我和关晓渝商量了一下，为了争取把她拉过来，我和周圆的交往……还得继续下去……"

程部长："那行，交往的尺度你自己把握吧。"

27-30 新锦屏关晓渝宿舍 日 内

侯仲武看着关晓渝："看看你这个书记当的，程部长只和刘场长商量事，把你支出来了……"

关晓渝嗔怪地："组织有组织的原则，你这还不懂啊……"

侯仲武："我和你说笑话……"

关晓渝："我汇报了'十一'举行集体婚礼的事儿，程部长他挺高兴的，叫我和你考虑一个详细的婚礼方案……"

侯仲武："到时候，是不是能来不少领导啊？"

关晓渝："应该吧，具体谁来，也没定下。那什么，刘场长说，为了方便工作，要粉刷一下我的宿舍，将来做我们的新房。"

侯仲武一愣："你不愿住进我的宿舍，是害怕那个地道口？"

关晓渝："那个地道口不是早就堵死了吗？还有什么好怕的？"

侯仲武："那住进你的宿舍，我不成上门女婿了？"

关晓渝："上门怎么啦？你这个老革命，还这么封建啊！"

侯仲武："老革命遇上了新问题啊。"

27-31 倒木沟山洞 日 内

洞内气氛严峻。土匪头目们围坐在偌大的新锦屏劳改农场的沙盘前，情绪亢奋地听宁嘉禾部署劫狱任务。宁嘉禾吸了一口雪茄，指着沙盘："……这儿是十六监区，是我们的主攻目标。这里面有我们军警宪特诸多精英，还有不少党国执政时期的地方要员，他们是反共的中坚力量……还有，那个让台湾牵挂的重要人物，也许就在其中……"

众土匪头目一个个摩拳擦掌。

27-32 新锦屏农场场长办公室 日 内

刘前进："周圆的唯一出路就是自首，这一点，她非常清楚。而且，她自己已经往前迈出了一大步……"

程部长："周圆她年轻，是受家庭影响而误入歧途的。他到我们部队以后，受到了党的教育和同志们的影响，我相信她会彻底认清形势，为自己的前途着想的。从你的分析可以看出，周圆具备了转化的内因和外部条件。我再给她的转化提供一个加速器……"

刘前进："加速器？"

程部长从口袋里拿出报纸和一张照片："看看这个。"

刘前进拿过照片看着。

（照片特写）在《欢迎周世济将军弃暗投明》的红布白字的横幅下，身穿解放军军装的周世济感激地从公安部张处长的手里接过红色证书。

刘前进："周圆的爸爸投诚啦？"

程部长："对。周世济1949年逃往香港，在九龙遭土匪抢劫，钱财被洗劫一空。台湾当局以他滞港未归为由，取消了他的战略顾问资格。他流落香港，生活难以维系。在我党同志的帮教下，他选择了投诚。公安部撤销了他的战犯通缉令，发给他投诚人员证明书，安排到我军某部做顾问。"

程部长指了指报纸："这是一篇关于周世济弃暗投明的报道。"

刘前进拿过报纸看。

报纸大字标题：国民党上将周世济弃暗投明，战犯新生成为我军高级顾问。

刘前进："周世济投诚后，变成了我军的领导干部？有意思！"

程部长："这不奇怪，化敌为友是我党一贯坚持的统战政策。"

27-33 新锦屏关晓渝宿舍 夜 内

关晓渝:“好了,不早了,你回去休息吧。”

侯仲武无言地盯着关晓渝。关晓渝:“你……”

侯仲武:“我,今晚儿不走了吧晓渝……”

关晓渝:“咱们不是说好了嘛,结婚之前你不能……”

侯仲武:“咱们恋爱这么长时间,眼看就要结婚了……”

关晓渝犹豫着。侯仲武走过来,抱住了关晓渝,强吻起来。

侯仲武疯狂地亲吻着……

文捷的画外音:“你和侯监区长……发展得不要太快。等我外调回来再说……”

刘前进的画外音:“文捷同志……被侯仲武杀害了……”

关晓渝的手攥成了拳头,又慢慢松开了。

关晓渝的眼泪流了出来,推开侯仲武。

侯仲武看见关晓渝流泪:“你哭啦?”

关晓渝掩饰地擦着滚出的泪水。侯仲武掏出手绢,递给关晓渝,关晓渝接过,擦着泪水。

侯仲武一把将关晓渝搂得更紧了:“以后,我会对你好……你要听话……”

关晓渝推开侯仲武:“你快回去吧。再等几天……我们就结婚了……”

侯仲武:“我不,我不回去……晓渝,我不走了,真的不走了……”

侯仲武强吻着关晓渝,关晓渝无力地瘫软在侯仲武怀中,手绢掉在地上……

急促敲门声响起,侯仲武没听到,正在解关晓渝的衣服,关晓渝拦着:“仲文,不要……不要……”侯仲武不管不顾。

敲门声愈来愈烈,关晓渝终于听到,她一把推开侯仲武,朝门外大喊:“谁?”

冯小麦的画外音:“关政委——场长叫你去一趟……”

侯仲武恼火地放开关晓渝。关晓渝去开门。冯小麦站在门口。

侯仲武捡起手绢:“那我先回去了。你洗把脸再去。”

关晓渝点点头,侯仲武看了眼冯小麦,走出门。

关晓渝走到脸盆架前,洗着脸,手触到嘴上,眼泪夺眶而出……

关晓渝突然近乎疯癫地冲洗着嘴巴,洗着洗着,一下将脸埋进盆子里,肩膀一耸一耸……

冯小麦轻轻关上房门……

场景同上。

房门拉开,冯小麦站在门口。关晓渝已经恢复了平静:“走吧。”

冯小麦:“场长没叫你,他不放心,让我在这儿守着你……”

关晓渝脸上闪过一丝慰藉……

27-34 新锦屏旧仓库 夜 内

周圆坐在桌前,看着母亲被要挟的那张照片,泪水在眼里滚动。

外面响起敲门声,吓了她一跳,忙将照片夹进书里,放进抽屉。

周圆擦去眼里的泪水,开门。门外,站着的居然是刘前进。周圆一愣。

刘前进:“小周,陪我散散步吧……”

27-35 新锦屏山坡 夜 外

刘前进和周圆并肩走着,刘前进看着她。周圆:“场长,你怎么这么看着我?”

刘前进:“月光下的周圆,确实漂亮啊。怪不得甄世成管你叫赛貂蝉……”

周圆:“都不准别人叫了,你还叫!”

刘前进:“貂蝉的故事你知道吧?”

周圆笑了笑:“貂蝉是中国古典小说《三国演义》中的人物,她的故事我早就从书上读到了。”

刘前进:“还是你们文化人好啊,书读得多。我是从戏台上知道貂蝉的。”

周圆:“那台戏叫《美女连环计》。”

刘前进:“这出戏我从小到大,看过好几遍。司徒王允先将美女貂蝉许配给董卓的干儿子吕布,后来又把貂蝉献给董卓,让人家爷俩争风吃醋,最后吕布把董卓给杀了。你说,那个王允有多阴险!他为了统治阶级的利益,竟拿漂亮女孩儿的幸福和性命做诱饵,离间人家父子,闹得董卓被杀。貂蝉幸福没得到,把小命也搭上了,可怜哪。”

周圆:“貂蝉后来知道被人利用了,又悔又恨,自刎而死了。”

刘前进:“不对,不对!貂蝉她不是自杀,还有一出戏,叫《月下斩貂蝉》。”

周圆一惊:“貂蝉是被杀的?”

刘前进:“是呀!貂蝉后来被白脸曹操抓去了,曹操为了迷惑关公,就把貂蝉送给了关公。关公虽然喜欢貂蝉的美貌,可是他知道,许多英雄豪杰往往因为迷恋女色而身败名裂,他把美女当成了魔鬼,一怒之下抽出宝剑……”

刘前进变以戏法似的,从身上拿出一把小腰刀,又倏地褪下刀鞘,亮出晶亮闪闪的刀。周圆愣愣地看着刘前进握刀的手。

刘前进唱起来:“三尺龙泉手中擎,怒骂貂蝉狐狸精,你迷乱多少英雄性,你是豪杰丧门星!云长月下除祸害,貂蝉啊,妖女!我送你魂归酆都城!”他做了一个刺杀的动作。周圆吓得浑身一抖!

刘前进:“貂蝉就这么死了……叫人心疼啊。一个柔弱女子,被这帮有权的坏官们送来送去,真是可怜哪!可是,我也恨她没有主见,任人驱使。她要是个聪明的女孩,不参与权奸们的争斗,也就不会死了……”

27-36 旧仓库门前 夜 外

周圆琢磨着刘前进的话。他们回到了有灯光的旧仓库门前。

周圆站住,喃喃地:“刘场长,你认为我是貂蝉吗?”

刘前进摇头:“你这么聪明,怎么能做傻貂蝉呢?”

刘前进从口袋里拿出一个报纸包:“程部长让我转给你一份礼物,收下吧。”

周圆接过报纸包:“程部长给我的礼物?是什么?”

刘前进神秘地一笑:“你进屋看吧。对了小周,程部长叫我向你转达他的谢意——要不是你,敌人可能就把他杀害了……”

周圆默默地走进宿舍。

27-37 新锦屏旧仓库 夜 内

周圆走进来,来到桌前,打开了手里的报纸包,露出一张照片。

周圆仔细看着照片。(照片特写)在《欢迎周世济将军弃暗投明》的红布白字的横幅下,身穿解放军军装的周世济感激地从公安部张处长的手里接过红色证书。

周圆一惊,急忙展开报纸细看。报纸大字标题:国民党上将周世济弃暗投明,战犯新生成为我军高级顾问。周圆激动地:“爸爸……”周圆又拿过母亲被软禁的照片,轻语:“妈妈……”周圆看了看这张照片,又看了看那张照片……

周圆拿起报纸细看,报纸上“弃暗投明”“战犯新生”“高级顾问”等词闪来闪去,逐渐放大、放大……周圆扑到桌上,“呜呜”地哭了起来……

27-38 新锦屏场长办公室 夜 内

程部长叼着烟斗,浓浓的烟雾,在他饱经沧桑的脸上萦来绕去。

周圆坐在桌边,低着头。桌上放着周世济和周母两张照片。

关晓渝坐在周圆旁,亲切地抚着周圆的头发。

程部长:“周圆,你能像你爸爸一样,选择了弃暗投明,我们欢迎你。你放心,我们一定设法把你的母亲找到,解救出来,让你与父母重新团圆。”

周圆:“谢谢!”

刘前进:“为了不惊动鹤顶红,你还要不动声色地和他保持联系……”周圆点点头。

程部长:“前进、晓渝,你们一定要注意再注意,保护好周圆的安全!”

27-39 新锦屏侯仲武宿舍 夜 内

昏暗的灯下,侯仲武头上戴着耳机,仔细听着。没有声音。

27-40 新锦屏农场场长办公室 夜 内

那支窃听器钢笔放在桌上。刘前进和关晓渝谈话。

关晓渝:“真没想到,我和他的这场假戏……现在要真做了……”

刘前进:“为了对你的安全负责,我会在你们结婚前逮捕侯仲武。”

关晓渝想了想:“……还是应该掌握好逮捕他的最佳时机。为了能将外敌内鬼一网打尽,请组织上不要多考虑我。”

刘前进:“不管怎么说,你的安全是第一位的,如果发生危险,你可以抢先开枪,击毙这个鹤顶红!”

关晓渝点点头:“好。”

刘前进指指桌上的那支钢笔,关晓渝点头。

刘前进小心地拧开笔帽:“……‘国庆’的一些安排,你得记好了。”

27-41 新锦屏侯仲武宿舍 夜 内

耳机里突然传出一阵杂音,侯仲武竖起耳朵听着。耳机里传来刘前进的电子声:“……10月1日那天,咱们要举行一个有点规模的建国庆祝活动,重头戏呢,当然是集体婚礼……还有,程部长说,对北京来的这批特殊客人的安全保卫工作,必须做到万无一失,不能出任何闪失!”

关晓渝的电子声:“这件事,我和老侯再议议吧……”

侯仲武认真听着,不时记下什么。

27-42 新锦屏农场场长办公室 夜 内

刘前进点点头:“……客人来咱们新锦屏的具体时间,到时候程部长会通知我们。”

关晓渝:“嗯。”

刘前进:“那就这样吧,不早了,你早点休息吧……”

27-43 新锦屏侯仲武宿舍 夜 内

耳机里没有了声音。侯仲武琢磨着,拿出一个空竹管和笔纸,写字。

侯仲武把写好字的纸塞进竹管里,用蜡封好,揣进口袋,移开了木床……

27-44 新锦屏旧仓库 夜 内

门开了,周圆身心疲惫地走进来。她点亮桌上的马灯,一回身,吓了一跳——床上躺着的一个人,正慢慢坐起来。

周圆:“你,你来干什么?”

侯仲武:“这么晚才回来,你干什么去啦?”周圆不语。

侯仲武:“怎么? 还要我再问一遍吗?”

周圆:“程部长来了,了解了一些场部近来的情况……”

侯仲武将一个封好蜡的竹管放在桌上:“明天把这个送到情报站。”

周圆:“老往镇上跑,我也得有理由哇……”

侯仲武:“就明天送! 明天有上锦屏镇的车。办法你自己想去。”

27-45 新锦屏医院走廊 夜 内

一双脚一瘸一拐地悄然走来,停在观察室门口。是院工老李头。

老李头四下张望了一下,朝屋里看看。床上,苟敬堂已经睡着。

老李头轻轻推门,门发出轻微的响声……

27-46 新锦屏医院观察室 夜 内

月光透过窗户洒进房间,老李头走到床前,老李头从衣袖里拿出一支小型注射器,撩开苟敬堂的衣服,扎到肚子上……

苟敬堂挣扎了一下,瞪大眼睛……

27-47 新锦屏医院走廊 夜 内

老李头从观察室出来,一瘸一拐地走去。

一个大夫从病房出来,打着哈欠,不经意看了一眼老李头……

27-48 新锦屏关晓渝宿舍窗外 夜 外

笛子曲《昭君出塞》从屋里传出。从窗影上可以看到坐在桌前的关晓渝在吹笛子……

27-49 新锦屏关晓渝宿舍 夜 内

悲凉幽怨的乐曲中,吹着笛子的关晓渝流下泪水……

27-50 新锦屏农场场长办公室 晨 内

桌上放着那个竹管,封口已经拆开。

刘前进放下手里的纸条,看着程部长:“鹤顶红约猛虎见面,时间是明天中午12点,地点在锦屏镇青龙湖。”

程部长:“外敌内鬼都等不及了……他们这是回光返照的迹象,垂死挣扎,也是一种最后的疯狂……”

刘前进:“这样也好! 敌动我动,我们已经准备好了,就等着随时收拾这些狼虫虎豹、乌龟王八蛋!”

程部长指了指竹管:“让周圆把情报送出去吧。这个可得给人家封好,别让收件人看出来了,那样周圆可就危险了。”

刘前进:“拆开的时候我特别做了记号,会和原来一模一样,看不出来。”

定格。

第二十七集完。

第二十八集

28-1 新锦屏医院观察室 日 内

苟敬堂的尸体放在平板车上,上面盖着白单子。

王友明:“怎么就死了呢? 昨天送来不还活蹦乱跳的吗?”

大夫不满地看了王友明一眼:“他痛成那样还叫活蹦乱跳? 你真有意思!”

王友明:“不是,我不是那个意思……”

严爱华:“侯监区长呢? 得跟他汇报一下。”

王友明:“……我回去跟他说吧。”

28-2 锦屏镇大车店门前 日 外

一辆吉普车停在马家吊炉饼门前,周圆和冯小麦买了吊炉饼出来。

周大姑从外面往里走,看见周圆和冯小麦,热情地打招呼:“哟,冯同志也好这一口?”

冯小麦:“周老板也来吃吊炉饼啊?”

周大姑笑着:“店里伙计一个个都是馋猫,我给他们买呢! 冯同志,怎么好些日子没见着你和甄科长到店里来啦?”

冯小麦:“这阵儿事多,过一阵吧。”

周大姑:“行,我等着啊。”

周圆和周大姑一错身,将手里的竹管塞到周大姑手上。冯小麦佯装没看见。

28-3 新锦屏农场场长办公室 夜 内

周圆坐在桌子旁,眼圈红着。刘前进递过毛巾:“行啊,回去休息休息吧。”

周圆抬起头看着刘前进:“场长,这种日子……我不想再过了……”

刘前进拍拍周圆的肩头:“快了,快出头了……你就再受点委屈吧……”

周圆按住刘前进的手,脸贴着刘前进的手,眼泪流下来……

28-4 新锦屏关晓渝宿舍 晨 内

关晓渝对着镜子戴上军帽,扎上戴枪套的皮带。传来轻轻的敲门声,关晓渝过去开门。侯仲武身着便衣,笑容可掬地站在门口。

关晓渝笑道:“哟,怎么换上便衣啦,我都认不出了!”

侯仲武进来:“快‘十一’了,又过节又结婚,我想让你陪我上趟锦屏镇,给你买身衣服。”

关晓渝:“买什么,我这不是有吗?”

侯仲武:“一天到晚这身军装,平常总该换换,得有身女儿装嘛。”

关晓渝:“好,我跟你去。不过,得跟刘场长说一声。这些日子连着跑了好几趟锦屏镇……”

侯仲武点头:“去锦屏镇,你最好不穿这身军装。”

关晓渝摘下军帽:“行,我换身衣服。”

28-5 新锦屏农场场长办公室 晨 内

刘前进在翻看报纸,关晓渝和侯仲武进来。关晓渝、侯仲武异口同声:“刘场长!”

刘前进回头，打量着侯仲武和关晓渝。关晓渝："看什么，不认识啦?"

刘前过："这怎么回事？突然穿上姑娘家的衣服啦？漂亮啊晓渝！"

关晓渝拉过侯仲武："他这身呢?"

刘前进："你俩这身打扮要上哪儿去啊?"

关晓渝："上锦屏镇买东西，来找你请假。"

刘前进："请假？又要打我车的主意吧?"关晓渝不好意思地笑笑。

侯仲武："不是，刘场长，你别误会——"关晓渝拉了侯仲武一把。

刘前进笑着摆摆手："一位副书记，一位监区长，给你俩出一趟车完全应该啊。昨天周干事还要了辆车上锦屏镇。要知道这样，你们赶一块多好，还热闹！"

侯仲武："那我们……再找个时间也行。"

刘前进："没关系！叫冯小麦再跑一趟吧……"

28-6 山路上 日 外

一条公路穿山而过。吉普车由远而近，疾驶而来。冯小麦从后视镜里看着后排座。后排座上，并肩坐着侯仲武和关晓渝。侯仲武拉过关晓渝的手，关晓渝犹豫了一下，拍拍侯仲武的手，对他笑了笑。

28-7 锦屏镇商店 日 内

购物的顾客你来我往。售货员站在柜台后打点着顾客。侯仲武和关晓渝在柜台前指指点点，侯仲武指着一块花布，扯起布料在关晓渝身上比量着。

28-8 锦屏镇裁缝店门口 日 外

门前停着那辆吉普车。侯仲武和关晓渝下车，侯仲武看着不远处那家澡堂子。

侯仲武："晓渝，你进去裁衣服吧，我去泡个澡……回头咱们在凌大夫那儿见。"

关晓渝："凌大夫还等着咱们回去吃午饭呢。"

侯仲武："泡个澡解解乏，比吃什么都香。"

关晓渝："那你去吧，我让他们给你留饭。"

侯仲武笑笑，朝不远处的澡堂子走去。关晓渝低声对冯小麦耳语了句什么。冯小麦摘下军帽，脱去上衣露出小褂，扣上大沿草帽，下车跟上去。

28-9 锦屏镇浴池锅炉房 日 内

侯仲武拐进一扇小门里。冯小麦从浴客身后闪出，跟上去。侯仲武穿过狭长的甬道，向后看了看，有两三个说笑着的浴客，侯仲武拐进旁边的小门。冯小麦从浴客身后闪出，跟上去。

侯仲武穿过锅炉房，有个工人喊着："哎，怎么走这儿来啦?"侯仲武匆匆过去，推开一道门，穿过巷子，来到街上。

冯小麦跟进来。工人："怎么回事，拿这当过道了。"

冯小麦："对不起。"冯小麦紧跑几步，推开门，穿过巷子，也跟到街上。

28-10 锦屏镇街道 日 外

街道两边，店铺林立，旗幡招展，行人往来。侯仲武匆忙走来，不时地回头看看。远处，戴着大沿草帽的冯小麦跟踪着，见侯仲武回头，急忙闪到墙角。

侯仲武钻进茶馆。冯小麦走来，想了想，也走进茶馆。

28-11 锦屏镇茶馆 日 内

评书艺人在说书。听众一边喝茶,一边听书。

冯小麦走进来,四处张望,不见了侯仲武的身影。

28-12 锦屏镇诊所 日 内

凌若冰和柳春燕在向关晓渝讲着甄世成的事。

柳春燕:“……阿慧居然把甄世成打死了,这个女人真下得去手。”

关晓渝:“阿慧顽固坚持反动立场,她死是罪有应得!可惜甄世成,一念之差,落入陷阱,害人害己啊!”

鲁震山进来:“关政委,饭好了,来,来,吃饭。”

凌若冰:“等等监区长吧。”

关晓渝起身:“他有别的事,不用等了……”

28-13 锦屏镇青龙湖 日 外

一叶扁舟,横在湖边,一个戴着竹笠的老者,坐在船边垂钓。

侯仲武走来,回头看看,见无人跟踪,自顾吟道:“一天秋色冷晴湾,无数峰峦远近间。”

垂钓老者看着水中侯仲武的倒影:“闲上山来看野水,忽于水底见青山。”

侯仲武:“山高自有客行路。”

垂钓老者:“水深自有渡船人。”

侯仲武:“猛虎下山啦?”

垂钓老者:“青龙上天了。”

侯仲武走上小船。垂钓老者收起渔竿,摇起船桨。小船向湖心划去。

侯仲武仔细打量着垂钓老者。垂钓老者停桨,伸手扯下颏黏着的胡须。

侯仲武惊喜:“宁嘉禾!”

宁嘉禾:“你该叫我总指挥,或者叫我特派员。”

侯仲武:“是!总指挥,特派员!”

宁嘉禾:“我怎么也没想到,共产党的侯大队长……不,现在是侯监区长,竟然是我们的谍报精英啊!”

侯仲武:“我也没想到,我们还能在这里见面!”

宁嘉禾笑笑,敲了敲船板,下面一块船板推开,上来一个头缠布巾的老妇人,她端着茶盘,盘里放着茶壶和两个茶碗。

侯仲武看着老妇人。老妇人倒好茶,却不退下。

侯仲武:“你下去吧。”

老妇人笑笑:“侯监区长,不认识我了?咱们是有过一面之缘的老相识了。”

侯仲武打量着老妇人。老妇人笑了笑,将头上的头巾撸下,是化了妆的唐静茵。

侯仲武:“唐司令!”

宁嘉禾放下钓竿,拿起船桨。宁嘉禾:“侯监区长与唐司令的一面之缘……”

唐静茵笑:“在官寨,侯监区长救过我一命啊!”

小船轻轻划向湖中,船头荡出一圈圈涟漪……

(唐静茵回忆情景画面)

28-14 官寨后院井台边 日 外

两名战士端着枪朝化装成老妇人的唐静茵逼来。

唐静茵佯装和蔼地笑着："大军把土匪赶走了，好得很！卡沙沙！卡沙沙！"

唐静茵装作捡地上的水瓢，提起裤管，刚要摸枪，战士甲看到，断喝一声："住手！"紧跟着搂了一枪，打在旁边的水缸上，水柱射了出来。

战士甲："站起来，举起手！"唐静茵慢慢起身，举起手。

战士乙用枪指着唐静茵："好个女匪首，还敢玩花样！"

战士身后响起一阵急促的脚步声，战士甲回头，脸上露出喜色："报告，女匪首——"

一声枪响，战士甲大瞪着两眼，疑惑地慢慢倒下，战士乙刚一回头，又一声枪响，战士乙也慢慢倒下。

唐静茵惊讶的特写……镜头慢慢转过来，侯仲武拿着枪，看了看倒地的战士。

唐静茵惊讶地："你是——"

侯仲武："佳人有约，我是鹤顶红。这个小院有个后门，出去是悬崖，崖边的一棵大树上拴着一根绳子，垂向崖底。快跑吧！"

唐静茵愣愣地看着。侯仲武从地上捡起两枚弹壳，扔进井里，又从口袋里拿出两枚弹壳，丢在战士尸体旁边。

侯仲武抬头："你快走啊！"

唐静茵感激地："后会有期！"唐静茵转身跑去。

同场景

(现实)唐静茵："要不是侯监区长及时赶到，我早成了共党的枪下鬼了。多谢了！"

侯仲武："唐司令不必客气，为了党国大业，这是侯某人应该做的。"

唐静茵："我一直想不明白，那天，你为什么换了两枚弹壳?"

侯仲武："我那是给共党摆的迷魂阵。换了两枚弹壳，栽赃给那个彭浩，转移他们的视线，我们好坐收渔人之利。"

唐静茵："这才是非常之人的非常之举啊！"

宁嘉禾警觉地看着四周："抓紧时间，商量正事吧。"

侯仲武："是这样，咱们的暴狱行动应该周密计划，'十一'那天是他们的国庆，又有北京一个重要的代表团来新锦屏……"

宁嘉禾："好啊，这是个好行市，正好给他们送个'大礼'！暴狱，就定在十月一日！"

侯仲武："为确保暴狱成功，我想好了两套行动方案……"

28-15 锦屏镇青龙湖畔 日 外

湖边树丛。戴着大沿草帽的冯小麦藏在树丛中，他拨开树枝向湖中看去。

湖中小船上，戴竹笠的人、老妇人和侯仲武在议事。

28-16 锦屏镇青龙湖 日 外

宁嘉禾想了想，点头："……你的这两套行动方案都很周密啊！"

唐静茵："那就这么定了！如果情况有变，你及时通知我，我们好实行第二套方案——提前实施暴狱行动。"

宁嘉禾："两套方案双保险，以变应变，确保暴狱成功！"

侯仲武:“联络方式照旧:紧急时,我会朝倒木沟方向发射三颗白色信号弹。另外,我认为,要想确保暴狱成功,监狱里还要有个指挥官……”

唐静茵:“你不就是监狱里的指挥官吗?”

侯仲武:“直觉告诉我,共党可能怀疑到我头上了。万一我暴露了……”

宁嘉禾:“新锦屏不是还有个穿山甲吗?”

侯仲武:“穿山甲……这个穿山甲的优长之处,是谁也不能替代的。但让穿山甲来指挥这次暴狱……以我的判断,肯定是不合适的。”

28-17 锦屏镇青龙湖畔 日 外

冯小麦走出树丛,想靠近小船,不慎碰到一块石头,石头滚了几滚,滚到湖里,发出“咚”的一声。冯小麦马上退回树丛中。

声音惊动了唐静茵、宁嘉禾、侯仲武,三人不约而同地拔枪,对准树丛。

一只野鸭悠然飞出草丛,三人才定下神来。

28-18 锦屏镇青龙湖 日 外

宁嘉禾:“暴狱的事,我觉得军统上校郑运斤可以一用。而且……这人身上深不可测的那种感觉,老让我联想到叫我头痛的参谋次长……”

侯仲武:“郑长官他是条出水死鱼,目标过大,共产党盯得他太紧了。”

宁嘉禾点点头:“举大事之前,如果能把那个刘前进弄掉或者弄走,我们会更顺当……”

侯仲武:“很难。我们不是已经使过一些手段了吗?弄掉他难,弄走他也不容易,特别在这个关口。他们很可能闻出点什么气味儿了……”

宁嘉禾:“一个刘前进,他能有多大能耐,你不必把他想得怎么样。”

侯仲武摇摇头:“不光是刘前进,那个彭浩到现在还把我搞得一头雾水。”

唐静茵:“老山猫不是说已经把他干掉了吗?”

侯仲武:“干掉啦?老山猫还说那个文捷和彭浩一块被炸死了,结果怎么样?文捷还不是活着回来啦?我没看到彭浩,并不说明他已经死了,活要见人,死要见尸,老山猫可是谁的尸首都没见到。我一直感觉,彭浩的眼睛始终盯着新锦屏。我的一举一动,都在他的监视之下。”

唐静茵:“你是太谨慎,太看重这个彭浩了,以至于你的心里总是放不下他。顺便问一句,你那个红颜知己怎么样啦?你真准备在新锦屏入一回洞房吗?”

侯仲武一时语塞……

28-19 新锦屏公路 日 外

一辆吉普车驶来,停在路边。冯小麦下车,提着水桶下到路边的小河提水。

28-20 车内 日 外

车内,关晓渝和侯仲武坐在后面,侯仲武望着窗外,似乎有心事。关晓渝碰了下侯仲武,侯仲武转过脸,笑笑。

关晓渝:“仲文,是不是有什么事啊?”

侯仲武:“没有。”

关晓渝嗔怪地:“有事你就说嘛,还瞒着我。”

侯仲武思忖着,看着关晓渝:“有件事,我一直琢磨说还是不说……”

关晓渝往侯仲武身上靠了靠,索性把脑袋枕在侯仲武肩头上。

侯仲武："最近十六监区附近隔三岔五出现一些来路不明的人，我去调查了几次，没发现什么问题。想跟刘场长汇报一下，又觉得有点小题大做，刘场长本来就挺忙，我别给他添乱。"

关晓渝思忖着。侯仲武："还是不跟他说了吧，什么情况还没摸准，别影响了刘场长的正常判断。你说呢？"

侯仲武偏过头，盯着关晓渝。

关晓渝："……还是汇报一下吧，提高革命警惕性总是应该的。"

侯仲武："要不，你跟刘场长说一下就行了。别没什么事，刘场长怪我一惊一乍……"

关晓渝："你看你，平常说话从不拖泥带水，今天怎么啦？"

侯仲武："不是谨慎，是情况我摸的不太透，吃不太准。"

关晓渝："我相信你的判断力。即使没有什么问题，警惕性高点总是没有错。"

冯小麦往吉普车的水箱里加水。

侯仲武突然想起什么："刘场长这些天忙什么，东一头西一头的……"

关晓渝："老出去开会……"

冯小麦上车，汽车发动。

侯仲武："彭书记也没个动静……又这么长时间了……"

关晓渝忧心忡忡地："是啊……"

28-21 新锦屏关晓渝办公室 黄昏 内

冯小麦在向关晓渝汇报："我跟踪他到青龙湖，他上了一条小船。小船摇到了湖心，他与一个戴竹笠的老头，还有一个老妇人在船上说话，他们说什么，我听不到。看那个老头的身量，和他说话比比画画的样子，很像宁嘉禾。"

关晓渝一惊："宁嘉禾？"冯小麦点点头。

关晓渝："你看仔细了。"冯小麦："看仔细了，应该是他。"

关晓渝思忖着："这么说，那个老妇人就应该是唐静茵了，她的化装术无所不用啊！"

冯小麦："我本来想再凑近些，想听到点他们谈话的内容。可实在……"

关晓渝："这就够了，他们三人会面，一定有重大的阴谋行动！"

28-22 倒木沟山洞唐静茵住处 夜 内

山洞里是一种别样的诡异和肃穆。

宁嘉禾："……战场形势瞬息万变，这个'变'数，是绝对存在的。万一出现意外……鹤顶红说他可能已经暴露了……"

唐静茵："这个'鹤顶红'极其敏感，他的预感肯定不是空穴来风，我们必须重视！"

宁嘉禾："说得对。'鹤顶红'面临的情况可能很麻烦，那个刘前进可能把逮他的套子都下好了……我们的行动要慎之又慎哪！另外，'鹤顶红'的意思你明白吧？"

唐静茵盯着宁嘉禾："莫非他想让你回去指挥暴狱？"宁嘉禾点头。

唐静茵忽地站起来："开什么玩笑！你以为共产党的监狱是锦屏镇的大车店吗？让你进出自由？我不能让你去冒这个险！"

宁嘉禾："静茵，你冷静点——"

唐静茵："我冷静不了！我真是越来越看不懂你了。你是不是觉得你特英雄，特伟大……"

宁嘉禾："静茵，一场大战，一场恶战马上开始了，我宁嘉禾何尝不知我们面临的是多大的凶险,所谓英雄末路——你我现在正是英雄末路,这是最后一搏啊!静茵,我知道你为我担心。可是新锦屏监狱里的那些人,没有人组织是成不了气候的。他们过去的情况我不知道,经过共党这一年多的赤化,他们脑子里都想了些什么,更是谁也摸不透啊。要想把这盘散沙聚到一起,不是那么简单的。”

唐静茵:“嘉禾,你这样说我更不敢让你去了。既然他们可能被共党赤化了,还能指望他们什么?我不能让你冒这个险!万一暴狱失败,你出不来怎么办?”

宁喜禾:“杀身成仁,效忠党国!”

唐静茵:“嘉禾,你要是为我考虑,什么效忠党国的话你就往后放放再说!”

宁嘉禾:“你变得越来越胆小了!为光复大陆,我早做好了下地狱的准备!”

唐静茵突然声嘶力竭:“得了吧,你我一天到晚窝在这山沟里,跟下地狱有什么区别!”

宁嘉禾不认识一般看着唐静茵。

唐静茵滔滔不绝:“我辛辛苦苦冒死把你救出来才几天,你又惦记着‘二进宫’!你想过我没有?想过我还是你老婆没有!你不在,我成天提心吊胆东躲西藏,可在手下面前我还得装作胸有成竹胜券在握。我背地里流过多少眼泪你知道吗?天到了这般时候,你我在山沟里窝到哪一天都不知道,还唱那些高调给谁听?让你的党国大业见鬼去吧!我现在就想跟你找个地方好好过日子,不用再担惊受怕,不用天天晚上睡觉还得把手枪上膛放在枕头边上……”

宁嘉禾盯着唐静茵,像是不认识一般。他的目光从唐静茵脸上移到桌上那张唐静茵的速描上。他沉重地将速描扣在桌上……

28-23 新锦屏场长办公室 日 内

冯小麦正在收拾屋子,关晓渝进来。关晓渝:“小麦,把这张地图拿下来给军分区送去,程部长等着急用……”关晓渝指了指墙上那张新锦屏监区分布地形图。

冯小麦:“……还是等刘场长回来吧。”

关晓渝:“怎么了,不就一张图吗?”

冯小麦:“不行不行,那得等刘场长回来。他跟我说了,他不在屋的时候,这屋里的东西,谁都不能动……天王老子也不能动!”

关晓渝无奈地笑笑:“你这个小冯……刘场长他调教出的人,怎么个个都这样啊……”

关晓渝正要走出,刘前进进来。

刘前进:“啊?你们回来了,情况怎么样?”

关晓渝:“小冯这回可立了大功,等会儿,你跟刘场长详细汇报一下。”

冯小麦:“是!”

关晓渝拽着刘前进来到地形图跟前。

关晓渝:“程部长刚才来电话,叫咱们给军分区送一张最新的新锦屏监区分布地形图,说是排兵布阵用。我想让小冯把图送去,小冯说不行,得等你回来。我也不知道他什么意思。”

刘前进笑起来。关晓渝:“你还笑?程部长那边急得火上房了!”

刘前进打开铁卷柜,拿出一卷图,又指了指墙上的图:“程部长要按那个图排兵布阵,可就乱套了。唐静茵宁嘉禾他们攻打新锦屏的方略,都是照那张图下的单子。”

刘前进把地形图在桌面上展开。

关晓渝:“这两张图不一样?”

刘前进:“你自己看看。”

关晓渝看看桌上的图,又看墙上的图,恍然大悟。

刘前进:“侯仲武有新动静啦?”

关晓渝:“他能闲着吗?他说有要紧事等着向你汇报呢。”

刘前进:“汇报啥?”

关晓渝:“他说最近十六监区附近经常出现一些来路不明的人,他可能是要拿这件事做什么文章吧。”

刘前进:“那我就先洗耳恭听,研究研究他的狼子野心。”

冯小麦进来倒水。关晓渝接过水壶:“我来吧,你先把跟踪侯仲武的事跟刘场长说说。”

小冯:“是!”

28-24 倒木沟山洞 日 内

宁嘉禾看看坐在一旁的唐静茵,唐静茵显然还没有从对宁嘉禾的怨恨中解脱出来。

宁嘉禾用目光巡视着众匪,半天无话。

花子:“请特派员训示!”

宁嘉禾沉吟片刻:“本来,我准备了一堆给弟兄们鼓劲的话。现在,我不想说那些大话、空话了。我就跟弟兄们唠唠心里话吧。弟兄们跟着我,跟着唐司令坚守到现在,真的不容易,真的……让弟兄们受苦了!在此,我给各位鞠一躬——”

宁嘉禾鞠躬。众匪肃立。宁嘉禾扫了唐静茵一眼,唐静茵面无表情。

宁嘉禾:“我们的苦,我们的难,蒋总统都给我们记着。现在,大家还要再苦一阵,再难一阵,过了这个难关,我们的苦日子就熬到头了!”

花子:“效忠党国,杀身成仁!”

众匪跟着喊:“效忠党国,杀身成仁!”

宁嘉禾示意众匪安静:“我不在的时候,弟兄们跟着唐司令同生共死,患难与共。真的不容易。这几天,我得出趟门——”

众匪交头接耳。

宁嘉禾:“弟兄们放心,这次我出门是有备而去,你们只要听从唐司令的调遣,我们拿下新锦屏农场就是手到擒来的事。到时候,我向蒋总统给各位请功。”

众匪鼓掌。

宁嘉禾慢慢转过身来,看着唐静茵:“我这个人佩服的人不多,佩服的女人就更少。可我今天当着诸位说句心里话,我今生最佩服的女人就是你们的唐司令。此刻,我最放心不下的女人也是你们的唐司令!”

花子:“特派员,你放心吧,有我们在,就有唐司令在!”

众土匪头目齐声:“有我们在,就有唐司令在!”

宁嘉禾:“谢谢大家鼎力相助,宁某心领了!我和唐司令都是黄埔军校成都分校出来的,亲爱精诚是黄埔最重要的校训;养天地正气,法古今完人是黄埔最重要的传统;明礼义、知廉耻、负责任、守纪律是黄埔最重要的精神!临别之际,希望我们大家以此共勉……”

众土匪头目热烈鼓掌。唐静茵转过脸去,眼里闪着泪光。

宁嘉禾拍拍花子的肩膀,走去。唐静茵看着走去的宁嘉禾,犹豫了一下,跟去。

28-24A 倒木沟山洞唐、宁住处 日 内

宁嘉禾站在桌前，背对门口，贝多芬的《献给爱丽丝》从留声机里舒缓飘出。

宁嘉禾将那张翻扣在桌上的唐静茵的速描拿起，摆在桌上。

一双手环抱到宁嘉禾腰际，唐静茵将脸伏在宁嘉禾后背，眼里闪着泪光……

宁嘉禾抚摸着唐静茵环在腰际的手，轻舒一口长气，呆滞的目光里，五味杂陈……

28-25 新锦屏场长办公室 日 内

刘前进往外送关晓渝。刘前进："晓渝！务必加小心！"

关晓渝："放心吧场长。"

刘前进："我还是那句话，侯仲武现在是一条死狗，他的小命攥在我们手上，随时都能逮捕他！这只'鹤顶红'如果对你龇牙咧嘴，你可以击毙他！"

关晓渝："这个分寸我把握吧。"

刘前进："行，你回去吧。我去十六监区看看，再摸摸苟敬堂的死和'鹤顶红'到底是个什么瓜葛……"

28-26 第十六监区办公室 日 内

刘前进看着侯仲武："医院那边，苟敬堂的死亡原因查出来了？"

侯仲武："说是急性阑尾炎。"

监区里响起放风的铃声。

刘前进斟酌着："……出去看看吧。"

刘前进起身，悄然将笔放在桌上。侯仲武开门，刘前进出去。

28-27 第十六监区操场 日 外

服刑人员在放风。远处，刘前进和侯仲武从监舍出来，两人站在门口朝操场上张望。

刘前进："最近几天，犯人们有什么异常吗？"

侯仲武："没发现有什么异常。别的监区怎么样我不敢说，十六监区可是铜墙铁壁，保证让他们一个个老老实实。"

刘前进："过头饭能吃，过头话不能说啊。十六监区是铜墙铁壁，那裘双喜、郑运斤上次越狱是怎么回事？还是要小心点。"

侯仲武："是，是……"

刘前进摸了摸兜，找着什么。

侯仲武："怎么啦？"

刘前进："我的笔怎么没啦？"

侯仲武："刚才在办公室还用了。"

刘前进："那是扔你桌上了。"

侯仲武犹豫了一下："……我回去拿吧。你……还看看？"

刘前进："我等你。"

侯仲武无奈地回去。

远处，小痞子朝这边走过来。

刘前进："小痞子，过来过来。"

小痞子走来。

刘前进:“我问你,跟你一个监舍的苟敬堂怎么死的?”

小痦子:“我也不知道,说是送到医院死的。之前他见了侯监区长,说是要立什么功……”

正在和别的服刑人员下棋的郑运斤朝刘前进和小痦子望去。

28-28 第十六监区办公室 日 内

侯仲武匆匆进屋,直奔桌子,恨恨地抓起钢笔就走。

28-29 第十六监区操场 日 外

侯仲武匆匆而来。

刘前进盯着小痦子:“好好改造,重新做人!要是敢给我想歪的整邪的,别说我不客气!”

小痦子:“我知道,我知道。”

侯仲武过来,呵斥小痦子:“又跟刘场长胡说八道是不是?”

小痦子:“我哪敢呢监区长。”

小痦子嬉皮笑脸地走开,侯仲武将笔递给刘前进:“还真落在桌上。”

刘前进往外走:“老侯,你是老同志了,你这里的工作我还是最放心的。十六监区这边儿,我可就指着你啦……”

侯仲武:“没问题!”

28-30 锦屏镇诊所 夜 内

凌若冰、柳春燕、鲁震山在吃饭。柳春燕目光呆滞,机械地嚼着嘴里的菜。

凌若冰发现:“春燕,想什么呢?”

柳春燕:“没,没想什么。”

凌若冰:“看你的眼神,我就知道你有心事。”

鲁震山的神色不自然:“我……我去倒碗水。”鲁震山出去。

凌若冰:“春燕,怎么啦?”

柳春燕抽泣起来。

凌若冰:“到底怎么了,你说话呀。”

柳春燕:“他不想和我成亲……他说他有病……”

凌若冰:“有病就治嘛,守着个诊所,什么病治不了?”

柳春燕:“他的下身在打台儿庄的时候,叫日本鬼子的刺刀给捅废了!”

凌若冰沉吟着。凌若冰:“我给他检查一下吧。”

28-31 锦屏镇诊所二楼房间 夜 内

柳春燕坐在桌旁。凌若冰:“我检查了鲁震山的创伤,没有器质性毛病……”

柳春燕疑惑地:“器质?器质是啥玩儿?”

凌若冰无奈地笑笑,低声说了句什么。柳春燕有点不好意思:“那他为啥不能……”

凌若冰:“他心理有障碍……”

柳春燕:“那怎么治疗啊?”

凌若冰笑了笑:“不用治疗,你们结婚以后,天天在一起,自然就好了。”

柳春燕惊喜地:“你哄我?”

凌若冰笑道:“哄不哄你,到时候你就知道了!”

柳春燕起身:“那我赶快去告诉他,他一准儿能乐疯了。”

凌若冰:“我看是你乐疯了。”

柳春燕笑笑:“都乐!”

28-32 锦屏镇诊所 夜 内

桌上摆着酒菜,鲁震山和柳春燕对坐桌前,喝酒说话。柳春燕喝得醉眼妩媚,面如桃花。柳春燕又倒上两杯酒:“来,再干一杯。”

鲁震山:“我值班,不能再喝了。你已经喝不少了,别喝了!”

柳春燕:“我今天高兴,我要喝。”

柳春燕喝酒,放下酒杯,脱去外套,线衣里高挺着乳房,可见深深的乳沟。

鲁震山看了一眼,不好意思地:“快穿上,夜里天凉。”

柳春燕娇柔地:“我热,我心里热……”

鲁震山:“好了,天不早了,你快上楼睡觉去吧。”

柳春燕低声:“我不走了,今晚就在你这儿睡。”

鲁震山:“不行。”

柳春燕:“怎么不行?”

鲁震山:“我有病……”

柳春燕:“凌姐没跟你说?你那什么器质,伤得不厉害。你不行,那是你心里有障碍。她说了,咱们……天天在一起,你的病就好了……”

鲁震山:“那就等结婚吧。”

柳春燕:“我今晚就和你结婚……”

鲁震山:“燕燕,结婚是一辈子的大事,应该风风光光,体体面面吧?咱要偷偷摸摸就把事办了,那叫人多笑话啊!”

鲁震山站起来,推着柳春燕:“好了,快睡觉去吧。”

柳春燕抱住鲁震山使劲亲了一下:“我就不……”

28-33 新锦屏场长办公室 日 内

刘前进琢磨着,在屋里踱着步,他从镜子的反光里,看着侯仲武。侯仲武看着刘前进的背影。刘前进转过身,盯着侯仲武,半天不语。侯仲武神色如常,泰然自若。

刘前进突然:“老侯,我发现你跟别人就是不一样。”

侯仲武:“……什么不一样?”

刘前进:“你这位老同志,觉悟就是高,不是一般的高。赶上机会,我一定要好好表扬你。”

侯仲武:“不用不用,这是应该的。”

刘前进:“你反映的情况很重要,我们不能放松一丝一毫的警惕。最近老催我去党校学习,你说咱们新锦屏眼下的事儿这么多,我哪有心思去学习啊!不去吧,程部长不答应,好在咱们农场还有你这样既有工作经验、又有理论水平的老革命。”

侯仲武:“刘场长,你言重啦。”

刘前进:“客气什么?你要啥也不是,晓渝也看不上你呀。”

侯仲武笑笑:“过奖了,刘场长。”

刘前进摆摆手:“‘十一’国庆,北京的领导来视察咱们新锦屏的工作,十六监区那边肯定要过去。这样吧,把一中队调给你,加强十六监区的保卫,不能出现任何问题。遇到紧急情况，你可以自主指挥一中队。"

侯仲武："谢谢刘场长。"

28-34 新锦屏旧仓库门前 日 外

关晓渝身背行囊，手里拎着面盆，上前叩门。

房门开了，周圆走出来，有些怯意地："晓渝姐……"

关晓渝："我的宿舍改做新房了，要进行简单修整，我现在没地方住了……"

周圆："我知道，这是你们对我采取的保护措施。"

关晓渝："一举两得吧。"

周圆上前接下关晓渝手里的面盆。二人走进房门。

28-35 第十六监区操场 日 内

放风时间，囚犯们有的在看书，有的在下五道，有的在聊天。郑运斤、小痞子等人围着篮球场，在观看比赛。比赛进行得很激烈，围观的服刑人员有的在鼓掌，有的在起哄。王友明及几名公安战士在持枪巡视着。

侯仲武匆匆走来："王队长，马上集合一中队，去执行任务。"

王友明："什么任务？"

侯仲武："到地方就知道了。"

王友明咳嗽起来。侯仲武："对了，你还病着，你不去吧，我带他们去就行。"

王友明："那哪行啊监区长！中队办公室我有药，回去吃点就压住了。"

28-36 第十六监区办公室 日 内

王友明向门外看了看，拉过桌上的电话……王友明："刘场长……"

28-37 山谷 日 外

两山夹一沟，山上是茂密的树木，沟中有一条羊肠小路。

一支二十多人、十多头骡马组成的小马帮，行走在小路上。

化装成马脚子、粘着胡须的宁嘉禾，东张西望，不时地看着腕上的手表。

28-38 南山坡 日 外

山石后，刘前进举起手中的望远镜，仔细观察着小路上的马帮。

山坡下，小树林树荫里拴着一匹马。

28-39 北山坡 日 外

侯仲武率领王友明等公安战士埋伏在大树后。

王友明："监区长，他们好像是普通马帮……"

侯仲武："这条路通倒木沟，普通马帮不走这条路，他们肯定是土匪运输队！"

王友明："那我们怎么办？"

侯仲武看了看手表："先截住他们……"王友明犹豫着。

侯仲武大声地："同志们，跟我冲下去，捉活的！"

侯仲武朝天开了两枪，带头冲下山坡。王友明等人跟着冲下山坡。

28-40 山谷 日 外

马帮顿时大乱，马脚子骑马四下逃窜。宁嘉禾躲到路边的石头后面，观察着。

侯仲武带领战士们冲到小路上。宁嘉禾从石头后面跑出来，往山谷深处逃奔。

王友明和公安战士从大树后面突然闪出拦住宁嘉禾。王友明："……宁嘉禾？"

宁嘉禾举手投降。王友明和公安战士上前捉住宁嘉禾。

侯仲武带战士走过来。侯仲武："哟，这不是宁总指挥吗？"

宁嘉禾："我们又见面了……"

侯仲武："你能逃走，我就能把你抓回来！"宁嘉禾无语。

侯仲武命令道："押走！"战士们将宁嘉禾押走。

不远的山头上，花子看着宁嘉禾被押走，转身退走……

28-41 南山坡 日 外

山石后，刘前进放下手中的望远镜，冷冷一笑，转身向小树林快步走去。

28-42 新锦屏农场场长办公室 日 内

刘前进坐在桌前，悠闲地喝着茶水。

侯仲武的画外音："报告！"刘前进看了看表。

侯仲武兴冲冲地走进来："刘场长，好消息啊！"

刘前进："什么好消息？"

侯仲武："我们抓到了一名重要逃犯！"

刘前进："谁？"

侯仲武神秘地一笑，转身："押进来！"

王友明和公安战士押着戴手铐的宁嘉禾走了进来。

刘前进走过去看。宁嘉禾低头。

刘前进："这是谁啊？"

王友明上前扯下宁嘉禾的胡须，揪起他的头发："刘场长，你看——"

刘前进："真是天网恢恢，疏而不漏啊！半路潜逃，今日归案，宁总指挥，有何感想啊？"宁嘉禾沮丧地低下了头。

刘前进："官寨一役，你丢给我们一个替死鬼，我以为你被击毙，报告了上级。结果呢，你死而复生……现在你又冒出来，我怎么再向上级报告啊！宁嘉禾啊，你真是难为死我啦！"

宁嘉禾："对不起了，刘场长。这回，你可以立个功啦！"

刘前进："这回的功，我得记到我们侯监区长身上。"

28-43 倒木沟唐静茵住处 日 内

唐静茵不安地走来走去。花子带着四个土匪头目鱼贯进来，花子在门口咳嗽了一声，唐静茵回过神来，转过身，看着花子："怎么样？"

花子："特派员平安打进了新锦屏。"

唐静茵："好！下面就要看我们大家的了。此举要想成功，还靠各位兄弟鼎力相助啊！"

花子拍着胸脯："没说的，跟着唐司令，我们就是肝脑涂地，也在所不辞！"

28-44 第十六监区小号监舍 日 内

监舍狭窄阴暗，从小铁窗斜射进来几缕如血的残阳。宁嘉禾坐在床铺上，闭目养神。

28-45 第十六监区小号监舍走廊 日 内

监舍走廊里静悄悄的。侯仲武和王友明走来。侯仲武拉开小铁窗，往大监舍里看了看。侯仲武："宁嘉禾还在小号啊？"

王友明："在小号，从早到晚都有人看着。"

侯仲武："把他送大监去吧，犯人中有许多改造积极分子，让大家监督他，跑不了他。"

王友明："是。"

28-46 第十六监区男监舍 日 内

大通铺上或坐或躺着男犯。门开了，王友明和抱着行李的宁嘉禾站在门前。

王友明："进去！"众男犯们偷偷地看着。宁嘉禾走进来，王友明跟了进来。

王友明走到一个空位前："宁嘉禾，你就睡在这儿。"宁嘉禾将行李扔到铺位上。郑运斤、小痞子闻言一惊！王友明走出门去，随手关上了铁门。宁嘉禾坐在行李上。

小痞子爬起来，走过去，悄声地："总指挥，你怎么回来啦？"

宁嘉禾："你以为我想回来啊？"

郑运斤冷眼看着宁嘉禾。宁嘉禾感觉到郑运斤的眼神："傅坛主！"

小痞子："总指挥，他不是坛主傅明德了……"

宁嘉禾："我知道，军统少将，是我们的郑长官！"

郑运斤尴尬地挤出一个笑……

28-47 新锦屏侯仲武住处 日 内

门开了，侯仲武走进来，回手关上房门。侯仲武走到桌前，抓起桌上的茶缸猛喝一顿。侯仲武匆忙而有序地拿出耳机开始窃听，耳机里是断断续续的嘈杂音。

侯仲武起身走到床边，靠在行李上。

28-48 新锦屏场长办公室 日 内

墙上贴着带有部队驻防标志的新锦屏监区分布地形图。刘前进把玩着那支钢笔。关晓渝走进来，指了指那笔帽。刘前进点头，摘下笔帽。

28-49 新锦屏侯仲武住处 日 内

关晓渝的电子声："刘场长，干什么呢？"

刘前进的电子声："写个总结材料……对了晓渝，我去党校学习这些天，农场的事你得多操点心。我听程部长说，学习期间，不让回来。"

关晓渝的电子声："你不回来怎么行？我一个人……"

28-50 新锦屏场长办公室 日 内

刘前进："我出去学习的事，不要跟别人说，如果有人知道了问起来，就说一两天就回来。"

关晓渝叹了口气："你可得快点回来，农场这么多事，我一个人真怕出什么意外。原来彭书记在的时候，还没觉得工作千头万绪……"

28-51 新锦屏侯仲武住处 日 内

刘前进的电子声："还提他干什么……如果不是他，农场的工作也不至于乱到现在这个地步……"

关晓渝的电子声："场长，彭书记的事不是还没有调查清楚吗？你怎么……"

刘前进的电子声："最后的结论虽然没有出来。不过……算了，我跟你说了吧，本来程部长先让我保密……你知道谁杀了文捷吗？"

关晓渝的电子声："不说是土匪吗？"

刘前进的电子声："什么土匪。文捷在外调回来的路上发现了彭浩，他在新兴镇把文捷害了后，被抓了个现行。”

侯仲武惊愣一下，坐正，把耳机往耳边靠了靠。

关晓渝的电子声："那……他在路上为什么不动手？”

刘前进的电子声："可能在路上一直没有机会吧。这件事组织上一直在调查，彭浩虽然一再为自己辩驳，可他没有办法证明自己的清白。最起码到现在为止，他是杀文捷的最大嫌疑人。程部长已经表态，'十一'之后，会再派人出去外调，那时候，彭浩是人是鬼，应该有个结论了。”

28-52 新锦屏场长办公室 日 内

关晓渝："那就是说。彭书记的事……一直要挂到'十一'之后啦？”

刘前进："现在只能这样了。”

28-53 新锦屏侯仲武住处 日 内

关晓渝的电子声："……这件事快点解决吧，实在太折磨人了。”

刘前进的电子声："在真相没揭开之前，军区和程部长的意见是淡化处理……程部长他也是没办法啊，彭浩当初是他推荐来的……他觉得自己也有责任……”

刘前进拿水杯大口喝水的电子声。

刘前进放下杯子："……我有点头痛……就这样吧，你也早点回去休息……”

关晓渝的电子声："那好吧，你快休——”

侯仲武耳机里的电子声中止了。侯仲武摘下耳机，放好，又走回床边靠在行李上，思忖。

刘前进的画外音："……程部长已经表态，'十一'之后，会再派人出去外调，那时候，彭浩是人是鬼，应该有个结论了。”

刘前进的画外音："在真相没揭开之前，军区和程部长的意见是淡化处理……程部长他也是没办法啊，彭浩当初是他推荐来的……他觉得自己也有责任……”

侯仲武紧张地思索着……

28-54 新锦屏场长办公室 日 内

关晓渝拿过钢笔，看着，笑起来。

刘前进严肃地："侯仲武是一只非常狡猾的恶狼……他对他猎获的猎物，不会张口就吃，一口吞掉，他会嗅嗅舔舔，围着猎物转好几个圈……直到他认为没有危险了，才会下口……”

关晓渝："刘场长，你是觉得……'鹤顶红'察觉到我们的反间计了？”

刘前进："那倒不是，他对美国中情局这个新玩意儿寄予了太高的期望。不过，我们还是要小心再小心，特别是你和他的交往……”

28-55 第十六监区走廊 夜 内

一队巡逻战士走过。

28-56 第十六监区监舍 夜 内

宁嘉禾和郑运斤躺在大通铺里。

郑运斤："总指挥，你能提着脑袋二进宫，一定是有什么打算吧？”

宁嘉禾："当着郑长官的面我也不想绕什么圈子，这次嘉禾冒死进来，一是带着弟兄们出去，还有一个目的，就是想拿到一样东西。这样东西我想……就在郑长官手里！”

宁嘉禾逼视着郑运斤。

郑运斤："总指挥的话我听不大懂……”

宁嘉禾:“郑长官,天到这般时候了,你不用再跟我打什么哑语。我想要的,就是咱们在大西南各处潜伏人员的那份名单……”

郑运斤不慌不忙地睃了宁嘉禾一眼。

宁嘉禾:“既然你至今没有交给共党,也算对党国大业怀有一片赤诚之心。但这份名单总放在你手里毕竟不是长远之计吧……”

郑运斤颇认真地思忖着,斟酌着。宁嘉禾紧盯着郑运斤的脸:“郑长官……”

郑运斤:“既然总指挥把话说到这个份上,我也没什么好隐瞒的了。我一贯道的身份被他们揭穿后就给罪加一等,如果共党再查出我身上还有那个东西,我就只有死路一条了。总指挥既然这么惦记那个宝贝,就想法带我出去吧!”

宁嘉禾:“我这次进来就是要把各位放虎归山,不过,那个宝贝你可得交出来。”

郑运斤:“只要我能出去,总指挥要的东西自然跑不了……”

28-57 新锦屏监区猪舍 晨 外

宁嘉禾等人在翻修猪舍。侯仲武走来,指着宁嘉禾垒的墙:“你这垒了些什么,猪一拱还不倒啦?扒了,重垒!”

宁嘉禾:“没水泥了。”

侯仲武:“没水泥领去。”

宁嘉禾推起旁边的小车,向后院走去。侯仲武跟在后面。

宁嘉禾:“名单确实在郑运斤手上,他终于承认了。”

侯仲武兴奋地:“他是参谋次长?这个丘八,藏到现在!赶快让他把东西交出来,还等什么?”

宁嘉禾:“他说东西不在他身上,只有他出去,东西才能拿出来。”

侯仲武琢磨着:“也对,他们进来的时候,身上的东西都被收走了。他出去才能拿到……难道,那份名单在收监时没收的物品里?”

宁嘉禾眼睛一亮:“应该是!”

侯仲武突然想起什么:“坏了……”

宁嘉禾:“怎么啦?”

侯仲武:“在进新锦屏农场前,我们的人烧了一些档案和物品——”

(闪回)密林中的一块空地上,小江正用匕首掘开一个土坑。小江动作麻利地将干草和干树枝架在坑上,掏出火柴,点火。火柴盒的盒面上,是“火人”牌商标的图案……

土坑里的火烧得很旺。小江用匕首把帆布箱割开,一个个档案袋从箱里散落出来。小江把散落在地的档案袋拢进火势正旺的土坑……

小江似乎听到什么声音。小江慢慢起身,手持匕首警觉地慢慢转过身。

侯仲武蓦然现身在空地边上,手枪的枪口直指小江,向小江逼去……

土坑里,火势越来越旺……

(闪回继续延展)

28-57A 密林空地 日 外

侯仲武回头看着,见后面无人,收起手枪,跑上来翻着散落在地上的档案。

侯仲武:“有我的吗?”

小江："还没找到?"

树林里传来急促的奔跑声。一份写着"侯仲文"名字的档案跳在侯仲武眼面，他兴奋地一把抓起，看了眼，投进火堆中，火舌立即吞噬了档案……

侯仲武："来不及了，你快跑吧。"

小江回头看了看继续急三火四地烧着档案，侯仲武推了小江一把："快走!"

小江起身，刚要上马，想起什么："你呢?"

侯仲武琢磨着。

小江回来："我一跑，你不就暴露了? 长官，我的命……你拿去吧!"

侯仲武一愣，小江抽出侯仲武腰里的匕首，朝自己胸口扎去。

侯仲武："你——"

鲜血从小江胸口流出，小江脚步踉跄，踩乱了散落在地上的档案，小江咬牙挤出一句话："'鹤顶红'，帮我一把，送我上路吧……"

侯仲武上前握紧匕首，向里深刺下去："小江，你杀身成仁了……"

(闪回)从林中踉跄跑出的关晓渝惊呆了——小江双目圆睁直挺挺躺倒在地上，那把匕首深深地插进他的胸口。侯仲武蹲在火坑边拍打着一个个档案袋。空地上一片狼藉、烟气蒸腾……

关晓渝："小江——"

侯仲武并不回头，忙乱地拍打着档案："小江是特务，他烧了档案……"

关晓渝愣了愣，抢一步过去拍打档案上的火苗。彭浩和周圆跑来，惊讶地看着眼前的一切。小江身旁的青草，倒伏了一片。

(现实)

28-57B 新锦屏监区猪舍 晨 外

宁嘉禾："那你看到傅明德的档案和东西啦?"

侯仲武回想着，果断地摇摇头："没有，关晓渝清理烧毁现场的时候，我一直在，没有!"

宁嘉禾舒出一口气："天助我也!"

侯仲武点头，低声："还有件事，旧监舍的地道口不少都被查出来封死了，要找还没有查出来的地道口，只能在管教住的宿舍里下功夫了。"

宁嘉禾低声："我负责串联里面的人，地道口的事你尽快查实。"

侯仲武把一块怀表塞到宁嘉禾手里："这个给你。"

宁嘉禾将怀表揣起来："越狱的工具呢?"

侯仲武："找个机会，到工具室去拿。"

有战士走过来。侯仲武："小刘，你带他去拉两包水泥。"

战士："是。"

侯仲武呵斥宁嘉禾："老实点，不准偷懒!"侯仲武看着宁嘉禾走去。

定格。

第二十八集完。

第二十九集

29-1 新锦屏农场场部大院 日 外

小痞子等犯人们在刷墙体。宁嘉禾凑到小痞子跟前:"想不想出去?"

小痞子一笑:"总指挥,我可没有你的本事,想出去就出去,想进来就进来。"

宁嘉禾:"如果我带你出去呢?"

小痞子眼睛一亮:"真的?"

宁嘉禾点头:"不过,你得帮我办件事……"

小痞子:"什么事?"

宁嘉禾朝场部尽头的小库房努了下嘴:"去偷样东西……"

小痞子:"这……这有人看着,去不了啊……"

宁嘉禾:"把你送到门口就是了。"宁嘉禾对小痞子耳语着,朝看着这边的侯仲武点了下头。

侯仲武走过来,指了指宁嘉禾、小痞子,还有两个人:"跟我进去擦玻璃。"

小痞子一愣,看看宁嘉禾,又看侯仲武。宁嘉禾讳莫如深地一笑。

29-2 新锦屏农场场部走廊 日 内

侯仲武带着宁嘉禾、小痞子等人走来,小痞子落在最后,不时朝各房间张望。

刘前进从房间出来,看着侯仲武带着几个人走过:"干什么啊老侯?"

侯仲武:"我领他们来抹抹走廊的玻璃,干干净净迎'十一'嘛!"

刘前进指着小痞子和后面一个男犯:"你俩进来给我抹抹。"

小痞子看侯仲武。侯仲武:"好好干,干完过来。"

29-3 新锦屏农场场长办公室 日 内

刘前进、小痞子、男犯甲进来。刘前进指着窗户:"给我弄干净了,还有墙角的灰网。"

小痞子搬椅子到窗前,对男犯甲:"上高我来吧,你去打盆水。"

男犯甲端起脸盆出去接水。

29-4 新锦屏农场场部走廊 日 内

走廊,侯仲武指挥男犯干活,宁嘉禾被派到场部仓库门前。

侯仲武低声:"说好了?"宁嘉禾点头,侯仲武走去。

29-5 新锦屏农场场长办公室 日 内

小痞子和男犯甲动作麻利地抹着玻璃,刘前进在收拾东西。

侯仲武进来:"刘场长,忙乎什么呢?"

刘前进:"去党校,马上走……你说这工作一大堆,我哪有那个心思。"

侯仲武:"该学还得学,不学习怎么进步啊。我倒是想去啦,可组织上也不给安排呀。"

刘前进抓起电话:"我现在就找程部长,让你去!"

侯仲武忙拉住刘前进,按下电话:"程部长点你的将,我去算干什么的,以后吧,以后有机会我再去。”

刘前进:“我这一去,晓渝的担子可重了。老侯,你可得多帮衬着点,别把晓渝累坏了。”

侯仲武:“应该的,应该的……你俩干没干完?”看着小痞子。

小痞子:“还等一会儿。你看,那边……”

刘前进:“行了,抹抹得了。老侯,你带他们去吧。”

侯仲武:“那行,收拾收拾跟我走。”

29-6 新锦屏农场场部档案室仓库门前 日 内

档案室仓库门前堆了些杂物。小痞子动作麻利地撬开上方的窗户,钻进去。

29-7 新锦屏农场档案室仓库 日 内

一排排卷宗和档案放置在架子上,小痞子找到“第十六监区”的标牌前,开始翻动……

29-8 新锦屏农场场部走廊 日 内

关晓渝径直走来,手里拿着钥匙。侯仲武走来:“晓渝。”

关晓渝指指档案室仓库:“我找个材料。”

侯仲武拦在门前:“我还想找你说个事呢,去你办公室谈吧。”

关晓渝:“我拿个材料就得,你先去吧……”

关晓渝要搬门前的东西,侯仲武无奈地:“我来。”

侯仲武一搬,东西撒落,侯仲武伏身去整理。

关晓渝打开门,跨进去。侯仲武忙跟进去。

29-9 新锦屏农场档案室仓库 日 内

小痞子警觉地听着外面的动静,翻到“傅明德”的卷宗和袋子,麻利地揣进怀里。

关晓渝进来,侯仲武跟在后面,大声地:“这里的味道可不太好!”

关晓渝:“是啊,得常通通风。”

小痞子躲在架子后,碰掉一本卷宗,关晓渝听到,警觉地摸枪:“谁?”

侯仲武从架子后闪出,手里拿着一个档案袋:“我碰掉了,没事。”

关晓渝张望着。侯仲武:“这里的味道太重,快出去吧。”

关晓渝在架子上翻找到一份材料,侯仲武:“新房那儿我找人刷了印,你看屋里还需要摆点什么东西。”

关晓渝:“不用了,咱们也别弄得太特殊,少什么以后慢慢置办吧。”

关晓渝拿了材料,侯仲武上前抱住关晓渝……

关晓渝:“快出去吧,让人看见。”

侯仲武:“看见怕什么?你是我老婆……”

关晓渝嗔怪地:“我现在还不是……”

两人朝外走去,开门,关门落锁。躲在架子后的小痞子闪出来……

29-10 新锦屏农场场部大院 日 外

小痞子出来,正在搬砖的宁嘉禾盯着小痞子,小痞子过去,动作麻利地将档案袋塞给宁嘉禾:“都在这里。”

宁嘉禾:“小子,我给你记一功。”

一辆吉普车停在院里，冯小麦将一个箱子放在车后。

刘前进出来，关晓渝、侯仲武等人相送。

刘前进："晓渝，有啥要紧事给我往党校打电话。"

侯仲武："你放心去吧，有事我帮着晓渝。"

刘前进看到宁嘉禾，琢磨了下，走过去。

宁嘉禾佯装没看到刘前进，故意走开，胳膊紧紧夹在胸前。

刘前进："宁总指挥，躲什么？是不是觉得没脸见人哪。"

宁嘉禾站下，回过身冷冷一笑："被俘之人，颜面扫地。刘场长不必如此奚落宁某人。"

刘前进："你还算有些自知之明。看来，你还可救！"

宁嘉禾："刘场长如果训完话，我就去干活了。"

刘前进回头看侯仲文："侯监区长，这么重体力的活，你不应该安排宁总指挥来干哪。"

侯仲武："不给他找点重活干，他在监室里又不知会生出什么鬼点子。"

刘前进围着宁嘉禾转了个圈，宁嘉禾有些慌乱，胳膊更是不由自主夹紧胸前。

侯仲武看出宁嘉禾的异样，对刘前进："场长，后面的墙还没刷呢，让他们去干活吧。"

刘前进像是没听见，自言自语："我突发奇想，像宁总指挥这么大的官，舞应该跳得不错吧……我们是不是，请宁总指挥给我们跳一个呀……"

众人面面相觑，刘前进自顾拍起巴掌："来呀，跳吧。"

宁嘉禾恼火地："姓刘的，你别逼人太甚！"

刘前进："我可没逼你，我就是想看看宁总指挥的舞姿，没别的意思。"

宁嘉禾："你——"

刘前进掏出枪，众人都一惊，侯仲武忙上前拉住刘前进："刘场长，你冷静点！"

刘前进扒开侯仲武的手，将枪口对准宁嘉禾。

宁嘉禾恐惧地："你干什么——"小痞子等囚犯也都紧张地看着。

"叭！"刘前进突然朝宁嘉禾脚下放了一枪，宁嘉禾不由向上一跳，一个档案袋从他衣服里掉了出来。侯仲武大惊。

29-11 新锦屏农场刘前进办公室 日 内

桌上摆着傅明德的档案，关晓渝看过后，对刘前进摇摇头。

刘前进："他们既然把东西偷出来了，肯定是有什么用处。这样吧，反正我要到军分区，正好把这个带上，请技术处的同志再仔细看看。"

关晓渝："那宁嘉禾和那个小痞子怎么办？要不要分别提审。"

刘前进琢磨了下："算了，这两个人都不是省油的灯。从他们身上找到突破口不太现实，还是先把其中的秘密找到再说吧。"刘前进将档案装起来。

29-12 监狱禁闭室 日 内

宁嘉禾和小痞子坐在墙角，小痞子："那个东西到底有什么用？用得着费这么大劲吗？"

宁嘉禾："不该你问的不要问。"

小痞子："可这事……你们把我牵扯进来了，我……我像个傻子似的，还什么都不知道哪。我，我冤死了……"

宁嘉禾:“等到举大事成功的那一天,你会得到回报的。”

小痦子:“这……那是驴年马月的事呀……总指挥,您给我画的饼可不小。不过,那东西不顶饿,这回的事,您让我又得加几年的刑期倒是跑不了了……”

宁嘉禾瞅了小痦子一眼:“鼠目寸光!”

小痦子:“总指挥的意思……我们这几天就要有大动作?”

宁嘉禾闭上眼,不理小痦子。

小痦子:“不过,这回我倒是看出来了,那位侯监区长,可是我们的贵人!”

宁嘉禾:“不许胡说!”逼视着小痦子,“你要是乱说,别怪我不客气!”

29-13 新锦屏关晓渝宿舍　日　内

关晓渝的宿舍粉刷一新。墙上有挂钟,贴着大红双喜字和宣传画。屋里摆着躺柜、板凳、双人床。床上铺着印花床单,摆着两床军被,床下有两个脸盆。桌上放着那支系红穗的短笛。

两名小战士在扫地擦柜。侯仲武拿着红纸包走进来,往盘里放着香烟、糖果。

战士甲:“监区长,你这个新房怎么样?”

侯仲武:“不错!让你们受累了,来,吃糖。”

战士乙:“不了。”

侯仲武抓过一把糖,塞给两战士:“喜糖是一定要吃的!”

二战士:“谢谢!”

侯仲武:“你们休息去吧。”

二战士走出门去。侯仲武关上房门,观察着墙壁。他走到一处,用手敲了敲,用耳听了听。侯仲武移开衣柜,敲了敲墙壁,发出空空的声音。是一个地道口。

29-14 锦屏镇诊所病房　日　内

病房成了临时指挥部。墙上贴着带有部队驻守标志的新锦屏监区分布地形图。

屋里坐着刘前进及公安大队、军分区的几位主要领导干部。

程部长神情庄重地:“……没想到啊,咱们这次的作战指挥部居然设在了这个诊所里。也好,这里既能全盘操控新锦屏的一切,也能监视敌人行动。那个大车店,前进,要严加监视。”

刘前进:“我已经派人盯住了,早就盯住它了,放心吧。”

程部长:“剿匪斗争进行这么长时间了,可是以唐静茵匪帮为首的土匪,凭借着密林山洞与我们周旋,不断地骚扰我们,让我们很头疼。这次,他们要汇聚各个山头的土匪在新锦屏搞一次大劫狱。我们呢,就来个将计就计,把唐静茵匪帮引出山洞,来个瓮中捉鳖,聚而歼之!”

刘前进认真地听着。

程部长:“……敌人的招法是偷袭,我们的打法就是隐蔽起来严阵以待,一定要借给土匪一个放心偷袭我们的胆子!”

29-15 监区侯仲武住处　日　内

桌上的香烟缸里堆满了烟头,侯仲武心事重重。

29-16 监狱大操场　日　外

放风时间。郑运斤像没事人一般,在活动着腰身。宁嘉禾凑了过来。

郑运斤:“哟,总指挥。禁闭关完啦?”

宁嘉禾:“少废话!那个潜伏人员的大名单,真的在你抓进北校场监狱的时候让共党收走了吗?”

郑运斤不语。

宁嘉禾:“你所有的东西我们已经拿出来了——”宁嘉禾盯着郑运斤。

郑运斤一愣:“东西在哪儿?”

宁嘉禾叹了口气:“可是,又让共党拿走了。”

郑运斤琢磨着,宁嘉禾:“东西如果落到他们手上,我们多少年建起的潜伏网可就真要被一网打尽了……”

郑运斤:“总指挥,你放心,就是共党把那些东西翻个遍,也找不出他们想要的东西!”

宁嘉禾:“这话怎么说?”

郑运斤拍拍宁嘉禾的胸脯:“总指挥尽管把心放回肚子里吧,我出去的时候,这里的玄机自然就会让总指挥知道了……”郑运斤诡谲地笑着……

29-17 锦屏镇诊所病房　日　内

程部长将傅明德的档案递给刘前进:“这里面所有的东西技术处的同志都检查了几遍,什么有价值的内容也没有。”

刘前进:“不对,这里面肯定有大文章。要不然,侯仲武不会串通宁嘉禾让小痦子去偷这个东西。”

程部长:“你说得不错,可是……事实确实如此。”

刘前进:“敌人会不会把那份我们一直在找的潜伏特务名单写在什么地方,只能用什么特殊方式才能显示出来?”

程部长:“你这个想法技术处的同志也考虑过,可是……真的没有任何发现。”

刘前进:“这就怪了……难道敌人是在故意施放烟幕弹?”

程部长:“那这个烟幕弹的代价太大,也太冒险……”

刘前进:“那唯一的解释……就是郑运斤放了烟幕弹!”

程部长:“他这么做的目的是什么?”

29-18 倒木山洞沟唐静茵住处　日　内

周大姑:“共党这样超乎寻常的平静,不会是一种假象吧?”

唐静茵:“疑神疑鬼是兵家的大忌!中共的五星红旗已经在大陆飘了快三年了,他们自以为天下太平,江山固若金汤,新锦屏也平安无事了。对于这个关押囚犯的非军事集团,我们连跟他们展开较量的胆量都没有,还算是反共游击军吗?”

花子:“司令说得对!”

周大姑面无表情地看着屏风上的什么……

29-19 第十六监区大操场　日　外

空荡荡的大操场当中,只有一个人站立着。是侯仲武。他的身后,是领操台。

静谧空旷的监区操场上,篮球架、单双杠、各监室尽在眼前。

29-20 倒木沟山洞　日　内

周大姑和几名土匪头目,围立在沙盘四周。

唐静茵指着沙盘上的一座小山,看着周大姑:“大姑,到时候你带人从这里的暗道进入新锦屏,狱里的总指挥他们听到你们枪声,就开始暴狱,时间应该在10点。这时候正好是共党要开始庆祝活动的时候，他们的头头脑脑都在活动地，到时候我会给他们送上一份厚礼。”

周大姑点头。

唐静茵：“你们还要多拿些武器，给狱里的弟兄们。”

周大姑：“行。”

唐静茵指着沙盘：“我带人会潜伏在监狱后山绝壁下，抢占监狱的制高点，压制住共军的火力，掩护狱中精英们冲出来！”

29-21 锦屏镇诊所病房　日　内

程部长：“制止暴狱，消灭进犯的土匪！这就是你们的任务。我和新锦屏的同志们已经商定好了……”程部长拿起指示棒，侧身指着墙上的地形图：“你们兵分三路，赵营长带领第一路人马直接开进新锦屏，在监狱四周做好埋伏。”

赵营长：“是！”

程部长：“第二路由邵连长带领二连的指战员，埋伏在鹿鸣谷，伏击由西南方向进犯新锦屏的各路土匪。”

邵连长：“是。”

程部长：“第三路由李连长带领三连的指战员，埋伏在青石坪，伏击由西北方向进犯新锦屏的各路土匪。”

李连长点头：“明白。”

程部长：“如果没啥问题了，大家先休息一下吧。注意，不要走出这个诊所，以免惊动敌人……”

大家陆续走出，刘前进凑至程部长跟前：“我呢？”

程部长：“少不了你的仗打。唐静茵一定会在新锦屏山外接应暴狱出来的宁嘉禾。她就交给你处理了。”

刘前进：“程部长，那个周大姑带着土匪走暗道进新锦屏——”

程部长打断刘前进的话：“算你动脑子，放心，这个我已经安排好了。”

刘前进狡黠地一笑：“那你不说？都这时候了，你还和我逗闷子……”

29-22 新锦屏关晓渝办公室　日　内

关晓渝在看文件，侯仲武推门进来，手里拿着一纸包什么吃的东西。

关晓渝：“哟，你来了。”

侯仲武将纸包放在桌上：“这么忙？刘场长去党校学习还没回来啊？”

关晓渝：“……还没，快了吧。”

侯仲武意味深长地一笑：“听说北京的考察团快来啦？”

关晓渝：“后天一早就从锦屏镇赶过来，参加咱们农场的国庆大会……”

侯仲武：“按理说，这个时候刘场长不应该去党校哇，他这个时候……不太对劲吧……”

关晓渝：“怎么不对劲啦？”

侯仲武：“算了，那是你们领导层考虑的问题，我不瞎操心了。我还有事，我走了。”

侯仲武出门走远……关晓渝盯着桌上的纸包，一下划拉到地上，纸包破了，满地的五香炒瓜子。

29-23 第十六监区走廊 日 内

侯仲武急匆匆走向办公室。巡查的战士敬礼,侯仲武还礼。

侯仲武的内心独白:"去党校学习……刘前进,你真的去党校啦?"

侯仲武突然站住,自语:"不对,他肯定没去!"

一战士走来:"监区长,有事吗?"

侯仲武:"我没事,好好巡查去吧。"

战士应声走去。侯仲武掏出烟,点着,慢慢踱进办公室。

29-24 第十六监区侯仲武办公室 日 内

侯仲武盯视着桌上的电话机,举棋不定的样子。

侯仲武拿起电话,拨号:"总机吗?给我接一下党校值班室。"

总机女话务员的声音:"请稍等。"

不一会儿,电话接通了,里面传来一个男声:"你好,请问有什么事?"

侯仲武:"我是新锦屏农场的,有要紧事找我们场长刘前进,麻烦你,给找一下好吗?"

男画外音:"刘前进哪!他不在这儿。"

侯仲武一惊:"这么说,他没在党校学习?"

男声画外音:"那倒不是,刘场长他们不在这儿上课,在党校小礼堂。"

侯仲武:"那我能找到他吗?"

男声:"这个——不大方便吧?"

侯仲武:"我有要紧事呀,必须找他……"

29-25 党校值班室 日 内

一个中年男人在接电话,他不时朝门口张望,对着话筒应付着:"党校有规定,学习时间不能接电话。"中年男人望着门口,擦着额头的汗水。

29-26 第十六监区侯仲武办公室 日 内

侯仲武:"哎呀同志,我真是有急事,你就给我找一下吧。"

侯仲武拿过一张纸条,极快地写着:"情况有变,计划须提前。"

男声画外音:"我们真是有纪律,你要是实在着急,就跟我说一下,我转达给刘前进同志吧。我姓李,是党校办公室的主任。你怎么称呼?"

侯仲武:"我……哎呀,李主任同志,你转来转去,是不是刘前进根本就不在你那儿?要是不在,你就给我个痛快话,我这儿还有工作呢!"

29-27 党校值班室 日 内

李主任:"你这个同志,怎么能这么说话?"

李主任朝门口望着,突然门口出现一位年轻姑娘,急匆匆朝他点着头。

李主任松了口气,脸上现出微笑:"这样吧,你电话别放,我让总机给你转转看吧。你这位同志啊,真是的,等着啊——"

29-28 第十六监区侯仲武办公室 日 内

侯仲武仔细听着话筒,里面传来转接中的声音,不一会,传来一个女声的画外音:"你好,党校办公室,请问,您找哪位?"

侯仲武:"请问,刘前进同志在吗?我有急事找他。"

女声画外音:“请稍等。”

不一会儿,话筒里传来一阵脚步声,刘前进的声音传过来:“谁呀这么能,电话都追到这里啦?”

一阵窸窣的声响,刘前进的声音传来:“喂,我是刘前进。谁啊?”

侯仲武不语,仔细听着。刘前进的画外音:“喂喂,我是刘前进,说话呀,小杨,你这电话有啥毛病吧,咋没动静?”

侯仲武挂断了电话。侯仲武思忖。侯仲武拿过火柴,将手里的纸条点燃,纸条打着卷儿,化为长长的灰烬……

29-29 新锦屏诊所 日 内

刘前进放下电话,笑笑:“王八蛋! 鬼把戏还不少。”

程部长进来:“谁啊,急三火四电话追到这儿来了。”

刘前进:“能是谁啊? 我们那位监区长。一听我的声音,电话就挂了。”

程部长不解地:“那……他怎么知道你在这儿?”

刘前进:“他不是个‘鬼’吗? 鬼把戏、鬼心眼、鬼名堂……他的鬼儿多了去了! 我就料到他十有八九会有这一手,他变着法儿就想摸我的底……我提前跟党校的李主任打了个招呼,让他把找我的电话以党校的名义转到这儿。没想到,还真用上了。”

程部长:“这个‘鹤顶红’,他现在是急红眼了!”

刘前进:“他蹦跶不了几天了。”

程部长从桌上拿起一份材料递给刘前进:“这是国庆那天来的北京考察团成员名单。”刘前进接过,看起来。

29-30 第十六监区侯仲武办公室 日 内

侯仲武在房间踱着步。侯仲武的内心独白:“太平静了,这里面一定有问题。看来,他们是有准备了……不能再等了……”侯仲武推门出去。

29-31 新锦屏医院走廊 日 内

侯仲武从一间屋子里出来,匆匆走去。一瘸一拐的老李头在走廊收着垃圾。侯仲武与老李头错过身时,扔到垃圾袋里一个纸团。

29-32 新锦屏医院外 日 外

侯仲武从院子里出来,四下看了看,走去。树后,张连长探出头。

29-33 新锦屏诊所 日 内

刘前进将名单放在桌上,不语。程部长:“怎么,有压力啦?”

刘前进:“能不有压力嘛……虽说狱里的犯人和山上的土匪基本在我们的掌控之中,可还有更大的内鬼没有挖出来,考察团的成员里有这么多重要领导和在世界上有影响的侨胞,要真有个三长两短出个什么意外,那影响可就大了。”

程部长:“是啊,所以要万无一失,不能出现一点闪失呀……”

刘前进:“他们的行程……我是指在路上不会有什么问题吧。”

程部长:“这个你放心。他们究竟从哪条路到新锦屏,我们现在也不清楚。估计在路上出现闪失的可能性不大。再说还有军区派出的特别护送队。关键是要保证他们不要在新锦屏农场出现问题。”

刘前进:“那就里三层外三层多加几道岗,不让任何外人接近考察团的成员。”

程部长:“这个办法不可取,弄得草木皆兵也不好。在保护措施上,还是要内紧外松。”

刘前进:“我现在出来了,只能让关晓渝悄悄准备一下啦。“

29-34 锦屏镇大车店门口 日 外

大车店门口,两盏高挂着的红灯笼很是招眼。一辆黄包车跑来,停在门口,一只脚落地,另一只脚落地。是医院院工老李头。不远处房子拐角,冯小麦出现。

29-35 新锦屏农场关晓渝办公室 日 内

关晓渝在接刘前进的电话:“好吧,这件事我安排一下。参加活动前,先让他们在农场二楼会议室休息。”

29-36 锦屏镇大车店 日 内

老李头喝尽一大杯茶,周大姑看完老李头带来的情报,将纸条放在油灯上烧毁。

周大姑琢磨着:“老哥哥,还得辛苦你回新锦屏一趟,山上准备的武器得通过暗道送进监狱。你得回去让他把监狱布防图给我一份。”

老李头:“你还要这个干什么?你们出了暗道,不就和‘鹤顶红’接上头了吗?”

周大姑:“我怕到时候鹤顶红只顾着和宁总指挥对付共党,忘了接应我老婆子。”

老李头:“你想得还挺周到。”

周大姑:“我老婆子的命虽说不值钱,可我得为手下的弟兄想啊!就麻烦你跑一趟吧。”

老李头不满地放下杯子:“辛苦倒不怕。你看,这天也黑下来了,我这么跑来跑去太危险了,原来还指望我不用回去了,到时候跟你们直接杀回新锦屏就得了。”

周大姑:“那不成。”

周大姑赔着笑脸:“这也是万不得已,计划不是提前了嘛!老哥哥就再辛苦一趟,我这里,还有唐司令那儿,记着你的功呢!”

老李头无奈地:“那你写下来吧,我不能总跟鹤顶红见面,太招眼了。”

周大姑友善地拍了老李头一巴掌:“老哥哥老奸巨猾呀!”

老李头:“跟你这只老山猫比,我可差远了……”

周大姑找出一张纸,匆匆写下几行字,卷好,递给老李头。

29-37 锦屏镇大车店门口 黄昏 外

老李头一瘸一拐地从店里出来,朝一辆黄包车招手。

黄包车跑来。老李头上车:“跑出镇子再给我找匹快马,多给你加钱。”

车夫拉起车子,跑去。

29-38 第十六监区附近山下 夜 外

夜幕降临的新锦屏。崇山峻岭刺破天际。三颗白色的信号弹腾空而起……

29-39 倒木沟山洞口 夜 外

守卫洞口的匪兵甲乙持枪看着天空。

唐静茵从洞里急忙跑出来,站在洞口,看着天空……

29-40 空镜头 夜 外

三颗白色的信号弹在夜空划出三道弧线,慢慢滑落,消失在山林中。

夜空如洗，繁星闪烁。

29-41 第十六监区大操场 夜 外

侯仲武看着三颗信号弹从天空中慢慢划过，舒出一口气，往监室走去。

29-42 锦屏镇诊所后门 夜 外

车子突然停下，老李头一愣："怎么停这儿了？"车夫摘下草帽，竟然是冯小麦。

车子停在锦屏镇诊所后门。老李头："这……这是哪儿？"

两战士出现，手里提着枪。

冯小麦对老李头："下来！"

29-43 新锦屏场部会议室 夜 内

会议室里灯火通明，关晓渝带着战士在收拾二楼会议室，女战士擦拭着桌、椅。

29-44 新锦屏关晓渝住处门口 夜 外

侯仲武在敲门，不时叫着："晓渝，晓渝！"

一女战士经过："晓渝姐可能在场部。"

侯仲武："谢谢啊。"

29-45 新锦屏场部院外 夜 外

夜色中，侯仲武走来。他看到二楼会议室里人影绰绰，关晓渝的身影映在窗上。侯仲武停下脚步，斟酌着，回身走去。张连长躲在远处，看着这一切。

29-46 锦屏镇诊所小屋 夜 内

刘前进在提审老李头。老李头身后，站着持枪的冯小麦。

刘前进看完周大姑交给老李头的情报，放在桌上。刘前进平静地："说吧，你是谁？这个情报你怎么给鹤顶红。"老李头沉默。

刘前进："你现在说了，还能争取一个宽大。否则，就得对你抗拒从严啦。"老李头一副死猪不怕开水烫的神色。

刘前进："你还不开口？我和你说吧，这个情报我可以让你送给鹤顶红，还有更简单的办法，就是我替你直接交给他！"老李头蔑视地一笑。

刘前进："怎么，你以为我在诈你是不是？进十六监区找人，我可是比你方便多了。"老李头一惊，看着刘前进。

刘前进："我还可以再告诉你一点鹤顶红的消息，他姓侯，不过不是你知道的侯仲文，他的真名叫侯——仲——武。"老李头大惊。

刘前进："怎么样？我没说错吧？"老李头低下头。

刘前进："你是谁？这回能说了吧。"

老李头慢慢抬起头："我是……穿山甲……"

29-47 锦屏镇诊所一房间 夜 内

程部长思忖着："他是穿山甲？裘双喜是他杀的？"

刘前进脱着衣服："他说是他。"

（刘前进讲述老李头杀害裘双喜情景画面）

29-47A 新锦屏医院走廊 夜 内

深夜，新锦屏医院走廊悄无声息。一瘸一拐的老李头走来，他走到裘双喜病房前向里张望，小护士正在记录病历，老李头推门，小护士回头看，老李头指指垃圾，小护士又去记录，老李头从身后抽出匕首，绕到小护士身后，给了小护士一刀。小护士躺下，病历散了一地。老李头狰狞地盯着躺在病床上的裘双喜，掀开被子，举起匕首……

（现实）

29-47B 锦屏镇诊所房间 夜 内

程部长拿起那张周大姑写的情报看着，放下。

程部长："一个收垃圾的老头，如果半夜跑到犯人病区，那么当天晚上值班的战士会没看见？事发后，你们也对战士调查过了，有人说到他吗？"

刘前进摇头。刘前进："当晚虽然侯仲武也去了医院，可他有没去过病房的人证，彭浩、柳春燕都证明了这一点。"

程部长："那他就不是穿山甲！"

刘前进："我再试试他，老班长抓住假货郎时，不是还搜出穿山甲的一份情报吗？"

（闪回）岭东寨监室，老班长、王友明、严爱华在提审假货郎。假货郎坐在木凳上，一言不发。老班长从竹管里抽出一张纸条，王友明、严爱华传看，居然是封用报纸上的字剪拼成的密信：刘前进已上山借路，速袭岭东寨。

（现实）刘前进起身，拿过衣服穿上："我再会会他！"

29-48 锦屏镇诊所小屋 夜 内

刘前进再次提审老李头。老李头身后，站着冯小麦和另一持枪战士。

刘前进："我们在岭东寨驻扎时，你让假货郎送出了一份情报，你还记得吧？"

老李头："不错。"

刘前进从兜里掏出一张纸，递到老李头面前："这个情报的内容是'刘前进已上山借路，速袭岭东寨。'署名是'穿-山-甲-'。是你写的吧？"

老李头看了看纸上的字，点头。

刘前进盯着老李头，老李头镇定自如。

刘前进抖了抖手里的那张纸："知道这上面写的什么吗？"老李头有些慌张。

冯小麦过来，拿过那张纸，慢慢念着："将肥皂削成条，塞入肛门，可治便秘……"

刘前进突然大笑："你他妈连个刺猬都不是，还'穿山甲'呢……"老李头瘫坐下去。

29-49 锦屏镇诊所小饭堂 夜 内

凌若冰、柳春燕、鲁震山在忙着准备消夜。

凌若冰对鲁震山："请程部长和刘场长他们过来吧。"

鲁震山："嗯。"

29-50 锦屏镇诊所一房间 夜 内

刘前进："这个'穿山甲'隐藏到现在，也该露出尾巴了。"

程部长："看来，'穿山甲'一直在暗中保护'鹤顶红'……"

鲁震山拎着水壶推门进来："程部长、刘场长，消夜准备好了，快去吃点吧。"

刘前进："我这肚子还真饿了。走吧，吃完我还得赶回新锦屏。"

程部长："那你可得躲着点'鹤顶红'，别惊着他……"

两人出去，鲁震山提起水壶给暖瓶倒水。

29-51 锦屏镇诊所一房间门口 夜 内

刘前进和程部长说着话出来，刘前进想起什么：“你先去，程部长——”刘前进回去。

29-52 锦屏镇诊所一房间 夜 内

刘前进走到门口，见水壶放在地上，鲁震山刚抓起他放在床上的衣服……

鲁震山听到声响，见刘前进站在门口。鲁震山：“我正想把衣服送给你呢。”

刘前进接过衣服……

29-53 新锦屏山路 夜 外

月光下，刘前进驾车疾驶……

29-54 新锦屏侯仲武住处 夜 内

侯仲武在地上徘徊不定琢磨着，手里的香烟灰燃了很长。侯仲武扔掉香烟，关灯开门走出。

29-55 倒木沟山洞 夜 内

桌上放着一张地图和一颗定时炸弹。花子和土匪甲站在桌前。

唐静茵指着地图：“花子，你俩务必在明天早晨6点前赶到新锦屏山外这个溶洞内，有人接应你们走暗道进到新锦屏。炸弹安在哪儿，内线会告诉你们。这可是送给北京客人的一份厚礼。炸弹的定爆时间是10点共党活动开始的时候。我再说一遍，暴狱的时间定在9点30分，到时候周大姑带着人通过暗道和宁总指挥里应外合。10点钟炸弹一响，共党势必阵脚大乱，我带着人马也会从外面冲进农场。”

花子和土匪甲点头。

一个土匪进来：“司令……瓦扎把他的彝兵都撤走了，好像是刘前进策反了他们……”

唐静茵恼怒地拍桌：“该死！”

花子：“我们怎么办？”

唐静茵：“你们还是按计划行动。这一步棋我们一走，新锦屏农场就会乱成一锅粥，我们的暴狱就会轻而易举！”

29-56 第十六监区监室 夜 内

监室内昏暗的马灯。大通铺上并排睡着一溜男犯。宁嘉禾、郑运斤、小痞子挨肩睡着。

宁嘉禾翻身，睁开眼睛，从怀里拿出小布包，放到耳边听着。小布包里发出均匀的咔咔的响声。宁嘉禾打开小布包，拿出怀表，打开表盖。表盘闪着荧光，秒针在转动着。宁嘉禾扣上表盖，把怀表塞进怀里。不一会儿，宁嘉禾发出轻微的鼾声。

小痞子睁开眼睛，侧耳听了一会儿，朝宁嘉禾探过身子，怀表秒针走动的声音传来……

宁嘉禾突然睁眼：“你干什么？”

小痞子：“我，我上茅房……”

小痞子起身，走到门口，朝门外的守卫战士轻声喊：“报告，我上茅房。”

两个战士走到铁窗口，朝监室看了看，众人都在睡觉。

一战士开了铁门，小痞子走了出来。战士重新上了门锁。

29-57 第十六监区监室走廊 夜 内

侯仲武、王友明和值班战士走来。

侯仲武：“没有什么异常情况吧？”

王友明："一切正常。"

几个人走到宁嘉禾等要犯的门前。侯仲武示意打开探视窗口，朝里望着，宁嘉禾听见响动，坐起来。侯仲武手把着探视窗，将一个团好的纸团顺进门里。

探视窗口关上，侯仲武回头对王友明："这几个要犯一定要看好。有什么情况随时告诉我。"

王友明："好。"

几个人向前走去，走到走廊尽头，侯仲武："我去趟茅房。"

29-58 第十六监区监室走廊 夜 内

郑运斤躺在担架上捂着肚子大叫："痛死我了，救救我呀！"

两个战士抬着担架跑去，王友明跟在旁边。

郑运斤在担架上痛苦地扭动，趁人不备，将一个纸团塞进担架下面的缝隙里。

29-59 新锦屏医院急救室 夜 内

一个大夫给郑运斤扎针，郑运斤夸张地呻吟，王友明和两个战士站在旁边。

29-60 新锦屏医院急救室走廊 夜 内

担架支在墙上，一双手伸进镜头，在担架底部摸索着，手停下……

29-61 宿舍 夜 内

一双手借着月光打开纸团，上写：庆祝场地戒备森严，炸点改在场部会议室 鹤顶红。

29-62 新锦屏关晓渝办公室 黎明 内

桌上放着马灯。关晓渝在听张连长汇报情况，门突然被推开。门外，站着刘前进。

关晓渝惊喜："场长，你回来了！"

刘前进进屋："指挥部有程部长在那儿坐镇，新锦屏的情况现在错综复杂，我还是不放心。鹤顶红怎么样啦？"

张连长："他倒是一直在监区里，王友明监视。就是昨天晚上去了趟晓渝那儿，见晓渝不在，又到了场部。"

关晓渝："我没见着他呀！"

张连长："他走到场部院门口，又走了。"

关晓渝："他不会是又要打场部的什么主意吧？"

刘前进："有这个可能。"转向张连长，"派人去把王友明叫来，看看有没有什么情况。"

张连长："是。"走出。

刘前进对关晓渝："一会儿你也回去休息休息，这么耗着谁也受不了。更何况，你还要对付那个侯仲武。"

关晓渝："没关系，我顶得住。今天应该是他的大限了……"

刘前进："刚才张连长说侯仲武来到场部没找你又离开了，说明他心里一定有鬼！明天考察团的客人来了后，保卫工作还是得加强。敌人也一定不会放过这个机会。"

关晓渝点头："收拾完会议室，我已经让人贴了封条。楼上还有人把守，应该不会出什么问题。"

刘前进："那也得多加小心。'鹤顶红'现在已经开始狗急跳墙了，他们要提前行动，情报已经派人送出去了。"

关晓渝:“他没让周圆去送?是不是周圆已经暴露啦?”

刘前进:“暂时还没有。但是从上次周圆阻挡了阿慧的暗杀行动以后,‘鹤顶红’很可能不再信任她了。所以,才动用‘穿山甲’的人……”

关晓渝琢磨着:“这个‘穿山甲’……到底是谁?”

刘前进望着窗外:“天快亮了,谜底就要揭开了……”

29-63 新锦平农场山外溶洞 黎明 内

偌大的天然溶洞里别有洞天,洞里错综复杂。

花子和土匪甲出现在溶洞口。花子:“在这等着吧,一会儿会有人来接咱俩。”

29-64 新锦屏关晓渝办公室 黎明 内

刘前进盯着王友明:“怎么?郑运斤得了急病?”

王友明:“去打一针就好了,已经回监室了。”

刘前进:“谁送他去的?”

王友明:“我送的。整个过程我一直跟着,没发现什么异常情况。”

刘前进:“不早不晚这时候病了,不会这么简单。”

王友明:“我还让两个战士一起盯着,真的挺正常的。”

刘前进:“怎么去的医院?”

王友明:“担架抬去的。”

刘前进:“谁找的担架?”

王友明:“没人找,就是去库房拿了个担架……”

王友明:“库房的钥匙别人没有,再说,担架也是随便拿的,不应该出问题。”

刘前进:“那侯仲……侯仲武有没有跟郑运斤接触?”

王友明:“没有。他在监区查夜我一直跟着。”

刘前进琢磨着。

王友明:“对了,侯仲……武查夜的时候去了趟厕所,当时小痞子在厕所里。”

刘前进的眼神怪异。

29-65 新锦平山外溶洞 晨 内

花子和土匪甲冻得瑟瑟发抖。花子:“妈的,内线怎么还不来?是不是睡忘了。”

土匪甲:“再不来,咱们好冻成冰了。回去得了,是内线没来,唐司令怨不了咱们。”

花子:“你胆子不小!司令交代的事没干好,她能饶了你我才怪!”

土匪甲:“也是,这个女人心狠手辣,没有理可讲。”

身后传来轻微的脚步声,两人回头,一个穿着雨挂的人走来……

定格。

第二十九集完。

第三十集

30-1 第十六监区走廊　日　内

宁嘉禾、郑运斤、小痦子在清理走廊。有人在张贴“欢庆国庆”的标语，还有人在写黑板报。侯仲武抓过一把笤帚：“宁嘉禾，把那边扫扫。”

宁嘉禾接过扫帚，顺势接过一个纸团儿，转身走了。背人处，宁嘉禾打开纸团，上写：9点半带人去工具房取家什暴狱。地道门在操场领操台下。宁嘉禾的手一直在抖着……

30-2 第十六监区监舍　日　内

宁嘉禾和郑运斤坐在角落里，他们瞥着另一个角落里的小痦子，低声说话。

宁嘉禾：“这几个人，也就是他还算机灵，关键时可以利用一下。”

郑运斤：“我也一直琢磨他呢。”

小痦子凑过来，伸过手，手里有几根烟卷：“总指挥……”

宁嘉禾：“哪来的？”

小痦子：“管教的……”

郑运斤：“你小子胆儿越来越大了。”

小痦子：“总指挥不是好这个嘛……”

宁嘉禾笑笑：“你这手艺我是光耳闻没亲眼见过……”

小痦子：“总指挥想见见，可惜……没东西可变哪……”

郑运斤：“这么说，你以前变的那些玩意儿都是骗人的啦？”

宁嘉禾：“我就想看看，什么都没有你怎么变！”

几个服刑人员起哄：“变哪，快点……”

小痦子：“那……”

小痦子看见宁嘉禾怀里露出一小截表链：“……我试试吧。”

囚犯甲推了小痦子一把：“你磨蹭什么！”

小痦子一个趔趄，下意识地拉了把宁嘉禾，站稳。小痦子讨好地笑着：“啥东西没有，真变不了……”

犯人甲：“你怎么回事？故意惹总指挥不高兴是不是？”

小痦子难为地：“……那……行吧。我变了啊……”小痦子虚张声势地在宁嘉禾和郑运斤面前煞有介事地比画了一通，服刑人员看得眼花缭乱，小痦子突然胳膊一伸，手一张开，一块精致的怀表在众人眼前晃荡着。

服刑人员惊呆了，愣了会儿，异口同声地叫起好来。宁嘉禾下意识地伸手摸怀，果然不见了怀表。宁嘉禾下意识地伸手：“我的表！”

小痦子将表收回。宁嘉禾：“怎么？你敢撒野？”

小痦子：“总指挥……你别介意。”

宁嘉禾冷冷地：“还给我！”

小痞子看着郑运斤:“长官,这可是你叫我干的,你得帮我说句话啊……”

郑运斤拦住宁嘉禾,盯着小痞子:“总指挥的东西你当然得还。不过……你要是能把这东西再给总指挥变回去,就是好样的。”

小痞子:“偷出来容易,送回去……”

犯人甲:“你要是送不回来,可别怪我们替总指挥收拾你!”

小痞子懊悔地:“这……”

犯人甲挽着衣袖:“那我们就不客气了!”

服刑人员异口同声:“快变回去!”

小痞子无奈地:“好吧,我试试。不过,现在你们都知道了,我就送不回去了。这样吧,你们给我5分钟,我一定把它送到总指挥怀里。”

宁嘉禾:“不行! 现在就送回来!”

小痞子为难地:“这当着大家的面……那肯定送不回去。这样吧,总指挥,我把它变没了,然后我告诉你在哪儿能找到它。行不行?”

宁嘉禾想了想:“行吧。”

小痞子:“你们看好了。”小痞子把怀表攥在左手里,举在空中。宁嘉禾、郑运斤盯着小痞子的左手。

小痞子用右手指了一下左手,说了一声:“走!”大家定定地注视着小痞子的双手。小痞子慢慢松开了左手,手里的怀表果然不见了。

宁嘉禾失色地:“变哪儿啦? 你把表变哪儿去啦?”

小痞子用左手拍了拍郑运斤的肩膀:“长官,变到你怀里去了。”

郑运斤摸身,惊喜,果然从自己的怀里拿出了怀表。宁嘉禾面无表情地接过怀表看了看,揣进怀里。小痞子抱拳揖礼:“总指挥,各位,献丑了!”

30-3 第十六监区库房门口　日　外

房门紧锁,侯仲武正要掉头走,关晓渝走来,手里提着一个包袱,打扮得很是喜庆。

关晓渝:“仲文!”

侯仲武一愣:“你怎么来啦?”

关晓渝:“我来怎么啦? 你不愿意啊? 不愿意我走!”

关晓渝佯装转身,侯仲武拉住:“哎呀,要什么小孩子脾气,让别人看见!”

有两个战士走过去。侯仲武:“走吧,到办公室去。”两人边走边说话。

关晓渝噘着嘴:“要知道你不高兴,我就不来呢!”

侯仲武:“没有没有,高兴还来不及呢。今天咱们就结婚了,能不高兴吗?”

关晓渝:“我给你带了件新衣服,一会儿换上。”

侯仲武:“不用,穿这身挺好的。”

关晓渝:“再好也是旧的,哪有结婚不穿新衣服的道理。”

侯仲武:“亏你还是农场领导,还信那些。”

关晓渝:“这是你我一辈子的大事,不能含糊。”

30-4 第十六监区侯仲武办公室　日　内

王友明正在收拾桌子上的材料。门开了,侯仲武和关晓渝进来。

王友明:“哟,新娘子来了!”

关晓渝不好意思地一笑:“哪,先甜甜嘴。”说着,从衣兜里掏了把糖,放在桌上,“今天十六监区这里你可得替监区长多长双眼睛。”

王友明:“没问题,监区长今天是新郎官嘛。就是吃不着你们的喜酒,觉得亏呀!”

侯仲武:“少不了你的酒,回头补上。”

王友明扒了块糖放进嘴里:“我先走了。你们夫妻俩唠吧。”

侯仲武玩笑地指着王友明:“你这张嘴啊!”

关晓渝看着王友明,王友明点了下头,笑笑,开门走了。

侯仲武:“这个王友明,还真是懂事啊。”

关晓渝:“人家谁像你,结婚了连新衣服也不想穿。”

侯仲武:“谁说我不穿了。你先放那吧,我回头换。”

关晓渝:“不行,我就要看着你换!一会儿咱们一块走。”

侯仲武:“你先去吧,这里还有好多事哪,我得再盯一会儿。”

关晓渝:“今天是咱们大喜的日子,你不是不用值班吗?”

侯仲武:“那……我是监区长,哪能不管。没事,集体婚礼不是十点嘛,我肯定误不了。你先忙去吧。”

关晓渝撒娇地:“那你现在就把衣服换了,要不,我不走!”

侯仲武无奈地:“好吧……”

侯仲武脱了外衣,就要拿关晓渝带来的新衣服,关晓渝:“不行,衬衣也换了。”

侯仲武无奈地摇摇头,脱下衬衣,关晓渝接过来,看到衣服领子和袖口都脏了,嗔怪地:“你看这都脏成什么样了?今天结婚也不知道提前洗个澡。你心里根本就没有我!“

侯仲武:“怎么会哪,这阵子事情那么多,你又不是不知道。行,行,我回头洗个澡。”

关晓渝:“什么回头啊,你这么脏怎么穿新衣服啊!”

侯仲武指指墙角的水盆:“那我先将就着洗洗吧。”侯仲武解下腕上的手表,放在桌上,到墙边洗起来。关晓渝坐在桌旁,拿过手表看着,抬头看了眼墙上的挂钟。

侯仲武洗好,关晓渝过去递过毛巾:“婚礼结束以后,你可得去洗个澡,要不然,晚上我可不让你进屋。”

侯仲武看着有些羞涩的关晓渝,笑得有点不自然:“好,听你的……”关晓渝递上衬衣,看着侯仲武穿上,系上扣子。

侯仲武:“你去忙吧,场部一大堆事等着你这个大领导处理哪。我可不敢拖你的后腿。”

关晓渝:“去你的,少挖苦我。”

侯仲武:“农场这么多事,刘场长还在外面学习什么,早应该回来了。”

关晓渝:“刘场长来电话了,说他跟程部长一块陪北京考察团的领导回来。”

侯仲武:“他对你可真放心。”

关晓渝:“有什么不放心的,遇到麻烦我不还有你嘛。”

侯仲武笑笑:“行了,你别抬举我了。快走吧。”

侯仲武从桌上拿起手表看了看,又对了对墙上的挂钟,时间都指在7时50分上。

关晓渝:“那我走了啊,10点前你必须到啊。”

侯仲武："放心，我这个新郎官不到，你跟谁结婚呀！"

侯仲武抱住关晓渝亲了一口，关晓渝推开："行了，少说两句甜言蜜语吧。"

关晓渝笑盈盈地走了。

30-5 暗道　日　内

周大姑带着一帮土匪在暗道里穿来穿去地走。土匪们肩扛手提着一包包枪支。

周大姑掏出怀表看着，对阿宽嘀咕："都这时候了，怎么还见不着人影？"

阿宽凑上前看看怀表："是啊！不会有什么意外吧？"

周大姑："瘸拐李做事一向谨慎，他早该带人回来接应咱们哪……"

阿宽："莫不是……翻船啦？"

周大姑："不许瞎说！"

突然传来彭浩的画外音："里面的土匪听着，你们已经成了瓮中之鳖，快快交抢投降！"

周大姑大惊。

30-6 暗道口　日　外

镜头里的喇叭："给你们5分钟，再不出来，我们就放烟了，熏死你们这些山猫野兽！"

镜头拉开，喊话的居然是彭浩。

30-7 暗道　日　内

阿宽慌乱地看着周大姑："大姑，怎么办啊？"

周大姑朝后挥抢："撤！"众土匪抬着武器朝外撤去。

阿宽："把东西扔了，快逃命吧！"

周大姑给了阿宽一个耳光："你他妈疯了，留给共党要我们的命？给我抬走，都抬走！"众土匪又捡起武器，往回涌去。

彭浩的声音传来："老山猫，你别费事了，两头都堵上了！老实出来投降吧，跟你哥周世济学学，弃暗投明还来得及！"

周大姑"砰"的一枪打来，咬牙切齿地吼："闭上你的嘴！"暗道里枪声响起，土匪们退回。

彭浩的声音："老山猫，你别做梦想逃出去了！赶快缴枪出来投降！"

周大姑又打出一枪。

30-8 第十六监区办公室　日　内

侯仲武在王友明桌上找钥匙，发现一个抽屉上着一把小挂锁，侯仲武从腰间掏枪，用枪把砸开挂锁，拉开抽屉，抽屉里一排钥匙，侯仲武抓起来，往门口跑去。

外面枪声传开，侯仲武一愣，下意识地看看表：8时15分。侯仲武匆匆出去。

30-9 暗道　日　外

彭浩大声吩咐战士："不跟她废话了！架上柴火，让土匪们暖和暖和！"

战士的声音："是！架柴火！点火！"

30-10 暗道　日　内

暗道里，浓烟滚滚而来，土匪们咳嗽着。

阿宽："大姑，怎么办啊？实在不行……我们……降了吧！"

周大姑枪口逼住阿宽："你再胡说八道，我毙了你！"

阿宽吓得退后："大姑——"

周大姑喊:“给我冲！杀一个够本！杀两个赚一个！誓死效忠党国！”

周大姑带头冲去,阿宽跟上,众土匪不得已紧随而去。

枪声大作,土匪们后退。阿宽扯着嗓子:“别打了,我们投降!”

周大姑回手一枪,阿宽看着周大姑,倒下。周大姑又往前冲,身中一枪,扶住墙壁,嘴里嘀咕着:“誓死效忠……”周大姑倒下。

一土匪朝外喊着:“周大姑死了,我们投降！我们投降!”土匪们扔下武器……

30-11 第十六监区走廊　日　内

放风的铃声响了服刑人员从各自监舍出来。

30-12 第十六监区办公室　日　内

正在抽着烟的侯仲武看看表,正好是8时30分。他扔下烟头,从抽屉里拿出手枪,揣进怀里出去。

30-13 第十六监区工具库房外　日　内

侯仲武动作麻利地开了门,将锁头虚挂上,离开。

一个战士跟过来,看着侯仲武离去,跟上。

30-14 新锦屏附近山洞　日　内

唐静茵带着全副武装的土匪在焦急等待。

匪头目甲:“司令,怎么还没有动静?”唐静茵看看手表,面露疑惑。

匪头目甲:“总指挥他们不会出什么问题吧?”

唐静茵:“不会!”唐静茵站到一个高处,“弟兄们,这洞外山下就是新锦屏农场。今天我们要和总指挥里应外合,一举拿下新锦屏。今天共党欢庆国庆的日子,就是咱们为党国建功立业的时刻!”

山洞外突然枪声大作,唐静茵一惊,跑向洞口。

30-15 洞口　日　外

洞口已经横七竖八躺着几个匪兵,数十全副武装的土匪挤在洞口不知所措。

匪头目甲一挥手枪:“弟兄们,跟我往外冲!”却没有几个土匪愿意送命。

洞外传来一阵笑声,跑到洞口的唐静茵一惊,向外看去。一块大石头后,刘前进已经带着解放军战士封锁了山洞出口。

刘前进:“谁活腻歪了就出来送死,我成全你们。”

匪头目甲带着十来个土匪冲出去,枪声大作,几个匪兵被击毙。匪头目甲还击,刘前进瞄准匪头目甲,扣动扳机,匪头目甲应声倒下。

唐静茵和土匪拼命还击,其余没死的土匪跑进山洞。唐静茵左臂中弹,退向洞里。

刘前进对战士:“堵住洞口!”跑向山上。

30-16 山洞　日　内

唐静茵穿过一个洞中洞,阳光射进洞里,唐静茵出洞,刚到洞口,“叭”的一声,一颗子弹打到洞壁上,飞出火星,刘前进的声音传来:“唐司令,我在这儿等着你呢!”

唐静茵退回洞里。

30-17 山洞外　日　外

刘前进挥手朝洞里打了一枪:“唐静茵,你没处逃了,识相点就带着你的人赶快缴枪!”

啪！啪！洞里飞出两颗子弹。

刘前进又朝洞里打了一枪，里面没反应。刘前进试探着："唐司令！咋不还手哇？中弹了吧？"

唐静茵："做梦吧你！"

刘前进："我知道，你没子弹啦？"

唐静茵："还有一颗！"

刘前进："那是留给你自己的吧？"

唐静茵："算你小子机灵！"

刘前进猜中了，他很得意："那还等什么？"

唐静茵将枪口对准了自己的太阳穴。此时，洞外飘来刘前进的声音："你把手枪慢慢抬起，对准自己的太阳穴，然后深吸一口气，一闭眼，一咬牙，手指扣动扳机——啪！"

唐静茵仿佛受洞外的刘前进指挥似的，她有点搓火。最后还是生的诱惑力战胜了死的恐惧，她没有勇气扣动扳机，冲洞外喊道："小子！老娘不能就这么便宜了你们！你想叫我死，我偏不死！"

刘前进："那就把枪扔出来，然后举着手出来！"

片刻，一支手枪真的从洞口扔了出来。随后，唐静茵举着手出来了，但头却高昂着，一副不服输的样子。

刘前进："嘿！倒驴不倒架呀！都这副模样了还昂着头给谁看呢？行了，行了，给你点面子，赶快把手放下来！其实刚才我把大拇指都伸出来准备好了，就等你的枪声一响，自尽身亡，我把大拇指就举起来，说：'你——唐司令——好样的！'唉！最后，那枪却没响！你——你让我这大拇指白伸出来了！"

唐静茵："呸！别得意太早！胜败乃兵家常事！用不了多久，我要眼看着蒋总裁的大部队把你们灭掉！哼！"

刘前进："好！我等着！说实话，唐司令，我本想一枪打死你为我的战友们报仇！谁想到你跑得还挺快，跑这山洞里来了！等着你开枪自杀吧，可你又后悔了！你这一投降，我这想报仇也报不了啦！不能杀战俘，这是国际军事法呀！我还懂！——同志们，咱们打道回府！"

30-18 第十六监区外办公室　日　外

侯仲武看着手表，又看看墙上的挂钟，都是9时10分。

侯仲武疑惑地走到窗前，望向天空。突然意识到什么，转身出去。

30-19 第十六监区大操场　日　外

服刑人员在拔河，很多人的注意力都被吸引过去。

宁嘉禾有些不安，不时掏出怀表看着：9时10分。

30-20 新锦屏农场场部大院外　日　外

彭浩带着战士匆匆而来。在院里带着战士执勤的冯小麦看到彭浩，兴奋地冲上前去："彭书记！真的是你！"

彭浩迎上去："小麦！"

冯小麦流着眼泪："彭书记，我就知道你能回来！"

彭浩拥着冯小麦，示意低声："小声点，场长在吗？"

冯小麦低声兴奋地:“在!”众人簇拥着彭浩走进场部。冯小麦跑进去。

30-21 新锦屏农场场部走廊　日　内

刘前进奔出来,看到彭浩等人正走来,兴奋地奔过去,彭浩兴奋地迎上来:“前进……”

彭浩伸过手来,刘前进一把将彭浩的手打开,给了彭浩一拳头:“你死哪去了……”刘前进顺势一抱彭浩……

30-22 新锦屏农场场部刘前进办公室　日　内

刘前进和彭浩进屋,彭浩:“晓渝怎么样啦?”

刘前进:“她忙了一宿,我让她回去睡会儿。今天她还得对付‘鹤顶红’哪。”

彭浩:“真是难为晓渝了……”

刘前进叹了口气:“是啊,为革命出力出汗甚至出血都经历过,可是把感情也拿出来……”

彭浩:“这太残酷了……”

刘前进:“监狱里的敌人该‘暴动’,我得去凑凑热闹。”

彭浩:“你还是照顾好程部长和北京来的客人吧,我去会会‘鹤顶红’!”

30-23 新锦屏农场场部外一破旧仓库　日　内

透过木板钉制的窗户,可见花子和土匪甲正朝场部二楼的会议室张望。那个穿雨挂的人早已经离去。农场大院外,有战士在守卫。

土匪甲:“这天越亮,我这心里就越害怕。”

花子:“‘穿山甲’让咱们在这安心等着,那就既来之,则安之。”

土匪甲看着旁边的东西:“‘穿山甲’把东西都给咱们准备好了……这件事,弄不好你我可就杀身成仁了。”

花子:“送完东西咱们马上离开,不会有事的。”

土匪甲:“但愿吧。”

花子翻出身旁的两件衣服:“快换上吧,‘穿山甲’想得倒挺周到。”

两人换上解放军衣服。

30-24 第十六监区大操场　日　外

宁嘉禾掏出怀表看了看:9时30分。

郑运斤看看天色,对宁嘉禾:“不对!这个时间不对!拿家什暴狱吧!”

宁嘉禾:“再回去就没机会了!”宁嘉禾恼火地一摔怀表,“蹭”地跳上领操台,大喊:“弟兄们,想出去的给我听好了!我是这次暴狱行动的总指挥宁嘉禾!这领操台下有地道的入口,钻进地道,逃出山洞,我们就重获自由了!第一游击军的唐司令就在山外等着接应我们!”

郑运斤拉动一块条石,地道门出现在大家面前。众逃犯涌向地道门。

彭浩带着解放军战士惊天动地地大吼声:“不许动!”“举起手来!”荷枪实弹的解放军指战员们,持枪对准了众逃犯。众逃犯惊惶失措,大乱……

彭浩:“你们听着,谁想活命赶紧回到监舍去,我们保证既往不咎!谁想暴狱,那是自取灭亡!”所有的囚犯停住,宁嘉禾长叹一口气:“完了……”

30-25 第十六监区大操场后杂物间　日　内

小痞子拉着郑运斤躲进杂物间。郑运斤闭着眼睛,捂着胸口:“我的心脏……不舒服……"

小痦子:"咱们先藏在这里,想办法逃出去。"

郑运斤:"笑话……你当我跟你一样,上房揭瓦手到擒来……你逃吧,我是不行了。你还算够义气,我没看错……你逃出去后尽快找一个人,告诉他我不行了,让他找到东西后,快走!不要等我了。你要是愿意跟他干,他会让你吃穿不愁的。"

小痦子:"那个人是谁?找什么东西?"

郑运斤向小痦子招了招手,小痦子俯耳过去……

小痦子吃惊的表情。

30-26 新锦屏关晓渝住处 日 内

门被悄悄打开,侯仲武持枪轻轻走进屋来。

墙上贴着双喜字,双人床铺着新床单,上面摆着新被和两对绣花枕头。

外面传来激烈的枪声。侯仲武收起手枪,挪开衣柜,露出地道口,刚要钻进去,后面一声断喝:"侯仲武!"侯仲武一惊,回头一看,关晓渝端着枪,从窗后闪出,乌黑的枪口正对着自己。

侯仲武:"你……你刚才叫谁?"

关晓渝:"侯仲武,你杀害革命干部侯仲文,冒名顶替钻进革命队伍!今天,你的末日到了,快投降吧!"

侯仲武:"这一切……你怎么知道?"

关晓渝:"是你最不想见到的一个人说的。"

侯仲武警觉地:"谁?"

关晓渝:"彭浩!"

侯仲武:"彭浩还关在军区接受审查,你骗不了我!"

关晓渝:"哼,我可以明明白白告诉你,你在窃听器里听到我和刘场长的谈话,是场演给你听的双簧!"

侯仲武:"我不信!不信!……晓渝,你在骗我是不是?"

关晓渝:"你不要叫我!你这个披着人皮的恶鬼!"

侯仲武凶光毕露。

(闪回)关晓渝:"你这么脏怎么穿新衣服啊!"

侯仲武指指墙角的水盆:"那我先将就着洗洗吧。"

侯仲武解下腕上的手表,放在桌上,到墙边洗起来。

关晓渝坐在桌旁,拿过手表看着,抬头看了眼墙上的挂钟。

(闪回延展)

30-26A 监狱侯仲武办公室 日 内

关晓渝动作麻利地将表往回拨了30分钟。

(现实)

30-26B 新锦屏关晓渝住处 日 内

侯仲武:"晓渝……你我现在还有夫妻名分,如果你肯放下枪……"

关晓渝:"侯仲武,你别做梦了,你们的暴狱计划早在我们的掌控之中!明智的,你就赶快投降！接受政府的审判！”

侯仲武：“你饶我一命，让我在监狱里苟活残生……哼！”

关晓渝：“顽固到底，只有死路一条！”

侯仲武气急败坏：“关晓渝，你别逼我！”侯仲武突然拔出枪，发狠地号叫。

关晓渝举枪逼来：“把枪放下！”

“砰”的一声枪响，关晓渝右臂中弹，手枪落地。关晓渝捂着受伤的右臂，转过身来，看见了向她开枪的人，大惊：“你——”

严爱华举枪走近，脸上挂着轻蔑的笑。关晓渝：“你是……”

严爱华：“关晓渝，我让你死个明白，我是国军的潜伏人员，代号‘穿山甲’！”

关晓渝：“穿山甲……不管你们是什么恶鬼野兽，都逃不掉可悲的下场！”

严爱华：“可悲的人是你！”严爱华举着枪。

侯仲武：“穿山甲……别开枪！”

严爱华冷笑：“怪哉！侯监区长，天到这般时候了，你倒起了怜香惜玉之心了……”

侯仲武：“……不管怎么说，我和她……”

严爱华：“我们举大事难成，就是因为像你这样婆婆妈妈的人太多！”

严爱华举枪。关晓渝坦然面对黑洞洞的枪口：“打死我，你们也休想逃出新锦屏！”

砰！砰！两声枪响，侯仲武中弹倒地，严爱华手腕受伤，回头一看，居然是彭浩。

严爱华跨过侯仲武，钻进暗道。彭浩和战士甲持枪跑来。战士甲要追，彭浩拉住：“不用追，她钻不进山里，一会儿会自己出来。”战士甲不解。

彭浩扶住关晓渝：“晓渝！你怎么样啦？”

侯仲武看着彭浩，伸手想去拣掉在地上的枪，被战士甲发现，一脚踢飞了手枪。

侯仲武瞪了眼战士甲，狰狞地支起身子：“彭浩，你终于回来了！”

彭浩：“没有揪出你‘鹤顶红’，我岂能善罢甘休！侯仲武，你现在唯一的出路就是乖乖投降，争取宽大！”

侯仲武：“笑话，我堂堂的国民党高级中统特务，宁可杀身成仁……”

彭浩：“你真是可怜！事到如今还这样顽固不化孝忠你的主子。你还不知道吧？你们的人，杀害了你的母亲！”

侯仲武：“你胡说！”

彭浩：“你自作聪明，怕暴露身份，传出情报让特务追杀外调你的文捷和马大虎，可你断然想不到，你们的人害怕组织上再派人对你外调，赶到侯家坝子，残忍地杀害了你的母亲！”

侯仲武慌乱地：“你骗我！你骗我！”

彭浩：“你母亲的遗物里有一张你穿国民党军装的授衔照片，要不要我拿给你看看！”

侯仲武惊愣片刻，声嘶力竭地哭喊了一声：“娘——”

侯仲武泪流满面：“老山猫！你这只歹毒的老山猫……”

侯仲武的手滑落下去……侯仲武双目大睁地死去。

战士甲：“彭书记，‘穿山甲’……”

彭浩：“洞里已经堵死了，‘穿山甲’穿不过去！”

洞里传来了严爱华的声音：“彭浩，栽在你们手里，我认啦……”

洞里扔出一把手枪……

30-27 山路 日 外

小痞子身着便装，打马飞奔……

30-28 监区走廊 日 内

张连长带着战士押着唐静茵走来，监室里的宁嘉禾扑到牢门前大叫："静茵！静茵！"

唐静茵："嘉禾！"

宁嘉禾涌出泪水："静茵，我们完了……"

唐静茵大叫："不要哭！一会儿该哭的是刘前进！"

30-29 新锦屏农场场部前小广场 日 外

有大客车隐约停在不远处，程部长带着北京考察团的客人走来。刘前进边走边对大家介绍着什么，客人们不时点头。周圆在忙前忙后照相。凌若冰和柳春燕跟在后面走来。

程部长拉过凌若冰，看了眼凌若冰，问刘前进："怎么没看到彭浩？"

刘前进："哪能让他闲着，回来就给他套上了。"看凌若冰："放心，一会儿就把他交给你！"

凌若冰含笑："那就谢谢你了刘场长！"

30-30 新锦屏会议室门口 日 内

花子和土匪甲提着水果篮走来，守卫战士迎着两人："你们是——"

花子扬了扬手里的水果篮，指了指楼上的会议室。守卫战士放两人进去。

30-31 新锦屏农场场部会议室 日 内

冯小麦正带着人撕掉门上的封条，推门进来。冯小麦指挥战士将刚打的开水冲茶。

土匪甲站在门前犹豫了一下，花子推了他一把，两人进来。

冯小麦："你们是——"

花子："刘场长让我们后勤科准备点水果……"

冯小麦："哦，放这儿吧，我马上找人洗洗。"

花子："我们都洗好了，你去找几个盘吧。我们……忘拿了。"

冯小麦："行。"

30-32 新锦屏农场场部门口 日 外

刘前进、程部长陪着北京考察团的领导走来。冯小麦抱着几个大瓷盘子从旁边走来。

刘前进拉住冯小麦，低声："小麦，你抱着这玩意儿干什么？"

冯小麦："盛水果啊，你不是叫后勤给客人准备水果吗？他们送来了。"

刘前进一愣："人哪？"

冯小麦用嘴朝楼上一指："在会议室。"

刘前进像箭一样射了出去，程部长还在跟客人说着什么，不时笑着点头。

30-33 新锦屏农场场部会议室 日 内

花子收拾好工具，土匪甲将一台立式大钟推回原来位置。花子："快撤！"

土匪甲："再晚一会儿，炸弹好炸在咱俩手里了！"

花子："暴狱的人还等着听这炸弹声哪，快撤！"

两人朝门口跑去，刚到门口，一阵急促的奔跑声传来，随之门嘭的一声被踹开，刘前进出现在门口。花子和土匪甲一愣神，刘前进已经手疾眼快跳到两人面前，一手一个对头一撞，花子和土匪甲蒙了头，刘前进一手掐住一人的脖子："快说，你们干了什么？"

土匪甲被掐得喘不过气："长……长官，我们什么也没干……"

刘前进一较劲，土匪甲顿时翻了白眼。花子见状，吓得哆嗦起来，刘前进松了手："再不说，你跟他一样！"刘前进一把扯下花子戴的军帽，居然连花子头上的假头套也扯下来，刘前进一愣，显然认出花子："是你！"

刘前进一把抓下花子的衣领，吼道："给我说！"

花子："安了……定时炸弹……"

刘前进："在哪儿？"花子不说。

刘前进掏出枪，顶在花子脑门上："安在哪儿啦？"花子哆嗦着指了指立式大钟。

刘前进一把将花子提到立式大钟前："在哪儿？"

花子："……后面。"

刘前进将立式大钟一推，大钟横过来，一拳头将后面的面板击碎，露出那个定时炸弹。

刘前进一搡花子："给我拆了！"

花子："不……不是我安的。"

刘前进伸手要拉炸弹，花子大叫："不行！"

刘前进："那你给我拆！"

花子："马上要炸了！还有5分钟啊……快跑吧。"

刘前进："给我拆！"

花子："我不会，真不会！没时间了，快跑吧，我求求你……"

刘前进向外一看，楼下聚集了很多人。刘前进一把抓住花子，将其拉到大钟前，掏出手铐，把他铐在大钟的把手上："给我拆！"

花子吓得带着哭音大叫："这是美国货，我真的不会拆！饶了我吧！求求你啊，长官！"

刘前进："拆不了，明年的今天就是你的忌日！"

刘前进转身就走，花子哭叫着："我拆！我拆！"

刘前进回来。花子哭着，泪眼婆娑地盯着炸弹。指针在"咔、咔、咔"地走着。

30-34 新锦屏农场场部楼梯　日　内

程部长正带着客人上楼，脚步一阶阶上来。

30-35 新锦屏农场场部会议室　日　内

花子看着定时炸弹。一红一绿两根连线，让他看得眼晕。

花子捋起一根红线，犹豫着，又捋起另一根绿线，带着哭腔："天哪，我真不会呀……"

"咔、咔、咔……"定时炸弹的指针在一秒一秒地走着，响声清脆……花子额头沁出细密的汗珠。

刘前进："你他妈熊蛋包一个，真的不会！"

花子抬头看了眼刘前进，哭着大骂："你这个疯子！疯子！"

指针仍在"咔咔"地走着，还有几十秒就到引爆时间。花子的手还在两根线上游移……

花子已经大汗淋漓，刘前进听到楼梯上的脚步声，突然意识到什么，撒腿往外跑……

引爆时间逼近，指针逼向10、9、8、7……

花子拉住那根绿线,斟酌了一下,紧闭两眼,孤注一掷,果断拉断,大叫一声:“啊!”

刘前进跑到了门口,一下被定住。

花子睁开眼,脸上露出欣喜之色:“拆了! 拆了!”

刘前进像被定住了,门外,程部长正带着客人走来……

花子放声大哭,居然像一个受尽了委屈的孩子,哭得肆无忌惮……

门外的程部长等人惊讶地看过来……

刘前进真是累坏了,吓坏了,两手撑着桌子,喘着粗气……

大钟指向了10时,当! 当! 当……

30-36 提审室 日 内

彭浩、刘前进在提审严爱华。

严爱华看着两人:“怎么就你们俩啊? 关晓渝,咱们的关政委也应该在座啊? 是不是死了新郎官,她正难受呢!”

刘前进:“穿山甲,你再胡说八道我毙了你!”

严爱华笑笑:“那你就毙了吧,省得大家都白费工夫儿。不过,我要是死了,那些你还没解开的谜团可就跟我一起埋到地底下了。”

彭浩:“那你就不说。不过,你那些精心策划的鬼点子如果不说出来,你自己是不是挺憋得慌?”彭浩盯着严爱华,严爱华不语。

彭浩:“不说算了,王友明!”王友明进来。

彭浩起身,刘前进看了眼彭浩,指着严爱华:“那你就带着一肚子坏下水跟唐静茵说去吧。”

两人起身要走,严爱华:“等等! ……等等……”

同场景。

严爱华喝着水,已经没有了刚才的嚣张气焰。

严爱华:“大菊的死,是她自找的。起初,我只是听说她认识侯仲武。于是,我就装作无意,把这件事告诉侯仲武了。”

刘前进:“这么说,你早知道侯仲武是‘鹤顶红’了?”严爱华点头。

刘前进:“那他知道你吗?”

严爱华:“应该不知道。我是他的上线。不到万不得已,我不会跟他联系。”

彭浩:“可害死大菊的人并不是侯仲武,那就是你亲自下手了。”

严爱华:“是这样,侯仲武跟大菊谈过话之后,大菊相当害怕,可侯仲武和我都更怕她哪一天经绷不住,把这件事说出去。那天在采石场——”

(严爱华讲述情景画面)

30-36A 采石场 日 外

大菊子正在悬崖边弯腰捡石头。一只穿着军鞋的脚迈进画面。镜头上摇,是严爱华。

严爱华朝四下看看,无人。她抬脚朝着正在崖边弯腰捡碎石的大菊踹去,大菊“啊”的一声惊叫倒向崖下……

大菊惊叫的声音在回响……严爱华四下看看,迅速跑开。

(现实)

30-36B 提审室 日 内

刘前进:“可是,你万万没想到的是,这一幕让正巧躲在石头后面撒尿的苟敬堂看到了,可悲的是,苟敬堂居然把这个事情告诉了侯仲武。这个‘鹤顶红’为了保护你可是煞费苦心。他在监狱里无法置苟敬堂于死地,就把苟敬堂骗到医院,让你设法杀死苟敬堂灭口!”严爱华笑笑,点头。

刘前进:“可苟敬堂并不是你杀的!”严爱华吃惊地看着刘前进。彭浩也看着刘前进。

刘前进:“死到临头了,你还想护着你的手下,你可挺仗义!还用我把瘸拐李给你带上来看看吗?”严爱华低下头。

彭浩:“那裘双喜的死,应该是你干的吧。”

严爱华出了口粗气:“……本来,这件事不应该我出手,可是,那天瘸拐李领进来的杀手失手了……”

(闪回)医院太平间的门被推开,院工推着一辆车进来,车前放着一盏马灯,车上的尸体蒙着白布单。在马灯的照射下更显阴冷恐怖。院工将马灯放在身旁的水泥台上,搬动尸体。

一张水泥台上,盖着白布单的“尸体”动了一下,白布单往下拉去,露出一张阴森的脸。院工听到什么异常,回身看到身后一张水泥台上的“尸体”不见了,院工正愣神,肩膀被碰了一下,院工还没来得及叫喊,被刺一刀,白布单蒙住了他的头……

特务将尸体放到水泥台上,刚盖上白单子,一个巡逻战士在门外叫着:“陈师傅!陈师傅!”

战士推门而入,只见背对着战士的一个人在搬着尸体,战士放下枪:“陈师傅,叫你怎么不答应啊,我还以为出什么事了。”

背对着战士的人突然回身,一刀捅在战士的腹部,战士倒下……

特务疾速出来,不料与外面的战士碰了个正着。

战士大喊:“有敌人!”

特务飞刀将战士杀死。

(严爱华的画外音,伴着她的讲述情景画面)

30-36C 医院服刑人员病区裘双喜病房 夜 内

“当时我在裘双喜的病房,正假装了解裘双喜的病情,想支走小护士,给杀手下手的机会。没想到,那个小护士很是坚守岗位,根本不出去。我和小护士都听到院子里的喊声,我知道杀手被发现了,于是就趁小护士不注意,掏出匕首……”

严爱华一刀扎进小护士胸中,小护士倒在地上,记录病情的夹子掉在地上,病情记录散落一地。已经醒来的裘双喜看到眼前的一幕,惊恐地看着严爱华,摇头。

严爱华掀开裘双喜的被子,举起刀来,刺向裘双喜的胸口,立时,裘双喜的胸口殷红一片血迹……

严爱华匆匆出去,顺势脱掉身上沾了血迹的白大褂。

严爱华从裘双喜屋里出来,朝走廊一头一看,侯仲武正在张望,严爱华点了下头,跑开。

走廊空无一人。严爱华刚进屋,侯仲武示意彭浩出来。

严爱华跑进值班室,将白大褂藏在箱子里。

外面响起枪声,严爱华镇定了一下,提着枪出去。

走廊里，特务跑去，严爱华出来，看到门口冲进战士，严爱华瞄准特务，扣动扳机，特务应声倒下。

众战士跑来，扑向裘双喜病房。屋里，彭浩正要出来……

（现实）

30-36D 提审室 日 内

彭浩："看来，这出戏你们俩是早设计好了的，目的就是要把我彻底打成内鬼。后来的事情证明，你们的阴谋确实差点得逞。"

严爱华："好了，该说的我都说了，送我进监狱吧。"严爱华起身。

彭浩："我还有件事没明白，裘双喜的那支烟是怎么回事。"

严爱华："这太简单了，就是使了个调包计。侯仲武提前让裘双喜闹事，设法被关进禁闭室。这个，王队长应该知道吧？还是你帮我们把裘双喜送进禁闭室的，真该谢谢你啊！"

王友明气得要打严爱华。

（闪回）王友明正在巡查，听到男监舍发出争吵声，带人跑去。

小痦子告状："我在看监狱发的宣传单，裘双喜抢走擦鼻涕了！"

裘双喜："是我干的怎么样？你能毙了我？"

王友明恼火地要拔枪："我——"

裘双喜嘲讽地歪嘴坏笑。

王友明："你抵抗改造，蔑视管教，我关你禁闭！带出去！"

（现实）严爱华："裘双喜进了禁闭室后，后来的事情就简单了。"

（严爱华讲述情景画面，伴有画外音）

30-36E 禁闭室 日 内

"那天，侯仲武打电话告诉我裘双喜被关进禁闭室，我就让瘸拐李去了，还事先准备好了东西——"

半地下室走廊里，收泔水的老李头一瘸一拐地走来，他的手里提着一个泔水桶。他走到禁闭室门口，四下张望着，见无人，动作麻利地从泔水桶底抽出一包东西。

老李头拉开禁闭室门上方的小窗，刺目阳光里，他把那包东西扔了进去，落在裘双喜脚下。裘双喜睁眼，看到地上的东西，又抬头看小窗，逆光中，看不清人的脸。

裘双喜捡起纸包，打开，里面是一把匕首，一支烟，还有一张纸条。

小窗关上。裘双喜看着纸条，看完，盯着那把匕首和烟卷，他拿起烟卷盯着，若有所思……

（现实）

30-36F 提审室 日 内

严爱华："那张纸条，就是告诉裘双喜找个机会跟彭浩要烟，然后把写有情报的那支烟当着监狱犯人的面撕开，抽出纸条，嫁祸彭浩。"

刘前进："怎么就知道彭书记一定会给他烟。"

严爱华："犯人们跟管教要烟，太正常不过了。彭浩每天傍晚都去监区检查，这个机会不难找。"

彭浩轻吸了口气："我不明白，为什么不让侯仲武直接给裘双喜送去匕首和那支烟，这样不是更方便吗？"

严爱华："那时候，你们好像已经开始有点怀疑他了。所以，从裘双喜被关进禁闭室以后，他都避着裘双喜，造成他没有机会接近裘双喜的事实。"

刘前进："我还有一个疑问，让裘双喜和郑运斤通过暗道怎么逃跑，也是写在那张纸条上的吧？"

严爱华点头。

刘前进："你们为什么不把两套军装和手枪事先放在暗道里，让他们进暗道以后，换上直接逃走不就得了吗？拐这么大个弯，就是要嫁祸彭浩吗？"

严爱华："行了，不用再问我了。你们的疑问，自己已经能解释了。"

刘前进："放走假货郎的人，也是你吗？"

严爱华："是我。办法跟瘸拐李给裘双喜送东西的套路一样，只不过那回不是瘸拐李。"

冯小麦进来："报告刘场长、彭书记，集体婚礼都准备好了！"

刘前进看看彭浩："还有什么需要向这位穿山甲请教的？"

彭浩摇摇头。

严爱华："我也有个问题，想问一问，能满足我的好奇心吗？好歹……我们也算是认识一场了……"

刘前进："认识一场……这个提法挺不错。行啊，咱们互相满足一下吧。"

严爱华："一会儿的集体婚礼，彭书记，是不是……也要参加？"

刘前进："当然参加了，这是新锦屏的大事啊！不过，你就免了吧。"

严爱华摇摇头："我的意思，我是想问……彭书记是不是……要和凌若冰结婚？"

刘前进看看彭浩，又看看严爱华。严爱华看着彭浩，突然笑了一下。

严爱华："你自己可能都意识不到，这段终生难忘的、炼狱一样的人生经历，你能够奇迹般的活下来，你能走到今天……当然，一半是靠你自己叫人钦佩的自我救赎，而另一半……或许……有一多半的原因吧，是那个凌若冰……是她的心，她的情感救了你，你信不信？"

彭浩、刘前进正想说什么，严爱华突然变颜变色，嘴脸扭曲——

严爱华恶狠狠地："我早该杀了这个凌若冰！"

30-37 新锦屏土路 日 外

刘前进和彭浩走来。刘前进："这个女人不简单，居然藏得这么深，我是真没想到啊……"

彭浩："要是简单，我们早就把她挖出来了。"

刘前进："我说她不简单，还有一个原因。"

彭浩："什么原因？"

刘前进："她在看待你和凌若冰的事情上，还是挺那什么的。"

彭浩若有所思。

刘前进："哎，提起点精神来啊，你今天还有一个任务，当新郎官！"

彭浩："开玩笑，我一个人就成新郎了！人家可还没答应。何况还没打结婚报告。"

刘前进："打什么报告？我早替你打好了，程部长亲自批的！"

30-38 新锦屏农场场部 日 内

一双手拿起一件衣服，凌若冰面对着彭浩："快换上吧，这是前进给你准备的。"

彭浩穿上衣服，系着扣子："这小子，心真细……"

凌若冰转身要走，彭浩一把拉住她的手，凌若冰幸福地依偎在彭浩身上，彭浩紧紧相拥着凌若冰……

30–39 新锦屏场长办公室 日 内

刘前进正在办公室刮胡子，门推开，进来的是柳春燕和鲁震山两个人。鲁震山腼腆地站在门口。

刘前进："哟，你们来了，恭喜啊。我这正收拾收拾要参加你们的集体婚礼哪。"

柳春燕："场长对我们真不好……"

刘前进："怎么啦？"

柳春燕："你不该给我们送点礼啊。"

刘前进："应该应该……这一上午……你看我这忙的。说，想要什么，我现在就给你们弄去。"

柳春燕看了眼鲁震山，鲁震山尴尬地笑了下。

柳春燕拉着鲁震山："其实……这东西……听说在你这儿……"

刘前进一愣："什么东西？"

柳春燕："一把腰刀……"

鲁震山忙说："那是我父亲留下的，就是一个念想……"

刘前进一拍脑门："哟，这事啊……鲁震山啊，你也真是的，直接跟我要嘛，你早不说……"

刘前进从身上抽出腰刀："快拿着，看来这东西要不还你，柳春燕也该对我意见大了！"

鲁震山接过腰刀："谢谢场长……"

30–40 新锦屏农场广场 日 外

"庆祝国庆集体婚礼大会"的大幅横标下，悬挂着毛泽东与朱德的画像，大喇叭里播放着《歌唱祖国》的乐曲，人们欢声笑语，一派喜气洋洋的景象。

工作人员在给参加婚礼的新人戴大红花，柳春燕四下找着什么人。

凌若冰过来："没有啊？他能去哪儿？"

柳春燕带着哭腔："我到处都找了……他不要我了……"

彭浩："柳春燕，你别急，再找找看……"

刘前进过来："怎么了？新娘子还哭上了……"

彭浩给刘前进拽到旁边："鲁震山不见了……"

刘前进一愣——

（闪回）从江滨北校场监狱出发前，关晓渝等人在收拾犯人的东西。小李拿着腰刀："这把刀……"他看着眼前的袋子。

王友明："这属于凶器，得没收。"

刘前进拿过腰刀看了看："这玩意不错，我留着了啊。"刘前进揣起腰刀。

（闪回）锦屏镇诊所，刘前进回屋拿衣服，走到门口，见水壶放在地上，一抬头，鲁震山刚抓起他放在床上的衣服，摸着什么。鲁震山听到声响，见刘前进站在门口，鲁震山："我正想把衣服送给你呢。"刘前进接过衣服……

（现实）刘前进一拍脑门："坏了……"他回身大喊，"冯小麦！"

冯小麦跑来："到！"

30-41 锦屏镇小茶楼 日 内

靠窗的茶桌前，背对观众坐着一个人，桌上摆着一壶茶，一盘瓜子，一枝梅花。

喝茶人慢慢喝着茶，茶碗从脸上移开，此人正是小痞子。此时的小痞子已经完全没有了昔日在牢里的畏怯和猥琐，俨然已经成了另一个人。

小痞子倒了杯茶，又端起喝着，一双大脚出现在他的视线，那个人坐下，还喘着粗气。小痞子的目光移了过去，居然是鲁震山。

小痞子惊讶地："鲁大哥！"

鲁震山也收起了昔日司空见惯了的表情，面色冷峻地打量着小痞子，坐下。

小痞子兴奋地："鲁大哥，我要见的人是你吗？"

鲁震山面无表情，拿起那枝梅花，吟出一句诗："墙角数枝梅，凌寒独自开。"

小痞子："遥知不是雪，为有暗香来。"

鲁震山盯着小痞子，小痞子想起什么，忙吟出一句："君自故乡来。"

鲁震山接过："应知故乡事。"

鲁震山端起茶杯喝了一口，盯着小痞子："应该是有人让你来的吧？"

小痞子："这不重要，重要的是你手里的东西……"

鲁震山刚要说什么，窗外突然响起刺耳的刹车声。一辆吉普车停下，冯小麦和一个战士持枪跳下车。紧接着，另一辆卡车停下，跳下全副武装的战士……

鲁震山看看窗外站起来。

小痞子："参谋次长大人，你走不了了……"说着，突然掏出一副手铐，"咔"的一声，把鲁震山和自己铐在一起……

30-42 新锦屏农场办公室 日 内

特写：随着咔嚓一声脆响，刀鞘被打开成了两半。

办公室里，刘前进、冯小麦、小痞子、鲁震山都盯着刀鞘。

小痞子将刀鞘撕开，拿出一张小羊皮纸，递给了刘前进。

刘前进："这就是那张潜伏在川、滇、黔的国民党情报人员名单和联络图吧？"

鲁震山一头雾水，指着小痞子："他——他到底是谁？"

小痞子冲着刘前进："报告刘局长，侦察员涂田已完成你交办的特殊使命，前来报到，请求归队！"

鲁震山惊诧地："他是……小痞子，你可真行啊。"

小痞子："你的手段也不差。"

刘前进："我大意了，真没想到，这腰刀里还藏着这么大的秘密！"

鲁震山看着小痞子："能告诉我，是谁让你去接头地点的吗？"

小痞子看刘前进，刘前进点头。

小痞子："郑运斤。就是你揭发出来的上校督战官。"

鲁震山懊丧地一拍脑袋。

刘前进："你减刑心切，为的是能早日出去与你们川、滇、黔的特务联络站站长接头，把这份名单交给他。可是你没有想到的是，这个人其实一直就在你身边，而他千方百计想逃出去，为的居然是见你。你们俩各怀鬼胎，却都不知道对方的心思，你说这事窝不窝囊……哈哈哈……”刘前进大笑。

“唉！”鲁震山一声长叹，“天不助我呀！”

刘前进：“不是天不助你，是你们干的事失道寡助，老天爷都看不过眼去。”

鲁震山：“刘场长，小痦子既然是你们的人，怎么在小镇临河大院还——”

（闪回）小镇临河大院里，从临时监舍逃出来的鲁震山、宁嘉禾、裘双喜等从门缝看着外面。

刘前进匆匆走来，他一转头，看着关押重犯的那间屋子，似乎觉察出什么不对劲儿，站住。鲁震山、宁嘉禾、裘双喜神色紧张。

刘前进朝那间屋子走去。

月光下，隐蔽处的小痦子操起一根木棍，脚步轻盈、极快地走了出来。

刘前进走近屋子，突然看到什么，他刚要掏枪，小痦子上前，举棍打向刘前进。

刘前进晃荡了一下，栽倒。

（现实）刘前进放声大笑，在小痦子胸前捣了一拳：“这小子下手够狠，可没有像事前我们俩商量的那样，只是做个样子，给宁嘉禾、裘双喜、郑运斤，还有你这位参谋次长看看，让你们相信他……”

小痦子笑着。

（闪回）小镇大院茅房内，是石头垒起的几个隔断。月光下，小痦子四下找着什么。

墙上嵌着一块石头，小痦子试图去拿，晃动了几下，石头纹丝不动，小痦子正较力，战士甲的脚步声传进来，小痦子忙收手。

战士甲进来：“你干什么？”

小痦子：“没事，好了，好了……”

战士甲退出。

（闪回延展，需要拍摄的戏）

30-42A 茅房内 夜 外

小痦子挨个隔断看着，从一个隔断里站起了刘前进。

刘前进压低声音：“怎么才来，你想熏死我啊！”

小痦子：“宁嘉禾不相信我，我想带他们逃一次，你得帮我个忙。”

刘前进：“怎么帮？”

小痦子：“得演一出苦肉计。”

小痦子亮了亮手里的一块石头，刘前进：“你想砸死我？”

小痦子：“这个是打外面那个战士的，我会做做样子，让他昏过去就得。”

刘前进：“行，完事我给他调走。你打算怎么对付我？”

小痦子：“见机行事吧，放心，我会手下留情的就是了，你可得配合好了，别弄巧成拙。”

刘前进：“臭小子，我还用你教！下手重了以后我跟你算账！”

小痦子笑了。战士甲的画外音：“快点！”

刘前进：“去吧。”刘前进低下身去。

战士甲在门口探头，小痦子提着裤子出来。

（现实）

30-42B 提审室 日 内

刘前进点头，看着鲁震山："这回……你该把你的事彻底说清楚了吧？"

鲁震山长叹一口气："既然彻底输了，我也没什么可保留的了……"

（鲁震山交代情景画面，同时伴着鲁震山的画外音）

30-42C 江滨某茶楼 日 内

"特务在每个重要城镇的约定见面时间都不一样，如果在第一个约定的城市或重镇没有接上头，就要顺延到其他地方，以此类推。我到江滨最大的茶馆接头时……"

茶馆靠窗的茶桌前，伙计往桌上摆着一壶茶、一盘瓜子、一枝梅花。

穿着便装的鲁震山撩开衣襟掏钱，伙计看到别在腰间的手枪。

街上伙计领着巡逻的战士冲进茶馆，鲁震山翻身跃出窗户，跑去。鲁震山拐过一条巷道跑来，他不时回头张望着什么。

（以下与柳春燕在"第11集"中讲述情景合上）

鲁震山跑到"青凤楼"前，柳春燕正被一个独眼恶棍和一个打手往青凤楼里拉，独眼恶棍："不还钱，你就给我当窑姐去！"

柳春燕挣扎着，一转身撞到鲁震山身上，柳春燕顺势拉住鲁震山："这位大哥，你行行好，救救妹子！"

鲁震山拉起柳春燕。另一打手朝柳春燕扑来，刚一出拳，被鲁震山一把握住胳膊，就势一扭，打手号叫着。独眼恶棍冲上来，鲁震山一脚将其踹倒。独眼恶棍爬起，掏出匕首，又刺过来，鲁震山受伤，空手夺刃，回手将匕首刺向独眼恶棍的胸膛。

独眼龙手捂胸前的血刃，倒地死去。另一打手吓得急忙逃走……

围观群众惊呼："哎呀！不得了啦！出人命啦！"

巡逻的战士跑来。柳春燕惊呆了。鲁震山转身就跑，柳春燕愣了愣，也跟在他身后跑去……

（现实）

30-42D 提审室 日 内

鲁震山："我无路可逃，就用柳春燕来隐藏身份……后来我在镇上杀人的事还是犯了，就被抓进了监狱。我在农场被减刑释放后之所以又留下，就是为找回这把腰刀……"

刘前进："鲁震山，你埋伏得这么久、这么深，我打心眼里佩服你……"

鲁震山："别客气了！我栽在你们手上（看了一眼小痦子），输了也服气！"

刘前进："不管是敌人还是朋友，只要有本事，我就敬佩！只是你运气不好，选错了主子！我们赢了这一步，也是大势所趋！人，就是再有本事，他也拗不过大势吧？"刘前进回头："小麦，带——不，请鲁先生去休息吧！"

鲁震山看了看刘前进、小痦子，起身随冯小麦下去。

屋里就剩下了刘前进、小痦子，两人深情地望着，刘前进突然想起什么似的摸了摸后脑勺。刘前进："说吧，什么时候我也打你一棍子？"

小痦子："什么时候都行！"两人笑了，紧紧拥抱在一起……

30-43 新锦屏农场广场 日 外

一辆军吉普疾驰而来，在众人的目光中，吉普车停在大家身后，下来的竟然是高参谋。彭浩迎上前："高参谋——"

高参谋犹豫了一下，伸出手，拍着彭浩的肩膀："彭浩同志，让你受委屈了……我今天来，一是欢迎你又回到我们革命队伍里来，二是向你道喜，向同志们道喜啊……"

彭浩："高参谋，我可是从来都没有离开过革命队伍啊！"

高参谋尴尬地："……是，是……彭浩，你的新娘子是谁啊？"

彭浩拉过凌若冰，凌若冰："高参谋。"

高参谋打量着凌若冰："哟，你脱了那身白大褂，我还真差点没认出来。"

凌若冰笑笑："我能到锦屏镇诊所，还多亏了高参谋呀。"

高参谋有些不自在："……在哪里都是为革命工作嘛，一样的，一样的。凌若冰同志，听说诊所里除了你，还有农场监狱的留用人员。你们今后要多学习，千万不能觉得自己出了监狱就放松思想上的改造，这思想改造是个长期而又艰巨的任务啊——"

众人反感地瞅高参谋。高参谋看着彭浩："彭浩同志，你是受了点委屈，难得的是，你身处逆境还是能够正确对待组织的严峻考验。有了这次经历，我相信你今后不管遇到什么艰难困苦，都能够扛过来！"

程部长："好了吧高参谋，彭浩能活下来就够不容易的啦！"

高参谋："对呀！其实，逆境有时候就是一把双刃剑，它可以把一个人压垮，也能使一个人变得更加强大。自古以来，英雄都是伴随着苦难成长起来的——"

程部长："高参谋，你这种高论还是少说点好！"

现场尴尬至极。高参谋站也不是，坐也不是。原本热闹的场面顿时死气沉沉。

刘前进看了看大家："我说一句啊！在彭浩的问题上，大家对高参谋有些误解。怎么说呢？其实很长时间我也很反感他！但是反过来想一想，当初那些日子发生的一个个怪事，连我都谁也不敢信了！晚上睡觉我都把手枪上膛放在枕边，吃饭喝水我都在想会不会内鬼给我放了毒药！大家说，这能怪高参谋吗？只能怪斗争的残酷哇！因为我们是彭浩的战友，所以容易感情用事，但我现在想高参谋是个最客观的人，也是最坚持原则的人。我们想过没有？这彭政委万一，我说的是万一啊，万一真是个潜伏极深的内鬼，在最关键的时候他把手枪突然顶到我们的脑门上，或者在我们的水里放了毒药被我们喝下去时……那时候，我们可真正傻了眼哪！那时，革命事业的损失会有多大？大家想一想吧！从这个角度来讲，高参谋高度的机警有错吗？他的坚持原则有错吗？现在想想，他就是过分了点也应该！咱们的队伍里不能缺少他这样的人哪！所以我说，咱们的高参谋是个正直、无私、就是有点一根筋——一根筋的好人！"刘前进说完，眼看着大家。

刘前进讲话时，高参谋的表情从尴尬到古怪分层次复杂地变化着，当刘前进讲到最后，高参谋的眼泪再也控制不住流了下来——他上前紧握着刘前进的手，大幅度地摇着。

彭浩带头鼓起掌来，热烈的掌声响起。彭浩上来，紧握着高参谋的手，两人看了一眼，继而紧紧拥抱，接着，高参谋又走向刘前进拥抱着。

门口，跑来一个青年军官，正是小痞子。刘前进一把拉过涂田，朝程部长、彭浩等人走来。彭浩等人吃惊的眼神一个个滑过镜头。

涂田敬礼，程部长与涂田握手："你的事，前进同志跟我说了。从西行押解路上到新锦屏监狱反暴狱的胜利，潜伏特务名单和联络图的获取，你是我们特殊战线上的英雄啊！"

涂田向众人敬礼。

30-44 新锦屏农场广场 日 外

众人走向主席台。主席台上,站着一排戴着大红花的新人们。

主席台上,程部长正在讲话:"今天,在这个叫作新锦屏的山沟沟里,咱们的19对新人,从今天起将迎来一个崭新的生活,我们要祝福19对新人永结同心,白头偕老,革命到底!"众人鼓掌。

程部长:"今天,我们更要祝福伟大的祖国生日快乐!繁荣富强!"众人鼓掌。

程部长:"共和国永远不会忘记你们,保卫新中国、捍卫新生活的新锦屏的英雄们!"

众人热烈鼓掌。激昂的《国歌》声中,五星红旗冉冉升起……

30-45 新锦屏农场小山 日 外

周圆站在高处,似乎有些恋恋不舍地望着这个让她经历了一段奇特而复杂的人生历程的地方。一草一木、一山一石,仿佛生出了与以往大不一样的感觉。她似乎在期待什么……

山下空地上,停着一辆吉普车。周圆从山上走来,向吉普车走去。她拉开车门,刚要上车,听到一阵马蹄声由远而近传来。一匹白马上,是英姿勃发的刘前进。

周圆的心头一紧,后退几步看着飞奔而来的刘前进,眼泪"呼"地涌了上来。

马到人到,刘前进没有下马,他骑马围着周圆转了一圈。

周圆翻着眼皮看着刘前进,她的自尊似乎受到了损伤:"你就喜欢这么居高临下地看人吗?"

刘前进翻身下马:"你今天收拾得还算……还算……不难看!"

周圆恼火地:"我每天收拾得都不难看!特别是每次去见你的时候!"

刘前进一笑:"是吗?我咋没看出来!"

周圆带着哭音大喊:"那是你有眼无珠!"

刘前进把脸一绷:"你怎么跟领导说话呢!"

静场。沉默。难挨……

刘前进首先打破冷场:"唉!好不容易喜欢一个吧,又是这么一个东西……"

周圆带着哭腔:"你才是东西哪!我是人!是人!"

刘前进笑起来:"嘿!还挺厉害。哎,你干什么火气这么大?啊?"

刘前进看着周圆,周圆气咻咻地拉开车门。

刘前进跟了上来:"回北京看完你父亲,你还回来吗?"

周圆犹豫了下,上车,狠狠地关上车门,朝司机喊了句:"开车!"

车刚开动,刘前进又追了上来:"你要不回来,我就找个刑满释放的女人结婚!"

这是刘前进的求婚方式吗?周圆眼泪涌了出来!

"我祝你和那个女人白头偕老!"周圆冲着车窗外的刘前进声嘶力竭地喊道。

周圆再回头已是泪流满面……

车开走了。刘前进气呼呼地掏出枪瞄准远走的吉普车……一直到看不见车影……

刘前进举枪向天——

啪!啪!啪!清脆的枪声久久回荡在山谷,刘前进仿佛雕塑般戳立着……

这个无坚不摧的硬汉,他以为他在这软绵绵的爱情上也能有所收获,但是我们说——不一定……

定格。

全剧终。

《冷箭》拍摄花絮

瞧把周圆冻的，真不容易啊！

导演，我要演“新娘”。

嘿，晓渝和丐帮帮主有一拼啊。

当“特务”更得好好化妆。

说戏

《冷箭》部分主创人员评论

央视金牌制片人俞胜利:这几年荧屏悬疑谍战剧异军突起,大有铺天盖地之势,但精品仍是凤毛麟角。两年前的《暗算》,今年初的《潜伏》,应属两朵奇葩!眼下,又有一部《冷箭》带着它独有的气息追上来了,与前两部摆在一起毫不逊色,称它们"荧屏三枝梅"毫不为过!……《冷箭》除了在选题的挑选和故事的铺陈等艺术层面超过许多同类题材作品外,我认为该剧观念的突破和几个人物的突破更有思想意义和认识价值。

CCTV中国国际电视总公司副总裁张海潮:《冷箭》中上千名服刑人员迁徙,规模之宏大,斗争之复杂,这在以前的反特悬疑剧中是从来没有过的。其次,《冷箭》的剧本很成熟,经过20多次不断修正完善,其情节跌宕、人物塑造趋向完美,为该剧的开拍打下了坚实的基础。

黄志忠(饰刘前进):《冷箭》的剧本非常扎实,是能让演员眼里放光的好东西。看剧本时我读懂了刘前进这个人物的可爱、读到了这个人物可发挥的空间。观众需要新的革命人物解读,我也需要新的突破。所以刘前进来得正是时候。我觉得刘前进这个角色,可以说是中国军人的极致了。刘前进首先是一个级别不高的军人,他身上反映的是广大军人的形象,渴望自由,爱憎分明。这给了表演者很大的发挥空间。我想要给观众呈现的不但是一个看得见、摸得着的军人形象;更想表现出一个鲜明性格、充满人格魅力的革命军人形象。这个人物无疑是有缺点的,而正是这些大大小小的缺点,才更好地体现出人物性格的层次和丰富性。

王力可(饰周圆):对我来说,这个本子很好,像中国版的《越狱》,同时,这个角色也很吸引人,演起来和以往不同,过瘾,内容丰富。

房子斌(饰彭浩):在拿到剧本后,我无时无刻不在仔细研究推敲,因为彭浩这个人算是悬疑的关键点,是不能糊里糊涂地去演的。当好人不容易啊!但,我享受这种不易。

刘家良(饰侯仲文):我因为饰演侯仲文得到了周围朋友的一致"棒喝"!这可能也是朋友们对我再次出演反面角色的肯定吧!以后,我需要披着被子出门了……

苏丽(饰文捷):冷静看《冷箭》,静心抓内鬼;沉稳演"冷剧",报国文捷心。

刘琳(饰唐静茵):刚开始拿到剧本,我就一口气把它看完了,觉得整个故事环环相扣特别精彩。《冷箭》的成功更多要归功于编剧本身,一部电视剧的成功最重要的还是故事,同时也非常感谢全国观众的认可和支持。

且算后记

《冷箭》这部剧的问世不太顺利，如果不是后来因为俞胜利老师大胆提出将这部剧写成一个反特悬疑剧，它可能还仅仅是停留在一个过于主旋律的平常故事里，至今也会和三四年前一样仍然是躺在纸上的一堆文字。在和王老师翻天覆地去编织一个个谜团的那些日子里，虽然煎熬不断，却也有快乐相伴。只是现在回想起来，才多少会为当初的大胆领命感到后怕。一部两个小时的电影可以在开篇的时候就把剧里的最大悬念吊起来，然后抽丝剥茧去讲故事。一部三十集的电视剧要这样去设局，分明就是编剧在自找苦吃。感谢原编剧黄越勋、孟繁兵两位前辈打下的底子，为后来的故事演绎提供了舞台，让我们完成了俞胜利老师交给的一个"特别任务"，甚至还能够让制作方有点意外的惊喜——据媒体报道，"《冷箭》曾被看片的十几家卫视全部打分为A，最后，央视用了一个工作日拍板高价抢购这部剧，这种'超速度'以往是罕见的，央视对《冷箭》的收购价甚至超出了《人间正道是沧桑》《闯关东》等以往电视剧。"至于后来《冷箭》的播出，更是频频爆"冷"，据说先被定为明年央视一套黄金档的四部备选开年戏之一，后来突然又被紧急征调到央视一套从10月2日晚开始播出，《新闻联播》更是在10月1日和2日进行了推荐。而因为首播时引发的观众热议，又从10月19日开始在央视八套黄金档重播，这在央视也算开了一个先例。更让人奇怪的是，居然同时还有四家卫视这期间每天以10集的速度连播。至于几十家地方台的播出状况，则已经无从考证……

《冷箭》毫无章法的万箭齐发，让我们自己也莫名其妙。后来引发的各种争议，也让我们觉得意外。大家看到的《冷箭》，短长优劣都摆在那儿了。决定其"优""劣"的因素实在太多，想说的还是句老套的话，电视剧确实不是一两个人的活儿。

《冷箭》对于王老师和我来说，都有着特别的情结。没有王老师长达十年之久的坚持和坚守，这部剧肯定不会有现在这样一个结果。就像黄越勋老师说的，现在的《冷箭》他都认不出来了，没有老王，这部剧肯定瞎了。

我与王老师相识20多年，我知道这是他费心熬神最多的一部剧，从剧本谋划到写作，再到在云南的前期拍摄，他付出的心血超乎想象，更多拍摄之外的事情更是令他心力交瘁，让人想起来都觉心痛。

让我记住的还有2008年2月3日这一天。头一天的深夜，妻子分娩在即，我这边还坐在电脑前为最终的完成剧本做最后冲刺，王老师一遍遍地来电话督促赶紧上医院，不能再耽搁了。完成了最后一个字再用E-mail把剧本发走，已经是凌晨2

时30分了。儿子9个小时后哭声嘹亮地来到这个世界，俞胜利老师说这一天我生了两个“孩子”，我却在为自己的胆大妄为感到后怕。

王老师在成为“影视人”之前，是正儿八经的文学杂志编辑和正儿八经的小说作家，通过小说结识他的时候，我还在上高中。因为王老师后来进了电视台开始“触电”，我才有机会跟影视结缘，除了编剧，还给王老师担任制片人的电视剧做过策划、宣传、写歌，现在想想，真是觉得自己胆儿够大的，当然，他的胆儿更大。

一位自诩懂点易学的朋友说，我的命里会遇上两位“贵人”相助。我觉得他说的不准，因为到现在为止，我已经遇到了太多的“贵人”。

郝 岩

2009年11月5日